Tobias Quast

RAUB
TIER
AUGEN

Horrorthriller

Besuchen Sie uns im Internet:
www.knaur.de

Aus Verantwortung für die Umwelt hat sich die Verlagsgruppe Droemer Knaur zu einer nachhaltigen Buchproduktion verpflichtet. Der bewusste Umgang mit unseren Ressourcen, der Schutz unseres Klimas und der Natur gehören zu unseren obersten Unternehmenszielen. Gemeinsam mit unseren Partnern und Lieferanten setzen wir uns für eine klimaneutrale Buchproduktion ein, die den Erwerb von Klimazertifikaten zur Kompensation des CO_2-Ausstoßes einschließt. Weitere Informationen finden Sie unter: www.klimaneutralerverlag.de

Originalausgabe November 2021
Knaur Taschenbuch
© 2021 Knaur Taschenbuch Verlag
Ein Imprint der Verlagsgruppe
Droemer Knaur GmbH & Co. KG, München
Alle Rechte vorbehalten. Das Werk darf – auch teilweise – nur mit Genehmigung des Verlags wiedergegeben werden.
Redaktion: Karla Schmidt
Covergestaltung: Alexander Kopainski, www.kopainski.com.
Coverabbildung: Collage von Alexander Kopainski unter Verwendung von Motiven von Shutterstock.com
Satz: Adobe InDesign im Verlag
Druck und Bindung: CPI books GmbH, Leck
ISBN 978-3-426-52706-1

2 4 5 3 1

Erstes Kapitel

München, 1945

Der Viktualienmarkt liegt immer noch in Trümmern. Natürlich tut er das. Sie weiß gar nicht, warum sie für einen Augenblick überrascht ist. Die aufgehende Sonne taucht den Platz in ein friedliches, ja schönes Licht, das so gar nicht zu der Szenerie der Zerstörung passen will. Aus Gewohnheit lässt sie ihren Blick prüfend über den Himmel schweifen, heute noch, vier Monate nach Kriegsende. Auch nachts meint sie weiterhin, die Sirenen zu hören. Die heranfliegenden Maschinen. Die Explosionen. Die Schreie. All dies hört sie jede Nacht, egal, ob sie schläft oder wach ist. Eine Stimme in ihr bemerkt voller Überzeugung, vielleicht sogar mit einer Spur Hohn, dass dieser Zustand für den Rest ihres Lebens fortbestehen wird. Wie ein Geschwür hat der Krieg sich in ihr festgesetzt. Das Grauen. Es wird niemals wieder verschwinden.

Mit einer schmutzigen Hand wischt sie sich über die Stirn. Seit Tagen fühlt sie sich unwohl, fiebrig. Sie verbirgt es vor den anderen. Vor ihrem Kind vor allem. Helmut ist bereits verstört genug. Sie kann ihn kaum bei ihrer Schwester Helene lassen. Wenn sie sich nur drei Schritte von ihm entfernt, fängt er haltlos an zu schreien und zu weinen – sechs Jahre ist er schon alt, doch für sie immer noch der Kleine. Dabei haben sie so viel Glück gehabt. Helenes Wohnung platzt aus allen Nähten, doch sie sind bei ihr untergekommen und haben ein Dach über dem Kopf. Natürlich, von Franz hat sie noch nichts gehört, weiß nicht, ob er überhaupt noch am Leben ist. Wenn sie aufrichtig ist, ist das im Augenblick ihre geringste Sorge. Etwas Essbares aufzutreiben, das ist ihr Anliegen. Deshalb ist sie bereits so früh in der zerbombten Stadt unterwegs. Schreitet mit einem leichten Humpeln durch die Berge aus Schutt, umrundet trostlose Häuserskelette. Eine steinerne Wüste.

Erstaunlich ruhig ist es an diesem Morgen. Kaum jemand ist unterwegs. Auch Armeefahrzeuge sind nur selten zu sehen. Vorsichtig tritt sie in ihren löchrigen Schuhen über einen Haufen von Betongeröll.

Sie stockt, bleibt am Rande der Überreste eines zerstörten Hauses stehen. Mühsam bückt sie sich. Die Kopfschmerzen schwellen zu einem heftigen Pochen an. Leise stöhnt sie auf, kämpft gegen den Schwindel. Sie richtet sich wieder auf und betrachtet den Gegenstand, den sie auf der flachen Hand hält. Ein Haargummi. Ein wunderschönes Haargummi, mit einem großen Marienkäfer darauf. Die Punkte sind aus winzigen Steinen, und sie funkeln im Sonnenlicht. Sie lächelt versonnen, hält das Schmuckstück mal in diesem Winkel, mal in jenem gegen den strahlend blauen Himmel. Dann hört sie etwas Dumpfes. Wie ein Schlag gegen eine geschlossene Tür. Sie spitzt die Ohren, runzelt die Stirn, schaut sich um. Niemand ist zu sehen, sie steht alleine in der unwirklichen Wüste aus Zerstörung. Da, abermals das Geräusch. Lauter diesmal, und es kommt von unten. Ihr Blick sucht den Boden ab. Sie macht zwei Schritte in die Ruine hinein, bleibt stehen. Einige Meter entfernt sieht sie ein Loch klaffen. Der Eingang zu einem Keller. Regungslos verharrt sie im Morgenlicht und starrt auf das Loch, konzentriert sich. Es bleibt still. Lediglich ein Vogel tschilpt irgendwo in der Nähe, als ob er sie auslacht.

Vielleicht sind es Ratten gewesen, denkt sie. Ratten scheinen die einzigen Lebewesen zu sein, denen der Krieg nichts angehabt hat. Sie dreht sich gerade um, da ertönt ein Schrei. Voller Todesangst. Gefolgt von einem weiteren Ruf, leiser diesmal. Wie erstickt. Der Schrei einer Frau?

Ihr stellen sich die Nackenhaare auf. Wie versteinert blickt sie auf das schwarze Loch, aus dem die dumpfen Schreie zu ihr dringen. Nun wollen sie gar nicht mehr abreißen. Der schwarze Schlund. Ihr wird übel. Doch sie kann sich nicht bewegen. Es klingt, als kämpfe jemand um sein Leben. Sie hört ein Reißen, ein Schmatzen. Als werde jemand von einem wilden Tier verschlungen. Gefressen, bei lebendigem Leib.

Sie löst sich aus der Starre, macht einen winzigen, halben Schritt auf das Maul zu. Es zieht sie an, will, dass sie hinabsteigt. Ihrer Brust entweicht ein Schluchzen. Sie möchte nur weglaufen. Doch der Schlund entlässt sie nicht, der Sog lässt nicht nach. Noch ein Schritt.

Da schießt ihr der Gedanke an Helmut in den Kopf. Wie er an Helenes Rockzipfel hängt und einem Schlosshund gleich heult. Sie löst sich aus dem Bann und dreht sich abrupt um. Es kostet sie all ihre Kraft, doch sie dreht sich weg. Sobald der dunkle Einstieg nicht mehr in ihrem Blickwinkel liegt, geht es einfacher. Sie entfernt sich von der Hausruine. Nach vier schweren Schritten kann sie die Schreie bereits kaum noch hören. Etwas Ähnliches wie Erleichterung macht sich in ihr breit. Sie geht immer weiter. Egal, wohin. Nur weg von dem schwarzen Loch.

Erst, als sie nach einigen Minuten am Marienplatz ankommt, als sie die Menschen um sich herum wahrnimmt – auch einige Amerikaner in ihren Uniformen –, schaut sie an sich hinab. Betrachtet die rissige Hand, als gehöre sie einer Fremden. Mit weißen Knöcheln umklammert sie das Haargummi. Der Marienkäfer drückt ihr schmerzend ins Fleisch.

Zögernd lockert sie den Griff, bis die Hand kaum mehr schmerzt. Es kostet sie abermals eine geradezu unnatürliche Kraftanstrengung, bis die Hand gänzlich geöffnet ist. Sie blinzelt. Doch ihre Unentschlossenheit währt nur wenige Sekunden. Dann steckt sie das funkelnde Etwas in die Tasche ihres Rockes. Ganz tief hinein schiebt sie es. Das Ding, das vielleicht vom Himmel gefallen ist. Oder aus der Hölle hervorgekrochen kam. Für einen Augenblick hält sie es fest, dort in ihrer Tasche. Eine Frau empört sich, dass sie da so verloren auf der Straße rumsteht, doch es kümmert sie nicht. Sie überlegt, welche Lebensmittel sie wohl im Tausch für das wunderschöne Fundstück erhalten wird. Der Schweiß läuft ihr die Stirn herunter, sie muss ihn sich aus den Augen wischen. Langsam setzt sie sich wieder in Bewegung, hebt den Kopf, konzentriert sich auf den Marienplatz, stockt abermals. Marienplatz. Marienkäfer. Heilige Mutter Gottes! Der Schwindel wird stärker. Sie bemüht sich, die Schreie, die plötzlich tief in ihrem Kopf nachhallen, zu unterdrücken. Fahrig bekreuzigt sie sich. Schüttelt den schmerzenden Kopf, um die Schreie zum Schweigen zu bringen. Atmet tief ein. Einmal. Zweimal.

Ratten! Es waren Ratten in einem Kellerloch! Die Plagegeister sind überall in der Stadt unterwegs. Man könnte meinen, sie seien die einzigen Lebewesen, denen der Krieg nichts anhaben konnte. Heilige Mutter Gottes! Eine Träne läuft über ihre verschmierte Wange, mischt sich mit dem Schweiß.

Ihr Hinken ist jetzt noch ausgeprägter. Sie humpelt durch die zerstörte Stadt, auf der Suche nach etwas Essbarem. Denkt an Helmut, dem fraglos der Rotz aus der Nase läuft, während er sich die Seele aus dem Leib heult. Es ist ein geradezu tröstlicher Gedanke. Sie humpelt schneller, wie auf der Flucht. Immer wieder schweift ihr Blick über den blauen Himmel. Stehen bleiben will sie nicht. Weiter, nur weiter.

Bei jedem ihrer Schritte spürt sie das Haargummi in der Rocktasche gegen ihre knochige Hüfte drücken. Wie ein glühendes Stück Kohle spürt sie es. Ein Stück Kohle, das ihre Haut versengt.

Das Grauen. Sie weiß, es wird niemals wieder verschwinden.

Zweites Kapitel

London, 2016

Kaum hatte Julius das Gespräch per Knopfdruck beendet, klopfte jemand auf seine Schulter. Ruckartig drehte er sich um und blickte in das angespannte Gesicht von Janet. Innerlich stöhnte er auf, zwang sich aber zu einem Lächeln. Was wollte sie denn nun schon wieder?

»Kommst du mal kurz mit, Julius«, sagte Janet. Sie wartete nicht auf eine Antwort, sondern machte sich sofort auf den Weg zu ihrem kleinen Zimmer am anderen Ende des Großraumbüros.

Julius nahm das Headset vom Kopf und legte es auf den Schreibtisch. Er signalisierte Beth, die vom nächsten Schreibtisch aus mit gerunzelter Stirn das Geschehen verfolgte, mit einem Schulterzucken seine Ahnungslosigkeit. Dann folgte er Janet, die mittlerweile in ihrem Büro verschwunden war.

Seine Quoten waren letzte Woche in Ordnung gewesen, das hatte Janet ihm am Dienstag noch gesagt. Er war bei der Anzahl erfolgreicher Abschlüsse im November sogar unter den Top Five des Teams gelandet. Schlechte Performance konnte also nicht der Grund für ein Gespräch sein. Hatte er vielleicht seinen schmutzigen Kaffeebecher in der Küche stehen lassen? Oder heute zu lange für die Dokumentation gebraucht?

Als er sich zwischen den Schreibtischen hindurchschlängelte, schüttelte Julius unmerklich den Kopf. Er hasste das Telemarketing. Jeder Satz wurde choreografiert, jedes Gespräch wurde vermessen. Doch die Bezahlung war erstaunlich gut, da konnte er nicht meckern. Er betreute hauptsächlich deutsche Kunden. Einige in der Schweiz. Wichtige Märkte für viele britische Firmen. Wenige deutsche Muttersprachler, die Lust auf den Job hatten. Gut für ihn. So kam er finanziell gerade über die Runden. London war ein teuflisch teures Pflaster. Mal ganz abgesehen von dem Unterhalt, den er jeden Monat nach Deutschland überwies.

»Setz dich, bitte.« Janets Stimme klang gequetscht.

Julius zog den einzigen Besucherstuhl aus einer Ecke und setzte sich seiner Vorgesetzten genau gegenüber. Er verschränkte die Arme vor der Brust und ließ seinen Blick durch den Raum schweifen. Sollte Janet doch einfach sagen, was sie von ihm wollte. Obwohl ein Schreibtisch, ein Aktenschrank und eine schiefe Garderobe die einzigen Einrichtungsgegenstände waren, wirkte das Büro gnadenlos überfüllt. Janet arbeitet in einem Schuhkarton, schoss es Julius in den Kopf. Er unterdrückte ein Grinsen.

Mit einem missbilligenden Ton räusperte sich Janet, als habe sie Julius' Gedanken gelesen. »Ich muss etwas mit dir besprechen.« Sie starrte auf einen Punkt an der Wand hinter ihm und räusperte sich erneut. »Wir beenden unsere Zusammenarbeit mit dir zum Ende des Monats.«

»Wie bitte?« Julius schnellte in seinem Stuhl nach vorne. Er musste sich verhört haben.

»Bitte räum gleich deine Sachen zusammen, heute ist dein letzter Tag.« Erstmals blickte sie Julius ins Gesicht. »Natürlich bekommst du den Gehaltsscheck noch für den ganzen Monat.« Sie schluckte, beinahe entschuldigend.

»Ich verstehe nicht! Meine Zahlen … du hast doch vorgestern noch gesagt, alles sei in Ordnung. Wie kannst du … bis zum Ende des Monats …?«

Abwehrend hob Janet eine Hand. »Es tut mir leid, Julius.

Es war nicht meine Entscheidung. Aber es ist jetzt nun einmal so.«

»Warum?« Mit der flachen Hand schlug sich Julius vor die Stirn. »Ich verstehe es nicht.«

Janet schwieg. Ihr Blick wanderte wieder an die Wand.

»Zumindest möchte ich wissen, warum!« Er erkannte seine eigene Stimme kaum.

»Es ... gab wohl Beschwerden. Das ist alles, was ich weiß.«

»Beschwerden?« Erstaunt ließ Julius sich in seinem Stuhl zurückfallen. »Was denn für Beschwerden, um Himmels willen? Und von wem? Das ist doch albern!«

»Mehr kann ich nicht sagen. Bitte räum jetzt deine Sachen zusammen. Den Scheck schicken wir dir mit der Post. Alles andere kommt von der Personalabteilung.« Ihr Blick verließ für keine Sekunde den Punkt an der Wand.

Wütend sprang Julius auf. Als er aus der Tür hinausstürmte, stieß er ein deutlich vernehmbares »Arschlöcher!« hervor. Auf Deutsch.

* * *

Zuerst nahm Julius an, das ungute Gefühl sei ein Resultat seiner Anspannung, seiner maßlosen Enttäuschung. Er war unterwegs zum Bahnhof und teilte sich den Bürgersteig mit deutlich weniger Menschen als gewöhnlich. Was wohl daran lag, dass die Uhr erst elf Uhr vormittags zeigte. Normalerweise verließ er den trostlosen Bürokomplex in Lewisham am späten Nachmittag, gemeinsam mit all den anderen Angestellten, die sich dann zu dem Bahnhof schoben, der den Stadtteil nordwärts mit der Londoner City und Richtung Süden mit den Vorstädten verband. Heute kam er zum ersten Mal ohne die Kollegen hier an. Und zum letzten Mal.

Säuerlich verzog Julius die Miene, griff den Henkel des Jutebeutels, den Beth ihm geliehen hatte, fester. Nein, geschenkt, nicht geliehen. Mit mitleidigem Blick geschenkt. Weil ja klar war, dass Julius nicht wiederkommen würde. In dem Beutel schaukelten nun die paar Dinge, die er von seinem Schreibtisch zusammengeklaubt hatte. Eine Autozeitschrift, die er sich noch am Morgen für eine der kurzen Arbeitspausen besorgt hatte. Ein Lineal mit den touristischen Wahrzeichen Münchens darauf. Ein ziemlich kitschiges Ding. Doch von Zeit zu Zeit schaute er es sich gerne an, strich mit dem Finger über den Viktualienmarkt, die Frauenkirche, den Marienplatz. Auch wenn er Deutschland den Rücken gekehrt hatte, blieb München seine Heimat. Außerdem maß das Lineal in Zentimetern. Nicht in Inches. Warum auch immer – das gefiel ihm.

Julius hörte, wie beim Gehen das Lineal gegen den Bilderrahmen stieß. Der einzige weitere Gegenstand, den er eingepackt hatte. Das Bild von Emilia war bereits zwei Jahre alt. Darauf waren ihre Haare noch weißblond, im Gegensatz zu dem dunklen Blond heute. Ein Stich durchfuhr seine Brust. Es dauerte nur noch etwas mehr als eine Woche, bis seine Tochter nach London kam, um die Weihnachtsferien bei ihm zu verbringen. Und er war ohne Job. Wenigstens bezahlten sie ihn noch für den gesamten Dezember. Für den Januar brauchte er etwas Neues, ganz klar. Das bisschen Arbeitslosengeld, das er beantragen konnte, war ein Tropfen auf den heißen Stein. Aber wenigstens hatte er Geld, solange seine Tochter bei ihm war. Danach würde sich schon etwas finden. Und wenn er bei einer der Burger-Ketten arbeiten musste. Übergangsweise. Hauptsache, er konnte in London bleiben.

Eigentlich war alles ausgesprochen gut gelaufen in der letzten Zeit. Der Job war leidlich gut bezahlt gewesen. Er hatte vor ein paar Wochen auf einer Party Claire kennengelernt. Vor allem aber hatte Sandra unerwartet zugestimmt, Emilia für die Dauer der Weihnachtsferien zu ihm zu schicken. Alles, wirklich alles war super gelaufen. Bis heute. Diese Arschlöcher! In das Gefühl von Anspannung und Enttäuschung mischte sich Wut.

Plötzlich wurde das ungute Gefühl stärker. Julius geriet für einen Moment aus dem Tritt, runzelte die Stirn. Das Gefühl saß zwischen seinen Schulterblättern und zog von dort durch den Körper in die Magengegend. Ein eisiges Ziehen, das ihn frösteln ließ und schließlich im Magen glühend heiß wurde. Abrupt blieb Julius stehen, sah sich um. Ein alter Mann blinzelte ihn im Vorübergehen erstaunt an. Eine Mutter warf ihm einen irritierten Blick zu. Sie wich Julius ungelenk mit dem Kinderwagen im letzten Moment aus, während sie mit einer Hand ihr Mobiltelefon ans Ohr presste.

Mit zusammengekniffenen Augen blickte Julius sich um. Musterte die übrigen Passanten, schaute in die vorbeifahrenden Autos, ließ den Blick an den Häuserfronten entlanggleiten. Es fiel ihm nichts Ungewöhnliches auf. Allmählich entspannte er sich. Atmete mit einem lauten Schnaufen aus – es war ihm gar nicht bewusst gewesen, dass er die Luft angehalten hatte. Verwirrt wischte er sich über die Stirn. Sie war feucht. Er musste sich über sich selbst wundern. Es war wegen der Kündigung, sicherlich, deshalb lagen seine Nerven blank. Vermutlich hatte er sich deswegen plötzlich wie verfolgt gefühlt.

Julius setzte gerade seinen Weg in Richtung Lewisham Station fort, da vibrierte das Mobiltelefon in seiner Jackentasche. Als er es herauszog, wurde Coldplays Song *Midnight* lauter. Bereits beim dritten Klingeln nahm er das Gespräch an. »Wie gut, dass du anrufst, Schatz«, sprach er sogleich ins Telefon. »Du kannst dir nicht vorstellen, was eben passiert ist. Janet, die alte Zicke, hat mich in ihr Büro ...«

»Julius, warte mal!«

Etwas in Claires Stimme ließ ihn innehalten.

»Also ...«, sprach Claire weiter, »ich dachte du arbeitest und kannst nicht ans Telefon gehen.« Sie klang merkwürdig tonlos. »Ich hatte eigentlich vor, dir auf die Mailbox zu sprechen.« Es mischte sich etwas in ihre Stimme, das beleidigt wirkte. »Du brauchst jetzt nichts zu sagen.« Sie machte eine Pause.

Julius war sprachlos. Es bedurfte von seiner Seite in diesem Augenblick nicht viel, Claires Aufforderung nachzukommen. Für einen Moment herrschte Stille in der Leitung, während Julius einfach weiterging, ohne zu registrieren, wo er eigentlich gerade war. Er fühlte sich auf seltsame Weise aus seinem Körper herausgelöst, als schwebte er neben sich und schaute sich selber zu. Bei einem absurden Telefongespräch. Mit einer bösen Vorahnung.

»Ich sag es jetzt also einfach«, fuhr Claire nach ein paar Sekunden fort. »Ich ...« Eine weitere Pause. Dann, im Stakkato fast: »Ich mache das so nicht mit, mein Lieber. Verarsch doch eine andere, die blöder ist als ich. Ich habe die Nachricht von dieser Kathrin gefunden. Du bist aber auch so was von dämlich. Dämlich! Dann wünsche ich euch beiden alles Gute.« Ein ersticktes, höhnisches Lachen. »Du bist echt ein Schwein, Julius. Ein richtig dämliches Schwein! Melde dich nie wieder bei mir, hörst du!« Die nächsten Worte schrie sie ins Telefon. »Nie wieder!« Dann legte sie auf.

Julius lief einfach weiter. Er nahm nichts um sich herum wahr, nicht die Passanten, nicht den Straßenverkehr. Er presste immer noch das Telefon ans Ohr, als schon lange nur noch ein Tuten aus der Leitung ertönte. Schließlich blinzelte er, steckte das Gerät zurück in die Jacke. Fragte sich, ob er wirklich wach war oder in einem Albtraum gefangen. Während er sich Letzteres wünschte, brach die Erkenntnis über ihn herein, dass Claire gerade mit ihm Schluss gemacht hatte. Am Telefon. Eigentlich auf der Mailbox.

Mit zitternden Fingern fischte Julius das Telefon wieder aus der Tasche. Wählte eine Ziffer. Wartete, bis das Gespräch angenommen wurde. »Ich bin's.«

»Hi, Julius. Was ist los? Hab gerade einen Berg Arbeit vor mir, Junge.«

»Hast du heute Abend Zeit, Marc? Es ist wichtig.«

»Geht auch ein anderer Tag? Ich zerreiße mich gerade zwischen Job und zu Hause. Michelle wird nicht begeistert sein, wenn ich heute noch mal rausgehe.«

»Ja, ich weiß. Aber es ist wirklich wichtig.«

»Mein Guter, ich versuche eine Stunde rauszuhauen. Hört sich ja echt nach einem Notfall an.«

»Du bist klasse, danke! Sag einfach, wie es dir am besten passt.«

»Um neun in unserem Stamm-Pub?«

»Großartig, Marc! Dann bis heute Abend im *Queen's Head*.« Julius ließ das Telefon in den Jutebeutel gleiten. Dort stieß es mit dem Bilderrahmen zusammen.

Er bog um eine Ecke. Am Ende der Straße sah Julius bereits den Bahnhof. Er wich einem Bettler aus, der mit seinen Krücken an einer Hauswand lehnte und ihm einen Pappbecher für Kleingeld entgegenstreckte. Eine alte Frau trat ein paar Schritte weiter aus einem Kiosk. Beinahe wäre Julius in sie hineingelaufen.

Mit einem eisigen Prickeln zogen sich von einer Sekunde auf die nächste seine Schulterblätter zusammen. Er atmete scharf ein. Das Gefühl, beobachtet zu werden, durchflutete ihn aufs Neue. Nein, es war kein Gefühl. Es war ein Wissen.

Ohne sich umzudrehen, rannte Julius los. Erst als er ein paar Minuten später im halb leeren Zug saß, als sich die Türen geschlossen hatten und der Zug sich in Bewegung setzte, ließ die Anspannung ein wenig nach. Schwer atmend starrte Julius aus dem Fenster, während erst Bürogebäude und dann ein kahler Baumgürtel, zwischen dem Reihenhaussiedlungen hindurchblitzten, an ihm vorbeizogen. In seinem Kopf wiederholte sich ein einziger Satz, wieder und wieder: Das kann doch alles nicht wahr sein. Das kann doch alles nicht wahr sein. Das kann doch alles nicht wahr sein. Am liebsten hätte er einfach losgeheult.

Drittes Kapitel

Julius kam um einiges zu früh im *Queen's Head* an. Zu Hause hatte er es nicht mehr ausgehalten, war in dem kleinen Apartment wie ein Tiger immer im Kreis gelaufen. Bis es selbst Christie zu viel geworden war. Die Katze des Vermieters, ein regelmäßiger Gast bei Julius, hatte das Apartment mit einem vorwurfsvollen Blick durch das geöffnete Fenster verlassen.

Der Pub war gut besucht. Julius erwischte aber einen kleinen Tisch in einer Ecke, legte seine Jacke über einen Stuhl und bestellte sich am Tresen ein Bier. Dann setzte er sich und nahm einen kräftigen Schluck. Kurz schloss er die Augen. Sofort erschien Claires Gesicht vor ihm. Wie ein böser Geist. Schnell riss er die Augen wieder auf.

An der gegenüberliegenden Wand flimmerte ein Bildschirm. Wo normalerweise Sportevents übertragen wurden, liefen am heutigen Abend Nachrichten in Dauerschleife. Landauf, landab sah es in den Pubs wohl ähnlich aus. Es gab derzeit überall nur ein Thema: der anstehende Austritt der Briten aus der Europäischen Union. Das Undenkbare war im Sommer Realität geworden – beim Referendum hatte eine knappe Mehrheit dafür gestimmt, der EU den dicken Finger zu zeigen. Julius' anfängliche Sorge hatte sich aber schnell gelegt. Als Deutscher sollte er nichts zu befürchten haben. Vier Jahre lebte er nun bereits in London. Eine Aufenthaltsgenehmigung dürfte kein Problem sein. Sicher, es hatte sich etwas verändert. In der Stimmung. Selbst hier in London waren die Klagen lauter geworden, dass alle Welt nach Großbritannien strömte. Den Briten die

Arbeit wegnahm, die Häuserpreise in die Höhe schießen ließ und Sozialleistungen abgriff. Die Feindseligkeiten richteten sich jedoch in erster Linie gegen Osteuropäer. Die Briten würden schon nicht so blöd sein, die Deutschen aus dem Land zu schmeißen. Julius hatte jedenfalls nicht vor, Großbritannien den Rücken zu kehren. Komme, was wolle.

»Ich bin früher weggekommen«, sagte Marc atemlos, warf seine Jacke auf den freien Stuhl und schlug in Julius' Hand ein. »Alter, du klangst ja ganz schön fertig vorhin. Ich hole mir mal ein Bier. Du trinkst auch noch eins, oder? Okay.« Er stützte sich mit beiden Händen auf die Tischplatte. »Ich habe eine knappe Stunde. Michelle war echt sauer, dass ich sie mit dem Kleinen allein gelassen habe. Der bekommt Zähne. Brüllt den ganzen Tag wie am Spieß. Und die ganze Nacht.« Marc zog eine Grimasse. Er drehte sich um und schlängelte sich zum Tresen durch.

Zwei Minuten später stellte er ein Pint Lager neben Julius' halb volles Glas. »Hier. Siehst aus, als könntest du es gebrauchen.« Prüfend musterte er seinen Freund. »Alles in Ordnung? Du siehst scheiße aus.«

»Nichts ist in Ordnung. Claire hat heute mit mir Schluss gemacht«, brach es aus Julius heraus.

»Die Kleine aus Wimbledon? Echt? Ich hatte gedacht, bei euch läuft es gerade richtig gut.« Verdutzt hielt Marc inne, stellte sein Glas ab. »Tut mir leid zu hören, Mann.«

»Ich verstehe das nicht. Sie rief an, redete irgendetwas von einer Kathrin und einer Nachricht. Und das war's!«

»Wer ist Kathrin?«

Julius zuckte mit den Schultern. »Ich habe keine Ahnung.«

»Das hört sich verdammt nach einem Missverständnis an.« Marc nickte. »Hast du Claire mal angerufen? Kannst die Sache sicher aufklären.«

»Sie geht nicht ran. Auch keine Mailbox. Ich habe es vorhin schon dreimal probiert.«

»Gesperrt.« Marc schnalzte mit der Zunge. »Sie hat dich in ihrem Phone gesperrt, ganz klar.« Er nahm einen Schluck. »Tja, Scheiße, Mann.«

Julius umschlang sein Glas mit beiden Händen und starrte auf die Tischplatte. »Das ist auch noch nicht alles. Die haben mich beim Job heute rausgeschmissen.«

Sprachlos blinzelte Marc. »Was?«, stieß er schließlich hervor. »Sag das noch mal.«

Julius nickte nur.

»Was ist passiert? Ich dachte, die fahren voll auf dein Deutsch ab. Weil du den Tröten auf dem Kontinent das ganze Zeug verkaufst. Verstehe ich jetzt nicht.«

»Irgendwer hat sich über mich beschwert. Das ist alles, was mir Janet gesagt hat. Keine Ahnung, worum es ging. Die bezahlen mir jetzt noch diesen Monat, danach ist Ende. Hin muss ich nicht mehr. Freigestellt.«

»Oh, verdammt. Ist ja echt nicht dein Glückstag heute. Leider ist bei uns in der Buchhaltung nichts frei. Sonst hättest du da übergangsweise was machen können. Dateneingabe oder so.« Über den Tisch hinweg legte Marc eine Hand auf Julius' Schulter, drückte sie aufmunternd. Er dachte nach, schüttelte dann den Kopf und zog den Arm zurück. »Da ist im Moment nichts. Aber ich drücke dir die Daumen, dass du schnell etwas Neues findest.« Marc nippte an seinem Bier, zögerte. »Der Markt soll im Moment nicht so toll sein. Wegen der Verunsicherung. Brexit und so. Und die ganzen Leute von drüben, die hier einen Job wollen.«

Julius runzelte die Stirn.

Schnell fügte Marc hinzu: »Aber du kriegst sicher schnell was, Mann. Bestimmt!«

»Zur Not gehe ich zu so einem Fleischklops-Brater.« Bedrückt zog Julius sein Mobiltelefon aus der Tasche und starrte auf das dunkle Display. Keine Nachricht. Kein verpasster Anruf. Er seufzte. »Da ist noch etwas«, wandte er sich wieder Marc zu. »Ich bin mir ziemlich sicher, dass ich verfolgt werde. Beobachtet.«

»Was?« Marc brauchte einen Moment, um die Mitteilung zu verdauen. »Wer sollte dich denn verfolgen? Und wieso?« Die Ungläubigkeit in seiner Stimme war nicht zu überhören.

Im Grunde hatte Julius mit einer solchen Reaktion gerechnet. Sie traf ihn dennoch härter als gedacht. Er setzte sich gerade in seinem Stuhl auf und faltete die Hände konzentriert auf der Tischplatte. »Ich habe keine Ahnung, wer es ist. Oder warum. Aber irgendwer ist mir heute nach der Arbeit gefolgt. Ich habe es genau gespürt.«

»Aha.« Marc kratzte sich am Kopf. »Gespürt, verstehe. Aber du hast niemanden gesehen?«

Hörte Marc ihm nicht zu? »Das ist richtig.«

»Aha.«

Für ein paar Sekunden sahen die beiden sich schweigend an. Im Hintergrund war über die Gespräche der anderen Pub-Besucher die Stimme des Fernsehmoderators zu hören. Er fragte eine junge Schottin nach ihrer Meinung zum Brexit. Es sprudelte geradezu aus ihr heraus.

»Du weißt noch, was du mir einmal erzählt hast?«, fragte Marc schließlich vorsichtig.

»Was meinst du?« Julius wusste ganz genau, was sein Freund meinte.

»Also … das mit München. Wie schlecht es dir damals ging. Dass du da wegwolltest, um mit dem ganzen Stress abzuschließen.« Marc stockte.

München. Julius hätte Marc nicht davon erzählen sollen. Doch wenn der Alkohol einmal die Zunge gelockert hatte … Irgendwann kam im Nachgang immer der Zeitpunkt, an dem alles, was man von sich preisgab, gegen einen verwendet wurde. Das uralte Gesetz. Er sah Marc schweigend an.

»Du hast doch Medikamente bekommen. Weil du so durch den Wind warst. Und glaubtest du nicht auch, verfolgt zu werden? Ich meine nur, wenn du damals … Und heute die Kündigung. Dann das mit Claire. Da würde ich bestimmt auch verrü… Ich meine, das haut einen ja um, ist doch ganz klar.« Schnell griff Marc zu seinem Bierglas und nahm einen langen Schluck.

»Das war etwas ganz anderes. Heute ist wirklich jemand da gewesen. Ich weiß es.« Julius zwang sich dazu, ruhig zu sprechen. Doch in ihm kämpften die Emotionen um Oberhand. »Glaub mir, ich weiß es ganz genau.«

Doch was, wenn Marc recht hatte? Was, wenn die alte Erkrankung nur in ihm geschlummert hatte, um ihn wieder einzuholen, sobald sich die Gelegenheit dazu ergab? Eine leichte primäre Psychose. Die nach ein paar Wochen medikamentöser Behandlung als ausgeheilt gegolten hatte. Um nach beinahe fünf Jahren einfach so zurückzukehren? Nein, das konnte nicht sein. »Das war etwas ganz anderes«, wiederholte Julius. Diesmal sagte er es mehr zu sich selbst als zu Marc.

»Das war es sicherlich. Aber dass du damals in München richtig fertig warst, das stimmt doch. Weil so einiges bei dir schieflief.« Marc klang beharrlich.

»Ich hatte ziemlichen Zoff mit meiner damaligen Freundin. Wir haben eine gemeinsame Tochter, das weißt du ja. Emilia. Sandra hat die Kleine ständig als Druckmittel verwendet. Auch als wir schon getrennt waren. Und dann war mein erster Job nach der Uni der blanke Horror. Marketing in einem Konzern. Ein einziges Haifischbecken. Ich habe schon vorher gewusst, dass das nichts ist. Aber irgendwie habe ich das Bauchgefühl ausgeblendet. Mit Sandra war es das Gleiche. Das hat schlicht nicht gepasst.« Er strich sich kopfschüttelnd eine Haarsträhne hinters Ohr. »Ist so ein Muster bei mir gewesen, glaube ich. Ich habe wieder und wieder in die Scheiße gegriffen, obwohl ich es hätte besser wissen müssen. Als dann meine Mutter an Krebs starb, war es einfach zu viel. Papa, von dem sie sich hatte scheiden lassen, litt damals schon an Alzheimer. Von der Seite war also auch keine Hilfe zu erwarten. Ja, es ging mir echt schlecht. Depressionen. Verfolgungswahn. Nenn es, wie du möchtest. Der Arzt hat es jedenfalls schnell in den Griff bekommen. Ich musste danach einfach raus aus München, wie gesagt. Da habe ich die Reißleine gezogen und bin hierher. Seitdem geht es mir blendend.« Julius zog das zweite, volle Glas zu sich heran. »Vorhin, auf dem Weg zum Bahnhof, das war etwas ganz anderes als damals. Natürlich nimmt mich Claires Anruf mit, natürlich ärgere ich mich über den Rauswurf. Aber da war heute jemand, der mich verfolgt hat. Ganz eindeutig.« Er nahm einen tiefen Schluck. »Und glaube mir: Das hat sich nicht gut angefühlt.«

»Das verstehe ich. Ich will ja auch nicht sagen, dass ...« Marc brach ab und zog sein vibrierendes Mobiltelefon hervor. Nach einem Blick auf das Display verdrehte er die Augen. »Michelle«, raunte er. Nach einem tiefen Seufzer nahm er das Gespräch an. »Hallo, Schatz, ich ... Ja, das weiß ich ... Nein ... Julius ... Habe ich dir doch ...« Er zog eine Grimasse und schüttelte genervt den Kopf. »Natürlich, Schatz. ... Wenn der Kleine ... okay ... natürlich, Schatz ... ja, ja ... das sage ich ja ... okay!« Er beendete das Gespräch und stand gleichzeitig auf. »Ich muss los, tut mir leid, Mann. Aber Michelles Nerven liegen so was von blank.« Gehetzt kippte er den Rest seines Bieres hinunter, dann zog er die

Jacke über. »Wir sprechen uns, okay? Wird schon werden. Du kennst ja den Spruch: Wo sich eine Tür schließt, öffnet sich eine andere.« Er beugte sich vor und klopfte Julius auf die Schulter. »Kopf hoch. Und du weißt: Zur Not steigst du durch das Fenster ein.« Er lachte halbherzig. Damit drehte er sich um und ging zur Tür. Beim Hinausgehen nickte er noch ein, zwei Leuten zu, die er kannte. Dann nahm ihn die Dunkelheit auf wie einen Freund.

Gedankenverloren nippte Julius an dem Bier, schob es von sich. Es schmeckte auf einmal schal. Auf dem Bildschirm lief Werbung für einen Autoversicherer. Julius fuhr sich mit beiden Händen über den Kopf. Inmitten des vollen Pubs fühlte er sich einsam und verlassen. Er starrte vor sich hin und bemerkte die junge Frau erst, als sie mit einer Hand vor seinem Gesicht herumwedelte.

»Gehst du auch gleich?«, fragte sie Julius und warf ihrer Freundin, die eine Hand bereits fest um die Lehne des freien Stuhls gelegt hatte, einen belustigten Blick zu. »Wir würden den Tisch dann gerne übernehmen«, fügte sie kühl hinzu und zog ihren Mantel aus. Wartend klemmte sie ihn unter den Arm. Ihre Freundin zog den freien Stuhl halb zu sich.

»Ja, klar«, antwortete Julius und stand auf. »Der Tisch gehört euch.« Er nahm seine Jacke von der Stuhllehne und hatte noch keinen Schritt zur Seite gemacht, da zwängte sich die Frau, die ihn angesprochen hatte, schon ungeduldig vorbei, um Platz zu nehmen. »Einen schönen Abend«, wünschte Julius den beiden. Er erhielt keine Antwort.

Viertes Kapitel

Julius zog die Schultern hoch. Es war kalt, sein Atem bildete kleine Wölkchen in der Luft. In Purley war zu dieser späten Stunde nicht mehr viel los. Der Stadtteil im tiefen Süden Londons gehörte zum Bezirk Croydon und war vor etwa einhundert Jahren auf Teufel komm raus bebaut worden. Die typischen Reihen backsteinfarbiger Häuser zogen sich die Straßenränder entlang. Bis nach Hause hatte Julius es nicht weit. Vom *Queen's Head* ging er die Godstone Road Richtung Kenley entlang, kam an einer Tankstelle vorbei. Sie hatte bereits seit Stunden geschlossen.

War schon hier, auf einer der Hauptverkehrsstraßen Purleys, kaum jemand unterwegs, wurde es nach dem Abbiegen in die Sunnydene Road noch ruhiger. In den beleuchteten Fenstern jener Wohnhäuser, in denen zu dieser späten Stunde noch Menschen wach waren, konnte Julius vereinzelt Fernsehgeräte flimmern sehen. Aus der Erdgeschosswohnung eines Gebäudes erklangen zwei Stimmen im Streit. Doch sie verstummten abrupt, als Julius im Vorbeigehen in das Fenster spähte. Nahezu gleichzeitig erlosch das Licht.

Julius lauschte seinen eigenen Schritten auf dem Asphalt. Sie erzeugten einen Rhythmus, der etwas Einschläferndes hatte. Herzhaft gähnte er. Erst jetzt bemerkte er, dass er todmüde war. Erschöpft und ausgelaugt. Alles andere wäre am Ende dieses katastrophalen Tages wohl auch ein Wunder gewesen.

Ein aufkommendes Frösteln wollte er erst der Müdigkeit zuschreiben. Doch als sich Sekunden später seine Nackenhaare aufstellten und ihm ein eisiger Zug von den Schulterblättern ausgehend durch den Körper lief, schnappte er nach Luft. Hastig wandte er sich um, spähte in die von nur wenigen Straßenlaternen durchbrochene Dunkelheit. Mehrmals drehte er sich um seine eigene Achse, suchte den Verfolger.

Dort! Bewegte sich dort etwas in den Schatten eines Gebäudes? Schmerzhaft zog sich Julius' Magen zusammen. Nein, dort war nichts. Er hatte sich wohl getäuscht. Tief atmete er ein und aus. Doch es stellte sich keine Beruhigung ein. Wie auch? Julius war sicher, dass immer noch der Blick eines Augenpaars auf ihm lag und jede seiner Bewegungen verfolgte. Das Wissen schrie in seinem Kopf wie ein in die Ecke gedrängtes Tier. Seine Hände zitterten, und er tat einen Schritt nach hinten. Du bildest dir das nur ein, sagte er zu sich selbst. Da ist niemand. Bloße Einbildung. Während er den Gedanken wiederholte, wusste er, dass er nur versuchte, sich selbst zu belügen.

Wie zur Bestätigung waberte ein leises Lachen durch die Dunkelheit. Julius erstarrte zur Salzsäule. Das Lachen wiederholte sich. Es wirkte amüsiert. Und siegessicher. Julius' Blick schoss über die Straße. Nirgends konnte er jemanden sehen. Mit einem Ärmel seiner Jacke wischte er über die Stirn. Sie war feucht von kaltem Schweiß. Er öffnete den Mund, wollte etwas sagen. Stattdessen kam nur ein krächzender Laut hervor. Er trat einen weiteren Schritt rückwärts. Und einen weiteren. Dann drehte er sich ruckartig um und rannte den Bürgersteig hinab. Über dem Pochen seines Herzens, das in den Ohren vibrierte, meinte er in seinem Rücken erneut das Lachen zu hören. Es klang furchtbar. Wie aus einer anderen Welt.

Erst als er in die Elm Road einbog, verlangsamte Julius sein Tempo. Während er in schnellem Schritt bis zum Ende der Sackgasse ging, grub er in seiner Hosentasche nach dem Haustürschlüssel. Mit zitternden Fingern schob er den Schlüssel ins Schloss, betrat den kleinen Flur und öffnete mit einem zweiten Schlüssel die Tür zu seinem Apartment, das sich im Erdgeschoss befand. Hastig verriegelte er die Zimmertür hinter sich, lehnte den Rücken gegen die Tür und rang nach Atem. So verharrte er ein paar Minuten. Dann ließ er sich zu Boden gleiten, schlang die Arme um seine Knie.

Er musste die Ruhe bewahren. Sonst wurde er wirklich noch verrückt. Das Lachen hallte dumpf in seinem Kopf nach. Er hatte es gehört, ganz sicher. Wieso war er eigentlich weggelaufen? Er hätte den Typ stellen sollen. Vielleicht war es nur ein Obdachloser gewesen, den er unwissentlich gestört hatte. Oder war es Marc, der sich einen Spaß mit ihm erlaubte? Kurz schöpfte Julius Hoffnung, dass dies die simple Erklärung war. Doch dann dachte er an heute Vormittag, an den Rückweg von der Arbeit. Er war sicher gewesen, dass ihm ebenfalls jemand folgte. Darum hatte er Marc ja angerufen, und der war gerade bei der Arbeit gewesen. Nein, wer immer sich einen Spaß mit ihm erlaubte, Marc war es nicht.

Er hatte das Lachen doch gehört, oder? Ganz sicher! Erschöpft stützte Julius seine Schläfen in den Handflächen ab und schloss die Augen.

Er konnte hinterher gar nicht mehr sagen, wie lange er so dagesessen hatte. In der Dunkelheit, auf dem Boden vor seiner Tür. Waren es ein paar Minuten gewesen? Eine Stunde? Jedenfalls war es seine volle Blase, die ihn zwang, die unbequeme Sitzposition aufzugeben und sich zu erheben. Mit schmerzenden Beinen humpelte Julius in das kleine Badezimmer, schaltete das Licht ein und stellte sich vor die Toilettenschüssel.

Während er dort stand, kehrte der verlockende Gedanke zurück, dass er sich den Verfolger sicherlich nur eingebildet hatte. Vielleicht lag Marc gar nicht so falsch mit seiner Mutmaßung, dass der Stress Auslöser dieser Sinnestäuschungen war. Das musste nicht heißen, dass er ein psychisches Problem hatte, so wie damals in München. Nein, das musste es ja gar nicht heißen. Der Stress hatte ihm einen Streich gespielt, mehr nicht. Erst die Kündigung, dann Claires Anruf. Jeder normale Mensch wäre davon mitgenommen. Jeder normale Mensch!

Er betätigte die Spülung, und während das Wasser durch die Rohre rauschte, wuchs seine Zuversicht. Alles würde sich einrenken. Er hatte jetzt ein paar Tage Zeit, einen neuen Job zu suchen. In München hatte er einen Abschluss in BWL gemacht. Mit Ach und Krach zwar, aber es war ein Abschluss. Damit konnte er eigentlich alles tun. Jede Art von Bürojob. Zur Not auch wieder in den Verkauf gehen. Die Briten sahen das nicht so eng. Von wegen nur in dem Job arbeiten, den man gelernt hatte! Das war typisch deutsch. Aber seine deutsche Muttersprache würde ein echter Trumpf sein, Brexit hin oder her. Mit Deutschland wollten schließlich alle Geschäfte machen.

Er wusch sich die Hände und nickte dabei seinem Spiegelbild aufmunternd zu. Er würde das hinbekommen. Und Claire sollte bleiben, wo der Pfeffer wächst. Was hatte sie überhaupt mit diesem Zettel und dieser Kathrin gemeint? Wenn er es sich recht überlegte: Sie hatte am Telefon ziemlich wirr geklungen. Nicht er hatte ein Problem, Claire hatte offensichtlich eins. Da war es besser, wenn er sich von ihr fernhielt. Er hatte jetzt andere Sorgen, da konnte er sich nicht um Claires Gemütszustand kümmern. Wirklich nicht. Er musste sich jetzt auf seine Sachen konzentrieren. Nächste Woche hatte er Geburtstag, den würde er einfach mit zwei, drei Jungs bei einem Bier feiern. Und einen Tag danach kam schon Emilia nach London. Das war jetzt wichtig – Emilia. Er hatte sie ein ganzes Jahr lang nicht gesehen und bloß gelegentlich mit ihr telefoniert. Immer nur für ein paar Minuten, was sollte man mit einem kleinen Kind am Telefon auch besprechen? Doch jetzt kam sie für zehn Tage zu ihm. Es war ein Wunder, dass Sandra dem zugestimmt hatte. Ein Weihnachtswunder sozusagen. Er grinste. Alles würde anders werden. Besser. Er würde ein guter Vater sein. Emilia die Stadt zeigen. Weihnachten hier in der Wohnung feiern, mit Weihnachtsbaum und allem, was dazugehörte. Es würde der Beginn einer ganz neuen Beziehung zu seiner Tochter sein. Ja, das würde es. Den Stress musste er einfach ausblenden, der war nicht wichtig. Emilia war wichtig. Dass er sich nicht verrückt machen ließ, das war wichtig.

Das Licht aus dem Badezimmer im Rücken, trat er zu der kleinen Küchenzeile und öffnete den Kühlschrank. Leicht rümpfte er die Nase. Er würde den Kühlschrank bald wieder einmal reinigen müssen. Seine Hand fand die Bierflasche, ohne hinzuschauen. Als er sie heraushob, entschlüpfte sie beinahe seinen Fingern. Im letzten Moment fing er sie mit beiden Händen auf. Sie fühlte sich feucht an, irgendetwas im Kühlschrank war anscheinend ausgelaufen. Er stöhnte auf. Das hatte ihm jetzt noch gefehlt. Mit drei Schritten war er neben der Wohnungstür und betätigte den Lichtschalter. Zwei Halogenstrahler tauchten den Raum in ein unangenehm kaltes Licht.

»Was zum…«, stieß Julius aus und ließ im selben Moment die Flasche los. Sie zersprang mit einem lauten Knall auf dem Boden. Biergeruch breitete sich sofort im Zimmer aus. Doch Julius konnte nur auf seine Hände starren. Sie waren rot. Blutrot. »Was zum…«, flüsterte er tonlos. Wieso waren seine Hände rot? Sein Blick glitt zu den Scherben auf dem Boden. Auch dort waren rote Flecken zu sehen. Sie mischten sich mit dem schäumenden Bier und bildeten darin kleine Lachen auf dem beigen Teppich.

Die rote Farbe war über die Flasche an seine Hände gelangt. Stirnrunzelnd sah Julius zum Kühlschrank. Er überlegte kurz, dann wusch er die Hände im Badezimmer, griff nach einer Rolle Toilettenpapier und wickelte mehrere Lagen ab. Das Papier verteilte er auf dem Teppich. Hier, an dieser Stelle, wollte er für Emilia den Weihnachtsbaum aufstellen, schoss es ihm in den Kopf. Verdammt, morgen würde er Raj, seinen Vermieter, informieren müssen. Das würde ein Theater geben. Was das wohl kosten würde, den Teppich zu reinigen?

Vorsichtig trat Julius über das vollgesogene Papier am Boden hinweg, dann ging er in die Hocke und öffnete den Kühlschrank.

Sein Verstand benötigte einige Sekunden, um zu verarbeiten, was seine Augen sahen. Dann stieß er einen gurgelnden Laut aus und fiel nach hintenüber, robbte rückwärts vom Kühlschrank weg, in das feuchte Toilettenpapier.

Von dort aus starrte er in den geöffneten Kühlschrank. Starrte auf das Rot, das überall darin klebte. Starrte in Christies Augen, die ihn vorwurfsvoll anzusehen schienen.

Julius würgte. Die Katze. Rajs Katze. Sie lag im mittleren Fach des Kühlschranks. Ein rosafarbenes Gewirr aus Fleisch und Gedärmen. Jemand hatte sie gehäutet. Und eine Seite aufgeschnitten, sodass das Innere aus dem Tier herausquoll. Der Schwanz war abgetrennt worden. Julius starrte in den Kühlschrank und würgte.

Anklagend sahen die riesigen, freigelegten Augen Julius an. Eine kleine Blutlache sammelte sich vor dem Kühlschrank. Das Rot tropfte von der Tür hinab, speiste die Lache langsam. Von Bierflaschen tropfte es, von einer Milchtüte. Von einem Stück Butter.

Julius schaffte es nicht mehr rechtzeitig bis ins Badezimmer. Ein Teil des Erbrochenen traf die Zimmertür, ein anderer den Boden vor der Toilette. Es war ihm egal. Wohin er auch blickte, er sah nur Christies malträtierten Körper.

Als er schließlich schwer atmend zurück in den Wohnraum trat, musste er sich zwingen, nicht zum Kühlschrank zu schauen. Stattdessen streifte sein Blick das Fenster. Erstmals bemerkte er, dass er wohl vergessen hatte, es ganz zu schließen. Ein kleines Stück des Holzrahmens war hochgeschoben.

Einen Schritt hatte Julius bereits auf das Fenster zugemacht, da blieb er wie versteinert stehen. Da war eine Bewegung vor dem Fenster. Dann ertönte ein Lachen, zwängte sich durch den schmalen Fensterschlitz in seine Wohnung. Es war dasselbe Lachen, das er vorhin bereits auf der Straße gehört hatte.

Fünftes Kapitel

In dem beengten Badezimmer hing immer noch der Geruch von Erbrochenem. Die Lüftung brummte wie eine wütende Schmeißfliege. Kaum anzunehmen, dass sie irgendetwas bewirken würde. Ein Badezimmer mit einem Fenster wäre wunderbar gewesen. Sein Budget gab Julius jedoch etwas anderes vor. Er schluckte. Ein Budget, das es nun nicht mehr gab. Verzweiflung stieg in ihm auf, nicht unähnlich der vorherigen Übelkeit. Nur mühsam konnte er sie niederdrücken.

Einen Schritt nach dem anderen, mahnte Julius sich. Langsam stellte er den Eimer ab und setzte sich auf den Toilettendeckel.

Nachdem er die Polizei gerufen hatte, war er mit dem Eimer und einem Lappen durch das Apartment gekrochen, um die Kotze, das Bier und das Blut zu beseitigen. Soweit es ihm möglich war. Während er die Glasscherben einsammelte, wischte und schrubbte, vermied er den Blick in den Kühlschrank. Doch wie ein übermächtiges Artefakt zog die gehäutete Katze an seiner Aufmerksamkeit.

Vom Toilettendeckel aus schaute Julius den beiden Polizisten der Metropolitan Police dabei zu, wie sie den Wohnraum inspizierten. Eine Stunde hatte es gedauert, bis die Police Constables aufkreuzten. Ihre Namen hatte er sich nicht merken können. Er konzentrierte sich auf das Summen der Lüftung. Es hatte eine aufheulende Note bekommen, die nun alle paar Sekunden einen eigenen, unregelmäßigen Takt vorgab.

Der kleinere der Männer sagte etwas zu dem anderen.

Die Antwort bestand in einem Grunzen und Kopfschütteln. Beide Polizisten schauten kurz zu Julius herüber, dann drehten sie weiter ihre Runde. Blieben abermals vor dem Kühlschrank stehen und starrten hinein. Zum wievielten Mal taten sie das nun? Wie lange tanzten sie schon vor Christie herum? Julius kam es wie eine Ewigkeit vor.

Der größere Polizist drehte sich schließlich um. Er trat zwei Schritte auf die Badezimmertür zu, während sein Kollege einen Notizblock und einen Stift zückte, sich aber im Hintergrund hielt. Vor dem Kühlschrank, in dem Christie mit weit geöffneten Augen vorwurfsvoll Hof hielt.

»Sie haben das Tier also im Kühlschrank gefunden?«, fragte der Constable. »In diesem Zustand?«

Julius nickte.

»Und das Fenster war geöffnet, als Sie nach Hause kamen? Draußen haben Sie dann einen Mann gesehen?«

Julius räusperte sich, schob mit einem Fuß den Eimer ein wenig zur Seite. »Ich habe eine Bewegung vor dem Fenster gesehen. Eine Person habe ich nicht erkannt. Doch dann kam dieses Lachen. Ich denke, es gehörte einem Mann. Aber ich möchte mich da nicht festlegen.«

»Hm.« Der Polizist nickte. »Ein Lachen.« Er kratzte sich am Kinn. »Und die Katze gehört Ihrem Vermieter?«

»Ja, Raj. Er wohnt oben.« Julius deutete an die Decke.

»Wurde etwas gestohlen?«, warf der andere Polizist von hinten ein.

»Es sieht nicht so aus.« Julius schüttelte den Kopf. »Christie … also die Katze. Das ist das Einzige, was hier in der Wohnung …« Er stockte, spürte die Übelkeit zurückkehren.

»Die Katze, ja.« Der größere Constable legte die Stirn in Falten. »Haben Sie Feinde hier im Haus, Mr Sonnenberg?«

»Feinde?«, fragte Julius verdutzt. »Nein. Nicht, dass ich

wüsste. Mein Vermieter wohnt oben, wie gesagt. Neben mir eine Studentin aus Spanien, doch die ist seit ein paar Wochen kaum da. Lebt im Grunde bei ihrem Freund. Keine Feinde, wirklich nicht.«

»Auch nicht unter den Nachbarn in der Straße? Jemand, mit dem Sie im Streit liegen? Weil Sie mal etwas in seine Mülltonne geworfen haben? Oder mit dem Auto auf dem Parkplatz standen, den sonst immer die Nachbarin nutzt?«

»Ich habe kein Auto«, sagte Julius tonlos.

»Meist sind es Streitigkeiten unter Nachbarn, die zu so was führen.« Der Mann deutete über seine Schulter in Richtung Kühlschrank. »Sie können sich kaum vorstellen, was wir so alles zu sehen bekommen.«

Der andere Constable gab ein zustimmendes Schnaufen von sich.

Für einen Moment wollte Julius von dem Verfolger berichten, der ihn bereits am Vormittag beobachtet hatte. Doch er musste mit einem neu aufflackernden Magenstechen an Marcs Reaktion denken. Er hatte keinerlei Beweise für seine Geschichte. Und wollte er den Polizisten im gleichen Atemzug wirklich von Claires Anruf und dem Rausschmiss bei der Arbeit erzählen? Julius stand auf und trat in den Türrahmen. »Wie geht es jetzt weiter?«

»Na, wir nehmen alles auf. Einbruch. Tierquälerei.«

»Und der Kerl vor dem Fenster?«

»Sie sagten doch, dass Sie gar nicht wissen, ob es sich um einen Mann handelt, Sir.« In die Stimme des Polizisten schlich sich Ungeduld. »Sie meinten, ein unbestimmtes Lachen gehört zu haben.« Er zuckte mit den Schultern. »Lachen allein ist noch nicht strafbar.«

»Aber ...«, stammelte Julius. »Die Katze.«

»Ich muss gleich noch mit Ihrem Vermieter sprechen, doch die nehmen wir natürlich mit. Sie muss auch fachmännisch entsorgt werden. Die können Sie nicht einfach so in den Müll werfen. Mein Kollege wird das Tier einpacken.«

Ein unterdrückter Protestlaut kam von hinten, gefolgt von einem demonstrativ lauten Plastikrascheln.

Julius fasste sich an den Kopf. Pochende Kopfschmerzen rumorten hinter der Stirn. Das Geräusch der Lüftung war zu einem Brüllen angeschwollen. Die Polizisten schienen es nicht zu bemerken.

»Sie sollten sich hinlegen und schlafen«, fuhr der Constable fort. Er musterte Julius, nicht ohne eine Spur Mitleid. »Wir schreiben einen Bericht und geben ihn weiter. Mit Tierquälerei ist nicht zu spaßen. Sollten sich noch Fragen ergeben, werden sich die Kollegen bei Ihnen melden.«

»John«, ertönte die Stimme des anderen Polizisten, »schau dir das hier mal an.«

»Was denn?« Der Angesprochene trat zu seinem Kollegen.

Julius sah, wie sich beide Männer über Christie beugten, die kopfüber halb in einem Plastikbeutel steckte. Er fing die Blicke auf, welche die Polizisten ihm kurz zuwarfen, bevor sie erneut über dem gehäuteten Tier die Köpfe zusammensteckten. Für einige Sekunden vernahm Julius ihr eindringliches Gemurmel, dann winkte der größere Polizist ihn zu sich.

Wie in Trance trat Julius näher an die Beamten heran. Er vermied den Blick auf die Katze, bis der Polizist ihn aufforderte, Christie anzusehen.

»Sehen Sie hier, die Seite«, sagte der Constable und deutete mit dem kleinen Finger auf rosafarbenes Fleisch. »Erkennen Sie das?«

»Striche«, hauchte Julius. Erneut wurde ihm übel. In der Plastiktüte sammelten sich die Innereien, die aus dem Schnitt auf der anderen Seite des Tieres herausquollen. Er versuchte zu schlucken, kam aber gegen den emporsteigenden Brechreiz nicht an. Er lenkte den Blick auf den Boden. Auf die feuchten Stellen auf dem Teppich.

»Diese Striche«, sagte der Constable namens John, »sind mehr als bloße Striche.«

Sein Kollege nickte bedächtig.

»Sehen Sie hier«, forderte der Polizist Julius abermals auf.

Doch Julius hielt den Blick starr auf den Boden gesenkt, ganz damit beschäftigt, gegen den Brechreiz anzukämpfen.

»Hier hat jemand in die Seite der Katze ein Zeichen geschnitten«, fuhr der Mann unbeirrt fort. »Ein Hakenkreuz.«

»Ja, ganz eindeutig«, pflichtete der Kollege bei. »Ein Hakenkreuz. Sehen Sie?«

Ein Würgen schnürte Julius' Kehle zusammen. Diesmal schaffte er es rechtzeitig bis zur Toilettenschüssel. Nachdem er die Spülung betätigt und den Mund mit Wasser ausgespült hatte, stellte er mit einem schnellen Blick in den Nebenraum dankbar fest, dass Christie nicht mehr zu sehen war. Constable John stand allein in der Mitte des Zimmers. Die Wohnungstür war angelehnt.

»Sie sollten sich wohl wirklich besser ausruhen«, nickte der Polizist. »Mein Kollege hat das Tier bereits in den Wagen gebracht und wartet dort auf mich.« Er schüttelte den Kopf. »Eine Tierquälerei, furchtbar. Was manchen Menschen einfällt.« Seine Worte klangen nicht wirklich erstaunt, eher wie eine sachliche Feststellung.

Es war gerade diese Nüchternheit, die erneut ein Gefühl des Grauens in Julius aufsteigen ließ. Er wollte nicht wissen, was der Constable sonst noch alles zu sehen bekam. Eine gehäutete Katze, deren Innereien sich in einen Kühlschrank ergossen, schien nicht am oberen Rand der Skala der Abscheulichkeiten zu rangieren.

»Und das Hakenkreuz?«, fragte er heiser.

Der Polizist legte die Stirn in Falten. »Sie sind Deutscher, Sir?«

Das hatte Julius bei der Angabe seiner Personalien bereits gesagt, doch er nickte bestätigend.

»Ich fragte Sie ja schon nach Nachbarn, mit denen Sie im Streit liegen. Die Erfahrung zeigt, dass Vorkommnisse wie dieses in den allermeisten Fällen mit der direkten Umgebung zu tun haben. Da werden Kothaufen durch Briefschlitze geschoben, Hunde vergiftet. Oder dem Kaninchen der Nachbarstochter der Hals umgedreht. Die Gründe sind meist albern, von außen betrachtet. Nur nicht für die Betroffenen. Da wird aus Laub, das vom Nachbargrundstück herüberweht, ein Kleinkrieg.« Der Mann zögerte kurz. »Manchmal reicht es bereits aus, einer anderen Nationalität anzugehören.« Er nahm die Hände aus den Hosentaschen und verschränkte sie vor der Brust. »Seit der Diskussion um den Austritt des Königreichs aus der EU verzeichnen wir vermehrt solche Übergriffe. Aber das sage ich nur unter uns. Auf Polen, Spanier. Manchmal auch Deutsche. Selten auf Deutsche, aber es kommt vor.« Er schaute zum Kühlschrank, dessen Tür immer noch weit geöffnet stand. »Meist handelt es sich um Beleidigungen. Zerkratzte Autotüren. Selten wird auch mal jemand handgreiflich. Dann ist fast immer Alkohol mit im Spiel.« Er überlegte. »Ich könnte mir vorstellen, dass ein übereifriger Austrittsfanatiker Freude daran hat, Ihnen einen Schrecken einzujagen. Ihnen sagen will, Sie sollen nach Deutschland zurückkehren. Aller Wahrscheinlichkeit nach handelt es sich um jemanden, den Sie kennen. Von dem Sie diese Abneigung aber gar nicht erwarten.« Der Polizist spreizte die Arme. Die Bewegung hatte etwas Entschuldigendes, aber auch etwas Resigniertes. »Im Augenblick können wir jedenfalls nicht mehr machen. Mein Kollege wird …« Er brach ab, als eine Stimme von der Wohnungstür erklang.

»Was ist denn hier los?« Mit Schwung öffnete sich die Tür, und ein kleiner Mann mit Brille und Vollglatze betrat den Raum. Er trug ein ausgefranstes, mit Essensresten beflecktes T-Shirt und eine schlabberige, ebenfalls nicht sonderlich reinliche Jogginghose. »Was ist passiert, Julius?« Doch bevor Julius etwas antworten konnte, sprach der Mann weiter. »Die Polizei in meinem Haus!« Er rang die Hände. »Es ist doch hoffentlich nichts Schlimmes geschehen? Dies ist ein sehr anständiges Haus, Constable!«

»Sie sind Mr Sonnenbergs Vermieter, Sir?« Der Polizist hatte sich keine Sekunde aus der Ruhe bringen lassen.

Der Mann nickte, während sein Blick durch das Zimmer schoss. Mit gerunzelter Stirn blieb er am geöffneten Kühlschrank hängen. Dann sah er den Constable durch verschmierte Brillengläser an. »Das ist richtig, mir gehört dieses Haus. Mein Name ist Raj Ram.« Er deutete auf den Kühlschrank. »Ist das Rote dort Blut?«

»Mein Name ist Constable Fuller, Sir. Von der Metropolitan Police. Wir wurden von Ihrem Mieter gerufen, da es wohl einen Einbruch in diese Wohnung gab. Haben Sie vielleicht etwas Ungewöhnliches bemerkt? Jemanden in der Nähe des Hauses gesehen? Etwas gehört?«

»Einen Einbruch?« Raj stemmte die Fäuste in die Hüfte. »Ich habe nichts bemerkt. Wie soll der Einbrecher denn hereingekommen sein?«

»Eines der Fenster war nicht ganz geschlossen«, sagte Julius. Er räusperte sich, fuhr mit belegter Stimme fort. »Und Raj ... Christie.«

»Ihre Katze«, ergänzte der Constable.

»Mein Kater«, korrigierte der Vermieter. »Christie. Wie Linford Christie. Der Olympiasieger im Sprint. Was ist mit ihm?«

Hilfe suchend sah Julius Constable Fuller an.

»Es scheint, als sei Ihr Kater von dem Eindringling getötet worden, Mr Ram.« Fuller nickte. »Nicht in der Wohnung, wohlgemerkt. Dafür gibt es keine Spuren. Er wurde irgendwo draußen getötet und hier in den Kühlschrank gelegt. Es tut mir leid.« Er legte eine Pause ein, während Raj ihn mit offenem Mund anstarrte. »Wir schreiben eine Anzeige wegen schwerer Tierquälerei und geben den Vorgang an die zuständigen Kollegen weiter.«

»Vorgang ...«, krächzte Raj. Seine Augen richteten sich abwechselnd auf den Constable und auf Julius. »Christie ... getötet?« Er schüttelte vehement den Kopf. Dann glitt sein Blick zum Kühlschrank. Er machte einen unbeholfenen Schritt auf das surrende Gerät zu, die Hand auf den Mund gepresst, die Augen weit aufgerissen. »Das Blut«, hauchte er in seine hohle Hand. Er schluchzte auf.

»Raj, es tut mir leid ...«, setzte Julius an.

Mit einer vehementen Drehung wandte Raj sich auf dem Absatz um, schnellte auf Julius zu und rammte ihm mit einer brüsken Bewegung einen Zeigefinger vor die Brust.

»Was hast du mit Christie gemacht?«, zischte er, Tränen in den Augen. »Was, zum Teufel, hast du mit Christie gemacht?«

»Sir, bitte beruhigen Sie sich.« Der Constable schob sich zwischen Julius und Raj. »Ich verstehe Ihre Aufregung völlig, Mr Ram. Doch es war Ihr Mieter, der uns rief, als er die Katze ... ich meine, den Kater in seinem Kühlschrank fand, Sir. Mr Sonnenberg schien sehr mitgenommen, nachdem er das verstümmelte Tier gefunden hatte.«

Schrill schrie Raj auf. »Verstümmelt?« Blitzschnell schlüpfte er an dem Polizisten vorbei und griff Julius mit beiden Händen am Pullover. »Ich wusste von vorneherein, dass es keine gute Idee war, dich hier einziehen zu lassen«, stieß er hervor. »Doch meine Frau wusste es ja mal wieder besser! Der arme Junge, getrennt von seiner Tochter. Das hat sie gesagt. Sie wusste es ja mal wieder besser.«

Julius wollte einen Schritt nach hinten treten, doch der kleine Mann hatte ihn fest im Griff. Mit nassen Augen funkelte Raj ihn an. »Du hast Christie immer zu dir gelockt, das hast du. Wie hast du ihn umgebracht? Vergiftet? Was hast du dann mit ihm gemacht? Was? Ich verfluche den Tag, an dem wir dich in unser Haus gelassen haben. Warum hast du das getan? Warum?« Mit einer Faust schlug er Julius gegen die Brust.

Wie vom Donner gerührt starrte Julius in die wutverzerrte Fratze. Das war nicht mehr Raj, der hier vor ihm stand. Dies war eine Rachegottheit. Kali, schoss es Julius in den Kopf. Blut und Zorn.

»Es reicht!«, ging Constable Fuller mit harter Stimme dazwischen und zog den aufgebrachten Vermieter von Julius weg. »Sie verlassen jetzt diese Wohnung, Sir.« Er schob den schluchzenden Raj in Richtung Tür. »Gehen Sie schlafen, Mr Ram. Mit klarem Kopf sieht die Welt morgen sicherlich schon anders aus.« Der Constable bedeutete Julius mit einem Blick, im Raum zu bleiben. Dann drückte er Raj, den nun alle Kraft verlassen zu haben schien, sachte in den Flur. Wie von ganz ferne hörte Julius, wie der Constable beruhigend auf Raj einredete, während er ihn ins höher gelegene Stockwerk begleitete.

Julius ließ sich auf dem Boden nieder, zog die Beine an und umschlang sie mit den Armen. Er fühlte sich gefangen in einem Wahnsinn, der kein Ende nehmen wollte. Heute war der furchtbarste Tag seines Lebens. Ganz eindeutig.

Er hörte, wie die Männer im oberen Stockwerk ankamen und der Vermieter dort nach Putri, seiner Frau, rief. Dann folgte in Rajs Muttersprache Telugu ein Redeschwall, der von einem klagenden Aufschrei von Mrs Ram beendet wurde. In der nachfolgenden, plötzlichen Stille nahm Julius mit schmerzhafter Intensität wahr, wie das Blut in seinen Ohren pochte. Oder war es eine Mischung aus dem Brummen der Badezimmerlüftung und dem Summen des Kühlschranks? Mit dem aufgerissenen roten Rachen eines hungrigen Tieres fauchte der Kühlschrank ihm entgegen.

Der verdammte Kühlschrank. Entnervt sprang Julius auf und knallte die Tür zu.

Sechstes Kapitel

München, 1945

»Du hast geweint und geschrien, im Traum«, sagt Helene. Sie kann sich nicht daran erinnern, geschrien zu haben. Aber es wird wohl stimmen. An den Traum selbst hat sie eine Erinnerung. Natürlich. Es ist schließlich immer ein ähnlicher Traum, der sie heimsucht, sobald sie die Augen schließt. Aber dass sie geschrien hat?

Mit der flachen Hand fährt sie nachdenklich über die abgenutzte Tischplatte. Für einen Augenblick ist sie versucht, den Kopf daraufzulegen, die Wange gegen das Holz zu schmiegen. Es ist gerade so schön ruhig in der Wohnung. Alle anderen sind außer Haus. Einzig Helmut und sie sind daheim geblieben. Nur für einen Moment würde sie gern die Augen schließen. Der Müdigkeit nachgeben. Jäh schreckt sie auf – entsetzt über die Tollkühnheit dieses Gedankens. Die Augen schließen? Gütiger Gott! Nicht, wenn es nicht unbedingt sein muss.

Helmut spielt im Nebenzimmer mit ein paar Bauklötzen. Eigentlich ist er schon zu alt dafür. Doch die Auswahl ist nun einmal begrenzt. Sie schaut sich mit müden Augen um. Selbst hier in der Küche liegen zwei Matratzen auf dem Boden – die Schlafstätten von Joseph und Erich. Sie würde so gern schlafen. Joseph hat eine Verletzung am linken Arm. Er kann ihn nicht mehr richtig bewegen. Zum Glück sei es nur der linke, scherzt Joseph immer. Ein nettes Lächeln hat er. Sie muss an Franz denken, von dem sie noch immer nichts gehört hat.

Die Wohnung ist vollgestellt mit allerlei Habseligkeiten, mit Matratzen und Möbeln, die noch halbwegs zu gebrauchen sind. Die Enge ist kaum auszuhalten. Doch es könnte schlimmer sein, das weiß sie. Ein Glück, dass Helenes Wohnung nicht zerstört wurde. Sie stützt den Kopf in die Hände, schaut wieder hinab auf die Tischplatte. Sieht die Reste weißer Farbe auf dem braunen Holz. Die Oberfläche ist voller Schrammen und Kerben. Überzogen von Schnitten und Wunden. Wie ich, denkt sie mit gerunzelter Stirn. Wie ich auch.

Erschöpft schließt sie die Augen. Nach wenigen Sekunden schreckt sie erneut auf. Nicht, wenn es nicht unbedingt sein muss, mahnt sie sich. Die Hölle beginnt drei Atemzüge hinter ihren geschlossenen Augenlidern.

Ihr Kopf ist unnatürlich heiß. Die Hitze pulsiert von den Schläfen hinüber in ihre Hände. So ist es jetzt fast immer. Erst ist ihr heiß, dann plötzlich bitterkalt. Doch der Schweiß rinnt ständig den Körper hinunter, ohne Unterlass. Ein abgegriffenes Stück Stoff ist zu ihrem ständigen Begleiter geworden. Der Rest eines Mantelärmels? Mit ihm wischt sie sich beständig über die Stirn, den Nacken. Jeden Abend muss sie den Stoff auswaschen und zum Trocknen aufhängen. Bald muss sie auch den Rock wieder enger nähen. Sie wird immer dünner. Mühsam verdrängt sie den Gedanken an das Fieber, das ihren Körper verzehrt. Solange kein Husten dazukommt, wird es nicht weiter schlimm sein, beruhigt sie sich. Das leichte Krächzen, welches ihre Kehle quält, ist kein Husten. Wirklich nicht. Da ist sie sich absolut sicher. Nein, solange zu dem Fieber kein Husten dazukommt, braucht sie sich keine Sorgen zu machen. Es wird schon irgendwie gehen. Irgendwie geht es immer.

Das Flüstern im Kopf, das ist es, was sie beunruhigt. Es schweigt jetzt immer seltener, es bereitet ihr Angst. Unerbittlich erinnert es sie an etwas, an das sie sich nicht erinnern möchte. Sie möchte, dass es aufhört. Manchmal wird es so laut, dass es ihr schier den Kopf zerreißt.

Sie legt die Hände auf den Tisch. Um sich abzulenken, klopft sie einen Rhythmus auf das Holz. Wenn sie zu sehr an das Flüstern denkt, fühlt es sich eingeladen. Um Himmels willen! Alles, nur das nicht!

Wieder und wieder berühren ihre Fingerspitzen die Tischplatte. Erstaunt stellt sie fest, dass sie mit leiser, heiserer Stimme eine kleine Melodie dazu anstimmt. Geradezu erleichtert lässt sie sich in die Weise hineinfallen, denkt an einen Kleidersaum, der sich neckisch im Schwung des Tanzens dreht. Mit Franz war sie früher immer tanzen. Dabei haben sie sich auch kennengelernt. Schnittig hat er ausgeschaut, fesch. Ihr Franz. Auch in seiner Uniform, als sie sich das letzte Mal sahen, an jenem Tag, als er loszog. Er hat ihr versprochen, dass er wiederkommt. Das war damals, in einem anderen Leben. Die alten Versprechen, sie haben in diesem Leben keine Gültigkeit mehr.

Ja, Franz ist immer ein guter Tänzer gewesen. Mit festem Griff hat er sie über die Tanzfläche geführt. Ihr dabei tief in die Augen geschaut. Seine Augen wird sie nie vergessen. Niemals.

Ob Joseph auch ein guter Tänzer ist? Die Finger stocken auf der Tischplatte, wechseln dann in einen schnelleren Takt. Joseph wirkt, als sei er ein guter Tänzer. Ein kräftiger Kerl, in einem ansehnlichen Sinne. Wenn das mit seinem Arm nicht wäre, dann gäbe er sicher einen ausgezeichneten Tänzer ab. Fraglos würde er sie mit sicheren Schritten über das Parkett führen. Und alle Augen wären auf sie gerichtet. Ein schönes Tanzpaar, würde man raunen. In den Blicken der Zuschauer würde sich Bewunderung spiegeln, vielleicht auch ein wenig Neid. Sicherlich auch ein wenig Neid. Wenn das mit seinem Arm nicht wäre, Joseph könnte sie ohne Zweifel meisterlich führen. Sie stellt sich vor, wie sie beim Tanzen sachte mit dem Finger über das kleine Feuermal an seiner Schläfe fährt. Den Finger dann langsam senkt, hinab zu seinen Lippen.

Nachdenklich zieht sie den Stofffetzen aus der Rocktasche hervor und wischt sich langsam über die Mundwinkel. Ihr Blick gleitet dabei zu Josephs Schlafstätte.

Sie seufzt. Verdrängt den Gedanken an Joseph und sieht ihrem Sohn beim Spielen mit den Klötzchen zu. Helmut plappert etwas vor sich hin, ganz vertieft in sein kindliches Treiben. Er sieht aus wie Franz, nur in kleinerem Format. So deutlich ist ihr das bisher nie aufgefallen. Ob er auch einmal ein so guter Tänzer wird wie sein Vater? Warum ist ihr die Ähnlichkeit bisher nie derart aufgefallen? Genau so muss Franz in Helmuts Alter ausgesehen haben. Ja, er kommt ganz nach seinem Vater. Solange der Junge nicht auch das aufbrausende Temperament von Franz geerbt hat! Hoffentlich nicht. Doch danach sieht es, dem Herrn im Himmel sei Dank, eigentlich nicht aus. Im Gegenteil. In sich gekehrt, das beschreibt Helmut besser. Ungewöhnlich, oder? Wenn etwas äußerlich so gleich ist, warum ist es innerlich dann verschieden? Ob das der Krieg mit dem Jungen gemacht hat? Sie versucht, sich an ihren Sohn zu erinnern. Wie er früher war, bevor der Krieg alles verändert hat. Es gelingt ihr nicht, so sehr sie sich auch konzentriert. Es gibt kein Leben vor dem Krieg.

Sie fröstelt. Das Zittern läuft durch ihren gesamten Körper. Sie führt den Stoff über ihre feuchte Stirn, blinzelt. Helmut krabbelt auf allen vieren aus ihrem Blickfeld. Sie blinzelt abermals.

Der Schlaf muss sie übermannt haben. Plötzlich schreckt sie hoch, reißt die Augen auf. Ein Schrei klingt ihr in den

Ohren. Gehetzt schnappt sie nach Luft, als hätte sie soeben einen Lauf durch die Stadt hinter sich gebracht. Ihr Herz rast, das Blut pocht schmerzhaft in den Schläfen. Doch alles wird überlagert von dem Schrei. Er hallt durch ihren Kopf, wirft sich in ihrem Schädel von einer Seite auf die andere. Oder sind es unzählige einzelne Schreie, die aufeinanderfolgen und ineinander übergehen?

Die Hände zu Fäusten geballt, schlägt sie mit spitz hervortretenden Fingerknöcheln gegen ihre Schläfen. Wieder und wieder. Sie spürt kaum den äußerlichen Schmerz, achtet nur auf die innerliche Qual, bis es sie fast zerreißt. Ihr ist speiübel. Vor ihr auf der Tischplatte sammeln sich in den Schnitten und Kerben winzige Pfützen. Salzige Tropfen regnen hinab von ihrem Gesicht. Tränen. Schweiß. Sie kämpft wie eine Ertrinkende um jeden Atemzug, kämpft darum, von den wogenden Schreien nicht erdrückt zu werden.

Zwischen den Atemzügen entweichen ihr, fast tonlos, Fetzen des Ave-Maria, wie kleine Vögel, die aufgescheucht aus einem Dickicht emporflattern. Nein, wie übergroße Schmeißfliegen steigen sie summend von einem verrottenden Kadaver auf. Gierig.

Es dauert, bis sie sich beruhigt hat. Und immer noch hallt das Echo der unsäglichen Qual in ihrem Körper. Leise zwar, in der Ferne. Doch das Echo ist vernehmbar. Es ist da. Es nagt an ihrer Seele. Es beißt sich in sie hinein und schmatzt dabei. Es wohnt jetzt in ihr, begrüßt sie in jedem einzelnen ihrer Träume aufs Neue. Aufgescheucht. Gierig. Sie bekreuzigt sich.

Mit dem Stofffetzen reibt sie sich kraftlos über die Wangen, die Augen. Als sie das schwere Tuch über die Tischplatte fahren lässt, ist es bereits getränkt und vermag kaum weitere Flüssigkeit aufzunehmen.

»Mama«, sagt Helmut. Er steht mit einem Mal im Türrahmen. Stolz streckt er ihr eine Hand entgegen. »Mama, schau einmal, was ich in deinem Schal gefunden habe.« Seine Augen strahlen. »Es ist so schön! Ist es für mich?« Mit der freien Hand streichelt er über den Marienkäfer, der an dem Haargummi hängt. »Ist es ein Geschenk für mich, Mama?«

Mit einem Schrei springt sie auf und stürzt auf Helmut zu. Polternd fällt der Stuhl hinter ihr um.

Mit weit aufgerissenen Augen starrt der Junge sie an. Als erkenne er sie nicht wieder. Sein Mund ist vor Entsetzen weit geöffnet, aber er bleibt stumm. Helmuts Blick ist es, der schreit. Er versteht nichts.

Sie schreit aus tiefster Seele. Aus ihrer angenagten Seele, in der die Qual schmatzt.

Die Ohrfeige lässt Helmuts Kopf zur Seite schnellen. Er stolpert, hält sich am Türrahmen fest. Unweigerlich verliert er das Haargummi. Glitzernd fällt der Marienkäfer zu Boden. Für einen Moment erwartet sie, dass er im Fall seine prächtigen Flügel öffnet und davonfliegt. Doch es versäumt seinen Flug in die Freiheit, das dumme Ding. Schlägt auf den Boden auf. Liegt wie tot.

Helmut hält sich die glühende Wange. Er versteht die Welt nicht mehr.

Mit einer gehetzten Bewegung greift sie nach dem Marienkäfer, drückt ihn an ihre Brust. Sie versteht die Welt besser, als sie es ertragen kann.

Der Marienkäfer brennt an ihrer Brust. Fahrig schiebt sie das Schmuckstück in ihre Rocktasche. Dann torkelt sie wie eine Betrunkene zurück zu Helmut und beugt sich zu ihm hinab. Sie ignoriert die Schmerzen, die ihren Kopf wie ein Feuerwerk erleuchten, und nimmt ihren kleinen Sohn in den Arm und wiegt ihn hin und her. Hin und her. Krächzend stimmt sie jene Melodie an, die sie bereits am Tisch gesummt hat. Hin und her. Bis sie beide sich beruhigt haben. Bis das Schluchzen ihres Sohnes nur noch ein unregelmäßiges Sichheben der mageren Brust ist, nicht mehr als ein feuchter Schluckauf.

Mit ihrer heißen Hand streicht sie über seinen Kopf. »Es tut mir so leid. So unendlich leid.« Sie flüstert die Worte, kaum hörbar. Immer wieder. Nur unterbrochen von einem rasselnden Husten. »Es tut mir unsagbar leid.«

Die Worte sind nicht an ihren Sohn gerichtet.

Siebtes Kapitel

London, 2016

Langsam öffnete Julius die Augen. Gähnte, reckte sich. Sogleich schoss es ihm in den Kopf, dass Mittwoch war. Der verdammte 21. Dezember. Mit beiden Händen rieb er über sein Gesicht, seufzte tief, packte das Kissen und drückte es sich auf das Gesicht. Stöhnte in die Daunen. Sein achtundzwanzigster Geburtstag. Zum Henker, den hatte er sich anders vorgestellt.

»Wie denn?«, fragte eine Stimme in Julius' Kopf mit unverhohlener Ironie. »Wie hättest du es denn gerne, dein Geburtstagsfest?« Mit Schwung schleuderte er das Kissen auf den Boden und richtete sich auf dem Schlafsofa auf. Unter den Vorhängen drängte Tageslicht ins Zimmer, erzeugte ein diffuses Halbdunkel. Er blinzelte hinüber zur Uhr. Schon nach neun. Seit er nicht mehr nach Lewisham ins Büro fahren musste, stand er spät auf. Was daran liegen mochte, dass er manchmal erst weit nach Mitternacht einschlafen konnte. Stundenlang wälzte er sich im Bett, bis er endlich in einen unruhigen Dämmerzustand glitt. Wenn das nicht bald besser würde, dann besorgte er sich Tabletten. Irgendein leichtes Schlafmittel. Er fühlte sich mitgenommen. Richtig beschissen. Und er hatte noch so viel zu erledigen. Morgen kam Emilia nach London. Er brauchte vor allem einen Weihnachtsbaum. Der musste morgen stehen, wenn sie vom Flughafen in die Wohnung kamen. Alles andere konnte er eigentlich auch später noch besorgen. Vielleicht mit Emilia gemeinsam. Dann hätten sie direkt ein gemeinsames

Programm. Ja, so würde er es machen. Nur um den Baum musste er sich heute schon kümmern. Und um ein Geschenk natürlich. Was schenkt man überhaupt einer Sechsjährigen zu Weihnachten?

Gut, dass gestern der Scheck in der Post gelegen hatte. Eine ganze Woche war seit der Kündigung nun vergangen. Und seit der furchtbaren Sache mit Christie. Eine ganze verdammte Woche, in der er es tunlichst vermieden hatte, Raj oder Putri zu begegnen. Von der Polizei hatte er nichts mehr gehört. Es wunderte ihn nicht wirklich. Die tote Katze hatten die Polizisten wohl als schlechten Scherz eines Brexit-Fanatikers verbucht. Doch die Erinnerung an das Lachen vor dem Fenster ließ Julius immer wieder das Blut in den Adern gefrieren. Er hatte das bedrückende Gefühl, dass die Sache noch nicht ausgestanden war. Doch er wusste auch, dass Gefühle trügerisch sein konnten. Vor allem konnte man sie nur schwer bei Behörden anbringen, und wenn man es dennoch tat, bekam man schneller, als man gucken konnte, den Stempel aufgedrückt, einen an der Klatsche zu haben.

Seinen Geburtstag hatte er sich jedenfalls bis vor wenigen Tagen noch ganz anders vorgestellt, das stand fest. Tief atmete Julius ein, ließ die Luft langsam aus seiner Lunge entweichen. Wie sähe er denn aus, der ideale 21. Dezember? Am liebsten würde er den Tag mit Claire verbringen, gestand er sich ein. Claire, ja.

Julius kaute auf seiner Unterlippe. Der Gedanke an seine Ex-Freundin versetzte ihm immer noch einen Stich. Er verstand einfach nicht, warum sie mit ihm Schluss gemacht hatte. Und er wünschte sie sich jetzt herbei. In diesem Augenblick. An seinem Freudentag – wie schön, dass du geboren bist. Spöttisch verzog Julius den Mund, rollte sich auf den Rücken, schloss die Augen und verschränkte die Arme hinter dem Kopf.

Claire. Vielleicht hätte sie bei ihm übernachtet, dann würde sie nun neben ihm liegen. Mit einem Kuss würde er sie wecken, eine Hand dabei unter ihr Shirt gleiten lassen. Eine Brust streicheln, bis sich die Brustwarze zusammenzog. Sie würde dann so tun, als schliefe sie wieder ein. Sie wusste genau, dass er darauf stand. Behutsam würde er sie ausziehen, erst das Shirt. Dann den Slip. Den Zeigefinger langsam um den Bauchnabel kreisen lassen. Dann mit der Hand nach unten fahren. Sachte die Oberschenkel auseinanderdrücken. Leise würde Claire aufstöhnen, während er … Ein zweifaches Klingeln an der Tür ließ Julius aufschrecken. Er sprang auf. Verdammt, wer konnte das sein? Eine hoffnungsvolle Stimme flüsterte ihm Claires Namen ins Ohr. Bestimmt wollte sie sich mit ihm aussöhnen, heute, an seinem Geburtstag. Claire.

Es klingelte abermals, wieder zweimal. Julius hatte die Hand schon am Griff der Wohnungstür, da machte er zwei Schritte zurück und schnappte sich das Kissen vom Boden. Während er in den Hausflur trat, nur bekleidet mit Boxershorts, presste er das Kissen vor seine Körpermitte. Er öffnete die Haustür einen Spaltbreit und lugte hinaus. Ein kalter Luftstrom blies ihm entgegen. Er zog die Mundwinkel nach unten, als er, statt in Claires Augen zu schauen, das Gesicht eines Postboten erblickte.

»Guten Morgen, Sir«, sagte der Mann. Er musterte, was er von Julius sah, und runzelte die Stirn. »Sind Sie …« – er schaute auf einen Umschlag – »Mr Julius Sonnenberg?«

Julius räusperte sich und starrte argwöhnisch auf den Umschlag. »Das ist richtig, der bin ich.«

»Dann bekomme ich bitte hier eine Unterschrift, Sir.« Der Postbote reichte Julius ein digitales Gerät mit einem daran befestigten Plastikstift. »In dem Feld dort.«

Um zu unterschreiben, ließ Julius das Kissen auf den Boden fallen. Er benötigte es sowieso nicht mehr. Als er unterzeichnet hatte, griff er nach dem braunen Umschlag. Das Papier verströmte den staubigen Charme eines behördlichen Schriftstückes. Eine Rückmeldung von der Polizei, dachte Julius. Vielleicht hatten sie doch etwas herausgefunden. Oder den Kerl geschnappt. Den Katzenmörder.

»Ach, und diese Briefe sind ebenfalls für Sie.« Der Postbote schob vier weiße Umschläge nach. »Sieht verdächtig nach Geburtstagspost aus.« Er zwinkerte Julius, der nur ein Brummen von sich gab, zu. »Dann mal herzlichen Glückwunsch.« Damit drehte der Mann sich auf dem Absatz um und überquerte die Straße, um auf der anderen Seite mit der Postzustellung fortzufahren.

Wie versteinert stand Julius in der halb geöffneten Haustür. Sein Blick heftete auf dem Absender des braunen Briefes. »Home Office, The Capital, New Hall Place, Liverpool L3 9PP«, las er sich selbst vor. Das Innenministerium. Was hatte das Innenministerium mit den Ermittlungen zu einer gehäuteten Katze mit eingeritztem Hakenkreuz zu tun? Julius bekam feuchte Handflächen und wischte sie an seinen nackten Oberarmen ab. Erst in diesem Moment fiel ihm die Kälte auf, die in den Hausflur zog. Er hatte eine Gänsehaut und zitterte. Eilig gab er der Tür einen Stoß, und sie fiel krachend ins Schloss. Mit einem Fuß schob er das Kissen vor sich her in sein kleines Apartment.

Nachdem er die Wohnungstür hinter sich geschlossen hatte, ließ Julius die weißen Umschläge achtlos auf den Boden fallen. Mit leicht zitternden Fingern drehte er den Brief des Innenministeriums in den Händen. Dann trat er zum Fenster und zog die Vorhänge zur Seite. Das graue Licht des Dezembermorgens ergoss sich ins Zimmer.

Julius nickte, um sich selbst Mut zuzusprechen, atmete tief ein und riss den Umschlag auf. Er zog ein einseitiges

Schreiben heraus, entfaltete es. Dann sprangen seine Augen über die Zeilen. »Ich verstehe das nicht«, sagte er in die Stille des Raumes hinein. »Das verstehe ich nicht, verdammt! Was soll das heißen?« Sein Zeigefinger klopfte fahrig auf das Papier. »... bereiten Sie sich daher nun darauf vor, das Land zu verlassen. Sollten Sie nicht freiwillig ausreisen, kann ein gesonderter Bescheid die Ausreise durchsetzen.« Seine Stimme war bei den letzten Worten nur noch ein heiseres Flüstern. »Was soll das heißen?«, wiederholte er beinahe lautlos. Was, um Himmels willen, sollte das heißen?

Langsam ließ Julius die Hand mit dem Schreiben sinken. Ich soll aus Großbritannien verschwinden, das heißt es. Mich vom Acker machen, bevor man mir von staatlicher Seite bei der Abschiebung nach Deutschland behilflich ist. Was sollte er tun? In seinem Kopf wirbelte alles durcheinander.

Eine lähmende Müdigkeit begann sich in Julius auszubreiten. Eigentlich wollte er laut schreien, doch die Verzweiflung betäubte ihn. Er hatte das Gefühl, als sterbe etwas in ihm.

Er hob den Kopf und trat ans Fenster. Schaute hinaus auf die kleine Straße. Die Sackgasse, die umschlossen war von Reihenhäusern aus rotem oder gelbem Ziegelstein. Sein Zuhause. Er hatte immer gedacht, dies sei sein Zuhause. Er schaute auf die bis auf wenige Ausnahmen leeren Parkbuchten. Auf die schwarzen Kisten, gefüllt mit Glasflaschen, die darauf warteten, von der Müllabfuhr entsorgt zu werden. Er schaute aus dem Fenster, auf seine Straße, die aussah wie immer. Doch er sah nichts. Hörte nur eine Stimme in seinem Kopf. »... die Ausreise durchsetzen ...«, raunte sie. »... die beschissene Ausreise durchsetzen ...«

Wie in Trance ließ Julius sich auf der Kante des Schlafsofas nieder, vergrub den Kopf in den Händen. Das Klopfen nahm er erst wahr, als es sich zu einem Trommeln steigerte. Es kostete ihn eine riesige Anstrengung, aufzustehen. Stirnrunzelnd tappte er durch den Raum, stieg unterwegs unbeholfen in seine Jeans, die er von einem Stuhl griff. Er öffnete langsam die Wohnungstür und schaute verständnislos in Rajs puterrotes Gesicht.

»Wir ... äh, haben beschlossen, dass es so nicht weitergeht!« Der Vermieter hob drohend einen Zeigefinger, während er kurzatmig die Worte aus sich herauspresste. »Putri und ich haben es entschieden. Was mit Christie passiert ist ...« Vor Aufregung, Wut oder beidem schnappte Raj nach Luft.

Julius nutzte die Pause. »Verpiss dich, Raj«, sagte er ruhig und schmiss die Tür ins Schloss. Er ignorierte das schrille Geschrei, das draußen auf dem Flur einsetzte, und grub in seiner Hosentasche nach dem Mobiltelefon. Er drückte eine Ziffer für die Schnellwahl und presste das Gerät ans Ohr. Nach mehrmaligem Klingeln schaltete sich eine Mailbox an. Julius schüttelte den Kopf und beendete den Anruf. Dann suchte er in der Kontaktliste eine andere Nummer heraus.

Diesmal wurde bereits nach zweimaligem Klingeln abgehoben. »Ja, hallo. Marc Wood, bitte. – Ja, ich warte. Danke«, sagte Julius. Er hörte Bürogeräusche, im Hintergrund dann Marcs Stimme.

»Wer? – Ach so. Hast du etwa gesagt, dass ich ...?«

Von einer Sekunde auf die nächste wurde der Ton dumpf. Julius vermutete, dass eine Hand auf die Sprechmuschel gelegt worden war. Ungeduldig wippte er mit einem Fuß.

»Ja, hallo?« Marc klang ungehalten.

»Ich bin's. Tut mir leid, dass ich dich wieder bei der Arbeit ...«

»Junge, ich habe echt viel zu tun.« Einen Funken freundlicher fügte er hinzu: »Herzlichen Glückwunsch, Mann. Ich hätte dich später angerufen.« Er räusperte sich. »Gerade ist es wirklich schlecht.«

»Es ist etwas Heftiges passiert, Marc. Ich muss einfach mit jemandem drüber reden.« Julius ärgerte sich über den flehenden Unterton, der in seiner Stimme lag. Doch er war verzweifelt. Wirklich verzweifelt. Angespannt lauschte er in das Telefon. Doch bis auf diffuse Hintergrundgeräusche blieb es still. »Marc?«, fragte er nach ein paar Sekunden heiser.

»Was ist denn passiert, Alter?«

Julius schluckte. »Ich habe eben einen Brief vom Innenministerium bekommen. Ich soll mich darauf vorbereiten, Großbritannien zu verlassen.«

»Echt?«

»Ja, echt«, äffte Julius seinen Kumpel gereizt nach. War das alles, was Marc einfiel?

»Das ist doch bestimmt ein Versehen.«

»Also, ich weiß nicht. Mein Name steht da ziemlich deutlich drauf.« Mit einem Kopfschütteln schloss Julius die Augen.

»Das können die rechtlich gar nicht machen. Als EU-Bürger können die dich nicht rauswerfen.«

»Was die dürfen und was die machen, sind manchmal zwei Paar Schuhe.«

»Ich meine, irgendwo gehört oder gelesen zu haben, dass auch andere Ausländer so einen Wisch bekommen haben. War wohl eher so etwas wie ein Versehen. Wahrscheinlich kannst du das Schreiben einfach ignorieren. – Ja, Carol, ich komme gleich.« Den letzten Satz hatte Marc vom Telefon weg gesprochen. Er wandte sich wieder an Julius. »Was wollen die denn machen? Dich in Abschiebehaft nehmen?« Marc lachte auf.

Julius schluckte. »Aber ... aber denk doch daran, was ich dir von der Katze erzählt habe.«

»Der Bekloppte, der den Deutschen rausekeln will? Spinner gibt es! Aber die Polizei ist ja dran, hast du doch gesagt. Ist denn noch mal was passiert seitdem?«

»Nein, ich war aber auch kaum draußen. Ist schon ein komisches ...«

»Siehst du«, fiel Marc Julius ungeduldig ins Wort. »Wer immer das mit der Katze war, hat sicher schon jemand anderen auf dem Kieker. Im Moment passiert da halt viel, der Brexit und so. Die Leute sind ganz schön durch den Wind. Und es gibt eben ein paar Gestörte.«

Julius konnte das Achselzucken am anderen Ende der Leitung geradezu hören. »Das ist doch kein Zufall, dass jetzt so ein Schreiben kommt«, insistierte er hartnäckig.

»Alter, steigere dich mal nicht in deinen Verfolgungswahn rein.« Marc bemühte sich nicht einmal mehr, seine Ungehaltenheit aus der Stimme herauszuhalten. »Du kannst doch nicht ernsthaft meinen, dass jeder Scheiß, der passiert, gleich eine Verschwörung gegen dich ist.«

Julius schluckte eine wütende Antwort hinunter. Er biss sich auf die Zähne, dass sie knirschten. Es hatte keinen Sinn, weiter mit Marc über die Sache zu sprechen. Nicht, solange der bei der Arbeit war. »Dann sehen wir uns heute Abend im *Queen's Head*. David habe ich auch Bescheid gegeben.«

»Ach ja, wegen heute Abend, Alter. Das tut mir jetzt echt leid. Aber Michelle muss heute Abend zu ihrer Mutter. Ich habe dann den Kleinen. Da kann ich nichts machen. Wirklich Pech, an deinem Geburtstag, Junge. Aber da kann ich nichts machen. Holen wir mal nach, okay? Bei David wird es auch schwierig. Hat er mir gestern gesagt, da habe ich ihn getroffen. Aber wir holen das mal nach. Okay? Ich muss jetzt, Junge. Carol reißt mir sonst die Eier ab. Mach's gut.«

Für einen kleinen Moment stockte Marc. Dann schob er ein knappes »Happy Birthday, Mann« hinterher und legte auf.

»Willst du mich verarschen, du Drecksack?«, schrie Julius in die Leitung. »Was bist du denn für ein Freund? Kannst dir deine Glückwünsche in den Arsch schieben! Da kann ich drauf verzichten!« Im letzten Augenblick hielt Julius sich davon ab, das Telefon auf den Boden zu schleudern. Stattdessen warf er sich selbst auf das Schlafsofa und drückte einen wütenden Schrei in den Futon. Waren denn alle um ihn herum wahnsinnig geworden? Er merkte, wie ihm heiße Tränen in die Augen schossen. Für einige Sekunden kämpfte er gegen sie an, doch schnell verließ ihn die Kraft. Ein Schluchzen übermannte ihn. Als sei ein Damm gebrochen, als verlange die tagelange Anspannung nun ihren Tribut, strömten die Tränen jetzt haltlos. Ein feuchter Fleck breitete sich unter Julius' Gesicht aus, gespeist aus Wut und Verzweiflung. Es dauerte Minuten, bis das erstickte Schluchzen abebbte und er, selbst wenn er es gewollt hätte, keine einzige Träne mehr hervorbringen konnte.

Jetzt empfand er eine tiefe Leere. Da war nur ein kraftloses Nichts, wenn er in sich hineinhorchte. Getragen von Müdigkeit und Erschöpfung. Fast war er dankbar, sich in diese völlige Erschöpfung sinken lassen zu dürfen. Mit einem Seufzen ließ er sie gewähren und nahm ihre lockende Umarmung an.

Achtes Kapitel

Der Schlaf hatte ihm gutgetan. Wie ein Toter hatte er geschlafen, völlig traumlos. Ohne Erinnerung. Er fühlte sich besser. Immer noch verzweifelt, natürlich. Gleichzeitig aber auch auf unbestimmte Art trotzig. Claire, Marc, Janet. Sie konnten ihn einfach mal gernhaben. Alle miteinander. Er durfte sich nicht von dem Schwachsinn anderer Menschen runterziehen lassen. Er würde sich allein aus der Scheiße ziehen. Dafür brauchte er niemanden sonst. Niemanden.

Mit einem Elan, über den er selbst erstaunt war, stand Julius auf. Er trat gegen das Schreiben des Innenministeriums, das immer noch auf dem Boden lag. Das Papier riss an einer Seite ein. »Geschieht dir recht«, sagte Julius und setzte einen Fuß auf den Brief. Drehte ihn hin und her, bis das Schreiben voller Knicke und Risse war. Ein weiterer Tritt beförderte den zerknitterten Wisch in eine Zimmerecke.

Julius klaubte die weißen Umschläge vom Boden, riss einen nach dem anderen auf. Der Postbote hatte recht gehabt. Es handelte sich um Glückwünsche. Ein paar unpersönliche Zeilen von seiner Tante in München. Eine alberne Karte von seinem alten Kumpel Sebastian, mit dem er zur Schule gegangen war: zwei Hunde mit ausladenden Perücken auf dem Kopf vor einer Geburtstagstorte. Seit Sebastians Hochzeit vor drei Jahren bestand ihr einziger Kontakt aus dieser gegenseitigen Geburtstagspost, von der eine bescheuerter war als die andere. Als führten sie einen unausgesprochenen Wettstreit, wer die bekloppteste Karte auftreiben würde.

Die nächsten Glückwünsche kamen von Beth. Nun, das war nett von ihr, an ihn zu denken. Den Ex-Kollegen. Aber natürlich hatte sonst niemand aus dem Büro unterschrieben. Aus den Augen, aus dem Sinn. Da hatte man zwei Jahre lang im selben Großraumbüro gehockt, hatte dieselbe Scheiße aus Janets Mund gehört, und dann reichte es nicht mal für eine Unterschrift auf einer beschissenen Glückwunschkarte. Julius drehte die Karte in der Hand. Immerhin Beth hatte an ihn gedacht. Immerhin. Und der letzte Umschlag? Ein automatisiertes Glückwunschschreiben seiner Bank. Mit beigelegter Werbung für einen Ratenkredit. Julius lachte auf. Wenn die wüssten, dass es ab dem nächsten Monat ziemlich mau bei ihm aussah, hätten sie sich das Porto sicherlich gespart.

Julius zerriss die Karten und warf die Papierfetzen in den Mülleimer. Dann zog er sich ein T-Shirt, einen Pullover und darüber eine Jacke an und schnürte seine Turnschuhe. Eine ganze Weile lauschte er an der Tür. Er wollte sichergehen, weder Raj noch Putri zu begegnen. Dann stahl er sich durch den Hausflur und verließ eilig das Haus in Richtung *Tesco's*. In dem großen Supermarkt würde er alles bekommen, was er brauchte. Vielleicht sogar ein Geschenk für Emilia.

Die Aussicht auf den Besuch seiner Tochter hob Julius' Laune. Er würde alles schön herrichten für sie. Ein geschmückter Baum, ein Geschenk, Weihnachtsplätzchen. Emilia sollte ihrer Mutter berichten, wie toll es bei ihm war. Vielleicht konnten sie dann eine regelmäßige Sache aus den Besuchen machen. Vielleicht konnte Emilia, wenn sie ab dem nächsten Sommer zur Schule ging, jedes Mal die Ferien bei Julius verbringen. Es musste doch ziemlich cool für ein Kind sein, einen Vater in London zu haben – wenn es Julius gelang, das Drama mit dem Ministeriumsschreiben zurechtzubiegen. Er wollte jedenfalls alles dafür tun, dass sie eine gute Beziehung aufbauen konnten. Emilia und er.

Julius war keine fünfzig Schritte mehr von *Tesco's* entfernt, da klingelte sein Mobiltelefon. Claire? Aufgeregt fischte er das Gerät aus der Jacke. Stirnrunzelnd registrierte Julius, dass der Anrufer seine Nummer unterdrückte. Hastig nahm er den Anruf an. »Hallo?« Claire, es musste einfach Claire sein.

Für einige Sekunden herrschte Stille in der Leitung. Doch Julius war sich sicher, dass jemand auf der anderen Seite zuhörte. Die Verbindung war nicht abgebrochen. »Hallo?«, wiederholte er. Eine weitere Pause, dann endete das Gespräch. Ein technisches Problem? Enttäuscht steckte Julius das Gerät weg. Claire würde es hoffentlich noch einmal probieren.

Kaum hatte er das Telefon in der Jackentasche verstaut, da klingelte es erneut. Aufgeregt blieb Julius stehen. Er war mittlerweile vor dem Eingang des Supermarktes angekommen. Der Parkplatz war voll mit Autos und Menschen. Auch anderen Leuten war anscheinend die Idee gekommen, ihre Feiertagseinkäufe zu erledigen.

Julius stellte sich etwas abseits neben einen parkenden Wagen. »Hallo?« Nach einem Moment der Stille wiederholte er ungeduldig: »Hallo? Bist du das, Claire?«

Das Lachen am anderen Ende der Leitung ließ ihn zusammenfahren. Wie vom Donner gerührt stand er mit weit aufgerissenem Mund auf dem Parkplatz. Ein vorbeigehendes älteres Ehepaar warf ihm einen skeptischen Blick zu. Das Lachen schepperte in seinen Gehirnwindungen. »Was soll das?«, stieß er heiser hervor. »Woher haben Sie meine Nummer?« Dann, in dem Bemühen, resolut zu wirken: »Die Polizei ermittelt bereits.« Die Antwort ließ einen Moment auf sich warten. Julius wollte schon auflegen, doch da erklang ein schrilles Miauen, das ihm die Haare zu Berge stehen ließ. Es hörte gar nicht mehr auf, das Gekreische. Wieso hörte es nicht auf? Panisch beendete Julius das Gespräch und stopfte das Telefon tief in seine Jacke. Er bekam kaum Luft, alles drehte sich um ihn, und er musste sich an dem Dach des Wagens festhalten. Benommen schloss er die Augen und konzentrierte sich auf seine Atmung.

Das Geschrei der Katze war echt gewesen, daran bestand kein Zweifel. Es war voller Todesqual. Als würde dem Tier bei lebendigem Leib die Haut abgezogen. Julius stockte, öffnete wie vom Schlag getroffen die Augen, als er realisierte, was er da soeben gedacht hatte. Er stolperte hinter das Auto und erbrach sich auf den Asphalt. Bei lebendigem Leib. Christies Augen starrten ihn unerbittlich an. Selbst als sein Magen leer war, konnte er mit dem Würgen nicht aufhören.

* * *

Mit zittrigen Fingern baute Julius den Plastikbaum auf. Ein unter normalen Umständen nicht allzu schweres Unterfangen, da er den Baum im Grunde nur aus der Verpackung herausnehmen musste. Er kam fertig geschmückt und brauchte nur noch an die Steckdose angeschlossen zu werden. Dann leuchtete er wahlweise stur vor sich hin oder blinkte rhythmisch, nicht unähnlich einer lausigen Diskothekenbeleuchtung. Doch selbst das Herauslösen der hüfthohen Plastikpflanze aus ihrer durchsichtigen Verpackung bereitete Julius Schwierigkeiten. Er bekam seine Hände kaum unter Kontrolle.

Eigentlich hatte er vorgehabt, einen echten Baum aufzustellen. Doch nach dem grauenhaften Anruf von vorhin war er schlicht nicht mehr in der Lage, sich auf so etwas Komplexes wie das Schmücken eines Tannenbaums zu konzentrieren. Schnell hatte er im Supermarkt den Kunstbaum, eine Packung Kekse und zwei oder drei Lebensmittel in den Wagen geworfen, dann war er auch schon wieder nach Hause gehetzt, im Kopf ein sich überschlagendes Durcheinander nicht enden wollender Fragen. Nahm der Albtraum denn gar kein Ende? Woher kannte der irre Katzenmörder seine Telefonnummer? Was wollte er überhaupt von ihm? Julius aus Großbritannien verjagen? Wie krank konnte ein Mensch überhaupt sein? Wie krank? Und zwischen den Fragen immer wieder das Würgen und der Geschmack von beißender Galle, der sich aus seinen Eingeweiden hocharbeitete.

Soweit es ihm möglich war, hatte Julius sich in seinem Apartment verbarrikadiert, hatte die Tür verschlossen und einen Stuhl davorgeschoben. Vor allem hatte er die Vorhänge fest zugezogen. Mit der schrecklichen Welt draußen wollte er im Augenblick nichts zu tun haben. Das Telefon hatte er ausgestellt. Er wollte dem Verrückten keine Möglichkeit geben, erneut Kontakt zu ihm aufzunehmen.

Nun bemühte Julius sich in dem kalten Deckenlicht, den Katzenschrei aus dem Ohr und Christies toten Blick aus dem Kopf zu bekommen. Doch je mehr er sich anstrengte, desto lauter wurde der Schrei. Umso eindringlicher wurde der Blick. Immer wieder wanderten Julius' Augen wie von selbst zum Kühlschrank. Jedes Mal überlief ihn ein eisiger Schauer.

Stundenlang hatte er ihn geschrubbt, diesen vermaledeiten Kühlschrank. Selbst als alles Blut längst entfernt war, wischte und desinfizierte er das Gerät ein ums andere Mal. Der Kühlschrank musste mittlerweile so steril wie ein OP-Saal sein. Doch Julius konnte sich nicht überwinden, ihn mit irgendetwas zu befüllen.

Morgen Mittag würde er Emilia am Flughafen abholen.

Er musste sich auf das Positive in seinem Leben konzentrieren. Emilia. Morgen. Um 15 Uhr 20 sollte die Maschine aus München in Heathrow landen. Er kannte die Flugzeiten auswendig. Sandras Eltern würden ihm die Kleine übergeben. Susanne und Heinrich. Er hatte sich mit beiden eigentlich immer ganz gut verstanden, damals, als er noch mit Sandra zusammen gewesen war. Vor allem Heinrich, Emilias Großvater, war menschlich zuvorkommend. Er hatte Julius sogar noch mal angerufen, als es mit seiner Tochter vorbei gewesen war, hatte ihm gesagt, dass er die Trennung schade fände. Heinrich war immer nett gewesen. Susanne eigentlich auch, klar. Doch sie hatte immer verspannt gewirkt in ihrer christlichen Weltanschauung, die sie gekonnt in jedes Gespräch einfließen ließ. Selbst Heinrich hatte das eine oder andere Mal heimlich die Augen verdreht.

Im Grunde waren die beiden in Ordnung, sicherlich hervorragende Großeltern für Emilia. Ein bisschen freute er sich sogar darauf, sie wiederzusehen. Es war großartig, dass sie sich angeboten hatten, Emilia nach London zu begleiten, um hier ein paar Tage Urlaub zu machen und das Kind auf dem Rückflug dann wieder mitzunehmen. Die perfekte Lösung für Emilias erste Reise nach London. Zu ihrem Vater. Julius schluckte vor Ergriffenheit und Aufregung.

Von dem gestörten Kerl mit der unheimlichen Lache durfte Emilia nichts mitbekommen. Auf gar keinen Fall. Sonst würde Sandra sich nicht noch einmal darauf einlassen, die Kleine zu ihrem Vater zu schicken. Vielleicht wäre es am besten, er würde mit Emilia verreisen. An die Küste. Oder rüber nach Cornwall. Mit Blick auf seine finanzielle Lage musste Julius diese Idee jedoch sogleich wieder begraben. Nein, für eine Reise fehlte eindeutig das Geld. Er würde einfach keine Anrufe von Unbekannten annehmen. Und über die Weihnachtstage sollte selbst ein Psycho etwas anderes zu tun haben, als irgendwelche Brexit-Fantasien an Ausländern auszuleben.

Emilia war das Einzige, was jetzt zählte. Den ganzen anderen Mist musste er vergessen. Für alles würde es eine Lösung geben. Nach den Weihnachtstagen. Julius schob den Baum über den Bierfleck, der auch nach einer Reinigung mit Teppichshampoo nicht ganz verschwunden war. Bier, ja. Er leckte sich über die trockenen Lippen. Ein Blick auf die Uhr zeigte ihm, dass es bereits nach vier Uhr war. Genau die richtige Zeit für ein Bier. Oder auch zwei. Schließlich war heute sein Geburtstag. Auf irgendeine Weise musste er ihn ja feiern, auch ohne seine Kumpels. Verdammt, er brauchte jetzt einfach etwas zu trinken und das Gefühl, unter Menschen zu sein. Er wollte sich nicht komplett allein gelassen fühlen.

Julius griff nach seiner Jacke, schob vorsichtig den Vorhang zur Seite und spähte hinaus auf die Straße. Draußen wurde es bereits dunkel. Niemand war unterwegs, nicht hier am Ende der Sackgasse. Nur die alte Lynn von gegenüber war in ihrem Küchenfenster zu sehen, wie sie den Inhalt ihres Wasserkochers in eine Kanne goss. Teezeit.

Julius schob den Vorhang wieder in die ursprüngliche Position, streifte die Jacke über, rückte den Stuhl von der Tür weg und lauschte in den Flur. Alles still. Er zog sich die Kapuze über den Kopf und trat erst in den Flur, dann auf die Straße. Lynn winkte ihm lächelnd vom Fenster aus zu.

Neuntes Kapitel

Kurz nachdem Julius im *Queen's Head* angelangt war, begann sich der Pub zu füllen. Die meisten Besucher kamen direkt nach der Arbeit für ein Feierabendbier oder zwei aus den umliegenden Büros hierher. Wenige Tage vor Weihnachten waren alle in besonders geselliger Laune. Immer wieder brandete Lachen im Schankraum auf, wurden Gläser aneinandergestoßen.

Julius hatte sich an den Rand der Bar gestellt und nippte an einem London Pride. Das würzige, dunkle Bier rann angenehm seinen Rachen hinunter. Es überdeckte vor allem den Geschmack von Galle, der ihn seit Stunden begleitete. Für ein helles Lager, wie er es sonst gerne trank, konnte er sich heute nicht entscheiden. Zu sehr erinnerte es ihn an das, was in seiner Wohnung geschehen war, und erinnerte ihn an den Fleck auf dem Teppich. Das Katzenblut an der Flasche. Vor allem an das Katzenblut an der Bierflasche.

Julius unterdrückte ein Schaudern und nahm einen tiefen Schluck. Konzentrierte sich auf den Geschmack des Bieres. Doch, es tat ihm gut. Es ölte seine Seele. Er sah sich um, saugte die heitere Atmosphäre in sich auf. Erstmals an diesem furchtbaren Tag hatte er den Eindruck, sich zu entspannen. Wie gut, dass er über seinen Schatten gesprungen war und auch ohne seine Freunde in den *Queen's Head* gegangen war. Marc, David – er konnte gut auf sie verzichten. Ein Stich in der Magengegend strafte seine Gedanken Lüge. Er spülte den Schmerz mit einem weiteren Schluck hinunter. »Happy Birthday«, murmelte er leise in das Glas.

Betont locker lehnte er sich gegen den Tresen und verfolgte, was auf dem großen Bildschirm an der Wand passierte. Dankenswerterweise hatte der Fernsehkanal seit seinem letzten Besuch gewechselt. Anstelle von Brexit-News gab es heute einzig Sportübertragungen. Während er ohne wirkliches Interesse ein Snooker-Turnier verfolgte, trank Julius das Bier Schluck für Schluck aus.

Er drehte sich zu der jungen Frau um, die hinter dem Tresen stand. Sie musste neu sein, er hatte sie bisher noch nie im *Queen's Head* gesehen.

»Noch eins?«, fragte sie, bevor Julius etwas sagen konnte.

»Ja, danke.« Julius verfolgte, wie sie das Bier routiniert zapfte. Er kniff die Augen zusammen, musterte sie. Eigentlich war sie nicht sein Typ. Grell geschminkt, mit einer Kurzhaarfrisur und einem Tattoo, das im Nacken unter dem Trägershirt hervorwuchs und bis zum Haaransatz reichte. Sein Blick streifte ihre Brust. »Viel los heute«, sagte er und lächelte. Sie mochte vielleicht fünf Jahre jünger sein als er. Wahrscheinlich Studentin. Kunst. Kulturwissenschaft. So was.

Die Frau sah kurz auf, während das Bier weiter in das Glas floss. Unter das linke Auge hatte sie sich eine winzige Träne tätowieren lassen. »Ja, viel los.« Sie drehte das Glas ein wenig, ließ den Zapfhahn los und stellte das Bier dann vor Julius ab. Das Pint-Glas war bis zum Rand gefüllt. »Vor den Feiertagen ist immer viel los.«

Julius bezahlte und nickte. »Verstehe.« Er beugte sich vor und trank vorsichtig einen Schluck ab. »Bestimmt ziemlich stressig, der Job«, sagte er und wischte sich mit dem Handrücken über den Mund.

Sie schüttelte den Kopf, wischte mit einem Tuch unmotiviert über das Holz der Theke. »Alles halb so wild.«

»Hm.« Julius nahm einen weiteren Schluck. Er überlegte noch, wie er das Gespräch am Laufen halten konnte, da kam ein junger, hagerer Typ aus der Küche und trat hinter die Bar. Seine Arme steckten in einem ausgewaschenen T-Shirt und waren mit mehrfarbigen Tattoos überzogen, die erst an den Handgelenken endeten. Julius erkannte einen Totenkopf, einen Pitbull, rankende Pflanzen. Sollten die Bilder eine Geschichte erzählen, so verstand Julius sie nicht. Er sah, wie der Mann der Bedienung beim Vorbeigehen einen Kuss auf den Nacken drückte. Hörte, wie er sie Charlotte nannte. Dann nickte der Typ Julius knapp zu, bevor er von einem anderen Gast eine Bestellung entgegennahm.

Mit leicht verkniffenem Mund erwiderte Julius das Nicken. Er drehte sich mit dem Bier in der Hand wieder zum Schankraum. Charlotte war sowieso nicht sein Typ. Wirklich, so gar nicht.

Während er den Blick durch den vollen Raum schweifen ließ, bemerkte Julius zufrieden, dass der Alkohol bereits einen wohligen Nebel in seinem Kopf erzeugte. Er nahm einen weiteren Schluck. Nach einer dermaßen beschissenen Woche kam es nicht drauf an. Er trank das Glas in einem langen Zug aus.

Grüßend nickte Julius einem flüchtigen Bekannten zu, der sich durch den vollen Schankraum in Richtung der Toiletten schob. Andrew – hieß der Typ nicht Andrew? Ein Kumpel von Marc, soweit Julius sich erinnerte. Bei dem Gedanken an seinen Freund stellte sich ein unschönes Gefühl von Schwermut ein. Eilig verdrängte Julius den Gedanken, beobachtete stattdessen eine Gruppe von vier Frauen. Sie saßen an einem Tisch, nicht weit von ihm. Augenscheinlich herrschte bei ihnen beste Laune. Lautstark wurde gestikuliert und gelacht. Auf dem Tisch standen vier Gläser und zwei Weißweinflaschen, von denen eine leer, die andere halb gefüllt war. Obwohl draußen winterliche Temperaturen herrschten, hatten sich die Frauen geradezu sommerlich gekleidet. Julius musste schmunzeln. Nichts Ungewöhnliches für ein Land, in dem man bereits Flip-Flops an den Füßen trug, wenn die Sonne im Frühjahr ihren ersten schwachen Strahl durch die Wolkendecke schob. Die Frauen würden nach dem Pub-Besuch sicherlich in irgendeinen Klub feiern gehen.

Nachdenklich kniff Julius die Augen zusammen. Vielleicht konnte er es hinbekommen, sich der Gruppe anzuschließen? Das würde seinen Geburtstag entscheidend aufwerten. Ob er einfach mal rübergehen sollte? Eine der Frauen sah zu ihm herüber. Julius wollte schon lächeln, da erkannte er sie als diejenige, die ihn bei seinem letzten Besuch im *Queen's Head* geradezu vom Tisch verdrängt hatte. Er wendete sich hastig ab. Der Gedanke an Claire schoss ihm in den Kopf. Grimmig drehte er sein leeres Bierglas in den Händen. Vielleicht sollte er sich ein weiteres London Pride bestellen. Gerade wollte er Charlotte auf sich aufmerksam machen, da rempelte ihn jemand an.

»Entschuldigung«, sagte eine etwas raue Stimme. Sie klang nach Whisky und Zigarren. Dabei äußerst kultiviert. Oder gerade deswegen. »Es ist heute ziemlich eng hier. Ich bitte vielmals um Verzeihung.«

Julius wandte sich dem Mann zu, der, einen Geldschein in der Hand, neben ihm mit einem Ellbogen auf dem Tresen lehnte; ein Zeichen an die Bedienung, dass er eine Bestellung aufgeben wolle.

»Kein Problem«, antwortete Julius. »Ja, die bevorstehenden Feiertage treiben die Leute an die Tränke.«

Der Mann lachte auf. Es klang ein wenig schrill. Nachdrücklich nickte er. »So ist es.« Er wedelte mit dem Geldschein in Richtung Charlotte, die gerade Rotwein in zwei Gläser goss. Sie signalisierte ihm mit einem Nicken, dass sie ihn gesehen hatte. Der Mann wandte sich wieder zu Julius. »Quasi eine Vorübung für die anstehenden Feiertage.«

»Exakt.« Julius nickte. Er musste schmunzeln. Wenn nicht schon die Stimme den Mann als alteingesessenen Briten kennzeichnete, dann tat es sein Erscheinungsbild. Das Tweedsakko wirkte traditionell, hatte aber bereits bessere Tage gesehen. Auch schien es eine Nummer zu groß zu sein. Ein fein karierter Pullover spannte ein wenig über dem Bauch des Mittfünfzigers, und die von beigefarbenen Hosen bekleideten Beine steckten in robusten, zweifellos teuren Stiefeln. Eine dunkelbraune Hornbrille und ein penibler Scheitel im dünnen Haupthaar unterstrichen das Aussehen eines Gutsbesitzers, der sich mit seinem Land Rover und Jagdhund in die Großstadt aufgemacht hatte. »Exakt«, wiederholte Julius.

»Hallo.« Charlotte trat zu ihnen. »Was darf's sein?«

»Ein London Pride.« Der Mann deutete auf das leere Glas von Julius. »Und außerdem noch mal, was der junge Herr hier trinkt.«

»Oh, aber ...«, setzte Julius zu protestieren an.

»Übung für die Feiertage«, lächelte der Mann und nickte Charlotte bestätigend zu.

»Okay, kommt sofort.« Sie räumte Julius' leeres Glas ab und stellte zwei unbenutzte Gläser neben die Zapfanlage.

»Jetzt ist mir die Entscheidung abgenommen, ob ich noch etwas trinken möchte.« Julius grinste.

»Na, dann passt das doch«, antwortete der Mann. »Außerdem trinkt man in England sein Bier im Pub niemals allein.«

»Davon höre ich natürlich zum ersten Mal.« Julius hob in gespielter Überraschung die Augenbrauen. Für Briten war der Tresen der kommunikativste Ort außerhalb der eigenen vier Wände. Hier konnte man mit wirklich jedem der anderen Gäste ins Gespräch kommen. Vielleicht war gerade das der Grund gewesen, hierherzukommen.

Der Mann reichte Charlotte den Geldschein, nachdem sie die Gläser vor ihm abgestellt hatte. Er bedeutete ihr, das Wechselgeld zu behalten. Dann reichte er ein Pint an Julius weiter. »Cheers.«

»Cheers«, erwiderte Julius und nahm einen tiefen Schluck. »Vielen Dank für das Bier. Ich heiße übrigens Julius.«

»Es freut mich, Julius. Ich bin Philip.«

Sie stellten die Gläser auf dem Tresen ab und schüttelten sich die Hand. Philips Händedruck war kräftiger, als Julius erwartet hatte. Er musste sich bemühen, nicht vor Schmerz das Gesicht zu verziehen.

»Ein ganz netter Pub, der *Queen's Head*«, bemerkte Philip und sah sich um. »Ich bin nun zum dritten oder vierten Mal hier. Immer einiges los. Ich kenne in der Stadt ein paar Pubs. Dieser ist wirklich gut.«

Höflich nickte Julius. Er hatte bisher nie etwas Besonderes im *Queen's Head* gesehen. Aus seiner Sicht ein ganz normaler Vorort-Pub. Wobei er keinen Vergleich hatte. Seit er in London lebte, kam er immer hierher, zwei-, dreimal im Monat. Mit Claire hatte er neulich einen netten Pub in Wimbledon besucht. Nein, das war eher eine Weinbar gewesen. Vielleicht war der *Queen's Head* wirklich ein besonders guter Pub. Julius schaute sich um. Dann hatte er wohl intuitiv etwas richtig gemacht, hierherzukommen. Ein guter Gedanke. »Ja, wirklich nett hier«, pflichtete er bei.

Philip sah ihn nachdenklich an, zögerte kurz, lächelte dann. »Ich frage einfach geradeheraus: Stammst du aus Südafrika? Dein Akzent klingt ganz danach.«

Julius lachte auf. »Nein, ich komme aus Deutschland. Mir ist aber schon mehrmals gesagt worden, mein Akzent erinnere an einen Südafrikaner.«

»Du siehst auch ein wenig so aus«, lachte Philip. »Die blonden Haare. Auf Deutschland wäre ich wirklich nicht gekommen. Die Aussprache der Deutschen ist meist … härter. Ich hoffe, du verzeihst mir die Offenheit.«

Julius zuckte mit den Schultern. »Stimmt ja. Man erkennt es oft ziemlich genau an der Aussprache und anderen Details, wo jemand herkommt.«

Philip nickte. »Wo man aufwächst, das prägt einen Menschen doch sehr.« Sein Blick schweifte für einen kurzen Moment in die Ferne. Dann richtete er sich wieder auf Julius. »Du lebst und arbeitest also hier in der Stadt, nehme ich an.« Er trank einen Schluck und sah Julius über den Rand des Glases hinweg an.

»Ja, ich wohne hier in Purley. Mit dem Job ist es gerade schwierig. Ich bin zwischen zwei Jobs, wie man so schön sagt.« Julius zögerte. »Hatte ein wenig Pech in der letzten Zeit.«

»Ich verstehe.« Philip runzelte die Stirn und nickte langsam. »In welchem Bereich hast du denn gearbeitet?«

»Telemarketing. Deutschland, Österreich, Schweiz. Da konnte ich meine Muttersprache gewinnbringend einsetzen.« Julius konnte sich ein säuerliches Lächeln nicht verkneifen. »Aber ich habe einen Abschluss in BWL und schaue deshalb auch nach was anderem. Eigentlich kann ich überall arbeiten. Ich meine, es ist natürlich nicht optimal, dass ich mir etwas Neues suchen muss. Doch ich mache mich jetzt auch nicht verrückt. Bin ganz gut qualifiziert, denke ich.« Julius bemerkte selbst, dass sein letzter Satz wie eine Frage klang. Er biss sich auf die Lippe. »Es war sowieso nur ein Missverständnis, warum der letzte Job geendet hat.«

»Da sollte es nicht allzu schwer für dich sein, etwas Neues zu finden«, winkte Philip ab. »Also Kopf hoch. Wer weiß, vielleicht stellt sich noch heraus, dass solch ein Wechsel zum Glücksfall wird. Von Pech würde ich daher gar nicht sprechen.« Er schüttelte den Kopf. »Wie sagt man hinterher doch meist: Es hat so sollen sein.«

»Wenn es das nur wäre«, fuhr es aus Julius heraus. Schnell führte er sein Glas an den Mund. Er trank, merkte, wie sein Gegenüber ihn abwartend ansah. Durch die Hornbrille funkelten ihn zwei wache Augen an. Die Gläser, bemerkte Julius, verkleinerten Philips Augen beträchtlich. Aus irgendeinem Grund war er an das Kaninchen in der Geschichte von Alice im Wunderland erinnert.

Julius dachte nach, seufzte. Eigentlich hatte er seinen Berg an Problemen wenigstens für ein paar Stunden vergessen wollen. Doch etwas in ihm drängte darauf, den ganzen Wahnsinn auf den Tisch zu legen. Sich von der Last zu befreien. Vielleicht würde sich so der Wahnsinn auflösen. Er nickte, mehr zu sich selbst. »Bei mir läuft zurzeit alles schief, was nur irgendwie schieflaufen kann. Es ist wie verhext. Der Job ist nur das eine. Das kleinste der vielen Unglücke, wenn ich ehrlich bin.« Für einen Moment sammelte er sich. Und dann erzählte er Philip alles, was ihm seit letzter Woche widerfahren war.

Konzentriert hatte Philip zugehört. Jetzt schüttelte er den Kopf. »Das ist unfassbar. Ich weiß gar nicht, was ich sagen soll.« Abermals schüttelte er den Kopf. »Nun, vielleicht erst einmal: Herzlichen Glückwunsch zum Geburtstag.« Er hob sein Glas. Ließ es wieder sinken. »Aber der Rest deiner Geschichte hört sich einfach furchtbar an. Ich bin kaum mitgekommen. Noch mal langsam also. Ein Unglück nach dem anderen. Die Freundin ist weg?«

Julius nickte.

»Ein totes, blutiges Tier lag im Kühlschrank deiner Wohnung?« Philip schüttelte sich.

Julius nickte.

»Ein Verfolger, der auch vor Telefonterror nicht haltmacht, ist hinter dir her?«

Julius nickte.

»Und zu guter Letzt droht dir eine Abschiebung, obwohl du einen EU-Pass besitzt?«

»Genauso ist es.« Es aus dem Mund eines anderen Menschen zu hören, verdeutlichte Julius erst recht das Ausmaß des Wahnsinns, den er gegenwärtig erlebte. Er merkte, wie ihm schwindelig wurde. Mit einer Hand hielt er sich am Tresen fest. Es lag wohl am Alkohol.

»Auch auf die Gefahr hin, dass ich mich wiederhole: Ich bin sprachlos.« Philip kam aus dem Kopfschütteln gar nicht mehr heraus. Beinahe ehrfürchtig schaute er Julius an. Als komme dieser von einem anderen Stern. »Sprachlos«, wiederholte er nach einer Minute des Schweigens.

Dann richtete er sich kerzengerade auf und zog mit beiden Händen am Revers seiner Jacke. »Nun, Sprachlosigkeit hilft kaum weiter. Du scheinst in einem ziemlichen Durcheinander zu stecken. Einem Schlamassel, sollte man wohl besser sagen. Das kann so nicht bleiben. Es müssen Lösungen her, meine ich. Für jede einzelne der Situationen. Die Sache mit der Freundin sollte sich doch zumindest leicht klären lassen.« Er zögerte. »Wenn man denn gewillt ist, das gemeinsame Gespräch zu suchen.« Fragend sah er Julius an.

»Claire will nicht, so viel steht fest«, bemerkte Julius trocken. »Sie blockiert meine Anrufe.« Er zuckte mit den Schultern. »Traurig, aber dann ist das so. Ehrlich ...« Er fuhr sich mit der Hand über die Stirn. »Das mit Claire ist im Moment meine geringste Sorge.«

»Okay. Ich verstehe. Dann schauen wir also weiter: Die Katze und der irre Verfolger – das sind auf jeden Fall Themen für die Polizei.«

»Ich habe die Polizei sofort verständigt, als ich die Katze

fand. Ich glaube, sie vermuten dahinter einen im Grunde harmlosen Brexit-Fanatiker, der mich vergraulen will. Mehr, als den Vorgang an irgendwelche Kollegen weiterzuleiten, machen die erst einmal aber nicht.«

»Ein Brexit-Fanatiker? Nun, wenn man einmal davon ausgeht, dass es sich bei ihm und dem Katzenmörder um ein und dieselbe Person handelt, dann hat das was. Ein Brexiteer!« Verärgert nahm Philip die Brille ab und rieb sie an seinem Pullover. Aus kleinen Augen blinzelte er Julius an. »Ich meine, was derzeit in unserem Land geschieht, gibt mir viele Rätsel auf. Plötzlich ist die Europäische Union für alles verantwortlich, was in Großbritannien schiefläuft. Ein Ablenken von eigenem Versagen, Schuld haben immer die anderen. Doch was, bitte schön, kann man gegen dich, einen Deutschen, hier in London haben? Es arbeiten schließlich auch unzählige Briten in Deutschland.« Abwehrend hob er beide Hände. »Ich weiß, die Kriegsgeschichten machen immer noch die Runde. Die alten Feindschaften. Aber sie sind, wenn wir ehrlich sind, zu so etwas wie einem harmlosen Witz geworden.« Er stockte, dann nickte er. »Humor ist für uns Briten schon immer eine Strategie zum Überwinden des Schrecklichen gewesen. Doch von den alten Leuten, die die Kriegsschrecken selbst miterlebt haben, lebt ja kaum einer mehr. Es ist alles so lange her. Und die Witze sind heute nicht viel mehr als eben Witze. Deshalb verfolgt man doch keinen jungen Deutschen durch London, quält kein Tier zu Tode.« Er setzte die Brille wieder auf und sah Julius betrübt an. »Andererseits schaut man einem Menschen immer nur vor die Stirn. Vielleicht ist der Kerl, der dir folgt, krank. Oder du verstehst den wahren Grund nicht, warum er dich im Visier hat.« Philip überlegte einen Moment mit halb geschlossenen Augen. »Eine verflossene Geliebte, die betrogen wurde?« Abwehrend hob er eine

Hand, bevor Julius etwas einwerfen konnte. »Oder die *glaubt,* betrogen worden zu sein. Das kommt in dem Fall wohl auf das Gleiche heraus.« Er kratzte sich an der Stirn. »Wäre diese Claire in der Lage, der Katze, die dir augenscheinlich ans Herz gewachsen war, etwas anzutun? Um sich dafür zu rächen, dass du sie vermeintlich betrogen hast?« Nachdenklich nippte Philip an seinem Bier.

Entsetzt verzog Julius das Gesicht. »Ausgeschlossen! Das würde Claire niemals tun. Sie liebt Tiere. Außerdem hätte sie wirklich keinen Grund dazu. Ich habe sie nämlich nicht betrogen.« Er stockte. »Auch wenn sie am Telefon von dieser Kathrin gefaselt hat, mit der ich glücklich werden solle.« Heiß durchfuhr es Julius. Hatte Claire sich in irgendeinen Unsinn hineingesteigert? »Sie liebt Tiere«, wiederholte er mit Nachdruck. Nein, der Gedanke war einfach nur absurd. Claire wäre niemals in der Lage, sich etwas dermaßen Schreckliches auszudenken. Geschweige denn, es auszuführen.

Als habe Philip Julius' Gedanken lesen können, mutmaßte er weiter: »Sie muss es ja nicht selbst ausgeführt haben, deine Claire. Hat sie einen Bruder?«

Julius nickte langsam, mit gerunzelter Stirn. »Sie hat zwei Brüder. Beide ein paar Jahre älter als Claire.«

Philip horchte auf.

»Nette Typen, habe sie nur selten zu Gesicht bekommen. Doch sie waren jedes Mal ganz okay. Gar nicht aggressiv oder so.«

»Gerade Brüder sind oft nicht zimperlich, wenn es darum geht, die kleine Schwester zu beschützen. Und wenn das Blut erst einmal in Wallung ist, dann kann man sicherlich leicht über das Ziel hinausschießen.« Mit zusammengekniffenen Augen legte Philip einen Zeigefinger an die Nasenspitze. »Angenommen … nur einmal angenommen,

Claire geht davon aus, du hättest sie mit dieser Kathrin betrogen – da könnte einer der Brüder auf dumme Ideen kommen. Oder gar beide Brüder gemeinsam. Einer verfolgt dich, schaut, ob du dich mit Kathrin triffst. Der andere nimmt sich die Katze vor. Als Warnung. Als Strafe. Brüder machen manchmal solche Dummheiten, wenn es um ihre Schwester geht.« Er zog eine Augenbraue nach oben.

So wie Philip das sagt, scheint er aus Erfahrung zu sprechen, dachte Julius. Und vielleicht war es gar nicht so abwegig, was Philip da mutmaßte. Hatte ein Missverständnis dazu geführt, dass Claires Brüder ihn aufs Korn nahmen? Was, um Himmels willen, war mit dieser ominösen Kathrin? Was für eine Nachricht wollte Claire überhaupt gefunden haben?

Doch konnte eine Person wirklich dermaßen brutal sein, einer Katze das Fell abzuziehen, nur um ihm eins auszuwischen? So etwas machte doch kein Bruder, um seine Schwester zu rächen. Das hatte doch nichts mehr mit einem Über-das-Ziel-Hinausschießen zu tun. Wie kaputt musste jemand sein, um so etwas zu tun? Wegen eines Zettels, den man irgendwo gefunden hatte. »Nein«, sagte Julius, mehr zu sich selbst, »das macht niemand.« Doch in seinem Kopf erwiderte sogleich eine nervöse Stimme, dass es jemand getan *hatte*. Das war die unabänderliche Realität.

»Nun, jemand hat es getan«, bemerkte Philip nur eine Sekunde später ruhig und zuckte mit den Schultern. »So viel steht wohl fest.«

Julius blinzelte Philip an. Verdammt, die mühsam aufgebaute Zuversicht brach wie ein Kartenhaus in sich zusammen. Er steckte in einem Schlamassel, aus dem er keinen Ausweg sah. Er hatte nur Fragen, Fragen, Fragen. Und es fanden sich keine Antworten. Im Gegenteil, alles wurde nur noch verworrener, je mehr er darüber nachdachte. Claires

Brüder? Zumindest würde es erklären, woher der Anrufer seine Nummer hatte.

»Ist ja eigentlich auch alles schon fast egal«, sagte Julius. Er konnte selbst hören, wie resigniert er klang. »Wenn ich aus Großbritannien rausgeworfen werde, dann hat sich das eh bald alles erledigt.« Er merkte, wie er gegen Tränen ankämpfte. »Dann muss ich zurück in mein altes Leben nach München.«

Mitten in der Bewegung hielt Philip inne. »München!? Wirklich München?«

»Na, ich könnte auch woandershin. Hamburg zum Beispiel. Aber in München kenne ich mich aus, da wurde ich geboren, da habe ich studiert. Und ein paar Monate über den Abschluss hinaus noch gearbeitet.« München. Dort ist das Grab meiner Mutter, dachte er.

»München.« Philip grinste ihn begeistert an. »Das ist wirklich ein angenehmer Zufall.«

»Äh, okay?«, sagte Julius. Was hatte der Mann denn? So großartig war München nun auch wieder nicht, dass es einem die Glückseligkeit ins Gesicht zauberte. Er jedenfalls wollte hierbleiben. München konnte ihm gestohlen bleiben.

»Oh, ich muss dir jemanden vorstellen«, frohlockte Philip. Er stellte sich auf die Zehenspitzen und schaute sich aufgeregt im Schankraum um. Er drehte sich, wendete sich, bis er schließlich einen Arm hob und heftig winkte. »Mutter!«, rief er über die Köpfe der anderen Gäste hinweg. »Mutter, bitte komm doch einmal hier herüber.« Er winkte noch einmal mit Nachdruck. Dann wandte er sich zu Julius. »Sie hört nicht mehr ganz so gut, weißt du«, sagte er entschuldigend.

»Ich verstehe«, erklärte Julius, um irgendetwas zu sagen. Natürlich verstand er gar nichts. Er verfolgte, wie einige Leute zur Seite traten, um eine kleine Frau durchzulassen.

Sie winkte ihnen fröhlich zu, während sie sich für ihr Alter erstaunlich geschickt unter Biergläsern hindurchduckte und gestikulierenden Ellbogen auswich. Es fiel Julius immer schwer, das Alter anderer Menschen zu schätzen. Aber diese Dame war über siebzig, vielleicht sogar über achtzig. Agil und mit einem erwartungsvollen Lächeln im Gesicht trat sie zu ihnen und richtete mit einer Hand das ondulierte, dunkel gefärbte Haar. Mit der anderen Hand fuhr sie über die ausladende Perlenkette, die sie über einem dunklen Kleid mit weißem Rüschenkragen trug. Aus der Nähe bemerkte Julius, dass sie Lippenstift und Rouge trug.

»Ich habe soeben mit Jane ein interessantes Gespräch geführt«, sagte die Frau und wies in die Richtung, aus der sie gekommen war. Ihre Stimme klang beschwingt. »Sie sagt, dass es in den nächsten Tagen erneut einige böse Unwetter geben soll. Irgendwo will sie gelesen haben, dass bereits die Hälfte dieser ganzen Stürme und Katastrophen der letzten Jahre ihre Ursache in der vom Menschen erzeugten Erderwärmung hat.« Sie spitzte die Lippen und machte eine ernste Miene. »Man mag sich das gar nicht vorstellen.« Ihr Gesichtsausdruck wandelte sich zu einem strahlenden Lächeln. »Du hast mich gerufen, Philip?«

»Ich möchte dich mit jemandem bekannt machen. Mutter, dies ist Julius. Julius, darf ich dir Agatha Harding vorstellen, meine Mutter.«

Mrs Harding griff nach Julius' Hand und schüttelte sie schwungvoll. »Ich freue mich, junger Mann. Ich freue mich.« Ihre feine Aussprache verströmte alte englische Tradition.

»Nett, Sie kennenzulernen, Mrs Harding«, sagte Julius.

»Oh, mein Lieber. Bitte nennen Sie mich Agatha. Ich bin in einem Alter, wo man auf übertriebene Förmlichkeit verzichten kann.« Ihr Lachen wirkte eine Spur zu schrill. Sie rieb an ihrer Halskette. »Und wann haben Sie Deutschland verlassen, mein Lieber?«

»Mutter«, warf Philip erstaunt ein, »du hast gleich erkannt, dass Julius Deutscher ist? Ich habe eben noch zu ihm gesagt, dass er für meine Ohren wie ein Südafrikaner klingt.«

Nachsichtig lächelte Agatha. »Selbstverständlich stammt er aus Deutschland.« Sie tätschelte Julius' Unterarm. »Ich werde wohl erkennen, wenn jemand aus Deutschland stammt.«

»Deshalb habe ich dich zu uns gerufen, Mutter. Du wirst nicht glauben, wo Julius genau herkommt.«

»Ach!« Agatha Harding sah gespannt zwischen den Männern hin und her.

»Aus München!« Philip strahlte über beide Ohren. »Aus München, Mutter!« Seine Stimme hatte nun ebenfalls einen schrillen Unterton angenommen.

Warum machten die Hardings so ein Aufhebens um die bayrische Landeshauptstadt? Eine Spur belustigt, verfolgte Julius die Euphorie von Mutter und Sohn.

Begeistert schlug Agatha die Hände zusammen. »Aus München?« Sie ergriff Julius' Hand. »Ist das wahr?«

Julius wusste gar nicht mehr, wie ihm geschah. Eigentlich wollte er lachen, doch er beschränkte sich auf ein Nicken. »Ja, aus München. Das ist richtig.« Wirklich – warum die ganze Aufregung? Behutsam versuchte er, seine Hand aus Agathas festem Griff zu lösen. Vergeblich. Die Frau hing an ihm wie eine Klette.

»Ach, München«, seufzte Agatha versonnen. Sie räusperte sich, holte tief Luft. Dann begann sie voller Inbrunst auf Deutsch zu singen: »Als der Mond schien helle, kam ein Häslein schnelle, suchte sich sein Abendbrot; hu! Ein Jäger schoss mit Schrot.« Sie ließ Julius los und zielte mit dem

Arm auf ihn, als trage sie ein Gewehr. »Traf nicht flinkes Häslein. Weh! Er sucht im Täschlein, ladet Blei und Pulver ein, Häslein soll des Todes sein.« Ein wenig kurzatmig endete der Gesang. Agatha machte einen gezierten Knicks.

Philip und eine Handvoll der umstehenden Gäste klatschten Beifall.

Verdutzt zwang Julius ein Lächeln in sein Gesicht.

»Dieses Lied habe ich in München gelernt. Damals, nach dem Krieg. Ein paar Monate haben wir dort gelebt. Erinnerungen, die ich niemals vergessen werde.« Für einen Moment schloss sie die Augen. Dann blickte sie Julius an. »Dort habe ich auch die deutsche Sprache verinnerlicht. Mein Kindermädchen stammte aus Österreich, müssen Sie wissen. Daher sprach ich schon gut Deutsch. Ach, ich wollte eigentlich noch einmal hin. Doch es hat sich nie ergeben.« Ihr Blick schnellte zu ihrem Sohn. »Leider. Nicht wahr, Philip?«

»Ja, so ist es, Mutter.« Er nickte bestätigend.

»Nun ist es zu spät.« Agatha lächelte. »Die Reise wäre mir wohl zu beschwerlich.« Erneut tätschelte sie Julius' Arm. »Doch dafür sind Sie ja nun hier, Julius. Sie haben München quasi zu mir gebracht. Was für eine schöne Überraschung.« Sie wandte sich an ihren Sohn. »Was für eine schöne Überraschung, nicht wahr, Philip?«

»Ich wusste doch, dass du angetan davon sein würdest, Julius kennenzulernen. Wobei der Arme gerade einiges durchzustehen hat.« Traurig schüttelte Philip den Kopf. »Er leidet unter einer gewaltigen Pechsträhne. Und das ist bereits eine Untertreibung.«

»Unter einer Pechsträhne?« Agatha wandte sich mit gerunzelter Stirn an Julius. »Wovon spricht er?«

Julius bemerkte, wie Philip ihm aufmunternd zunickte. »Ich habe heute vom Innenministerium die Aufforderung erhalten, Großbritannien zu verlassen«, antwortete er nach einem Moment. »Doch ich möchte nicht zurück. Hier ist jetzt mein Leben. In London.«

»Das Problem, Mutter, ist überdies, dass Julius im Augenblick keine Arbeitsstelle hat. Für das Beantragen einer Aufenthaltsgenehmigung ist neben einem festen Wohnsitz gerade auch eine Arbeitsstelle prinzipiell Voraussetzung, soweit mir bekannt ist.« Er zuckte mit den Schultern, gerade so, als wolle er sich entschuldigen. An Julius gerichtet sprach er weiter. »Eine klassische Aufenthaltsgenehmigung könnte die Lösung für dich sein. Daran musste ich eben denken. Dann wärest du für die Zukunft auf der sicheren Seite. Was auch immer der Brexit mit sich bringt.«

»Aber das muss sich doch regeln lassen.« Agatha Harding stemmte die Fäuste in die Hüften. »Glaubst du, Nigel könnte da etwas machen?«, fragte sie ihren Sohn. An Julius gewandt erklärte sie: »Nigel ist ein Freund von uns. Er ist für das Innenministerium tätig.«

Ausgiebig rieb sich Philip das glatt rasierte Kinn. »Nigel. Nun, das wäre vielleicht eine Möglichkeit. Doch ohne dass Julius ein regelmäßiges Einkommen vorweisen kann, hat ein Aufenthaltsgesuch keine Aussicht auf Erfolg, denke ich.«

Mit spitzem Zeigefinger stieß Agatha gegen Julius' Brust. »Junger Mann, Sie benötigen umgehend eine neue Arbeitsstelle. Wie gestaltet sich Ihre Suche?«

»Ich wollte gleich nach den Weihnachtsferien nach einem neuen Job suchen.«

»Warum erst dann? Es ist Eile geboten, scheint mir.«

»Ich ... also, es ist so: Morgen kommt meine Tochter zu Besuch nach London.« Julius erzählte, warum Emilias Besuch für ihn eine so große Chance bedeutete und er sich Zeit für sie nehmen wollte.

»Wie wunderbar!«, rief Agatha strahlend aus. »Eine Tochter. Natürlich müssen Sie sich um sie kümmern. Das ist verständlich.« Sie leckte mehrmals über ihre Lippen. »Wie kommt sie denn nach London?« Agatha klang heiser.

»Ihre Großeltern bringen sie mit und holen sie für den Rückflug wieder ab.«

»Das hört sich sehr praktisch an«, sagte Agatha nachdenklich. »Eine wunderbare Lösung.« Sie warf ihrem Sohn einen Seitenblick zu, den dieser aber nicht wahrzunehmen schien. »Sagen Sie, Julius – Sie haben nicht zufällig ein Bild der Kleinen dabei? Kinder sind doch so goldig, nicht wahr, Philip?« Mit keinem Wimpernschlag ließ Agatha Julius aus den Augen.

»Ein Bild? Aber natürlich habe ich ein Bild!« Er fischte in der Hosentasche nach seinem Mobiltelefon. Verdutzt starrte er auf das schwarze Display. Dann fiel ihm wieder ein, dass er das Gerät ausgeschaltet hatte, um unliebsamen Anrufen zu entgehen. Er schaltete es ein, gab den Code zum Entsperren ein und scrollte durch die Fotogalerie. »Hier«, sagte er nach ein paar Atemzügen und hielt Agatha das Display entgegen.

»Moment! Moment!«, stieß Agatha aufgeregt aus und klopfte mit den Händen auf die Taschen ihres Kleides. »Wo ist denn …? Ah, hier.« Sie zog eine schmale Brille hervor und setzte sie auf die Nase. Ein Nicken. »Zeigen Sie her, ich bin so weit.«

Julius reichte Agatha das Telefon.

Sie schnappte sich das Gerät und hielt es mit zusammengekniffenen Augen auf Armlänge von sich. »Ein hübsches Kind«, bemerkte sie leise. Ihre Stimme klang belegt. Sie räusperte sich. »Wie alt, sagten Sie, ist Emilia noch gleich?«

»Sie ist vor einem Monat sechs Jahre alt geworden. Das Bild ist von ihrer Geburtstagsfeier.« Julius hatte die Hand ausgestreckt, um das Telefon zurückzunehmen, doch Agatha machte keine Anstalten, es ihm auszuhändigen. Er ließ den Arm wieder sinken.

»Sechs Jahre alt«, sagte Agatha, wie zu sich selbst. Sie kniff die Augen noch ein wenig fester zusammen. »Reizend.«

Philip beugte sich vor und warf ebenfalls einen Blick auf das Bild. »Ja, ein reizendes Kind.« Er sah seine Mutter fragend an, doch sie reagierte nicht. Agatha starrte weiter auf das Foto von Emilia. Laut räusperte Philip sich.

Mit leicht zitternder Hand ließ Agatha das Mobiltelefon sinken.

Julius hatte den Eindruck, dass die alte Frau blass aussah. Unter ihrem Make-up schien ihrem Gesicht das Blut entwichen zu sein. Erneut streckte er die Hand nach seinem Telefon aus.

Mrs Harding ignorierte die Geste auch jetzt. Stattdessen hielt sie es fest in der herabhängenden Hand und begann, eine Melodie vor sich hin zu summen. Das Kinderlied, welches sie vor wenigen Minuten geschmettert hatte – »… ladet Blei und Pulver ein …« –, kam jetzt leise über ihre Lippen. Sie schüttelte kurz den Kopf, dann blickte sie von Philip zu Julius. »Ein hübsches Kind«, sagte sie nachdenklich. »Sie können stolz auf Ihre Emilia sein, Julius.« Endlich reichte sie ihm das Telefon, wenn auch mit dem Hauch eines Zögerns. Dann setzte sie die Brille ab.

Julius verstaute das Gerät wieder in seiner Tasche. »Das bin ich auch.« Er rieb sich über die Stirn. »Ich freue mich so sehr auf morgen!«

»Oh«, stieß Agatha hervor. Sie ergriff Philips Unterarm. »Ich habe eine ganz fantastische Idee.« Sie strahlte abwechselnd ihren Sohn und Julius an. »Eine wirklich fantastische Idee.«

Mit großen Augen verfolgte Julius, wie Agatha Harding in die Hände klatschte, nicht unähnlich einem kleinen Mädchen, das entzückt vor dem Christbaum stand. Blässe und Nachdenklichkeit waren einer aufgeregten Gesichtsröte gewichen. Eine gewisse Exzentrik konnte man den Hardings nicht absprechen. Irgendwie machte es sie sympathisch.

»Was denn für eine Idee, Mutter?«, wollte Philip wissen.

»Nun, es liegt doch auf der Hand: Wir laden Julius und Emilia über Weihnachten zu uns nach Yorkshire ein.« Sie beugte sich Julius entgegen. »Hat Philip Ihnen erzählt, dass wir ein kleines Anwesen in den North York Moors unser Eigen nennen? Nein? Ein herrlicher Ort, um die Weihnachtstage zu verbringen. Insbesondere für ein kleines Mädchen. Für Emilia gibt es dort so viel zu entdecken. Das Haus ist seit Jahren im Familienbesitz. Vollgestellt mit altem Krempel und Gerümpel.« Sie lachte laut. Der schrille Unterton war in ihre Stimme zurückgekehrt.

»North … York Moors?«, stotterte Julius. »Ich … äh … weiß nicht.«

»Was meinst du dazu, Philip?« Agatha überging Julius' Zögern. »Ist das nicht eine fantastische Idee?«

Philip dachte einen Augenblick nach, dann nickte er. »Das ist es wirklich, Mutter. Das Mädchen hätte eine wunderbare Zeit, das steht außer Frage. Und Julius bräuchte sich um nichts zu kümmern. Gerade in Anbetracht deiner Pechsträhne, Julius, kannst du sicherlich etwas Erholung vertragen.« Er warf ihm einen bedeutungsschwangeren Blick zu. »Und Ruhe.« Philip rückte seine Brille zurecht. »Ja, je mehr ich darüber nachdenke, desto besser gefällt mir die Idee.«

Agatha stieß einen Freudenlaut aus. »Großartig. Damit steht es fest: Sie und Ihre Tochter sind herzlich über die Weihnachtstage zu uns eingeladen.« Sie rieb sich die Hände. »Irgendwo im Haus habe ich noch die alten Schallplatten mit deutschen Weihnachtsliedern. Oh, das wird ein herrliches Fest werden!«

»Seien Sie mir nicht böse, doch ich muss es mir erst noch überlegen«, warf Julius hastig ein. Er sah einen Ausdruck der Enttäuschung über Agatha Hardings Gesicht fliegen. »Ich ... ich bin überwältigt, dass Sie Emilia und mich einladen wollen. Wirklich! Doch vielleicht ist das alles einfach zu viel für die Kleine. Ich meine, ich werde sie das erste Mal seit Langem wiedersehen.«

Agatha holte Luft und setzte an, etwas zu sagen. Doch Philip legte ihr eine Hand auf den Arm und unterbrach sie, bevor sie mehr als einen Laut von sich geben konnte. »Wir haben volles Verständnis, Julius. Natürlich. Überlege es dir einfach.« Er drückte den Arm seiner Mutter. »Ich schreibe dir meine Telefonnummer auf. Dann kannst du dich melden. Und noch etwas: Wir könnten während eures Besuches in Ruhe überlegen, was für den Erhalt der Aufenthaltsgenehmigung getan werden kann.« Er ließ den Arm seiner Mutter los. »Wir Hardings verfügen über ein paar bescheidene Beziehungen.« Er hüstelte. »Gemeinsam könnten wir einen Schlachtplan aufstellen, wie es für dich in Großbritannien weitergeht.«

»Ja, das ist wahr«, pflichtete Agatha ihrem Sohn bei. Sie zog so fest an ihrer Kette, dass die Perlen sich in ihren Hals schnürten.

Das war alles ein wenig überraschend. Julius hatte das dringende Bedürfnis, allein zu sein. »Ich denke darüber nach«, versprach er. »Wirklich großartig, dass Sie mir das anbieten, Agatha. Ich danke Ihnen sehr.« Er rieb die Hände aneinander. »Ich muss noch ein wenig für morgen vorbereiten. Zeit für den Heimweg, denke ich.« Er lächelte entschuldigend.

»Sicherlich, sicherlich.« Agatha griff nach Julius' Hand und schüttelte sie. »Ich wünsche Ihnen ein schönes Wiedersehen mit Ihrer Tochter. Ein reizendes Kind! Ganz wunderbar.«

»Ja, alles Gute für morgen«, sagte Philip. Er zog einen Stift aus der Jacke und nahm einen Bierdeckel vom Tresen. »Ich schreibe dir meine Telefonnummer auf.« Er kritzelte eine Zahlenfolge auf die Pappe. »Hier. Melde dich einfach, wenn du dich entschieden hast.« Er reichte Julius den Bierdeckel. »Oder wenn wir sonst etwas tun können.« Er nickte Julius zu. »Melde dich jederzeit.«

Julius steckte die Nummer ein und schüttelte auch Philip die Hand. »Das werde ich tun. Nochmals herzlichen Dank. Auch für das Bier natürlich. Ich freue mich sehr, dass wir uns kennengelernt haben.«

»Wie das Leben manchmal so spielt«, sagte Agatha Harding lächelnd und winkte Julius fröhlich hinterher.

An der Tür drehte Julius sich noch einmal um. Die Hardings standen immer noch am Tresen und sahen ihm aufmerksam nach. Als sie seinen Blick bemerkten, hoben Mutter und Sohn gleichzeitig einen Arm und winkten.

»Auf Wiedersehen«, trällerte Agatha, sodass es durch den Schankraum zu hören war, während Julius in die Kälte trat. »Auf Wiedersehen.«

* * *

Zu Hause zog Julius nur seine Schuhe aus, legte das Mobiltelefon auf den Boden und warf sich sogleich auf das Schlafsofa. Sein Kopf drehte sich ein wenig, was er nicht als unangenehm empfand. Heute war er nicht mehr in der Lage, irgendetwas zu entscheiden. Die Erschöpfung drückte ihn förmlich ins Kissen. Er schloss die Augen, und während er sich langsam in den Schlaf hinübergleiten ließ, hallte Agatha Hardings Stimme leise in seinem Kopf nach. ... *Mond schien helle ... Abendbrot ... Jäger schoss mit Schrot ... ladet Blei und Pulver ein ... soll des Todes sein ...*

Jäh schreckte Julius hoch. Ein vibrierender Ton hatte ihn aus dem Schlaf gerissen. Neben ihm, auf dem Boden, blinkte das Display seines Telefons auf. In hellen Wellen leuchtete es auf, als der Anruf einging. Ungläubig schnappte Julius sich das Telefon und drückte den anonymen Anrufer weg. Sein Magen zog sich zusammen, als er sah, dass bereits acht verpasste Anrufe eingegangen waren. »Verdammt, du gestörter Irrer«, stöhnte er und schaltete mit zitternden Fingern das Handy aus. »Es reicht!«

Lange war es Julius unmöglich, wieder einzuschlafen. Ihm ging die Frage durch den Kopf, ob er Sandra nicht anrufen müsste, um Emilias Besuch in letzter Minute abzusagen. Doch er presste grimmig die Lippen aufeinander und entschied sich dagegen. Er wollte Emilia morgen unbedingt wiedersehen. Ein Gefühl sagte ihm, dass dieser Besuch seine letzte Chance sei, eine wirkliche Beziehung zu seiner Tochter aufzubauen. Für nichts in der Welt würde er auf diese Chance verzichten. Auch nicht wegen eines geisteskranken Katzenmörders.

Hunde, die bellen, beißen nicht, beruhigte Julius sich selbst, bevor er endlich die Augen schließen konnte.

Zehntes Kapitel

München, 1945

Der Raum ist abgedunkelt. Doch das spärliche Licht, das aus dem Nebenraum hereindringt, lässt sie mit schmerzverzerrtem Gesicht die Augen zusammenpressen. In ihrem Kopf herrscht ein Sturm. Ein Orkan, der einen Gedanken nach dem anderen abträgt. Es fällt ihr schwer, sich zu konzentrieren. Es fällt ihr schwer, zu sprechen. Es fällt ihr schwer, zu atmen.

Sie schreckt zusammen, als Helene mit einem Tuch über ihre Stirn fährt, und es kostet sie eine unglaubliche Anstrengung, die Augen zu öffnen. Im Halbdunkel nimmt sie ihre Schwester lediglich als einen Schatten wahr, der über ihr wabert. Seine Konturen verschwimmen in einem fort, verfestigen sich für einen Augenblick, lösen sich dann abermals auf.

Es gibt keine Ruhe. Nirgends. Auch außerhalb ihres Kopfes befindet sich alles in kreisender Bewegung. Erschöpft schließt sie die Lider. Selbst ihr leises, kaum hörbares Aufstöhnen erfordert einen schier unendlichen Kraftaufwand.

»Du armes Ding«, hört sie die Stimme wie aus weiter Ferne. »Das Fieber ist noch weiter gestiegen.« Ein erneutes Wischen über ihre Stirn. Es muss Helene sein, die spricht. »Ich mache mir ernste Sorgen«, sagt die Stimme.

Ihr ist unerträglich heiß. Das Fieber befeuert den Sturm in ihrem Kopf. Es herrscht über sie, hält sie umschlungen, unerbittlich. Selbst das trockene Schlucken schmerzt fürchterlich. Das Fieber verbrennt alles in ihr. Nur nicht die Gedanken. Warum verbrennt die Hitze nicht wenigstens die Gedanken?

Etwas in ihr bemüht sich, Ruhe herzustellen. Zuversicht. Das Fieber ist sie schließlich bereits gewohnt. Sie will sagen, dass es schon irgendwie gehen wird. Will es dem Schatten sagen, der mit Helenes Stimme spricht. Will es sich selbst sagen. Vor allem sich selbst. Doch sprechen ist zu einem Ding der Unmöglichkeit geworden. Dieser Körper, er gehört gar nicht mehr ihr. Ja, das ist die Wahrheit! Die Erkenntnis trifft sie wie ein Schlag. Sie hat ihren Körper verloren. Irgendwo in den Ruinen hat sie ihn verloren. An den Krieg hat sie ihn verloren. An den Kampf, der alles infiziert hat. Der ohne Rücksicht auf Freund oder Feind alles vernichten wollte. Der Krieg wohnt jetzt in ihr. Verbrennt sie.

Ein Zittern läuft durch den Körper, der nicht mehr der ihre ist. Der Krieg, das weiß sie, ist nur das eine Monster. Mindestens ebenso furchtbar ist das andere. Das große, unaussprechliche Ungeheuer. Es hat sich in ihrem Kopf eingenistet. Sie darf nicht an es denken. Nein! Sie gibt dem Furchtbaren nur Macht, wenn sie daran denkt. Ihr letztes bisschen Kraft gibt sie dann auf. Sie darf nicht! Sonst ist sie verloren.

»Schon gut, schon gut«, hört sie Helene sagen. Es muss Helene sein. Wieder spürt sie das Tuch in ihrem Gesicht. Es beschreibt einen Kreis. Von der Nase über die Wangen und zurück. Ein Kreis, alles ist ein Kreis. »Es wird schon«, raunt die Stimme. »Schon gut, schon gut.« Sie fühlt, wie jemand Tränen von einem Gesicht wischt, das ihr nicht mehr gehört.

Tränen? Unmöglich. Sie muss sich täuschen. Der Körper, in dem ihr Geist nur noch als Gast wohnt, ist trocken wie eine Wüste. Tränen sind ein Ding der Unmöglichkeit. Und doch quillt etwas Feuchtes aus den verklebten Augen hervor. Vielleicht ist es auch nur ein Traum. Vielleicht ist alles nur ein Traum. Alles! Bitte, heilige Mutter, lass alles nur einen Traum sein.

»Wie geht es ihr?«

Das ist nicht Helene. Sie kennt diese andere Stimme. Woher kennt sie sie?

»Was macht das Fieber?«

Ein Mann spricht. Franz? Der Schwindel wird stärker. Franz? Die Gedanken drehen und drehen sich. Franz! Der Fetzen einer Melodie bildet sich in ihrem Kopf. Für den Bruchteil einer Sekunde fühlt sie sich beschwingt, lässt sie sich in den Schwindel hineingleiten.

»Ich habe dich gar nicht kommen hören, Joseph«, flüstert Helene.

Joseph. Das Drehen lässt ein wenig nach. Joseph, ach. Sie erinnert sich an Joseph. Wenn das mit seinem Arm nicht wäre, dann gäbe er sicher einen ausgezeichneten Tänzer ab. Vielleicht könnte Joseph … vielleicht würde Joseph …

»Es geht ihr nicht gut. Das Fieber ist noch gestiegen. Ich mache mir ernsthafte Sorgen.«

Sorgen. Sorgen. Morgen. Das Fieber. Irgendwie wird es schon gehen.

»Kann ich irgendetwas tun?«

»Ich fürchte, sie braucht einen Arzt. Doch du weißt ja, wie schwer es ist, einen aufzutreiben.«

»Ich könnte Helmut mitnehmen. Dann kommt er mal raus. Und ihr habt Ruhe.«

Helmut. Lieber, kleiner Helmut. Warum ist ihr die Ähnlichkeit bisher nie aufgefallen? Er kommt ganz nach seinem Vater. Ganz nach Franz. Sie muss zu ihm. Das Fieber wird schon weggehen. Wo ist denn der kleine Helmut? Sie muss jetzt zu ihm. Das ist doch ihre Aufgabe, ihre Pflicht. Wenn sie das Drehen nur anhalten könnte. Zu ... zu wem muss sie?

»Schau, wie unruhig sie ist«, sagt Helene besorgt. »Ja, nimm Helmut ruhig mit. Er hockt den ganzen Tag drinnen, der arme Wurm. Vielleicht lenkt ihn das etwas ab, wenn er aus der Wohnung kommt. Wollt ihr zur Isar hinunter?«

»Hast du es denn noch nicht gehört? Zum Fluss können wir im Moment nicht.«

Ein betrübtes Lachen. »Wie soll ich etwas gehört haben? Ich sitze seit zwei Tagen hier. Ununterbrochen. Warum könnt ihr nicht zum Fluss hinunter?«

Seit zwei Tagen. Zwei. Seit. Zwei.

»Da unten wimmelt es von Polizisten. Vor allem amerikanische Militärpolizisten.«

»Unten am Fluss? Was ist denn geschehen?«

Joseph senkt seine Stimme noch ein wenig mehr. Dennoch finden seine Worte den Weg zu ihrem Ohr. Wie kleine Insekten krabbeln sie durch ihre heißen Gehörgänge. Breiten in ihrem Kopf die Flügel aus und schwirren aufgeregt im Kreis herum.

»Am Ufer der Isar wurde ein Mädchen gefunden. Tot. Sie soll schlimm ausgesehen haben, die Kleine. Geradezu entstellt. Als habe ein Tier an ihr gewütet. Vierzehn Jahre alt soll sie gewesen sein.«

»Heilige Mutter Gottes, das ist ja furchtbar! Was ist geschehen?«

Heilige. Mutter. Tot. Tot. Rot. Ein Schrei. Mutter. Viele Schreie. Ratten, es waren sicherlich Ratten. Heilige Mutter ... Bitte! Bitte! Erlöse uns! Es ist so unerträglich laut in ihrem Kopf. Der Schrei hört nicht auf. Niemals. Im Gurgeln der Isar verfängt er sich. Der Schrei. Der Fluss trägt ihn mit sich. Tot.

»Sie scheint das Opfer eines Monsters geworden zu sein«,

antwortet Joseph. »Das sagen jedenfalls die Leute auf der Straße. Offiziell wird natürlich nichts verlautbart. Der Mörder hat sie wohl gequält und böse missbraucht. Ist schon ein paar Tage tot, das arme Ding. Die Polizisten suchen jetzt da unten am Ufer nach Spuren. Deshalb soll man sich im Augenblick vom Fluss fernhalten. Sie soll furchtbar ausgesehen haben, die Kleine.«

Die Insekten schreien in ihrem Kopf. Drehen sich wie verrückt. Summen wütend. Werden immer lauter und lauter. Bis sie im Flug gemeinsam einen Satz rufen. Zwischen den Flügelschlägen kann sie ihn heraushören: *Das Grauen wird niemals wieder verschwinden.* Durch die glühende Hitze flirrt der Satz. *Das Grauen wird niemals wieder verschwinden.* Die Worte verbeugen sich vor ihr. Hämisch. Sie schluchzt auf.

»Ja, nimm den Jungen mit, Joseph. Ich sitze ja nun schon seit zwei Tagen hier. Sonst hätte ich mich längst um ihn gekümmert. Haltet euch nur vom Fluss fern. Vermeidet jede Schererei mit der Militärpolizei, bitte.«

»Keine Sorge, ich passe auf Helmut auf, mach dir keine Gedanken.«

»Danke, Joseph. Ich danke dir. Ich weiß nicht, wie lange sie das noch durchhält. Das Fieber setzt ihr heftig zu. Es … es ist vielleicht sogar besser, wenn der Kleine nicht in der Nähe ist.« Helene klingt erschöpft.

Sie tritt einen Schritt zurück. Geht einen Schritt tiefer in sich selbst hinein. Hört mit einem Mal nicht mehr, was draußen gesprochen wird. Dort draußen, außerhalb des Körpers, der ihr nicht mehr gehört. Inmitten der Glut, die sie sengender denn je umgibt, steigt langsam ein Bild auf. Einer Fata Morgana gleich zittert es aus dem Nichts heran, erst noch unscharf, plötzlich glasklar. Sie sieht den Fluss. Doch heute fließt er nicht. Er steht still, wie auf einer Fotografie. Obwohl sie das Wasser laut vernehmlich rauschen hört. Die ganze Welt steht still. Kein Blättchen regt sich in den Bäumen. Obwohl sie die Blätter rauschen hört. Kein Vogel fliegt über den Himmel. Obwohl sie die Flügel schlagen hört. Nichts bewegt sich. Als sei alles erdrückt von der glühenden Hitze. Gelähmt.

Sie schaut sich um. Am Ufer der Isar liegt ein großes Bündel. Sie kann es genau erkennen. Glasklar. Während sie langsam näher herantritt, türmt sich das Entsetzen in ihr auf. Mit jedem ihrer Schritte wird die Pein größer. Doch sie kann nicht stehen bleiben. Immer näher heran muss sie gehen. Sie schließt die Augen. Doch das ändert nichts. Sie sieht es weiterhin, glasklar. Das Bündel ist rot.

Nun hat sie es erreicht. Steht direkt davor, sieht es durch ihre geschlossenen Augen. In diesem Moment nimmt die Welt ihren Lauf wieder auf. Das Wasser fließt. Die Bäume bewegen sich. Die Wolken ziehen am Himmel. Ein Sonnenstrahl, der erst langsam über das rauschende Wasser zieht, bleibt auf der roten Erhebung liegen, tanzt auf ihr hin und her. Ein Funkeln erfüllt die Luft, so hell, dass sie geblendet zurückweicht und die geschlossenen Augen mit der Hand bedeckt. Das Glitzern auf dem Bündel ist wundervoll und grauenhaft zugleich.

Das Rauschen des Wassers wird lauter. Verwundert bemerkt sie, dass der Fluss jetzt schneller als gewöhnlich fließt. Auch das Rauschen der Blätter wird lauter. Die Wolken fliegen schneller. Die Welt holt auf, was sie durch ihren Stillstand an Zeit verloren hat.

Das Bündel am Ufer bewegt sich. Ihr schnürt sich der Hals zu. Sie bekommt kaum Luft. Ein flirrendes Zittern, eine einzelne Welle läuft über die rote Oberfläche. Nein, nein, nein. Es soll still liegen bleiben. Es soll still … Sie schreit auf. Denn sie weiß bereits, was nur einen Moment später geschieht: Abertausende Marienkäfer erheben sich in einem blutroten Schwarm und stieben davon. Sie glitzern wie ein Funkenregen in der Luft. Sie sind so schön, dass es sie unsagbar schmerzt.

Worauf die Käfer den Blick freigeben, lässt ihr trotz der Hitze das Blut in den Adern gefrieren. Deshalb hat sie geschrien. Luft! Das Atmen ist ihr unmöglich. Sie blickt auf den Körper des toten Mädchens. Nun, da die glitzernde Decke aus roten Käfern emporgehoben ist, gibt es keinen Schutz, keine Gnade mehr für den Betrachter. Nun liegt sie da, die Tote. Nackt ist sie. Tiefe Wunden überziehen ihre Oberschenkel. Als habe ein Tier in das Fleisch gebissen. Weiß schimmert ein Knochen hervor. Ihre kleine Brust ist mit Blut verkrustet. Rote Striemen muten an wie ein Muster auf der hellen Haut, von einem Künstler akkurat gemalt.

Das Gesicht der Toten ist schmerzverzerrt, angstverzerrt. Dieses kindliche Gesicht, das Gesicht eines Engels, der dem Teufel begegnet ist. Heilige Mutter! Heilige! Mutter!

Doch am furchtbarsten sind die Augen. Hätte sie Luft zum Schreien, sie würde schreien. Die Augen. Wo sind die Augen?

Ihre Kehle ist zugeschnürt. Doch das Brennen im Hals geht in der Hitze auf. Dass sie keine Luft bekommt, stört sie nicht. Nicht mehr. Sie begrüßt das Schwarz, das von den Rändern ihres Blickfeldes herangekrochen kommt. Schneller, bittet sie, komm doch schneller. Viel zu langsam legt sich tiefes Dunkel über das Bild des Isarufers. Über das tote Mädchen. Schneller, fleht sie das Schwarz an, unfähig, den Blick von der Toten zu heben. Erlöse mich.

Eine Bewegung im letzten hellen Fleck ihrer Wahrnehmung lässt sie noch einmal hinschauen. Licht bricht sich. Doch der glitzernde Funke, den sie zu erkennen meint, verschwindet bereits wieder. Der schwarze Vorhang schließt sich, löscht nun auch die letzte Helligkeit. Endlich.

Doch unerwartet und ungebeten hebt sich der Vorhang ein letztes Mal. Hat sie etwas vergessen, dort draußen? Kann sie deshalb nicht fort? Sie möchte nicht aus dem Dunkel zurückkehren. Sie möchte nicht. Die wiederkehrende Helligkeit blendet sie, auch wenn sie nur hinter ihren geschlossenen Augen existiert. Ein Gedanke formt sich in ihr. Ein Bild nimmt in der aufsteigenden Helligkeit Gestalt an. Es zeigt nicht Helmut. Nicht Helene. Nicht Franz. Ihr letzter Gedanke führt sie in eine einsame Hausruine. Einige Meter vor ihr klafft ein Loch im Boden. Es sieht aus wie der Eingang zu einem Keller. Sie weiß es jedoch besser. Sie erkennt das Maul. Es zieht sie an, will, dass sie in seine Düsternis hinabsteigt. In die Verdammnis. Dort unten wohnt der Schrei.

Das schwarze Loch klafft direkt vor ihr. Sie wirft sich dem hungrigen Maul entgegen.

Elftes Kapitel

London, 2016

Als Emilia sich ihm in die Arme warf, nur Sekunden nachdem sie sich von der Hand ihrer Großmutter losgerissen hatte, da fiel die gesamte Anspannung der letzten Tage von Julius ab. In diesem Moment vergaß er alles um sich herum: die hektischen Reisenden, die das Ankunftsterminal durchpflügten. Die Warnhinweise aus den Lautsprechern, man solle verdächtige Gepäckstücke umgehend melden. Er ließ die Aufregung hinter sich, die Ungewissheit, wie das Zusammentreffen mit seiner Tochter wohl verlaufen würde. Er umschlang Emilia mit beiden Armen und drückte ihr einen Kuss in das dunkelblonde Haar. Mit geschlossenen Augen atmete er tief ein. Lächelte.

Emilia befreite sich aus der Umarmung und nahm Julius an die Hand. »Ist das hier London?«, fragte sie und sah sich neugierig um.

Julius lachte auf und wischte verstohlen mit einem Ärmel über seine Augen. »Wir fahren gleich mit dem Zug nach London hinein.« Er drückte Emilias warme Hand. »Ich freue mich, dass du hier bist, Emmi.«

»Ich freue mich auch, Papa«, erwiderte sie und sah sich weiter in der Halle um.

Julius wandte sich Emilias Großeltern zu, die in drei Schritten Entfernung stehen geblieben waren und das Wiedersehen zwischen Tochter und Vater verfolgten. »Hallo, Susanne. Hallo, Heinrich.« Ob sie die Unsicherheit in seinem Lächeln wahrnahmen? Wie lange hatte er Sandras Eltern nicht mehr gesehen? Während eines kurzen Wochenendbesuchs in München vor einem Jahr war er ihnen begegnet. Er hatte mit Sandra etwas klären müssen, wegen Emilia. Für ein amtliches Formular war seine Unterschrift benötigt worden. Wahrscheinlich kreuzten die Großeltern damals auf, weil Sandra nicht allein mit ihm sein wollte. Manchmal hatte er den Eindruck, dass seine Ex-Freundin ihn hasste.

Lächelnd trat Heinrich auf Julius zu und schüttelte ihm die Hand. »Schön, dich zu sehen«, sagte er und klopfte Julius auf die Schulter. Er deutete auf Emilia. »Ihr zwei habt euch ja schon gefunden.« Er zwinkerte.

»Hallo, Julius.« Nun schloss auch Susanne auf. Mit ihrem gewohnt ernsten Gesichtsausdruck reichte sie Julius die Hand. »Du siehst etwas mitgenommen aus«, stellte sie nüchtern fest.

Julius blinzelte. Ihre Direktheit hatte Emilias Großmutter also nicht verloren. »Mir geht es großartig«, erwiderte er knapp. »Beim Job war so einiges los in der letzten Zeit. Es ging drunter und drüber.« Es war nicht einmal gelogen, was er da sagte. Das war auch gut so. Denn schon früher hatte er in Susannes Gegenwart das Gefühl gehabt, dass sie in der Lage war, eine Unwahrheit drei Meilen gegen den Wind zu riechen.

Susanne kniff für einen Moment die Augen zusammen und musterte ihn prüfend, doch als sie nichts weiter sagte, atmete Julius vorsichtig aus. Wenn er sich seine Erleichterung anmerken ließ, kämen unbequeme Nachfragen. Würden Emilias Großeltern die Kleine bei ihm lassen, wenn sie erfuhren, dass er ohne Job und sein derzeitiges Leben ein einziger Scherbenhaufen war? Er konnte es nicht wirklich einschätzen, hatte aber nicht vor, ein unnötiges Risiko einzugehen.

»Der hier gehört Emilia«, sagte Heinrich und schob einen rosafarbenen, mit Pferdeköpfen beklebten Hartschalenkoffer neben Julius. »Da ist alles drin, was sie benötigt.«

»Ach, genau. Und ich habe noch die Einwilligung«, ergänzte Susanne und wühlte in ihrer Handtasche. »Hier.« Sie reichte Julius einen Briefumschlag. »Die Einwilligungserklärung dient nur der Absicherung. Darin erklärt Sandra, dass Emilia für die nächsten Tage bei dir ist. Dass das so abgesprochen ist. Auf Deutsch und Englisch steht das in dem Papier.« Sie zuckte mit den Schultern. »Falls du einmal von der Polizei angehalten wirst oder so. Im Umschlag ist auch der Reisepass der Kleinen.« Sie nickte.

»Großartig, ihr habt an alles gedacht.« Julius steckte den Umschlag in die Innentasche seiner Jacke. »Wir treffen uns dann nach eurem Urlaub wieder hier am Flughafen.«

»Genau, am Abflugschalter. Du hast die E-Mail mit den Abflugzeiten? Ja? Dann ist gut. Da steht auch die Airline drin.« Heinrich wandte sich an seine Enkelin. »Meine Kleine, viel Spaß mit deinem Papa. Und hab ein schönes Weihnachtsfest.«

Emilia umarmte ihren Großvater, drehte ihr Gesicht dabei aber fragend zu Julius. »Das Christkind findet mich doch hier in London? Es trägt meine Geschenke doch hierhin?«

Bevor Julius etwas sagen konnte, hatte Susanne Emilia bereits an sich gezogen und nahm ihr Gesicht zwischen die Hände. »Mein Engelchen, dieses Jahr wird dir das Christkind in London *und* in München Geschenke bringen. Daheim warten die Geschenke dann auf dich. Die gibt es, wenn du aus London zurück bist.« Sie drückte dem Mädchen einen Kuss auf die Stirn. »Ich wünsche dir viel Spaß und ein schönes Weihnachtsfest, Engelchen.«

»Danke, Oma. Tschüss!« Emilia sprang zurück und hängte sich an Julius' Hand. »Können wir jetzt los?«, drängte sie ungeduldig.

»Einen schönen Urlaub in London«, wünschte Julius dem Ehepaar. »Und frohe Weihnachten.«

»Sollen wir euch in die Stadt mitnehmen?«, fragte Heinrich. »Wir werden ein Taxi nehmen.«

»Das ist sehr nett, aber wir nehmen den Zug«, entgegnete Julius schnell. Auf keinen Fall wollte er mit Susanne für eine halbe Stunde auf engstem Raum zusammensitzen.

»Ja, Zugfahren ist viel toller«, nickte Emilia und zog an Julius' Hand. »Du musst den Koffer mitnehmen, Papa.«

* * *

Die Fahrt vom Flughafen nach Purley hatte mit dem Zug, der U-Bahn und schließlich dem Bus über eineinhalb Stunden gedauert. Erstaunt bemerkte Julius, dass Emilia selbst jetzt, als sie endlich aus dem Bus stiegen, immer noch bester Laune war. Während der Fahrt hatte sie gespannt aus dem Fenster geschaut, die vermeintlich lustige Sprache der Mitreisenden kommentiert oder Geschichten aus ihrer Kita zum Besten gegeben. Bloß von der eigenen Mutter sprach sie nicht. Als wüsste sie, dass dies ein schwieriges Thema war. Nur ein einziges Mal hatte sie Sandra erwähnt. »Schade, dass ihr euch nicht mehr lieb habt, Mama und du.« Der Satz war einfach so gefallen, zwischen der Frage nach dem Namen der nächsten Haltestation und einer inbrünstigen Beschwerde über ihre strenge Erzieherin Ursula in der Kita. Julius hatte lediglich etwas Unverständliches als Antwort gebrummt. Was hätte er auch sagen sollen?

Es dunkelte bereits, und nun begann es auch noch zu nieseln. Julius bat Emilia, ihre Kapuze über den Kopf zu ziehen. Dann hob er den Koffer an. Sie waren schneller unterwegs, wenn er ihn nicht über den unebenen Asphalt ziehen musste. »Komm, Emmi«, drängte er. »Wir sind gleich da. Vielleicht schaffen wir es noch, bevor der Regen richtig losgeht.«

»Wohnst du hier in der Nähe? Ist das denn wirklich London? Ich finde, hier sieht es komisch aus.«

»Komisch? Meinst du? Ja, das hier ist ein Stadtteil von London. Purley. Wir brauchen noch ein paar Minuten, sind aber fast da.«

»Püree! Wir sind in Püree!«, schrie Emilia lachend auf. »Ich mag Püree. Mit Erbsen.« Sie hüpfte neben ihrem Vater den Bürgersteig entlang. Lautstark begann sie zu singen: »Es regnet, es regnet ...«

Julius unterdrückte einen Fluch. Er spürte wieder das eiskalte Gefühl zwischen seinen Schulterblättern. Das Wissen, dass ihn jemand beobachtete.

Emilia hielt inne, lief ein paar Schritte zurück. »Papa, warum bist du stehen geblieben? Ich dachte, wir beeilen uns?«

Hastig ergriff Julius die Hand seiner Tochter. »Du hast recht«, sagte er tonlos. »Wir beeilen uns.« Er machte größere Schritte, bis Emilia protestierte. Julius verlangsamte sein Tempo, schaute aber immer wieder über seine Schulter zurück.

»Was ist denn los, Papa?«, schnaufte Emilia. Verärgert schob sie die Unterlippe nach vorne. »Du bist immer noch zu schnell.«

»Nichts ist. Nichts ist.« Julius drehte sich abermals um. Schaute die Straße entlang. »Nichts ist. Ich ... möchte nur, dass wir zu Hause ankommen, bevor es anfängt, so richtig zu schütten.« Auf keinen Fall durfte Emilia in den Wahnsinn der letzten Tage hineingezogen werden. Das Bild von Christie im heimischen Kühlschrank schoss Julius in den Kopf. Das perfide Lachen brandete in seiner Erinnerung auf. Dieses verdammte, irre Arschloch. Auf gar keinen Fall durfte der kranke Typ Emilia Angst machen. »Wir sind gleich da.«

»Warum klingt deine Stimme so seltsam?« Emilia runzelte die Stirn, ließ sich aber mitziehen.

Eine Straßenecke weiter verlangsamte Julius das Tempo. »Dort drüben, das ist die Straße, in der ich wohne.« Ein wenig außer Atem deutete er nach vorne. »Hast du eigentlich Hunger?«

Emilia nickte heftig.

»Okay, dann koche ich gleich erst einmal etwas.«

»Hast du einen Fernseher in deiner Wohnung?«

»Bitte?«

»Einen Fernseher. Ich möchte die Schlümpfe gucken. Zu Hause darf ich auch die Schlümpfe gucken.«

»Die Smurfs.«

»Nein, ich will die Schlümpfe gucken.«

»Hier in England heißen die Schlümpfe so. Smurfs.«

»Das ist aber ein doofer Name. *Schlümpfe* hört sich viel besser an. Warum heißen die in deinem Fernseher denn so?«

»Das ist wegen der anderen Sprache. Da hier Englisch gesprochen wird, heißen die Schlümpfe nicht Schlümpfe, sondern eben Smurfs.«

»Und wie heißt du hier, Papa?«

»Wie ... äh ... Julius. Julius Sonnenberg natürlich. Das ist mein Name.«

»Aber warum heißen die Schlümpfe dann nicht auch Schlümpfe? Du heißt hier doch auch, wie du woanders heißt. Ich heiße immer Emmi. Immer und überall!« Sie kräuselte die Nase und blickte mit einem fragenden Blick zu ihrem Vater auf. »Ich glaube, die Leute hier in England sind ein bisschen verrückt.«

Julius konnte sich ein kurzes Lachen nicht verkneifen.

»Vielleicht ist das so, Emmi. Vielleicht sind sie ein kleines bisschen verrückt. Aber auf eine großartige Weise.«

Das Mädchen dachte angestrengt nach. »Vielleicht muss ihnen einfach mal jemand sagen, dass die Schlümpfe in England einen falschen Namen haben. Vielleicht haben die Leute sich einfach vertan. Das ist nicht schön für die Schlümpfe. Man muss doch wissen, wer man wirklich ist.«

Julius klopfte seiner Tochter liebevoll auf die Kapuze. Ja, man sollte wissen, wer man ist. Schlaues Kind.

Sie waren in die Elm Road eingebogen. Julius wies nach vorne, ans Ende der Sackgasse. »Schau, ganz am Ende der Straße wohne ich.« Er runzelte die Stirn. Vor seinem Haus türmten sich einige Kartons und Gegenstände auf dem Bürgersteig.

»Dort hinten?«, fragte Emilia. »Wo der Sperrmüll steht?«

»Das ... das wird kein Sperrmüll sein. Vielleicht zieht Solange aus. Meine Nachbarin. Sie wohnt eigentlich sowieso schon woanders.«

»Das ist nicht so schlau von ihr, die Sachen in den Regen zu stellen. Und guck mal, da steht ein komischer Weihnachtsbaum. Mit Kabeln dran. Ich glaube, das ist doch Sperrmüll, Papa.« Als sie am Haus angekommen waren, betrachtete sie neugierig die abgestellten Kisten. »Schau, Papa, die sind offen.« Sie deutete in eine Kiste. »Das ist bestimmt Müll. Und der Weihnachtsbaum ist ja aus Plastik! Warum haben die Engländer so doofe Weihnachtsbäume? Das wird dem Christkind bestimmt nicht gefallen.« Sie zog ihren Vater am Ärmel. »Lass uns reingehen, komm.«

Doch Julius stand wie gelähmt vor den Kisten. Vor dem Weihnachtsbaum. Vor der abgenutzten Ausgabe von Umberto Ecos *Der Name der Rose,* die zu seinen Füßen in einer Pfütze aufquoll. Er stand wie erstarrt vor seinem Leben, vor seinen Sachen, die hier auf der Straße standen.

»Lass uns reingehen. Ich habe Hunger.« Emilias Tonfall war nun schon ein bisschen quengelnd. Julius blinzelte einige Male, doch das Bild vor seinen Augen änderte sich nicht. Hier türmten sich zweifellos seine Habseligkeiten auf dem Gehweg.

Im oberen Stockwerk wurde ruckartig ein Fenster aufgerissen, dann schob Raj seinen Kopf zwischen zwei Gardinen hindurch. »Verschwinde mit deinen Sachen, du Tiermörder! Ich will dich hier nicht mehr sehen!« Drohend wedelte er mit einer Faust.

»Du spinnst doch, Raj!«, rief Julius zurück. »Ich habe Christie kein Haar gekrümmt.«

Hämisch lachte Raj. »Ich habe Beweise, du Schwein!« Er wedelte mit einem Papierfetzen. »Jemand hat dich dabei gesehen. Wie du Christie …« Er schluchzte auf. »Man hat dich dabei beobachtet! Aber der Zeuge hat eine so große Angst vor dir, dass er mir eine anonyme Nachricht in den Briefkasten steckte. Dein Leugnen nützt dir gar nichts.«

»Was ist denn das für ein Unsinn! Selbst wenn ich es getan hätte, du kannst nicht einfach meine Sachen hier auf die Straße stellen.«

»*Selbst wenn!*«, schrie der Vermieter und deutete aufgebracht mit dem Zeigefinger auf Julius. »*Selbst wenn!*« Spucke spritzte aus seinem Mund. »Du gibst es also zu! Ich hab es genau gehört. Du gibst es also endlich zu! Ich verfluche den Tag, an dem du unsere Türschwelle übertreten hast. Unsere Gastfreundschaft hast du missbraucht. Besudelt hast du sie.« Er schnappte nach Luft. »Nimm deine Sachen und verschwinde! Wir wollen dich hier nie wieder sehen. Eingesperrt gehörst du! Weggesperrt.«

»Was sagt der Mann da, Papa?«, fragte Emilia. »Sein Kopf sieht aus wie eine Tomate. Was sagt er? Ist er krank? Braucht er Hilfe?«, Sie deutete auf die Kisten. »Sind das seine Sachen?«

»Alles gut, Emmi«, sagte Julius beruhigend. Dann wandte er sich wieder Raj zu. »Du spinnst doch, Raj. Das kannst du nicht machen. Du wirst alles wieder hineintragen, hörst du!«

»Verschwinde!«, schrie Raj zurück.

Julius zog kopfschüttelnd seinen Schlüsselbund aus der Tasche und ging mit Emilia zur Haustür. »Der spinnt«, murmelte er wütend, während er den Schlüssel ins Schloss steckte. Er stockte. Betrachtete den Schlüssel, führte ihn erneut ins Schloss. Der Schlüssel ließ sich nicht drehen. Über ihren Köpfen ertönte ein hysterisches Lachen.

»Da guckst du!«, schrie Raj. »Da guckst du, du dreckiger Mörder! Hier kommst du nicht mehr rein. Verschwinde!« Sein Geschrei ging in ein wildes Husten über. »Nimm … hchä … nimm deine scheiß … ächä … Sachen und verschwinde!« Er wedelte mit der geballten Faust.

Julius zog Emilia zurück zu den aufgetürmten Kisten. Er ließ seine Tochter los, griff sich das durchweichte Buch aus der Pfütze und schleuderte es in Richtung des Fensters, in dem Raj zeterte. *Der Name der Rose* verpasste den Vermieter nur knapp, flog an ihm vorbei durchs Fenster und riss dabei eine der Gardinen herunter.

Rajs Aufschrei war diesmal weniger von Wut als von Erschrecken geprägt. Eilig schloss er das Fenster und tanzte nun mit erhobenen Fäusten hinter der Scheibe hin und her. Wie bei einem Goldfisch öffnete und schloss sich sein Mund.

»Ich mag den Mann nicht«, sagte Emilia und betrachtete fasziniert das Spektakel im Obergeschoss des Hauses. »Er schreit lauter als Ursula in der Kita.« Sie rieb sich mit der Hand Feuchtigkeit aus dem Gesicht. »Ich habe ganz viel Hunger, Papa.«

»Einen Moment noch, mein Schatz.« Julius wühlte mit

einer Hand nach seinem Mobiltelefon, während er mit der anderen Raj den Mittelfinger zeigte. Das wütende Aufheulen des Vermieters war durch das geschlossene Fenster bis auf die Straße zu hören.

Ungeduldig schritt Julius vor seinen Habseligkeiten auf und ab, das Telefon ans Ohr gepresst. »Ja, hallo. Ich bin es. Marc, ich benötige unbedingt deine ... ja, okay ... ja, ich warte, aber es ist wirklich ...« Julius unterdrückte einen Fluch, ohne seine Runde zu unterbrechen. Er lächelte Emilia, die ihm mit vorgeschobener Unterlippe zusah, aufmunternd zu. »Super, also ... ja, ich mache es kurz, Junge. Ich brauche unbedingt deine Hilfe. Mein Vermieter hat mich rausgeschmissen. Jetzt stehe ich mit Emilia auf der Straße. Wir ... Ja, mit meiner Tochter, genau. Sie ist heute ... wir stehen jetzt ... Alter, wir brauchen eine Unterkunft. Für die nächsten paar Tage. Es ist ... Klar weiß ich, dass Weihnachten ... Komm schon, Junge. Es ist eine absolute Notsituation ... Ja, das Baby, das weiß ich natürlich. Aber ... Michelle wird doch sicher Verständnis ... Komm schon, bitte! Ich weiß echt nicht, was ich sonst ... Was? Das ist nicht dein Ernst. Soll ich jetzt mit der Kleinen ... Sag das noch mal ... Ich bin alles andere als verrückt! Was fällt dir ...? Du kannst mich mal. Du blödes Arschloch. Du dummer W...« Julius blieb stehen und starrte entgeistert auf sein Mobiltelefon. Marc hatte einfach aufgelegt.

»Papa, mir ist kalt. Und ich habe Hunger.«

»Ich ... ja, sofort, Emmi. Ich kümmere mich ...« Julius wählte eine andere Nummer und nahm seine Runde wieder auf, während er wartete, dass jemand abnahm. Nach einer Minute blieb er stehen, beendete den Anruf und wählte die Nummer erneut. »David, geh ran. Geh ran!«, sagte er eindringlich. Doch auch jetzt blieb der Anruf erfolglos. »So eine verdammte ...«, murmelte Julius und legte auf.

»Ich will jetzt nicht mehr hier stehen«, maulte Emilia. Sie stampfte mit dem Fuß auf. »So ein blödes Haus.« Sie trat gegen den Weihnachtsbaum. »Hier findet das Christkind bestimmt nicht hin. Es ist blöd hier.«

Julius schloss für einen Moment die Augen, holte tief Luft. Dann ergriff er Emilias Hand. »Komm. Du magst doch Pommes und Burger, oder?«

»Au ja!«, rief Emilia begeistert.

»In der Nähe von *Tesco's* gibt es eine Burger-Bude. Nicht weit von unserer Bushaltestelle. Da gehen wir jetzt schnell hin, okay?«

»Okay!« Emilia zog Julius nach vorne, die Straße entlang. Erhobenen Hauptes zwang Julius sich, keinen Blick zurückzuwerfen. Diese Genugtuung wollte er Raj nicht bereiten. Wegen seiner Sachen musste ihm etwas einfallen. Doch zuerst brauchte Emilia etwas zu essen. Dann konnte er überlegen, wie es weiterging. Sie mussten natürlich schnell eine Unterkunft finden.

Wütend trat er gegen einen Kieselstein, der auf dem Gehweg lag. Marc war für ihn gestorben. Ein für alle Mal! Bei David würde er es gleich einfach noch mal probieren. Es musste einfach klappen. Es musste!

»Papa?«, fragte Emilia, während sie ihren Vater ungeduldig vorantrieb. »Ist dieser Tescos ein Freund von dir?«

Zwölftes Kapitel

Noch drei Mal hatte Julius versucht, David zu erreichen. Vergeblich. Sein Freund nahm nicht ab. Julius beschlich der ungute Verdacht, dass dies kein Zufall war. Hatte Marc David vorgewarnt?

Ratlos drehte Julius das Telefon in der Hand. Er warf einen Blick zu Emilia, die an einem der hinteren Tische saß und bereits die zweite Portion Pommes verputzte. Bester Laune verfolgte sie dabei das Programm auf dem Fernseher, der ihr gegenüber an der Wand hing. Irgendeine Seifenoper im frühen Abendprogramm, in der die Schauspieler keine wirklichen Schauspieler waren. In ihrem Bemühen, dennoch als solche durchzugehen, wirkten sie wie ferngesteuerte Roboter. Die Frauen heulten ohne Unterlass, die Männer klopften sich immerzu gegenseitig auf die Schultern. Emilia war fasziniert.

Sollte er Emilias Großeltern anrufen? Sie würden sie sofort abholen, das stand außer Frage. Doch dann war es das mit der erneuerten Vater-Tochter-Beziehung gewesen. Niemals würde Sandra einem weiteren Besuch der Kleinen bei ihm zustimmen. Niemals. Nein, die Großeltern anzurufen durfte nur die letzte Option sein. Die allerletzte, bevor Emilia und er unter einer Brücke übernachten mussten. Nun, er würde natürlich allein unter einer Brücke schlafen, nachdem Susanne und Heinrich das Kind abgeholt hatten.

Julius überschlug seinen Kontostand. Konnten sie in einer Pension unterkommen? Er schüttelte den Kopf. Im Umkreis von London waren die Zimmerpreise astronomisch hoch. Vielleicht reichte sein Geld für fünf Nächte. Sieben, wenn sie eine Absteige nähmen. Doch zehn Übernachtungen, bis Emilia wieder zurückflog? Ausgeschlossen. Zumal sie auch Ausgaben für Essen und Trinken haben würden. Und Julius noch kein Weihnachtsgeschenk für seine Tochter gekauft hatte. Nein, diese Möglichkeit fiel ebenfalls flach. Er musste eine andere Lösung finden.

Ein weiteres Mal wählte Julius Davids Nummer. Diesmal schaltete der Anruf gleich auf die Mailbox. Wütend legte Julius auf. Es sah so aus, als habe sich die ganze Welt gegen ihn verschworen. Er schob das Telefon in seine Jackentasche, hielt inne. Als er die Hand mit dem Gerät wieder hervorzog, klemmte daran der geknickte Bierdeckel, den er von Philip am Abend zuvor im Pub erhalten hatte.

Julius schickte ein Stoßgebet zum Himmel. Hastig tippte er die auf den Bierdeckel gekritzelte Nummer ein. Bereits beim zweiten Klingeln wurde abgehoben. »Hallo, Philip. Ich bin es, Julius. Wir haben gestern ... Ja, genau ... Ich hoffe, ich störe nicht ... Ach, dann ist gut ... Wie es mir geht? Gerade echt nicht gut, um ehrlich zu sein ... Mein Vermieter macht Stress, er setzt mich vor die Tür. Und jetzt ist Emilia da ... Ja, genau, meine Tochter ist bei mir ... Genau, keine Wohnung ... Ja, das ist das Problem ... Wenn die Einladung noch steht, dann ... Oh, das ist toll, wir ... wir sind in der Nähe der Wohnung ... Wirklich? Das wäre natürlich fantastisch. Aber ist das nicht zu viel Aufwand? Wir könnten auch mit dem Zug ... okay ... okay ... Das ist wirklich ein glücklicher Zufall. Das ist ... okay ... Elm Road ... Am besten Ecke Purley Vale, nicht direkt vor dem Haus ... Und wann meinst du ...? So bald schon? ... Ja, verstehe. Ich weiß gar nicht, was ich ... bis gleich ... ja, bis gleich.«

Julius legte auf und fühlte sich wie benommen. Nach der

jüngsten Unglücksserie war dieses Telefonat mit Philip der erste wirkliche Lichtblick. Pfeifend stieß er die Luft aus. Gott sei Dank, Emilias Weihnachtsurlaub schien gerettet. Julius merkte, wie ihm eine zentnerschwere Last von der Seele fiel. Er ging zu seiner Tochter an den Tisch und strich ihr über den Kopf. »Emmi, wir müssen los. Kannst du bitte aufessen? Wir haben es eilig.«

»Aber ich bin noch nicht fertig.« Emilia steckte sich betont langsam eine Pommes in den Mund, ließ dabei das Fernsehgerät keine Sekunde aus den Augen. »Ich soll nicht schlingen. Sagt Ursula.« Sie warf ihrem Vater einen schnellen Seitenblick zu.

»Das sollst du auch nicht. Aber ich … ich habe eine Überraschung für dich.«

Ruckartig wandte Emilia sich ihrem Vater zu. »Eine Überraschung? Was denn?«

»Nun, das kann ich dir erst später verraten. Aber wir müssen jetzt los. In einer Viertelstunde werden wir abgeholt. In der Nähe der Wohnung.«

Mit einem Handgriff schob sich Emilia die letzten Pommes in den Mund. Aufgeregt kaute sie. »Wo fahren wir hin?«, fragte sie mit vollem Mund.

»Das wirst du sehen«, antwortete Julius ausweichend.

»Wir fahren in das Disneyland, stimmt's?« Emilia sprang auf und klatschte begeistert in die Hände. »Mia war da auch im Sommer. Sie hat gesagt, dass man voll lange anstehen muss. Die haben so coole Sachen. Mit Mickey und Donald.«

»Nein, wir fahren nicht ins Disneyland. Das liegt auch nicht in London, sondern bei Paris. In Frankreich. Nicht in England.« Bevor Emilia ihrer Enttäuschung Luft machen konnte, fügte er hinzu: »Was wir vorhaben, wird viel besser, Emmi. Das verspreche ich dir. Komm, wir müssen los.« Er griff ihre Hand, und gemeinsam traten sie den Rückweg zur

Wohnung an. Unterwegs meinte er, seine Tochter etwas murmeln zu hören. Von einem doofen England mit falschen Schlümpfen und ohne Disneyland.

* * *

Gerade hatte Julius aus den Kartons, die sich vor der Wohnung auf dem Gehsteig türmten, ein paar Habseligkeiten zusammengesucht, da ertönte ein Hupen. Oben an der Straßenecke parkte Philip und winkte ihnen zu. »Verdammte Hacke!«, entfuhr es Julius, während er zurückwinkte. »Alter Falter, was ist das denn?« Er wusste genau, was *es* war: ein Bentley S3 Saloon. Von 1963. Mit offenem Mund starrte Julius auf den schwarzen Oldtimer. Ein wahres Prachtstück.

»Ist das die Überraschung?«, wollte Emilia aufgeregt wissen und zog an Julius' Arm. »Machen wir einen Ausflug mit dem schönen Auto? Fährt der Mann uns zu einer Prinzessin?«

Unter den einen Arm klemmte Julius sich den Karton, der seine zusammengesuchten Habseligkeiten enthielt, mit der anderen Hand zog er den rosafarbenen Koffer seiner Tochter hinter sich her. »Der Mann ist ein Freund und heißt Philip. Er ... macht mit uns einen Ausflug, ja«, erklärte Julius, während sie auf den Bentley zugingen. Philip stieg aus dem Wagen und kam ihnen zwei Schritte entgegen. Er war noch genauso gekleidet wie am Abend zuvor.

»Guten Tag, junge Dame«, sagte Philip auf Deutsch und schüttelte Emilia die Hand. »Mein Name ist Philip.«

»Du sprichst lustig«, grinste das Mädchen. »Ist das dein Auto?«

»Ja, das ist es. Das Auto gehört mir. Beziehungsweise meiner Familie. Bitte entschuldige meine fehlerhafte Aussprache. Mein Deutsch ist ein wenig eingerostet. So sagt man doch, oder?« Philip lächelte gutmütig. »Mir fehlt wohl die Übung. Ich spreche gelegentlich mit meiner Mutter auf Deutsch.«

»Mit deiner Mutter? Die muss aber sehr alt sein«, bemerkte Emilia mit ernstem Gesichtsausdruck.

Philip lachte auf. »Das ist sie. Ja, das ist sie wirklich. Sie ist bereits dreiundachtzig Jahre alt, um genau zu sein. Doch hier oben«, er tippte sich an die Stirn, »ist sie noch genauso fit wie ein junges Mädchen. Sie freut sich sehr darauf, dich kennenzulernen, Emilia.« Er wandte sich an Julius. »Wir freuen uns sehr, dass ihr die Weihnachtstage bei uns verbringen werdet.« Mit zusammengekniffenen Augen blickte er über Julius' Schulter, die Straße hinunter. »Der Vermieter hat einfach deine Wohnung ausgeräumt und alles auf die Straße gestellt? Unglaublich. Ich denke, du könntest ihn anzeigen. Wahrscheinlich muss er den Schaden, der dir entsteht, sogar bezahlen.«

Julius winkte ab. »Eine weitere Auseinandersetzung möchte ich vermeiden. Raj kann mich mal. Ich hake das jetzt einfach ab.« Er nickte mit dem Kinn zu dem Karton, der unter seinem Arm klemmte. »Ein paar Klamotten habe ich zusammengepackt. Kleidung. Einen Ordner mit Papierkram. So was. Um den Rest ist es schade, klar. Doch das kann ich jetzt nicht ändern.«

»Bitte setzt euch doch schon einmal in den Wagen. Ich verstaue den Karton und das Gepäck im Kofferraum.« Philip nahm Julius den Karton ab. »Steigt ein«, wiederholte er. »Hinein ins Trockene. Ich kümmere mich um den Rest.«

Beinahe ehrfürchtig öffnete Julius den Fond des Wagens. Er half Emilia beim Einsteigen. Dann begab er sich nach vorne auf den Beifahrersitz.

»Du sitzt auf der falschen Seite«, kreischte Emilia vor

Vergnügen. »Das sieht so witzig aus, Papa.« Sie schaute sich mit großen Augen in dem Bentley um. »Ist hier schon einmal eine Königin mitgefahren?«

»Das musst du gleich Philip fragen«, entgegnete Julius. Er musste sich eingestehen, dass auch er schwer von dem Auto beeindruckt war. Sein Blick suchte Philip. Er fand ihn ein paar Meter weiter auf dem Bürgersteig stehend, ein Mobiltelefon am Ohr. Philip schien seinem Gesprächspartner zuzuhören, dann sagte er etwas, nickte und beendete das Gespräch. Mit zufriedener Miene kam er zurück zum Wagen und nahm auf dem Fahrersitz Platz.

»Geregelt«, sagte Philip zu Julius. »Deine Sachen werden abgeholt und dann später zu uns nach Yorkshire gebracht.«

Julius wollte seinen Ohren nicht trauen. »Wirklich? Das ist großartig, vielen Dank. Wenn du mir sagst, was es kostet...«

Philip unterbrach ihn mit einem Kopfschütteln. »Das kommt gar nicht infrage. Es ist nicht der Rede wert. Wir freuen uns, wenn wir dich ein wenig unterstützen können. Du hast wirklich viel Pech auf einmal gehabt. Das hat kein Mensch verdient.« Er drehte sich zu Emilia um. »Sitzt du bequem? Hast du ausreichend Platz?«

Emilia nickte so heftig, dass ihre Haare wild herumflogen. »Es ist superbequem«, stieß sie hervor. »Sind in dem Auto schon einmal Prinzessinnen und Königinnen gefahren?«

»Nein, leider nicht.« Philip dachte nach. »Eine Gräfin saß jedoch schon einmal im Wagen. Genau dort, wo du jetzt sitzt, wenn ich es mir recht überlege.« Er zwinkerte dem Mädchen zu. »Die Gräfin war mit dem Königshaus verwandt, falls das zählt.«

Ehrfürchtig und mit großen Augen strichen Emilias Hände über die beigefarbenen Polster. »Eine Gräfin«, flüsterte sie und richtete sich kerzengerade im Sitz auf. Ein zufriedenes Lächeln umspielte ihre Lippen.

Philip startete den Motor und lenkte den Bentley durch das Wohngebiet in Richtung Hauptstraße. »Wir freuen uns sehr, dass ihr die nächsten Tage bei uns verbringen wollt. Wie gesagt.« Er warf einen schnellen Seitenblick auf Julius. »Mutter hat sich bereits gestern Abend nach Yorkshire fahren lassen. Sie ist ganz entzückt, dass ich heute mit euch anreise, und bereitet alles für unsere Ankunft vor. Richtig aufgekratzt ist sie, die Gute.« Mit einem versonnenen Lächeln hing er für einen Moment seinen Gedanken nach, während er den Wagen in den Verkehr auf der A22 einfädelte. »Nun«, sagte er schließlich. »Macht es euch bitte so bequem wie möglich. Wir werden etwa fünf Stunden benötigen, bis wir am Ziel sind. Vielleicht auch etwas länger. Bei dem Verkehr weiß man nie. Wir kommen jedenfalls mitten in der Nacht an. Wenn wir Glück haben, noch vor Mitternacht.«

»Fünf Stunden!«, rief Emilia. Sie klang weniger entsetzt als begeistert von der Aussicht, derart lange in dem Wagen zu sitzen. Strahlend winkte sie einem Mädchen zu, das vom Straßenrand aus mit großen Augen der Fahrt des Bentleys folgte. »Sie winkt zurück! Sie winkt zurück!«, rief sie freudig.

Die beiden Männer wechselten einen amüsierten Blick.

»Agatha ist also bereits in Yorkshire«, bemerkte Julius in die sich anschließende Stille. »Eine ganz schöne Strecke.«

Philip zuckte mit den Schultern. »Ihr macht das nichts aus. Sie ist hart im Nehmen, weiß Gott.« Er nickte nachdenklich. »Sie hat sich noch gestern Abend von einem Fahrer in unserer Stadtwohnung abholen lassen. Sie hält sich nie lange in London auf. Jedenfalls erwartet sie uns bereits voller Freude. Schmiedet Pläne, wie wir Emilia das Weihnachtsfest unvergesslich gestalten können.« Er bremste ab, um eine Mutter mit ihrem Kinderwagen über die Straße zu lassen. Mehr zu sich selbst sprach er weiter. »Sie hat sich schon lange nicht mehr derart gefreut.«

Mit einer Hand strich Julius über die braune Holzverkleidung des Armaturenbretts. »Dies ist ein wunderbares Auto. Ein S3 von 1963, in einem fantastischen Zustand.«

Anerkennend nickte Philip. »Ich sehe, du kennst dich aus. Ja, der Wagen ist tadellos.«

»Eigentlich kenne ich ihn nur von Bildern aus meinen Autozeitschriften«, gestand Julius. »Ich habe bisher noch in keinem Bentley gesessen. Es ist ein Erlebnis.«

»Mutter bekam den Wagen zu ihrem dreißigsten Geburtstag geschenkt. Doch sie hat ihn nie selbst gefahren, soweit ich weiß. Natürlich wird er bestens gewartet. Wir nutzen ihn jedoch verhältnismäßig selten.« Er lachte auf. »Was seinem ausgesprochen guten Zustand nicht abträglich ist. Ein solides Fahrzeug, zweifelsohne. Schnittiger, als man vielleicht meint.« Wie zur Untermauerung seiner Aussage trat Philip beim Auffahren auf die M25 das Gaspedal durch. Der Motor des Bentleys gab ein gutmütiges Röhren von sich, und der Wagen schoss elegant auf die Autobahn.

Emilia jauchzte auf und klatschte Beifall. Dann drückte sie ihre Nase wieder an das Seitenfenster und winkte den vorbeifahrenden Autos zu.

»Nun müssen wir erst einmal ein ganzes Stück um London herumfahren, bevor wir im Norden auf die M1 abbiegen können.« Philip strahlte Julius an, die Augen hinter der Brille zu kleinen Schlitzen verengt. »Mutter hat sich schon lange nicht mehr derart gefreut.«

Dreizehntes Kapitel

Julius musste eingenickt sein. Er schreckte auf, brauchte einige Sekunden, um sich zu orientieren. Draußen zog eine dunkle Landschaft an ihm vorbei. Der Mond verschwand immer wieder hinter dichten Wolken. Der Bentley warf zwei große Lichtkegel auf die Landstraße.

Blinzelnd sah Julius auf seine Armbanduhr. Es war beinahe halb zwölf. Er gähnte und warf einen Blick nach hinten. Emilia hatte sich auf der Rückbank ausgestreckt und schlief. Sie sieht glücklich aus, dachte er. Glücklich und zufrieden. Was für eine Erleichterung, dass die Hardings ihm aus dem Schlamassel halfen. Emilia würde nun doch ein schönes Weihnachtsfest erleben. Und vor allem waren sie zweihundert Meilen von dem verrückten Katzenmörder entfernt, dem hakenkreuzschmierenden Psychopathen, der Julius aus Großbritannien vertreiben wollte. Vielleicht konnte er während seines Besuchs bei den Hardings wirklich gemeinsam mit Philip überlegen, wie möglichst schnell an eine Aufenthaltsgenehmigung heranzukommen war.

»Sie ist kurz nach dir eingeschlafen«, sagte Philip leise. »Wir sind an York vorbei und von der A64 abgefahren. Dies sind bereits die Ausläufer der North York Moors. Hier herrscht um diese nachtschlafende Zeit kaum noch Verkehr. Dem letzten Wagen sind wir vor etwa zehn Minuten begegnet.« Er schaute auf die Uhr im Instrumentenfeld des Armaturenbretts. »Ich schätze, wir benötigen noch eine gute Dreiviertelstunde, bis wir ankommen. Bald müssen wir in die Hügel hinein.«

»Die Moors sind ein Nationalpark, nicht wahr?«, fragte

Julius und streckte sich in seinem Sitz. In der Dunkelheit meinte er, Äcker, Wiesen und Wälder zu erkennen.

Philip nickte. »Seit 1952, um genau zu sein. Die North York Moors bestehen hauptsächlich aus Heide und Wald. Die unzähligen Hügel und Täler reichen von hier bis hoch an die Küste. Vor allem in den Randgebieten gibt es viel Landwirtschaft. Ackerbau und Schafzucht. Je tiefer man in die Moors hineinfährt, umso einsamer wird es. In den Dales, den Tälern, gibt es ein paar versprengte Dörfer. Und das war's.« Er warf Julius einen Seitenblick zu. »Wir haben das Glück, in einem der unbesiedelten Teile der Moors zu wohnen. Vor Urzeiten stand an genau jener Stelle wohl einmal ein Kloster. Von dem ist heute aber nichts mehr erhalten.« Er schüttelte den Kopf, als bedauere er das. »Übrigens findet man in den Moors die Überreste einer Vielzahl von Klöstern. Die Mönchsorden, vor allem die Zisterzienser, zog seinerzeit wohl die Einsamkeit und Kargheit der Landschaft geradezu magisch an.« Er gluckste in sich hinein. »Heute ziehen im Sommer die Touristen von Ruine zu Ruine. Manchmal verirrt sich sogar eine Wandertruppe bis zu uns. Zum Glück bleiben wir zumindest im Winter von ihnen verschont. Es ist den Herrschaften einfach zu unbequem, bei diesen unwirtlichen Temperaturen die Schönheit der Moors zu erkunden. Ja, es kann ganz schön karg sein, das Leben in den Dales. Bei uns zu Hause herrschen Wind und Kälte vor. Das macht die Höhenlage, außerdem sind wir der Nordsee schon nahe. Zu dieser Jahreszeit kann jeden Moment ein plötzlicher Schneesturm durch die Dales fegen.«

»Hu, das hört sich ja ganz schön einsam an bei euch«, sagte Julius. Schnell fügte er hinzu: »Genau das Richtige für Emilia und mich.«

Philip warf einen Blick in den Rückspiegel. »Die Landschaft sieht wunderschön aus, wenn sie mit einer dicken

Schneeschicht bedeckt ist. Wir werden sehen, vielleicht erlebt Emilia weiße Weihnachten bei uns. Die Zeichen stehen ziemlich gut, wie mir Mutter sagte. Mutter hat ein untrügliches Gespür für das Wetter.« Er lachte auf. »Sie scherzt selbst manchmal, sie sei eine alte Wetterhexe.« Ein weiterer Seitenblick auf Julius.

»Weiße Weihnachten wären natürlich ein Traum, Philip. Es klingt ja geradezu ... verwunschen, was du von eurem Wohnort berichtest.«

Philip verzog sein Gesicht zu einem breiten Grinsen. »Wir haben natürlich Wasser und Strom bei uns, keine Sorge. Dich erwartet keine Reise ins Mittelalter.« Er drehte den Kopf zu Julius. »Wobei ...«

»Achtung!«, schrie Julius auf. Im Lichtkegel des Bentleys hatte er eine Bewegung wahrgenommen. Fast gleichzeitig gab es einen lauten Knall, einen heftigen Aufprall, und der Wagen erbebte. Mit quietschenden Reifen rutschte er seitlich über die Fahrbahn, während Philip die Bremse durchtrat. Emilias heller, ängstlicher Schrei hallte in Julius' Kopf, während sich die Welt um ihn herum drehte.

»Verdammt!«, fluchte Philip, als der Wagen am Straßenrand zum Stehen kam. »Was zum Teufel war das?« Er öffnete die Tür und stieg aus.

»Ist alles gut bei dir, Emmi?«, fragte Julius atemlos.

Doch seine Tochter nickte mit festem Blick. »Das war wie auf der Achterbahn.« Sie schaute aus dem Fenster, rieb sich die Augen. »Wo sind wir denn, Papa?«

»Wir sind bald da. Wir haben ... eine kleine Panne. Bitte bleib im Auto sitzen. Ich komme gleich wieder.« Als Julius ausstieg, bemerkte er mit Erstaunen, dass seine Beine zitterten. Das ist das Adrenalin, sagte er sich und trat langsam zu Philip, der die Motorhaube begutachtete. Nur eines der Scheinwerferpaare leuchtete, und das auch nur schwach.

»Verdammt«, stieß Philip abermals aus. Vorsichtig betastete er die zerstörten rechten Scheinwerfer. Mit der Lampe seines Mobiltelefons leuchtete er danach die Front des Bentleys ab. Auf der Fahrerseite wies der Kotflügel eine tiefe Delle auf.

Julius beugte sich nach vorne, um den Schaden genauer in Augenschein zu nehmen. Mit einem gedämpften Aufschrei zuckte er zurück. Von der verchromten Stoßstange tropfte Blut auf die Fahrbahn. Scharf sog er die Luft ein und schaute suchend zurück auf die finstere Straße, die auf beiden Seiten von Bäumen begrenzt war. In diesem Augenblick lugte der Mond zwischen den Wolken hindurch und tauchte alles in ein unwirkliches, graues Licht.

Julius kniff die Augen zusammen. Für eine Sekunde setzte sein Herz aus. Etwa dreißig Meter von ihnen entfernt lag ein Bündel auf dem Asphalt. Ein nicht weiter erkennbarer Schatten. Das Bündel hatte in etwa die Größe eines Kindes. Und es bewegte sich. Julius stieß einen gequälten Laut aus.

»Was ist los?«, fragte Philip schroff und richtete sich auf.

Nicht nur in Philips Stimme meinte Julius bebenden Zorn zu vernehmen, auch in seinem Gesicht spiegelte sich die Erregung. Instinktiv trat Julius einen Schritt zurück. Weg von der wutverzerrten Fratze, die ihn aus dem Dunkel heraus anzufunkeln schien. Es musste am Licht des Telefons liegen, das Philip in der Hand hielt. Daran, dass Philips Gesicht unvorteilhaft von unten beleuchtet wurde. Julius bemühte sich, Ruhe zu bewahren. Jeder andere Mensch hätte in diesem Licht ebenfalls dämonisch gewirkt. Wie eine Teufelsfratze. Er deutete auf das Bündel. Sein Arm zitterte. »Dort«, stieß er heiser hervor.

Philips Blick folgte dem Fingerzeig. Er kniff die Augen hinter den dicken Brillengläsern zusammen. »Warte hier!«, wies er Julius harsch an und schritt die Straße hinab. Seine Stiefel schlugen fest auf dem Asphalt auf.

Wie ein Kriegsgeneral, der entschlossen in die Schlacht zieht, schoss es Julius in den Kopf. Philips dunkle Silhouette war kerzengerade.

»Was ist denn los, Papa? Wo geht Philip hin?« Emilia hatte ihren Kopf aus dem Wagen gesteckt und schaute neugierig hinter Philip her. »Hat er etwas gesehen? Ich möchte gucken gehen.« Sie machte Anstalten, aus dem Bentley zu steigen.

»Bleib bitte im Wagen«, mahnte Julius. »Wie ich es gesagt habe.« Er schob Emilias Kopf zurück ins Wageninnere und schloss die Tür. Mit verschränkten Armen und vorgeschobener Unterlippe warf sich seine Tochter beleidigt auf den Rücksitz. Julius seufzte und blickte zu Philip, der nun regungslos vor dem Bündel stand. Ein großer Schatten, der über dem kleineren aufragte. Ein General, der den besiegten Gegner in Augenschein nahm.

Es fröstelte Julius, und er schlang die Arme um sich. Er wusste nicht, ob das Frösteln einzig von der Kälte kam, die seinen Atem in der Luft gefrieren ließ, oder zu einem nicht unbeträchtlichen Anteil auch von der gespenstisch anmutenden Szenerie ringsum.

Julius trat von einem Bein auf das andere. Was zum Teufel tat Philip da? Er stand weiterhin regungslos auf der Straße, verdeckte zu einem großen Teil das am Boden liegende Bündel. Es wirkte auf Julius, als dächte Philip angestrengt nach. Was überlegte der Mann?

Unvermittelt beugte Philip sich hinab und zog an dem Bündel. Schleifte es nach rechts, hin zum Straßenrand. Das Bündel bewegte sich heftiger. Als wolle es sich wehren, sich dem Griff entziehen. Ein hilfloses Strampeln. Julius verfolgte das Geschehen mit geweiteten Augen. Er fühlte, wie Entsetzen in ihm aufstieg. Was geschah hier? Das alles hatte etwas von einem schlechten Traum. Erschrocken horchte er auf. Deutlich hatte er einen Laut gehört. Ja, ganz eindeutig. Es hatte wie ein einzelnes Wort geklungen, atemlos in die Nacht gerufen. Unverständlich, aber zweifelsohne ein artikulierter Laut. In einer fremdartigen Sprache? Was geschah hier?

Julius stellten sich die Nackenhaare auf. Er war wie gelähmt. Ungläubig verfolgte er, wie Philip nicht etwa mit dem Bündel am Straßenrand haltmachte, sondern es weiterzog. In den Wald hinein. Zwischen die Stämme. Ein Krächzen entstieg Julius' Kehle. Es war ihm unmöglich, seine schreckgeweiteten Augen von dem Geschehen abzuwenden. Für einen kurzen Augenblick konnte er noch Philips Bewegung zwischen den Bäumen ausmachen, dann löste sie sich im diffusen Schwarz des Waldes auf. Ein Knacken und Rascheln war alles, was Julius noch hörte, und auch diese Geräusche erstarben nach wenigen Sekunden. Gleichzeitig verschwand der Mond hinter der Wolkendecke. Wie ein schwarzes Tuch legte sich die Nacht über die Straße.

Atemlose Stille erfüllte die Welt. Nichts rührte sich in der Dunkelheit, die lediglich in Julius' Rücken von dem schwachen Schein des defekten Autoscheinwerfers durchbrochen wurde. Julius zog die Schulterblätter zusammen. Die Finsternis hatte etwas Lauerndes. Er drehte sich im Kreis um die eigene Achse und sah sich um. Irgendetwas hatte ihn im Visier. Er spürte es. Ja, da lauerte irgendetwas, wollte nach ihm greifen.

Unsinn, da ist nichts, mahnte er sich. Reiß dich zusammen, lass dich nur nicht verrückt machen. Verrückt, hallte es in seinem Kopf. Verrückt ... Verrückt ... Er rang den Gedanken mühsam nieder.

Gerade wollte Julius zurück in den Wagen steigen, da wurde die Nacht von einem markerschütternden Schrei zerrissen. Er war voller Todesangst. Julius fuhr zusammen, ein gequältes Stöhnen entwich seinem Mund. Beinahe hätte er die Kontrolle über seine Blase verloren. Ein zweiter Schrei, schriller noch als der erste, ließ ihn die Hände fest auf die Ohren pressen. Angsterfüllt hörte er das Schreien in seinem Kopf, wieder und wieder. Verzweifelt versuchte er, das Echo aus seinen Gedanken zu tilgen. Es gelang ihm nicht. Der furchtbare Laut hatte sein Innerstes getroffen. Er hatte geklungen, als wäre er aus dem Mund eines Kindes gekommen! Eines *Kindes!* Julius schnappte nach Luft, wie ein Ertrinkender. Es dauerte eine gefühlte Ewigkeit, bis es in seinem Kopf still wurde. Langsam, zögerlich löste er die Hände von den Ohren. Nichts. Allumfängliche Stille. Nur das Blut pochte rhythmisch in seinen Gehörgängen.

Julius spähte zu Emilia in den Wagen. Sie lümmelte sich weiterhin mit verschränkten Armen auf dem Rücksitz, hatte nun jedoch die Stirn fragend in Falten gelegt. Hatte sie den Schrei ebenfalls gehört? Den Todesschrei eines Kindes? Julius wurde schwindelig, und er musste sich am Dach des Bentleys festhalten. Kalter Schweiß trat auf seine Stirn.

Seiner Kehle entwich ein heiserer Schrei, als plötzlich Philip vor ihm stand. Gerade noch war an der Stelle nichts als schummrige Dunkelheit gewesen, nun stand er nur zwei Schritte von ihm entfernt. Er lächelte Julius fröhlich an, wie ausgewechselt. Von Wut keine Spur. Von Anspannung kein Zeichen.

»Lass uns einsteigen, wir müssen weiter«, sagte Philip und ging um den Wagen herum. »Wir sind spät dran, Mutter wartet sicherlich bereits voller Sorge.« Er öffnete die Fahrertür und nickte Julius aufmunternd zu.

»Aber ...« Julius schüttelte den Kopf. Sein Blick schnellte zu dem Waldstück, in das Philip das Bündel gezogen hatte. »Was ...?«

»Es ist alles in Ordnung«, lächelte Philip. »Wir müssen nun wirklich weiter.« Er stieg in den Wagen und schloss die Tür.

Es blieb Julius gar nichts anderes übrig, als ebenfalls einzusteigen. »Was ...?«, versuchte er es noch einmal, nachdem er neben Philip Platz genommen hatte. Abermals wurde er unterbrochen.

»Weiter geht die Fahrt«, trällerte Philip. Er runzelte konspirativ die Stirn und nickte in Richtung Rücksitz.

»Was war denn?«, fragte Emilia prompt. »Ist das Auto kaputt? Ist da draußen etwas gewesen?«

»Alles ist gut, Emilia«, versicherte Philip. »Wir haben ein großes Holzstück gerammt. Das passiert hier draußen manchmal, wenn ein starker Wind etwas auf die Straße weht. Der Scheinwerfer hat einen Schlag abbekommen. Aber wir können weiterfahren.« Er startete den Motor. »Weil wir die Fahrbahn nicht so gut sehen, müssen wir jetzt natürlich langsam fahren. Vor allem in den Hügeln. Doch es sollte gehen.« Der Bentley setzte sich in Bewegung.

»Hm, okay«, sagte Emilia und machte es sich wieder in ihrem Sitz bequem. Damit schien die Sache für sie erledigt.

Julius konnte es sich nicht verkneifen, Philip einen entgeisterten Blick zuzuwerfen. Holzstück? Das Holzstück hatte sich bewegt und geschrien! Im Todeskampf! Und es hatte sein Blut an der Stoßstange des Bentleys hinterlassen. Verdammt, was war das gewesen? Was hatte er für den Bruchteil einer Sekunde im Scheinwerferlicht des Autos gesehen? Hatten sie einen großen Hund angefahren? Ein Reh?

Philips Miene blieb unergründlich. Er starrte konzentriert durch die Windschutzscheibe und ließ sich vom fragenden Blick seines Beifahrers nicht irritieren. Im Gegenteil, Julius meinte, so etwas wie den Anflug eines zufriedenen Lächelns um Philips Mundwinkel auszumachen.

Irritiert richtete Julius den Blick ebenfalls nach vorne, auf die Straße. Worum auch immer es sich bei dem Bündel gehandelt hatte, es hatte geschrien. Wie ein Kind. Ein Frösteln durchzog Julius' Körper. Es gelang ihm nicht, es zu unterdrücken.

»Soll ich die Heizung hochstellen?«, fragte Philip freundlich, ohne den Blick von der Fahrbahn zu lösen.

»Nicht nötig, nein«, antwortete Julius knapp und schlang die Arme um seine Brust. Er konnte den Schrei hören, sobald er an ihn dachte. Tief in ihm hallte er nach. Ein Kind. Wie aus dem Mund eines Kindes hatte der Schrei geklungen. Doch was sollte ein Kind zu dieser Nachtzeit im Nirgendwo zu suchen haben? Es *konnte* gar kein Kind gewesen sein, natürlich nicht. Ein Hund vielleicht? Ein Reh? Wurde er verrückt? Bildete er sich Dinge ein. Selbstverständlich *konnte* es gar kein Kind gewesen sein. »Du wirst verrückt«, flüsterte es in seinem Kopf. Langsam schüttelte Julius den Kopf. Nein, er wurde nicht verrückt. Er hatte das Bündel gesehen. Den Schrei gehört. Er wusste doch, was er gesehen, was er gehört hatte!

Warum nur war Philip für einen Moment derart wütend gewesen? Eine regelrechte Fratze hatte er gezogen, teuflisch und voller Wut. Wahrscheinlich ... hatte der beschädigte Bentley ihn aus der Fassung gebracht. Das war nur allzu verständlich. Julius ließ seine Finger über das Armaturenbrett streichen. Der Wagen war ein Schmuckstück und sicherlich mehrere Hunderttausend Pfund wert. Allein von dem anstehenden Reparaturbetrag würde Julius ein ganzes Jahr lang leben können. *Mindestens* ein Jahr lang.

Doch was hatte Philip mit dem Bündel gemacht? Mit dem ... Reh. Sicherlich war es ein Reh gewesen. Konnten Rehe nicht wie kleine Kinder schreien? Das hatte er schon mal irgendwo gelesen, oder? Bestimmt konnten sie das.

Was hatte Philip also mit dem Reh gemacht? Im Wald, abseits der Straße? Er hatte das verletzte Tier in Sicherheit gezogen und einen Förster verständigt. Mit seinem Mobiltelefon. Ja, so musste es gewesen sein. Damit kein anderes Auto das Reh überfuhr, hatte er es zwischen die Bäume gezogen. Natürlich, das war eine logische Erklärung. Julius merkte, wie er sich entspannte. Den Schrei blendete er aus seiner Erklärung aus. Denn vielleicht hatte er sich getäuscht und etwas ganz anderes gehört. Eine Eule? Eine Maus, die von einer Eule gefangen wurde? Wer konnte nachts in einem einsamen Waldstück schon sagen, was er zu hören glaubte.

Ja, so musste es gewesen sein. Alles ganz harmlos. Ein Wildunfall. Und von einem Holzstück hatte Philip nur gesprochen, um Emilia zu schonen. Bambi und so.

Julius lehnte sich in seinem Sitz zurück. Er konnte jenseits der Windschutzscheibe kaum etwas erkennen. Der Mond war wieder verschwunden, der verbliebene Scheinwerfer vermochte nicht mehr als ein paar Meter der Straße zu beleuchten. Sie fuhren nahezu blind durch die Finsternis. Manchmal glommen Fenster inmitten der Dunkelheit auf, Zeichen von versprengten Behausungen.

Einmal fuhren sie durch einen kleinen Ort – nicht mehr als ein paar Häuser. Ein Pub. Eine geschlossene Tankstelle. Als Julius vorschlug, nachzufragen, ob ihnen jemand in dem Weiler bei der provisorischen Reparatur der Scheinwerfer helfen konnte, lachte Philip nur auf und fuhr den Bentley aus der Ortschaft hinaus, in das wartende Schwarz der Moors hinein. Es wirkte, als steuerten sie in eine dunkle, durchlässige Wand. Doch Philip lenkte den Bentley ruhig durch die Nacht. Er kannte die Strecke vermutlich wie seine Westentasche. Konzentriert, leicht vorgebeugt, saß er in seinem Sitz. Sagte nichts. Nur einmal meinte Julius, ihn etwas murmeln zu hören. »Mutter wartet bereits.«

Sie fuhren bergauf und bergab, durch die Dales. Ihre Welt bestand lediglich aus Dunkelheit und ein paar Metern Asphalt. Julius hatte jetzt schon seit einiger Zeit keine Fenster mehr gesehen, die wie Leuchttürme kurz die Nacht durchbrachen. Die Welt schien menschenleer. Manchmal meinte er, dunkle Schatten am Wegesrand zu erahnen. Büsche, Sträucher, vermutete er. Die Heide?

Emilia war wieder eingenickt. Im Schlaf hatte sie einmal aufgelacht und ein paar unverständliche Worte von sich gegeben. Doch nun öffnete sie die Augen und setzte sich ruckartig auf. »Wir sind da«, sagte sie bestimmt.

Verdutzt schaute Julius sich um, konnte aber nichts erkennen. Doch Philip warf einen anerkennenden Blick nach hinten und nickte Emilia zu. Dann drosselte er die Geschwindigkeit, und der Bentley bog um eine lang gezogene Kurve.

»Dort!«, rief Emilia aufgeregt und deutete mit ausgestrecktem Zeigefinger durch die Windschutzscheibe.

In weiter Ferne konnte Julius ein Licht ausmachen. Als der Bentley bergab darauf zuhielt, erkannte Julius seinen Fehler. Es waren mehrere Lichter, die dort leuchteten. Vier, fünf Fenster, die wie glühende Augen in die Nacht starrten. Je näher sie kamen, desto weiter entfernt voneinander wirkten die Fenster. Schließlich deutete sich der Schatten eines Gebäudes an.

»Oh«, jauchzte Emilia, »es ist riesig!«

Wirklich. Julius kniff ungläubig die Augen zusammen. Der Schatten wurde immer deutlicher. Und vor allem immer breiter.

Knirschend bog der Bentley auf einen Kiesweg ein. Philip räusperte sich. Seine Stimme klang heiser vor Aufregung. »Wir sind da. Herzlich willkommen auf Wargrave Castle.«

Vierzehntes Kapitel

München, 1945

Der Geruch von Zwiebeln juckt in ihrer Nase. Sie kann sich nicht entscheiden, ob der Duft Übelkeit oder Appetit in ihr auslösen soll. Mit einem lauten Knurren nimmt der Magen ihr die Entscheidung ab. Jetzt merkt sie auch, dass sie Durst verspürt. Unsäglichen Durst. »Durst«, krächzt sie mit einer Stimme, die sie noch nie gehört hat. Sie schlägt die Augen auf.

Ist dies der Himmel? In ihrem verschwommenen Gesichtsfeld herrscht strahlendes Weiß. Sind das Wolken, die sich um sich selbst drehen? Sie seufzt, fühlt sich schwindelig, aber irgendwie gelöst. Dies muss der Himmel sein.

Eine Stimme lässt sie jäh zusammenfahren.

»Kindchen, Sie sind aufgewacht. Das ist gut.«

Ein Schatten schiebt sich von der Seite in das Weiß hinein. Sie blinzelt. Das Gesicht einer alten Frau erscheint über ihr. Abermals blinzelt sie. Das Gesicht ist immer noch da. Ein faltiges Lächeln strahlt auf sie herab.

»Wo ...?«, haucht sie.

»Im Krankenhaus sind Sie, Kindchen.« Die Frau streicht mit einer Hand über ihren Kopf. »Ich bin Schwester Karla.«

Sie erkennt nun die weiße Haube auf dem grauen Haar. Und das Weiß des Himmels entpuppt sich als eine getünchte Zimmerdecke. Ein Gefühl der Trauer steigt in ihr auf. Dies ist nicht der Himmel, nein.

»Es sah nicht gut aus«, erklärt die Frau freundlich. »Eine schwere Infektion der Lunge.«

»Wo …?« Das ist auch jetzt alles, was sie hervorbringen kann.

»Im Schwabinger Krankenhaus. Es wird seit Kriegsende von den Amerikanern geführt. Ihre Schwester hat Sie eingeliefert. Da waren Sie eigentlich schon tot. Ehrlich gesagt, hat man Sie gar nicht aufnehmen wollen. Wir sind bis auf das letzte Bett belegt. Und darüber hinaus. Nun, Ihre Schwester muss über große Überredungskunst verfügen. Die Ärzte hatten jedenfalls die Befürchtung, dass selbst das Penizillin nichts mehr ausrichten kann. Die Jungfrau Maria scheint Ihnen jedoch wohlgesinnt, Kindchen.« Schwester Karla nickt ernst.

Maria. Heilige Mutter. Ein Frösteln durchfährt sie.

»Wo … Helmut?«

»Das ist Ihr Sohn, nicht wahr? Er hat Sie zusammen mit seiner Tante besucht, gestern erst. Der arme Wurm war ganz durcheinander. Die Mutter im Krankenbett. Nicht ansprechbar. Das ist für ein Kind eine schwierige Situation.« Wieder nickt die Schwester ernst, dann heitert sich ihre Miene auf, und ein aufmunterndes Lächeln erscheint auf ihrem Gesicht. »Ein prächtiger kleiner Kerl, Ihr Helmut.«

Erst jetzt bemerkt sie die Geräusche um sich herum. Husten. Gemurmel. Leise Schritte. Sie macht Anstalten, sich aufzurichten.

»Warten Sie, ich helfe Ihnen«, sagt Schwester Karla und unterstützt sie, damit sie ihren Kopf und den Oberkörper anheben kann. Dann schiebt sie ihr ein Kissen unter, rückt es zurecht. »So, das hätten wir. Ich hole Ihnen etwas zu trinken. Und dann sollten Sie später ein paar Löffel Brühe zu sich nehmen. Doch immer eins nach dem anderen. Ich bin gleich wieder da.«

Ein wenig ungläubig folgt ihr Blick der Schwester, wie sie sich routiniert zwischen Betten hindurchschlängelt und den Krankensaal durch eine breite Tür verlässt. Im Krankenhaus liegt sie also. Sie schaut sich um. Betten reihen sich aneinander, die meisten scheinen belegt. In den Gängen zwischen den Schlafstätten stehen ein paar Tische, an denen Frauen sitzen und sich leise unterhalten. Zwei Betten weiter links legt eine Schwester – im Gegensatz zu Karla ein blutjunges Ding – einer Patientin feuchte Wickel um die Beine. Von dort kommt der Geruch von Zwiebeln, stellt sie fest. Das Magengrummeln stellt sich erneut ein.

Ihr Kopf ist leer. Sie erinnert sich kaum an ihren eigenen Namen. Kein unangenehmes Gefühl, sich nur schwer erinnern zu können. Woran erinnert sie sich überhaupt? Die Wohnung ... Helmut ... Helene. Viel mehr ist da nicht. Sie weiß nicht, warum, doch es ist wahrlich kein unangenehmes Gefühl, einen fast leeren Kopf zu haben.

Ein uniformierter Mann betritt den Saal, durchquert ihn geschäftig, ohne dabei nach links oder rechts zu schauen. Er verlässt den Raum durch eine zweite Tür, ihr genau gegenüber. Für den Bruchteil einer Sekunde meint sie, dahinter ein weißes Bett zu erkennen. Und weitere Uniformen. Dann schließt sich die Tür auch schon wieder.

»Vorsichtig. Nur ein kleiner Schluck nach dem anderen.«

Die Schwester steht neben ihr, ein Glas in der Hand. Sie hat sie nicht kommen hören. Durstig öffnet sie den Mund. Wie ein Vögelchen, dessen Eltern endlich ins Nest geflattert kommen. Kühl rinnt das Wasser ihre Kehle hinab. Sie schluckt gierig, muss husten.

»Langsam, langsam«, mahnt Schwester Karla und zieht ihr das Glas vom Mund weg. Erst nach einer langen Pause und einer neuerlichen Ermahnung setzt die Schwester es erneut an.

Sie schluckt. Langsam. Als das Glas leer ist, schließt sie die Augen. Lässt sich ein wenig ins Kissen zurücksinken.

Atmet erschöpft. Fühlt, wie sich ihre Brust hebt. Und senkt. Hört, dass die Schwester etwas zu ihr sagt, versteht aber nicht, was es ist.

Nein, im Himmel ist sie nicht. Im Krankenhaus vielmehr. Der heiligen Mutter Gottes sei Dank. Meint jedenfalls Schwester Karla.

Helmut. Unruhe steigt in ihr auf. Helmut geht es gut, beruhigt sie sich. Er ist ein prächtiger Kerl. Meint Schwester Karla. Alles wird gut werden. Alles.

Seltsam leer ist ihr Kopf. Warum nur hat sie das Gefühl, dass dies eine Gnade ist? Sie lässt sich nachdenklich ins Reich des Schlafes hinübergleiten. Ist noch einen kurzen Moment erstaunt über das Bild, das plötzlich vor ihrem inneren Auge heraufzieht. Das Bild eines fliegenden Marienkäfers, der eine funkelnde Spur hinter sich herzieht. Die Spur ist rot. Sie sieht aus wie ein Regen aus unzähligen Blutstropfen. Was für eine alberne Vorstellung! Für einen Augenblick ist sie zutiefst erstaunt über dieses Bild.

Die Augen werden ihr schwer, und sie blinzelt müde. Am Rande ihres Bewusstseins bekommt sie noch mit, wie Schwester Karla den Kopf schüttelt und ihr sanft über die Stirn streicht. »Der Krieg hat mehr zerstört, als man auf den ersten Blick sehen kann«, murmelt die Schwester.

Dann sinkt sie endgültig in tiefen Schlaf.

* * *

Schwere Schritte wecken sie. Es ist Abend. Durch die hohen Fenster fällt das letzte Tageslicht, an der Zimmerdecke leuchten Lampen. Sie schiebt sich in ihrem Bett ein wenig nach oben. Ihr Blick verfolgt die uniformierten Männer, die aus der ihr gegenüberliegenden Tür treten und strammen Schrittes den Krankensaal verlassen. Ein halbes Dutzend zählt sie, dann folgt eine Krankenschwester und schließt die Tür hinter sich. Diesmal hat sie nichts im Raum erkennen können. Er war abgedunkelt. Sie runzelt die Stirn.

»Das arme Ding«, raunt eine Frauenstimme.

Langsam dreht sie ihren Kopf nach rechts. Im nächsten Bett liegt eine blonde Frau und blättert betont gelangweilt in einer amerikanischen Illustrierten. Ihr linker Arm ist bandagiert. Das Kinn staut sich auf der Brust und wirft Wellen, derart fleischig ist das Gesicht.

Wie kann man nach dem Krieg dermaßen wohlgenährt sein, schießt es ihr unvermittelt in den Kopf. Wie ist das überhaupt möglich? Sie schaut die Bettnachbarin mit offenem Mund an.

Die Frau sonnt sich in der vermeintlichen Bewunderung. »Grete Winter«, stellt sie sich getragen und mit einem angedeuteten Lächeln vor. »Mein Gatte ist Doktor Peter Winter«, ergänzt sie mit huldvollem Unterton. Als sie statt der erhofften Anerkennung lediglich Schweigen erntet, legt sich ihre Stirn irritiert in Wülste. Skeptisch beäugt sie die ausgemergelte Frau im Nebenbett und kommt wohl zu dem Schluss, dass jede Unterhaltung besser sei als gar keine. »Wirklich, das arme Ding«, betont sie und nickt in Richtung der gegenüberliegenden Tür. »So eine *furchtbare* Geschichte.« Sie schlägt ein paar Seiten in der Zeitschrift um.

»Geschichte?«, krächzt sie verständnislos. Wovon spricht die Frau? Wie kann sie derart wohlgenährt sein?

Mit verschwörerischer Miene rollt Grete Winter sich ächzend auf die Seite. »Sie haben das arme Ding vor zwei Tagen dort hineingebracht. Seitdem geht es zu wie in einem Taubenschlag. Militärpolizei, Offiziere, Ärzte. Rein und raus, den lieben langen Tag. Des Nachts das Wimmern und die Schreie, das ist eigentlich das Schlimmste.« Sie schaudert, ganze Partien ihres Körpers wackeln. »Eigentlich soll niemand wissen, wer sie ist. Die Amerikaner machen einen großen Zirkus darum.« Grete senkt ihre Stimme verschwörerisch. »*Eigentlich*. Doch ich verfüge über Kontakte, Sie verstehen?« Ihr abschätzender Blick versucht herauszufinden, ob die Gesprächspartnerin wirklich versteht. »Es ist von Vorteil, wenn man aus gewissen Kreisen stammt«, erklärt sie gedehnt, als spreche sie mit einem kleinen Kind. »Auch *jetzt* noch.« Sie verdreht die Augen. »Mein Gatte konnte natürlich sehr schnell in Erfahrung bringen, warum so viel Aufhebens um das junge Ding gemacht wird.«

Vermutlich hofft Frau Winter, damit eine Salve von Nachfragen auszulösen.

Doch sie ist zu erschöpft, um Fragen zu stellen, und erntet für ihr Schweigen einen erbosten Blick.

»Das Mädchen heißt Rosa und ist dreizehn Jahre alt. Sie soll eine Schönheit sein. Gewesen sein, meine ich.« Etwas funkelt in Grete Wintlers Augen auf, von dem man nicht genau sagen kann, ob es der Sensationsgier oder vielleicht doch nur bloßer Boshaftigkeit entspringt. »Ursprünglich stammt sie wohl aus Pommern. Während des Krieges haben ihre Eltern sie zu einer Verwandten hier nach München geschickt. Ein Bauernkind, nehme ich an.« Eine dünne Augenbraue zieht sich nach oben. »Sie ist einem Sittenstrolch zum Opfer gefallen, die Arme. Übel hat er sich an dem Mädchen vergangen. Wobei ich mir vorstellen könnte, dass sie auch eine gewisse Schuld trifft. Die Mädchen von heute sind derart aufreizend unterwegs. Bereits in diesem jungen Alter. Zu meiner Zeit …« Missbilligend schüttelt sie den Kopf. »Nun, jedenfalls hat der Kerl sie beinahe umgebracht. Wie eine Bestie soll er sich auf Rosa gestürzt haben.« Sie senkt die Stimme zu einem eindringlichen Flüstern. »Unaussprechliche Dinge soll er mit ihr gemacht haben.« Mit einer Hand wischt sich Grete Winter Schweißperlen von der Stirn. »Er hat sie förmlich aufgerissen, die Kleine. Keinen Knochen hat er heil gelassen.«

Je länger sie der Frau zuhört, umso größer wird der Druck in ihrem Kopf. Ein vergessener Albtraum schleicht sich erbarmungslos zurück in ihre Erinnerung. Sie kann ein heftiges Zittern nicht unterdrücken.

Beinahe lüstern fährt Frau Winter fort. »Es muss *abscheulich* gewesen sein. Aufgerissen hat er sie. Es grenzt an ein Wunder, dass das Mädchen überhaupt überlebt hat. Sie soll am ganzen Körper Verletzungen haben. Überall. Übelste Verletzungen. Ein Wunder, dass sie lebt.« Ihr Blick ruht gespannt auf der Tür. »Nun befragen sie die Kleine von morgens bis abends, ob sie etwas zu dem Lumpen sagen kann. Es scheint sich bei ihm nämlich genau um jenen Mann zu handeln, der bereits ein anderes Mädchen unten an der Isar bestialisch getötet hat.« Grete Winter reißt ihre Augen auf, was ihr ein groteskes Aussehen verleiht. »Die Amerikaner haben Sorge, dass ein Serienmörder sein Unwesen treibt. In der Bevölkerung macht sich schon Unruhe breit. Das können sie wohl nicht gebrauchen, die Amerikaner.« Ihr Glucksen klingt abschätzig. »Nun, wie dem auch sei. Das Mädchen ist die einzige Zeugin, die den Kerl identifizieren kann. Deshalb versuchen sie mit allen Mitteln, etwas Brauchbares aus ihr herauszuholen. Sagt mein Gatte.« Zufrieden rollt Frau Winter sich zurück auf den Rücken.

»Schlafenszeit«, erklingt in diesem Moment vom Zugang zum Saal Schwester Karlas Stimme. »Gute Nacht.« Dann erlöschen die Deckenleuchten, und der Raum fällt in ein schummeriges Halbdunkel. »Gute Nacht«, murmeln einige der Frauen, dann wird es still. Auf dem Gang entfernen sich Schwester Karlas Schritte.

Eine Frau hustet, eine andere wälzt sich in ihrem Bett von

einer Seite auf die andere. Aus dem Nebenbett ertönt nach wenigen Minuten ein lautes Schnarchen.

Keines der Geräusche nimmt sie wahr. Mit geöffneten Augen liegt sie und hört in ihrem Kopf die Schreie. Qualvoll durchlebt sie die Erinnerung, die abermals Besitz von ihr ergriffen hat. Sie denkt an das Loch im Boden der Häuserruine. Das schwarze Maul. Die Schreie, die in ihm wohnen.

Ein Zittern durchläuft ihren Körper. Sie wusste, das Grauen wird niemals wieder verschwinden. Sie wusste es doch bereits! Verzweifelt presst sie beide Hände auf den Mund, um ein Schluchzen zu unterdrücken. Warum ist sie hier? Hier, in diesem Krankenhaus? Warum hat sie die Augen geöffnet? Warum atmet sie? Warum hat das Grauen sie nicht verschlungen, ein für alle Mal? Warum gibt es kein Erbarmen?

Übermannt von Erschöpfung schließt sie die Augen. Das zunehmende Gefühl, den Kopf in Watte gewickelt zu haben, kommt ihr nicht ungelegen. Die Schreie in ihrem Kopf werden leiser. Sie lauscht ihnen nun aufmerksam, entrinnen kann sie ihnen ja sowieso nicht. Egal, ob sie wach ist oder schläft, ob sie Fieber hat oder nicht: Die Schreie sind in ihr. Soll der Schlaf sie also übermannen. Für den Augenblick scheint er ihr die beste Alternative zum verwehrten Tod. Soll er also kommen, der Schlaf, Hand in Hand mit seinen Albträumen. Auch ihnen kann sie nicht entgehen. Im Grunde unterscheiden sie sich nicht vom Leben im Wachzustand. Warum nur gibt es kein Erbarmen? Heilige Mutter, warum nur?

* * *

Plötzlich ist sie hellwach. Von einer Sekunde auf die andere. Sie schaut um sich, doch es ist dunkel und nichts zu erkennen. Durch die Fenster gelangt kaum noch Licht in den

Krankensaal. Konzentriert lauscht sie in die Nacht. Es bleibt still. Die Atemgeräusche der anderen Frauen sind alles, was sie hören kann. Warum ist sie aufgewacht? Sie fröstelt. Obwohl sie hellwach ist, bleibt das Gefühl, in einem Traum gefangen zu sein.

Ein dumpfes Wimmern lässt sie den Blick nach vorne in die Dunkelheit richten. Die gegenüberliegende Tür. Von dort kommt das Wimmern.

Sie hat ihre Beine über die Bettkante geschoben, noch bevor sie sich der Bewegung bewusst wird. Nun sitzt sie auf dem Bett und atmet flach. Der Schwindel möchte sie zurück in die Kissen drücken. Doch sie bringt ihren ganzen Willen auf und erhebt sich. Seit Tagen steht sie das erste Mal wieder auf den eigenen Beinen. Sie schwankt, hält sich am Bett fest.

Das Wimmern hält an. Es ist ein kaum zu ertragendes Geräusch, voller Schmerz und Verzweiflung. Nicht unähnlich den Schreien, die in ihr wohnen. Wie eine gespannte Schnur erstreckt es sich vom Nebenraum direkt bis in ihre Seele und zieht an ihr.

Sie macht drei wackelige Schritte, bleibt schwer atmend stehen. Nun erkennt sie die Schatten der Betten, der Tische. Ihr Blick tastet sich nach vorne. Die Tür liegt im Verborgenen, doch sie weiß genau, wo sie sich befindet. Sie geht weiter.

Mit jedem Schritt kann sie das Wimmern deutlicher hören. Es ist ein Wegweiser zwischen den Betten hindurch und an den Tischen vorbei. Ein bisschen wie Odysseus fühlt sie sich, im Bann der Sirenen. Sie folgt dem Ruf, kann gar nicht anders. Bis sie schließlich vor der Tür steht. Jäh schält sie sich aus der Dunkelheit. Und in genau diesem Moment endet das Wimmern.

Mit pochendem Herzen steht sie vor der geschlossenen

Tür. Lauscht hinüber, in den anderen Raum. Von dort wird ebenfalls gelauscht. Das weiß sie, das spürt sie. Rosa erwartet sie. Sie weiß mit absoluter Sicherheit, dass sie erwartet wird. Langsam drückt sie die Klinke hinunter. Öffnet die Tür. Es empfängt sie eine Dunkelheit, die noch tiefer ist als jene im Krankensaal. Sie muss an das schwarze Loch im Boden der Häuserruine denken.

Ihr Zögern währt nur kurz, dann tritt sie in das Schwarz hinein und zieht hinter sich die Tür zu. Reglos verharrt sie im Dunkeln. Sie hört leises Atmen. Es ist flach. So zart. Kaum da.

»Rosa«, flüstert sie. Lauscht auf eine Antwort. Noch einmal: »Rosa.«

Es bleibt still. Nur das leise Atmen ist in der Finsternis zu hören. So zart. So schwach. Als wäre es wehrlos gefangen in seinem dunklen Kerker.

Plötzlich hat sie das Gefühl, bei lebendigem Leib begraben zu sein. Die Finsternis greift nach ihr, versucht, in sie einzudringen. Sie hat das Gefühl, als fahre ein kalter Lufthauch durch das Zimmer. Mit zögerlichen Fingern betastet er sie am ganzen Körper, und sie bekommt eine Gänsehaut.

Suchend tastet ihre Hand neben dem Türrahmen die Wand ab. Sie findet den Schalter. Mit einem elektrischen Summen entzünden sich an der Decke einige Lampen. Die Finsternis zieht sich mit einem kaum hörbaren Zischen verärgert zurück. Sie ist geblendet und legt eine Hand schützend über ihre Augen.

Atemlos lässt sie die Hand sinken. Der Raum wirkt wie ein Operationssaal. Er ist fensterlos. An den gekachelten Wänden stehen Schränke mit Glastüren, in denen medizinische Apparaturen aufbewahrt werden. Zwei Rolltische aus Metall sind mit Werkzeugen befüllt. Operationsbesteck. Außerdem Zangen, Hammer, Sägen. Sie kämpft gegen den aufwallenden Schwindel an. Auf einem weiteren Tisch liegen Verbandsmaterialien. Berge von Verbandsmaterialien. Nadeln. Garne. In einer Schale türmen sich Wattebäusche, getränkt mit Blut. So viel Blut. Zitternd beißt sie sich auf die Unterlippe. Ihr Blick springt weiter.

In der Mitte des Raumes steht ein Bett. Genau in der Mitte. Wie das zentrale Objekt in einer Ausstellung. Auf dem Bett liegt ein Haufen weißer Wäsche.

Sie macht einen zögernden Schritt auf das Bett zu, erschrickt und reißt die Augen auf.

Was wie ein unordentlicher Haufen achtlos hingeworfenen Leinenzeugs wirkte, das ist in Wahrheit das Mädchen. Sie schluchzt auf. *Rosa.* Reglos liegt das Kind auf dem Rücken, ist von Kopf bis Fuß einbandagiert. Selbst der Kopf, selbst das Gesicht ist umwickelt. Nur dort, wo sich wohl der Mund befindet, zeigt sich ein Spalt in dem Verband. Nur dort.

Sie presst eine Hand auf ihre Brust. Stößt einen atemlosen Schrei aus. Ihr ganzer Körper zittert.

Nein, stellt sie fest, der rechte Arm liegt ab dem Ellbogen ebenfalls frei. Doch wie der linke, gänzlich bandagierte Arm ist er an das Bett festgebunden. Wie auch die bandagierten Füße festgezurrt sind. *Rosa.* Ein fixiertes Ausstellungsstück. Eine gefangen genommene Seele.

Wie in Trance geht sie langsam um das Bett herum, auf dem das Mädchen wie eine Mumie aufgebahrt liegt. Das drückende Gefühl, sich in einem Albtraum zu bewegen, wird stärker. Doch sie weiß, dass sie hellwach ist.

Sie betrachtet den rechten Arm. Sieht die Einstiche in der Armbeuge, die blauen Flecken und tiefen Wunden – verkrustete Striemen auf dem Unterarm. Sieht die kleine weiße Hand.

Dass sie weint, begreift sie erst, als eine heiße Träne auf

diese Hand hinabtropft. Sie wischt sich über die Augen, blinzelt. Starrt gebannt auf die Träne, die die Hand des Mädchens hinunterrinnt und vom weißen Laken aufgesogen wird.

Sie hält mit aufgerissenen Augen den Atem an. Langsam bewegt sich Rosas kleiner Finger. Auf und ab. Nur ein wenig, doch der Finger bewegt sich, als habe ihre Träne das Kind zum Leben erweckt.

Ohne nachzudenken, macht sie sich an dem Riemen, der das Handgelenk des Mädchens am Bettrahmen fixiert, zu schaffen. Vorsichtig löst sie ihn. Streichelt sacht über den Handrücken, der sich ungewöhnlich kühl anfühlt. Wie die Haut einer Toten, denkt sie. Die Haut einer lebendigen Toten.

»Armes Kind«, flüstert sie.

Plötzlich verschiebt sich ihre Wahrnehmung. Wie in einem Traum hat sie das Gefühl, an zwei Orten gleichzeitig zu sein. Sie steht weiterhin vor dem Bett im Schwabinger Krankenhaus. Spürt die unsägliche Qual aus Rosas eingebundenem Körper emporsteigen. Zur gleichen Zeit steht sie auch in der Ruine, vor dem Loch im Boden. Das Loch sieht aus wie ein aufgerissenes Maul. Dort unten, tief im Dunkel, klingt es, als kämpfe jemand um sein Leben. Als werde jemand von einem wilden Tier verschlungen. Gefressen, bei lebendigem Leib. Eine unsägliche Qual steigt aus dem Loch empor. Ein betäubender Dampf, ein blutrotes Orakel der Verdammnis.

Flackernd legen sich die beiden Bilder übereinander, verschmelzen zu einem einzigen Ort. Er befindet sich in der Mitte der Hölle, wo die verlorenen Seelen ihren nie enden wollenden Schmerz herausschreien. Der Hüter dieses Reiches thront auf einem Stuhl aus Knochen. Ein Monster mit Fängen, die vor blutiger Gier triefen, mit Klauen, die sich in warmes Fleisch graben wollen. Raubtieraugen blitzen ihr einladend entgegen. Sie stöhnt auf, bevor sich die Bilder wieder voneinander lösen. Für einen langen Moment lässt ein Schwindelanfall sie die Augen schließen.

Etwas Kaltes umschließt ihr Handgelenk, ein Schrei entfährt ihrem Mund. Panisch reißt sie die Augen auf, versucht, vom Bett wegzutreten. Es gelingt ihr nicht, derart unerbittlich hält die kleine weiße Hand sie fest, wie ein Schraubstock klammert sie um ihr Gelenk. »Bitte!«, kriecht eine Stimme zwischen den Verbänden empor. Es ist die gequälte Stimme einer Toten. Die Stimme einer verlorenen Seele. »Bitte, erlöse mich!«

Sie erstarrt, ihr Blick sucht den Ursprung der Stimme, die aus einer anderen, furchtbaren Welt kommt. Sie sieht nur die schmale Aussparung im Verband.

»Dunkel«, stöhnt es fast unhörbar daraus hervor.

Ihr Blick springt dorthin, wo die Augen sein müssen. Sie schreit, versucht, den Arm abzuschütteln. Doch das Mädchen hält sie fest umgriffen. Sie kann den Blick nicht von den Flecken lösen, die den Verband aufweichen. Dort, wo die Augen sein müssen. Flecken aus Blut und Eiter. Sich ausbreitend auf dem weißen Verband. Dort, wo die Augen waren. Sie schreit und rauft sich mit der freien Hand das Haar, reißt es büschelweise aus.

»Dunkel«, stöhnt die Stimme. Sie spricht direkt aus der Mitte der Hölle, wo das Monster mit triefenden, grinsenden Lefzen sitzt.

Ihr Schrei hallt in dem gekachelten Raum. Sie übertritt die Schwelle zum Wahnsinn. Verstummt, als ihre Stimme versagt, fällt in sich zusammen. Kauert zitternd neben dem Bett auf dem Boden.

Rosa hat ihren Griff gelöst. Ihre Kraft ist aufgebraucht.

Das Monster lächelt sie an. Streckt eine Klaue nach ihr

aus. Winkt ihr zu. Die Hölle ist so nah. Sie kann die Hitze bereits spüren.

»Erlöse mich«, haucht das Kind voller Verzweiflung von seiner Liegestatt herab.

Sie schlägt beide Fäuste gegen ihre Stirn. Wieder und wieder, bewegt sich wippend vor und zurück. Sie möchte schreien, doch ihre Stimme versagt. Vor und zurück. Der aufgerissene Mund bleibt stumm. Vor und zurück.

»Töte mich«, fleht die Stimme vom Bett herunter. »Bitte!«

Sie schlägt ihre Stirn auf die Bodenkacheln. Wieder und wieder. Ratten! Es waren Ratten in einem Kellerloch! Ratten. Heilige Mutter Gottes! Das Grauen zerreißt den kläglichen Rest ihrer Seele, der noch übrig war.

Tränen laufen über ihre blutverschmierten Wangen, stürzen hinab aus Augen, die nichts mehr sehen. Bis auf das Lächeln. Die Raubtieraugen. Die Hitze trifft sie wie ein Schlag ins Gesicht.

Das Blut und die Tränen mischen sich auf dem Boden mit ihrem Urin. Knirschend zieht ein Riss durch eine Kachel. Es hört sich an, als zerberste die Welt.

»Erlöse mich!«, wimmert die Stimme. »Bitte, töte mich!«

Fünfzehntes Kapitel

North York Moors, 2016

Was Julius im Dunkel der Nacht von Wargrave Castle erkennen konnte, erinnerte ihn an eine Festung. Wie eine breite Wand aus dicken Mauern ragte das Schloss vor ihm auf. Die wenigen, schmalen Fenster, aus denen vereinzelt gelbes Licht in die Dunkelheit fiel, verstärkten zusammen mit den majestätischen Zinnen auf dem Dach den wehrhaften Charakter des Gebäudes. Ein kleiner, mannshoher Turm war der Front vorgelagert. Hinter einem Rundbogen beherbergte er nach ein paar Schritten die massive Eingangstür. Eigentlich fehlt nur noch ein tiefer Graben um das Schloss, dachte Julius. Dann könnte man hier einen Krieg aussitzen.

Philip hatte sie samt Gepäck aus dem Bentley aussteigen lassen, um den Wagen um die Ecke zu fahren und dort abzustellen. Nun standen Julius und Emilia Hand in Hand auf dem Kiesweg, vor ihnen das Schloss, hinter ihnen eine Rasenfläche, die sich bereits nach wenigen Metern in der Dunkelheit verlor.

Philip hatte recht gehabt, als er unterwegs von Wind und Kälte gesprochen hatte. Es war hier deutlich kühler als in London und selbst kälter als bei ihrem unfreiwilligen Halt im Wald. Eisige Böen zogen an Julius' Kleidung, versuchten, ihre spitzen Zähne in seine Haut zu graben. Er atmete tief ein. Die kalte Luft brannte in seiner Lunge. Er meinte, einen salzigen Hauch wahrzunehmen. Das Meer. Ihm fiel ein, dass die North York Moors an die See grenzten.

»Mir ist kalt«, sagte Emilia und hüpfte von einem Bein auf das andere. »Und ich muss mal.«

In diesem Moment trat Agatha Harding durch den Rundbogen. »Herzlich willkommen!«, rief sie und wedelte mit beiden Armen, während sie den Gästen entgegenging. »Herzlich willkommen auf Wargrave Castle.« Sie beugte sich zu Emilia hinab und umarmte das Kind. »Du musst Emilia sein. Wie wunderbar, dass du das Weihnachtsfest bei uns verbringst.« Sie schob Emilia mit ausgestreckten Armen von sich und besah sie von oben bis unten. »Reizend! Allerliebst!« Abermals zog Agatha das Kind in eine Umarmung. »Willkommen! Ich bin Agatha.«

Emilia löste sich aus der Umarmung und hüpfte aufgeregt um die beiden Erwachsenen herum. »Wir feiern hier Weihnachten? In dem Schloss? Stimmt das, Papa?«

Julius nickte. »Ja, das tun wir. Agatha und Philip haben uns eingeladen, mit ihnen zu feiern.«

»Das ist so toll«, strahlte Emilia. »Dann … dann bin ich fast wie eine Prinzessin. Und das Christkind kommt in mein Schloss, heimlich durch ein Fenster. Vielleicht auch durch den Kamin. Das ist viel cooler als Mias blödes Disneyland.« Sie drehte sich mit hoffnungsvollem Blick zu Agatha. »Ihr habt doch einen Kamin?«

»Oh, ja, selbstverständlich.« Mrs Harding tätschelte Emilias Kopf. »Nicht nur einen Kamin, sondern gleich mehrere.« Sie drehte sich zu Julius und reichte ihm die Hand. »Herzlich willkommen. Ich freue mich, dass Sie uns besuchen. Hatten Sie eine angenehme Fahrt?«

»Ich muss auf die Toilette«, rief Emilia. »Dringend!«

»Oh, natürlich. Natürlich. Hier entlang.« Agatha wies auf die Tür. »Wir sollten sowieso hineingehen. In der Kälte holen wir uns nur den Tod.« Sie lachte, als habe sie einen vortrefflichen Witz gemacht. »Hier entlang.«

Julius griff den Koffer und den Karton mit seinen Siebensachen und folgte Agatha, die mit Emilia an der Hand durch den Rundbogen eilte. Durch das turmartige Vorgebäude betrat man hinter der eigentlichen Eingangstür eine kleine Empfangshalle.

Agatha Harding deutete auf eine Tür rechter Hand. »In diesem Raum dort befindet sich die Garderobe. Von dort gehen zwei Türen zu Toiletten ab, Emilia. *Ladies* steht auf der Damentoilette.«

Emilia ließ sich das nicht zweimal sagen und stürmte in den Nebenraum. »Das Wort mit L, oder?«, rief sie nach einem kurzen Moment.

»Exakt, junge Dame«, schmunzelte Agatha. Sie hörten, wie eine Tür geöffnet und geschlossen wurde. »Stellen Sie das Gepäck einfach dort ab«, bedeutete Agatha Julius.

Julius deponierte ihre Habseligkeiten neben einem Tisch aus dunklem Holz, am Fuß einer breiten Treppe, die ins Obergeschoss führte. Dann schaute er sich neugierig in der Halle um. An der Decke fielen ihm die schweren Eichenbalken auf. Der Tisch, eine Anrichte neben der Eingangstür und das Geländer der Treppe waren in einem ähnlichen Farbton gehalten wie diese Balken. Zwei Lampen – eine auf dem Tisch und eine auf der Anrichte – spendeten gemütliches Licht. Eine große Standuhr gab ein leises Ticken von sich, während ihr Pendel von links nach rechts schlug. Neben der Uhr lud ein bequem aussehender Ohrensessel zum Verweilen ein. Überall hingen Bilder an den Wänden. In unterschiedlichen Größen zeigten sie Porträts, Landschaften und Tiere. Pferde vor allem.

Nahe dem Sessel führte eine geschlossene Tür in einen hinteren Raum. Der Garderobe gegenüber, links vom Eingang, gab eine geöffnete Tür den Blick auf ein großes Esszimmer frei. Julius sah einen Kamin, in dem ein Feuer brannte, und Teile eines langen Tisches. Auch der Tisch war, wie die dazugehörigen Stühle, aus dunklem Holz gefertigt. »Es ist wirklich beeindruckend bei Ihnen«, sagte Julius. Im Hintergrund hörte er eine Toilettenspülung. »Ich hatte keine Ahnung, dass Sie in einem Schloss wohnen.« Ein kurzes Wasserrauschen, dann hüpfte Emilia zurück in die Halle.

»Oh, Wargrave Castle ist nur ein kleines Schloss«, winkte Agatha ab. »Emilia, hast du Appetit? Möchtest du nach der langen Reise noch etwas essen?«

Das Mädchen schüttelte den Kopf. »Ich habe keinen Hunger.« Sie gähnte. »Ich bin nur müde.«

»Ich zeige dir dein Zimmer, was hältst du davon?« Agatha sah Julius fragend an. »Wollen wir alles Weitere morgen besprechen? Ich denke, eine gute Portion Schlaf kann nicht schaden.«

Zustimmend nickte Julius. »Ja, sicherlich.« Er griff Emilias Koffer. Seinen Karton würde er später holen. »Es war ein anstrengender Tag«, sagte er. Anstrengend und sonderbar.

»Dann mir nach«, lachte Agatha und betrat die Treppe. »Höchste Zeit, sich von den Anstrengungen auszuruhen. Schauen wir doch mal, ob Emilia ihr Zimmer zusagt. Es ist wie für eine kleine Prinzessin gemacht.«

Vor Begeisterung quietschte Emilia auf. »Papa, hast du das gehört?« Sie rannte hinter Agatha her. »Ein Prinzessinnenzimmer! Für mich!«

Auf dem nächsten Treppenabsatz blieben sie stehen. Agatha deutete auf eine Tür vor ihnen. »Dies ist der Zugang zum Ostflügel. Er ist, wie der Westflügel, viel jünger als das Hauptgebäude. Die Flügel des Schlosses wurden nachträglich erbaut, zur Zeit von Königin Victoria.« Sie öffnete die Tür. »Hier im Ostflügel befindet sich mein Schlafraum. Und auch deiner, mein Engelchen.«

Emilia klatschte jauchzend in die Hände und folgte Agatha in einen langen Flur. Auch hier hingen an den Wänden unzählige Bilder. Darunter diesmal sogar ein paar Fotografien. Zwei antike Stühle standen dekorativ in einer Nische.

»Dies ist das Badezimmer«, deutete Agatha im Vorbeigehen auf eine Tür. »Dort werden wir gleich deine Toilettenartikel unterbringen, Emilia. So, durch diese Tür.« Sie betraten am Ende des Flures einen großen Wohnraum mit ausladenden Sitzmöbeln, einem schweren Teppich und großen Bodenvasen. Auf der gegenüberliegenden Seite gingen zwei Türen ab. »Der linke Raum ist mein Schlafzimmer, der rechte gehört dir.« Agatha klopfte Emilia auf die Schulter. »Los, los. Schau dir das Zimmer ruhig an. Wir müssen uns ja vergewissern, dass es dir gefällt.« Ein verschmitztes Lächeln zog über ihr Gesicht.

Emilia öffnete die Tür und stieß einen spitzen Schrei aus. »Mein Zimmer! Mein Zimmer! Es ist so super!« Sie verschwand in dem Raum.

Julius setzte Emilias Koffer neben dem Türrahmen ab und folgte seiner Tochter. Als er einen Schritt in den Raum getan hatte, blieb er mit offenem Mund stehen. Ja, dieses Zimmer war wirklich einer Prinzessin würdig. In einer Ecke thronte ein großes altes Himmelbett. Eine Anrichte mit Spiegel, kleinen Flaschen und Bürsten stand direkt daneben. Die beiden Fenster waren mit schweren Vorhängen zugezogen. Ihr leuchtendes Rosenmuster war dasselbe wie auf dem opulenten Stoff des Himmelbettes. Ein kleiner, kristallener Kronleuchter, der an der Decke funkelte, spendete warmes Licht. Eine große Kommode und ein Kleiderschrank vervollständigten die Einrichtung. Alle Möbelstücke wirkten sehr alt und kostbar.

»Ein Fernseher«, jauchzte Emilia und rannte zu dem Flachbildschirm, der auf der Kommode stand. »Ein richtiger Fernseher.« Sie drehte sich um und strahlte abwechselnd ihren Vater und Agatha an. Dann führte sie einen Tanz durch das Zimmer auf. Atemlos warf sie sich schließlich auf das Bett. »Oh, es ist wunderbar hier!«

»Schau dich in Ruhe um, Kindchen. Währenddessen zeige ich deinem Vater sein Zimmer. Wir beide packen dann gleich noch schnell deinen Koffer aus, bevor du schlafen gehst.« Geschäftig trat Agatha zur Tür.

»Den Koffer kann aber auch ich …«, setzte Julius an.

»Papperlapapp«, warf Agatha ein. »Sie müssen todmüde von der Reise sein. Ich kümmere mich hier um alles. Es wird Emilia an nichts fehlen. Kommen Sie, mein Lieber.« Sie hakte sich bei Julius unter und zog ihn aus dem Raum, zurück zum Treppenaufgang.

»Gute Nacht, Papa«, rief Emilia fröhlich hinter ihnen her. »Schlaf gut.«

»Eine reizende Tochter, wirklich. Dies wird ein wunderbares Weihnachtsfest.« Agatha nickte nachdrücklich. »Endlich kehrt einmal wieder etwas Leben auf Wargrave Castle ein.« Sie ließ Julius' Arm los und deutete auf die Treppe. »Ihr Zimmer liegt weiter oben, ich gehe voran.«

Julius folgte Agatha, abermals erstaunt, wie agil die dreiundachtzigjährige Dame wirkte. Aufgekratzt geradezu. Sie betraten die nächste Etage, doch Agatha stieg die Treppe noch weiter hinauf, in das oberste Stockwerk des Gebäudes. Diesmal nahmen sie jedoch nicht die Tür zum Ostflügel, sondern betraten den dunklen Gang, der das Hauptgebäude entlangführte. Agatha drückte einen Lichtschalter, und drei schwache Wandleuchten glommen auf. Auf der linken Seite des Ganges reihten sich mehrere Türen, auf der rechten Seite wurde die Wand lediglich von zwei schmalen Fenstern unterbrochen, bis am Ende eine Tür zum Westflügel abging.

»Das Badezimmer befindet sich hinter dieser Tür«, erklärte Agatha beiläufig, als sie etwa die Hälfte des Ganges hinuntergegangen waren. »Es ist ein wenig spartanisch. Doch es wird sicherlich ausreichen.« Sie lächelte. »Nicht alle Räume sind in einem bewohnbaren Zustand, daher muss ich Sie hier oben einquartieren, Julius. Der Westflügel ist sogar ganz geschlossen. Er ist derzeit unbewohnbar. Wir dürfen ihn nicht einmal betreten, stellen Sie sich vor. Die Statik, wenn ich es richtig verstanden habe.« Sie zuckte mit den Schultern. »Dies ist also Ihr Zimmer.« Sie blieben vor der vorletzten Tür des Ganges stehen. »Ebenfalls ein wenig spartanisch. Doch dafür haben Sie einen wunderschönen Ausblick über das Tal.« Agatha tätschelte Julius' Arm, als wolle sie ihm Trost zusprechen. »Finden Sie sich in Ruhe ein, mein Guter. Ich wünsche Ihnen eine geruhsame Nacht. Nun schaue ich nach, wie es der kleinen Prinzessin ergeht. Wir treffen uns dann am Morgen zum Frühstück. Unten im Esszimmer, gleich neben der Eingangshalle.« Sie leckte mit der Zungenspitze über die Lippen. »Wir werden eine wunderbare Zeit haben.«

Julius runzelte die Stirn. »Ich sollte Emilia wenigstens noch einmal eine gute Nacht ...«

»Oh, wahrscheinlich schläft sie schon.« Abermals tätschelte Mrs Harding Julius' Arm. »Machen Sie es sich gemütlich. Ruhen Sie sich aus, mein Lieber. Sie müssen doch *todmüde* sein. Ich kümmere mich um den kleinen Engel.« Sie deutete auf die Tür. »Sie werden sich schon zurechtfinden.« Damit drehte sie sich auf dem Absatz um und ging eiligen Schrittes über den Gang zurück. An der Treppe wandte sie sich noch einmal kurz um und winkte fröhlich. »Schlafen Sie gut. Gute Nacht!«

»Gute Nacht«, murmelte Julius. Er hörte, wie Agathas Schritte auf der Treppe leiser wurden. Plötzlich erlosch das

Licht im Gang, und Julius stand in völliger Dunkelheit. Er stieß einen Fluch aus, suchte an der Wand nach einem Lichtschalter. Nichts. Er drehte den Knauf zu seinem Zimmer und öffnete die Tür. Sie gab ein widerwilliges Quietschen von sich. Suchend tastete Julius innen mit einer Hand die Wand neben dem Türrahmen ab. Erleichtert betätigte er einen schmalen Schalter. Eine kahle Glühbirne leuchtete an der Decke auf.

»Na, wie hübsch!«, entfuhr es Julius. Sofort hatte er ein schlechtes Gewissen. Im Vergleich zu Emilias Gemächern war wahrscheinlich jeder Raum eine kleine Enttäuschung. Er musterte die karge Einrichtung. Spartanisch, hatte Agatha gesagt. Sie hatte nicht übertrieben. Ein einfaches Bett aus Metallgestänge. Daneben, auf dem Boden, eine kleine Nachttischlampe. In einer Ecke ein offenes Holzregal. Ein dem Anschein nach wackeliger Tisch. Davor ein Stuhl, von dem die Farbe abblätterte. Die ausgeblichene Tapete löste sich an einigen Stellen von der Wand. Und in der Luft lag ein moderiger Geruch, als sei dieser Raum seit Jahren nicht mehr gelüftet worden. Es herrschte eine beinahe schon eisige Kühle. Eine Heizung gab es nicht, einen Kamin auch nicht. Julius schluckte. Sein Zimmer war eine bessere Zelle.

Irritiert trat Julius vor das Fenster. Von einem wunderbaren Ausblick war in der dunklen Nacht nichts zu erkennen. Vielmehr spiegelte er sich selbst in der Scheibe. Meine Güte, er sah wirklich fertig aus. Tiefe Linien zogen sich durch sein Gesicht. Die letzten Tage hatten ihn auch äußerlich sichtbar mitgenommen. Agatha hatte wohl recht: Er sollte sich dringend ausruhen. Er *war* todmüde. Julius drehte sich vom Fenster weg und stutzte. Neben dem Tisch stand ein Karton. Sein Karton. Er hatte ihn ganz vergessen. Anscheinend war Philip so freundlich gewesen, ihn hochzutragen. Philip – wo war er überhaupt abgeblieben? Seitdem er sie vor dem Gebäude abgesetzt hatte, war er nicht mehr aufgetaucht. Julius rieb sich die Stirn. Durchaus ein wenig seltsam, der Mann. Oder nur typisch britisch? Jedenfalls war es nett, dass er Julius' Habseligkeiten hergebracht hatte.

Julius räumte seine wenigen Kleidungsstücke in das Regal, dann griff er sich die Zahnbürste und die Zahnpasta und machte sich auf den Weg zum Bad. Er ließ das Licht in seinem Zimmer angeschaltet und die Tür geöffnet – der Lichtschein drängte das Dunkel im Gang hinreichend zurück.

Beim Betreten des Badezimmers legte Julius abermals erstaunt die Stirn in Falten. Auch hier sorgte eine kahle Glühbirne für kaltes Licht. Der Raum war weiß gekachelt – überall. An den Wänden, dem Boden, der Decke. Die Badewanne, das Waschbecken und das abgenutzte WC waren ebenfalls weiß. Julius hatte das bedrückende Gefühl, in einem Bad zu stehen, das zu einer Irrenanstalt gehörte. Man erwartete geradezu Wärter, die mit einer Zwangsjacke über dem Arm in den Raum traten, um den Patienten abzuholen. Ein Schaudern zog über Julius' Rücken.

Passt ja gut zu meiner Zelle, dachte er und drehte den Hahn am Waschbecken auf. Das Wasser sprudelte eiskalt und gurgelnd aus der Leitung. Einen Hahn für Warmwasser gab es nicht. Eilig putze er sich die Zähne, schaute dabei skeptisch in den fleckigen, mit Grünspan angesetzten Spiegel. Im kalten Licht und vor der weißen Kulisse sah er selbst wie eine lebende Leiche aus. Schwarze Ringe unter den Augen gaben seinem Gesicht etwas Skelettartiges. Er benötigte Schlaf, eindeutig. Er versuchte, ein tiefes Gähnen zu unterdrücken, doch es gelang ihm nicht. Selbst sein einfaches Bett wirkte auf einmal einladend. Das Bett in seiner *Zelle,* meldete sich eine säuerliche Stimme in seinem Kopf. Im Ostflügel hatte es anders ausgesehen. Er musste sich eingestehen, ein wenig neidisch auf Emilias Zimmer zu sein. Sogar einen Fernseher hatte sie. Nun, wahrscheinlich war der Unterhalt eines Gebäudes wie Wargrave Castle extrem kostspielig. Vielleicht war das Geld bei den Hardings knapp? Deshalb hielten sie nur ein paar der Räume in Schuss, und der Rest sah dann eben so aus wie sein Zimmer. Im besten Fall wie sein Zimmer, denn der Westflügel schien ganz übel dran zu sein. Er sollte also dankbar sein, überhaupt ein Zimmer zu haben. Die Hardings hatten ihn aus einer schweren Bredouille befreit. Da konnte er seine Ansprüche locker zurückstellen. Denn was wäre die Alternative gewesen? Es war ja nicht so, als müsse er hier unter einer Brücke schlafen.

Mit einem rauen Handtuch trocknete Julius sein Gesicht. Er löschte das Licht und ging zurück in sein Zimmer. Es herrschte absolute Stille. Wahrscheinlich schluckten die dicken Steinwände jegliches Geräusch. Kurz überlegte er, doch noch einmal zu Emilia zu gehen und nachzuschauen, ob es ihr gut ging. Er schnaubte und schüttelte den Kopf. Lass sie schlafen, dachte er. Im Zweifel würde er sie nur unnötig aufwecken. Emilia, die kleine Prinzessin. Er lächelte. Diesen Weihnachtsurlaub würde sie so schnell nicht vergessen. Müde ließ Julius sich auf das Bett fallen. Es war so kalt, dass er seine Sachen anbehielt. Kaum hatte er sich auf die Seite gedreht, war er auch schon eingeschlafen.

* * *

Mit Schweißperlen auf der Stirn schreckte Julius aus dem Schlaf. Was war das gewesen? Ein Schrei? Etwas hallte in seinem Ohr nach. Er lauschte angestrengt. Es war still. Und vollkommen dunkel. Nur den Wind konnte er leise um das Fenster schleichen hören. Doch irgendetwas hatte ihn geweckt. Oder hatte er schlecht geträumt? Vage meinte er, sich an das Bild eines zappelnden Bündels auf einer nächtlichen Landstraße zu erinnern. Der Schrei – hatte er ihn nur geträumt?

Mit dem Handrücken wischte Julius sich den Schweiß von der Stirn, dann knipste er die kleine Lampe auf dem Boden an. Sofort drang die Trostlosigkeit des Zimmers auf ihn ein. Mühsam setzte er sich auf. Er war zwar todmüde, aber momentan würde er dennoch kein Auge zukriegen. Ein blinzelnder Blick auf die Armbanduhr zeigte ihm, dass es gerade nach drei Uhr war. Er stieß einen Fluch aus. So viel zum Thema erholsamer Schlaf, den er so dringend benötigte. Keine zwei Stunden waren das gewesen.

Julius gähnte und strich sich die Haare hinter die Ohren. Dann stand er auf und ging zum Tisch, auf dem er sein Mobiltelefon abgelegt hatte. Keine Anrufe. Keine Nachrichten. Nichts. Das Gerät zeigte nur einen Balken Empfang. Ein Wunder, dass in dieser Ödnis überhaupt ein Funknetz existierte. Er scrollte durch die Beiträge seiner Nachrichten-App. Brexit hier. Brexit da. Schnaubend schob er das Telefon in seine Hosentasche.

Er machte eine Runde durch das Zimmer, blieb vor der Tür stehen, kniff die Augen zusammen und betätigte den Türknauf. Wenn schon nicht an Schlafen zu denken war, dann konnte er sich wenigstens ein wenig umsehen. Es war immerhin eine riesige Überraschung gewesen, als sie auf Wargrave Castle angekommen waren. Die Hardings hatten im Pub mit keiner Silbe erwähnt, dass sie die Besitzer eines alten Schlosses waren. War es unhöflich von ihm, das Gemäuer zu erkunden? Er zuckte mit den Schultern und schaltete die Lampe an seinem Smartphone ein.

Die Zimmertür ließ er einen Spalt weit geöffnet, dann ging er im Schein der Lampe zur Nebentür, dem letzten

Zimmer auf dem Gang. Fast erwartete er, dass sie verschlossen war, doch sie ließ sich problemlos öffnen. Mit vor Erstaunen offen stehendem Mund ließ Julius das Licht langsam durch den Raum gleiten. Eine breite Liege, anscheinend höhenverstellbar. Ein beweglicher Wandschirm. Mehrere weiß lackierte Schränke, zum Teil mit Glastüren. Auf dem Boden eine Art helles Linoleum.

Julius trat zu einem Garderobenständer, der neben der Liege stand. Nein, korrigierte er sich, als seine Hand über kühles Metall strich. Das war so ein Ding, an das man Infusionsbeutel hängen konnte. Dies war ein Krankenzimmer. Ein Behandlungsraum, wie man ihn vielleicht in den 1960er-Jahren eingerichtet hätte.

»Krass«, entfuhr es Julius leise. Er befühlte die Liege, verschob ein wenig den Wandschirm und spähte neugierig durch die Glasscheiben der Schränke. Hier lagerten Spritzen, Instrumente, Stahlschüsseln. Soweit er es beurteilen konnte, schien das Krankenzimmer vollständig ausgestattet zu sein. In einem der Schränke gab es sogar Skalpelle und anderes Operationsbesteck. Vorsichtig rüttelte Julius an einem großen Apothekenschrank. Abgeschlossen. Hielten die Hardings selbst Medikamente vorrätig?

Julius war beeindruckt. Wargrave Castle besaß ein eigenes Krankenzimmer. Vielleicht brauchte man einen solchen Raum hier draußen in den Moors. Bis im Ernstfall ein Notarzt eintraf, verging sicherlich einige Zeit. Der Arzt konnte dann sogleich mit der Behandlung beginnen, ohne den Patienten ins nächste Krankenhaus schaffen zu müssen, was ja wertvolle Zeit kosten würde.

Julius kratzte sich am Kopf. Nein, das ergab keinen Sinn. Warum befand sich der Raum im obersten Stockwerk, weit weg von den Wohnräumen der Hardings? Im Notfall schleppte man doch niemanden durch das ganze Schloss, die vielen Treppen hinauf in den hintersten Winkel des Gebäudes. Bestimmt lagerten die Sachen hier aus nostalgischen Gründen. Das ganze Zeug sah wirklich alt aus – der Raum hatte etwas von einer Filmkulisse. Julius zuckte mit den Schultern und ging zurück auf den Gang.

Die dem Krankenzimmer gegenüberliegende Tür zum Westflügel war verschlossen. Wie es sich gehörte. Wenn es ein Problem mit der Statik gab, dann wollte er nicht, dass Emilia dorthin gelangte.

Julius ging an seiner Zimmertür vorüber, den schwachen Lichtstrahl, der durch den Türspalt fiel, hatte er jetzt wieder im Rücken. Das Nebenzimmer auf der anderen Seite war verschlossen. Den nächsten Raum konnte er hingegen wieder mühelos betreten. Er war schmal, und auf seiner linken Seite ragten einfache Regale bis zur Decke. Abgesehen von einem Stapel Handtüchern, ein paar Reinigungsutensilien und einigen Dosen ohne Etikett waren sie leer.

Hinter der nächsten Tür befand sich, wie Julius bereits wusste, das Badezimmer. Daneben fand er einen gänzlich leeren Raum vor. Nur Spinnweben und Staubflocken blitzten im Licht seiner Lampe auf. Auf der vergilbten Tapete zeugten rechteckige Flecken unterschiedlicher Größe davon, dass hier einmal Bilder gehangen hatten. Jetzt wirkte der Raum, als sei er seit Jahrzehnten nicht mehr betreten worden, geschweige denn bewohnt gewesen.

Nicht anders sah es in dem letzten Zimmer aus, das ein wenig kleiner war als der Nachbarraum. Julius' Schritte hallten in der Leere. Selbst an den Wänden war kaum noch etwas von der Tapete zu erkennen. Nackter Stein lugte an vielen Stellen zwischen den Fetzen hervor.

Julius beschlich das Gefühl, dass es mit den Finanzen der Hardings wirklich nicht allzu gut bestellt war. Dieses obere Stockwerk wirkte alles andere als einladend. Trostlos geradezu. Wenn man ihn schon in einem der überhaupt bewohnbaren Räume untergebracht hatte, wollte er wirklich nicht wissen, wie es in den übrigen Teilen des Schlosses aussah. Oder war dies alles nur Ausdruck eines besonderen englischen Charmes? Angeblich umgab ja so manchen Exzentriker der oberen Gesellschaftsschicht ein Hauch der Verwahrlosung. Dadurch zeichnete sich ein alter Stammbaum sogar erst aus, hatte Marc ihm einmal erklärt. Damals hatte Julius darüber gelacht, schließlich kannte er niemanden aus der oberen Klasse. Nun war er nicht mehr so sicher, ob Marc wirklich nur einen Spaß gemacht hatte. Philips und Agathas Erscheinungsbild, der Bentley, das Schloss: In einem Film wären dies die Zutaten für eine faszinierende Geschichte über wohlhabende englische Exzentriker gewesen.

Julius sollte zurück in sein Zimmer gehen. Doch er zögerte. Der Westflügel war aus Sicherheitsgründen geschlossen, aber er konnte doch auf dieser Etage noch einen Blick in den Ostflügel werfen. Wahrscheinlich sah es dort genauso heruntergekommen aus wie im Hauptgebäude. Vielleicht gab es aber auch etwas Spannendes zu entdecken. Ein weiteres Krankenzimmer? Die Verbindungstür ließ sich geräuschlos öffnen. Als er in den dahinterliegenden Gang leuchtete, konnte Julius sich ein ungläubiges Auflachen nicht verkneifen. Es sah hier genauso aus wie zwei Stockwerke tiefer. An den Wänden hingen unzählige Bilder. Stühle und sogar eine alte Ritterrüstung säumten den Weg. Und es fühlte sich wärmer an als im Hauptgebäude. Ja, eindeutig.

Nach einigen Metern den Gang hinab kam Julius rechter Hand zu einer Tür. Er öffnete sie und hob die Augenbrauen bis zum Haaransatz. Von Anstaltscharakter keine Spur. Mit seiner begehbaren Dusche, dem Waschbecken aus Marmor und den modernen Armaturen wirkte das Zimmer eher wie das Bad in einem Hotel. Einem Fünfsternehotel. Jedenfalls so, wie Julius sich ein Fünfsternehotel vorstellte.

Er eilte weiter, durch die nächste Tür, die ihn am Ende des Ganges in einen Wohnraum führte: Elegante Möbel und ein schwerer persischer Teppich – hier herrschte wirklich alles andere als Trostlosigkeit. Erst recht nicht in den beiden Schlafzimmern, die vom Wohnraum abgingen. Wie Zwillinge waren sie mit großen Betten, Kommoden, Ottomanen und Kleiderschränken ausgestattet. In beiden Räumen herrschte dasselbe Blumenmuster vor, links in einem roten, rechts in einem blauen Ton. Und in beiden Räumen stand ein Fernsehgerät auf der Kommode.

Julius ließ sich im Wohnraum in einen Sessel fallen und starrte im Schein des Smartphones auf das Muster des opulenten Teppichs zu seinen Füßen. Warum war er in dem Teil des Schlosses untergebracht, der wie eine verlassene Irrenanstalt wirkte, wenn nur ein paar Meter weiter Räume vorhanden waren, in denen sich selbst die königliche Familie wohlgefühlt hätte? Das passte so gar nicht zu der sonstigen Gastfreundschaft der Hardings. Welchen Grund mochte es geben, ihn in einer abgelegenen Zelle einzuquartieren?

Er gähnte erschöpft, schüttelte den Kopf, wie um die Müdigkeit zu vertreiben. Genug der überflüssigen Gedanken. Es war höchste Zeit, dass er sich wieder ins Bett legte. Auch wenn es kein Himmelbett war.

Gerade wollte Julius aufstehen, da erlosch das Licht an seinem Telefon. »Das kann doch jetzt nicht wahr sein«, stieß er hervor. Ungläubig verfolgte er, wie sich das Gerät abschaltete. Mehrmals drückte er den Einschaltknopf, doch das hielt den automatischen Vorgang nicht auf. Die Batterie war anscheinend vollständig aufgebraucht. Ein letztes Aufflackern des Displays, dann hüllte die Dunkelheit ihn wie ein schwerer Mantel ein.

Julius schob das unbrauchbar gewordene Gerät in seine Hosentasche und hielt sich an den Armlehnen des Sessels fest, während er darauf wartete, dass seine Augen sich an die Dunkelheit gewöhnten. Plötzlich schien es ihm doch keine so gute Idee gewesen zu sein, mitten in der Nacht auf Erkundungstour zu gehen. Er bemühte sich, ruhig zu atmen. Warum raste sein Puls mit einem Mal? Ein Unwohlsein stieg in ihm auf, eine Angst, die kalt nach seinem Herzen griff.

Das ist Unsinn, ermahnte er sich selbst. Nur weil das Licht weg ist, hat sich doch nichts verändert. Aber es hatte sich etwas verändert, das spürte er genau. Es war, als lägen Blicke auf ihm. Als beobachte das Schloss ihn, den Eindringling, argwöhnisch.

Unsinn, das ist Unsinn. Wie ein Mantra wiederholte Julius diesen Gedanken. Bloßer Unsinn. Das Herz klopfte ihm dabei bis zum Hals. Langsam stand er auf. Es half nichts, er musste zurück zu seinem Zimmer finden. Mit tastend nach vorne ausgestreckter Hand machte er ein paar Schritte. Er meinte, Schemen im Dunkel auszumachen. Behutsam setzte er einen Fuß vor den anderen. Das Gefühl, beobachtet zu werden, saß ihm brennend im Nacken. Konzentriert unterdrückte er den Reflex, einfach loszurennen. Ruhig zu bleiben kostete ihn derart viel Kraft, dass es ihn beinahe körperlich schmerzte.

Plötzlich meinte Julius, eine Bewegung in den tiefen Schatten des Raumes wahrzunehmen. Er erstarrte, und das Blut pochte wie ein Trommelwirbel in seinen Ohren. Oh, verdammt, schrie es in seinem Kopf. Oh, verdammt! »Wer ist da?«, stieß er heiser hervor. Oh, verdammt.

Er bekam keine Antwort. Doch er war sich sicher, dass er nicht alleine war. »Philip?«, fragte er zögerlich. Er traute sich nicht, weiterzugehen. Ängstlich horchte er in die Dunkelheit. Einige Sekunden vergingen, bevor Julius vorsichtig einen Fuß voransetzte in die Richtung, in der er die Tür zum Gang vermutete. Er machte einen zweiten Schritt, einen dritten. Plötzlich verspürte Julius einen heftigen Schmerz in den Rippen und schrie auf. Ein Krachen ertönte, und er fiel nach vorne. Schützend legte er die Hände über den Kopf. Nach zwei gepressten Atemzügen rollte er sich schwer atmend auf die Seite und richtete sich auf. Wie von Sinnen suchte er das Dunkel ab. Dort – das musste die Tür sein. Musste! Er erahnte sie mehr, als dass er sie wirklich sah. Doch panisch rannte er darauf zu. Nur weg!

Erleichterung durchflutete ihn. Es war die Tür! Er lief hindurch, doch das Gefühl, beobachtet zu werden, hatte ihn fest im Griff. Im Gang blieb er abrupt stehen, riss die Augen auf. Die Panik ergriff nun vollständig Besitz von ihm. »Was wollen Sie? Wer sind Sie?«, kreischte er dem Mann entgegen, dessen Silhouette in der Finsternis auf ihn lauerte.

Der Mann sah ihn nur stumm an. Julius stöhnte gepeinigt auf und schnellte nach vorne, dem Schatten entgegen, die Hände zu Fäusten geballt. Angriff ist die beste Verteidigung.

Als Julius direkt vor dem Kerl stand, eine Faust zum Schlag erhoben, wich die Spannung mit einem Mal aus seinem Körper, und er schnappte nach Luft. Der lauernde Mann. Die Ritterrüstung. Er war kurz davor gewesen, sich mit einer Ritterrüstung anzulegen.

In seinem Kopf drehte sich alles. Dann überkam ihn ein hysterisches Kichern, das nur ganz allmählich abebbte.

Julius hielt sich die schmerzenden Rippen und ärgerte sich über seine eigene bodenlose Dummheit.

Erschöpft lehnte er sich auf die schmale Fensterbank direkt neben der Ritterrüstung. Das schwache Licht, das durch ein nahezu staubblindes Fenster hereinfiel, hatte der Rüstung noch die letzte Dramatik verliehen. Gut, dass Emilia nicht Zeugin seines kindischen Verhaltens geworden war. Das wäre es dann mit seinem Auftritt als starker, verlässlicher Vater gewesen. Julius grinste wider Willen und hielt sich mit beiden Händen am Fensterbrett fest, als benötige er den Halt, um wieder klar denken zu können.

Ein Blick aus dem Fenster zeigte Julius den dunklen Innenhof des Schlosses. Ihm gegenüber zeichnete sich der Westflügel in der Nacht ab. Er sieht doch ganz passabel aus, dachte er. Von wegen Statik und so. Julius hatte ein eingefallenes Dach erwartet, große Löcher im Gemäuer. Vielleicht sogar ein Baugerüst. Soweit er es in der Dunkelheit erkennen konnte, war der Westflügel jedoch nicht beschädigt, jedenfalls nicht äußerlich.

Gerade wollte Julius sich abwenden, da verharrte er, blinzelte irritiert. Im zweiten Stockwerk des Westflügels war für einen kurzen Moment ein Lichtschein hinter einem der Fenster zu sehen gewesen. Stirnrunzelnd starrte Julius auf das Gebäude. Hatte er sich geirrt? Der Teil des Schlosses war doch verschlossen. Hatte sich der Mond in einer Scheibe gespiegelt? Julius warf einen Blick in den düsteren Himmel. Weder Mond noch Sterne waren zu sehen.

Nein, er hatte sich nicht getäuscht! Nun tauchte das Licht hinter dem nächsten Fenster auf, um nur zwei Sekunden später wieder zu verschwinden.

Gebannt schaute Julius weiter auf den Westflügel. Jemand schritt den Gang entlang, in Richtung des Hauptgebäudes.

Wer, um Himmels willen, war dort drüben mitten in der Nacht unterwegs? In einem Teil des Schlosses, der laut Agatha nicht betreten werden durfte? Julius wartete noch eine Minute ab, doch das Licht zeigte sich nicht wieder. Schließlich stieß er sich von der Fensterbank ab. Er hatte es plötzlich eilig, in sein Zimmer zu gelangen. Wer auch immer im Schloss unterwegs war, er brannte nicht darauf, der Person zu begegnen. Vielleicht war es Philip auf einem Kontrollgang? Wie sähe es aus, wenn er Julius hier fände? Diese Nacht war bereits unruhig genug gewesen. Ein ungutes Kribbeln zwischen den Schulterblättern sagte ihm, dass es das Beste war, sich unverzüglich schlafen zu legen.

Julius warf einen letzten Blick auf die Rüstung, dann tappte er weiter durchs Dunkel. Mit einem Seufzer der Erleichterung schloss er schließlich die Verbindungstür zum Ostflügel hinter sich. Am Ende des Ganges sah er den schmalen Lichtstrahl, der durch den Spalt seiner Zimmertür drang. Der karge Raum wirkte in seiner Vorstellung plötzlich verlockend heimisch.

Im Zimmer angekommen, zog Julius die Tür fest hinter sich zu. Da kein Schlüssel im Schloss steckte, schob er den Stuhl von innen vor und stellte den Karton auf die Sitzfläche. Erst dann legte er sich aufs Bett und rieb sich die müden Augen. Am Morgen! Am Morgen würde der Albtraum, der sich sein Leben schimpfte, endlich enden. London war weit weg, Emilia war bei ihm. Bei Tageslicht würde das Schloss seine Schrecken verlieren. Am Morgen würde Normalität einkehren. Endlich.

Sechzehntes Kapitel

Julius reckte und streckte sich vor dem Fenster und spähte dabei durch die schmale Glasscheibe. Der Ausblick war wirklich großartig. Mit Raureif bedeckte Wiesen und Heideflächen fielen in ein großes Tal hinab. Durchbrochen wurden sie von unzähligen kleinen Wäldchen und Baumgruppen, die, größtenteils kahl, im Wind wogten. Hecken und niedrige Steinmauern durchzogen die Landschaft in der unmittelbaren Nähe des Schlosses. Dahinter schien die Natur sich selbst überlassen.

Am Ende des Tals stiegen die Hügel steil an, bekränzt von dunklen Wolken. Ein großer Vogelschwarm kam über die Hügelkette herangeflogen und hielt direkt auf das Schloss zu, drehte dann aber mitten im Tal ab. Julius verfolgte den Flug, bis die Tiere aus seinem Blickfeld verschwunden waren. Krähen, eindeutig. So viele auf einmal hatte er noch nie gesehen.

Er richtete seine Aufmerksamkeit wieder auf die nahe Umgebung. Die gebogene Auffahrt aus Kies mündete an einem schmiedeeisernen Tor in eine schmale Straße. Eine verwitterte Mauer schlängelte sich dort um das Grundstück, verschwand zwischen Hecken. Zwischen alten Bäumen entfernte sich die Straße vom Schloss und verlor sich dabei immer wieder hinter kleineren Hügeln, bis sie sich in der Ferne gänzlich hinter einer Baumgruppe auflöste. Er erinnerte sich an die Fahrt der letzten Nacht – die Straße musste geradewegs die hohen Hügel hinaufführen. Und Wargrave Castle befand sich auf einem kleinen Plateau am nördlichen Ende des Tals. Julius suchte das tiefer liegende

Tal ab, doch er konnte keine Häuser oder anderweitige Anzeichen von Menschen erkennen. Abgeschieden, hatte Philip auf der Herfahrt gesagt. Das schien den Wohnort der Hardings sehr treffend zu beschreiben.

Auf dem Weg zum Esszimmer betrat Julius kurzerhand noch einmal die oberste Etage des Ostflügels. Was er sah, versetzte ihm einen kleinen Stich: Bei Tageslicht wirkten die Räumlichkeiten noch wohnlicher als vergangene Nacht im Schein seines Smartphones. Der Kontrast zu seiner eigenen Unterbringung schien nun noch größer.

Julius blieb bei der Ritterrüstung stehen und musste über sich selbst den Kopf schütteln. Der eiserne Panzer wirkte deutlich kleiner und schmaler als noch ein paar Stunden zuvor. Wie hatte er das Ding überhaupt für einen Angreifer halten können?

Ein zufälliger Blick auf die andere Seite des Ganges hielt eine Überraschung bereit: Neben dem Badezimmer führte, etwas nach hinten versetzt, eine schmale Treppe nach unten. Bei seiner nächtlichen Entdeckungstour hatte Julius sie übersehen. Vielleicht war es eine ehemalige Dienstbotentreppe? Julius wusste, dass es in Herrenhäusern üblich gewesen war, separate Treppen und Zugänge für die Dienstboten anzulegen. Ob diese Stufen hinunter in Emilias Etage führten? Er konnte sich nicht erinnern, dort eine ähnliche Treppe gesehen zu haben. Dem Drang, einfach nachzusehen, widerstand er. Er wollte keine unnötige Zeit vertrödeln oder sich gar im Schloss verlaufen. Wohin die Treppe führte, würde er ein anderes Mal erkunden.

Im Wohnraum stieß Julius einen Seufzer der Erleichterung aus. Auf dem Boden lag ein umgekippter Stuhl. Er musste das Möbelstück erst umgeworfen haben und dann mit aller Wucht daraufgeprallt sein. Wirklich, er hatte sich gestern wie ein Angsthase aufgeführt, nur weil das Licht versagt hatte. Gut, dass er noch einmal nachgesehen hatte. Ihm war jetzt deutlich wohler ums Herz. Nach den unschönen Vorkommnissen in London wollte er sich auf Wargrave Castle nicht in irgendetwas hineinsteigern. Er hatte wirklich genug von dem ganzen Stress. Und hier endlich bot sich ihm die Möglichkeit, zur Ruhe zu kommen.

Nachdem er den Stuhl an seinen Platz zurückgestellt hatte, ging Julius beschwingt zurück ins Hauptgebäude und über die breite Treppe hinunter ins Erdgeschoss. Aus dem Esszimmer schallten ihm gut gelaunte Stimmen entgegen, begleitet von dem betörenden Duft gebratenen Fleisches. Erst jetzt merkte Julius, wie ausgehungert er war. Es musste bereits mehr als vierundzwanzig Stunden zurückliegen, dass er das letzte Mal etwas gegessen hatte.

»Guten Morgen, Julius«, rief Agatha aus, als Julius den Raum betrat. »Haben Sie gut geschlafen? Kommen Sie, setzen Sie sich.« Sie winkte ihn von der Mitte der langen Tafel her heran und deutete auf einen Stuhl, ihr schräg gegenüber.

Emilia, die neben Mrs Harding gesessen hatte, kam um den Tisch herumgerannt und warf sich ihrem Vater in die Arme. »Papa, guten Morgen! Rate mal, was es zum Frühstück gibt. Würstchen! Und Speck! Und so Bohnen in einer Sauce. Philip sagt, dass das ein richtiges englisches Frühstück ist. Ein *richtiges,* verstehst du?« Aufgeregt deutete Emilia auf ihren Teller. »Ich habe schon zweimal nachgenommen.« Sie zog an Julius' Hand. »Komm, Papa. Du musst das probieren. Und weißt du, was wir heute machen?« Sie strahlte ihn aus großen Augen an. »Wir schmücken den Baum!« Sie deutete in eine Ecke des großen Raumes.

Rechts vom Kamin, in dem ein Feuer prasselte, ragte eine riesige Tanne auf. Sie war bestimmt drei Meter hoch. Julius hatte noch nie zuvor einen derart perfekt gewachsenen Weihnachtsbaum gesehen. Ehrfurchtsvoll blinzelte er und dachte mit einem Stich im Magen an die kleine Plastiktanne, die er für Emilia besorgt hatte. Hoffentlich übersahen die Leute, die Philip mit dem Transport seiner Sachen beauftragt hatte, das bunte Plastikding und ließen es bei Raj im Regen zurück. Julius nickte. »Meine Güte, was für ein Baum«, sagte er und setzte sich an den Tisch, neben Philip, der seiner Mutter gegenübersaß. »Guten Morgen, Agatha. Guten Morgen, Philip.«

»Guten Morgen«, antwortete Philip strahlend und stand auf. »Du hast sicherlich großen Appetit. Ich bringe dir etwas.« Er ging zu einer Anrichte, auf der mehrere chromglänzende Behältnisse standen, und begann, einen großen Teller zu befüllen. »Wir schmücken immer am 23. Dezember den Baum«, erklärte er dabei über die Schulter. »Da passt es hervorragend, dass ihr hier seid. Ich hole nach dem Frühstück eine Leiter für die Damen, und dann kann es losgehen. Mutter hat Emilia versprochen, dass sie helfen darf.«

Agatha nickte. »Später schmücken wir dann ein paar weitere Räume, damit am 25. Dezember alles festlich herausgeputzt ist und das Christkind Emilia am Morgen viele Geschenke beschert.«

Laut klatschte Emilia in die Hände. »Ja, dann bekomme ich meine Geschenke. Wie lange dauert es noch?«

»Nur noch zwei Tage«, schmunzelte Philip.

Über den Tisch hinweg flüsterte Emilia ihrem Vater zu: »Hier in England kommt das Christkind einen Tag später als in München. Das ist bestimmt so, weil der Weg hierher viel weiter ist.« Sie nickte wissend.

»Ich verstehe«, raunte Julius. Wieder spürte er einen Stich in der Magengegend. In dem ganzen Durcheinander hatte er es versäumt, ein Geschenk für seine Tochter zu besorgen. Er würde nachher mit Agatha und Philip sprechen müssen, ob sie ihm aushelfen konnten. Womöglich gab es nicht allzu weit entfernt irgendwelche Geschäfte, in denen er noch etwas Passendes kaufen konnte. Irgendetwas zum Spielen oder Basteln. Vielleicht bei der Tankstelle, an der sie in der Nacht vorbeigefahren waren.

Agatha strich Emilia über das Haar. »Die Zeit bis zur Bescherung wird wie im Flug vergehen, du wirst sehen. Wir haben auch noch sehr viel vor bis dahin.«

»Papa, wir haben ganz viel vor«, nickte Emilia stolz. »Wir machen das Schloss richtig hübsch.«

»Das ist toll, mein Schatz. Vielleicht kann ich euch dabei helfen.«

Fragend sah Emilia zu Agatha.

Mrs Harding machte eine wegwischende Handbewegung. »Ruhen Sie sich aus, lieber Julius. Lesen Sie ein gutes Buch. Das Schmücken wird Sie bestimmt nur langweilen. Vielleicht möchten Sie sich mit Philip austauschen. Wie er Ihnen behilflich sein kann, bei den Formalitäten. Sie wissen schon.« Bedeutungsvoll rollte sie die Augen in Richtung Emilia.

»Ja, natürlich. Ich verstehe.« Es war umsichtig von Agatha, vor Emilia die Aufenthaltsgenehmigung nicht zu thematisieren.

»Bitte schön, guten Appetit.« Philip stellte den Teller, gefüllt mit Würstchen, Bohnen, Speck und Rührei, vor Julius ab. Dann setzte er sich wieder neben ihn an die Tafel.

»Oh, das sieht fantastisch aus«, stieß Julius hervor und griff nach dem Besteck, während Agatha ihm Kaffee in eine Tasse goss. »Herzlichen Dank! Ich meine … für alles«, ergänzte er.

Agatha lächelte und machte abermals eine wegwerfende Handbewegung. »Nicht der Rede wert.« Sie sah ihren Sohn eindringlich an. »Philip und ich sind sehr glücklich, dass Emilia Leben ins Haus bringt. Nicht wahr, Philip?«

»Nun, selbstverständlich. Selbstverständlich.« Philip lachte.

»Wann wurde Wargrave Castle erbaut?«, fragte Julius, während er ein Würstchen klein schnitt. »Es scheint sehr alt zu sein.«

Agatha lehnte sich ein wenig nach vorne. »Es wurde im fünfzehnten Jahrhundert errichtet. Das Haupthaus, um korrekt zu sein. Die Flügel, aber das erwähnte ich bereits, wurden vier Jahrhunderte später hinzugefügt. Mein Großvater erwarb Wargrave Castle im Jahr 1904. Oder war es 1905? Seitdem ist das Schloss durchgängig im Besitz der Hardings, wobei es eine Zeit lang nicht bewohnt war.« Sie lächelte, ein wenig wehmütig. »Doch es ist unser geliebtes Zuhause geworden, nicht wahr, Philip?«

»Das ist richtig, Mutter.«

»Seit der Trennung von meinem Mann leben wir hier alleine, Philip und ich.« Agatha nickte. »Also seit den Sechzigerjahren, kurz nach Philips Geburt. Mein geschiedener Mann ging nach Amerika, wo er kurz darauf verstarb.« Ihr Gesichtsausdruck hatte für den Bruchteil einer Sekunde etwas Schadenfrohes. »Das Schloss ist also uralt, um auf Ihre Frage zurückzukommen.«

»Und vorher stand an dieser Stelle ein Kloster?«, fragte Julius zwischen zwei Bissen. »Philip hat so etwas während unserer Fahrt erwähnt.«

Mit einem leichten Stirnrunzeln warf Agatha ihrem Sohn einen Blick zu. »Ach, hat er das? Nun, irgendwelche Historiker vermuten es. Doch es gibt keine wirklichen Belege dafür. Bis auf ein paar Steine in der alten Ruine.«

»Eine Ruine? Wohnt da ein Drache drin?« Emilia hatte gespannt zugehört und riss nun die Augen auf.

»Ein paar Fledermäuse vielleicht.« Agatha grinste. »Das alte Ding ist ganz zugewuchert. Angeblich stammen einige der Steine dort aus einer früheren Zeit. Da es in den Moors viele Überreste alter Klöster gibt, kam jemand auf die Idee, dass auch hier eines gestanden haben muss. Es lässt sich dazu aber nirgends etwas Hieb- und Stichfestes finden.« Sie zuckte mit den Schultern. »Das sind sicherlich nur wieder die romantischen Vorstellungen selbst ernannter Historiker.« In ihrer Stimme lag ein abfälliger Ton.

»Vergiss nicht den Mönch, Mutter.« Philip nahm einen kräftigen Schluck aus seiner Kaffeetasse. »Ein weiteres Indiz für das alte Kloster.« Er gluckste in sich hinein.

»Oh, der Mönch!« Agatha lachte schrill auf. Sie rieb sich die Hände. »Wie konnte ich nur den Mönch vergessen. Doch ...«, zögerte sie, »doch vielleicht ist diese Geschichte nicht für alle Ohren am Tisch geeignet.«

»Erzähl uns von dem Mönch! Bitte erzähl«, flehte Emilia, die sofort verstanden hatte, dass damit ihre Ohren gemeint waren. »Ein Mönch arbeitet doch in der Kirche, oder?«

»Im Kloster«, nickte Agatha. »Und unser Mönch soll sein Kloster angeblich verzweifelt suchen.« Sie spitzte die Lippen und schüttelte den Kopf.

»Was Mutter meint«, erklärte Philip, »ist eine alte Legende. Auf Wargrave Castle soll der Geist eines Mönches umgehen, der sein Kloster sucht.«

»Ein Geist!«, schrie Emilia voller Begeisterung auf.

»Es handelt sich nur um eine Geschichte«, beschwichtigte Agatha und tätschelte Emilias Kopf. »Es heißt, er soll des Nachts unglücklich durch das Schloss wandern und den Eingang zu seinem Kloster suchen. Seine Glaubensbrüder haben ihn wohl seinerzeit aus dem Kloster verbannt, wegen eines Verbrechens, das er jedoch gar nicht begangen hat. Im tiefen Winter erfror der arme Mann bitterlich auf der Heide. Und sein Geist will seitdem zurückkehren, um Rache zu nehmen für das grausame Unrecht, das ihm widerfahren ist.«

Ein Schauer lief Julius' Rücken hinab. Er dachte an das Gefühl, beobachtet zu werden, an das wandelnde Licht im verbotenen Westflügel.

»Eine Sage.« Philip tupfte mit seiner Serviette an den Mundwinkeln. »Ich habe diesen Geist jedenfalls noch nie zu Gesicht bekommen. Du, Mutter?«

»Selbstverständlich nicht. Es ist lediglich eine schrullige Geschichte, die sich die Leute seit eh und je in den Moors erzählen. Wenn alles, was da so aufgetischt wird, wahr wäre, dann würde eine ganze Heerschar von Hexen, Geistern und Trollen die Moors bevölkern.«

»Da fällt mir ein«, sagte Philip mit einem amüsierten Blitzen hinter den Brillengläsern, »es gibt sogar eine Variante der gespenstischen Geschichte.«

»Sicher, jetzt, wo du es sagst, kommt es mir auch wieder in den Sinn.« Agatha richtete mit beiden Händen ihr Haar. »Manche Leute erzählen, dass es eine Abtei war, die an der Stelle des Schlosses stand. Ein Nonnenkloster, dessen Äbtissin in den Winter und damit den sicheren Tod gejagt wurde. Von ihren eigenen Ordensschwestern. Der Geist dieser Äbtissin sinnt seither auf Rache, streift erfolglos durch Wargrave Castle, auf der Suche nach ihren Peinigerinnen. Wie gesagt, die Moors sind voll von solchen Ammenmärchen.« Sie lächelte nachsichtig. »Im nächsten Tal gibt es einen Fluss, an dem verwunschene Weiden stehen sollen, die unvorsichtige Wanderer ins Wasser ziehen. Und wir haben auf Wargrave Castle eben einen Mönch, der in der Nacht mit einer flackernden Kerze in der Hand durch die Gänge schwebt. Oder eine Äbtissin, die es nach Rache dürstet. Je nachdem.«

Emilia hatte der Unterhaltung gebannt gelauscht. »Jedes Schloss hat doch ein Gespenst«, stellte sie mit kindlicher Sachlichkeit fest. »Irgendwo müssen Gespenster halt wohnen.« Sie biss kräftig in ein Würstchen.

Julius räusperte sich und sagte mit trockenem Mund: »Dieser ominöse Mönch, äh ... sucht der auch im Westflügel nach seinem Kloster?«

Irritiert blinzelte Agatha, dann räusperte sie sich. »Wieso im Westflügel?«

»Der Westflügel ist geschlossen!«, entfuhr es Philip, der sich in seinem Stuhl aufgerichtet hatte und Julius nun streng ansah. »Niemand darf ihn betreten. Die Statik.«

»Die Statik sollte einen Geist nicht abhalten«, sagte Julius und lachte, verstummte aber schlagartig, als er in zwei ernste Mienen blickte. »Ich ... frage einfach nur so«, haspelte er. »Keine Ahnung, wie ich auf den Westflügel komme.« Er hatte das plötzliche Bedürfnis, das Thema zu wechseln.

»Genug von unsinnigen Spukgeschichten«, sagte Agatha in einem Ton, der keinen Widerspruch duldete. »Für Übernatürliches ist auf Wargrave Castle kein Platz. Weiß Gott!« Ihr Blick bekam etwas Entferntes. Als hinge sie einer Erinnerung nach.

Julius schaute sich in dem großen Esszimmer um, bei dem es sich eher um einen kleinen Saal handelte. »Das Gebäude ist riesig. Für zwei Bewohner, meine ich. Die Wohnfläche von Wargrave Castle beträgt doch bestimmt mehr als eintausend Quadratmeter, würde ich schätzen.« Er räusperte sich. »Nach dem zu urteilen, was ich seit unserer Ankunft gesehen habe.«

Philip entspannte sich merklich in seinem Stuhl. »Da muss ich mal rechnen. Nun, es dürfte noch einmal die Hälfte mehr sein. Ja, das sollte hinkommen.«

»Tausendfünfhundert Quadratmeter?« Julius stand der Mund offen.

»Das Gebäude hat vierzehn Schlafzimmer«, erklärte Philip nicht ohne eine Spur von Stolz. »Und darin sind die Zimmer des geschlossenen Westflügels nicht einmal eingerechnet. Zu den Schlafräumen kommen mehrere Wohn- und Empfangszimmer. Eine Bibliothek. Wirtschaftsräume.« Er hob die Schultern, spreizte die Arme. »Über Platzmangel können wir nicht klagen.«

»Im Vergleich zu anderen Anwesen ist Wargrave Castle lediglich ein kleines Landschlösschen«, warf Agatha ein. »Mit seinem herben Charme kann man es natürlich nicht mit den prächtigen Bauten des siebzehnten und achtzehnten Jahrhunderts vergleichen, die man aus Filmen und dem Fernsehen kennt. Sie wissen schon, Julius. Jane Austen. *Downton Abbey*. Solche Sachen.«

Julius nickte zwar, war aber mit keinem der genannten Beispiele vertraut. »Vierzehn Schlafzimmer, unglaublich. Die Räume unterscheiden sich wohl sehr deutlich voneinander«, bemerkte er betont neutral. »Mein Schlafraum zum Beispiel sieht ganz anders aus als der von Emilia.«

»Sie fragen sich, warum Sie in einem sehr einfachen Zimmer untergebracht sind. Obwohl es doch im Schloss weitere Räume gibt, die dem von Emilia nicht unähnlich sind.« Mit festem Blick sah Mrs Harding Julius an.

Es gelang Julius nicht, den Zug um Agathas Mundwinkel zu deuten. Signalisierte er eher Belustigung oder Verärgerung? »Also ... es ist mir nur aufgefallen. Ich möchte natürlich nicht ... also, verstehen Sie es bitte nicht als Zeichen von Undankbarkeit.« War es im Raum plötzlich heißer geworden, oder warum geriet er ins Schwitzen? Warum konnte er nicht einfach seinen Mund halten?

Diesmal war es eindeutig ein mildes Lächeln, das über Agathas Gesicht zog. »Bitte, fragen Sie ruhig! Die Antwort ist vergleichsweise einfach.« Ihr Blick streifte Philip. »Viele der Schlafzimmer werden wegen ihrer kostbaren Möbel nicht benutzt. Mein Großvater war ein großer Freund von Antiquitäten. Er selbst hat damals die meisten Räume eingerichtet. Manches Museum würde sich heute alle Finger nach den Stücken ablecken, mit denen er insbesondere die Schlafräume ausstattete.« Sie nickte gewichtig. »Wargrave Castle mag von außen wie ein alter, karger Steinklotz aussehen. Doch innen birgt das Schloss unschätzbare Werte. Nicht nur die Möbel, auch einige der Gemälde wären der Traum eines jeden Kurators. Mein Großvater erstand unter anderem alte Meister, deren Wert heute in die Millionen Pfund geht.« Mit nicht zu übersehender Genugtuung strich Agatha einen Ärmel ihres Kleides glatt. »An den Wänden von Wargrave Castle hängen Werke bekannter Maler, die in keinem Katalog dieser Welt verzeichnet sind. Doch lassen Sie mich auf Ihre Frage zurückkommen, Julius. Einige der übrigen Zimmer halten wir für Freunde bereit, die wir über die Feiertage erwarten. Wir wissen noch nicht genau, wer schließlich kommen wird. Und vor allem wann. Es sind alles sehr beschäftigte Menschen, die zu unserem kleinen Freundeskreis zählen. Äußerst beschäftigte Menschen. Jeden Augenblick könnte es läuten.« Wie ein Zauberkünstler, der vor seinem nächsten Trick Spannung erzeugen will, riss sie die Augen weit auf. »Jeden Augenblick. Vielleicht aber auch erst am zweiten Weihnachtstag. Oder sogar noch später. Deshalb sind diese Räume gewissermaßen ... blockiert. Sie müssen wissen, dass unsere Gäste es gewohnt sind, Jahr für Jahr im selben Zimmer untergebracht zu werden. Eine Marotte sicherlich – ohne wirkliche Not möchte ich sie jedoch nicht infrage stellen. Die Tradition.« Sie nickte. »Für Sie bleibt daher im Moment nur das Obergeschoss im Hauptgebäude. Ein eher karger Bereich, ich weiß. Doch ich zeige Ihnen später die Bibliothek – der ideale Ort, um den Tag angenehm und in Ruhe zu verbringen. Das Bett benötigen Sie schließlich nur in der Nacht. Und da ist es sowieso dunkel, sodass Sie die Kargheit gar nicht mitbekommen.«

Philip fiel in Agathas Lachen ein. »Der Westflügel ist leider gesperrt, wie gesagt«, ergänzte er nach einem Moment mit neuem Ernst. »Sonst hättest du dort natürlich schlafen können, Julius. So ist es doch, Mutter?«

»Aber natürlich. So ist es.«

»Oh, ich habe nichts gegen mein Zimmer einzuwenden.« Julius kam sich auf einmal sehr undankbar vor. »Der Ausblick ist wirklich herrlich von dort oben. In dem Zimmer hat mein Smartphone sogar einen Balken Empfang. Da kann ich aktuelle Nachrichten lesen, wenn mir einmal langweilig werden sollte. Die Bibliothek benötige ich also gar nicht.«

Agatha stutzte. »Sie haben Empfang? Auch für das Internet?«

»Ja«, nickte Julius. »Schlechten Empfang, aber er reicht aus.«

»Wie ungewöhnlich«, bemerkte Agatha und warf ihrem Sohn einen Blick zu. »Wir selbst haben hier im Tal keinen Empfang.« Sie sprach jetzt etwas kurzatmig.

»Vielleicht verwende ich ein anderes Netz als Sie«, mutmaßte Julius.

»Ich bin satt«, meldete sich Emilia zu Wort. Deutlich war ihr anzumerken, dass die Unterhaltung der Erwachsenen sie langweilte. »Wann können wir den Baum schmücken?«

»Es dauert nicht mehr lange, Engelchen.« Agatha beugte sich seitlich zu ihr hinüber. »Ich werde deinem Papa nach dem Frühstück die Bibliothek zeigen, wo er es sich gemütlich machen kann. Und dann legen wir beide los. Einverstanden?«

»Ja, super!« Emilia nickte. »Papa, bist du mit dem Essen fertig?«

Julius konnte ein Stirnrunzeln nicht unterdrücken. »Gleich, Emmi. Du wirst noch genügend Zeit fürs Schmücken haben, Schatz. Vielleicht wollen wir beide nach dem Frühstück erst einmal einen kleinen Spaziergang machen. An der frischen Luft. Was meinst du?«

»Das ist keine gute Idee«, wandte Philip ein. »Zumindest nicht ohne Begleitung. Zum einen sieht es nach einem aufziehenden Unwetter aus. Schwerer Regen, möglicherweise auch Hagel und Schnee. Zum anderen ist die Gegend jenseits der Straße nicht ungefährlich. In einigen moorigen Abschnitten kann man leicht versinken. Die Heide macht das Wandern trügerisch. Was auf den ersten Blick wie fester Boden wirkt, kann beim Drauftreten plötzlich nachgeben. Ich würde euch gerne begleiten, doch ich muss ein paar Dinge erledigen. Zum Beispiel den Wagen genauer inspizieren.« Entschuldigend zog Philip die Augenbrauen nach oben. Dann stand er vom Tisch auf und verließ ohne ein weiteres Wort den Raum.

Agatha klatschte aufmunternd in die Hände. »Also abgemacht: Ich zeige Julius gleich die Bibliothek. Und dann, Emilia, fangen wir beide an, den Christbaum zu schmücken.«

* * *

Die Bibliothek betrat man über einen Wohnraum im ersten Stockwerk. Sie war fast so groß wie das darunterliegende Esszimmer. Regale aus dunklem Holz reichten an allen Wänden vom Boden bis unter die Decke, und sie waren bis auf die letzte Lücke mit Büchern gefüllt. Ein Erker in der Westwand bot Platz für einen Lesesessel und einen schmalen Tisch. Direkt daneben befand sich ein großer Kamin. Selbst um ihn herum waren Regale gezogen worden.

Missbilligend schnalzte Agatha mit der Zunge. »Es brennt kein Feuer im Kamin. Warum brennt kein Feuer im

Kamin? Ich hatte es doch angewiesen.« Sichtlich verärgert trat sie an die Tür und zog energisch an einem Seil, das an der Wand hing. »Dieser Lump«, stieß sie zwischen zusammengepressten Zähnen hervor. Als sie sich zu Julius umdrehte, stand bereits wieder ein Lächeln in ihrem Gesicht. »Dies also ist die Bibliothek. Suchen Sie sich aus, was immer Ihnen gefällt, Julius. Der Sitzplatz dort im Erker ist ideal zum Lesen. Gleich wird auch der Kamin entzündet, dann haben Sie es hier behaglich.«

»Ich kann Ihnen gerne helfen, den Baum zu schmücken, Agatha. Um ehrlich zu sein, weiß ich gar nicht, wann ich das letzte Mal gelesen habe. Bücher, meine ich.« Julius sah sich mit einer gewissen Skepsis um. Die schiere Menge wirkte auf ihn erdrückend.

»Oh, dann wird es höchste Zeit, dass Sie zu einem guten Buch greifen. Es gibt nichts Besseres für den Geist als eine erbauliche Lektüre.« Sie wedelte mit einer Hand. »Schauen Sie sich um, mein Lieber. Schauen Sie sich um.«

Weniger aus Interesse als aus Höflichkeit ging Julius zum nächstgelegenen Regal und zog wahllos ein Buch heraus.

»Lassen Sie sehen, was haben Sie ausgewählt?« Agatha nahm Julius das Buch aus der Hand. Sie runzelte die Stirn. »*Das Schloss Otranto*. Der Schauerroman von Horace Walpole.« Mit Nachdruck schob Agatha das Buch zurück in das Regal. »Ausgerechnet.« Sie schüttelte den Kopf. »Ich halte wenig von der Schreibkunst Walpoles. Er war übrigens einer der ersten Premierminister dieses Landes. Der zweite, um genau zu sein. Nach seinem Vater.« Sie zog eine Augenbraue nach oben. »*Das Schloss Otranto*. Übernatürlicher Unsinn. Pathetische Emotionen. Wirklich, Politiker sollten nicht ins schreibende Fach wechseln.« Geschäftig strich ihre Hand über ein paar Buchrücken. »Hier, *Der Name der Rose*. Das sollte Ihnen gefallen.«

»Das habe ich schon gelesen. Es ist bereits länger her, aber ...«

»Sehen Sie«, strahlte Agatha. »Dann kennen Sie ja die Vorzüge einer guten Lektüre.« Sie schritt weiter an den Regalen entlang, die Nase nahezu an die Buchrücken gedrückt. »Hier«, stieß sie triumphierend hervor. »William Makepeace Thackeray, *Jahrmarkt der Eitelkeiten.*« Innig presste sie das Buch an ihre Brust. »Ein wunderbarer Roman. Eines meiner Lieblingsbücher.« Sie reichte es Julius. »Wobei ich sagen muss, dass Makepeace wohl einer der unsinnigsten Vornamen ist, die man sich vorstellen kann. Denken Sie nicht auch?«

Julius wurde einer Antwort enthoben, da sich in diesem Augenblick die Tür öffnete. Erstaunt blickte er dem alten Mann entgegen, der schlurfend die Bibliothek betrat. Schlohweißes Haar hing wirr von seinem Kopf herab, und er trug einen großen, mit Holzscheiten befüllten Weidenkorb in den knorrigen Händen. Der Mann wirkte älter als selbst Agatha. Er blickte von ihr zu Julius, und in seinem Blick lag Skepsis. Und noch etwas. Julius trat einen Schritt zurück. Hass. Ihm schlug eine Welle von Hass entgegen.

Agatha schien die unangenehme Stimmung nicht zu bemerken. »Ich hatte dich angewiesen, den Kamin vorzubereiten«, fuhr sie den Mann an. »Nun beeil dich, damit unser Gast es behaglich hat! Julius wird den Tag in der Bibliothek verbringen.«

Den ganzen Tag? Julius wollte zum Protest ansetzen, doch Agatha drehte sich schwungvoll zu ihm und sprach bereits weiter. »Hans wird sich umgehend um das Feuer kümmern.« Sie schlug einen verschwörerischen Ton an. »Er ist nicht der Hellste, unser guter Hans. Geben Sie nichts auf ihn. Er ist bereits so lange im Dienst der Familie, dass wir es nicht übers Herz bringen, ihn vor die Tür zu setzen. Obwohl er es verdient hätte, weiß Gott.« Agatha seufzte lautstark. »Er spricht übrigens Deutsch. Besser noch als Englisch.«

Julius war sich sicher, dass der alte Mann jedes Wort gehört hatte. Peinlich berührt warf er ihm einen Blick zu. Doch der Hausdiener schichtete ungerührt die Holzscheite in den Kamin.

»Es ist höchste Zeit, dass ich nach Emilia schaue«, betonte Mrs Harding. »Entspannen Sie sich, genießen Sie die Ruhe, Julius. Ich lasse Ihnen später etwas zum Lunch bringen. Wir sehen uns spätestens zum Essen am Abend. Vielleicht können wir uns dann ein wenig über Thackerays Roman austauschen. Das sollte mir gefallen.« Damit drehte Agatha sich um und verließ die Bibliothek.

Julius ließ sich wie geplättet in den Sessel fallen. Agatha schien wirklich anzunehmen, dass er den ganzen Tag hier in der erdrückenden Bibliothek sitzen würde. Um ein Buch zu lesen. Kopfschüttelnd legte er den *Jahrmarkt der Eitelkeiten* auf den Tisch. Abgesehen davon, dass er bereits den Titel des Romans dämlich fand, wollte er doch eigentlich etwas mit seiner Tochter unternehmen. Das war schließlich der Sinn und Zweck von Emilias Besuch über die Weihnachtstage. Er wollte die kostbare Zeit mit seiner Tochter nutzen, damit sie eine richtige Beziehung aufbauen konnten. Und das war schwer möglich, solange er über einem Buch saß. Was sollte er nun tun? Einerseits war er den Hardings natürlich dankbar, dass sie ihm behilflich waren, dass sie Emilia und ihm ein Dach über dem Kopf boten, ein Weihnachtsfest inklusive. Andererseits fühlte er sich durch ihre skurrile und forsche Art … verunsichert. Bevormundet.

Hans zog eine Flasche unter seiner Jacke hervor und goss ihren Inhalt über die im Kamin aufgeschichteten Scheite. Dann warf er ein brennendes Streichholz hinterher. Mit einem lauten Zischen schoss eine Stichflamme den Kamin hinauf. Der alte Mann lachte in sich hinein. Ein paarmal stocherte er mit einem Schürhaken in den Flammen, dann erhob er sich ungelenk. »Brennt«, bemerkte er.

Julius verfolgte das Schauspiel mit großen Augen. Die Stichflamme hatte eine unangenehme Hitzewelle durch den Raum geschickt. Das konnte für die Bücher, vor allem jene in direkter Nähe des Kamins, doch nicht gut sein. Dieser Hans war ihm eindeutig nicht geheuer. Ob der alte Mann überhaupt ganz richtig im Kopf war?

»Sagen Sie, Hans«, fragte er betont langsam, »wie lange arbeiten Sie schon auf Wargrave Castle?« Er schickte seiner Frage ein freundliches Lächeln hinterher. Doch Hans warf ihm nur einen abschätzigen Seitenblick zu, dann starrte er wieder ins Feuer. Julius spitzte die Ohren. Summte der Alte etwas vor sich hin? Ja, wirklich. Julius erkannte die Melodie des Kinderliedes wieder, das Agatha im Pub zum Besten gegeben hatte. Und jetzt erklang auch Hans' Stimme, heiser und zittrig:

»Als der Mond schien helle, kam ein Häslein schnelle, suchte sich sein Abendbrot; hu! Ein Jäger schoss mit Schrot. Traf nicht flinkes Häslein. Weh! Er sucht im Täschlein, ladet Blei und Pulver ein, Häslein soll des Todes sein.« Die Augen zu Schlitzen zusammengepresst, schaute Hans Julius an. »Häslein soll des Todes sein«, wiederholte er. Dann grinste er so breit, dass die Lücken in seinem Gebiss deutlich zu erkennen waren.

Dem Alten fehlte mindestens jeder zweite Zahn. Unbewusst klammerte Julius sich mit beiden Händen an den Sessellehnen fest. Mit seinem wilden Blick und der buckeligen Haltung sah Hans vor dem lodernden Feuer wie ein Abgesandter des Teufels aus.

Als habe er Julius' Gedanken lesen können, wurde das

diabolische Grinsen auf dem Gesicht des alten Mannes noch breiter. Dann griff Hans den leeren Korb und schlurfte zur Tür. Dort drehte er sich noch einmal zu Julius um und machte eine tiefe Verbeugung. Sie wirkte seltsam ironisch. »Verschwinden Sie«, sagte Hans. Er grinste noch immer. »Sonst holt Sie das Monster!«

Welches Monster? Hans' krächzendes Lachen klang Julius noch minutenlang in den Ohren, nachdem der Diener längst die Tür hinter sich geschlossen hatte.

Ein Wahnsinniger, eindeutig. Es schien wirklich angebracht, nichts auf Hans' Verhalten zu geben. Das war jedoch leichter gesagt als getan.

Julius stöhnte auf und vergrub seinen Kopf in den Händen. Immer, wenn er dachte, den Wahnsinn hinter sich gelassen zu haben, klopfte er in neuer Gestalt an seine Tür. Nun saß Julius hier in den North York Moors auf einem einsamen Schloss und bekam Emilia kaum zu Gesicht. Dafür schlichen ein rachsüchtiger Mönch oder eine rachsüchtige Äbtissin nachts durch die Gemäuer. Und der uralte Hausdiener drohte mit einem Monster, sollte Julius nicht verschwinden. Irrsinn, überall!

Vorwurfsvoll schien Thackerays Roman Julius vom Tisch aus anzustarren. Als wisse er ganz genau, dass dieser unfreiwillige Bibliotheksbesucher ihn nicht lesen würde. Dass Julius die Vorzüge einer guten Lektüre nicht zu würdigen wusste. Ganz recht, dachte Julius grimmig. Keine einzige Seite werde ich von dem Buch lesen. Ein rebellisches Gefühl stieg in ihm auf, langsam, wie der Rauch einer ausgepusteten Kerze. Er würde sich nicht bevormunden lassen. Noch war er Herr seines eigenen Lebens. Natürlich würde er nicht den lieben langen Tag in der Bibliothek sitzen und in alten Schinken blättern, die ihn nicht interessierten. Er wollte etwas mit seiner Tochter unternehmen.

Emilia. Siedend heiß fiel Julius ein, dass er sich noch um ein Weihnachtsgeschenk kümmern musste. Unbedingt! Und sofort! Ob es im nächsten Tal einen Laden oder eine Tankstelle gab? Über die Straße war es sicher ganz einfach, dorthin zu wandern. Dann liefe er auch nicht Gefahr, im Moor stecken zu bleiben. Es stand jedenfalls außer Frage, am Weihnachtsmorgen *kein* eigenes Geschenk für Emilia zu haben. Ihre Enttäuschung würde er nicht ertragen. Wo bekam er etwas Passendes her?

Das Mobiltelefon, natürlich! Er würde einfach nachsehen, welche Orte es hier in der Gegend gab und wie weit sie vom Schloss entfernt lagen. In seiner Karten-App mussten die Tankstellen und Läden des Umlandes verzeichnet sein. Dort würde er schon irgendetwas bekommen. Und wenn es eines dieser Stofftiere *made in China* war. Die bekam man doch überall auf der Welt. Dass er nicht schon vorher auf diese Idee gekommen war. Er konnte sich die schnellste Route zu einem Geschäft einfach anzeigen lassen. Und ein Spaziergang würde ihm guttun.

Wenige Minuten später betrat Julius sein Zimmer im obersten Stockwerk des Schlosses. Die Kälte schlug ihm wie eine Wand entgegen, als er die Tür öffnete. Im Vergleich zu der nun beheizten Bibliothek wirkte die Temperatur hier oben noch bitterer. Mit drei Schritten war Julius am geöffneten Fenster. Eilig schloss er es. Wer hatte es aufgesperrt? Er selbst war es nicht gewesen.

Er drehte sich um und wollte nach seinem Smartphone auf dem wackeligen Tisch greifen. Das Ladekabel führte immer noch aus einer maroden Steckdose heraus, wo er es in der vergangenen Nacht angeschlossen hatte. Doch sein Telefon, das daran aufladen sollte, war verschwunden.

Jeden einzelnen Gegenstand nahm er vom Tisch in die Hand, er schaute auf den Boden, durchwühlte den fast leeren Pappkarton, in dem seine Siebensachen gewesen waren. Er tastete das Bettzeug ab, spähte unter das Bett. Nichts. Das Smartphone blieb verschwunden.

Entgeistert drehte Julius sich zum Fenster und starrte in die Ferne. Er war sich sicher, das Telefon auf den Tisch gelegt und dort an den Strom angeschlossen zu haben. Er war sich absolut sicher. Er wurde doch nicht verrückt?

Eine langsame Bewegung in seinem Blickfeld ließ ihn blinzeln. Weiße Flocken rieselten vor dem Fenster durch die Luft. Es begann zu schneien.

Schnee. Ein schöner Anblick, keine Frage. Dennoch schickte er Julius einen Schauer über den Rücken.

Siebzehntes Kapitel

München, 1945

Sie wandert durch den Trakt. Barfuß, am Leib nur einen weißen Kittel. Stehen bleiben kann sie nicht, daher schleicht sie die Gänge entlang. Wieder und wieder. Längst ignorieren die anderen Patientinnen sie, wenn sie vorbeikommt. Bis auf die hagere Frau, die im Türrahmen ihres Zimmers lehnt und ihr jedes Mal nervös zuzwinkert. Ob die Hagere ebenfalls die Schreie hören kann, die in der Luft liegen? Die Schreie, die immer lauter werden, je weniger sie sich bewegt?

Fahrig nestelt sie im Gehen an dem Verband, der um ihren Kopf gewunden ist. Seit wann trägt sie ihn? Sie weiß es nicht. Dass ihr Kopf schmerzt, das merkt sie natürlich. Innen wie außen. Welcher Schmerz der stärkere ist, kann sie jedoch nicht entscheiden.

Am Ende des langen Ganges gelangt sie zu einer Tür, neben der ein Wärter sitzt. Der Mann schaut nicht mehr auf, wenn sie bei ihm stehen bleibt. Denn auf seiner Höhe dreht sie sich nach wenigen Sekunden wieder um und beschreitet erneut den Weg, den sie gekommen ist. Immer möglichst nah an der Wand entlang. Immer peinlich darauf bedacht, mit niemandem zusammenzustoßen. Berührungen kann sie nicht ertragen. Sie erzeugen eine Panik, gegen die sie sich nicht wehren kann.

Auch Helene, ihre Schwester, hat sie nicht berühren dürfen. Vorhin, als sie sie besuchte, gemeinsam mit Joseph und Helmut. Am dritten Tag ihrer Unterbringung in diesem

Trakt. Dem Trakt der Verrückten. Sie muss grinsen. Sie ist nicht verrückt. Sie weiß einfach, dass der Teufel mit der Wolfsfratze im Schatten lauert. Um sie alle zu verschlingen.

Sie hat nicht mit ihnen sprechen können. Weder mit Helene noch mit Joseph. Erst recht nicht mit Helmut. Oh, nein! Sie hat auch ihn nicht berühren können. Erst recht nicht Helmut. Der Dämon würde den Jungen finden, wenn sie mit ihm sprach. Er kann durch ihre Augen schauen. Mit ihren Ohren hören. Er hat Hunger, das weiß sie. Er will seine Fratze in warmes Fleisch graben.

Joseph war einen Moment zurückgeblieben, hat noch einmal versucht, mit ihr zu sprechen. Er wollte wissen, was mit ihr geschehen ist. Doch sie hat nur die Augen geschlossen und den Kopf geschüttelt. Hinausschütteln wollte sie die Schreie der Verdammten. Es gelang ihr natürlich nicht. Ach, Joseph. Das ist geschehen. Das ist geschehen.

Als sie die Augen wieder geöffnet hat, war Joseph bereits gegangen. Zum Glück. Sofort nahm sie ihren Weg wieder auf. Eng an den Wänden entlang. Durch den ganzen Trakt. Und zurück. Und zurück. Und zurück. Immer darauf bedacht, mit niemandem zusammenzustoßen.

Sie weiß, dass sie tot ist. Tot in einem Körper, der sich bewegt. Denn ihre Seele wurde bereits von dem Dämon verschlungen. Wie das Monster auch die anderen Seelen verschlungen hat. Die von Rosa. Dem Mädchen an der Isar. Von all den anderen. Denn da sind mehr. Das weiß sie. Da sind noch viele mehr.

»Wie geht es Ihnen heute?«, fragt eine Stimme neben ihr. Sie bleibt nicht stehen, schlurft weiter. Wirft einen schnellen Blick auf den Mann, der nun neben ihr hergeht und sie über seine Brille hinweg neugierig betrachtet. Doktor Romberg. Der Nervenarzt. Sie kennt ihn, er hat sie untersucht. Wann war das? Gestern? Sie weiß es nicht mehr. Doch sie weiß, dass sie sich vor Doktor Romberg in Acht nehmen muss. Sie traut ihm nicht über den Weg. Er sieht sie an, als sei sie verrückt. Und seine verschwitzten Hände haben auf ihrer Haut gebrannt, als er sie untersucht hat. Sie haben sie überall abgetastet, diese Hände. Überall. Geschmerzt hat es vor allem, als sie ihre Brüste fest gedrückt haben, diese Hände. Vor Doktor Romberg muss sie sich in Acht nehmen. Sie antwortet ihm nicht, geht einfach weiter.

Zum Glück kommt jetzt die kleine Schwester um die Ecke und fragt den Arzt etwas. Die kleine Hilfsschwester, die sie noch aus dem anderen Krankenzimmer kennt. Das blutjunge Mädchen. Seit gestern ist sie hier, in diesem Trakt. Sie mag das Kind. Doktor Romberg, den mag sie nicht. Schnell geht sie weiter, als er stehen bleibt, um mit der Schwester zu sprechen. Schnell weiter. Seine feuchten Hände waren überall. Selbst in ihren Gedanken waren sie.

Einen Arzt braucht sie gar nicht. Sie weiß, dass sie tot ist. Wie sonst könnte sie direkt in die Mitte der Hölle sehen? Dorthin, wo die verlorenen Seelen ihren nie enden wollenden Schmerz einem Orkan gleich herausschreien. Wo der Hüter dieses Reiches auf einem Stuhl aus Knochen thront. Sie kann es doch sehen, das Monster mit Fängen, die vor blutiger Gier triefen. Mit Klauen, die sich in warmes Fleisch graben wollen. Auch jetzt starren seine Raubtieraugen ihr einladend entgegen. »Ich bin tot«, flüstert sie.

»Alles wird gut«, sagt eine Stimme neben ihr. Sie zuckt zusammen, schreit auf, als eine Hand die ihre ergreift. Verzweifelt versucht sie, seitlich wegzurennen. Doch neben ihr ist nur die Wand. Schreiend drückt sie sich gegen den kühlen Stein, möchte sich in ihn hineingraben. Wie ein heißes Feuer spürt sie jene andere Hand, die ihre umfasst. Laut stöhnt sie auf. Die Raubtieraugen blinzeln lüstern und zwingen sie, den Kopf zu bewegen, die Augen zu öffnen und nachzusehen, wer sie berührt hat. Wer den Hunger des Dämons stillen wird.

Mit Tränen in den Augen dreht sie den Kopf. Die kleine Hilfsschwester. Was macht sie überhaupt hier, im Trakt der Verrückten? Warum hat sie sie berührt? Dummes kleines Ding. Ihr entfährt ein Schluchzen.

»Alles wird gut«, wiederholt die Schwester ruhig. »Kommen Sie, ich bringe Sie in Ihr Zimmer. Dort bekommen Sie etwas zur Beruhigung. Damit Sie schlafen können.«

Sie will dem Kind sagen, dass es fliehen soll. Rennen. Weit, weit weg. Doch es gibt kein Entrinnen. Das Monster findet jeden. Überall. Dummes, dummes kleines Ding! Kann sie die Schreie denn nicht hören?

Sie merkt, wie sie auf ihr Bett gedrückt wird. Sanft. Sie wehrt sich nicht. Die Schwester könnte sonst Doktor Romberg herbeirufen. Sie singt ein Lied in ihrem Kopf, das nur sie hören kann. Hat den Eindruck, dass der Kopf weniger schmerzt, wenn sie es singt. Wie ein Schwarm summender Insekten schwirrt das Lied in ihr herum. Kurz zuckt sie zusammen. Der Stich in den Arm lässt sie das Singen für einen Herzschlag unterbrechen.

»Schlafen Sie gut«, sagt die Schwester und streichelt ihre Hand. »Schlafen Sie gut. Alles wird gut, Sie werden sehen.« Sorgsam zieht die Schwester die Bettdecke zurecht. »Ich passe heute Nacht auf Sie auf.«

Oh, Kind, verstehst du denn nicht? Gegen die Dunkelheit kommt keine Macht an. Der Teufel mit der Wolfsfratze lauert in ihren Schatten. Und er ist hungrig. Sein Biss ist fürchterlich. Sein Atem ist heiß.

Die Müdigkeit kommt wie eine dunkle Welle auf sie zugerollt. Sie will auflachen. Ich bin doch bereits tot, möchte sie sagen. Ich wohne bereits in der Mitte der Hölle. Unter dem wachsamen Blick des Bösen. Der dich durch meine

Augen gesehen hat, Mädchen. Du dummes, dummes Ding. Das möchte sie sagen. Doch die Welle schwappt über sie hinweg. Begräbt sie unter sich. In dem schwarzen Wasser leuchten hungrige Augen.

* * *

Der Nebel lichtet sich auch nicht, als sie mühsam aus dem Bett aufsteht. Wie ein feiner Schleier liegt er über ihren Augen. Über ihren Gedanken. Wie ein Traum, denkt sie benommen. Schwebend zwischen zwei Welten, eine grausamer als die andere.

Ihre Zimmertür ist angelehnt. Vom Gang her fällt trübes Licht in den kleinen Raum. Sie torkelt mehr, als dass sie geht. Schiebt die Tür mit einer zittrigen Hand auf, steckt den Kopf wackelnd Richtung Gang. Keine Menschenseele ist zu sehen. Doch die Schreie der verlorenen Seelen wabern durch das Halbdunkel. Natürlich. Sie sind immer da.

Schwankend macht sie einen Schritt in den Gang. Dann noch einen. Ihr Kopf dreht sich, als habe sie zu viel getrunken. Die Spritze, fällt es ihr ein. Alles wird gut, sagte die Schwester. Traurig schüttelt sie den Kopf und blickt schaudernd auf den knöchernen Thron. Er ist verwaist. Über den flüchtigen Drang, sich zu bekreuzigen, muss sie lächeln. Es gibt keine Erlösung. Wer sollte das besser wissen als sie selbst?

Das Bild der Hölle löst sich auf. Was macht sie hier auf dem Gang, mitten in der Nacht? Mit einer Hand stützt sie sich an der Wand ab, tastet sich vorbei an Türen, hinter denen die Verrückten schlafen. Oder wachen. Sie selbst ist nicht verrückt. Sie weiß einfach, dass der Teufel mit der Wolfsfratze im Schatten lauert. Jetzt ist er auf der Jagd, einer blutigen Jagd.

Was also macht sie hier auf dem Gang? Angestrengt spitzt sie die Ohren. Sie folgt seinem Ruf. Wie sie es seit jener ersten Begegnung mit ihm macht. Damals, als sie vor dem schwarzen Kellerloch stand, in das er sie hinabrief. Damals, als sie noch glaubte, sich abwenden zu können. Wie dumm sie doch gewesen war. Dummes, dummes Ding. Nun ruft er sie erneut. Für ihre Sünde muss sie bezahlen. Einen Moment lang glaubt sie, einen Marienkäfer durch ihr Blickfeld surren zu sehen. Doch das kann nicht sein. Sie ist ja nicht verrückt.

Mühsam richtet sie sich kerzengerade auf. Wendet den Kopf von links nach rechts. Wohin soll sie gehen? Oh, natürlich. Dorthin, wo die Schreie am lautesten sind. Dort ist auch er, dem sie nicht mehr entfliehen kann.

Während sie sich von seiner Kraft den Gang hinunterziehen lässt, kriecht eiskaltes Entsetzen vom Magen aus durch ihren gesamten Körper und erzeugt für den Bruchteil einer Sekunde eine Klarheit, die sie die Hände auf den Mund pressen lässt. Das Grauen schmerzt bis in die Knochen. Doch der Moment ist so schnell vergangen, wie er gekommen ist. Ich bin bereits tot, beruhigt sie sich. Ich bin bereits tot. Es ist alles egal. Unabänderlich.

Ihre Hand berührt den Verband auf der jetzt wieder stärker schmerzenden Stirn. Er fühlt sich feucht an. Blinzelnd betrachtet sie die Hand. Blut klebt an den Fingerkuppen. Gedankenverloren wischt sie das feuchtwarme Rot an ihrem Kittel ab und geht weiter.

Vor einer geschlossenen Tür bleibt sie ruckartig stehen, richtet starr den Blick auf das Holz. Hier. Hier klingen die Schreie am lautesten. Sie läuten förmlich in ihren Ohren wie ein schrecklicher Gesang.

Hinter dieser Tür befindet sich ein ärztlicher Behandlungsraum – bei ihren Rundgängen hat sie oft genug einen

Blick in das Zimmer werfen können. Doch das war bei Tage. Jetzt, in der Nacht, hat sich der Raum verwandelt. Nichts, was von den Schatten der anderen Welt jemals berührt wird, kann so bleiben, wie es einmal war. Der Raum ist zum Schlupfwinkel des Teufels geworden. Sie spürt seine Hitze in Wellen durch die geschlossene Tür pulsieren. Wenn sie sich konzentriert, meint sie, seinen schweren Atem zu hören, den Feuerodem, der alles vernichtet. Rhythmisch entweicht er seinem blutigen Maul, einem wohligen Stöhnen gleich.

Sie legt eine Hand auf die Klinke, zögert. Es will, dass sie eintritt. Ihrer Brust entweicht ein Schluchzen. Noch ein wenig tiefer drückt sie die Klinke. Dabei möchte sie in einem letzten klaren Winkel ihres Verstandes eigentlich nur weglaufen. Doch der Sog lässt nicht nach. Sie betritt zögernd den Raum. Schatten tanzen Ringelreigen darin.

Das einzige Licht im düsteren Refugium des Teufels ist eine brennende Kerze auf einem Tisch. In dem flackernden Schein wirkt das blasse Mädchen geradezu lebendig. Nackt liegt es auf der Behandlungsliege wie auf einem Altar. Um den Mund wurde ihr ein Verband gebunden. Die Augen starren glasig an die Decke. In ihnen stehen Wahnsinn und Schmerz geschrieben. Eingemeißelt im Tod. Der kleine weiße Körper ist überzogen von einem roten Muster aus blutigen Striemen. Tiefe Wunden an den Oberschenkeln legen das Fleisch frei. Die Scham ist verklebt. Mit Blut und einer anderen Flüssigkeit. Überhaupt: Blut. Es ist überall. Es läuft die Liege hinab und sammelt sich in einer großen Lache auf dem Boden.

Sie schluckt. Eine tiefe Traurigkeit durchzieht sie. Dummes, dummes Ding. Warum nur hast du dich nicht von mir ferngehalten. Alles wird gut, hast du gesagt. Nun sind wir beide tot. Verlorene Seelen, die in der Mitte der Hölle ihre

Stimmen dem ewigen Chor der Verdammten hinzufügen. Wenn ich es könnte, ich würde dich retten. Wenn ich es nur könnte! Doch ich bin selbst verloren. Meine Schuld hat mich getötet. Es gibt keine Erlösung, wenn dich das Böse auserwählt hat.

Benommen, wie in einem dumpfen Traum, tritt sie an das Mädchen heran. Auf dem Tisch, direkt neben der flackernden Kerze, liegen Werkzeuge. Sie erkennt ein blutiges Skalpell. Eine Zange, in der ein Stück Fleisch hängt. Eine Schale, gefüllt mit Blut. Alles wirkt, als sei es gerade noch im Einsatz gewesen, vor wenigen Herzschlägen.

Sie steht neben der Liege mit nackten Füßen in warmem Blut und ist erstaunt, wie jung das Mädchen im Tod wirkt. Wie eine zerbrochene Puppe, die mit ihren Glasaugen in die Unendlichkeit starrt. Was sie dort wohl sehen mag? Die unsägliche Mitte der Hölle?

Die Augen. Sie runzelt die Stirn, drückt eine Hand auf ihr Herz, als sie versteht. Das Monster hat sein Werk noch nicht vollendet. Das Mädchen besitzt noch seine Augen! Erstaunt beugt sie sich nieder, nähert ihr Gesicht dem Antlitz des Mädchens. Ist kurz versucht, eine Haarsträhne aus dem blassen Gesicht zu streichen.

Ein Zittern durchfährt plötzlich den kleinen Körper. Von einer Sekunde auf die andere fokussieren die Augen. Auf sie. Die Augen, voller Wahnsinn und Schmerz, blicken sie direkt an.

Sie ist starr vor Schreck. Das Kind ist am Leben. Etwas in ihr zerreißt, sie kann es förmlich hören. Der schützende Wahnsinn bröckelt. Das Grauen schwappt durch die einstürzende Mauer in sie hinein, rüttelt an ihrem Verstand, versucht, ihn zu wecken. Das Kind. Es ist am Leben. Sie muss …

Der Blick des Mädchens löst sich von ihr und wandert

ein Stück nach oben, über ihre Schulter. Tellergroß werden die Augen. Tiefe Meere voller Panik.

Sie ist immer noch starr vor Schreck. Fühlt das Monster in ihrem Rücken. Spürt den heißen Atem in ihrem Nacken. Ihr Herz gefriert. Ein ungeahnter Schmerz explodiert in ihrer Brust und frisst sich durch ihren Körper. Dann wird ihr schwarz vor Augen. Sie hört sein Lachen. Dann spricht er zu ihr. Wie ein Liebhaber haucht er ihr ins Ohr:

»Ich habe auf dich gewartet«, flüstert das Monster mit feuchter Stimme.

Achtzehntes Kapitel

North York Moors, 2016

Der Schneefall wurde immer stärker. Vor dem Schloss war der Rasen bereits unter einer weißen Schicht verschwunden. Tiefe graue Wolken erzeugten eine eigentümliche Dämmerung, die Julius zwang, in seinem Zimmer das Licht anzuschalten. Verärgert kaute er auf seiner Unterlippe. Wo, zum Teufel, war sein Smartphone? Nicht, dass er sich bei diesem Wetter zu irgendeinem Geschäft in den Moors hätte aufmachen können. Doch wer kam bitte auf die dumme Idee, das Telefon aus seinem Zimmer zu entwenden. Ob es dieser schräge Vogel Hans war?

Ihm kroch ein Gedanke in den Kopf. Hatte sich Emilia das Telefon heimlich genommen? Das konnte eine Erklärung sein. Im Augenblick auch die einzige, die irgendeinen Sinn ergab. Auf der Hinfahrt hatte sie ihn gefragt, ob auf dem Gerät auch Spiele seien. Als er verneinte, hatte sie ungläubig betont, jeder Mensch habe doch Spiele auf dem Smartphone. Nun, er eben nicht. Doch vielleicht hatte sie ihm nicht geglaubt und es sich daher stibitzt. Wobei sie nicht den Zahlencode zum Entsperren kannte. Eine komische Sache, aus der er nicht schlau wurde. Es blieb ihm nichts anderes, als Emilia zu fragen. Irgendwo musste das Telefon sein.

Mit einem Knistern flackerte die kahle Glühbirne an der Zimmerdecke auf. Für einige Sekunden war das Licht ganz erloschen, und eine diffuse Dunkelheit breitete sich um Julius aus, dann ging die Lampe mit einem Flackern wieder an. Ein Stromausfall hätte jetzt noch gefehlt. Julius schüttelte den Kopf. Draußen ein Schneesturm, innen kein Strom. Das würde garantiert ein gemütliches Weihnachtsfest. Wahrscheinlich waren die alten Leitungen im Schloss nicht mehr in Schuss.

Ein Geräusch ließ ihn zusammenfahren. Ein Schleifen, das erst lauter wurde, dann leiser. Von einer Sekunde auf die andere hörte es wieder auf. Langsam trat Julius an die Wand zu jenem Nebenraum, der abgesperrt war. Das Schleifen war von dort aus dem Mauerwerk gekommen. Da, wieder! Kürzer diesmal, doch es kam eindeutig von nebenan.

Julius legte ein Ohr an die kalte Wand und lauschte. Jetzt blieb es totenstill. Doch er hatte das ungute Gefühl, als lausche jemand von der anderen Seite. Zu ihm herüber. Das bildest du dir ein, mahnte er sich. Gerade wollte er sich wegdrehen, da hörte er eine Stimme. »Julius«, raunte sie dumpf. Und noch einmal, lauter diesmal: »Julius.«

Verwirrt sah er sich um. Natürlich war niemand in seinem Zimmer – die Stimme war auch eindeutig aus der Wand gekommen. Julius' Gedanken überschlugen sich. Eine weibliche Stimme, oder täuschte er sich? Ganz genau konnte er es nicht sagen. Der Tonfall klang ungewöhnlich ... alt. Wie aus einer anderen Zeit. Vielleicht verzerrte der dicke Stein den Klang. Doch er hatte eindeutig seinen Namen gehört.

Abermals flackerte die Glühbirne. Diesmal blieb es für eine ganze Minute düster, bis der Strom wieder funktionierte. Ein Schauer lief Julius über den Rücken, als das Schleifen ertönte. Und dann erklang wieder sein Name. »Julius?« Fragend diesmal. Als wolle sich die Stimme vergewissern, dass er noch da war.

Kaum leuchtete die Glühbirne wieder, rannte Julius über

den Flur zur Nebentür. Er rüttelte an ihr, doch sie war verschlossen. Fest presste er ein Ohr an das Holz. Kein Geräusch drang aus dem Zimmer. Es war totenstill hinter der Tür. Er beugte sich zum Schlüsselloch hinab, konnte aber nichts erkennen. Doch Julius wusste, dass er sich nicht getäuscht hatte. Der Ruf war von dort drinnen gekommen. Oder ... oder aus der Mauer selbst. Was nicht möglich war. Reiß dich zusammen, um Himmels willen, ermahnte er sich. Reiß dich zusammen.

Mit gerunzelter Stirn kehrte Julius langsam in sein Zimmer zurück und stellte sich in die Mitte des Raumes. Verunsichert verschränkte er die Arme vor der Brust. Starrte auf die Wand, von der sich an einigen Stellen bereits die Tapete ablöste. Erlaubte sich jemand einen Scherz mit ihm? Agatha etwa? Mein Gott, die Frau war dreiundachtzig Jahre alt, der Gedanke war wohl abwegig.

Plötzlich kam ein neues Geräusch aus der Wand und ließ Julius zusammenzucken. Seine Nackenhaare stellten sich auf, das Herz pochte schmerzhaft. Ein lautes Scharren hallte aus dem Mauerwerk. Als versuche jemand, sich durch den Stein zu graben. Zu ihm herüber. »Julius!«, rief die Stimme klagend. Mit einer Eindringlichkeit, die ihm in den Knochen vibrierte. Er erstarrte und stierte mit weit aufgerissenen Augen auf die Wand, unfähig, einen klaren Gedanken zu fassen. Scharrend und kratzend arbeitete sich jemand durch den Stein hindurch. Oder etwas.

Sein Körper nahm ihm die Entscheidung ab, was zu tun war. Julius rannte aus dem Zimmer, den Gang hinunter und die Treppe hinab, immer zwei Stufen gleichzeitig nehmend, bis er schwer atmend in der Eingangshalle zum Stehen kam. Er beugte sich nach vorne, stützte die Hände auf die Knie. Das Blut pochte wild in seinem Kopf. Verdammt, was war das gewesen?

Agatha trat aus dem Esszimmer in die Halle. »Ah, ich meinte doch, etwas gehört zu haben. Geht es Ihnen gut, Julius? Sie sehen ganz bleich aus.« Sie musterte ihn von oben bis unten. »Als hätten Sie ein Gespenst gesehen. Ihnen steht Schweiß auf der Stirn. Ist der Roman denn derart aufregend? Das kann ich mir gar nicht vorstellen. An welcher Stelle sind Sie angelangt?«

»Ich …«, schnaufte Julius, »ich war in meinem Zimmer. Jemand hat an der Wand gekratzt und meinen Namen gerufen.« Er richtete sich auf, während Emilia neben Agatha trat, eine Weihnachtskugel in der Hand.

»Es schneit, Papa! Hast du es gesehen? So viel Schnee!« Sie hüpfte um die beiden Erwachsenen herum, die sie jedoch nicht beachteten.

»An der Wand gekratzt? Wovon reden Sie?«, fragte Agatha entgeistert.

»Irgendjemand hat aus dem Nebenzimmer meinen Namen gerufen. Aus dem abgeschlossenen Raum. Direkt nebenan.«

»Sie müssen sich täuschen. In dem Raum lagert nur Gerümpel, ansonsten ist er leer. Das Fenster lässt sich nicht richtig schließen, daher ist zur Sicherheit die Tür abgesperrt.« Sie blickte zu Emilia. »Damit niemand durch Unachtsamkeit zu Schaden kommt.«

»Ich habe es genau gehört«, beharrte Julius. »Nebenan war jemand. Es … es klang nach einer Frau.«

Agatha schüttelte stumm den Kopf. Mit gerunzelter Stirn musterte sie Julius abermals von oben bis unten. Als sehe sie ihn mit neuen Augen.

»Die Äbtissin!«, rief Emilia aus. Aufgeregt zupfte sie an Agathas Rock. »Das war bestimmt die alte Frau aus dem Kloster. Die als Gespenst ihre … ihre Kolleginnen sucht. Und nicht weiß, dass die alle schon längst tot sind.« Mit großen Augen blickte Emilia ihren Vater an. »Die Äbtissin hat mit dir gesprochen.« Es klang geradezu ehrfurchtsvoll, wie sie das sagte.

Diesmal schüttelten beide, Agatha und Julius, die Köpfe.

»Warum sollte sie meinen Namen rufen«, sagte Julius mit belegter Stimme. »Sie kennt mich doch gar nicht.« Die Äbtissin? Hatte Hans von ihr gesprochen, als er ihm mit dem Monster gedroht hatte?

»Die Äbtissin ist nur eine Legende«, erklärte Agatha mit sanfter Stimme und strich Emilia über das Haar. »Es gibt sie nicht, mein Engel.«

»Aber natürlich gibt es Gespenster!« Emilia ließ sich nicht beirren. »Auf Schlössern gibt es Gespenster. Das weiß doch jeder. Und die alte Frau wollte von Papa wissen, wo das Kloster geblieben ist. Deshalb hat sie natürlich seinen Namen gerufen. Sie möchte, dass du ihr hilfst, Papa. Ist doch klar!« Triumphierend blickte Emilia zwischen den Erwachsenen hin und her. »Ist doch sonnenklar!« Nachdenklich legte sie einen Finger an die Nase. Rote Flecken der Begeisterung glühten auf ihren Wangen. »Vielleicht muss man ihr nur sagen, dass sie *tot* ist? Vielleicht weiß sie das nicht. Wenn sie es wüsste, würde sie das Kloster nicht mehr suchen.« Emilia nickte, ein aufgeregtes Glitzern in den Augen. »Oder ... oder man sagt ihr, dass es kein Kloster mehr gibt. Sie geistert hier ganz umsonst durch das Schloss. Hier ist kein Kloster. Also sucht sie vergeblich.« Mit Nachdruck nickte sie. »Wir können ihr helfen. Ich komme mit dir nach oben, Papa. Ich sage der alten Frau, dass sie nicht mehr suchen braucht. Sie kann sich ausruhen.«

Abwehrend hob Julius die Hände. »Du bleibst bitte hier unten, Emilia. Wer immer sich auf meinem Stockwerk einen schlechten Scherz erlaubt – sicherlich ist es kein Gespenst.«

»Aber ...«, setzte das Kind an.

»Du bleibst hier«, stieß Julius hervor. Er sah Emilias wütenden Blick, der sogleich in Trotz umschlug.

Agatha legte dem Kind eine Hand auf die Schulter. »Wir müssen weiter den Baum schmücken, Emilia. Dabei brauche ich deine Hilfe. Du machst das nämlich ganz hervorragend.« Ihr Gesicht bekam einen abwägenden Ausdruck. »Dein Vater ist bestimmt eingenickt und hat die Geräusche und Rufe lediglich im Traum gehört. So etwas passiert. Wir hätten beim Frühstück nicht über diese unsinnigen Märchen sprechen sollen. Nein, wirklich nicht. Anscheinend haben sie deinen Vater zu sehr aufgeregt.«

Julius wollte etwas erwidern, schluckte seinen Einwand aber hinunter. Er kannte diesen Ausdruck. Er kannte diesen Tonfall. Oh ja, er kannte diesen prüfenden Blick. Oft genug hatte er ihn bereits auf sich gespürt. Damals, in München. Und zuletzt vor wenigen Tagen von Marc. Dieser Blick transportierte die Frage, ob er vielleicht nicht richtig im Kopf sei. Und er lieferte die Antwort stets gleich mit. Julius merkte, wie sich Übelkeit in ihm breitmachte. Er fühlte sich wie ein wehrloses Kaninchen, das in die Ecke gedrängt wurde und keine Möglichkeit zum Entweichen hatte. Das alte Kinderlied, das Agatha und Hans gesungen hatten, schoss ihm in den Kopf. *Häslein soll des Todes sein.* Warum musste er jetzt an diese Zeile denken?

»Ich bin nicht verrückt«, stieß Julius heiser hervor.

»Aber natürlich sind Sie das nicht, mein Lieber!« Wohlwollend lächelte Agatha Harding ihm zu. »Sie haben in der letzten Zeit viel durchgemacht. Sind erschöpft. Müde. Da kann sich schon einmal eine alte Legende in den Traum stehlen. Und dabei ganz ... real wirken.« Sie bugsierte Emilia an der Schulter zurück ins Esszimmer. »Ruhen Sie sich aus, mein Guter. Die Bibliothek ist der ideale Ort dafür. Ich schicke Ihnen bald etwas zum Lunch nach oben. Das wird Ihre Geister beleben.« Im Weggehen warf sie noch einmal einen Blick über ihre Schulter.

In dem kurzen Moment, in dem sich ihre Blicke trafen, schwang in Agathas Miene etwas mit, das Julius erstaunt innehalten ließ. Belustigung. Mrs Harding empfand Belustigung. Als fühle sie sich durch Julius' Verhalten bestens unterhalten.

Aus dem Esszimmer drang Emilias aufgeregtes Plappern, gefolgt von Agathas Lachen. Julius biss sich auf die Unterlippe, bis er Blut schmeckte. Er hatte ganz vergessen, Emilia nach dem Verbleib des Telefons zu fragen.

**

Das Essen war hervorragend. Ein Stück Lammbraten, geröstete Kartoffeln und Karotten. Hans hatte es ihm vorhin kommentarlos vor die Nase gesetzt. Julius saß am Tisch in der Bibliothek und schaute in das Schneetreiben, während er aß. Es war dicht, eine weiße Wand, sodass er nicht weiter als ein paar Meter sehen konnte. Es schien fast so, als gebe es gar keine andere Welt mehr da draußen. Wargrave Castle war alles, was von diesem Leben übrig geblieben war. Vor den Erkerfenstern wirbelte der Wind das Gestöber in derart wilden Kapriolen auf, dass es aussah, als schneie es vom Boden in den Himmel. Eine verkehrte Welt.

Der Sturm passte zu Julius' Stimmung. Er hatte das Gefühl, wie ein Blatt im Wind hin und her gewirbelt zu werden. Orientierungslos, ohne festen Boden unter den Füßen. Was er im Moment erlebte, das konnte doch alles nicht wahr sein. Wäre er abergläubisch gewesen, er hätte gemeint, dass ein Fluch auf ihm lag. Julius nahm einen kräftigen Schluck aus seinem Glas. Der Rotwein war, wie auch das

Essen, vorzüglich. Mit einem weiteren Schluck leerte er das Glas.

»Kann ich abräumen?«, fragte Hans schnarrend.

Julius zuckte zusammen. Er hatte den alten Mann nicht hereinkommen hören, so tief war er in seine Gedanken versunken gewesen. »Äh ... danke. Ja, ich bin fertig. Es hat hervorragend geschmeckt.«

Mit ausdrucksloser Miene trat Hans an den Tisch und räumte das Geschirr zusammen.

»Wirklich, das Essen war fantastisch. Wer hat die Mahlzeit zubereitet?« Wenn es eine Köchin gab, dann gab es auch eine Kandidatin für die unheimliche Stimme aus der Wand.

Ohne Julius anzusehen, trug der Hausdiener das Geschirr zur Tür. Täuschte Julius sich, oder zögerte er dort kurz? Wirklich, Hans drehte sich abrupt zu ihm um.

»Es gibt nur Hans«, sagte er. Damit verschwand er aus der Bibliothek und stieß die Tür hinter sich zu.

Es gab nur Hans. Sagte Hans. Wirklich ein komischer Typ. Konnte es tatsächlich sein, dass der Hausdiener sich um alles alleine kümmerte? In diesem riesigen Anwesen? Das schien geradezu unvorstellbar. Doch was wusste Julius schon? Vielleicht war auch Philip den lieben langen Tag mit irgendwelchen Hausmeistertätigkeiten beschäftigt. Zumindest hatte er Agathas Sohn seit dem Frühstück nicht mehr zu Gesicht bekommen. Sie hatten nicht darüber gesprochen, doch Julius war sich sicher, dass Philip keiner geregelten Arbeit nachging. Die Hardings schienen entgegen seiner ersten Vermutung im Geld zu schwimmen. Allein die Kunstschätze mussten ein Vermögen wert sein, wenn er Agatha Glauben schenken durfte.

Eine Benommenheit, die nicht unangenehm war, machte sich in Julius' Kopf breit. Das gute Essen, der Wein. Sein Blick glitt über die weiße Schneewand. Je länger er hinausschaute, desto mehr meinte er, einen Rhythmus in den Drehungen und Wirbeln zu erkennen. Er gähnte herzhaft.

Ein Klopfen ließ ihn herumfahren. Die Tür zur Bibliothek öffnete sich, und Philip steckte den Kopf herein.

»Störe ich?«, fragte er lächelnd.

»Nein, nein.« Julius räusperte sich. »Gar nicht. Du … du störst nicht.« Nicht nur sein Geist fühlte sich benommen an, auch das Sprechen erforderte plötzlich Mühe. Es war wohl doch keine so gute Idee gewesen, den Wein zu trinken. Er schien nichts mehr zu vertragen.

Philip trat in den Raum. »Mutter sagte, dass ich dich hier finde. Die beiden Damen sind fast mit dem Schmücken des Baumes fertig. Es ist eine wahre Freude zu sehen, wie viel Spaß sie dabei haben. Emilia und Agatha verstehen sich prächtig.«

»Das tun sie.« Julius spürte einen kleinen Stich der Eifersucht.

»Ich wollte dir nur sagen, dass ich gleich Rattenköder in deinem Zimmer auslege. Bitte fasse sie nicht an. Sie sind hochgiftig.«

»Rattengift?« Verständnislos blinzelte Julius Philip an. Das Drehen in seinem Kopf wurde stärker.

»Rattengift, ja. Mutter sagte, du hättest bei dir oben eventuell Ratten gehört. Wir haben hier im Schloss eigentlich keine Probleme mit ihnen, doch bei der Kälte kann es schon einmal sein, dass die eine oder andere von ihnen im Gebäude Unterschlupf sucht.«

»Ich habe keine Ratten gehört.« Julius schüttelte den Kopf. »Es sei denn, zu den Eigenschaften der gemeinen North-York-Moors-Ratte gehört es, dass sie meinen Namen rufen kann.« Er spürte Ärger in sich aufsteigen.

Philip lachte laut auf. »Spaß beiseite. Die Dinger können ganz schön komische Geräusche von sich geben. Einmal hatten wir eine, die schrie wie ein Baby.« Er rieb sich die Hände.

»Wie ein Baby?«, wiederholte Julius verständnislos. Was war nur mit seinem Kopf los? Er schloss kurz die Augen. Als er sie wieder öffnete, war Philip zu ihm getreten und beugte sich über ihn, das Gesicht nur zwei Handbreit von seinem entfernt. Julius zuckte in seinem Sessel zurück.

»Ist alles in Ordnung bei dir?«, fragte Philip besorgt. »Du siehst blass aus, Julius.« Die kleinen Augen zuckten hinter den dicken Brillengläsern. »Vielleicht hast du dir eine Erkältung zugezogen.«

»Sie hat meinen Namen gerufen«, flüsterte Julius, mehr zu sich selbst.

Philip zuckte mit den Schultern. »Hm, wie dem auch sei. Ich lege jetzt wie gesagt die Köder aus. Nicht anfassen.«

»Hast du mein Telefon gesehen?«, fragte Julius mit einem leichten Lallen in der Stimme. »Es ist aus meinem Zimmer verschwunden.«

»Ach, ist es das? Nein, leider habe ich es nicht gesehen«, lächelte Philip. »Aber du weißt ja, was man sagt: Ein Haus verliert nichts.« Ein breites Grinsen entblößte sein Gebiss.

Er sieht aus, als wolle er in mich hineinbeißen, dachte Julius. Was stimmt mit dem Mann nicht? Haben hier auf Wargrave Castle alle eine Schraube locker?

»Du wirst das Telefon schon wiederfinden«, ergänzte Philip und wandte sich zum Gehen.

»Der Schnee«, schoss es aus Julius heraus.

Stirnrunzelnd blieb Philip auf der Schwelle stehen. »Was ist mit dem Schnee?« Mit verschränkten Armen lehnte er sich gegen den Türrahmen.

»Der Schneefall ist ganz schön heftig. Man kann keine fünf Meter weit sehen. Es macht auf mich den Eindruck, als würden wir hier einschneien.«

Philip zuckte mit den Schultern. »In den Moors kann es im Winter immer wieder diese Schneestürme geben. Wir sprachen auf der Herfahrt darüber, meine ich. Nichts Ungewöhnliches für die Jahreszeit.«

»Aber wie kommen Emilia und ich wieder zurück nach London, wenn alles zugeschneit ist?«

Philip löste sich vom Türrahmen und machte ein paar Schritte zurück in den Raum. Mit zusammengekniffenen Augen betrachtete er Julius. »Bis nach den Weihnachtstagen kann das Wetter wieder ganz anders aussehen.« Er trat noch näher.

»Und wenn ... ich meine, wenn ein Notfall wäre? Wenn wir früher zurückmüssten?«

Das tiefe Stirnrunzeln ließ Philips Brille auf die Nasenspitze rutschen. Er schob sie zurück. »Notfall? Ich verstehe nicht, was du meinst. Was denn für ein Notfall?« Seine Stimme klang eisig. »Mutter rechnet fest mit eurer Anwesenheit über die Feiertage.« Mehr zu sich selbst schob er hinterher: »Mutter hat sich schon lange nicht mehr derart gefreut.«

»Ich ... nein, ich spreche rein hypothetisch. Natürlich.« Tat er das wirklich? Julius musste sich selbst eingestehen, dass die Vorkommnisse in seinem Zimmer etwas verändert hatten. Er fühlte ein beständiges, lauerndes Grauen.

»Dann ist gut«, strahlte Philip. »Außerdem brauchst du dir keine Sorgen zu machen. Selbst bei diesem Wetter käme man noch mit dem Land Rover durch. Er hat Allradantrieb.« Er machte einen weiteren Schritt auf Julius zu.

»Okay. Das ... das ist beruhigend zu wissen. Danke.« Julius fühlte sich in Philips Gegenwart zunehmend unwohl. Seit jenem undurchsichtigen Unfall in der Nacht wusste er nicht mehr, was er von dem Mann halten sollte. »Dann lese ich wohl mal weiter, denke ich«, sagte er mit gepresster Stimme.

Für einen langen Moment sah Philip Julius einfach an. Dann entblößte wieder ein breites Grinsen sein Gebiss. »Tu das. Und bevor ich es vergesse: Ich habe eine gute Nachricht für dich.«

»Eine gute Nachricht?«

Philip nickte, das Feixen wie ins Gesicht gemeißelt. »Wegen deiner Aufenthaltsgenehmigung.«

Verdammt, die Aufenthaltsgenehmigung hatte er ganz verdrängt. Julius schluckte. Er benötigte diese Erlaubnis.

»Ein guter Freund von uns ist Unterstaatssekretär im Innenministerium. Eben habe ich erfahren, dass er uns auf jeden Fall auf Wargrave Castle besuchen wird. Vielleicht schon morgen. Spätestens am zweiten Weihnachtstag. Dann können wir mit ihm beratschlagen, wie dir zu helfen ist.«

Philip verstärkte, wenn dies überhaupt möglich war, sein Grinsen. »Du wirst sehen, die Sache wird ein Kinderspiel. Peter wird das Problem im Handumdrehen lösen.« Er machte eine wegwerfende Handbewegung.

»Hieß euer Freund nicht Nigel?«, fragte Julius verdutzt. »Ich meine, das war der Name, den ihr im Pub genannt habt. Nigel. Nicht Peter.«

Das Grinsen verließ für keine Sekunde Philips Gesicht. »Nigel arbeitet ebenfalls im Ministerium. Doch er schafft es dieses Jahr an Weihnachten leider nicht, uns zu besuchen. Peter hingegen wird kommen. Vielleicht schon morgen. Spätestens am zweiten Weihnachtstag.« Er zwinkerte Julius zu. »Er fährt übrigens auch einen Geländewagen.«

»Ich verstehe. Das ... das ist wirklich eine gute Nachricht. Die Aufenthaltsgenehmigung ist wirklich enorm wichtig für mich. Vielen Dank, dass du mir hilfst.«

»Oh, da musst du, wenn überhaupt, Mutter danken. Sie tut alles dafür, damit Emilia und du sich auf Wargrave Castle wohlfühlen.« Damit drehte Philip sich abrupt um und verließ mit schnellen Schritten die Bibliothek. Bevor die Tür hinter ihm zufiel, murmelte er: »Mutter hat sich schon lange nicht mehr derart gefreut.«

Julius stützte seinen schmerzenden Kopf mit beiden Händen. Er musste mit diesem Peter sprechen. Das war seine einzige Hoffnung, schnell und unkompliziert an eine Aufenthaltsgenehmigung zu kommen. Er musste auf diesen Peter warten. Auch wenn ihm nicht wohl bei der Sache war.

Neunzehntes Kapitel

Der restliche Tag plätscherte dahin. Beim Abendessen redete Emilia wie ein Wasserfall: Vom Weihnachtsbaum, den sie mit Agatha so herrlich hergerichtet hatte. Vom Schneesturm, der Wargrave Castle in ein wunderschönes Märchenschloss verwandelt hatte, um das Mia sie natürlich beneiden würde. Vom Ausblick auf die kommenden Tage, an denen das tollste Weihnachtsfest aller Zeiten auf dem Programm stand.

Agatha streichelte dem Kind immer wieder bestätigend über den Kopf. Philip malte Emilia immer wieder neue Höhepunkte ihres weiteren Aufenthaltes auf dem Schloss aus. Julius griff immer wieder zum Weinglas.

Das Essen schien kein Ende nehmen zu wollen. Schon seit einiger Zeit hörte Julius dem Singsang zwischen den Hardings und seiner Tochter nicht mehr zu. Seine Gedanken kreisten um das Schloss. Irgendetwas stimmte nicht mit Wargrave Castle. Es war fast so, als sei das Gebäude ein eigenständiges Wesen. Das seine Bewohner beäugte. Ein Schloss, in dessen Mauern staubiges Blut floss. Kein Wunder, dass man sich in den Moors Geistergeschichten über Wargrave Castle erzählte. Verdammt, er hatte die unheimlichen Lichter, Stimmen und Geräusche selbst gesehen und gehört! Selbst wenn er sich das Unheimliche nur eingebildet haben sollte, selbst wenn er, wie damals in München, dabei sein sollte, den Verstand zu verlieren, blieb doch eine Wahrheit bestehen: Das Schloss tat ihm nicht gut. Entweder beherbergte es etwa Schreckliches, oder es löste etwas Schreckliches in ihm aus. Wie er es auch drehte und wendete, er wollte lieber heute als morgen abreisen. Doch wohin? Solange Emilia auf Besuch bei ihm war, waren sie auf eine Unterkunft angewiesen. Und seine Tochter war glücklich. Er blickte zu ihr hinüber. Ja, das konnte man nicht anders sagen – Emilia war hier auf dem Schloss richtig glücklich.

»Sie sind heute Abend so betrübt«, sprach Agatha Julius an. »Hat mein Sohn Ihnen die gute Nachricht nicht mitgeteilt?« Stirnrunzelnd sah sie von Julius zu Philip.

»Natürlich habe ich das getan, Mutter«, erwiderte Philip eilig. »Selbstverständlich.«

Aus seinen Gedanken gerissen, blickte Julius Mrs Harding fragend an. Er musste zweimal die Augen zusammenkneifen, bis er ihr Gesicht klar sehen konnte. Der Wein. Er hätte nicht so viel von dem Wein trinken sollen. Julius hatte das Gefühl, selbst im Sitzen hin und her zu schwanken.

»Unser Freund Nigel. Der uns in den nächsten Tagen einen Besuch abstatten wird! Davon wissen Sie nichts?« Agatha trug einen konsternierten Zug um den Mund.

»Nigel – Peter. Peter – Nigel, bald blicke ich nicht mehr durch«, entfuhr es Julius.

»Du vertust dich, Mutter«, rief Philip aus. »Es ist nicht Nigel, der uns besucht. Nigel hat leider absagen müssen. Doch Peter wird kommen. Er ist ja ebenfalls für das Innenministerium tätig. *Peter*.« Philips Miene hatte etwas Gequältes.

Verdutzt sah Agatha ihren Sohn an, dann lachte sie laut. »Sie müssen entschuldigen, Julius. Das Gehirn einer alten Frau ist manchmal wie ein Sieb. Sicher. *Peter* wird uns dieses Jahr seine Aufwartung machen. Er arbeitet ebenfalls für die Innenministerin, ja. Der wunderbare Peter.« Ihr Blick schoss zu Philip.

»Unterstaatssekretär.« Philip betonte jede Silbe. »Das ist Peters Position im Ministerium.«

»Er ist Unterstaatssekretär im Innenministerium«, wiederholte Agatha fröhlich. »Für ihn wird es ein Leichtes sein, eine Aufenthaltsgenehmigung für Sie zu beschaffen, Julius. Ein Leichtes! Er ist ein Vertrauter der Innenministerin, müssen Sie wissen. Peter.« Sie nickte ihrem Gast aufmunternd zu.

»Was ist eine Aufenthaltsgenehmigung?«, wollte Emilia wissen. »Und warum braucht Papa die?«

»Eine ... also eine Aufenthaltsgenehmigung«, erklärte Philip, »ist einfach ein Papier, das man benötigt, wenn man nicht in Großbritannien geboren ist, aber hier wohnen und arbeiten möchte.«

»Papa ist in München geboren«, sagte Emilia und nickte. »Wie ich. Brauche ich auch eine Aufenthaltsgenehmigung?«

Agatha sprach schnell, mit einem schrillen Unterton. »Du brauchst keine Genehmigung, Engelchen. Engel benötigen keine Aufenthaltsgenehmigung.«

»Ein Engel kann überallhin fliegen, wo er will.« Emilia grinste und klatschte in die Hände.

»Und kann für immer da bleiben, wo er möchte«, sagte Agatha leise und strich dem Kind über das Haar.

Philip räusperte sich lautstark. »Wenn alle satt sind, würde ich dem Hausdiener läuten.« Ohne eine Antwort abzuwarten, stand er vom Tisch auf.

* * *

Julius führte, leicht schwankend, seine Tochter auf ihr Zimmer. Er hatte darauf bestanden, sie persönlich ins Bett zu bringen. Erst schien Agatha etwas einwenden zu wollen, doch dann hatte sie genickt. »Ich schaue später bei dir vorbei, Emilia«, hatte sie erklärt. »Dann erzähle ich dir eine Gutenachtgeschichte.« Als sie bemerkte, dass Julius etwas einwenden wollte, schob sie schnell hinterher: »Falls du dann noch wach bist, Engelchen.«

»Gefällt es dir hier, auf Wargrave Castle?«, fragte Julius seine Tochter, während sie den Gang des Ostflügels hinabgingen. »Dir ist doch nicht langweilig, oder?« Er musste sich bemühen, deutlich zu sprechen. Der Wein tat seine Wirkung. »Mir ist wichtig, dass wir eine gute Zeit haben. Dass du eine gute Zeit hast.«

»Es ist toll hier auf dem Schloss. Das Tollste, was ich jemals gemacht habe!« Sie blieb stehen.

Als Julius nach drei Schritten bemerkte, dass er allein weiterging, kam er ins Stolpern. »Was ... was ist los?«, fragte er verdattert.

»Na, ich muss doch die Zähne putzen.« Emilia deutete auf die Badezimmertür vor ihr.

»Ja, okay. Das schaffst du alleine, oder?« Er wartete ihr Nicken ab. »Ich gehe schon mal vor, in dein Zimmer.« Er torkelte weiter, bis er im Schlafraum seiner Tochter angekommen war. Der Kronleuchter erstrahlte und tauchte den Raum in ein festliches Licht. »Verdammter Mist«, murmelte Julius. Es lagen Welten zwischen diesem Zimmer und seinem eigenen. Ach, was sagte er da? Galaxien!

Unbeholfen setzte Julius sich auf die Bettkante, strich mit der Hand über die weiche Decke. Flauschiger ging es kaum. Neben dem Kopfkissen reihte sich eine Armada von Kuscheltieren aneinander. Bären, Elefanten, Hasen. Einige der Tiere sahen nagelneu aus, andere wirkten uralt. Hatte Emilia sie allesamt in ihrem Koffer mitgebracht? Wohl kaum. Wahrscheinlicher war, dass die Hardings sie ihr gegeben hatten. Dem Engelchen. Julius musste sich eingestehen, dass er brennende Eifersucht verspürte. Eigentlich wollte doch *er* eine enge Beziehung zu Emilia aufbauen. Im Moment sah es eher danach aus, als würde Agatha das tun. Und er hatte nicht einmal ein Weihnachtsgeschenk für seine Tochter. Nicht einmal das! Die Idee eines Stofftieres konnte er im Angesicht dieses Zoos begraben.

Er griff einen abgenutzten Elefanten und drehte ihn in der Hand. Das Tier sah derart verschlissen aus, als habe es vor Jahrzehnten bereits eine junge Agatha begleitet. Eine junge Agatha – ein merkwürdiger Gedanke. Agatha war Agatha. Sie war sicherlich immer schon genau so gewesen, wie Julius sie jetzt erlebte. Irgendwie … alterslos. Nicht von dieser Welt.

Sein Kopf pochte unangenehm, als Julius sich von der Bettkante abdrückte und zu dem großen, antiken Kleiderschrank schwankte. Das Schwindelgefühl wurde sogar noch stärker. Auch spürte er eine leichte Übelkeit in seinen Eingeweiden aufsteigen. Ein Teufelszeug, dieser Wein. Für einen Moment musste er sich an dem Schrank festhalten, bevor er eine der beiden großen Türen öffnen konnte. Ihm quollen die Augen über. Der Schrank war bis oben hin mit Kleidung gefüllt. Auch hinter der anderen Tür sah es nicht anders aus. Mädchenkleidung, ausnahmslos. Er zog wahllos ein paar Teile heraus. Eine Hose. Ein Blumenkleid. Einen Strickpullover. Alle hatten Emilias Größe. Alle wirkten neu und ungetragen. Mit den Kleidungsstücken, die sich in dem Schrank befanden, konnte man eine ganze Kompanie von sechsjährigen Mädchen ausstaffieren.

Auf dem Schrankboden fielen Julius einige Sachen ins Auge, die aus dem sonstigen Berg herausstachen. Sie sahen älter, aber genauso ungetragen aus wie der Rest. Julius zog ein Kleid hervor. »Das kommt direkt aus dem Museum«, murmelte er und hielt ein bestimmt fünfzig Jahre altes Trachtenkleidchen in die Höhe.

»Papa, was machst du da?«, fragte Emilia entrüstet von der Tür her. »Sei vorsichtig damit!« Sie trat, bekleidet mit einem Pyjama, eilig an den Kleiderschrank heran und schloss eine der Türen. »Leg das wieder rein. Agatha findet es nicht gut, wenn das kaputtgeht.«

»Ich mache das Kleid doch nicht kaputt, keine Sorge.« Dennoch legte Julius es vorsichtig in den Schrank zurück. »Das sind aber viele Anziehsachen.«

»Ich darf mir immer selbst aussuchen, was ich anziehen möchte«, betonte Emilia nicht ohne Stolz. »Das hat Agatha mir versprochen. Dafür muss ich nur ab und zu die alten Sachen tragen, wenn sie mich darum bittet. Aber die dürfen nicht kaputtgehen, diese Sachen. Die sind wirklich alt.« Sie nickte gewichtig.

»Das Trachtenkleid sollst du anziehen. Sagt Agatha?«

»Ja. Das Kleid auch.«

»Und ... und dann? Was passiert dann?«

»Was meinst du? Nichts passiert dann. Wir spielen meist ein bisschen. Oder ich bekomme eine spannende Geschichte vorgelesen. Und danach ziehe ich die Sachen vorsichtig aus und suche mir wieder etwas aus dem Kleiderschrank aus.« Sie strahlte. »Da sind so tolle Sachen drin! Und sie gehören alle mir! Und wenn ich noch mehr Anziehsachen haben möchte, brauche ich es nur zu sagen.«

»Es ... es sind wirklich tolle Sachen.« Julius schloss die andere Schranktür. »Ab ins Bett mit dir, Emmi. Es ist höchste Zeit, schlafen zu gehen.« Vor allem zog seine eigene Müdigkeit wie ein Mühlstein an ihm.

»Erzählst du mir eine Geschichte?«, fragte Emilia, während sie unter die Bettdecke kroch. »Eine Geschichte von früher.« In dem riesigen Himmelbett war ihr Körper nur eine kleine Erhebung unter der ausladenden Decke.

»Eine Geschichte von früher?«, überlegte Julius und setzte sich zu seiner Tochter aufs Bett. Sie sah wirklich aus wie eine Prinzessin. »Ich könnte mir eine Rittergeschichte einfallen lassen«, schlug er nach einem Moment des Nachdenkens vor. Wenn sich nur sein Kopf nicht derart drehen würde. Er konnte kaum einen klaren Gedanken fassen.

»Nicht *das* Früher«, schüttelte Emilia den Kopf.

»Was meinst du?«

»Ein *anderes* Früher meine ich. So eins, von dem Agatha immer erzählt. Keine Ritter.«

Verständnislos blinzelte Julius seine Tochter an.

»Agatha erzählt mir Geschichten von früher, die in einer Zeit nach so einem Krieg spielen«, maulte Emilia, als sei dies doch eigentlich selbsterklärend. »Bei uns in München.«

Julius strich sich über die Stirn. Das Drehen wurde schlimmer. Verdammt, dieser Wein. »Was ... was kommt denn in Agathas Geschichten vor?«

»Oh, meistens kommt in den Geschichten eine schöne, fremdländische Prinzessin vor, die von einem bösen Wolf gefangen genommen wird. Doch die Prinzessin ist ganz heftig schlau. Und sie entkommt dem Wolf, bevor er ihr etwas tun kann. Der blöde Wolf ist dann ganz sauer und verfolgt die Prinzessin durch München. Aber das ist nicht unser München, Papa. Das ist ein *altes* München, da sind fast alle Häuser kaputt. Der Wolf verfolgt das Mädchen durch die kaputten Häuser. Doch die Prinzessin lockt ihn mit einem Trick in die Isar. Da ersäuft er, der fiese Wolf.« Emilia nickte zufrieden. »Die Prinzessin ist immer ganz schlau.« Sie sah ihren Vater erwartungsvoll an. »Bitte erzähle mir so eine Geschichte, Papa.«

Was zum Teufel ...? »Eine ... äh ... interessante Geschichte. Ich befürchte, dass ich solche Geschichten nicht kenne.« Zu dem Drehen gesellten sich heftige Kopfschmerzen. Julius rieb sich fest die Stirn, drückte wieder und wieder auf eine Schläfe. Es half nichts. »Was hältst du davon, wenn ich morgen in der Bibliothek nach einem Buch suche, das ich dir vorlesen kann, Emmi?« Es kostete ihn unsägliche Kraft, die Zunge zu bewegen.

Emilia musterte ihren Vater mit einem schrägen Blick. »Schon gut, Papa«, winkte sie ab und griff sich einen Stoffhasen. »Agatha hat ja gesagt, dass sie später noch zu mir kommt.« Sie kuschelte sich mit dem Hasen in das Kissen.

»Gute Nacht, mein Schatz.« Julius gab Emilia einen Kuss auf die Stirn.

»Gute Nacht, Papa.«

Julius schleppte sich zur Tür. Der Boden fühlte sich an, als ginge er auf einem Schiffsdeck. Bei hohem Seegang. »Ich mache das Licht jetzt aus«, murmelte er, während er sich an den Türrahmen klammerte. Er erhielt keine Antwort. Hatte Emilia die Augen bereits geschlossen? Er konnte es von seinem Standort aus nicht sehen. Vielleicht lag es auch daran, dass er mittlerweile zu schielen schien. Das Himmelbett ragte unscharf und gleich in doppelter Ausführung vor ihm auf.

Als er das Licht löschte, ertönte eine leise Stimme aus den Tiefen des Himmelbetts. Emilia sang in der Finsternis ein Lied. »Als der Mond schien helle, kam ein Häslein schnelle, suchte sich sein Abendbrot; hu! Ein Jäger schoss mit Schrot.« Das Kind gähnte. »Traf nicht flinkes Häslein. Weh! Er sucht im Täschlein, ladet Blei und Pulver ein, Häslein soll des Todes sein.« Ein weiteres, lang gezogenes Gähnen. »Häslein läuft voll Schrecken, hinter grüne Hecken, spricht zum Mond: Lösch aus dein Licht, dass mich sieht der Jäger nicht!« Stille folgte, dann stahl sich ein kaum hörbares Flüstern durch die Luft: »… dass mich sieht der Jäger nicht!«

Die Gänsehaut auf Julius' Armen hielt noch an, da hatte er den Ostflügel bereits verlassen.

***

Ob es am Alkohol in seinem Blut lag, an der erdrückenden Müdigkeit oder schlicht an der Erkenntnis, dass er dem Schloss im Moment nicht den Rücken kehren konnte – Julius legte sich in sein Bett, ohne weiter über Stimmen, Geräusche oder schwebende Lichter nachzugrübeln. Er bettete seinen Kopf, der sich unvermindert schmerzhaft drehte, auf das raue Kissen. Für eine Sekunde wunderte er sich über sich selbst: Warum nur war er dermaßen müde und betrunken? Bereits im Gang vor seinem Zimmer wollten ihm die Augen zufallen. Seit wann vertrug er denn nichts mehr? Drei mickrige Gläser Wein hatten ihn noch nie zuvor derart betrunken gemacht. Er gähnte.

Selbst im Schlaf wollte das Karussell in Julius' Kopf nicht langsamer werden. Unruhige Traumbilder wirbelten wie Schneeflocken umher. Sie wirkten unangenehm real. Eine leise Stimme der Vernunft erklärte Julius beruhigend, dass er schlafe. Ein Teil von ihm wusste auch genau, dass er lediglich träumte. Dennoch flößten ihm die aufziehenden Bilder ein namenloses Entsetzen ein.

Ein Schwarm pechschwarzer Krähen hielt genau auf ihn zu. Schützend hob er die Hände über den Kopf. Ein riesiger Schwarm. Eine solche Ansammlung von Vögeln hatte er noch nie gesehen. Wie eine dunkle Wolke preschten sie über den Himmel. Ihr Krächzen war ohrenbetäubend. Lauter und lauter wurde es, je näher sie kamen. Jetzt erkannte er, sie krächzten gar nicht. Sie schrien mit Menschenstimmen. »Rache«, geiferten sie, »Rache!« Und hielten dabei direkt auf Julius zu. Panisch drehte er sich auf der Suche nach Schutz um sich selbst. Soweit das Auge reichte, blendete ihn die schneebedeckte Heide. Weit und breit kein Baum, kein Haus. »Rache!«, keifte es aus Tausenden Schnäbeln. Er drehte sich um und rannte um sein Leben. Der Schnee knirschte unter ihm. Die unebene Heide ließ ihn immer wieder straucheln. Der Atem brannte heiß in seiner Lunge. Hinter sich hörte er die Rufe immer lauter werden. »Rache!« Das Schlagen Tausender Flügel erzeugte einen Wind, der den Schnee um Julius aufwirbelte. »Rache!« Schon war die erste Krähe über ihm. »Rache!«

Mit einem atemlosen Aufschrei stolperte Julius und ging zu Boden. Die Heide hatte unter ihm nachgegeben. Eilig wollte er sich aufrichten, doch es gelang ihm nicht. Seine Beine wurden festgehalten vom Moor, das wie ein nach Leben gierender Toter an ihm zog. Schwarzen Blitzen gleich schossen nun die Krähen vom Himmel auf ihn herab, mit weit aufgerissenen Schnäbeln und Augen. Ein grauenhafter Schrei übertönte die Vögel. Blut spritzte durch die Luft, breitete ein rotes Muster über den blütenweißen Schnee und perlte heiß auf Julius' Gesicht. Er starrte auf den Hasen, den eine Krähe in die Lüfte hob. Eine andere Krähe kam und hackte so lange auf die erste ein, bis der Kadaver herunterfiel. Nun stürzte sich der ganze Schwarm wie eine tosende Welle auf das tote Tier. Fellfetzen flogen durch die Luft. Eingeweide quollen zwischen Schnäbeln hervor. Julius schloss voller Entsetzen die Augen.

Plötzliche Stille. Zögernd blickte er um sich. Im blutbesudelten Schnee saß eine einzelne Krähe vor ihm, keine zwei Meter entfernt. In ihrem Schnabel hing ein Stück sehnigen Fleisches. Wo war der Schwarm hin? Mit neckisch gedrehtem Kopf hüpfte die Krähe eine Armlänge näher heran. Sie beäugte Julius amüsiert. Dann öffnete sie den Schnabel, und das rote Fleisch fiel in den Schnee. »Häslein soll des Todes sein«, sagte die Krähe. Dann stieß sie sich vom Boden ab und flatterte davon. Ihr Krächzen klang wie hämisches Gelächter. Julius' Blick folgte dem Vogel, bis er sich als schwarzer Punkt im Himmel auflöste. Die Erleichterung darüber, verschont worden zu sein, wich jedoch nur wenige Augenblicke später erneut blankem Entsetzen: Julius merkte, wie er immer tiefer in das Moor hineinsackte. Und er konnte nichts dagegen tun. Eiskalt zog es ihn in den Boden hinab. Als der Morast seinen Mund erreichte, nutzte er den letzten Atemzug, um aus tiefster Seele zu schreien.

»Warum hast du das getan?«, fragte das Mädchen verärgert. Es strich sich über das blutverschmierte Haar. Sah ihn aus ihrem einen Auge herausfordernd an. »Warum hast du das getan?«

»Ich kann doch nichts dafür«, erwiderte er und löste den Blick vom Rückspiegel. Er musste sich auf den Verkehr konzentrieren, damit sie keinen Unfall bauten. Nicht noch einen.

»Das sagen alle Erwachsenen«, sagte das Kind und lachte verächtlich. »Dass sie nichts dafür können. Für die Kriege könnt ihr nichts. Für die verschmutzten Meere könnt ihr nichts. Für die toten Kinder könnt ihr nichts.« Sie stieß ein Schnauben aus. »Erbärmlich!«

An der roten Ampel stoppte er den Bentley und drehte sich um. Sie saß wie eine Prinzessin genau in der Mitte der Rückbank. Die blutbeschmierten Hände hatten dem hellen Leder rote Abdrücke eingestempelt. Ihre von dem Unfall eingedrückte Gesichtshälfte war ein Brei aus Knochen und Fleisch. Ihr leichtes Sommerkleid mit Flecken bedeckt. Blut, Gehirnflüssigkeit, Tränen. Lauernd sah sie ihn aus ihrem Auge an. Es war blau, wie ein Kornblumenfeld.

»Du hast zugelassen, dass er mich getötet hat.« Sie deutete auf ihren Hals. »Du hast zugelassen, dass er mich aufgeschlitzt hat. Mit aller Kraft hat er das Messer durchgezogen. Hier, schau hin. Sieh es dir an.«

Er starrte auf den tiefen Schnitt, der ihren Hals entzweite. Es war ein Wunder, dass ihr Kopf überhaupt noch auf dem Rumpf saß. »Du hast es zugelassen. Schau es dir also gut an.«

Er schluckte. Sein eigener Hals fühlte sich staubtrocken an. »Aber ich habe kein Messer gesehen. Er hatte doch gar kein Messer dabei. Ich meine ... ich wusste doch gar nicht, was da passiert.«

Unverwandt blickte sie ihn weiter an. Sie sah verärgert aus.

»Ich kann doch nichts dafür«, sagte er noch einmal.

Das Mädchen schloss das Auge und seufzte. Als sie ihn wieder ansah, erkannte er Trauer in ihrem Blick. Es zerriss ihm beinahe das Herz. Einen Moment später verstand er, dass die Trauer ihm galt.

»Du hättest es verhindern können. Du hättest alles verhindern können«, flüsterte sie. »Du warst so naiv.« Sie schüttelte ungläubig den Kopf. Blutstropfen rannen von ihrem Gesicht. »Wie kann ein erwachsener Mensch nur derart naiv sein. Hättest du nachgedacht, hättest du einmal nicht an dich selbst gedacht, du hättest den Teufel erkannt, hättest seine Verkleidung mühelos durchschaut. Es wäre so leicht gewesen.« Sie deutete mit einem rot beschmierten Finger auf ihn. »Du bist viel zu sehr mit dir selbst beschäftigt, mit deiner ach so schlimmen Vergangenheit in München und dem Unglück, dass dich niemand auf der großen, weiten Welt wirklich versteht.« Sie zog eine greinende Grimasse: »Wäh, wäh ... ich bin ein kleines, dummes Baby. Ich kann doch nichts dafür. Wäh! Wäh!« Das Mädchen spuckte aus, und es gelang Julius nur knapp, dem roten Speichel auszuweichen. Finster starrte sie ihn an. »Du warst so naiv.« Fast schon fröhlich lachte sie. »Du wirst noch den Tag verfluchen, an dem du geboren wurdest. Hast dich in die Hand eines Monsters begeben, das dich bei lebendigem Leib häuten und zerfleischen wird.« Sie beugte sich nach vorne, und

Julius sah die zermalmten Knochen in ihrem Gesicht. »Und nicht nur dich«, flüsterte sie triumphierend.

Ein Hupen ließ ihn zusammenzucken. Die Ampel war auf Grün umgesprungen. Er trat das Gaspedal durch, und der Bentley schoss nach vorne. »Ich kann doch nichts …«, setzte er an. Doch ein Blick in den Rückspiegel ließ ihn verstummen. Die Rückbank war leer. Zurück blieb nur das Blut des Mädchens auf den Ledersitzen.

Julius lenkte seinen Blick wieder auf die Straße. Es war plötzlich Nacht geworden, und er steuerte den Wagen durch ein dunkles Waldstück. Die Scheinwerfer leuchteten den Asphalt weithin aus. Daher sah er auch rechtzeitig das Bündel, das mitten auf der Straße lag. Er trat auf die Bremse. Doch der Bentley raste mit unvermindertem Tempo weiter. Wie ein Wahnsinniger trat er aufs Bremspedal ein. Das Bündel kam näher und näher. Julius kurbelte am Lenkrad, um dem Hindernis auszuweichen. Der Bentley blieb in der Spur, als fahre er auf Schienen. Starr vor Schreck blickte er durch die Windschutzscheibe. Er hatte das Bündel fast erreicht. Es lag direkt vor ihm auf der Straße. Es bewegte sich.

Es gelang ihm nicht, sich aufzusetzen. Nur die Augen konnte er öffnen, die Finger schwerfällig bewegen. Finsternis umgab ihn, und Panik wütete in seinem Herzen. Etwas stimmte nicht. Wie ein widerlicher Gestank lag das Grauen in der Luft und waberte über seinem hilflosen Körper. Mit jedem Atemzug sog er es in seine Lunge, mehr und mehr dehnte das Grauen sich in ihm aus. Etwas Furchtbares würde geschehen, das wusste er. Die leise Stimme der Vernunft befahl dem Traum, weiterzuziehen. Dieser hier sollte nicht geträumt werden. Viel zu schrecklich würde er werden. Weiter, weiter. Löse dich auf, Gespinst. Doch der Traum blieb, dehnte sich aus, und das Grauen wuchs weiter, als ein scharrendes Geräusch hinter ihm erklang, wie aus einer dicken Mauer heraus. Das Scharren wurde lauter. Er wollte aufstöhnen, doch aus seinem Mund kam nicht mehr als ein angestrengter Luftstoß. Kalter Schweiß sammelte sich auf seiner Stirn. Doch er konnte seinen Arm nicht heben, um ihn wegzuwischen. Er wollte wegrennen, konnte aber nicht einmal sein Bein anwinkeln. Er war gelähmt.

Jäh verstummte das Geräusch hinter ihm. Stille schloss sich an und war fast schlimmer als das Geräusch selbst. Seine Augen irrten durch die Dunkelheit, doch er sah nur Finsternis. Ein Luftzug ließ sein Herz aussetzen. Er vernahm erst ein Quietschen, dann ein neues Geräusch. Es erstarb, setzte erneut ein. Es klang, als zöge jemand ein Stück Holz über den Boden. Ein hohles Wimmern drang aus seiner Brust. Er wusste, wo das Geräusch herkam: von dem Stuhl. Er hatte ihn selbst vor die Tür gestellt, da es keinen Schlüssel für das Schloss gab. Jetzt wurde er von der Tür weg langsam über den Boden geschoben. Jemand öffnete die verdammte Tür zu seinem Zimmer! Der Stuhl sollte ihn warnen. Oh, Gott! Er warnte ihn! Doch er konnte nichts tun. Die Panik traf ihn wie ein Hammerschlag in den Magen. Er lag gefangen in seinem Körper, und jemand kam zu ihm ins Zimmer. *Etwas* kam zu ihm.

Dann hörte das Schieben auf. Mit weit aufgerissenen Augen versuchte er, zur Tür zu schielen, doch sein Kopf lag nicht hoch genug. Abermals versuchte er zu schreien. Abermals war ein Wimmern alles, was er zustande brachte. Dann hörte er den ersten Schritt. Und einen weiteren. Wie Pistolenschüsse knallten die leisen Tritte in seinem Kopf, ohrenbetäubend, von seiner Angst verstärkt. Er sendete ein Stoßgebet an einen Gott, an den er sonst nicht glaubte. Lieber Gott, bitte lass mich aufwachen! Bitte! Doch der Albtraum kam näher. Zwei weitere Schritte. Ein schmatzender Laut, als benetze jemand seine Lippen. Er spürte, wie

Feuchtigkeit sich auf seinem ganzen Körper ausbreitete. Das Blut pochte in seinen Ohren. Lieber Gott, lass mich aufwachen. Bitte! Ein Schatten schob sich in sein Blickfeld, trat schlurfend an sein Bett heran. Die Bewegung war langsam, eigentümlich ruckartig. Er stöhnte auf, als der Schatten über ihm verharrte. Löse dich auf, Gespinst! Löse dich auf! Doch der Schatten blieb, hantierte herum. Ein schwaches Licht erwachte flackernd zum Leben. Angstvoll starrte er in das Gesicht der Äbtissin. Verfilzte braune Haare umrahmten wie totes Schilf ein uraltes Gesicht, in dem kein Leben mehr wohnte. Eingefallene, schwarz umflorte Augen, wie Tümpel des Wahnsinns. Die roten Flecken auf ihren Wangen sahen aus, als habe man Rouge auf verdorrte Baumrinde aufgetragen. Als wolle der Tod verzweifelt den Anschein von Leben erwecken.

Er röchelte. Im flackernden Licht bewegte sich das Gesicht ständig, lag mal im Dunkeln und wurde dann wieder beleuchtet. Der Geist der Äbtissin wandert zwischen den Welten, dachte er mit eisigem Schrecken. Er wechselt fortwährend zwischen dem Reich der Toten und der Lebenden. Lieber Gott, bitte! Bitte! Lass mich aufwachen.

Doch die Äbtissin presste die Lippen aufeinander und funkelte ihn aus irren Augen an. »Rache!«, stieß sie hervor. Es klang wie ein Peitschenschlag. Er spürte, wie ihm der Urin warm die Beine hinunterlief. Die Stimme war schrecklich. Sie klang so grotesk, wie das Gesicht aussah. Sein Herz raste. Er bekam kaum noch Luft. Lieber Gott, bitte! Lass mich aufwachen. Er wollte um Hilfe rufen, doch seine Zunge erzeugte nur ein dumpfes Lallen.

Wieder hantierte die Äbtissin herum, dann funkelte in ihrer Hand ein langes Messer auf. Entsetzt wollte er die Augen schließen, doch er konnte den Blick einfach nicht von dem Stahl lösen, der erst in der Luft schwebte, sich dann herabsenkte und sich auf seine Kehle legte. Lieber Gott, bitte, bitte, bitte! Bitte lass mich aufwachen! Er spürte die Kühle des Metalls auf seinem Hals. Spürte, wie der Druck des Messers auf der Haut langsam zunahm. Hilflos starrte er hinauf, in die zu Schlitzen verengten Augen der Äbtissin. »Rache!«, fauchte sie. Wie ein Tier, das sich in die Enge getrieben sah. Speichel lief ihr aus dem Mundwinkel. Der Druck am Hals wurde stärker. Warme Flüssigkeit trat unter der Schneide hervor und rann seine Haut hinab. Panisch sog er die Luft ein, riss die Augen auf, bis sie schmerzten. Seine Kehle brannte.

Während die Äbtissin sich über die verdorrten Lippen leckte, traf Julius die Erkenntnis: Er träumte nicht. Er war hellwach.

Zwanzigstes Kapitel

München, 1945

»Sie ist das, was Sie wohl verrückt nennen würden«, flüstert Doktor Romberg laut vernehmbar. Der Mann in Uniform nickt wissend, Schwester Karla hingegen presst die Lippen zusammen und wirft dem Doktor einen missbilligenden Blick zu.

Von ihrem Sitzplatz aus kann sie alle Personen im Raum bestens sehen. Den Doktor. Die Schwester. Den Amerikaner in Uniform, der die Befragung leitet. Seinen uniformierten Kollegen, der stumm und regungslos in der Ecke steht und zuhört. Nicht weit von diesem Mann lehnt noch ein weiterer Besucher an der Wand. Doch von ihm wissen die Übrigen natürlich nichts. Von ihm weiß nur sie allein.

»Sie leidet unter einer ausgeprägten Paranoia. Außerdem ist sie hochgradig traumatisiert.« Der Doktor nickt gewichtig und sieht den Amerikaner dabei anbiedernd an. Seitdem er mit seinem Kollegen den Raum betreten hat, katzbuckelt Romberg vor ihm.

»Sie hat wahrlich Schreckliches erlebt«, wirft Schwester Karla ein. Mit verschränkten Armen steht sie nahe der Tür. Ihrer Miene ist deutlich zu entnehmen, was sie von der anstehenden Befragung hält.

Die Männer ignorieren die Schwester. Der Amerikaner blättert langsam in einem Notizheft. Seit er den Raum vor ein paar Minuten betreten hat, hat er sie noch kein einziges Mal direkt angesehen. »Ihr Mann gilt als im Krieg verschollen, sie hat einen Sohn«, liest er mit starkem Akzent vor. Sie ist überrascht, dass er überhaupt Deutsch spricht. Von Joseph weiß sie, dass die meisten Amerikaner und Briten Dolmetscher beschäftigen müssen. Auch Joseph verdient sich ein bisschen Geld oder Essen mit dem Dolmetschen. Wenn er etwas Besonderes für seine Dienste erhält, dann teilt er es immer mit den anderen in der Wohnung. Vor allem für den kleinen Helmut hält er stets etwas Gutes zurück.

Das Rascheln von umgeblätterten Papierseiten. »Von Beruf ist sie Näherin. Bisher nicht auffällig geworden. Keine Verurteilungen. Keinerlei Einträge. In diese Klinik wurde sie von ihrer Schwester gebracht. Eine Lungenentzündung.« Zum ersten Mal schaut der Mann ihr ins Gesicht. Seine eisblauen Augen taxieren sie für einen Moment. »Bei der Einlieferung war noch nichts von einem gestörten Geisteszustand bekannt?«

Bevor der Doktor etwas erwidern kann, ertönt Schwester Karlas Stimme. Sie wirkt verärgert. »Es gibt wohl niemanden, der während des furchtbaren Krieges keinen Schaden an seinem Geiste oder seiner Seele genommen hat. Das gilt auch für diese Patientin. Doch als sie zu uns kam, war sie in einem normalen Zustand. Für jemanden, der kurz davor war, an einer Lungenentzündung zu versterben.« Der pfeifende Ton, den die Schwester ausstößt, transportiert ihre Missbilligung.

Vertut sie sich, oder wirkt der andere Besucher – jener, den nur sie sehen kann – belustigt? Sie hat den Eindruck, dass eine der blutigen Lefzen sich amüsiert ein Stück nach oben geschoben hat.

Der Amerikaner wirft der Schwester einen nachdenklichen Blick zu. Er nickt knapp, wie zu sich selbst. »Keine bekannten Vorerkrankungen des Geistes. Vor wenigen Tagen wurde sie jedoch mit einer anscheinend selbst zugefügten Kopfverletzung neben dem Bett der mittlerweile verstorbenen Rosa gefunden. Sie war nicht ansprechbar. Bevor man sie fand, haben andere Patientinnen wilde Schreie gehört. ›Schreie des Wahnsinns‹, wie sie sich ausdrückten.«

Doktor Romberg nickt im Hintergrund zu jeder einzelnen Aussage des Amerikaners. Schwester Karlas Mund ist derweil nur noch ein dünner Strich.

Rosa! Sie muss schlucken. Rosa ist also von dieser Welt erlöst. Sie hat darum gefleht. Sie hat das Schattenreich bereits zu tief betreten, es gab kein Zurück für sie. Im Grunde ist sie in diesem Leben bereits längst tot gewesen, wie sie da in die Verbände gehüllt auf dem Bett gelegen hat. Für immer verloren in der Dunkelheit. Blind. Schaudernd streift ihr Blick den des Monsters. Es nickt ihr wohlwollend zu, mit einer Portion Ironie in den Raubtieraugen. Schnell schaut sie in ihren Schoß. Sie weiß, sie wird Rosa wiedersehen.

Der Amerikaner räuspert sich. »Sie wurde also in einem Raum, in dem sie nichts zu suchen hatte, gefunden. Und nur wenige Tage später, da war sie bereits auf diese Station verlegt, findet man die Patientin abermals von Sinnen, neben dem Bett dieser auf bestialische Weise getöteten ...« Der Amerikaner blättert wieder.

»Heidrun«, erklärt Schwester Karla kühl von der Tür her. »Die Hilfsschwester hieß Heidrun.«

»... Heidrun«, beendet der Amerikaner ungerührt seinen Satz. »Dort liegt sie wieder reglos auf dem Boden. Mitten in der Blutlache des jungen Opfers. Die Leiche ist noch warm, als man sie neben ihr findet. Sie muss den Täter quasi überrascht haben. Ihn bei seinem Teufelswerk gesehen haben.« Er hebt langsam nacheinander zwei Finger, als wolle er etwas abzählen. »Rosa. Heidrun. Beide jungen Frauen sind das Opfer eines brutalen Mörders geworden, der bereits andere Mädchen auf unfassbar grausame Weise getötet hat. Und zu beiden Opfern hatte diese Patientin Kontakt.« Er macht einen Schritt auf ihren Stuhl zu. »Warum? Warum sind es gleich zwei seiner Opfer, die mit diesem Krankenhaus in Verbindung stehen? Warum kam die Patientin, die wegen einer Lungenentzündung eingeliefert wurde, mit den beiden Opfern in Kontakt?«

In das sich ausbreitende Schweigen hinein bemerkt Schwester Karla: »Nun, sie waren eben ...« Sie endet abrupt, als der Mann eine Hand in die Luft schnellen lässt und ihr gebietet, still zu sein.

»Ich möchte es von *ihr* wissen«, sagt er bestimmt und sieht ihr aus zusammengekniffenen Augen ins Gesicht. Sie hat plötzlich den Eindruck, dass auch seine Augen denen eines Raubtieres ähneln. Jetzt spricht er sie direkt an. »Wie kommt es, dass Sie bei beiden toten Mädchen im Raum angetroffen wurden?«

Sie schaut zu der Wolfsfratze hinüber, doch das Monster hört nur reglos zu. Mit einer Spur von Langeweile im Blick.

»Nun?«, drängt der Amerikaner. Er ist ihrem Blick hin zur Wand gefolgt, runzelt die Stirn. Er steht jetzt genau vor ihr. Unangenehm nah. Sie sieht zu ihm hinauf, sagt aber keinen Ton. Was sollte sie denn auch sagen? Sie würden es ja allesamt doch nicht verstehen! Wenn sie die Stimmen hören könnten, die Schreie, dann würden sie schließlich nicht so dumm fragen. Es hat keinen Sinn, irgendetwas zu erklären.

Endlose Sekunden vergehen, ohne dass jemand im Raum etwas sagt. Der Amerikaner entfernt sich schließlich wieder ein paar Schritte. »Seit wann spricht sie nicht mehr?«

Eilfertig räuspert Doktor Romberg sich. »Bis zu dem schrecklichen Vorfall mit der Hilfsschwester hat sie gesprochen. Sehr wenig zwar. Doch sie hat gesprochen, Mr Walker.«

Mr Walker. Der Amerikaner hat einen Namen. Sie sieht, wie das Monster nachdenklich die Augenbrauen zusammenzieht.

Romberg zögert. Es ist eindeutig, dass er nichts Falsches sagen will. »Ihren Besuchern fiel bereits eine Veränderung auf. Hin zur Sprachlosigkeit. Es fällt mir just ein, dass ihre Schwester einmal besorgt zu mir kam. Das war nach dem ersten Vorfall mit Rosa, als man sie auf unsere Station brachte. Obwohl die Lungenentzündung abgeklungen war, wirkte die Frau weiterhin ungewohnt apathisch, sagte sie. Nur geringe Bereitschaft zur Unterhaltung. Zweifelsohne hat sich die Apathie seit der tragischen Geschichte mit Schwester Heidrun noch verstärkt. Es kann einfach der Schock sein.« Er hebt die Arme. »Dass die Patientin Sie hört, Mr Walker, ist jedoch offensichtlich, denke ich.«

Tragische *Geschichte*? Sie betrachtet Doktor Romberg mit wachsender Aversion. Als er sie untersucht hat, war er sehr selbstsicher. Davon ist im Gespräch mit dem Amerikaner nicht mehr viel zu spüren.

»Vielleicht sollten wir sie sich ausruhen lassen«, schlägt Schwester Karla aus dem Hintergrund vor. »Es muss furchtbar gewesen sein, was sie gesehen hat.« Ihre Stimme klingt gepresst. Kurz denkt sie, sie würde zu ihr kommen, sie beschützen wollen. Doch ein Blick von Romberg lässt die Schwester innehalten. »Furchtbar«, stößt sie abermals irritiert hervor.

Mr Walker nickt. »Ja, furchtbar. Nicht nur, dass er sich an dem Mädchen vergangen hat, er hat ihr mehrere Knochen gebrochen. Bei lebendigem Leib. Die Oberschenkel weisen Bissspuren auf. Tiefe Einschnitte am gesamten Körper haben Heidrun schlicht verbluten lassen.« Er zieht ein Taschentuch aus der Uniformjacke und beendet seine nüchterne Darstellung mit einem Husten in den Stoff. Dann steckt er das Tuch wieder weg. »Doch ich möchte im Moment gar nicht von ihr wissen, was sie gesehen hat, Schwester. Ich möchte lediglich wissen, *wen* sie gesehen hat.« Nachdenklich steckt er einen Bleistift in den Mundwinkel, lässt die Patientin dabei keinen Moment aus den Augen.

Ihr Blick schnellt zu dem Höllentier. Es grinst in sich hinein, dann legt es eine Klaue auf die Lippen seiner Wolfsschnauze. Sie hat zu schweigen und deutet ein ergebenes Nicken an. Schließlich ist sie bereits tot und in der Hand des Monsters.

»Sie wollen es mir also sagen«, deutet der Amerikaner das Nicken und beugt sich ein wenig nach vorne. »Das ist gut.« Gespannte Stille breitet sich im Raum aus.

Sie schließt die Augen. Wie soll sie dem Mann erklären, dass der Mörder des Mädchens keine fünf Schritte entfernt von ihm steht? Dass nur sie ihn sehen kann, da sie bereits tot ist. Wie soll sie das erklären? Er würde sie für verrückt halten.

»Nun?«, hakt Walker nach. »Wer ist der Mann, der Heidrun getötet hat? Sie müssen mit ihm in dem Raum gewesen sein. Haben Sie ihn erkannt?«

Sie presst die Lippen zusammen, hält die Augen weiter geschlossen. Es ist kein Mann, möchte sie sagen. Es ist ein Monster. Doch sie weiß, dass sie zu schweigen hat.

»Sagen Sie uns doch, wie der Täter aussieht. Beschreiben Sie ihn uns.«

Wie er aussieht? Langsam öffnet sie die Augen. Schaut in das Gesicht des Amerikaners, der wieder näher getreten ist und sich zu ihr herunterbeugt. Wie er aussieht, der Täter? Er besitzt Fänge, die vor blutiger Gier triefen. Hat Klauen, die sich in warmes Fleisch graben wollen. Seine Raubtieraugen können von seinem Knochenthron aus alles sehen. *So* sieht der Täter aus.

Als sie weiterhin schweigt, dreht der Amerikaner sich abrupt zu Doktor Romberg um und sieht ihn mit einem durchdringenden, vorwurfsvollen Blick an. Romberg scheint unter diesem Blick in sich zusammenzusacken. »Was ist mit ihr?«, fragt Walker in strengem Ton. »Warum antwortet sie mir nicht? Ich sehe, dass sie mich genau versteht.«

»Wir, äh ... wissen es nicht genau ... es könnte sein, dass sie einen Schlaganfall erlitten hat. Einen leichten sicherlich. Die Untersuchungen müssen noch ...« Schweißperlen glänzen auf der Stirn des Doktors.

Sie schluckt. Die Untersuchungen. Sie mag Doktor Romberg nicht. Seine Hände waren überall. Seine feuchten, schweißigen Hände. Sie möchte nicht wieder von ihm untersucht werden, auf gar keinen Fall. Kurz überlegt sie, ob sie ihr Schweigen brechen soll, doch das Monster wirft ihr einen Blick zu und schüttelt den scheußlichen Kopf. Sie schluckt.

»Was heißt, sie *könnte*?«, hakt Mr Walker nach. »Ein Schlaganfall – was würde das bedeuten?« Er schiebt den Unterkiefer nach vorne und sagt auf Englisch etwas zu seinem Kollegen. Der Mann zuckt mit den Schultern, was Walkers Laune auch nicht zu bessern scheint.

»Ein Schlaganfall könnte sich auf das Sprachzentrum im Gehirn auswirken«, erläutert Romberg eilig. »Auch auf das Gedächtnis. Vielleicht ... also vielleicht erinnert sie sich gar nicht.«

Beinahe möchte sie auflachen. Oh, sie erinnert sich. Sie erinnert sich an alles.

»Solche Auswirkungen können reversibel sein. Also wieder verschwinden.« Romberg klingt nicht, als glaube er selbst daran.

»Wie schnell?«, schießt es aus dem Amerikaner heraus.

»Das ... das kann man nicht sagen.«

»Dann sagen Sie mir, was Sie tun können, um die Frau zum Sprechen zu bringen! Je länger wir hier ohne Ergebnis herumreden, umso weiter kann sich der Täter entfernen. Umso schneller kann er sich das nächste Opfer suchen.« Walker zeigt mit einem Finger auf sie. »Ich bin überzeugt davon, dass sie den Mörder gesehen hat.« Er funkelt Romberg an. »Was also können Sie tun, Doktor?«

»Ich ... also ich ...«, stottert der Arzt. »Die Verfahren sind nicht angenehm. Es gibt Methoden, ja. Doch man weiß nicht ...«

»Ihre Einwände interessieren mich nicht«, sagt Walker leise, aber in scharfem Ton. »Ich möchte Antworten von ihr. Sofort.«

Das Monster ist einen Schritt nach vorne getreten, beäugt den Mann interessiert.

»Da sind mir die Hände gebunden, ich kann doch nicht einfach ...« Wie ein gehetztes Tier starrt Romberg den Uniformierten an. »Die Verantwortung müssten Sie ...«

»Aber meine Herren!«, ruft Schwester Karla aufgebracht dazwischen. »Sie können doch nicht ernsthaft auf Methoden zurückgreifen, die ...« Sie kommt nicht dazu, den Satz zu beenden.

Mit zwei Schritten steht Walker neben der aufgeregten Schwester, greift ihren Arm und bugsiert sie rüde aus dem Zimmer. Die Tür fällt hinter Schwester Karla ins Schloss, Walker dreht den Schlüssel um. Er wendet sich ungerührt zu Romberg, als wäre nichts gewesen. »Nun?«

Sie erkennt, dass die Situation an einer kritischen Stelle angekommen ist. Der Amerikaner wird alles daransetzen, sie zum Reden zu bringen. Ein eisiger Schauer läuft ihr den Rücken hinunter. Er glaubt, mit ihrer Auskunft einen Mörder fassen zu können, und er wird sie nicht in Ruhe lassen, bis er von ihr bekommen hat, was er verlangt.

Selbst das Monster wirkt nachdenklich. Abwartend. Es presst die Augen zu Schlitzen zusammen und wittert mit der Schnauze. Wonach sucht es? Nach dem Gestank von Angst? Sie presst die Hände im Schoß zusammen. Die Untersuchung, die Doktor Romberg an ihr vorgenommen hat, geht ihr nicht aus dem Kopf. Übelkeit breitet sich in ihrem Magen aus. Sie muss etwas tun. Auch das Monster scheint zu dieser Erkenntnis gelangt zu sein. Es tritt in einer fließenden, grazilen Bewegung, die so gar nicht zu der scheußlichen Gestalt passen will, zu ihr und beugt sich herab. Die Hitzewellen, die ihr entgegenschwappen, sind unerträglich. Sogleich rinnt ihr der Schweiß von der Stirn. Mit fest auf den eigenen Schoß gerichtetem Blick lauscht sie der Stimme, die ihr ins Ohr flüstert. »Beschuldige *ihn*.« Dann tritt das Monster geschmeidig zurück an seinen angestammten Platz an der Wand. Sieht sie herausfordernd an. Es wartet. Sie nickt. Seufzt.

»Möchten Sie doch etwas sagen?«, fragt der Amerikaner halbherzig. Er scheint sich damit abgefunden zu haben, sich etwas überlegen zu müssen, um die gewünschten Informationen aus der Patientin herauszubekommen.

Sie nickt langsam.

»Können Sie etwas zu dem Mann sagen, der Schwester Heidrun umgebracht hat?«, fragt Walker heiser.

Sie wirft einen schnellen Blick zu dem Teufel, der an der Wand lehnt. Er nickt ihr zu. Sie nickt Walker zu.

Nun kann Walker die Aufregung nicht mehr aus seiner Stimme verbannen. »Haben Sie ihn sehen können?« Der Mann postiert sich direkt vor ihr.

Sie hebt den Kopf, schaut Mr Walker unverwandt an. »Ja«, flüstert sie.

»Was genau haben Sie zu berichten?«, drängt er und beugt sich näher zu ihr heran.

Sie blinzelt an dem Mann vorbei. Versteht das gebleckte Grinsen des Monsters als Aufforderung. Sie hebt das Kinn, setzt zu sprechen an. Zögert kurz. Denkt an die feuchten Hände, die überall waren. Überall. Tief holt sie Atem.

Noch ein wenig näher bewegt Walker seinen Kopf zu ihr hin. Sein Ohr ist beinahe an ihrem Mund. Er presst die Zähne aufeinander, seine Kiefermuskulatur arbeitet. Der Mann ist ihr so nahe, dass sie ihn riechen kann. Sie sieht die Linien um seine Augen, die grauen Haare an seinen Schläfen. Er ist älter, als sie gedacht hat. Sie schluckt. Dann flüstert sie ihm den Namen ins Ohr, berichtet von dem, was seine Hände getan haben. Sie bemerkt, wie seine Haltung sich versteift, als die Nachricht ihren Weg vom Ohr ins Gehirn findet. Ein tiefes Stirnrunzeln meißelt sich in sein Gesicht.

Als sie geendet hat, richtet Walker sich ruckartig auf und starrt sie prüfend an. Die Skepsis in seinem Blick ist unverkennbar. Sie denkt an die feuchten Hände. Nickt dem Amerikaner noch einmal bestätigend zu.

Das Monster grinst unverhohlen. Es scheint bester Laune zu sein. Amüsiert schaut es von ihr zu Walker, zu dem anderen Amerikaner und zuletzt zu Romberg. Dann leckt es sich über die Schnauze.

Walker sagt etwas auf Englisch zu seinem Kollegen. Der Mann reißt die Augen auf, steht stramm, gibt aber keinen Ton von sich.

»Ich nehme Sie fest, Herr Romberg«, wendet sich Walker an den Arzt. Er nickt seinem Kollegen zu, der sogleich zu Romberg tritt und ihm die Arme auf den Rücken dreht, sie dort fixiert.

Doktor Romberg wird fahl im Gesicht. Schneeweiß. »Ich …«, stammelt er. Ungläubig schüttelt er den Kopf. »Ich …« Sein Blick findet den ihren.

»Es gibt eine Zeugin, die Sie dabei beobachtet hat, wie Sie sich an der Schwester vergingen«, erklärt Walker nüchtern.

Nicht unähnlich einer Statue steht Doktor Romberg reglos in der Mitte des Raumes und starrt sie fassungslos an. Schnell senkt sie den Blick zurück in ihren Schoß. Aus dem Augenwinkel sieht sie zu, wie der Teufel sich zufrieden die Klauen reibt.

Einundzwanzigstes Kapitel

North York Moors, 2016

Im nächsten Moment zog die Äbtissin das Messer ruckartig zurück und trat aus Julius' Blickfeld. Das Licht erlosch, entschlossen ergriff die Finsternis abermals Besitz von dem Zimmer. Leise Schritte, das Quietschen der Tür. Dann Stille.

Julius brauchte lange, um seine Atmung zu beruhigen. Angstvoll lauschte er in die Nacht, rechnete jederzeit damit, dass der furchtbare Geist zurückkehrte, um sein Werk zu vollenden. Doch die Äbtissin hatte sich zurückgezogen. Ein eigentümlicher, abgestandener Geruch war alles, was in der Dunkelheit von ihr zurückblieb. Dieser Geruch und der brennende Schmerz an Julius' Hals.

Sosehr er sich auch bemühte, es gelang Julius nicht, mehr als ein paar Finger zu bewegen. Benommen lag er auf seinem Bett. Ein neuer Gestank überdeckte langsam den Geruch der Äbtissin: der Gestank von erkaltendem Urin.

Irgendwann übermannte ihn die Erschöpfung. Als er nach einem von Albträumen durchzogenen Halbschlaf die Augen wieder öffnete, drückte sich graues Tageslicht durchs Fenster. Mühsam setzte Julius sich auf. Noch immer fiel ihm jede Bewegung schwer, doch seine Glieder gehorchten ihm wieder, wenn auch im Zeitlupentempo. Erleichterung durchzog ihn, wurde aber von Ekel abgelöst, als er sich mit beiden Händen in das urinfeuchte Laken drückte, um aufzustehen. Der Gestank im Zimmer war fürchterlich. Es roch wie in einem Puma-Käfig.

Julius widerstand dem Impuls, seine wunde Kehle zu betasten. Er schleppte sich den Gang entlang, die Hände immer an der Wand abgestützt. Alle paar Schritte musste er erschöpft eine Pause einlegen und neue Kraft sammeln. Es dauerte Minuten, bis er endlich das Bad erreicht hatte. Erleichtert schälte er sich aus der klammen Kleidung und stieg vorsichtig in die Badewanne. Zitternd drehte er den Warmwasserhahn auf. Der erste Schwall, der aus der Handbrause kam, war eiskalt. Julius biss die Zähne zusammen, doch schnell wurde das Wasser wärmer, bis er unter einem heißen Wasserstrahl stand. Langsam merkte er, wie seine Lebensgeister wiederkehrten. Auch konnte er sich allmählich wieder besser bewegen. Nach Duschgel suchend, sah er sich um, stieg dann mit einem Bein vorsichtig aus der Wanne und griff nach der Handseife, die am Rand des Waschbeckens lag. Von Kopf bis Fuß seifte er sich ein, bis er das Gefühl hatte, den letzten Tropfen Urin und die letzte böse Erinnerung an die Nacht vom Körper geschrubbt zu haben. Zuletzt wusch er sich mit der Seife die Haare und drehte anschließend das warme Wasser ab und dafür das kalte auf. Eisig prasselte es auf ihn nieder. Fröstelnd drehte Julius das Wasser nach ein paar Sekunden wieder ab und wrang seine Haare aus. Dann rieb er sich mit dem schmalen, rauen Handtuch trocken.

Er war jetzt wieder in der Lage, sich normal zu bewegen. Nur ein stechender Kopfschmerz blieb und mahnte ihn bei jeder Bewegung daran, es beim nächsten Mal mit dem Wein nicht zu übertreiben. Fast wirkte nun auch das Erscheinen der Äbtissin wie ein schlechter Traum. Doch ein Blick in den Spiegel, nachdem er den Wasserdampf weggewischt hatte, zeigte Julius die Stelle, wo sich das Messer in seine Haut gedrückt hatte. Eine feine rote Linie, weniger auffällig, als er gedacht hatte. Doch die Wunde war da. Kein Traum also.

Julius setzte sich auf den Rand der Badewanne und dachte nach. Die Ausfallerscheinungen seines Körpers ließen sich beim besten Willen nicht mit drei Gläsern Rotwein erklären. Ob gestern Abend das Essen nicht in Ordnung gewesen war? Hatte er sich eine Lebensmittelvergiftung zugezogen, die ihn in Verbindung mit dem Alkohol schachmatt gesetzt hatte? Übel war ihm jedenfalls auch gewesen. Doch das war überstanden, und ihn beschäftigte nun ein ganz anderes Problem: Woher war die alte Frau gekommen, die ihm das Messer an den Hals gesetzt hatte? Bei Tag, nach einer belebenden Dusche, war ihm natürlich klar, dass es keine Geister gab, die durch alte Gemäuer spukten. Wer also war diese Frau, die ihn in der Nacht traktiert und bereits zuvor nach ihm gerufen hatte? Eine arme Irre? Warum sonst sollte sie mit einem Messer hantiert haben? Wo im Schloss hielt sie sich auf? Und warum hatten die Hardings nichts von ihr erzählt? Es war wohl kaum vorstellbar, dass sie nichts von der Frau wussten!

Überhaupt: die Hardings. Irgendetwas stimmte nicht mit ihnen. Julius überkam ein Gefühl der Beklemmung, je länger er über die alte Mutter und ihren Sohn nachdachte. Ein sonderbares Gespann. Immer stärker hatte er den Eindruck, dass es keine allzu gute Idee gewesen war, mit Emilia nach Wargrave Castle zu kommen. Wenn er ehrlich war, musste er zugeben, dass die Aussicht auf Hilfe bei der Aufenthaltsgenehmigung das Einzige war, was ihn hier noch hielt. Und natürlich der Schneesturm, der es unmöglich machte, das Schloss einfach zu verlassen, indem man ein Taxi rief.

Vielleicht ... ja, vielleicht musste er sich eingestehen, dass es das Beste gewesen wäre, Emilia nach London zu ihren Großeltern zu bringen. Was wusste er denn schon von den Hardings? Auf ihrem Anwesen ging es eindeutig nicht mit rechten Dingen zu. Und etwas sagte ihm, dass weder Agatha noch Philip mit der Sprache herausrückten, was sie *wirklich* von Emilia und ihm wollten. Vor allem Agatha schien auf irgendein nur ihr bekanntes Ziel hinzuarbeiten. Und dabei nahm sie Emilias Aufmerksamkeit voll und ganz in Anspruch. Weshalb? Nun, es gab wohl nur einen Weg, dies herauszufinden. Julius stand auf und warf das durchnässte Handtuch in die Badewanne. Es gab nur einen Weg.

Für einen Moment wurde Julius' Entschlossenheit von dem Bewusstsein getrübt, dass er nackt durch den eiskalten Flur gehen musste, um in seinem Zimmer an saubere Kleidung zu gelangen. Doch dann realisierte er, dass dies im Vergleich zum Besuch einer untoten Äbtissin wohl eine ziemlich leichte Übung darstellte.

* * *

Verwirrt blickte Agatha von Julius zu Philip. »Ich verstehe beim besten Willen nicht, was Sie meinen, Julius.«

»Ich möchte wissen, wer die irre Alte ist, die mich letzte Nacht in meinem Zimmer angegriffen hat.« Mit verschränkten Armen stand Julius in der Küche vor Agatha und ihrem Sohn.

Vom Esszimmer aus war er den Stimmen von Agatha und Philip ein paar Stufen hinab in die Küche gefolgt. Beim Betreten hatte er sich erst einmal mit großen Augen umgeschaut – der ganze Raum war eine eigentümliche Mischung aus modernster Technik und altem Gemäuer und erstrahlte in penibler Sauberkeit und Ordnung. Die Küche besaß ein eindrucksvolles Gewölbe, die Rundbögen aus Stein wurden von etlichen Deckenstrahlern angeleuchtet. Außerdem gab es einen großen Esstisch mit einer bequemen Sitzecke samt einer ledernen Couch, auf der Agatha und Philip saßen und ihn anstarrten.

»Ich verstehe immer noch nicht«, erwiderte Agatha. »Welche alte Frau hat Sie angegriffen?«

»Genau das möchte ich von Ihnen erfahren«, beharrte Julius mit Nachdruck und stemmte seine Fäuste in die Hüften. »Mitten in der Nacht kam sie in mein Zimmer und drückte mir ein Messer an den Hals. Uralt war sie, mit langen Haaren und einem irren Blick.«

Ungläubig schüttelte Agatha den Kopf und nestelte an der Perlenkette, die sie um den Hals trug. »Auf Wargrave Castle lebt außer meinem Sohn und mir nur Hans. Ganz sicherlich keine irre alte Frau.« Ihr Auflachen klang gekünstelt. »Von meiner eigenen Person einmal abgesehen.«

Julius verzog keine Miene.

»Das hört sich geradezu danach an, als habe dich die Äbtissin heimgesucht«, meldete sich Philip zu Wort. Sein Mund war zu einem leichten Grinsen verzogen.

»Das dachte ich zuerst auch«, gestand Julius. »Vor allem, da sie mehrmals von Rache sprach.«

»Es gibt keine Äbtissin«, sagte Agatha in strengem Ton. »Von solch einem Humbug möchte ich nichts hören. Sie werden lediglich schlecht geträumt haben, Julius. Wahrscheinlich haben Sie gestern Abend ein Glas zu viel getrunken. Es gibt keine alte Frau auf dem Schloss. Es gibt keine Äbtissin.« Agatha hatte die Stirn in tiefe Falten gelegt.

»Du hast gestern dem Wein wirklich ordentlich zugesprochen. Danach kann der Kopf auf dumme Gedanken kommen«, bemerkte Philip milde.

»Drei Gläser empfinde ich aber nicht als übermäßig viel«, wandte Julius ein.

»Drei Gläser?«, rief Philip aus. »Da hast du aber nach der Hälfte aufgehört zu zählen, mein Lieber.«

Agatha nickte bestätigend, mit einer unverkennbaren Spur von Missbilligung.

»Was? Ich … aber …«, stotterte Julius. Verärgert merkte er, wie er rot wurde, was ihm die Röte nur noch stärker ins Gesicht trieb. »Ich habe genau drei Gläser getrunken.«

Philip und Agatha wechselten einen wissenden Blick.

»Nun, wie dem auch sei.« Betont ruhig faltete Agatha die Hände im Schoß. »Sie werden dennoch lediglich schlecht geträumt haben.«

»Und was ist dies hier?«, fragte Julius aufgebracht und deutete auf seinen Hals.

»Was genau meinst du?«, wollte Philip wissen. Er beugte sich vor und blinzelte durch seine dicken Brillengläser. »Ich verstehe nicht.«

»Na, die Schnittwunde!«

Philip stand auf und beäugte mit zur Seite gelegtem Kopf Julius' Hals. »Ich kann nichts erkennen«, meinte er. »Ein Messer, sagst du?«

»Der rote Streifen. Es hat sogar geblutet.« Julius trat einen halben Schritt näher an Philip heran.

»Ja, ich sehe es.« Philip nickte. »Es sieht aus, als hättest du dich beim Rasieren geschnitten. Das passiert mir auch manchmal. Harmlose Sache.« Gelassen setzte er sich wieder neben seine Mutter. »Ein schlechter Traum, nichts weiter«, winkte er ab.

»Ich sage euch, da war in der Nacht eine Frau, die mir ein Messer an den Hals gesetzt hat!« Julius spürte Wut in sich aufsteigen. »Das habe ich mir nicht eingebildet.«

Wieder sahen die Hardings sich mit hochgezogenen Brauen an, diesmal für einen längeren Moment.

Der Blick zog Julius die Eingeweide zusammen. Er kannte ihn nur zu gut. »Ich habe es mir nicht eingebildet«, betonte er noch einmal.

Beschwichtigend hob Agatha eine Hand. »Lieber Julius, grämen Sie sich nicht. Niemand in diesem Haus denkt schlecht von Ihnen, nur weil die Einbildungskraft Ihnen einen Streich gespielt hat. Setzen Sie sich nicht unter Druck. Das könnte Ihre Zustände nur verstärken.«

Philip nickte gewichtig. »Niemand denkt schlecht von dir«, pflichtete er ernst bei.

Julius stand der Mund offen. Er war wie vor den Kopf geschlagen. »Zu… Zustände?«, stotterte er schließlich.

»Es besteht die Gefahr, dass Sie sich in diese Trugbilder hineinsteigern.« Warnend hob Agatha einen Zeigefinger. »Und schließlich nicht mehr unterscheiden können, was real ist und was nicht. Das sollten Sie vermeiden, Julius.«

»Wovon reden Sie, Herrgott?«, stieß Julius heiser hervor.

Mit kaum verhohlenem Mitleid spreizte Philip die Hände. »Uns ist bekannt, dass es dir seinerzeit in München nicht gut ging, dass du wegen psychischer Probleme in Behandlung warst. Sinnestäuschungen. Verfolgungswahn. Ernste Depressionen. Wir sorgen uns, diese alte Erkrankung könnte dich wieder heimsuchen.«

Agatha nestelte an ihrer Kette und ließ Julius keine Sekunde aus den Augen.

»Das ist Unsinn«, hauchte Julius. »Unsinn!« Er leckte sich über die Lippen, sein Mund war staubtrocken. »Das war etwas ganz anderes damals. Es … es ging mir in München eine Zeit lang nicht gut, ja. Doch das ist längst vorbei.«

»Uns ist wichtig, dass Sie wissen: Hier auf Wargrave Castle haben wir volles Verständnis. Wir möchten, dass Sie sich entspannen können und dass es Ihnen gut geht.« Agatha breitete die Arme aus. »Genießen Sie die Ruhe und das Nichtstun. Die Vorfälle in London haben Ihnen sicherlich gehörig zugesetzt. Wargrave Castle soll Ihnen ein sicherer Hafen sein.«

»Ich bin von einer Wahnsinnigen mit einem Messer attackiert worden!«, raunzte Julius. »So viel zum Thema Sicherheit.«

Milde lächelte Philip. »Du *glaubst*, angegriffen worden zu sein. Lieber Freund, bitte lass dir sagen: Es gibt auf dem Schloss niemanden, außer den dir bekannten Personen.«

»Die Frau war da«, beharrte Julius. »Das Messer war *da!*« Er deutete auf seinen Hals. »Und überhaupt – woher wisst ihr von meiner Behandlung in München? Ich habe davon nichts erzählt.« Julius' Blick schoss zwischen den beiden Gesichtern hin und her. Irgendetwas stimmte nicht mit seinen Gastgebern, und ihre Mienen würden sie verraten. »Ihr könnt davon nicht wissen!«

Doch die Hardings sahen Julius lediglich interessiert an. Wie Besucher, die im Zoo vor einem seltenen Tier stehen.

Ein scheußliches Gefühl nistete sich in Julius' Eingeweiden ein. Eine Mischung aus Wut und Verunsicherung. Er hatte den Eindruck, als sehe er gerade hilflos dabei zu, wie ihm sein Leben entglitt.

Es war schließlich Agatha, die sich räusperte. »Bitte beruhigen Sie sich, Julius. Möchten Sie sich nicht setzen?« Sie deutete einladend auf den Sessel. »Ein Glas Wasser vielleicht? Einen Whisky?«

Julius schüttelte den Kopf, wie benommen.

»Nein? Nun, es ist leicht erklärt, woher wir von Ihrer Erkrankung wissen. Durch Emilia.«

Es dauerte einen Augenblick, bis Julius diese Information verarbeitet hatte. »Emilia?«, fragte er tonlos.

»So ist es. Sie erzählte mir, dass ihre Mutter – Sandra heißt sie wohl – sich seinerzeit von Ihnen getrennt hat, da sie unter Ihrem Verfolgungswahn litt. Da Sie krank waren, hat Sandra die Aufrechterhaltung einer gewissen Distanz auch zwischen Ihnen und Emilia durchsetzen müssen. Zum Schutz der Kleinen.« Agatha lehnte sich im Sofa zurück.

»Das war ganz anders«, stammelte Julius. Seine Gedanken überschlugen sich. »Das stimmt doch gar nicht. Das … das hat Emilia Ihnen erzählt?« Er musste sich mit zitternder Hand an der Sessellehne abstützen.

Agatha nickte und verschränkte die Arme vor der Brust. »Das hat sie erzählt. In ihren eigenen Worten natürlich. Doch wir konnten es uns zusammenreimen.«

»Wie gesagt«, ergänzte Philip mit einem betont gut gelaunten Lächeln, »niemand denkt deshalb schlecht von dir. Im Gegenteil, wir wollen alles unternehmen, um dir zu helfen.«

»Ruhe ist sicherlich das beste Mittel«, sagte Agatha bestimmt. »Und um Emilia kümmere ich mich sehr gerne. So haben Sie die Möglichkeit, einmal richtig abzuschalten. Den Kopf in Ordnung zu bringen.«

»Emilia«, stieß Julius hervor. »Wo ist sie überhaupt?«

»Nach dem Frühstück ist sie auf ihr Zimmer gegangen und schaut dort nun ein wenig Fernsehen. Das Kinderprogramm, keine Sorge«, betonte Agatha. »Auf ihrem Fernsehapparat sind lediglich kindgerechte Sender eingespeichert. Es geht Emilia hervorragend.«

»Ich möchte sie sehen«, erklärte Julius fahrig und drehte sich auf dem Absatz um. Während er durch das Esszimmer ging und anschließend die große Treppe ins Obergeschoss nahm, konnte er kaum einen klaren Gedanken fassen. Was hatte Sandra seiner Tochter über ihn erzählt? Sandra hatte doch einen Knall, das Kind mit seiner Krankengeschichte zu ängstigen! Zumal die Depression gar nichts mit der Trennung zu tun gehabt hatte. Nicht direkt zumindest.

Julius blieb auf halbem Weg auf der Treppe stehen. Wie sollte er eine Beziehung zu Emilia aufbauen, wenn die Kleine ihn für nicht richtig im Kopf hielt? Und wenn in der wenigen Zeit, die sie beide miteinander hatten, auch noch

Agatha so etwas wie die Ersatz-Oma spielte? Er musste mit Emilia sprechen! Ihr alles erklären. Sandra hatte maßlos übertrieben. Verdammt, alles wurde hier auf Wargrave Castle nur noch schlimmer statt besser.

Er betrat den Ostflügel und ging den langen Flur hinab. Als er auf der Höhe des Badezimmers angelangt war, zögerte Julius. Hatte er nicht gerade eilige Schritte gehört? Er blickte sich um. Auch hier gab es, wie zwei Etagen höher, eine schmale Treppe, die in die Wand versetzt war. Die Dienstbotentreppe, die er am Abend der Anreise übersehen hatte. Waren die Schritte von dort gekommen? Jetzt war nichts mehr zu hören.

Julius runzelte die Stirn und ging weiter durch den großen Wohnraum. Die Tür zu Emilias Zimmer stand weit offen. Ein albernes Kinderlied quakte aus dem Fernsehgerät. Doch Emilia war nirgends zu sehen.

»Emilia!«, rief Julius und lauschte. Er erhielt keine Antwort.

Siedend heiß fielen ihm die Schritte auf der Treppe ein. Die Hardings, wahrscheinlich Philip, hatten das Kind aus dem Zimmer geholt! Philip musste die Abkürzung über die Dienstbotentreppe genommen haben. So war er Julius zuvorgekommen. Doch wo hatte er Emilia hingebracht? Und warum? Warum sollte Julius nicht mit seiner Tochter zusammentreffen? Schweiß breitete sich unter seinen Achseln und auf der Stirn aus.

Julius machte auf dem Absatz kehrt und rannte zurück zu der schmalen Treppe. In welche Richtung sollte er gehen? Er entschloss sich für den Abstieg. Erst als er die Stufen betrat, bemerkte er, dass sie sich in einem Bogen wanden. Vorsichtig tastete er sich in das Halbdunkel hinab. Nach einigen Wendungen betrat er im Erdgeschoss einen kleinen Raum, der nicht größer als eine Kammer war. Unter einer schmalen Tür fiel Licht herein. Julius tastete nach dem Knauf und zog die Tür auf. Sie führte direkt in die Küche. Niemand war mehr in dem Gewölbe zu sehen. Ein rascher Blick ins Esszimmer verschaffte ihm die Gewissheit, dass es ebenfalls menschenleer war. Einsam thronte der festlich geschmückte Weihnachtsbaum über der ungedeckten Tafel.

Mit beiden Händen fuhr Julius sich über den Kopf. Emilia war nicht hier. Was sollte dieses Katz-und-Maus-Spiel, verdammt? Er schaute zum Fenster. Draußen hatte es wieder zu schneien begonnen. Weiße Weihnachten des Grauens.

Er konnte hier nicht einfach herumstehen. Wo, zum Teufel, hatten die Hardings Emilia hingebracht? Eilig rannte Julius zurück in die Küche, folgte der Wendeltreppe ins zweite Stockwerk. Dort verharrte er auf dem Treppenabsatz, betrat nach kurzem Nachdenken jedoch nicht den Gang, sondern stieg weiter hinauf in das oberste Stockwerk.

Mit säuerlicher Miene betrachtete er die Ritterrüstung, die ihn dort bereits zu erwarten schien. Dann eilte er in den großen Wohnraum. Sein Herz stockte, denn gerade als er ihn betrat, schloss sich gegenüber eine der beiden Türen zu den Schlafräumen.

Triumphierend biss Julius die Zähne aufeinander und verengte die Augen zu Schlitzen. Das lächerliche Versteckspiel hatte ein Ende. Er ließ sich von den Hardings nicht einfach wegdrängen. Ab sofort würde er selbst sich um Emilia kümmern. Agatha konnte sich hinten anstellen.

Siegessicher stieß Julius die Tür auf und stürmte in den Raum. Er blickte in das erstaunte Gesicht von Hans, der vor dem Kamin hockte, einen Handfeger in der Hand. Neben dem Dienstboten stand ein halb gefüllter Ascheeimer.

»Ich … wo …?«, stammelte Julius.

Die Überraschung in Hans' Blick währte nur eine Sekunde. Dann stand der alte Mann auf. »Verschwinde!«, grollte er.

Abwehrend hob Julius eine Hand. »Es tut mir leid, wenn ich Sie ... ich, also ... ich suche meine Tochter. Emilia.« Er trat einen Schritt näher an den Alten heran. »Wissen Sie vielleicht, wo Emilia ...?«

Mit einer ruckartigen Bewegung griff Hans nach einem Schürhaken, der neben dem Kamin lehnte, und riss ihn hoch. »Verschwinde!«, stieß er abermals hervor.

Entgeistert starrte Julius den Hausdiener an. In seiner wütenden Mimik lag etwas, das ihn stutzig machte. Julius runzelte die Stirn, musterte den Mann. Er sah Trauer. Ein tiefer Schmerz wohnte unter der wütenden Grimasse. »Ich möchte doch nur ...«, setzte Julius an und trat einen weiteren Schritt auf Hans zu.

Der Schlag mit dem Schürhaken verfehlte Julius um Haaresbreite. »Verschwinde, sage ich!« In Hans' feindseliger Stimme schwang nichts von der Trauer mit, die in seinem Gesicht lag.

»Hu!« Julius machte einen Satz nach hinten und hob abwehrend die Hände. »Ist ja schon gut! Ist ja schon gut!« Er zog sich eilig an die Tür zurück. »Ich habe doch nur eine Frage gestellt.«

Der Alte stand vor dem Kamin und hielt den Haken weiter drohend erhoben. »Verschwinde«, wiederholte er grimmig. »Du störst die Toten! All die Toten!«

»Was soll das heißen? Ich verstehe es nicht«, erwiderte Julius verdutzt. Doch als Hans erneut ausholte und Anstalten machte, auf ihn loszugehen, drehte Julius sich um und verließ eilig den Raum. Aus dem Mann würde er sowieso keinen vernünftigen Satz herausbekommen. Der Kerl war irre – wie alle hier auf dem Schloss. Wargrave Castle war ein Ort des Wahnsinns.

Doch wo befand sich Emilia? Sie konnte ja nicht vom Erdboden verschwunden sein. Julius musste im zweiten Stockwerk dieses Flügels nachsehen, und wenn er sie auch dort nicht fand, blieb noch das Hauptgebäude. Warum wollten die Hardings nicht, dass er mit ihr sprach oder dass er sie sah? Der Gedanke ließ Wut in Julius aufsteigen. Emilia war *seine* Tochter. Er beschleunigte seine Schritte. Als er die Wendeltreppe hinunterhastete, nahm er immer zwei Stufen auf einmal. Er hatte das beunruhigende Gefühl, dass Eile geboten war.

Ein Stockwerk tiefer unterschied sich der Gang kaum von den beiden anderen des Ostflügels, die er bereits kannte. Vielleicht wirkten die Bilder an den Wänden noch ein wenig älter, die Möbel noch um einiges antiker. Für einen Moment blieb Julius an einem der Fenster zum Innenhof stehen und schaute in das Flockenmeer. Hinter dem rieselnden Vorhang lugte der gegenüberliegende Gebäudetrakt dunkel hervor. Julius rieb sich die Stirn. Der Schnee, der den Hof bedeckte, musste mehr als knietief sein. Etwa in der Mitte der Fläche zeichnete sich eine gewölbte Erhebung unter der weißen Decke ab. Ein Brunnen? Hinausgegangen waren die Hardings mit Emilia wohl hoffentlich nicht. Zumindest zeichneten sich im Schnee keine Fußspuren ab. Es wäre ja auch der reine Wahnsinn gewesen, bei diesem Wetter das Schloss zu Fuß zu verlassen. Julius stutzte: Wahnsinn – ein Wort, das ihm förmlich aus den Mauern von Wargrave Castle entgegenschrie. Schaudernd riss er sich vom Fenster los.

Der lange Gang mündete wieder in einen großen Raum, der jedoch, im Gegensatz zu den Zimmern in den anderen Etagen, nicht als Wohnraum möbliert war. Er war leer – bis auf etwa ein Dutzend Gemälde, die an den weißen Wänden hingen, und eine Sitzbank in der Mitte, von der aus man sie betrachten konnte, wie in einem Museum. Sein Blick glitt durch den Raum. Selbst ein Gerät zur Regulierung der Luftfeuchtigkeit summte in einer Ecke.

Ein Bild fiel Julius besonders ins Auge, da es trotz seiner vergleichsweise geringen Größe alleine an einer Wand hing. Es zeigte eine Madonna mit goldenem Reif über dem Kopf, wie sie ein engelhaftes Baby im Arm wiegte und den Betrachter dabei direkt anblickte, voller Zuversicht und Güte. Fasziniert trat Julius einen Schritt näher an das Gemälde heran. Es hatte etwas Bewegendes und brachte eine unbekannte Saite in ihm zum Klingen, die ihm den Hals zuschnürte. Er räusperte sich. Ein sogenannter alter Meister, fraglos. Dies musste eines der kostbaren Gemälde sein, von denen Agatha gesprochen hatte. Hier also bewahrte sie sie auf, ihre Schätze. In einem privaten Museum. Langsam drehte Julius sich einmal um die eigene Achse. Er verstand nicht viel von Kunst, doch diese Gemälde waren jedes auf seine Art beeindruckend. Einige zeigten Landschaften, andere Porträts, es gab aber auch abstrakte Formen, die bunt ineinanderflossen. Farbregen, die sich auf die Leinwand ergossen hatten.

Julius kratzte sich am Kopf. Zwei oder drei der Bilder meinte er in ähnlicher Form schon einmal gesehen zu haben. Er war wirklich alles andere als ein passionierter Museumsgänger, doch es gab Motive, die kannte man einfach. Vor allem ein blauer Fuchs, der ihn aus einem Pflanzendickicht heraus anlinste, kam ihm bekannt vor. Sogar der Name eines Malers spukte in seinem Kopf herum, doch er bekam ihn nicht zu fassen.

Schulterzuckend löste Julius sich von dem Bild und ging zu den beiden Türen am Ende des Raumes. Eine davon stand offen – das dahinterliegende Zimmer war ebenfalls leer, bis auf eine Handvoll weiterer Bilder, die die Wände schmückten. Die andere Tür war fest verschlossen. Mehrmals rüttelte Julius an dem Knauf, doch die Tür gab keinen Millimeter nach.

Mit zusammengekniffenen Augen beugte Julius sich zum Türschloss hinab. Wie ungewöhnlich! Während alle anderen Schlösser, die er bisher auf Wargrave Castle gesehen hatte, alt und abgenutzt wirkten, war dieser Zylinder hochmodern. Ein Sicherheitsschloss. Nachdenklich spitzte Julius die Lippen. Wofür benötigten die Hardings an dieser Tür ein Sicherheitsschloss? Zum Schutz besonders kostbarer Kunstschätze? Verbarg der Raum Gemälde, die Besucher nicht zu Gesicht bekommen sollten? Geheime Dokumente?

Für einen Augenblick vergaß Julius den eigentlichen Grund seiner Suche. Der Raum hinter der Tür zog ihn magisch an. Irgendetwas flüsterte ihm zu, dass sich dahinter Antworten verbargen, die das Geheimnis von Wargrave Castle lüften würden. Die offenbarten, warum die Hardings sich derart rätselhaft verhielten, und belegten, dass Julius nicht verrückt wurde. Den bedrückenden Irrsinn des Schlosses und seiner Bewohner konnte er sich unmöglich einbilden!

In Gedanken versunken, trat Julius zu der Bank und setzte sich. Wie konnte er in diesen Raum gelangen? Eigentlich nur mithilfe des passenden Schlüssels. Er seufzte entmutigt. Ein unmögliches Unterfangen.

Gerade wollte Julius aufstehen, da kam ihm seine Mutter in den Sinn. Verdutzt blieb er sitzen. Natürlich, er dachte wegen des Schlüssels an sie! Er konnte sich ein Grinsen nicht verkneifen. Seine Mutter hatte stets einen Zweitschlüssel zu ihrer Haustür im Vorgarten versteckt. Unter einem Gartenzwerg. Da sie regelmäßig ihren Schlüsselbund verlegte, hatte sie dieser Ersatzschlüssel mehr als nur einmal davor bewahrt, einen kostspieligen Schlüsseldienst rufen zu müssen.

Einen solchen Zwerg gab es hier, in dem privaten Museum der Hardings, natürlich nicht. Julius ließ den Blick durch den Raum schweifen. Es gab schlicht kein passendes Versteck für einen Schlüssel. Er sprang auf und rannte in den Gang hinaus. Eilig suchte er die Möbel ab, die sich in der Nähe zum Durchgang befanden. Enttäuscht kehrte er in den Raum mit den Bildern zurück und tastete vorsichtig die Gemälderahmen ab, fuhr mit der Hand hinter die Bilder. Kein Schlüssel. Ratlos nahm Julius abermals auf der Bank Platz. Die Madonna schien ihn nun spöttisch anzulächeln.

Befand er sich auf dem Holzweg? Ihm fiel kein weiteres mögliches Versteck ein. Es sei denn ... Halbherzig befühlte Julius die Unterseite der Bank. Ein Lachen entschlüpfte ihm, als seine Finger die Unebenheit genau unter seinem Gesäß ertasteten. Aufgeregt ließ er sich auf die Knie nieder und spähte unter die Sitzfläche. Wirklich, an der Unterseite des Holzes haftete ein breiter Klebestreifen, unter dem sich die Kontur eines Schlüssels abzeichnete. Hastig knibbelte Julius den Streifen ab und löste dann den glänzenden Schlüssel vom Klebeband.

Das euphorische Gefühl, die Hardings mit ihren eigenen Waffen zu schlagen, ließ Julius lächeln. Zuversichtlich steckte er den Schlüssel in das Sicherheitsschloss. Wie Butter glitt er in den Zylinder. Mit einem leisen Klicken öffnete sich die Tür.

Julius wusste nicht, wie er sich das Innenleben des Raumes genau vorgestellt hatte, doch nun sah er sich enttäuscht um. Ein alter Schreibsekretär, ein Schrank mit breiter Glasvitrine, ein hohes Bücherregal. Das war die gesamte Einrichtung. Nicht einmal Bilder hingen an den kahlen Wänden. Kein Fuchs, keine Madonna. Was hielten die Hardings hier so sorgsam verschlossen?

Ratlos trat Julius an die Vitrine. Hinter dem Glas saßen

ein paar alte Puppen, die schon bessere Tage gesehen hatten. Der einen fehlten die Augen, eine andere hatte Risse in den Armen, aus denen eine wollartige Substanz herausquoll. Eine weitere Puppe hatte das Gesicht mit einem Stück Stoff verbunden. Das Erstaunliche war, dass sich abgesehen von diesen Details alle Puppen glichen wie ein Ei dem anderen. Es handelte sich immer um dasselbe, alte Modell – eine blonde Puppe mit Apfelbäckchen und blauen Augen.

»Yuk«, stieß Julius aus, als sein Blick auf ein zerlumptes Etwas fiel, in dem man nur mit viel gutem Willen die Ähnlichkeit mit einer Puppe erkennen konnte. Das Ding sah aus, als sei es gleich mehrfach von einem schweren Fahrzeug überfahren worden. Die blonden Haare waren schwarz vor Schmutz, die Gliedmaßen verdreht und platt gewalzt. Abgestoßen schüttelte Julius den Kopf. Was bezweckten die Hardings damit, diesen alten Plunder zu sammeln?

Eine hastige Untersuchung des übersichtlich befüllten Bücherregals förderte ebenso wenig Erhellendes zutage. Bei den Büchern handelte es sich ausnahmslos um abgegriffene deutschsprachige Titel, die wohl für Kinder gedacht waren. Was man vor einigen Jahrzehnten halt so für Kinderbücher gehalten hatte – hauptsächlich Märchen, ein paar Liederbücher. Wahllos zog Julius einen schweren Band aus dem Regal: *Grimms Märchen*. Er öffnete das Buch bei einem eingelegten Lesezeichen. Altdeutsche Schrift, die er nicht entziffern konnte. Uralt, das Buch. Er betrachtete die Zeichnung auf der rechten Seite: Der böse Wolf lauerte in einem übergroßen Bett zwischen Daunenkissen und einer schweren Decke. Sein Maul war weit aufgerissen und entblößte spitze Zähne. Davor harrte das unschuldig dreinblickende Rotkäppchen aus. Eine furchterregende Zeichnung, befand Julius. Wie hatte man damals Kindern so etwas Gruseliges überhaupt zeigen können? Mit seinem riesigen Maul, den messerscharfen Zähnen und den geifernd herabhängenden Lefzen ließ der Wolf keinen Zweifel daran, in das kleine Mädchen hineinbeißen zu wollen. Lauf!, wollte man dem Kind zurufen. Lauf doch, du dummes Ding! Doch Rotkäppchen verharrte naiv vor den bösen Raubtieraugen, die das saftige Menschenfleisch taxierten. Fröstelnd schlug Julius das Buch zu. Wenn selbst er den Anblick dieses abscheulichen Monsters nicht ertragen konnte, wie musste es dann damals einem Kind gegangen sein? Da waren Albträume garantiert.

Im Schloss des Sekretärs steckte ein rostiger Schlüssel. Julius drehte ihn herum und öffnete die Klappe vorsichtig. Bis auf ein paar alt aussehende Briefumschläge, ein staubiges Album und ein abgegriffenes Notizbuch herrschte in dem Sekretär gähnende Leere. Julius zog einen Briefumschlag aus einem Seitenfach hervor. Im Gegensatz zu den anderen Dingen sah er neu aus. Der Poststempel stammte erst aus dem vergangenen Jahr, und der Brief war in Argentinien aufgegeben worden. Er trug keinen Absender. Behutsam faltete Julius das innen liegende Blatt auseinander. In enger Handschrift war es auf Spanisch beschrieben, ohne Anrede, ohne Gruß. Schulterzuckend legte Julius das Schreiben an seinen Platz zurück.

Da fiel ihm ein Zettel auf, der ebenfalls in dem Seitenfach steckte. Darauf waren handschriftlich zwei Namen festgehalten: Doktor Romberg und Roland Ammer. Nichts weiter. Keiner der beiden Namen sagte Julius etwas.

Enttäuschung machte sich in ihm breit. Warum, um Himmels willen, war dieses Zimmer abgesperrt? Es beherbergte keine Schätze, keine unbezahlbaren Gemälde. Es gab nur ein paar kaputte Puppen, alte Kinderbücher und Schreibkram in diesem Raum. Außerhalb des Raumes jedoch, für jeden Gast des Schlosses frei zugänglich, hing eine fraglos immens kostbare Gemäldesammlung, deren Wert in die Millionen ging. Wo lag da der Sinn?

Kopfschüttelnd griff Julius das Album und schlug es wahllos auf. Fotos, allesamt in Schwarz-Weiß. Auf jedem von ihnen war ein Mädchen zu sehen. Julius erkannte in ihr die junge Agatha. Einmal stand sie neben einem freundlich dreinblickenden Mann, der ihr Vater sein musste – die Ähnlichkeit war unübersehbar. Dann sah man sie in einem Garten, lachend vor einem knorrigen Apfelbaum. Ein weiteres Foto zeigte sie mit den nackten Füßen im Wasser eines Flusses, der Julius bekannt vorkam. Vielleicht die Isar. Agatha war nach dem Krieg mit ihrem Vater in München gewesen, das hatte sie ja im Pub erzählt. Auf einer anderen Aufnahme streichelte Agatha versonnen ein Kaninchen, das sie auf dem Arm hielt. Die Bilder hatten alle etwas gemein: Aus ihnen sprach kindliche Lebensfreude und Unbeschwertheit. Julius musste lächeln.

Wie alt mochte Agatha auf diesen Bildern sein? Vierzehn? Sie war ein ausgesprochen hübsches Mädchen. Ein wenig pausbäckig. Auf den Bildern hatte sie blondes, vielleicht rötliches Haar, vermutete Julius. Weil es Schwarz-Weiß-Aufnahmen waren, konnte er es nicht genau sagen. Aber die Haarfarbe war deshalb so auffällig, da Agatha ihr Haar heute schwarz trug.

Julius blätterte weiter. Auf der nächsten Doppelseite änderten sich die Motive. Agatha war jetzt nur noch vor dem Hintergrund einer zerstörten Stadt zu sehen. Einmal posierte sie in einer Häuserruine, einmal saß sie vor einem Trümmerberg auf einem amerikanischen Armeefahrzeug, umringt von feixenden Soldaten. Die Aufnahmen stammten also wirklich aus der Zeit in München.

Gespannt suchte Julius nach weiteren Hinweisen auf seine Heimat, nach bekannten Wahrzeichen der Stadt. Doch es war schwer, in der allgemeinen Zerstörung etwas auszumachen. Auf einem Bild meinte er den Marienplatz zu erkennen. Die Aufnahme war jedoch unscharf, sodass er sich nicht sicher war.

Die nächste Doppelseite zeigte ebenfalls Aufnahmen aus dem zerstörten München. Doch etwas war nun anders. Aber was? Warum hatte Julius das Gefühl, dass es eine grundlegende Veränderung in den Fotografien gab? Die Motive waren ähnlich: Ruinen, Soldaten, der stolze Vater. Er ließ den Blick konzentriert über die Aufnahmen gleiten. Da erkannte er, was es war. *Agatha* hatte sich verändert. Sie hatte ihre Fröhlichkeit verloren, ihre Unbekümmertheit.

Besonders auf einer Aufnahme wurde die Veränderung deutlich: Das Mädchen stand neben dem Beiwagen eines Motorrades, ein Tuch baumelte in ihrer herabhängenden Hand. Doch es war ihr Gesichtsausdruck, der Julius einen Schauer den Rücken hinunterlaufen ließ. Aschfahl, mit tiefen Rändern unter den Augen schaute das Kind in die Kamera, als habe es ein Gespenst gesehen. Julius musste sofort an die Zeichnung im Märchenbuch denken: So hätte Rotkäppchen ausgesehen, wenn es sich der Gefahr im Angesicht des bösen Wolfes bewusst gewesen wäre. Agatha war Terror ins Gesicht geschrieben, man konnte es nicht anders sagen. Auch ihre Körperhaltung hatte etwas ängstlich Verspanntes, mit hochgezogenen Schultern und gekrümmtem Rücken. Sie wirkte wie ein geprügelter Hund.

Es war ein anderes Mädchen, das sich auf diesen Aufnahmen zeigte. Forschend betrachtete Julius das Gesicht und die Haltung Agathas auf den übrigen Aufnahmen, blätterte zurück und wieder vor. Das Mädchen war auf den späteren Bildern wie ausgewechselt.

Eine Seite weiter stieß Julius auf ein noch ungewöhnlicheres Foto. Agatha saß auf einem Stuhl, rechts neben ihr der lächelnde Vater. Doch links von ihr war eine Person nachträglich aus der Aufnahme entfernt worden. Julius hielt das Album schräg gegen das Licht und betrachtete das befremdliche Bild aus allen Blickwinkeln. Die Person war augenscheinlich fein säuberlich aus der Fotografie herausgeschabt worden. Julius strengte seine Augen an. Nur der vordere Teil einer Hand war in dem Bild übrig geblieben. Die Hand ruhte auf der Lehne des Stuhles, auf dem Agatha saß. Irgendetwas sagte Julius, dass es die Hand eines Mannes war.

Julius schüttelte den Kopf. Was sollte das? Warum hatte jemand den Mann derart sorgsam aus der Aufnahme entfernt? Warum hatte man nicht gleich das gesamte Bild vernichtet? Es war ansonsten keine besonders gelungene Fotografie, fand Julius. Im Gegenteil, Agatha sah fürchterlich aus. Sie krallte sich mit beiden Händen an der Sitzfläche ihres Stuhles fest. Die Augen hatte sie zusammengekniffen und das Gesicht zu einer Grimasse verzogen, die fast schon spastisch wirkte. Wirklich kein schmeichelhaftes Bild. Agatha sah aus, als würde sie sich jeden Moment übergeben. Oder tot vom Stuhl fallen. Warum hatte sie das Foto aufbewahrt? Vielleicht wegen ihres Vaters, der gut gelaunt grinsend nichts von dem Unwohlsein seiner Tochter zu bemerken schien.

Stirnrunzelnd blätterte Julius weiter. Noch ein paar Aufnahmen aus München, auf denen Agatha aber nicht zu sehen war. Julius überflog die restlichen Fotografien. Es handelte sich nun fast ausschließlich um Landschaftsaufnahmen. Ein See. Die Berge. Nur einmal tauchte Agatha noch in dem Album auf. Alleine saß sie an einem langen Esstisch, vor sich einen gefüllten Teller. Was zuvor auf eine einnehmende Weise pausbäckig gewirkt hatte, war in diesem Bild einer ausgesprochenen Körperfülle gewichen. Beinahe ausdruckslos schaute das Mädchen direkt in die Kamera. *Beinahe* deshalb, weil Julius meinte, einen Zug von Missbilligung um Agathas Mund zu erkennen. Vielleicht wollte sie nicht fotografiert werden. Und noch etwas anderes sprang Julius ins Auge: Agatha trug nun eine Kurzhaarfrisur. Eine dunkle Kurzhaarfrisur.

»Was machst du da!?«, schrie Philip wutentbrannt.

Vor Schreck ließ Julius das Fotoalbum fallen. Mit einem dumpfen Knall prallte es auf den Boden.

»Wie kannst du es wagen …?«, stieß Philip heiser hervor und stürzte in den Raum. Rüde stieß er Julius zur Seite und hob eilig das Album auf.

Mit zusammengebissenen Zähnen unterdrückte Julius einen Schmerzensschrei. Er war mit dem Rücken gegen den geöffneten Sekretär geprallt.

Philip schob das Album ins Bücherregal, drehte sich zu Julius um und griff ihn mit beiden Händen am Schlafittchen. Wie in einem schlechten Traum fand sich Julius in die Nacht ihrer Anreise versetzt. Da hatte er bereits Bekanntschaft mit diesem fratzenhaften, fast teuflischen Gesichtsausdruck gemacht.

Philip drängte Julius aus dem Raum hinaus. »Wie kannst du es wagen!?«, wiederholte er aufgebracht. Seine Augen funkelten wütend hinter den Brillengläsern. »Das wirst du büßen!«, zischte er.

Julius versuchte, Philip von sich wegzuschieben, doch dessen Griff glich einem angezogenen Schraubstock. »Es … es tut mir leid«, stammelte er. »Ich habe euch gesucht.« Philip sah aus, als wäre er kurz davor, ihm mit der Faust ins Gesicht zu schlagen.

»Schlüssel her!«, raunzte Philip und hielt eine geöffnete Hand unter Julius' Nase. Die Hand zitterte vor Wut.

Julius nutzte die Gelegenheit und riss sich los. Mit zwei

Sprüngen brachte er die Sitzbank zwischen sich und den aufgebrachten Philip. Fahrig wühlte er in seiner Hosentasche, dann warf er Philip den Schlüssel in hohem Bogen zu. »Hier.«

Mit einer blitzschnellen Bewegung schnappte Philip den Schlüssel aus der Luft und stampfte sogleich zur Tür. Er schmetterte sie ins Schloss und verriegelte sie sorgfältig. Dann steckte er den Schlüssel in seine Hosentasche und wendete sich zu Julius um. Wortlos starrte er ihn an, leicht nach vorne gebeugt.

Wie ein mit den Hufen scharrender Stier, der unschlüssig ist, ob er auf das rote Tuch losrennen soll. Julius überlief eine Gänsehaut. Philip meinte es ernst. Er wollte ihn büßen lassen. Beschwichtigend hob Julius beide Hände. »Es tut mir leid, wirklich. Ich hätte den Raum nicht einfach betreten dürfen. Es war reiner Zufall, dass ich den Schlüssel fand. Ich ... ich war auf der Suche nach euch. Nach Emilia.«

Schnaubend schüttelte Philip den Kopf. »Und da dachtest du, sie könne hinter einer von außen abgesperrten Tür sein?«

»Ich habe, ehrlich gesagt, nicht weiter nachgedacht. Ich war in Sorge, wegen meiner Tochter.« Julius sprach schneller. »Wohin habt ihr Emilia gebracht? Ich möchte sofort wissen, was ihr mit meiner Tochter gemacht habt!«

Philip runzelte die Stirn. Gleichzeitig verlor seine Körperhaltung etwas von der Aggressivität. Er richtete sich auf.

Ermutigt von der Veränderung, setzte Julius nach: »Wo ist sie? Ich will es sofort wissen! Emilia ist nicht euer Eigentum!«

»Sie ist bei Mutter. Die beiden planen das Weihnachtsessen. Wo soll sie denn sonst sein?« Philip sah jetzt fast verdattert aus. »Sie ist natürlich bei Mutter«, wiederholte er.

»Sie war nicht auf ihrem Zimmer, als ich nach unserem Gespräch in der Küche zu ihr wollte!«, stieß Julius hervor.

»Vielleicht war sie gerade im Bad. Oder auf dem Weg zu Mutter, und ihr habt euch verpasst, weil sie einen anderen Weg durch das Schloss genommen hat. Wo liegt das Problem?« Mit einem Kopfschütteln tippte Philip sich an die Stirn. »Deine Wahnvorstellungen sind bedenklich. Fast muss man den Eindruck bekommen, dass man Emilia vor dir schützen sollte.«

Jetzt fühlte Julius Wut in sich aufbranden. »Was fällt dir ein? Emilia ist *meine* Tochter, und ihr ...«

Philip fiel ihm böse lachend ins Wort. »Dann verhalte dich doch einfach mal wie ein Vater. Du präsentierst dich wie ein ausgewachsener Verlierer, der nichts, aber auch gar nichts zustande bringt. Stell dich der Tatsache, dass du krank im Kopf bist und dringend eine Therapie benötigst.« Er deutete auf die verschlossene Tür. »Du scheust in deinem Wahn nicht einmal davor zurück, in Räume einzudringen, in denen du nichts zu suchen hast. Ein großartiger Gast bist du! Und dabei tut Mutter alles, damit Emilia und du eine gute Zeit auf Wargrave Castle habt.« Er spuckte aus. »Pfui, schämen solltest du dich!«

Julius war sprachlos. Er hatte das Gefühl, in einem grauenvollen Traum gefangen zu sein. »Das ... das mit dem Raum tut mir ...«, stammelte er unsicher.

»Ach, spar dir dein Geschwafel!«, fuhr Philip ihn an. Er nahm wieder eine drohende Körperhaltung ein, trat einen Schritt auf Julius zu. »Was hast du in dem Album gesehen? Sag es mir!«

»In dem Album?« Julius wich einen Schritt zurück. »Nichts! Ich ... ich ... nur ein, zwei Fotos, dann bist du hereingekommen.«

»Welche Fotos?« Philips Stimme war eiskalt.

»Welche Fotos? Äh, ganz vorne die. Die allerersten. Da waren ein paar Leute drauf, mehr weiß ich nicht. Alte Bilder. Ein paar Leute halt. Kaum zu erkennen.« Er schluckte.

Philips Anspannung schien sich ein wenig zu lösen. Doch er beäugte Julius immer noch wie ein Raubtier, das abwägt, ob es zum Sprung auf seine Beute ansetzen soll oder nicht. »Ein paar Leute«, wiederholte er tonlos. »Sonst nichts?«

»Sonst nichts«, bekräftigte Julius. »Nichts. Ich schwöre.«

Mit einem grunzenden Laut wies Philip auf die Tür in den Gang. »Ich denke, du solltest diesen Flügel schleunigst verlassen. Bevor ich es mir anders überlege. Mach am besten, was Mutter dir geraten hat: Setz dich in die Bibliothek. Vielleicht lenkt dich das ja wirklich von deinen Wahnvorstellungen ab.« Die Abfälligkeit in seiner Stimme war nicht zu überhören.

Erst wollte Julius etwas entgegnen, doch er schluckte seine Bemerkung hinunter. Es schien ihm angebracht, möglichst schnell aus Philips Reichweite zu gelangen. Das war das Sicherste. Er musste an das Bündel auf der Landstraße denken, das sich zappelnd zur Wehr setzen wollte, als Philip es an den Straßenrand zog. Verdammt, was hatte dieser Psychopath mit dem Bündel gemacht? Größtmögliche Distanz zu Philip war im Augenblick die einzige Lösung. Dann konnte er überlegen, was sein nächster Schritt sein würde. Denn eines war klar: Auf Wargrave Castle konnten Emilia und er nicht bleiben. Auf gar keinen Fall! Hier waren alle irre!

Julius drehte sich um und verließ eilig den museumsartigen Raum. Im Gang schaute er sich einmal um, ob Philip ihm folgte. Doch von seinem aufgebrachten Gastgeber war nichts mehr zu sehen.

»Psycho!«, stieß Julius zwischen zusammengepressten

Zähnen hervor. »Wenn hier einer ein Psycho ist, dann du.« Er ging bis in das Hauptgebäude und nahm dort die Treppe nach oben.

Vor seinem Zimmer wäre Julius beinahe mit Hans zusammengestoßen. Er verließ gerade mit einem Berg dreckiger Bettwäsche auf dem Arm den Raum. Hastig trat Julius zur Seite, und Hans warf ihm im Vorbeigehen einen giftigen Blick zu.

»Dumm, dumm, dumm«, krächzte der Alte. Während er sich den Gang hinunterschleppte, warf er einen Blick zurück zu Julius. »Du bist so unfassbar dumm! Das Monster wird dich holen!« Lachend stieg Hans die Treppe hinab. Zurück blieb der Gestank nach Urin in der Luft.

Zweiundzwanzigstes Kapitel

Julius hockte auf seinem frisch bezogenen Bett und starrte aus dem Fenster. Es schneite nicht mehr, doch tiefgraue Wolken am Himmel deuteten an, dass sich dies jederzeit wieder ändern konnte. Zitternd legte Julius sich die Bettdecke über die Knie. Im Raum war es kalt wie in einem Kühlschrank. Er musste an Christie denken und schluckte.

Er war nicht verrückt. Er bildete sich nichts ein. Er würde sich das von niemandem einreden lassen! Es waren Agatha und vor allem Philip, die nicht ganz richtig im Kopf waren. Und dieser grässliche Hans! Der ganz besonders. Das gesamte Schloss hatte etwas Bedrohliches. Als fließe in seinen Mauern staubiges Blut. Wer wusste, welche Gestörten hier noch in irgendwelchen Löchern hausten? Die Äbtissin musste schließlich auch irgendwo einen Unterschlupf haben. Vielleicht im Westflügel, den man angeblich aus statischen Gründen gesperrt hatte. Wohnte dort eine alte, abgeschobene Dienstbotin der Hardings, die nachts im Wahn durch das Gemäuer schlich?

Er würde nur wegen der Aufenthaltsgenehmigung noch auf diesen ominösen Peter aus dem Innenministerium warten, und dann wären er und Emilia hier weg. Und sobald er einen neuen Job hatte ... und die Aufenthaltsgenehmigung, würde es schon vorwärts gehen. Dann konnte er planen, sich vielleicht mit einem Kredit eine kleine Wohnung am Stadtrand kaufen. Eine klitzekleine, für sich und Emilia, wenn sie ihn in den Schulferien besuchte. Mehr wollte er doch gar nicht. War das schon zu viel verlangt? Auf keinen

Fall wollte er zurück nach Deutschland! Dort warteten nur schlechte Erinnerungen auf ihn. An den Tod seiner Mutter, an die Krankheit, an sein Versagen. Aber er war kein Versager! Das hatte er doch hier in London bewiesen. Alles war so gut gelaufen, verdammt! Wie kam er aus dem Schlamassel nur wieder raus?

Er benötigte das Papier. Dennoch – wie lange wollte er mit ansehen, wie Agatha seine Tochter an sich riss? Wie lange wollte er noch ignorieren, dass Philip ein Mann mit zwei Gesichtern war? Er dachte an das Messer, das an seinem Hals gelegen hatte. Verdammt!

Julius warf die Decke von sich und drehte eine Runde nach der anderen durch den kleinen Raum. Er wusste, dass er eine Entscheidung treffen musste. Für einige Sekunden blieb er am Fenster stehen. Wenn doch nur kein Schnee gefallen wäre. Er hätte ein Taxi rufen können. Selbst hier in den North York Moors musste es schließlich Taxiunternehmen geben. Doch bei diesem Wetter kam man ohne Geländeantrieb nirgendwo durch. Er stutzte. Ob es Taxis mit Allradantrieb gab? Sicherlich, schließlich war dieses Wetter für die Bewohner der Dales nichts Besonderes. Aber er hatte kein Smartphone mehr, um ein Taxi zu bestellen. Julius setzte seine Runden fort.

Hatte er in Emilias Zimmer nicht ein Telefon stehen sehen? Ja, er war sich sicher. Erleichtert blieb er stehen. Er wollte nicht länger als nötig auf Wargrave Castle bleiben, und nun wusste er, wie er die Außenwelt erreichen konnte. Doch wann war der richtige Zeitpunkt, die Koffer zu packen? Lieber früher als später, das war klar.

»Bis heute Abend«, sagte Julius leise zu sich selbst und setzte sich wieder aufs Bett. Bis dahin würde er abwarten, ob dieser Peter auf Wargrave Castle auftauchte. Sollte das nicht der Fall sein, würde Julius mit Emilia im Schlepptau abreisen, dann musste er sich halt von London aus um eine Aufenthaltsgenehmigung bemühen. Vielleicht konnte ein Anwalt etwas durchsetzen. Geflissentlich ignorierte Julius die Frage, wie er den überhaupt bezahlen sollte. Für ihn gab es jetzt nur entweder – oder, ganz einfach.

Ein leises Gefühl der Zuversicht durchströmte ihn. Er hatte eine Entscheidung getroffen.

Innerhalb von zwei Minuten hatte Julius seine Siebensachen in dem Pappkarton verstaut, mit dem er angereist war. Emilias Sachen konnte er jedoch erst am Abend packen. Er wollte die Kleine nicht jetzt schon enttäuschen. Außerdem hatte er das unbestimmte Gefühl, es sei sinnvoll, die Hardings nicht zu früh von seinem Plan zu unterrichten. Philip war momentan nicht gerade guter Laune. Und Julius glaubte ihm auch nicht, dass Emilia und er sich nach dem Gespräch in der Küche nur zufällig verpasst hatten. Nein, die Hardings klebten an Emilia wie Kletten. Sicher war es besser, sie vor vollendete Tatsachen zu stellen, sobald das Taxi unterwegs war. Bis dahin würde er stillhalten. Sollte Emilia sich noch einen Tag lang wie eine Prinzessin fühlen, umhegt von Agatha. Doch nachsehen, dass es ihr auch wirklich gut ging, das musste er. Schließlich war dies überhaupt sein ursprüngliches Anliegen gewesen, als er die Küche verlassen hatte. Bevor er auf die Gemäldesammlung und das abgeschlossene Zimmer mit dem alten Plunder gestoßen war.

Philip hatte behauptet, Emilia sei bei Agatha. Dann konnte er gleich bei Agatha nachhorchen, ob es Neuigkeiten zu Peters Besuch auf Wargrave Castle gab.

Mit neuem Tatendrang begab Julius sich auf die Suche.

* * *

Als er die Küche betrat, in der eine wohlige Wärme herrschte, sang Agatha gerade leise *Stille Nacht, heilige Nacht*. Dabei hackte sie mit einem großen Messer auf den Teig ein, der vor ihr auf einem Holzbrett lag. Dann schob sie die krümelige Masse zu Emilia, die den Teig kurz knetete, ausrollte und Plätzchen ausstach.

Agatha stockte und warf Julius einen distanzierten Blick zu, hackte aber weiter. Mit Schwung ließ sie das Messer in den Teig fahren. Emilia bemerkte vor lauter konzentriertem Ausstechen gar nicht, dass ihr Vater den Raum betreten hatte. Aus einem Mundwinkel lugte ihre rosafarbene Zungenspitze hervor.

»Das machst du großartig, Emmi«, lobte Julius.

Überrascht schaute Emilia auf und strahlte dann übers ganze Gesicht. »Papa!« Sie hielt einen labberigen Stern in die Luft. »Schau! Ich backe Weihnachtsplätzchen.«

»Schließlich ist morgen der 25. Dezember, und wir erwarten das Christkind«, bemerkte Agatha, noch bevor Julius etwas sagen konnte. Ihre Stimme klang kühl.

Heftig nickte Emilia. »Ich möchte dem Christkind ein paar Plätzchen hinstellen. Um Danke zu sagen. Für die Geschenke.« Aufgeregt klatschte sie in die Hände, sodass eine kleine Wolke aus Mehl aufstieg. »Ich hoffe so sehr, dass mich das Christkind hier auf dem Schloss findet.«

»Natürlich wird es das, Liebes«, sagte Agatha. »Ich bin sicher, es bringt dir einen ganzen Berg an Geschenken.« Ihr Blick streifte Julius. Dann begann sie damit, die Zutaten für weiteren Teig zusammenzuführen.

»Geht es dir gut? Hast du viel Spaß, Emmi?« Julius verspürte das Bedürfnis, das Thema zu wechseln. »Du langweilst dich nicht, oder? Was hältst du davon, wenn wir beide gemeinsam etwas unternehmen?«

»Ich langweile mich doch nicht, Papa! Es ist supersupertoll hier bei Agatha und Philip. Ich möchte noch ganz lange hierbleiben.«

»Solange du möchtest, Engelchen.« Agatha lächelte.

»Ruh dich gut aus, Papa. Ich backe Plätzchen, und später wollen wir die Weihnachtskrippe aufbauen. Die Krippe kommt aus Deutschland, weißt du!« Emilia nickte gewichtig. »Aus einem Gebirge. Ruh du dich aus. Damit du wieder gesund wirst, Papa.«

»Ich bin doch nicht krank, Emmi«, stieß Julius verdutzt hervor.

»Das ist ja auch die Krankheit, bei der du nicht wirklich weißt, dass du krank bist«, erklärte Emilia ernst und blickte triumphierend zu Agatha, die jedoch auf den Hackteig starrte und dabei das Messer in der Hand wog.

»Also ... ich ...«, stammelte Julius, wie vor den Kopf geschlagen.

»Deine Plätzchen gehören dringend in den Ofen, Emmi!«, rief Agatha aus. »Und dann musst du fleißig weiterstechen. Wir haben noch viel zu tun.«

»Wir haben noch so viel zu tun, Papi«, sagte Emilia und lächelte glücklich. »Denn in der Nacht kommt das Christkind. Ich freue mich so sehr auf morgen früh!«

»Das ... das glaube ich«, sagte Julius heiser. Was hatte Agatha dem Kind erzählt? Es hatte hier und jetzt keinen Sinn, den ganzen Unsinn richtigzustellen. Er musste es auf der Rückreise nach London erklären. Dann hatten sie genügend Zeit – und vor allem Ruhe. Er warf Agatha, die nun am Ofen herumwerkelte, einen grimmigen Blick zu.

»Ach, sagen Sie, Agatha«, sprach er sie so ausgesucht freundlich an, dass sie die Stirn runzelte, »haben Sie etwas Neues von Nigel gehört? Nein, ich meine natürlich *Peter*.« Er sah, dass ihr die Ironie in seiner Stimme nicht entgangen war.

Doch Agatha lächelte milde. »Was für ein Zufall, dass Sie fragen, Julius. Wirklich, ich habe vorhin erst mit ihm gesprochen.« Sie spitzte die Lippen. »Mit *Peter*, meine ich damit natürlich. Er reist heute an.«

»Heute?«, schoss es verdutzt aus Julius heraus.

»Wir erwarten ihn am Abend zum Dinner.« Agatha sah auf ihre Armbanduhr. »Er müsste bereits in seinem Wagen sitzen. Er war heute Morgen noch bei seiner Familie in Hampshire. Daher hat er eine weite Anreise. Doch er ist, wie gesagt, äußerst zuversichtlich, am Abend auf Wargrave Castle einzutreffen.« Sie wandte sich zu Emilia. »Sind die Plätzchen allesamt auf dem Blech, Engelchen? Wunderbar! Nun schieben wir sie in den Ofen.« Damit wandte sie Julius den Rücken zu.

Julius kniff die Augen zusammen. Nun, wenn dem so war, wunderbar. Glauben würde er es erst, wenn der Mann vor ihm stand. Er musste jedoch zugeben, dass schon die bloße Möglichkeit, mit Peter über eine Aufenthaltsgenehmigung zu sprechen, sein Herz höherschlagen ließ.

Emilia und Agatha waren, begleitet von fröhlichem Gelächter, ganz in ihre Backkünste vertieft. Julius wusste, wann er störte. Er verließ die Küche über die ehemalige Dienstbotentreppe. Beim Aufstieg in den ersten Stock zog er eine Grimasse. Er war sich sicher, dass Agatha von seinem Eindringen in den verschlossenen Raum wusste. Das hatte Philip ihr sicherlich brühwarm erzählt. Sie hatte nichts dazu gesagt, war ihm gegenüber aber ausgesprochen kühl gewesen. Nun, damit konnte er leben. Heute, spätestens morgen würden die Hardings so oder so Geschichte sein. Wenn es dieser Peter bei dem rauen Wetter nach Wargrave Castle schaffte, dann würde ein Taxi dies ebenfalls können. Julius hatte noch genügend Geld auf seinem Konto, um einen Wagen zum nächsten Bahnhof zu bezahlen.

Ohne sich seines Ziels bewusst zu sein, stand Julius plötzlich vor dem Zimmer seiner Tochter. Als er eintrat, überkam ihn wieder eine Mischung aus Bewunderung und Beklemmung. Der Raum hatte in seiner Pracht etwas von königlichen Gemächern, gleichzeitig jedoch die Aura eines goldenen Käfigs. Julius hob ein Kleidungsstück vom Rand des Himmelsbettes hoch, beäugte es aus zusammengekniffenen Augen. Es war eines dieser alten Kleider, die gänzlich ungetragen wirkten, aber vielleicht vor einem halben Jahrhundert in Mode gewesen waren. Das ursprünglich weiße Kleid hatte sich mit den Jahren gelblich verfärbt, das ehemals rote Blumenmuster war zu einem Rosa verblasst. Warum wollte Agatha, dass Emilia diese Klamotten von anno dazumal anzog? Vielleicht war ihr Wunsch ganz harmlos, doch die Sache behagte Julius trotzdem nicht. Sollte er etwas dazu sagen? Eigentlich musste er es tun. Wobei es im Grunde schlicht zu spät dafür war – durch ihre Abreise würde sich auch dieses Problem in Wohlgefallen auflösen. Ein Grund mehr, alles für die Abfahrt vorzubereiten. Julius öffnete den Kleiderschrank und suchte ein paar Sachen zusammen, die sie mitnehmen würden. Er legte sie zusammen in eines der Fächer. Dann musste er sie kurz vor der Ankunft des Taxis nur noch schnell in den Koffer packen.

Julius' Blick blieb an dem Telefon hängen, das auf Emilias Nachttisch stand. Ein klobiger, grüner Apparat aus den 1980er-Jahren. Immerhin bereits mit schwarzen Zifferntasten und nicht mit einer dieser ratternden Wählscheiben. Er grinste. Wenn er schon mal die Gelegenheit hatte, dann konnte er versuchen, die Nummer eines ortsansässigen Taxiunternehmens herauszubekommen. Das würde Zeit bei der Abreise sparen. Verärgert dachte er an das verschwundene Smartphone – damit wäre die Suche innerhalb von wenigen Sekunden erledigt gewesen.

Julius griff sich einen Zeichenblock und einen dicken Buntstift, die neben der Kommode auf dem Boden lagen, und setzte sich auf die Bettkante. Er grübelte. Wie lautete noch gleich die Nummer der Auskunft? Es war irgendeine eingängige Zahlenfolge.

Er nahm den Hörer ab und lauschte. Es war still in der Leitung. Er drückte einige Ziffern, von denen er halb glaubte, es könnten die gesuchten sein. Die Leitung blieb stumm. Nachdenklich legte er auf. Vielleicht musste man eine Vorwahl wählen, um eine Amtsleitung zu bekommen. Er hob den Hörer erneut ab und drücke die Eins. Ein Knacken in der Leitung, dann ertönte ein Tuten. Erleichtert atmete Julius aus. Nun musste er noch die Nummer zusammenbekommen, die er anrufen wollte. Er war sich sicher, dass sie mehrere Achten enthielt. Acht-eins-acht-eins oder so ähnlich.

Noch bevor er die erste Ziffer wählen konnte, presste Julius verdutzt den Hörer ans Ohr. Das Tuten hatte aufgehört. Doch die Stille in der Leitung war merkwürdig. Sie war abwartend. Lauernd. Julius' Nackenhaare stellten sich auf.

»Hallo?«, flüsterte er in die Muschel. Und nach zwei Sekunden noch mal, lauter: »Hallo?«

»Rache!«, fauchte es durch die Leitung, direkt in Julius' Ohr. »Rache!«

Vor Schreck schrie Julius auf. Er sprang von der Bettkante und drückte mit zitternden Fingern den Hörer auf die Gabel. Das Blut pochte in seinem Kopf, und er war kurz davor, sich zu bekreuzigen. Stattdessen stöhnte er auf.

»Was ist los? Ich habe einen Schrei gehört.« Skeptisch äugte Philip ins Zimmer herein.

»Die Äbtissin!«, stieß Julius hervor.

»Wo?«, fragte Philip zurück. Er trat in den Türrahmen und sah sich im Raum um.

Wortlos deutete Julius auf den Telefonapparat.

Philip lachte laut auf. Er versuchte nicht einmal, seine Heiterkeit zu verbergen. »Am Telefon? Die Äbtissin hat dich angerufen?« Das Lachen bekam etwas Kreischendes. »Ein mehrere Jahrhunderte altes Gespenst hat an einem *Telefon* die Tasten gedrückt, um dich anzuspuken – ich meine natürlich … anzurufen?« Philip klopfte sich auf die Schenkel, Tränen in den Augenwinkeln. »Oh, das ist großartig«, stöhnte er, außer Atem. »Herrlich! Die Äbtissin hat ihn *angerufen.*«

»So war es doch gar nicht«, erwiderte Julius aufgebracht. »Ich habe versucht, die Auskunft zu erreichen, und plötzlich war da die Stimme …« Jäh brach er den Satz ab. An Philips Gesicht erkannte er, dass er einen Fehler gemacht hatte. Philip war bei Julius' Worten erstarrt und funkelte ihn nun eisig an. »Ich … also ich wollte …«, stotterte Julius. Doch es war bereits zu spät.

Drohend machte Philip einen Schritt auf ihn zu. »Du wolltest *wen* anrufen?«, stieß er zwischen zusammengepressten Zähnen hervor. »Die Auskunft?« Er trat einen weiteren Schritt näher.

Julius konnte Philips Halsschlagader im Stakkato pochen sehen. Die kühle äußere Haltung des Mannes strafte seine innere Aufgebrachtheit Lügen.

»Wen wolltest du anrufen? Welche Nummer wolltest du haben? Ich frage dich nicht noch einmal!«

»Ich … wollte herausfinden, ob es in den Dales noch ein Geschäft gibt, das bis heute Abend ein Geschenk liefern kann«, stieß Julius hervor. Eine plumpe Ausrede. Er machte sich ernsthaft darauf gefasst, diesmal einen Faustschlag abzubekommen. Philip sah aus, als sei er zu allem bereit. Abwehrend hob Julius die Hände.

Doch Philip hielt inne. »Ein Geschenk?«

»Ich habe kein Weihnachtsgeschenk für Emilia«, sprudelte es aus Julius heraus. »Das liegt irgendwo zwischen den Sachen, die Raj auf die Straße gestellt hat. Irgendetwas muss ich morgen doch für meine Tochter haben. Und da dachte ich, ich rufe bei der Auskunft an. Um nach Geschäften in den Moors zu fragen. Vielleicht liefert jemand noch heute etwas hierher. Ein Spielzeug. Ein Buch. Irgendetwas.«

»Bei dem Wetter?« Philip schüttelte den Kopf. Er hatte die kerzengerade Körperhaltung aufgegeben, und auch seine wutverzerrten Gesichtszüge hatten sich geglättet. »Da kommt keiner mehr durch. Außerdem brauchst du dir keine Sorgen zu machen – Mutter hat einen ganzen Berg von Geschenken für Emilia vorbereitet. In London hat sie einen ganzen Tag damit zugebracht, Geschenke für sie zu besorgen. Seit einer Woche packt sie nachts alles liebevoll für die Kleine ein. Und da Emilia denkt, das Christkind bringt die Geschenke, brauchst du doch gar kein eigenes dazuzulegen.«

»Das ... äh ... stimmt.« Julius nickte, erleichtert, dass seine Ausrede auf fruchtbaren Boden gefallen war. »Daran habe ich noch nicht gedacht.«

»Außerdem ...«, Philip grinste breit, »hättest du dir sowieso die Finger wund gewählt.«

»Was meinst du?«, fragte Julius verdattert.

»Ganz einfach.« Agathas Sohn feixte. »Die Telefonleitung ist nur innerhalb des Schlosses geschaltet. Es gibt keine Verbindung mit dem Festnetz. Lediglich eine Handvoll Hausapparate.«

Wie vom Donner gerührt starrte Julius Philip an.

»Du siehst«, frohlockte Philip, »du musst die Äbtissin hier im Schloss aufgestöbert haben. Und das bei Tage.« Kopfschüttelnd ging er zur Tür. »Die Äbtissin! Du hast ein schwerwiegendes psychisches Problem, lieber Julius.« Philip schüttelte noch den Kopf mit einer Mischung aus Amüsiertheit und Unverständnis, als er das Zimmer verließ.

Julius konnte das Klicken in seinem Kopf geradezu hören, als mehrere Puzzleteile ineinanderfanden. Leichenblass ließ er sich auf das Bett fallen. Das Gefühl, nicht ausreichend Luft zu bekommen, schnürte ihm den Hals zu. Ja, er hatte wirklich ein schwerwiegendes Problem. Und zwar ganz unabhängig von der Äbtissin. Mit zitternden Fingern strich Julius sich über die schweißnasse Stirn. Ihm war speiübel.

Niemand kommt bei diesem Wetter nach Wargrave Castle durch, hatte Philip voller Überzeugung gesagt. Was also auch für diesen Peter aus dem Ministerium galt. Warum hatte Agatha dann vorhin noch behauptet, er käme heute hier an? Welcher normale Mensch nahm eine solch halsbrecherische Strecke auf sich, nur für einen Weihnachtsbesuch? Warum belogen die Hardings ihn? Und was sollte nun aus Julius' Plan werden, ein Taxi auf das Schloss zu rufen?

Doch da war noch etwas, was Philip gesagt hatte und ein noch tieferes Entsetzen in Julius auslöste. Zwei Tage war es her, dass Agathas Sohn Emilia und ihn in London eingesammelt hatte. Denn vor zwei Tagen hatte Raj Julius auf die Straße gesetzt, weshalb er Philip überhaupt nur angerufen hatte. Und drei Tage waren seit dem Aufeinandertreffen mit den Hardings im Pub vergangen. Wie, um Himmels willen, konnte Agatha dann bereits seit einer Woche Geschenke für Emilia verpacken!? Vor einer Woche hatte sie doch noch nicht einmal von Emilias Existenz gewusst! Ein eisiger Griff presste Julius' Eingeweide schmerzhaft zusammen.

Er sprang auf und stürmte ins Bad. Diesmal verschwendete er keinen Gedanken an die noble Ausstattung des Zimmers und den auffälligen Unterschied zu seiner eigenen Nasszelle zwei Stockwerke höher.

Während er sich in die Toilettenschüssel erbrach, klangen ihm die Worte der Äbtissin im Ohr. »Rache!« Er hatte den Eindruck, als stünde die alte Frau direkt hinter ihm. »Rache!«

Julius würgte noch, als sein Magen längst leer war.

Dreiundzwanzigstes Kapitel

München, 1945

Sie haben sie in ein kleines, weißes Zimmer gebracht. Nein, es ist eine Zelle, weiß gekachelt. Eine Zelle. Man muss die Dinge beim Namen nennen. Sie lacht in sich hinein. In einer Ecke steht ein Eimer für ihre Notdurft. Sie sitzt auf einer steinernen Pritsche. Nein, es ist eher ein Mauervorsprung. Ein Sims. Man muss die Dinge beim Namen nennen. Muss sie genau so sehen, wie sie sind. Es ist doch alles so klar. Man muss nur die Augen öffnen. Und hinsehen.

Sacht wiegt sie sich von links nach rechts. Es fühlt sich gut an, wenn sie sich bewegt. Nicht nach vorne und hinten. Immer nur von links nach rechts. Seitlich fühlt es sich gut an. Warum sehen die Menschen nicht hin? Warum verhalten sie sich derart unwissend? Laut lacht sie auf. Der Hall wird zwischen den Kacheln hin und her geworfen. Haha. Weil sie aber doch unwissend *sind*. Haha. Nur die Toten sehen alles.

Am Morgen, am Morgen. Verfliegen alle Sorgen. Hin und her. Sie sieht. Sie sieht alles. Tot ist sie. T, O, und T. Es war der Morgen ohne Not. Voller Freude. Es war der Morgen ohne Brot. Voller Trauer. Es war gestern. Es wird morgen. Hin und her. Nur die Toten sehen alles, wirklich alles. Wirklich ist, was das Auge sieht. Sie sieht alles. Sie ist tot. Die Menschen können nicht sehen, solange sie leben.

Sie schüttelt den Kopf und winkt ab. Eine eigentümlich flatternde Bewegung. Wie ein Vöglein, ihre Hand.

Da sie alles sieht, weiß sie alles. Deshalb haben sie sie in ein weißes Zimmer gebracht. Nein, nein. In eine Zelle. Weil sie alles weiß. Das verstehen sie nicht. Das können sie auch nicht verstehen. Sie sind nicht tot. Noch nicht. Hin und her. Nur die Toten sehen alles.

Sie streckt ihre Hand aus, damit sich der kleine Vogel darauf niederlassen kann. Unschlüssig flattert er hin und her. Hin und her. Dann setzt er sich auf ihre Hand. Ach, er ist entzückend. Das blaue Gefieder ist sicherlich daunenweich. Die klugen Äuglein blinzeln ihr zu. Ach, entzückend. Schau mich an, kleiner Vogel. Bitte schau mich an. Hüpf, kleiner Vogel. Hüpf. Gut, ja. Warte! Bleib, kleiner Vogel. Hier, sieh doch. Meine Hand. Lass dich nieder, kleiner Vogel. Schau mich an. Komm zurück. Bitte. Komm zurück.

»Wo ist er nun hin?« Wehmütig schüttelt sie den Kopf, lauscht ihrer Stimme, die in der Zelle hallt. Man muss die Dinge beim Namen nennen.

»Er ist dahin zurück, woher er gekommen ist«, erklärt Rosa.

»Aha«, antwortet sie und nickt Rosa höflich zu. »Dort also ist er hin.«

Sie sitzen nebeneinander auf dem Mauersims und schweigen. Es ist das Schweigen zweier toter Seelen, die von ihrer Verwandtschaft wissen. Sie lächelt zu ihrer Nachbarin hinüber.

Rosa erwidert das Lächeln. Dabei verschieben sich Hautlappen in ihrem Gesicht und geben den Blick auf rohes Fleisch frei. Wie bei einem großen X ziehen sich zwei tiefe Schnitte über das Gesicht des Mädchens, sparen die Nase aus. Die blutigen Augenhöhlen blicken in die Ferne. Wie Tränen rinnen Blut und Eiter aus ihnen hervor und sammeln sich in dem hellen Sommerkleid. Ein hübsches Mädchen. Ansonsten.

»Ich kann dich sehen«, flüstert sie ihr leise zu.

»Ja, das ist wunderbar«, nickt Rosa. »Das letzte Mal, als wir uns begegnet sind, war ich ganz eingewickelt.« Sie lacht auf, als habe sie einen Witz gemacht.

Sie fällt in das Lachen ein. Es ist so angenehm, sich zu unterhalten.

»Es ging mir wirklich nicht gut, bei deinem Besuch in meinem Zimmer.« Rosa schüttelt sacht den Kopf. Ihr blondes Haar wogt von links nach rechts. Wie ein Ährenfeld im leichten Wind. »Miserabel ging es mir. Machen wir uns nichts vor.«

Sie versteht, was Rosa meint, und nickt. »Man muss die Dinge beim Namen nennen.«

»Er hat mich beinah getötet.« Das Mädchen zuckt mit den Schultern, streicht mit einer Hand über die rote, mit Striemen überzogene Haut des anderen Armes. »Doch am Ende hat er mich am Leben gelassen. So gerade eben. Ich verstehe nicht, warum er das getan hat. Aber es war kein Zufall. Weißt du, warum er es getan hat?«

»Nein, nein«, wehrt sie ab. »Das weiß ich nicht. Ich weiß davon nichts.«

»Hm«, seufzt das Mädchen und verzieht skeptisch die Mundwinkel. »Als alles geschmerzt hat, jeder noch so kleine Teil von mir, da hat er aufgehört.«

»Er ist der Teufel«, flüstert sie.

»Er ist der Teufel«, flüstert Rosa.

Sie schweigen. Rosa wippt mit einem Fuß hin und her. Hin und her.

»Ich möchte dir jedenfalls danken«, sagt Rosa schließlich.

»Mir danken? Wofür?«, fragt sie erstaunt.

»Sei nicht so bescheiden.« Rosa klingt eine Spur altklug. »Ich danke dir, dass du mich erlöst hast.«

Sie weiß nicht, was sie darauf sagen soll.

»Hast du gehört, was ich gesagt habe?«, möchte Rosa wissen.

»Ich … ja. Gehört habe ich dich.«

»Du hast mich aus dem zerstörten Körper befreit. Du hast mich von dem grauenvollen Leben erlöst.«

»Ich …«

»Danke! Ich danke dir.«

Für einen Moment sieht es aus, als wolle Rosa nach ihrer Hand greifen. Sie zuckt zurück. Wovon genau spricht das Mädchen? Sie kann sich nicht daran erinnern, irgendetwas getan zu haben, das einer Erlösung gleichkommen würde. Nein. Sie schüttelt den Kopf. Nein!

»Doch«, beharrt Rosa, als habe sie die Gedanken gelesen. Oder das Kopfschütteln gesehen. »Ich habe dich darum gebeten, und du hast es getan. Da hast das Kissen auf meinen Mund gedrückt.« Wieder lacht sie auf, deutet auf ihr Gesicht.

Sie zittert. »Das habe ich nicht getan. Das habe ich nicht getan.«

»Du armes, armes Ding.« Rosa klingt ehrlich betrübt. »Du bist noch gar nicht bereit. Du vergisst das, was du vergessen möchtest.« Sie nickt langsam, Traurigkeit in dem zerstörten Gesicht.

»Ich … aber wenn ich doch …«, stammelt sie. Das Gespräch nimmt eine Richtung, die ihr nicht gefällt.

»Du bist noch nicht bereit. Du siehst noch nicht alles. Du willst es nicht sehen.« Trauer wirft ihr Echo gegen die Kacheln. Die nächsten Worte sind ein Flüstern. »Du bist noch nicht tot.«

Sie möchte sich übergeben, so übel ist ihr auf einmal. »Wie kannst du …?«, setzt sie an, bricht aber ab.

»Du weißt, dass ich recht habe«, flüstert Rosa. Zu der

Trauer in ihrer Stimme hat sich Mitleid gesellt. »Du weißt, dass du nicht alles siehst. Weil du es nicht sehen willst.«

»Ich will …« Ihr Protest ist halbherzig und bricht nach den zwei mühsam herausgepressten Worten in sich zusammen.

»Du weißt so viel mehr«, fährt das Mädchen fort. »Doch du siehst es dir nicht an. Weil du Angst hast.«

Angst. Sie schluchzt auf.

»Deine Angst macht dich blind. Du bist nicht tot.«

Nicht. Tot. Wie kann das sein?

»Du armes, armes Ding.« Rosas Stimme ist nur ein Hauch.

Als sie durch einen Tränenschleier aufschaut, ist das Mädchen verschwunden. Ein Rasseln an der Tür lässt sie auffahren. Das Geräusch eines Schlüssels im Schloss, dann wird die Tür langsam aufgedrückt. Eine Schwester schiebt ihren Kopf durch den Spalt, lächelt ihr halbherzig zu.

»Ihnen geht es gut, oder?«

Sie wischt sich mit dem Handrücken über die feuchten Augen und nickt.

»Oder soll ich einen Arzt rufen?« Skeptisch beäugt die Schwester die Patientin.

»Nein, nein«, stößt sie eilig hervor und schüttelt den Kopf. »Nein, nein.« Sie wiegt sich hin und her.

Aus schmalen Augen mustert die Schwester sie. Ihr Gesichtsausdruck verrät, dass sie unschlüssig ist, ob es nicht doch ratsam wäre, einen Arzt zu verständigen. »Möchten Sie etwas essen?«, fragt sie schließlich.

Wieder schüttelt sie den Kopf. »Durst«, ist alles, was sie sagt.

Die Schwester nickt und schließt die Tür. Das Geräusch eines Schlüssels im Schloss. Schritte hallen dumpf vor der Tür. Entfernen sich, kommen dann zurück. Das Geräusch eines Schlüssels im Schloss. Die Tür öffnet sich einen Spaltbreit. Die Schwester stellt einen Becher neben die Tür auf den Boden, nickt noch einmal und schließt die Tür wieder. Das Geräusch eines Schlüssels im Schloss.

Sie starrt auf den Becher. Er wirkt wie ein Eindringling.

»Du bist einfach verrückt«, höhnt das Mädchen. Es sitzt neben ihr auf dem Mauersims. Da ist eine Ähnlichkeit mit Rosa, doch sie bekommt sie nicht zu fassen. Vielleicht sind es die Wunden, die den nackten Körper aufreißen. Vielleicht erinnern die Male der Qualen sie an Rosa. Denn dies ist nicht Rosa. Es ist das Mädchen von der Isar. Das Bündel, von Marienkäfern bedeckt. Blutrot. Isar.

»Ich bin nicht verrückt«, widerspricht sie.

»Woher willst du das wissen? Wenn du verrückt bist, weißt du sicherlich nicht, dass du verrückt bist.« Mit einem triumphierenden Gesichtsausdruck wendet Isar sich ihr zu. Als habe sie gerade etwas furchtbar Schlaues gesagt. Die blutigen Augenhöhlen verstärken noch den Eindruck höhnischen Triumphs. »Vielleicht«, sagt das Mädchen, »bis du einfach eine dumme Ziege.«

Sie ist starr vor Schreck. Muss sich verhört haben, anders kann es nicht sein. Was hat das Mädchen gerade gesagt?

»Ich sage es gerne noch einmal«, frohlockt Isar. »Du bist wirklich eine dämliche Ziege.« Sie verschränkt die Arme vor der nackten Brust, die mit Blut verkrustet ist. Die roten Striemen auf dem Körper bilden ein eigentümliches Muster.

»Es tut mir leid, wenn ...«, setzt sie unbeholfen zu sprechen an.

»Halte deinen Mund! Behalte dein Selbstmitleid für dich. Du hast keine Ahnung, durch welche Hölle ich gegangen bin. Wie furchtbar der Schmerz für all die anderen war. Du redest dir ein, du seist tot, und tust dir dabei selber leid.

Bravo! Bravo!« Sie klatscht betont langsam in die kleinen Hände. »Großartige Vorstellung. Bravo! Du betrügst dich selbst mit deinem Schauspiel. Dämliche Ziege.« Abfällig verzieht Isar das Gesicht. Dann beugt sie sich nach vorne, senkt die Stimme zu einem leisen Flüstern. »Deine Schuld wird dich richten. Deine Hölle wird noch kommen. Oh ja, was du bisher für Qualen gehalten hast, das war noch gar nichts. Warte nur ab. Wenn die Hölle dich wirklich verschlingt, dann kannst du schreien und jammern. Dann kannst du dir leidtun. Doch bis dahin …«, sie richtet sich auf und spricht nach einer Pause mit normaler Lautstärke weiter, »bist du lediglich eine ganz, ganz dumme Ziege.«

»Aber ich kann doch nichts dafür.« Ihre Stimme ist kurz davor, zu versagen.

»*Aber ich kann doch nichts dafür*«, äfft Isar sie mit weinerlicher Stimme nach. »Ich bin einfach dumm. Dumm. Dumm. Määääähhhh. Eine strohdumme Ziege!«

»Du bist gemein«, entfährt es ihr atemlos.

»Was du von mir hältst, ist mir ganz egal. Du sollst nur wissen, dass ich nichts von dir halte. Rein gar nichts. Wer die Augen verschließt, der kann auch gleich selbst das Messer führen.«

»Ich habe nicht …«

Der Gesichtsausdruck wechselt schlagartig. Eine tiefe Traurigkeit gleitet über Isars Gesichtszüge. Die Trauer scheint selbst aus ihrem Körper, ihren Fingern, ihren Zehen, ihren Haaren herauszuströmen. Fast ist sie in der Luft sichtbar. »Verloren ist verloren«, sagt Isar leise. So leise, dass es kaum zu hören ist. »Und du wirst verloren sein, da wir anderen bereits verloren sind. Du kannst dich nicht schützen. Nicht durch deinen Wahnsinn. Dein Vergessen. Das wird dir nicht gelingen. Am Ende, ganz am Ende wirst du verstehen, dass du verloren bist. Und warum.« Das Mädchen nickt langsam, während seine leeren Augenhöhlen gegen die gekachelte Zimmerdecke gewendet sind. »Deine Zeit ist nah.«

Schluchzend vergräbt sie das Gesicht in den Händen. Sie erträgt es nicht, Isar zuzuhören. Warum muss das Mädchen derart grausam sein? Warum muss sie an dem schwarzen Feuer rühren, das in ihr brennt? Wo einst die Seele war, lodert ein schwarzer See aus Pech und Schwefel. Flehend hebt sie den Blick zu Isar, möchte sie bitten, aufzuhören. Sie bitten, ihr zu verzeihen. Doch das tote Mädchen ist nicht mehr da. Nur der Geruch von Trauer wabert noch durch die enge Zelle.

Ein lautes Räuspern lässt sie erschrocken den Kopf wenden. Heidrun sitzt in ihrer Schwesterntracht auf der anderen Seite der Pritsche. Leere Höhlen, wo einmal die Augen waren. Das Monster hat sein Werk doch noch vollendet. Wenigstens trägt sie ihre Kleidung. Wenigstens das. Einen weiteren zerschundenen Körper hätte sie nicht ertragen. Schnell blickt sie zur Tür, um nicht die Wunden auf den Armen und dem Gesicht zu sehen. Sie hat genug gesehen. Sie hat genug gehört.

»Ich weiß, dass Sie mir helfen wollten.« Heidrun stößt ein Schniefen aus. »Wenngleich Sie mir das Messer in die Brust gestoßen haben. Sie sind eine kleine Dirne.«

Fest schließt sie die Augen, presst die Hände auf die Ohren. Doch Heidruns Stimme klingt klar und deutlich in ihrem Kopf.

»Ich wollte mich um Sie kümmern. Sicherstellen, dass es Ihnen gut geht. Doch Sie sind eine Dirne. Eine Dirne des Teufels.«

Mehr als die Worte des Mädchens erschreckt sie die Ruhe, mit der die Anklage vorgetragen wird. »Ich bin tot«, erklärt sie abwehrend.

Das Schweigen ist voller Tadel. Es straft alles, was sie gesagt hat, Lügen.

Sie hält die Stille nicht aus. »Ich bin *tot*«, wiederholt sie eindringlich.

Die Ruhe in Heidruns Stimme ist beängstigend. »Sie sind anmaßend. Tot sind die anderen. Nicht Sie.«

»Ich ... ich wünschte, ich wäre tot.«

»Sie lügen«, sagt Heidrun. »Sie sind ein armes, dummes Ding. Eine lügnerische Dirne.«

»Ich habe keine Lust, mich weiter beleidigen zu lassen. Ich weiß, was ich weiß. Ich weiß, was ich bin.«

»Sie sind verrückt, nicht bei Verstand. Vielleicht werfen Sie einen Blick in Ihre Krankenakte. Dort steht es schwarz auf weiß. Doch ich befürchte, der Doktor hat gar nicht erkannt, in welchem Ausmaß Sie bereits verrückt sind.«

»Ich höre nicht zu. Ich höre nicht zu.«

»Oh doch, das tun Sie. Sie hören immer zu, immer und überall. Sie sind schließlich die Dirne des Teufels.«

»Ich möchte nicht ...« Kraftlos bricht sie ab. Fahrig wiegt sie sich von links nach rechts.

Das Geräusch eines Schlüssels im Schloss, dann wird die Tür langsam aufgedrückt. Sie weiß, ohne die Augen zu öffnen, dass Schwester Heidrun verschwunden ist.

»Wie geht es meiner Patientin?«, fragt eine Stimme kühl.

Entsetzt reißt sie die Augen auf und sieht in das Gesicht von Doktor Romberg. Mit dem Lächeln eines Wolfes nickt der Arzt ihr zu.

»Wir beide werden ein intimes Gespräch führen«, sagt Romberg. Die eisige Kälte in seiner Stimme wirft Raureif auf die Kacheln der Zelle.

Ein unkontrollierbares Zittern durchfährt ihren Körper.

»Später«, sagt er. Die Tür schließt sich mit einem Knall.

Vierundzwanzigstes Kapitel

North York Moors, 2016

»Angriff ist die beste Verteidigung«, murmelte Julius, als er auf dem Weg zum Abendessen die Treppe in die Empfangshalle hinunterging. Nachdem er sich in Emilias Badezimmer übergeben hatte, hatte er den restlichen Tag damit verbracht, einen Plan auszuklügeln. Anfangs in der Bibliothek, dann auf seinem Zimmer – er war bestrebt, jede Konfrontation mit den Hardings zu vermeiden. Vorerst. Doch jetzt musste er handeln. Und er würde sich nicht ins Bockshorn jagen lassen. Weder von Agathas hochherrschaftlicher Kühle noch von Philips unberechenbarem Zorn. Er würde klar sagen, was er wollte. Das war der ehrlichste, der direkteste Weg, um das Schloss zu verlassen.

»Angriff ist die beste Verteidigung«, wiederholte Julius leise und hob die Schultern. Er würde den Hardings nicht zeigen, dass er sich wie das Häschen in dem Kinderlied von Agatha fühlte: voller Schrecken auf der Suche nach einem Versteck vor dem Jäger.

Der Tannenbaum im Esszimmer erstrahlte in festlicher Pracht. Julius konnte sich nicht erinnern, jemals einen imposanteren Weihnachtsbaum gesehen zu haben. Er wirkte, als käme er direkt aus einer kitschigen Charles-Dickens-Verfilmung. Unter dem Baum war eine hölzerne Krippe aufgestellt. Die Tafel war opulent geschmückt, doch lediglich an fünf Plätzen war eingedeckt. Die Hardings und Emilia saßen bereits und blickten Julius entgegen. Emilia hatte ein Leuchten in den Augen, das nur Kinder ausstrahlen, die von der Magie des Weihnachtsfestes gefangen genommen sind. In Philips Blick mischten sich Argwohn und Belustigung. Und Agatha zeigte einen unergründlichen Ausdruck, der jeder Königin gut zu Gesicht gestanden hätte. Oder jedem Pokerspieler. Mit einer nahezu royalen Geste winkte sie Julius an den Tisch heran.

»Kommen Sie, Julius. Setzen Sie sich zu uns.« Agatha deutete auf den freien Platz neben Philip, ihr gegenüber. »Lassen Sie uns mit einem wunderbaren gemeinsamen Essen den Heiligen Abend feiern.«

»Und zum Nachtisch gibt es die Kekse, die ich heute gebacken habe!«, rief Emilia aus.

»Vielen Dank«, sagte Julius. Er hielt sich an der Lehne des ihm zugewiesenen Stuhls fest. »Das ist eine wirklich sehr festlich gedeckte Tafel. Ein Platz ist noch unbesetzt, wie ich sehe. Wird Hans mit uns essen?« Interessiert beobachtete Julius Agatha, doch sie zeigte keinerlei Regung. Stattdessen meldete sich Philip zu Wort.

»Hans hat am Tisch der Familie nichts verloren«, blaffte er von der Seite. »Wir warten natürlich auf Peter.«

Ohne Julius' Blick auch nur für den Sekundenbruchteil eines Blinzelns auszuweichen, nickte Agatha gemessen. »Wir warten immer noch auf Peter. Doch er wird es uns nicht übel nehmen, wenn wir mit dem Essen beginnen.«

»Dann kämpft der Arme sich also weiterhin durch dieses unangenehme Wetter?«, fragte Julius mit gespielter Harmlosigkeit. Er zog den Stuhl vom Tisch und setzte sich.

»Da ich nichts anderes von Peter gehört habe, gehe ich davon aus und bin äußerst zuversichtlich, was sein Erscheinen anbelangt«, antwortete Agatha.

War es das fast unmerkliche Zucken eines Mundwinkels oder der Blick, der den seinen für den Bruchteil einer Sekunde mied? Jedenfalls war Julius felsenfest davon überzeugt, dass Agatha log. Peter war nicht auf dem Weg nach Wargrave Castle. Wer weiß, vielleicht gab es diesen Menschen nicht einmal.

Abermals spürte Julius beißende Übelkeit in sich aufsteigen. Er räusperte sich. »Falls Peter nicht durchkommt, falls er unterwegs anhalten muss – hieße das dann im Umkehrschluss, dass wir hier auf Wargrave Castle von der Außenwelt abgeschnitten sind?«

»Das habe ich dir doch bereits erklärt«, schaltete sich Philip unwirsch ein. »Mit meinem Land Rover komme ich überall durch.« Er stieß ein abfälliges Schnauben aus.

»Philip!«, mahnte Agatha ihren Sohn mit einem Seitenblick auf Emilia. Dann wandte sie sich an Julius. »Wir sind bisher noch immer vom Schloss weggekommen, wenn wir es wollten.«

»Wenn wir es wollten«, wiederholte Philip. Man merkte ihm die Anstrengung an, die es ihn kostete, sich im Zaum zu halten. Ein neuerlicher Blick von Agatha ließ ihn den Kopf senken.

»Das Wetter beruhigt sich bereits wieder«, erklärte Agatha betont gut gelaunt. »Ich denke, dass wir keinen weiteren Schneefall an den Weihnachtstagen erwarten müssen. Sie brauchen sich also nicht unnötig zu sorgen, Julius. Wenn Sie zurück nach London müssen, ist der Schnee wahrscheinlich schon wieder geschmolzen.«

»Ich will aber noch nicht zurück!«, rief Emilia aus. »Papa, ich will noch ganz lange hier auf dem Schloss bleiben.«

»Emmi, das verstehe ich. Doch irgendwann musst du natürlich nach München zurück. Daran führt kein Weg vorbei.«

»Aber das dauert noch ganz lange!«, protestierte Emilia. »Ganz, ganz lange!«

Agatha streichelte Emilia sanft über den Kopf. »Jetzt feiern wir erst einmal gemeinsam das Weihnachtsfest, mein Engel. Morgen schauen wir nach, was das Christkind dir Wunderbares gebracht hat. Da du ein so liebes Kind bist, werden es sicher unzählige Geschenke sein.«

Begeistert jauchzte Emilia auf.

»Ich möchte …«, setzte Julius an, wurde jedoch von Agatha unterbrochen, die laut in die Hände klatschte.

»Endlich, das Essen!« Agathas Miene verfinsterte sich von einer Sekunde auf die andere. »Hans, warum hat das so lange gedauert?« Missbilligend winkte sie den Hausdiener heran, der mit einem großen Tablett in der Tür erschienen war.

Julius schluckte hinunter, was er hatte sagen wollte. Er musste einen günstigeren Moment abpassen. Vielleicht konnte er das Gespräch auf die Abreise bringen, während sie aßen.

Doch Agatha schien bestrebt, keine unnötigen Pausen im Tischgespräch aufkommen zu lassen. Zweimal führte sie ein neues Thema ein, als Julius gerade über einen baldigen Abschied sprechen wollte. Angeregt tauschte sich die alte Frau mit Emilia über die anstehenden Feiertage auf Wargrave Castle aus, während Philip die meiste Zeit vor sich hin brütete. Hans servierte stumm einen Gang nach dem anderen und hielt sich ansonsten wie ein Schatten im Hintergrund, immer zur Stelle, wenn es galt, Wein nachzufüllen oder einen benutzten Teller abzuräumen. Nur seine Miene verriet seine schlechte Laune.

»Danke, für mich nicht mehr«, sagte Julius und legte eine Hand auf sein Weinglas, als der Hausdiener sich anschickte nachzuschenken. Julius spürte bereits die Wirkung des Alkohols, er wollte unbedingt einen klaren Kopf behalten. Peter war nicht aufgekreuzt und wurde auch mit keiner Silbe von den Hardings erwähnt – es war sonnenklar, dass der

Mann heute nicht mehr nach Wargrave Castle kommen würde. Damit entfiel nun auch der letzte Grund, länger als nötig auf dem Schloss zu bleiben.

»Wirklich nicht, danke«, wiederholte Julius nachdrücklich, da der Hausdiener abwartend mit der Flasche hinter ihm stehen geblieben war.

Philip hob sein Glas und ließ sich demonstrativ von Hans nachschenken. Dabei bedachte er Julius mit einem unergründlichen Lächeln. »Komm schon, mein Freund. Lass uns anstoßen. Schließlich ist es der Heilige Abend. Für Deutsche ist dies doch der wichtigste Weihnachtstag.«

»Ich möchte keinen Wein mehr, danke.« Julius schüttelte den Kopf.

»Sie wollen doch nicht die gesamten Weihnachtstage derart mürrisch dreinblicken?«, lachte Agatha. Ihre Stimme hatte wieder jenen schrillen Unterton angenommen, der Julius bereits bei ihrem ersten Aufeinandertreffen im Pub aufgefallen war. »So mürrisch! Das können wir nicht zulassen, Emilia, oder?«, raunte Agatha verschwörerisch. »Nicht während des Weihnachtsfests!«

Das Kind stützte beide Hände auf der Tischplatte ab. »Es ist Weihnachten, Papa. Du *musst* gute Laune haben!« Sie warf ihrer Tischnachbarin einen schnellen Blick zu. »Das wird schließlich das beste Weihnachten aller Zeiten.«

Strahlend streichelte Agatha dem Mädchen über den Kopf.

Julius gewann den verstörenden Eindruck, seine Tochter sage etwas Auswendiggelerntes auf. »Mit meiner Laune ist alles in Ordnung«, entgegnete er vorsichtig. Er hatte plötzlich den Eindruck, dass überall am Tisch versteckte Minenfelder lauerten.

Emilia beugte sich zu Agatha hinüber und flüsterte ihr etwas ins Ohr – jedoch so laut, dass es am gesamten Tisch zu hören war. »Vielleicht ist Papa so miesepetrig, weil er diese Krankheit hat. Die Krankheit, von der er selbst nichts merkt, weißt du.«

»Ich bin nicht krank!«, entfuhr es Julius. Er wusste nicht, was ihn wütender machte: die falsche Behauptung über seinen Gesundheitszustand oder Agathas wissendes Lächeln. »Mit mir ist alles in Ordnung! Ich möchte übrigens noch etwas anderes besprechen.« Aufgeregt räusperte er sich. Dieser Zeitpunkt war genauso schlecht wie jeder andere. »Es ist wichtig«, betonte er.

Die Stimmung am Tisch änderte sich schlagartig. Agatha kniff die Augen zusammen und musterte Julius argwöhnisch. Gleichzeitig spürte Julius, wie Philip neben ihm sich verspannte und misstrauisch im Stuhl vorbeugte. Selbst Emilia sah ihren Vater mit einem Stirnrunzeln an, in dem ein Tadel mitschwang.

»Ich bin sehr dankbar für die Gastfreundschaft, die Emilia und ich auf Wargrave Castle genießen durften. Doch ich habe mich entschieden, dass wir abreisen müssen.« Julius blickte in die Runde, bemüht, Selbstsicherheit auszustrahlen. »Heute Abend noch.«

Totenstille lag im Raum. Es war ein heiserer Aufschrei von Emilia, der sie durchbrach. »Nein! Ich will bleiben.« Sie verschränkte die Arme vor der Brust und sah ihren Vater herausfordernd an. »Ich bleibe hier!«

»Emmi, mein Schatz …«, versuchte Julius, seine Tochter zu besänftigen.

»Nein!«, schrie Emilia wütend. »Ich komme nicht mit. Ich bleibe hier! Morgen früh ist die Bescherung. Warum bist du so gemein, Papa?« Sie schob ihre Unterlippe nach vorne, und Tränen traten ihr in die Augen. »Das ist so fies!« Mit roten Wangen schrie sie Julius über den Tisch hinweg ins Gesicht. »Fies!«

Abwehrend hob Julius eine Hand. »Es tut mir leid, Emmi. Aber wir müssen wirklich zurück.«

Agatha räusperte sich. Ihr Gesicht wirkte wie versteinert. »Heute Abend noch wollen Sie abreisen?«

Julius nickte. »Ich hoffe sehr, dass Philip so freundlich ist, uns bis zum nächsten Bahnhof zu fahren. Von dort kommen wir schon nach London.« Er wandte sich zu seinem Tischnachbarn. »Du sagtest ja, mit dem Land Rover kommen wir durch.«

Philip griff nach seinem Weinglas, nahm einen tiefen Schluck und drehte das Glas nachdenklich in der Hand. Dabei sah er zu seiner Mutter hinüber.

»Woher kommt Ihr plötzlicher Wunsch, uns zu verlassen?«, wollte Agatha wissen. Sie hielt ihre Serviette mit beiden Händen vor der Brust und knüllte sie dermaßen stark, dass die Knöchel weiß hervortraten.

Julius schluckte. Er wusste nicht, was er darauf antworten sollte. Dass er die Hardings mittlerweile für völlig durchgeknallt hielt, konnte er wohl schlecht vorbringen. »Ich ...«, war alles, was er ausweichend herausbrachte.

»Siehst du«, schimpfte Emilia, »du weißt es gar nicht. Du bist wirklich krank, Papa. Das ist die Krankheit.« Ihr Ton bekam etwas Flehendes. »Ruh dich bitte aus, Papa. Hier auf dem Schloss. Damit es dir bald besser geht.« Mit großen Augen sah sie Julius hoffnungsvoll an.

»Das ist doch ein vernünftiger Vorschlag«, sprang Agatha dem Mädchen bei. »Ruhen Sie sich über die Feiertage aus, sammeln Sie Kräfte. Danach sehen wir weiter.«

»Ja, Papa! Bitte!«

Es kostete Julius große Anstrengung, doch er schüttelte den Kopf.

Emilia schlug mit der Faust auf den Tisch, dass das Geschirr klirrte. »Ich hasse dich, Papa! Mama hat recht, du bist ein kranker Spinner. Das sagt sie immer zu Oma und Opa über dich. Ein kranker Spinner! Dass du ganz heftig spinnst, sagt sie.« Tränen liefen ihre Wangen hinab. »Ich will nicht abreisen!« Damit sprang sie von ihrem Stuhl auf, warf Julius einen giftigen Blick zu und stürmte aus dem Zimmer.

Wie paralysiert verfolgte Julius den Gefühlsausbruch seiner Tochter. Verdammt, mit dieser Reaktion hatte er nicht gerechnet. Natürlich war ihm klar gewesen, dass Emilia es nicht toll finden würde, heute bereits abzureisen, doch mit solch einem Ausbruch hatte er wahrlich nicht gerechnet. Er machte Anstalten, sich zu erheben, doch Agatha bedeutete ihm eindringlich, sitzen zu bleiben.

»Warten Sie! Warten Sie!«, rief sie Julius zu. »Sie machen alles nur noch schlimmer, wenn Sie jetzt hinter Emilia hergehen. Lassen Sie sie sich erst einmal beruhigen. Bitte!«

Zögerlich ließ Julius sich zurück auf den Stuhl sinken.

Agatha nickte eindringlich. »Das Kind wird sich schon wieder beruhigen. Versuchen Sie doch, sich in sie hineinzuversetzen. Seit Tagen freut Emilia sich auf das Christkind, und nun wollen Sie genau am Abend *vor* der Bescherung abreisen.«

»Ich verstehe immer noch nicht diese überstürzte Hast«, bemerkte Philip kühl von der Seite. »Es ist ja nicht so, als tue meine Mutter nicht alles, damit Emilia sich auf Wargrave Castle wohlfühlt.«

Sie tut für meinen Geschmack etwas zu viel für Emilias Wohlergehen, dachte Julius, hielt aber den Mund. Er wollte eine Auseinandersetzung mit den Hardings unbedingt vermeiden. Sie sollten Emilia und ihm helfen, den nächsten Bahnhof zu erreichen. Das war alles, was im Augenblick zählte.

»Wo wollen Sie überhaupt hin?«, wollte Agatha wissen.

»Wo wollen Sie denn unterkommen? Sie haben doch im Moment gar keine eigene Bleibe.«

»Ich werde zu Emilias Großeltern fahren. Sie sind ja noch in London. Dort werde ich die Kleine abliefern.«

»Abliefern!«, spie Philip aus. »Du redest ja so, als wäre das Kind ein Frachtstück. Ich sage dir mal etwas, Julius. Wenn du …« Doch ein scharfer Blick von seiner Mutter ließ Philip augenblicklich verstummen.

»Zu den Großeltern, ich verstehe«, nickte Agatha langsam. »Ich verstehe.«

»Ich selbst nehme mir über die Feiertage dann irgendwo ein kleines Zimmer. Und noch in diesem Jahr suche ich mir einen neuen Job.« Selbst wenn er kellnern oder putzen gehen müsste – alles war besser, als hier in diesem gruseligen Steinklotz zu hocken. Und einer verrückten Alten ausgeliefert zu sein, die die Äbtissin spielte. Julius sah sich eilig im Raum um, als erwarte er, dass jeden Moment die nächste wahnsinnige Person hervorstürzte.

»Ich verstehe«, wiederholte Agatha. Sie legte die zerknüllte Serviette neben ihren Teller und nestelte konzentriert an ihrer Frisur. »Sie werden Peter verpassen, wenn Sie heute abreisen.«

Peter, dass ich nicht lache! Julius unterdrückte einen Ausruf und zuckte mit den Schultern.

»Ich dachte, eine Aufenthaltsgenehmigung sei dir so wichtig«, warf Philip ein. »Du willst doch auf der sicheren Seite sein, was den Brexit angeht.«

»Das ist richtig. Die Genehmigung ist mir natürlich weiterhin immens wichtig. Ich denke, ich gehe in London zu einem Anwalt und lasse mich beraten, was ich tun kann.«

»Zu einem Anwalt«, spottete Philip. »Wie willst du denn den bezahlen?«

»Wir werden sehen«, sagte Julius ausweichend. Er blickte

zu Agatha. »Ich danke Ihnen jedenfalls sehr für die Gastfreundschaft. Auch im Namen von Emilia. Doch ich möchte Sie darum bitten, meine Tochter und mich zum nächstgelegenen Bahnhof zu fahren. Ich entschuldige mich für die zusätzlichen Unannehmlichkeiten, die wir Ihnen damit bereiten. Wirklich, es tut mir sehr leid.« Er bemühte sich, Festigkeit in seine Stimme zu legen. »Aber wir möchten zurück nach London!«

Aus dem Hintergrund erklang ein leises, amüsiertes Auflachen. Oder hatte Julius sich getäuscht? Agatha und Philip schienen das Lachen nicht gehört zu haben. Stirnrunzelnd drehte sich Julius in seinem Stuhl um. Hinter ihm, an der Wand, stand Hans, den Blick fest auf den Boden gesenkt. Er hielt noch immer die Weinflasche in der Hand.

Agatha atmete tief ein. »Nun, Sie wollen uns also verlassen, Julius. Das betrübt mich sehr.« Sie wechselte einen schnellen Blick mit ihrem Sohn. Dann spreizte sie die Hände. »Doch wenn Sie es wünschen …«

»Ja, bitte«, sagte Julius. Erleichtert atmete er aus.

»Ich möchte jedoch einen Vorschlag unterbreiten. Zur Güte sozusagen.« Wieder klang Agathas Lachen schrill, überspannt. »Bleiben Sie noch bis zum Morgen, Julius.«

»Mir wäre es …«, wollte Julius einwenden.

Doch Agatha hob mit bittender Miene eine Hand. »Warten Sie, hören Sie sich an, was ich sagen möchte.« Mit leicht zitternder Hand führte Agatha ihr Weinglas an den Mund und nahm einen tiefen Schluck. »Es ist zum einen zu spät, um heute noch die beschwerliche Fahrt anzutreten. Durch diese Schneewehen hindurch ist der nächste Bahnhof sicherlich erst in zwei Stunden zu erreichen. Vielleicht sogar erst in drei Stunden. Was meinst du, Philip?«

Ihr Sohn zuckte mit den Schultern. »Das weiß man erst, wenn man angekommen ist. Heute Abend ist es sowieso nicht ratsam, den Wagen zu nehmen.« Er hob sein Glas und prostete Julius zwinkernd zu. »Schließlich habe ich getrunken.«

»Richtig, natürlich!«, stieß Agatha aus. »Es geht nicht anders – Sie müssen bis zum Morgen mit der Abreise warten. Lassen Sie Emilia doch die Freude der Bescherung! Und danach fährt Philip Sie. Gerne auch bis nach London.«

Philip grummelte etwas Unverständliches.

»Lassen Sie uns wenigstens den Heiligen Abend gemeinsam feiern. Für Emilia.« Geradezu flehend sah Agatha Julius an. »Es wird Ihrer Tochter das Herz brechen, sollte sie morgen früh nicht zur Bescherung auf dem Schloss sein. Reisen Sie danach ab, Julius. Was für einen Unterschied macht für Sie noch diese eine weitere Nacht?«

Die Vorstellung behagte Julius gar nicht. Doch was sollte er tun? Welche Alternative gab es? Da sie auf Philip und den Land Rover angewiesen waren, musste er wohl in den sauren Apfel beißen. Angespannt klopfte Julius mit den Fingern auf die Tischplatte. Die Aussicht auf die Bescherung würde Emilia zumindest beruhigen.

Also eine weitere Nacht auf Wargrave Castle? Eine Stimme in Julius' Kopf schrie warnend auf. Die Hardings legten ein verstörendes Verhalten an den Tag, das längst nicht mehr mit *exzentrisch* verharmlost werden konnte. Eine alte Vettel, von der angeblich niemand sonst etwas mitbekam, streifte nachts mit einem Messer durch die Räume. Emilia wurde mit der unfassbaren Erklärung von ihm ferngehalten, dass er ein paar Schrauben locker habe. »Weg! Nur weg!«, schrie die Stimme Julius eindringlich zu. »Nimm dein Kind und hau ab!« Doch wie sollte er das anstellen?

»Dieser verdammte Schnee«, murmelte Julius.

»Was sagten Sie?«, fragte Agatha sichtlich angespannt.

»Ich werde mit Emilia morgen abreisen. Wie Sie es vorschlagen«, sagte Julius zögerlich. »Doch ich habe noch eine … Bitte.« *Bedingung* hatte er eigentlich sagen wollen. Doch er durfte es nicht überreizen. Mit nervöser Aufmerksamkeit nahm er Philips Gestalt wahr, die neben ihm auf dem Stuhl lauerte – wie zum Sprung bereit.

Agatha nickte und nestelte an ihrer Perlenkette, merklich bemüht, sich ihre Erleichterung nicht anmerken zu lassen.

»Ich möchte Sie bitten, mir für die kommende Nacht ein anderes Zimmer zu geben. Eines, das hier in diesem Trakt liegt. Das näher bei meiner Tochter ist.« Julius hielt inne und schüttelte den Kopf. »Nein, noch anders! Ich werde einfach in Emilias Zimmer schlafen. Sicher können wir irgendein anderes Bett dort unterbringen. Ach, eine einfache Matratze genügt vollkommen!« Er würde sich bis zu ihrer Abreise nicht von Emilia trennen lassen. So viel stand fest.

»Selbstverständlich«, sagte Agatha mit fester Stimme. Sie hatte zu ihrer alten Selbstsicherheit zurückgefunden. »Dann ist es abgemacht: Philip fährt Sie morgen nach der Bescherung zurück nach London. Doch auch ich habe eine Bitte an Sie, Julius.«

Julius runzelte die Stirn.

»Lassen Sie uns heute Abend mit guter Laune gemeinsam das Weihnachtsfest feiern. Für Emilia. Ich würde mich freuen, wenn das Kind seine Zeit auf Wargrave Castle in guter Erinnerung behält.«

»Ja, sicher. Das möchte ich auch.« Es war Julius vor allem sehr daran gelegen, dass Emilia sich beruhigte und morgen ohne nennenswerten Aufstand – oder gar Widerstand – mit ihm die Rückreise antrat.

Für einen kurzen Moment schloss Agatha die Augen. Tonlos bewegten sich ihre Lippen, als spreche sie ein Gebet. Dann sah sie Julius mit einem leisen Lächeln an. »Ich denke, Philip sollte Emilia zu uns holen. Zweifellos wird sie in ihrem Zimmer sein. Hans, serviere unterdessen den Champagner.« Sie kniff die Augen zusammen. »Den guten. Wir wollen zum angenehmen Teil des Abends übergehen. Ach, Philip?«

Agathas Sohn war bereits aufgestanden und unterwegs zur Tür. »Mutter?«, fragte er und blieb abwartend stehen.

»Philip, bitte habe doch eben ein Auge darauf, dass Hans auch wirklich den guten Champagner ausschenkt. Du weißt, wie unzuverlässig er sein kann.« Sie seufzte und lächelte Julius entschuldigend zu. »Am letzten Abend wollen wir unserem Gast nur das Beste vorsetzen.«

Philip nickte. »Ich werde mich darum kümmern, Mutter.« Er warf Julius einen undurchdringlichen Blick zu, dann folgte er Hans aus dem Esszimmer.

»Ist mein Mobiltelefon eigentlich irgendwo aufgetaucht?«, fragte Julius. »Wenn ich morgen abreise, dann muss ich es unbedingt dabeihaben.«

»Nicht, dass ich wüsste«, gestand Agatha. »Ich habe gehört, wie Philip Emilia danach gefragt hat. Doch sie weiß nichts davon. Vielleicht haben Sie es irgendwo abgelegt und später vergessen. Ich werde Philip bitten, morgen früh von seinem Telefon aus Ihre Nummer zu wählen. Dann hören wir es eventuell klingeln, nicht wahr? Sie hatten hier auf dem Schloss doch bisweilen Empfang, sagten Sie? Auch Hans soll noch einmal durchs Haus gehen und Ausschau halten. Ich werde es ihm auftragen. Sicherlich werden wir das Gerät in irgendeiner Ecke finden.«

»Philips Telefon?«, bemerkte Julius erstaunt. »Sagten Sie nicht, dass es hier auf Wargrave Castle keinen Empfang für Ihre Mobiltelefone gebe? Deshalb waren Sie doch überhaupt so erstaunt, dass ich von meinem Zimmer aus sogar Zugriff auf das Internet hatte.«

Agathas Hand glitt wieder zu ihrer Perlenkette. »Sagte

ich das? Da müssen Sie mich falsch verstanden haben. Wobei es natürlich auch sein kann, dass ich mich missverständlich ausgedrückt habe.« Ihr Lachen klang mindestens zwei Oktaven zu hoch. »Von diesen technischen Fragen verstehe ich nicht viel.« Sie klimperte mit den Wimpern. »Philip hat einen Apparat, der sich über einen Satelliten mit dem Telefonnetz verbinden kann. Damit kann er Ihre Telefonnummer anwählen, denke ich.«

Ein Satellitentelefon? Julius stand der Mund offen. Diese Dinger waren unfassbar kostspielig. Er kratzte sich an der Stirn. »Und auf dem Gerät empfangen Sie alle Ihre Anrufe? Auf dem Satellitentelefon? *Darauf* ruft Peter Sie an, wenn er im Schnee stecken bleibt?«

Diesmal war Agathas Zusammenzucken nicht zu übersehen. Julius presste die Lippen aufeinander.

Entschuldigend hob Agatha die Hände. »Ich verstehe, wie gesagt, nicht viel von diesen technischen Dingen. Es ist durchaus möglich, dass ich irgendetwas verwechsele.« Es war eindeutig, dass sie es dabei belassen wollte. »Wie schade, dass Sie schon so bald abreisen wollen. Doch ich denke, ich kann Sie verstehen, Julius.«

»Ja?«, entfuhr es Julius erstaunt.

»Nun, Sie haben zweifelsohne eine aufregende Zeit hinter sich. Sind von einem Unglück ins nächste gestolpert.«

In der sich anschließenden Pause war das Knistern des Kamins das einzige Geräusch. Während Julius auf seinen Teller starrte, faltete Agatha ihre Serviette zusammen. »Dieses Schreiben aus dem Innenministerium muss wie ein Dolchstoß gewesen sein«, fuhr sie schließlich fort. »Ich vermute, dass Sie immer noch ganz verwirrt sind, Julius. Und diese Verwirrung ist der Grund dafür, dass Sie abreisen möchten. Im Moment gelingt es Ihnen einfach nicht mehr, zu erkennen, wenn Freunde Ihnen hilfreich zur Seite stehen wollen. Sie sind auf der Flucht. Wollen weiter. Doch wohin? Im Grunde fliehen Sie vor sich selbst. Vor Ihrer Vergangenheit in München, den Problemen, die Sie dort hatten.« Agatha drückte ihren Rücken durch und stützte beide Hände auf der Tischkante ab. »Glauben Sie mir, es ist ein wunderbares Gefühl, sich seiner Vergangenheit zu stellen. Wie schrecklich und schmerzhaft sie auch gewesen sein mag.« Agatha schien auf eine Reaktion ihres Gegenübers zu warten. Als Julius stumm blieb, sprach sie weiter. »Wollen Sie es sich nicht doch noch einmal überlegen, Julius? Bleiben Sie über die Feiertage bei uns. Ich verspreche Ihnen, dass es ein angenehmes und entspanntes Weihnachtsfest wird. Denken Sie an Emilia. Sie wird begeistert sein von weißen Weihnachten auf Wargrave Castle.«

Und was ist mit deinem psychopathischen Sohn?, wollte Julius ausrufen. Was ist mit der alten Irren, die durchs Schloss schleicht und von der ihr behauptet, es gäbe sie nicht? Was mit dem augenscheinlich zurückgebliebenen Hausdiener? Was mit deinem durchgeknallten Wahn, meine Tochter an dich zu binden, Agatha? Wie, bitte schön, passt all das zu einem angenehmen und entspannten Weihnachtsfest? Dass ich nicht lache! Julius biss sich auf die Zunge, formulierte seine Antwort dann betont ruhig. »Wir reisen morgen ab, wie besprochen. Direkt nach der Bescherung. Sie haben sicherlich recht, dass Emilia ihre Geschenke in Ruhe auspacken sollte. Doch danach geht es für uns zurück nach London.«

Agatha nickte ernst. Unter dem Make-up war die Farbe aus ihrem Gesicht gewichen. »Wie Sie wünschen, Julius. Wie Sie wünschen.« Plötzlich wirkte sie alt. Die agile Kraft war aus ihren Zügen verschwunden. Mit zitternder Hand schob sie ihr Weinglas von sich.

Ein Geräusch an der Tür ließ Julius und Agatha den Kopf

wenden. Unbeholfen balancierte Hans ein Tablett mit drei Champagnergläsern in den Raum.

»Hans, sei vorsichtig«, mahnte Agatha. »Es wäre sehr schade um den guten Champagner, solltest du ihn verschütten.«

Der Alte gab einen grunzenden Laut von sich und bugsierte die Getränke an den Tisch. Er warf Julius einen wütenden Blick zu, als trage dieser die Schuld für den Rüffel, den Agatha ihm verpasst hatte.

»Unser Gast zuerst! Unser Gast zuerst!«, rief Agatha und wedelte mit einer Hand durch die Luft. Dabei beobachtete sie mit Argusaugen die Gläser. »Verschütte nichts!«, wiederholte sie eindringlich. »Hat Philip dir bei der Auswahl geholfen?«

Hans deutete ein Nicken an, als er eines der Gläser vor Julius abstellte.

»Gut. Das ist gut«, sagte Agatha und ließ sich in ihrem Stuhl zurückfallen. Sie holte tief Luft. »Dann ist alles gut.«

Stumm servierte der Hausdiener die beiden anderen Gläser, dann trottete er mit dem Tablett unter dem Arm aus dem Zimmer.

»Lassen Sie uns nicht auf Philip warten, mein Lieber.« Die Blässe in Agathas Gesicht war roten Flecken gewichen. Ihre Augen glänzten fiebrig. Fahrig hob sie ihr Champagnerglas. »Frohe Weihnachten. Zum Wohl.«

Während Julius sein Glas zum Mund führte und ein »Zum Wohl« murmelte, musterte er seine Gastgeberin. Ob alles in Ordnung mit der Frau war? Sie wirkte plötzlich ungesund aufgekratzt. Nicht, dass sie gerade jetzt einen Herzinfarkt oder so etwas bekam.

Nachdenklich ließ Julius das Getränk auf seiner Zunge perlen. Erst einmal zuvor hatte er echten Champagner getrunken. Nicht seins, das Zeug. Er konnte das Theater nicht verstehen, das um den teuren Traubensaft gemacht wurde, und es kostete ihn Mühe, beim Hinunterschlucken nicht das Gesicht zu verziehen. Das Getränk hatte einen leicht bitteren Geschmack. Ob die Flasche nicht in Ordnung gewesen war? Doch ein Blick auf Agatha, die ihr Glas in einem Zug halb leerte, ließ ihn schweigen und einen weiteren Schluck nehmen. Er wollte sich nicht als Banause zu erkennen geben.

Agatha entspannte sich merklich. Langsam löste sie einen Diamantring von ihrem Finger und legte ihn vor sich auf die Tischplatte. »Ein Geschenk von meinem verstorbenen Mann«, erklärte sie. »Er hat ihn mir zur Geburt des Kindes geschenkt.« Sie sinnierte einen Moment. »Ich überlege, ob ich ihn Emilia schenken soll.«

Erstaunt riss Julius die Augen auf. »Den Ring? Emilia? Nein ... also ...«, stotterte er. Dann verzog er das Gesicht und fasste sich an die Stirn. Ein heftiger Schmerz explodierte in seinem Kopf.

»Ist alles in Ordnung?«, fragte Agatha besorgt.

Julius nickte langsam. Doch ihm war gar nicht gut. Zu dem Kopfschmerz gesellte sich Übelkeit.

»Ah, Philip! Emilia! Kommt zu uns. Wir stoßen gerade auf Weihnachten an.« Agatha winkte die beiden ungeduldig heran. Sie wartete, bis sie am Tisch Platz genommen hatten, dann hob sie ihr Glas. »Stoßen wir doch an. Auf unser schönes Zusammensein auf Wargrave Castle. Sie auch, Julius. Ihr Glas.«

Julius fühlte sich halb wie in einem Traum. Agathas Stimme drang wie durch Watte an sein Ohr. Pflichtschuldig nippte er an seinem Glas. Er versuchte, Emilia zu erkennen, doch das Zimmer begann sich vor seinen Augen zu drehen.

»Was ist denn mit Papa los?«, fragte Emilia besorgt. »Er sieht ganz komisch aus. Was ist denn los, Papa?«

»I-ich …«, lallte Julius.

»Mach dir keine Sorgen, Engelchen. Das ist sicherlich seine Krankheit. Du weißt schon – die Krankheit, die dein Papa nicht wahrhaben will. Er braucht wohl dringend Ruhe, denke ich.« Beruhigend strich Agatha dem Mädchen über den Kopf. Dabei ließ sie Julius keine Sekunde aus den Augen.

»Für mich sieht es so aus, als habe er wieder zu viel gebechert«, erklang Philips Stimme hämisch von der Seite. »Leider hat dein Papa sich nicht gut unter Kontrolle, Emilia.«

»I-ich …«, war wiederum alles, was Julius zustande brachte.

»Siehst du«, sagte Philip, »er lallt wie ein Betrunkener. Wir sollten ihn ins Bett bringen, damit er seinen Rausch ausschlafen kann.«

Agathas Stimme klang aufgeregt. »Ja, er gehört in sein Bett, der liebe Julius. Eine gute Portion Schlaf müsste in seinem Zustand Wunder wirken. Hoffe ich zumindest. Morgen wird es ihm besser gehen, Emmi. Sollte seine Krankheit wieder heftiger zutage treten, dann wird die Genesung natürlich wohl oder übel länger dauern. Das werden wir am Morgen wissen.«

Sosehr er seinen Willen anstrengte, Julius bekam nur ein Stöhnen aus dem Mund.

»Der Mann gehört ins Bett«, stellte Agatha bestimmt fest. »Er muss seinen Rausch ausschlafen.«

»Ich kümmere mich darum, Mutter«, sagte Philip. »Bleib du mit Emilia hier sitzen. Feiert den Heiligen Abend. Julius muss ja nicht uns *allen* die andächtige Stimmung ruinieren.«

Julius wollte protestieren, doch nicht einmal mehr ein Stöhnen erreichte seinen Mund. Er war wie betäubt. Alles drehte sich, er konnte keinen klaren Gedanken fassen. Geschweige denn, sich bewegen. Hilflos merkte er, wie er unter die Arme gefasst und hochgehoben wurde.

»Ich bringe ihn nach oben«, schnaufte Philip. »Hans kann mir helfen.«

»Papa!«, rief Emilia ängstlich. »Ruh dich gut aus. Du musst schnell wieder gesund werden! Hörst du?«

Julius wollte etwas rufen. Er mobilisierte seine gesamte Willenskraft. Vergeblich. Immer schneller drehte es sich in seinem Kopf. Schneller und schneller. Ihm war speiübel. Er würgte. Das Drehen war nun so schnell, dass ihm schwarz vor Augen wurde. Er hatte das Gefühl, als schwebe er schwankend durch die Luft. Direkt in die Dunkelheit hinein flog er, und die Finsternis legte sich wie ein schweres Tuch um ihn.

»Vorsichtig, die Treppe«, raunte Philip. Und dann murmelte er heiser, ganz nah an Julius' Ohr: »Mutter hat sich schon lange nicht mehr derart gefreut.«

Fünfundzwanzigstes Kapitel

München, 1945

Sie kommen in der Nacht. Sie hört die nahenden Schritte. Zwei Personen. Der Schlüssel dreht sich leise im Schloss, dann öffnet sich die Tür. Eine Lampe blendet sie, sodass sie eine Hand über die Augen legen muss.

»Sie ist ja wach.« Der Mann klingt enttäuscht.

»Ändert nichts«, erwidert eine zweite männliche Stimme.

Zwischen den Fingern hindurch kann sie die Männer als zwei große Schatten ausmachen. Die beiden zögern einen Moment, doch dann treten sie in die Zelle und schließen hinter sich die Tür. Sofort breitet sich das Gefühl von bedrückender Enge in dem kleinen Raum aus. Es schnürt ihr die Kehle zu.

Einer der Männer stellt die Lampe neben der Tür auf den Boden. Langsam lässt sie ihre Hand sinken und blinzelt. Zwei Pfleger. Sie hat sie zuvor noch nie gesehen.

Einer der beiden macht einen Schritt auf sie zu. Er ist hager, sein blasses Gesicht von Aknenarben gezeichnet. »Sie werden abgeholt«, sagt er knapp, aber nicht unfreundlich.

Der andere Mann tritt ebenfalls näher. Er ist von bulliger Statur, auf der Glatze perlen Schweißtropfen. In seinen großen Händen hält er ein gefaltetes Kleidungsstück, das nun ausgerollt wird. »Wir ziehen Ihnen das jetzt an«, brummt er mit sonorer Stimme. »Machen Sie keine Sperenzchen, dann geht das alles ohne Schmerzen vonstatten.«

Beipflichtend nickt der andere Pfleger.

Ohne Schmerzen. Sie glaubt den Männern kein Wort.
»Wenn der Wolf kommt, ist die Hölle nahe«, flüstert sie.

Die Männer wechseln einen Blick. »Die ist wirklich irre«, bemerkt der Hagere.

»Deshalb sitzt sie hier«, antwortet der Bullige trocken. »Los, aufstehen!«, raunzt er.

Wie eine Feder fühlt sie sich, als sie sich von dem Mauersims erhebt. Ihr Kopf ist seltsam leer und leicht. Sie schwankt, kann sich gerade eben auf den Beinen halten.

»Wie lange hat die nichts mehr gegessen?«, fragt der Hagere. »Die kippt uns gleich um.«

»Dann machen wir mal besser schnell«, erwidert der andere Pfleger ungerührt. »Die Arme hoch, so ist richtig. Jetzt ruhig stehen bleiben.« Er hantiert mit dem Kleidungsstück herum.

Die Zwangsjacke legt sich um sie wie eine zweite Haut. Mit schmerzverzerrtem Gesicht atmet sie aus, als der Pfleger die Jacke festschnürt. »Ich bin bereits tot«, murmelt sie. »Ihr wisst nicht, was noch kommt. Ihr wisst nichts.«

»So, hier lang jetzt.« Der Bullige schiebt sie auf den Gang. »Nach links«, befiehlt er ungehalten.

Es ist ihr egal, was geschieht. Verlegt man sie in eine andere Zelle? Hoffentlich wartet dort ein kleiner Vogel auf sie. Oder wird sie entlassen? Wo befindet sie sich eigentlich? Sie hat das Gefühl, etwas Wichtiges vergessen zu haben. Etwas derart Wichtiges, dass sie nicht daran denken *möchte*. Aber es ist ihr egal, was geschieht. Das ist sicher. Moment! Ist es ihr wirklich gänzlich egal, was geschieht?

Mit gesenktem Kopf schlurft sie durch den Gang, der nur unstet von der Lampe in der Hand des Hageren beleuchtet wird. Aus einem Zimmer, an dem sie vorbeikommen, ertönt ein schriller Schrei. Sie alle ignorieren ihn. Die Schreie hören sowieso niemals auf. Alles ist egal. Sie ist bereits tot.

Das ist es, was sie sich immer wieder sagen muss. Daher ist es auch egal, was Rosa, Isar und Heidrun behaupten. Die Mädchen wollen ihr nur etwas einreden. Die armen Mädchen! Die dummen Mädchen!

Am Ende des Ganges drückt der bullige Pfleger sie nach rechts in einen weiteren Gang, der zu einem Nebentrakt des Gebäudes führt. Eine Gittertür versperrt den Gang. Dahinter wartet Dunkelheit. Nachdem der Hagere die Tür aufgeschlossen hat, erhält sie einen Stoß in den Rücken. »Weiter!«, schnauzt der Bullige sie an.

Sie torkelt durch die Tür. Die Pfleger folgen. Sie hört, wie die Gittertür zugeschlossen wird. Der Weg zurück ist versperrt. Enge schnürt ihre Brust zu. Eine dunkle Ahnung zieht in ihr auf.

Den Gang hinab. Ihr Rücken schmerzt. Die Männer haben gelogen. Es geht nicht ohne Schmerzen. Sie hat gleich gewusst, dass es nicht ohne Schmerzen geht. Doch sie kann das körperliche Leiden ausblenden. Der Schmerz ist nicht wichtig. Ihr Platz ist in der Mitte, nahe dem Thron aus Knochen, wo das Monster mit triefenden Lefzen sitzt. Sie sieht sein breites, siegessicheres Grinsen. Ihr Platz ist bei ihm. Nicht hier. »Halt!« Die Stimme des Mannes wirft ein Echo durch den Gang. Gleichzeitig zieht der bullige Pfleger sie nach hinten. Beinahe fällt sie hin, so heftig ist der Ruck. Sie stöhnt auf.

»Musst du so grob sein?«, fragt der Hagere. Doch seine Stimme klingt unsicher, unterwürfig, als entschuldige er sich im gleichen Atemzug für seine unangebrachte Frage.

»Du hast ja selbst gesehen, dass sie nicht stehen geblieben ist.«

»Aber …«, wendet der Hagere ein. Sanft geradezu.

»Du hast es gesehen, oder?«, fährt der Bullige seinen Kollegen an. »Willst du unnötige Probleme machen?« Das

Grollen in seiner Stimme wächst. Wie ein Gewitter, das über die Berge heranrollt.

»Nein, nein! Natürlich nicht, Roland.« Dabei belässt es der Hagere atemlos.

Der Bullige stößt ein Schnaufen aus. Es ist eine Mischung aus Zustimmung und Abfälligkeit. »Da runter!« Er deutet nach vorne.

Ihre Augen weiten sich. Sie stehen vor einer schmalen Treppe, die hinab in die Erde führt. Das von hinten kommende Licht der wackelnden Handlaterne wirft tiefe Schatten in das Treppenhaus. Sie wirken wie schwarze Geister in einem unheilvollen Schacht. Sie wollen nach ihr greifen. »Du bist bereits tot«, murmelt sie. »Tot.«

»Maul halten und runter da!«, blafft Roland und versetzt ihr einen Stoß. Sie stolpert, kommt an der obersten Stufe gerade noch zum Stehen. Schwankend schnappt sie nach Luft.

»Sei vorsichtig«, fiepst der Hagere. »Wenn sie sich den Nacken bricht, wird es ungemütlich für dich.« Er schluckt. »Ich denke, Doktor Romberg wäre darüber wenig erfreut.«

Sie stößt einen unterdrückten Schrei aus. Romberg? Die Männer sollen sie zu Romberg bringen? Ein Zittern durchfährt sie.

Der Bullige lacht auf. Es klingt gehässig. »Der Romberg macht mir keine Angst. Dafür habe ich schon zu viel mitbekommen. Der feine Herr Doktor wird sich vorsehen, mir etwas anzulasten.«

Romberg. Romberg. Nicht Romberg.

»Selbst wenn sich die Irre den Hals brechen sollte. Ich weiß so einiges, was der dort unten anstellt. Daran müsste ich ihn nur erinnern. Er würde schnurren wie ein Kätzchen.« Roland lacht meckernd. »Glaub mir!«

Selbst das Monster fürchtet Männer wie Romberg.

Mit großen Augen hört der Hagere seinem Kollegen zu und nickt. Er glaubt ihm.

Sie darf nicht in seine Hände fallen. Seine Hände. Nicht seine Hände.

»Nun mal los!« Roland drückt eine Pranke auf ihre Schulter und schiebt sie die erste Stufe hinunter. In den Schlund hinein, in dem die Schatten einen hungrigen Freudentanz aufführen. Ihre feingliedrigen Hände greifen nach ihrem Körper. Streifen ihre Haut. Sie grinsen mit neckischen Fratzen, in die Verheißung eingebrannt ist. Romberg. Es gibt immer Mittel und Wege. Sie stöhnt auf.

»Sie ist schon ganz wild nach dem Doktor«, höhnt Roland. »Dabei sieht sie so vertrocknet aus, findest du nicht?«

»Ja, ja, du hast recht«, pflichtet der Hagere eilig bei.

Roland grunzt und schiebt sie weiter die Treppe hinab. »Auf, auf! Wir haben schon genug Zeit vertrödelt. Wir wollen den feinen Herrn Doktor nicht warten lassen, wenn es ihn nach einer kleinen Irren verlangt.«

Sie stemmt die Füße gegen den Stein, doch es hilft nichts. Unaufhaltsam stolpert sie Stufe für Stufe die Treppe hinunter. In ihrem Kopf kreischt eine laute Warnung, wie ein Fliegeralarm. Die Maschinen kommen. Sie hört bereits die Sirenen. Explosionen. Fast ist sie enttäuscht, als sie ihr Missverständnis erkennt. Kein Fliegeralarm. Die tosende Warnung gilt dem Doktor. Er darf sie nicht sehen. Er darf sie nicht spüren. Doch Roland schiebt sie unerbittlich dem Entsetzen entgegen.

Der Entschluss ist einfach da, ohne dass sie ihn fällen muss. Sie lässt sich nach vorne in den Schlund hineinfallen. Mit dem Gesicht voran. Die festgezurrten Arme verhindern, dass sie sich abstützen kann. Selbst wenn sie es wollte, sie kann den Sturz nicht mehr stoppen. Den Fall.

Den Abschluss. Und sie will ja auch gar nicht. Sie fällt, mit zugekniffenen Augen. Hört den verärgerten Ausruf des Bulligen. Hört den erschrockenen Ausruf des Hageren. Hinter ihren geschlossenen Augen zieht ruckartig das Bild des Monsters auf. Es ist so vertraut. Es sitzt auf seinem Thron, sieht sie mit einem amüsierten Ausdruck auf seiner Wolfsfratze an. Seine Klauen sind im Schoß gefaltet, fast so, als wolle es beten. Es nickt ihr zu. Sie fällt. Es nickt.

Der Aufprall presst ihr die Luft aus der Lunge. Die harte Kante einer Stufe schlägt in ihre Rippen. Etwas in ihrem Körper verschiebt sich. Der Schmerz explodiert. Ihr Mund möchte schreien, doch sie bekommt keine Luft. Sterne funkeln blendend vor den Augen, als der Kopf gegen die Wand schlägt. Gleich. Gleich endet es. Jetzt. Jetzt. Gleich.

Während sie wartet, pocht der Schmerz in jeder Pore ihres Körpers. Gleich. Jetzt? Nein? Wann endlich?

»Die dämliche Hure hat sich einfach nach vorne geworfen!« Der Bullige scheint vor Wut beinahe zu bersten. Seine Schritte stampfen die Treppe zu ihr herab. »Am liebsten würde ich ihr selbst den Schädel einschlagen, diesem Miststück!«

»Herr im Himmel, die ist irre!«, kreischt der Hagere. Er selbst hört sich an, als ob er gerade dabei wäre, den Verstand zu verlieren. »Herr im Himmel! Herr im Himmel!«

Warum kann sie die Männer noch hören? Warum kann sie spüren, wie der Bullige ihr mit flacher Hand ins Gesicht schlägt. »Mach die Augen auf!«, schreit er.

Der Wolf sitzt immer noch auf seinem Thron und schaut sie an. Doch sein Gesichtsausdruck hat sich geändert. Er ist verärgert. Zornig geradezu. Ein Wimmern kriecht aus ihr hervor. Der Zorn schwappt ihr wie eine glühende Welle entgegen.

»Mach die Augen auf, du dummes Stück! Ich verspreche dir, wenn ich mit dir fertig bin, dann weißt du nicht mehr, wo oben und wo unten ist.«

Sie öffnet die Augen. Mit hochrotem Kopf schwebt der Pfleger über ihr, das Gesicht vor Wut verzerrt, Speichel in den Mundwinkeln. Warum kann sie ihn noch sehen? Verzweifelt schließt sie die Augen. In jeder Pore ihres Körpers pulsiert der Schmerz. Warum kann sie ihn noch spüren?

Der Bullige tritt einen Schritt zurück und winkt seinem Kollegen. »Komm, pack an. Du nimmst die Beine. Wir schaffen sie rüber.« Er selbst fasst den Oberkörper.

Sie merkt, wie ihr Körper den Boden verlässt. Der Griff des Bulligen schmerzt. Ihr Kopf schmerzt. Sie schwebt durch die Luft, schwingt leicht von links nach rechts.

»Sie blutet am Kopf. Siehst du?«, sagt der Hagere voller Panik.

»Nur eine Platzwunde«, raunzt der Bullige. »Darum kann sich der Doktor kümmern.«

»Romberg wird ...«, setzt der Hagere erstickt an. Weint er?

»Romberg wird gar nichts«, fällt Roland dem Hageren ins Wort. »Und pass genau auf, was du sagst!« Die Drohung ist nicht zu überhören. »Die Irre hat sich urplötzlich und von ganz alleine die Treppe hinuntergeworfen. Das kannst du bezeugen! Ich warne dich: Wehe, du behauptest etwas anderes! Wir haben sie die ganze Zeit mit Samthandschuhen angepackt.« Eine eindringliche Pause. »Am besten sagst du gar nichts, es sei denn, der Doktor will direkt etwas von dir wissen. Halt einfach das Maul. Verstanden? Du hältst deine Klappe!«

»V-verstanden«, haucht der Hagere.

»Gut.« Der Bullige wirkt zufrieden.

Das Schwingen hört auf. Die Schritte der Männer stoppen. Eine Tür wird geöffnet. Sie gehen weiter. Durch die geschlossenen Lider kann sie wahrnehmen, dass es heller wird. Die Bewegungen enden. Der Schmerz pulsiert.

»Was, zum Teufel, ist mit ihr?« Die Stimme gehört dem Amerikaner. »Was ist passiert?«

»Sie hat sich einfach die Treppe hinuntergeworfen.« Der Bullige wirkt plötzlich alles andere als selbstsicher. Seine Stimme zittert. »Einfach so.« Er schluckt. »Ich – ich habe noch versucht, sie festzuhalten. Aber sie hat sich nach vorne geworfen wie eine Wahnsinnige. Als – als habe sie nur darauf gewartet, zu einer Treppe zu kommen, um sich etwas anzutun.«

»War das so?«, ertönt die schneidende Stimme von Mr Walker.

»J-ja, mein Herr. Das war so«, stottert der Hagere.

»Legen Sie die Frau da rüber«, befiehlt Romberg.

Ihr Körper versteift sich, sodass sie beinahe einen Krampf in den Beinen bekommt. Romberg! Die Männer hieven sie auf eine Liege. Eine Hand betastet ihren Kopf. Es ist seine Hand. Dann wird ein Augenlid zurückgeschoben. Sie sieht in Rombergs Gesicht, erkennt den verkniffenen Mund, spürt die Wut in seinem Blick. Ihr Lid fällt zurück. Doch die Dunkelheit bietet ihr keinen Schutz. Hände befühlen ihren Körper. Sie möchte schreien.

»Prellungen, Abschürfungen. Vielleicht ist auch eine Rippe angebrochen. Doch sie ist bei Sinnen.« Der Arzt gibt seinen Befund gänzlich emotionslos zu Protokoll.

»Gut«, sagt eine Stimme. Der Amerikaner. Er klingt erleichtert. »Sie können gehen«, wendet er sich an die Pfleger.

Der Bullige und der Hagere lassen sich dies nicht zweimal sagen. Eilige Schritte, dann schließen sie die Tür hinter sich.

»Nun …«, bemerkt der Amerikaner nachdenklich.

Sie spürt, dass der Mann dicht neben ihr steht. Flach atmet sie gegen den Schmerz an.

»Sie wissen, was zu tun ist, Doktor«, befiehlt Walker nach einem Moment. »Ich möchte alles erfahren. Alles, wovon die Frau Kenntnis hat. Die Zeit rennt uns davon. Ich befürchte, dass der Kerl verschwindet, sollte er den Verdacht hegen, dass wir ihm auf den Schlichen sind.« Das Geräusch eines Feuerzeuges, dann breitet sich Zigarettenrauch in dem Raum aus. »Ich möchte«, sagt Walker und nimmt einen tiefen Zug, »dass Sie mir sofort Bescheid geben, wenn etwas Brauchbares zutage kommt. Nutzen Sie Ihre Methoden. Nur das Ergebnis zählt.« Ein tiefes Einatmen. »Haben Sie mich verstanden, Doktor? Mir ist egal, wie Sie es anstellen. Doch ich brauche ein schnelles Ergebnis. Verstanden?«

»Das habe ich, ja«, bestätigt Romberg beflissen.

»Sehr gut. Ich bin in etwa einer Stunde wieder bei Ihnen. Enttäuschen Sie mich nicht.« Walkers feste Schritte hallen durch den Raum.

Nachdem der Amerikaner verschwunden ist, eilen weitere Schritte zur Tür, und das kratzende Geräusch eines Schlüssels ist zu hören. Dann tritt Romberg an ihre Liege.

Sie presst die Augen zusammen. Ihr Atem geht schnell und so flach, dass sich der Brustkorb kaum hebt. Ich bin tot, erinnert sie sich. Mir kann nichts geschehen.

»Du wolltest mich durch dein Spielchen denunzieren, du Miststück«, zischt Romberg. »Doch deine Lüge war schnell widerlegt. Nun werde ich die Wahrheit aus dir herauskitzeln.« Er ergreift ihren Arm. »Aufstehen, los!«

Romberg zieht sie von der Liege, stützt sie, bevor sie fällt, und zieht sie über den kalten Boden wie einen Sack Mehl.

»Die Zeit für Spielchen ist vorbei«, schnauft er und hievt sie auf einen Stuhl. »Meinst du etwa, du bist die erste Irre, die glaubt, es würde ihr helfen, sich tot zu stellen?«

Ich stelle mich nicht tot. Ich bin tot. Ihr habt alle unrecht.

Heidrun, Isar, Rosa. Ich bin bereits tot. Ich kann nichts dafür.

»Wir werden ein wenig Klarheit in deinen Verstand pusten«, sagt Romberg kühl und hantiert an einer breiten Schlaufe, die Teil des Stuhles ist.

Erschrocken merkt sie, dass er sie mit Gurten an dem Stuhl fixiert. Sie versucht aufzustehen, doch ihre Füße scharren lediglich über den Boden. Entsetzt reißt sie die Augen auf, sieht an sich hinab. Zwei Gurte, einer am Oberkörper, einer über den Oberschenkeln. Ihr Blick schnellt durch den Raum. Er ist kahl, leer. Wo ist die Liege, auf der sie eben noch gelegen hat? Hinter sich hört sie Geräusche, ein Klirren. Sie kann den Kopf nicht weit genug drehen, um etwas zu erkennen. Die Liege muss sich in ihrem Rücken befinden. Und noch andere Dinge, denn der Doktor hantiert geschäftig herum. »Es wird ein Vergnügen werden«, hört sie ihn murmeln. »Nicht unbedingt für dich, natürlich«, lacht er auf. »Doch eindeutig für mich.«

Kalter Schweiß läuft ihren Nacken hinab. Sie darf keine Angst haben. Sie muss stark sein. Stark. Tot. Stark. Tot.

»So«, frohlockt Romberg aus dem Hintergrund. »Gleich sind wir so weit. Nur noch hier ... und hier ...« Eine Pause, dann kommen seine Schritte näher.

Ein Schrei entfährt ihr, als Romberg von hinten etwas auf ihren Kopf setzt. Hastig schüttelt sie den Kopf hin und her, doch das Ding sitzt fest, drückt auf ihre Schläfen. Es ist schwer.

Doktor Romberg kichert. »Da kannst du dich sträuben, wie du möchtest. Das Geschirr ist festgezurrt.« Er tritt um den Stuhl herum, baut sich mit verschränkten Armen vor ihr auf. Kritisch begutachtet er sie. »Ja, es sieht aus, als wäre alles in Ordnung. Dann können wir wohl beginnen, denke ich.« Er zwinkert ihr zu. »Ich erkläre dir nun, worum es genau geht: Mr Walker möchte von dir alles wissen, was du zu dem Mörder von Heidrun sagen kannst. *Alles!* Verstehst du? Da dein kleines, wirres Hirn sich anscheinend sträubt, die Wichtigkeit dieser Informationen zu erkennen, helfen wir nun ein bisschen nach. Wir säubern quasi deine verschmutzten Gehirnwindungen von kranken Ablagerungen.« Er schmunzelt. »Laienhaft ausgedrückt.« Sein Blick wird ernst. »Glaub mir, ich brutzele dich so lange, bis du mir alles erzählst. Also streng dich an! Ich werde Walker nicht enttäuschen.« Während Romberg wieder hinter dem Stuhl verschwindet, murmelt er weiter. »Ich darf Walker auf keinen Fall enttäuschen, verdammt.«

Es ist alles ein großes Missverständnis. Von dem Mörder weiß sie doch gar nichts zu berichten. Sie kennt das Monster, natürlich. Den Hüter der Hölle. Doch was würde es nützen, wenn sie von ihm erzählt? Von seinen Klauen. Seinen Fängen. Seinen triefenden Lefzen. Wer würde ihr glauben? Sie glauben schließlich auch nicht, dass sie bereits tot ist. Deshalb hat diese Befragung gar keinen Sinn. Alles ein großes Missverständnis. Und sie kann nichts berichten, da sie nichts berichten darf. Irritiert runzelt sie die Stirn, korrigiert sich: da sie nichts zu berichten hat.

»Es ist so weit.« Romberg klingt erregt.

Sie zittert am ganzen Körper. Hinter sich hört sie ein Knistern, als der Arzt einen Hebel umlegt. Dann explodiert die Welt. Sie schreit. So laut, wie sie noch nie zuvor geschrien hat. Die grellen Blitze zerreißen ihren Kopf, das Zittern in ihrem Körper wird stärker, es wirft sie unter den Gurten im Stuhl hin und her. Doch sie schreit nicht alleine. Es sind mehrere Stimmen, die in ihrem Kopf seelenlose Schreie ausstoßen. Rosa. Heidrun. Isar. Die Körper der Mädchen zucken vor dem blitzenden Weiß, das ihre Wahrnehmung ausfüllt. Die blutigen Gesichter dehnen und spannen sich im Schmerz. Die Schreie der Mädchen kommen direkt aus der Hölle und klagen sie an. Sie will die Mädchen nicht hören, doch die weiße Glut treibt sie an die Oberfläche ihres Verstandes. Dort brennen sie wie Feuer. Klagen sie unerbittlich an. Ihr Versagen.

Plötzlich reißen die Blitze ab, endet die weiße Glut. Sie fällt in sich zusammen, schwer atmend. Sie ist nicht mehr sie selbst. Sie ist ... wer?

»Wer war in dem Raum, in dem Heidrun getötet wurde?«, fragt Romberg direkt neben ihrem Ohr. »Antworte!«

»Der Tod«, ächzt sie. »Der Tod ist überall.«

»Wie sah er aus, der Tod?« Der Arzt wirkt ungehalten. »Der *Mann*«, ergänzt er.

Heidrun liegt in dem Zimmer. Um sie herum Blut. Er hat sie übel zugerichtet. Doch es ist nicht ihre Schuld. Die Hölle hat ihre eigenen Regeln. Das Monster hält Hof, dann beißt es den Huldigenden den Kopf ab. Es sind nicht ihre Regeln. Sie hat keine Schuld. Heidrun schlägt die Augen auf. Zwei leere Höhlen starren sie an. »Du bist schuldig«, sagt das Mädchen traurig. »Ob du es willst oder nicht.«

»Schuldig«, flüstert sie. »Das kann nicht sein.«

»Was hast du gesagt?«, will der Arzt wissen. Sein Gesicht beugt sich über sie. »Antworte! Wie sah der Mann aus?«

Sie schaut durch Romberg hindurch. Blickt zur Wand. Dort lehnt das Monster, der Teufel, und beobachtet sie aus seinen Raubtieraugen. Mit seiner Schnauze nimmt es ihre Witterung auf. Der Teufel braucht nichts zu sagen, dennoch versteht sie ihn. »Schweig!«, befiehlt er. »Vergiss alles, was du weißt.« Seine Augen brennen sich tiefer in sie hinein. Er wird keinen Widerspruch dulden. Sie stutzt. Jetzt schwingt noch etwas anderes mit. Leise und versteckt. Doch sie kann es spüren. Das Monster verspürt Furcht. Furcht, dass sie reden könnte. »… vergesse alles …«, murmelt sie ergeben. »… vergesse …« Es gelingt ihr, sich dem Wissen, das in ihr emporsteigen möchte, zu verweigern. Zufrieden nickt das Monster.

Romberg mustert sie aus zusammengekniffenen Augen. »Was willst du vergessen? Sag es mir!« Als sie schweigt, legt sich ein harter Zug auf sein Gesicht. »Ich werde dir deine Sturheit austreiben!«, blafft er und verschwindet aus ihrem Gesichtsfeld.

Der zweite Einschlag ist stärker als der erste. Ihr Kopf ist ein einziges Glühen weißen Schmerzes. Ihr Mund ist zu einem Schrei aufgerissen, doch es kommt kein Ton heraus, derart überwältigend ist das Inferno. Nur ihr Körper zittert spastisch unter den Gurten, die sie fixieren. Ihr Kopf schleudert von links nach rechts. Etwas in ihr bricht. Der metallische Geschmack von Blut explodiert in ihrem Rachen.

Mit wehenden Haaren schwebt Isar über dem Fluss und deutet mit ausgestrecktem Arm auf sie. Ihre leeren Augenhöhlen brennen vor Wut. »Du bist schuldig!«, schreit sie, einer Rachegöttin gleich. Blut läuft in Rinnsalen den geschundenen Körper hinab. Sprüht wie Gischt durch die Luft, in unzähligen Tropfen. Nach ein paar Metern verwandeln die Tropfen sich in glänzende Marienkäfer, die ihre Flügel ausbreiten und davonfliegen. Eine rote Wolke zieht über den Himmel, in dem die Göttin der Rache tobt. »Ich verfluche dich, als hättest du das Messer selbst geführt!«

Am steinigen Flussufer kauert sie, ein zusammengekrümmtes Häufchen Elend. Sie blickt empor zu Isar und ihrem Gefolge blutroter Insekten. Versucht, die Schuld zu leugnen. »Ich habe keine Ahnung!«, ruft sie in den Himmel und will ihren Kopf schützend mit beiden Armen bedecken. Doch auf ihrem Kopf sitzt ein unsichtbares Etwas, das die Arme immer wieder abgleiten lässt.

Das Lachen des Mädchens ist furchtbarer als seine Anklage. Es frisst sich in die Eingeweide. »Du wirst bezahlen«, frohlockt Isar. »Du kannst dich nicht verstecken.«

»Er alleine hat Schuld«, versucht sie es noch einmal. »Er ist das Monster. Nicht ich.« Sie hustet. »Nicht ich.«

»Wer hat Schuld?«, will Romberg wissen. Er starrt ihr angestrengt in die Augen. »Wer ist das Monster?«

Blut läuft aus ihrem Mundwinkel, sie zittert unkontrolliert. Doch das weiße Glühen hat geendet. Sie atmet. Sie blinzelt. Sie stöhnt.

»Wer?«, fragt der Arzt eindringlich. Seine Nasenspitze berührt beinahe die ihre.

»Er«, antwortet sie beinahe tonlos und sieht durch den Mann hindurch an die Wand. »*Er* ist das Monster.«

Irritiert dreht Romberg den Kopf, schaut an die Wand.

Er kann das Monster nicht sehen. Er kann nicht erkennen, wie unter der Wolfsfratze für einen kurzen Augenblick menschliche Züge hervorgetreten sind. Feurige Knochen, lodernde Haut. Sie rauben ihr den Atem, doch so schnell die Gesichtszüge auftauchen, so schnell sind sie auch wieder verschwunden. Dafür ist sie dankbar. Die Fratze ist alles, was sie ertragen kann. Nicht mehr.

Das Monster wirkt verunsichert. Es wirft ihr einen hasserfüllten Blick zu, als habe sie es soeben verraten. Wirklich, es wirkt unsicher! Was soll sie davon halten?

Rombergs Stimme ist voller Hass. »Du antwortest mir jetzt! Wer ist das Monster?« Als sie schweigt, schreit er ihr ins Gesicht, dass Speicheltropfen durch die Luft fliegen. »Wer ist der Kerl?«

Sie schließt die Augen. Ein Gedanke ergreift Besitz von ihr, wiederholt sich wieder und wieder. Wenn ich nicht tot bin, dann möchte ich es sein. Wenn ich nicht tot bin … Ein Schlag ins Gesicht lässt sie die Augen öffnen.

»Du antwortest jetzt!«, kreischt Romberg. »Ich frage das letzte Mal: Was weißt du von dem Mörder?« Er hat rote Flecken im Gesicht. An seinen Schläfen pulsieren die Adern. Blutunterlaufene Augen funkeln sie an.

Wenn ich nicht tot bin, dann möchte ich es sein. Sie schließt die Augen. Verschließt ihre Ohren vor dem Geschrei des Arztes. Ignoriert den neuerlichen Schlag in ihr Gesicht. Sieht, wie Rosa vor ihrem inneren Auge auftaucht. Wenn ich nicht tot bin, dann möchte ich es sein. Sie hat Rosa bereits vermisst. Doch hier ist sie. Mit blutigen Augenhöhlen blickt sie in die Ferne. Wie Tränen rinnen Blut und Eiter daraus herab. »Er ist der Teufel«, sagt Rosa traurig. »Und du weißt es«, ergänzt sie flüsternd. »Du weißt es.«

Sie nickt. »Ich weiß es.«

»Hast du denn keine Furcht, dass er auch dir etwas antut?«

»Mir?« Sie stutzt. Dieser Gedanke ist ihr noch nicht gekommen. »Mir etwas antun?«, fragt sie leise, nachdenklich. Der Teufel hat doch bereits ihre Seele in seinem Besitz. »Eigentlich bin ich bereits tot«, erklärt sie dem Mädchen.

Rosa schüttelt den Kopf. »Ich bin tot. Du bist nicht tot.« Das Mädchen hustet, Blut läuft aus seinem Mund. Mit dem Handrücken wischt sie es weg. »Du musst dabei helfen, ihn seiner Strafe zuzuführen. Du weißt doch, was er mit uns macht. Schau mich an. Du siehst doch, was er mit uns anstellt. Schau mich an! Du musst dem Amerikaner alles sagen.« Mit ausgestrecktem Zeigefinger deutet Rosa auf sie. »Du.« Ihre Stimme hat etwas Flehentliches bekommen. »Schau mich doch nur an. Siehst du nicht den Schmerz, eingraviert in meinen Körper? Siehst du nicht den Schrecken?« Wie ein Stück Fleisch dreht und wendet sich Rosa.

Zeigt ihre Wunden. Ihre Knochen. Ihren qualvollen Tod.
»Es muss enden«, flüstert sie.

Es ist, als breche ein Damm. Als rolle die Flut über sie hinweg. Heiße Tränen laufen über ihr Gesicht. Es sind ihre eigenen Tränen und die von Rosa. Von Heidrun. Von Isar. Sie weint für die augenlosen Mädchen, die nicht mehr weinen können. Die Traurigkeit legt sich über sie wie ein eiserner Mantel, so schwer, dass sie für einen Moment keine Luft mehr bekommt. Wie ein Fisch auf dem Trockenen schnappt sie nach Luft. Das Herz will ihr in der Brust zerspringen. Die Traurigkeit schmerzt stärker als Rombergs weiße Qualen. Heiß läuft sie aus ihr heraus. Doch sie wird nicht weniger. »Ich bin traurig«, stößt sie hervor, zwischen den nicht enden wollenden Weinkrämpfen. »So hat es nicht sein sollen.«

»Es muss enden«, raunt Rosa in ihr Ohr. »Es muss!«

»Wer war bei Heidrun im Zimmer?«, schreit Romberg in ihr anderes Ohr.

Gefangen auf ihrem Thron, lässt sie das Kinn auf die Brust sinken. Die Krone auf ihrem Kopf wiegt zu schwer. Neben sich spürt sie das Monster. Es lungert auf seinem eigenen Thron, Herrscher über die verlorenen Seelen, die sich in der Hölle um es scharen. Ja, sie sitzt an der Seite des Teufels. Mitten im Feuer der Verdorbenheit. Sie versucht, den Kopf zu heben, doch er ist zu schwer. Die Tränen sind im Feuer getrocknet. Zurückgeblieben ist eine betäubende Leere. Es muss enden. Alles muss enden. Neben ihr regt sich das Monster, beugt sich herüber. Es legt eine Klaue auf ihr Knie. Sie stöhnt auf.

»Wer!?«, wiederholt Romberg in einer anderen Welt. Er schreit wie ein Rasender. Weit weg von ihr.

Die Klaue drückt gegen ihr Knie. Sie gebietet Stille. Als ob sie sprechen könnte. Als ob.

»Wer?«

Betäubende Leere. Ihr Kopf bewegt sich ohne ihr Zutun. Sie spürt den Schlag nicht einmal. Er trifft sie in einer anderen Welt. Ganz weit weg.

Das explodierende Licht währt nicht lange. Der Geruch nach verbrannten Haaren währt nicht lange. Alles endet im finsteren Nichts.

Sechsundzwanzigstes Kapitel

North York Moors, 2016

Das Erste, was Julius bemerkte, als er aufwachte, war der schier unerträgliche Kopfschmerz. Es pochte und stach in seinem Schädel, als bohre jemand ein Messer hinein. Stöhnend öffnete er die verklebten Augen. Er fühlte sich benommen, müde und kraftlos. Sein Blick fiel auf die Zimmerdecke. Sogleich erkannte er, dass er in seinem Schlafraum im oberen Stockwerk des Hauptgebäudes lag. Sein alter Schlafraum? Das Stirnrunzeln bereute Julius unverzüglich – es ließ den Kopfschmerz explodieren. Warum lag er hier oben und nicht in Emilias Trakt? Es war doch verabredet gewesen, dass er ein neues Zimmer bekommen sollte! Dass er … in Emilias Zimmer untergebracht werden sollte!

Das unsägliche Pochen im Kopf hörte nicht auf. Reflexartig wollte Julius seine Hand zur Stirn führen, doch er konnte sie nicht bewegen. Mühsam hob er den Kopf an. Ein Feuerwerk heißer Nadelstiche entzündete sich hinter seiner Stirn. Mit zusammengekniffenen Augen blickte er an sich hinab. Sein Atem stockte, und er riss die Augen weit auf. Seine Hände waren mit einem dünnen Seil am Bettgestell festgebunden. Das konnte nicht sein! Entgeistert wanderte Julius' Blick weiter den Körper hinunter. Auch die Fußgelenke waren ans Bett gefesselt.

»Was soll das?«, stieß Julius verwirrt hervor und versuchte sich aufzurichten. Schmerzhaft schnitten die Seile in seine Haut. Sie gaben keinen Millimeter nach. »Verdammt, was soll das?«, wiederholte er ungläubig. Es konnte doch nicht sein, dass er ans Bett gefesselt war! Er musste sich täuschen! Außerdem war dies nicht das Bett, in dem er bisher geschlafen hatte. Obwohl es genau an derselben Stelle stand und ebenfalls aus Metallstreben bestand. Aber es handelte sich um ein ganz anderes Bett, eindeutig. Warum, um Gottes willen, lag er in seinem alten Zimmer auf einem anderen Bett? Träumte er? Es *konnte* schließlich nicht wahr sein!

Der brennende Schmerz, als Julius abermals versuchte, sich zu bewegen, belehrte ihn nachdrücklich eines Besseren. Das Zimmer, das Bett, die Fesseln – Realität. Panik schoss ihm heiß in die Magengrube.

Er blickte an die Zimmerdecke. Seine Augen huschten von links nach rechts, während sich die Gedanken überschlugen. Wer hatte das getan? Warum? Gestern Abend! Die Ankündigung seiner Abreise. Agathas Versuch, ihn zum Bleiben zu überreden. Der Champagner.

Verdammt, der Champagner – bei dem Gedanken daran zog sich Julius' Magen schmerzhaft zusammen, und ein schaler Geschmack breitete sich im Rachen aus. Die Hardings hatten etwas in sein Getränk gemischt! Natürlich! Daher hatte Agatha ganz genau darauf geachtet, dass Julius das richtige Glas gereicht bekam. Wie ein Habicht hatte sie ihn belauert, während Philip, Hans oder sogar beide in der Küche den Champagner präpariert hatten. Die Hardings hatten ihn *betäubt*.

Julius rang nach Luft. Warum hatten die Hardings das getan, verdammt? Sein Gehirn versuchte noch einen Moment lang, ein Missverständnis zu konstruieren, das den unglaublichen Wahnsinn der Tat relativierte. Vielleicht war alles nur ein *Versehen*?

Doch wie er es auch drehte und wendete, es blieb am Ende nur ein Grund, der so etwas Entferntes wie Sinn ergab. Die Hardings wollten seine und Emilias Abreise verhindern. Doch warum sollten Emilia und er auf dem Schloss bleiben, um Himmels willen?

Eine eisige Hand legte sich mit festem Griff um sein Herz. *Emilia!* Wo war sie? Agatha Harding hatte sie von Anfang an in Beschlag genommen. Und dank ihrer Einflüsterungen glaubte sie mittlerweile, ihr Vater sei ein Psychopath. Schweiß trat Julius auf die Stirn. Die Hardings hatten etwas mit Emilia vor!

Er warf sich mit aller Kraft in die Seile und schrie vor Schmerz auf. Das einzige Resultat war, dass sich die Seile noch tiefer in seine Haut drückten. Dunkles Blut trat unter den Fesseln hervor. Doch Julius ignorierte das Brennen. »Emilia!«, brüllte er wie von Sinnen. Sein heiserer Schrei ging in ein trockenes Husten über. Er schnappte nach Luft. Sein Hals fühlte sich staubtrocken an. »Emilia!«, krächzte er.

Er lauschte in die drückende Stille. Sein Puls pochte wie ein Presslufthammer. Er flehte, eine Antwort von Emilia zu bekommen, hoffte auf ihre Stimme, ihre Schritte. Doch das Einzige, was Julius vernahm, war der eisige Wind, der um das Schloss strich. Ihm stockte der Atem. War das wirklich der Wind, dieses heulende Geräusch? Oder hörte er das Schloss selbst, wie es höhnisch zu ihm sprach? Es lachte über ihn und seine dämliche Naivität.

Wild schossen Julius' Blicke umher. Täuschte er sich, oder kamen die Mauern langsam näher? Er hatte den Eindruck, sie beugten sich nach innen, ihm entgegen. Auch die Zimmerdecke bewegte sich. Abwärts. Das Zimmer hatte vor, ihn zu zerquetschen, das Schloss wollte ihn zermalmen! Doch mit einem Mal sah alles wieder aus wie zuvor. Julius blinzelte verstört.

Das Schloss spielte ein sadistisches Spiel mit ihm. Und es

beobachtete ihn dabei. Vom ersten Augenblick an hatte es das getan, als er mit Emilia seine Mauern betreten hatte. Selbst die Äbtissin war das Schloss! Das personifizierte Schloss. Ein alter, böser Geist, der die Besucher quälte und ihre Seelen in Besitz nehmen wollte. Wargrave Castle hielt ihn in einer klebrigen Umarmung. Er fühlte sich wie die hilflos summende Fliege im Rachen einer fleischfressenden Pflanze. Das Schloss wollte ihn auffressen. Und es hatte etwas mit Emilia vor. Wie ein Kater mit der gefangenen Maus spielt, so ließ das Schloss Emilia durch seine Gänge springen. Um *was* mit ihr zu tun? *Was* genau hatte das verdammte Schloss vor?

Die Verzweiflung ließ Julius fast wahnsinnig werden. Wenn er gedacht hatte, die Ereignisse in London seien traumatisch gewesen, wurde er nun eines Besseren belehrt. Die Angst um Emilia war das schlimmste Gefühl, das er jemals in seinem Leben verspürt hatte. Sie zog seine Eingeweide zusammen, schnürte ihm die Luft ab, brachte sein Herz fast zum Zerspringen. Emilia. Seine Tochter war das Einzige, was zählte. Wo befand sie sich? Was hatten sie mit dem Kind vor?

Julius stieß einen gequälten Laut aus. Er hätte niemals nach Wargrave Castle kommen dürfen! Es war alles seine Schuld. Wie hatte er nur so naiv sein können, mit Emilia aus London fort ins Nirgendwo zu fahren? Zu wildfremden Menschen, die er in einem Pub kennengelernt hatte. Wie hatte er so dumm sein können, hierherzukommen, ohne dass überhaupt *irgendjemand* wusste, wo Emilia und er sich gerade befanden? Wenn die Hardings ihn irgendwo im Moor verscharrten – niemals würde seine Leiche auftauchen. Wer käme schon auf die Idee, hier nach ihr zu suchen? Es war ein unverzeihlicher Fehler gewesen, sich den Hardings auszuliefern. Julius hätte Emilia bei ihren Großeltern in London lassen müssen, das wäre vernünftig gewesen. Das wäre es gewesen, was ein verantwortungsvoller Vater getan hätte. Es wäre dann sicherlich zu keinem weiteren Besuch seiner Tochter gekommen. Doch selbst das wäre besser gewesen als das Schloss. In dem seine Tochter in den Händen von Wahnsinnigen war.

»Emilia!«, schrie Julius aus Leibeskräften. Sein Ruf brach in sich zusammen und ging in ein unkontrolliertes Schluchzen über. Heiß liefen Julius die Tränen übers Gesicht und sammelten sich im Kissen. Der Gedanke, Emilia vielleicht niemals wiederzusehen, zerriss ihm die Brust. Er mochte sich gar nicht vorstellen, was die Hardings seiner Tochter antaten. Oder bereits angetan hatten. Er mochte es sich nicht vorstellen, doch grauenhafte Bilder drängten in seinen Kopf. Blutige Bilder.

Selbst als die Tränen nach einiger Zeit versiegten, schluchzte Julius weiter. Das Grauen hielt ihn fest umklammert, und er brauchte seine letzten Kräfte, um bei Verstand zu bleiben.

Er vermochte nicht zu sagen, wie lange er so dagelegen hatte. Jegliches Zeitgefühl war ihm verloren gegangen. Vor dem Fenster herrschte ein diffuses Dezemberlicht, das keinen Hinweis auf die Tageszeit gab. Grau in Grau, als habe jemand die Sonne aus der Luft herausgefiltert. Es schien jedenfalls nicht wieder zu schneien. Oder der graue Nebel da draußen hatte alles verschluckt, selbst den Schnee. Nur den Wind hörte Julius weiterhin um die Mauern streichen. Ein Schloss im Nirgendwo, das war Wargrave Castle.

Ausgelaugt und schwer atmend bemühte sich Julius, seine Gedanken zu ordnen. Er fühlte sich seltsam leer. Erstaunlicherweise half ihm diese Leere, sich auf das Wesentliche zu konzentrieren, neuen Mut zu schöpfen. Die Panik wich der Erkenntnis, dass er etwas tun musste. Es half weder ihm noch seiner Tochter, wenn er kopflos auf dem Bett herumflennte. Nachdenken musste er. Überlegen, wie er aus dieser grauenvollen Situation herauskam. Um seiner Tochter zu helfen. Er schwor sich, nicht aufzugeben. Verdammt, er würde die Hardings dafür bezahlen lassen, sollten sie Emilia auch nur ein einziges Haar krümmen. Er würde dieses verfluchte Schloss in Schutt und Asche legen, samt seinen Kunstschätzen und wertvollen Möbeln. Samt seinen durchgeknallten Bewohnern, die Gespenster inklusive. Das Grau vor dem Fenster verwandelte sich immer deutlicher in ein Schwarz, in dem Julius schließlich blind lag. Alleine mit sich und dem flüsternden Wind vor dem Fenster.

***

Er musste vor Erschöpfung eingeschlafen sein. Als Julius die Augen aufschlug, war es immer noch dunkel. Ein schleifendes Geräusch ließ ihn sofort hellwach werden. Auf dem Gang vor seiner Zimmertür schlurften Schritte heran. Julius ballte die Fäuste, während sein Herz in den Ohren pochte.

Keine drei Atemzüge später öffnete sich knarrend die Zimmertür, und die kahle Glühbirne an der Zimmerdecke erwachte zum Leben. Geblendet schloss Julius die Augen, blinzelte dann angestrengt und versuchte, zwischen den zusammengekniffenen Lidern hindurch auszumachen, wer im Türrahmen stand.

»Sie wollten nicht hören«, schnarrte die Stimme von Hans. »Nun, nun. Dumm, dumm.« Der Alte wirkte amüsiert.

»Bitte machen Sie mich los«, sagte Julius mit belegter Stimme. »Ich verstehe das alles nicht. Bitte machen Sie mich los, Hans.«

Der Hausdiener trat an das Bett. »Die Strafe muss sein«, murmelte er zu sich selbst. Und dann lauter: »Die Strafe muss unbedingt sein. Es ist immer so.«

»I-ich habe nichts getan«, stotterte Julius. »Wenn ich etwas getan haben sollte, tut es mir leid. Hören Sie? Es tut mir wirklich von Herzen leid. Bitte lösen Sie die Seile. Sie schneiden mir in die Haut. Ich blute. Bitte machen Sie mich los, Hans.«

Hans blickte auf Julius' Handgelenke. »Blut«, nickte der Mann langsam. »Blut ist Strafe. Ich erinnere mich. Immer wieder.«

Der Alte war nicht richtig im Kopf. Verstand er überhaupt, was Julius von ihm wollte? »Bitte machen Sie mich doch los!«, flehte Julius.

Hans schüttelte den Kopf, dass die schlohweißen Haare hin und her flogen. »Nichts da«, knurrte er. »Wer das Häslein laufen lässt, der gerät selbst vor die Flinte.« Er machte einen Schritt zur Seite und beugte sich zum Boden hinab.

Julius konnte nicht sehen, was Hans dort unten tat, doch es hörte sich an, als krame der Mann in einer Tasche oder in einer Kiste. Und wirklich, triumphierend hob der Hausdiener nach ein paar Sekunden eine Flasche in die Höhe.

»Ja, ich habe Durst«, entfuhr es Julius. Doch als Hans grinsend die Flasche schüttelte, bemerkte er seinen Irrtum. Die Flasche war leer. »Was ...?«, stieß er verwundert aus.

»Einmal am Morgen. Einmal am Abend«, sagte Hans. Er legte die Flasche neben Julius im Bett ab und begann, dem Gefangenen die Jeans herunterzuziehen.

»Nehmen Sie Ihre Finger weg!«, schrie Julius und bäumte sich unter den Fesseln auf. Er wand sich hin und her. Doch Hans zog ungerührt weiter an der Hose, bis sie in den Kniekehlen hing. Mit einem Ruck riss er Julius die Unterhose hinab, griff die Flasche und schob sie zwischen Julius' Beine. »Einmal am Morgen. Einmal am Abend«, wiederholte er ungerührt.

Julius kniff die Augen fest zusammen. Dies war der totale Wahnsinn! Das konnte alles nicht wahr sein.

»Ich komme erst am Morgen wieder«, mahnte Hans. »Und diesmal nicht, um bepisste Bettlaken zu wechseln.« Er machte Anstalten, die Flasche wegzuziehen.

Julius öffnete die Augen. »Warten Sie«, stieß er hervor. »B-bitte warten Sie!« Ihm war bewusst, dass der Mann es absolut ernst meinte. Und Julius' Blase war so gefüllt, dass es bereits schmerzte. Er hatte im Augenblick wohl keine Wahl. Es dauerte einen Moment, bis der Urin zu fließen begann. Der Alte war gerade noch rechtzeitig erschienen.

Während Hans die Flasche wegstellte, dann Unterhose und Jeans wieder über die Hüften des Gefangenen schob, ratterte es in Julius' Hirn. Irgendwie musste er die Anwesenheit des alten Irren für sich nutzen. »Sagen Sie bitte, Hans«, fragte Julius betont freundlich, »wie geht es Emilia?«

Doch Hans ignorierte die Frage. Stattdessen wühlte er abermals am Boden herum, hielt schließlich eine Wasserflasche empor. »Mund auf!«, befahl er und drückte Julius die Flaschenöffnung auf die Lippen.

Gierig ließ Julius das kühle Nass in seine Kehle rinnen. Doch nach drei Schlucken zog Hans die Flasche bereits wieder weg. Ein Schwall des Wassers lief Julius' Kinn hinab und rann in das Kopfkissen.

Der Alte kicherte.

Hustend rang Julius nach Luft. »Emilia«, keuchte er. »Wie geht es meiner Tochter?«

Mahnend hob Hans einen Zeigefinger und schwenkte ihn hin und her. »Sie wollten nicht hören. Dumm, dumm!«

»Bitte«, flehte Julius. »Bitte sagen Sie mir, was mit Emilia ist. Geht es ihr gut?«

Der Hausdiener zögerte, dann trat er nahe an das Bett heran, beugte sich mit seinem Gesicht zu Julius hinab. »Die Kleine, oh, die Kleine«, raunte er und legte einen Finger auf die Lippen. »Pst!«

»Was soll das heißen«, schrie Julius auf. »Was ist mit Emilia?«

Hans richtete sich wieder auf und schaute mit einem undurchsichtigen Blick auf Julius hinab. Dann sah er sich in dem Raum um, als wolle er sichergehen, dass niemand sonst in der Nähe war. »Die Kleine, oh, die Kleine«, sagte er schließlich und nickte. »Das Schloss will sie. Das Schloss bekommt sie.« Wieder nickte er, gewichtig diesmal. »Denn wenn das Schloss sich etwas ...« Er wurde von einem Ausruf unterbrochen.

»Hans!«, herrschte Agatha den Hausdiener an. Sie stand im Türrahmen und funkelte den Mann mit einem wütenden Blick an. »Sei still! Augenblicklich!«

Der Alte trat einen hastigen Schritt vom Bett weg und sackte in sich zusammen. Kreidebleich schlang er seine zitternden Arme um den Kopf, krümmte sich. »Still!«, keuchte er. »Hans ist still!«

»Warte draußen auf dem Gang«, befahl Agatha kühl. »Du wirst deine Lektion noch erhalten.«

Wimmernd hastete Hans aus dem Zimmer.

Agatha bedachte Julius mit einem nachdenklichen Blick, dann zog sie den Stuhl heran und schob ihn neben das Bett. Konzentriert strich sie ihr Kleid glatt und setzte sich langsam. »Mein lieber Freund«, säuselte sie mit plötzlich sanfter Stimme. »Ich hoffe, Sie fühlen sich wohl bei uns. Es ist schön, dass Sie bleiben konnten.« Ihr Lächeln hatte etwas Teuflisches an sich. »Hans hat Sie doch nicht etwa belästigt? Mit irgendwelchen Räuberpistolen? Seine einzige Aufgabe ist es, hin und wieder nach Ihrem Wohlergehen zu sehen. Wie Sie wissen,

Julius, ist es uns sehr wichtig, dass es den Gästen auf Wargrave Castle an nichts fehlt.« Versonnen strich Agatha sich über die Stirn. »Dies hat seinerzeit bereits mein Herr Papa zum ehernen Prinzip erhoben.« Wieder das Lächeln.

»Warum halten Sie mich hier fest?«, verlangte Julius zu wissen. »Was soll das? Sie … Sie haben mich betäubt und hier festgebunden – Sie sind ja nicht richtig im Kopf! Machen Sie mich sofort los!« Julius ruckte mit Nachdruck an seinen Fesseln, bereute dies jedoch sofort, als der Schmerz sich durch seine Haut brannte.

Missbilligend schüttelte Agatha den Kopf. »Ihr Benehmen lässt sehr zu wünschen übrig, junger Mann.«

»Was hat das mit Benehmen zu tun?«, schrie Julius. »Ich verlange, dass Sie mich sofort losmachen. Was ist das für ein Spiel, das Sie mit mir spielen? Und wo ist Emilia? Sagen Sie mir, wo Emilia ist! Holen Sie sie her!« Vor Wut war Julius im Gesicht rot angelaufen. »Sie sind wirklich nicht richtig im Kopf!«

Agatha beobachtete Julius aus schmalen Augen. Für einen langen Moment sagte sie nichts, doch dann räusperte sie sich und setzte ein fröhliches Lächeln auf. »Mein lieber Julius, Sie sind zu Gast auf Wargrave Castle. Dies bedeutet, dass Sie sich nach unseren Regeln zu verhalten haben. Ihre Unhöflichkeiten werde ich nicht tolerieren. Es ist wohl an der Zeit, dass Sie dies lernen.« Sie wandte ihren Kopf zur Tür. »Hans!«, rief sie aus.

Es dauerte keine drei Sekunden, und der Hausdiener steckte den Kopf ins Zimmer. In seinem Gesicht spiegelte sich immer noch Furcht.

»Hans, hol meinen Sohn«, befahl Agatha Harding.

Der Alte riss die Augen auf, dann nickte er hastig.

»Mach schon, was stehst du noch herum?«, schimpfte die Schlossherrin.

Hans' Kopf verschwand aus dem Türrahmen, und eilige Schritte hallten durch den Gang. »Was für eine Plage«, murmelte Agatha. Sie stand vom Stuhl auf und trat langsam ans Fenster, richtete ihren Blick in die Dunkelheit.

»Wo ist Emilia?«, fragte Julius mit flehendem Unterton. »Sagen Sie mir doch, wie es meiner Tochter geht!« Verzweifelt blickte er zu der Frau, die ihm den Rücken zudrehte. Nichts an ihrer Körperhaltung verriet, dass sie ihn gehört hatte. Gerade, als Julius ansetzte, erneut nach Emilia zu fragen, drehte Agatha leicht den Kopf zur Seite.

»Emilia ist nicht Ihre Tochter«, sagte sie bestimmt.

Julius riss die Augen auf. »W-was?«, stammelte er.

»Emilia ist nicht Ihre Tochter«, wiederholte Agatha, lauter diesmal. »Nicht mehr«, ergänzte sie spitz und drehte sich ihm zu. Mit verschränkten Armen stand sie vor dem dunklen Fenster. Die Blässe in ihrem Gesicht ließ sie gespenstisch aussehen.

Für einen Moment stockte Julius der Atem. Er meinte, die Äbtissin vor sich zu sehen. Doch die Ähnlichkeit zwischen Agatha und jener nächtlichen Heimsuchung verschwand so schnell wieder, wie sie gekommen war. Julius schnappte nach Luft. »Was meinen Sie damit – *nicht mehr?*« Julius' Stimme überschlug sich. Entgeistert starrte er die alte Frau an, doch sie zeigte keinerlei Regung. »Was heißt das?«, schrie er ihr entgegen. »Sie gestörte alte Hexe!« Er sah mit Genugtuung, wie Agatha zusammenzuckte. »Wenn Sie meiner Tochter auch nur ein Haar gekrümmt haben, dann mache ich Sie fertig, Sie Monster. Lassen Sie Ihre Finger von meiner Tochter, hören Sie! Von *meiner* Tochter!«

Agatha setzte an, etwas zu sagen, doch sie stockte und sah zur Tür. Philip stand im Türrahmen und ließ hinter den Brillengläsern den Blick zwischen Julius und seiner Mutter hin und her fahren.

»Du hast mich rufen lassen, Mutter?« Philip blinzelte.

»Mach mich los, Philip«, rief Julius voller Verzweiflung. »Bitte löse die Stricke. Das hier ist alles ein großes Missverständnis. Ich weiß wirklich nicht …«

»Halt dein Maul!«, blaffte Philip. Dann wandte er sich abermals an seine Mutter. »Was kann ich tun?«

Agatha Harding nickte getragen. »Mein Lieber, du siehst, wie es um unseren Gast bestellt ist. Er lässt in seinem Verhalten jeglichen Anstand vermissen.« Sie seufzte. »Wie leider bereits zu befürchten war.« Sie stemmte die Hände in die Hüften und musterte Julius, als sei er ein Schwerverbrecher.

Hinter seinen Brillengläsern funkelte Philip ihn wütend an. »Dann sollte er eine Lektion erhalten, Mutter!«

»Exakt, das sollte er.« Agatha strahlte. »Darum habe ich dich holen lassen, Philip.«

»Ich verstehe, Mutter.« Seine Stimme klang heiser. Erregt. Er leckte sich über die Unterlippe. »Ich kümmere mich darum.«

»Ich danke dir, lieber Sohn.« Agatha trat zu Philip und ergriff seine Hand. »Ich bin sehr dankbar, dass du dich um deine alte Frau Mutter kümmerst. Du bist meine Stütze. Ich wüsste nicht, was ich ohne dich tun würde.« Mit dem Handrücken strich Agatha ihrem Sohn über die Wange.

Philip strahlte über das ganze Gesicht. »Ich … ich danke dir, Mutter«, sagte er ergriffen. »Und ich werde dich nicht enttäuschen.«

»Ich weiß, ich weiß«, säuselte Agatha und warf einen abschätzenden Blick auf Julius. »Es ist an der Zeit, denke ich«, raunte sie.

»Die Lektion, ja.« Philip drückte sein Kreuz durch, trat neben das Bett und schaute finster auf Julius hinab.

»Philip, bitte«, stieß Julius hervor. »Es ist alles ein riesiges Missverständnis.«

Philip ging um das Bett herum und trat zweimal mit dem Fuß auf eine Vorrichtung, die ein metallisches Geräusch erzeugte. Dann stellte er sich ans Fußende des Bettes, griff den Rahmen und schob das Bett an.

»Was zum Teufel …?«, schrie Julius auf. Er wurde an der grinsenden Agatha vorbei auf den Gang hinausgeschoben. Das Bett passte genau durch die Tür, als sei es speziell dafür angefertigt worden.

»Fahr mich zurück«, rief Julius. »Sofort! Fahr das Bett in mein Zimmer zurück!« Doch Philip stoppte nur, um die Tür zum Nebenzimmer zu öffnen, dem Krankenzimmer. Julius rang nach Luft. Wieder passte das Bett auf den Millimeter genau durch die Tür. Exakt in der Mitte des Raumes – die Liege war nun verschwunden – stellte Philip das Bett ab und fixierte die Bremsen.

»Da wären wir«, sagte er und schloss die Tür. Das Glitzern in seinen Augen hatte sich noch verstärkt. Er rieb sich die Hände. »Ich erfülle Mutters Wunsch«, flüsterte er begeistert. »Mutters Wunsch ist mir Befehl.«

»Philip, was immer du vorhast, du musst es nicht tun«, sagte Julius eindringlich. »Nur weil Agatha dich …« Ein Blick von Philip brachte ihn jäh zum Schweigen. Er war voller Mordlust und wilder Entschlossenheit.

»Sprich nicht von Mutter!«, brüllte Philip. »Es steht dir nicht zu! Spar deinen Atem.« Unvermittelt ging die Wut in ein begeistertes Lächeln über. »Gleich wirst du eine Lektion erhalten, Julius, die dir deutlich macht, was geschieht, wenn man Mutters Gastfreundschaft nicht zu würdigen weiß.« Er beugte sein Gesicht über das von Julius. »Auf Wargrave Castle gilt nur ein Wort: Mutters. Merk dir das, mein Freund. Wirst du dir das merken?«

Heftig nickte Julius. »Natürlich werde ich das tun. Natürlich! Du kannst mich losmachen, ich werde …«

Laut lachte Philip auf. »Wir sind doch noch gar nicht fertig. Wir wollen doch sicherstellen, dass du es dir auch wirklich einprägst. Wir sind nicht fertig. Wir haben schließlich noch gar nicht begonnen.« Er schüttelte den Kopf, als erkläre er einem kleinen, sturen Kind etwas ganz Einfaches. »Es ist alles sehr wichtig für Mutter. Das musst du doch verstehen.«

Erwartete Philip eine Antwort? Julius bemühte sich, seine Panik niederzuringen. »Ja, ja, ich verstehe es, natürlich.« Er nickte eifrig. »Ich verspreche dir, ich verstehe es. Und es … es wird nicht mehr geschehen. Dass ich es vergesse, meine ich.« Er schluckte.

»Gut, das höre ich gerne«, frohlockte Philip. »Dann werde ich nun beginnen, dir dabei zu helfen, immer daran zu denken.« Er drehte sich um und trat an einen der Schränke.

Voller Entsetzen verfolgte Julius, wie er nach einem Tablett griff und darauf mit penibler Genauigkeit Operationsbesteck arrangierte. Julius brach der kalte Schweiß aus, und ein gurgelnder Laut entwich seiner Kehle.

Konzentriert werkelte Philip, mit dem Rücken zu Julius gewandt, auf dem Tablett herum. Dabei sang er leise vor sich hin. »… kam ein Häslein schnelle, suchte sich sein Abendbrot; hu! Ein Jäger schoss mit Schrot.« Er lachte schrill auf. »Traf nicht flinkes Häslein. Weh! Er sucht im Täschlein, ladet Blei und Pulver ein, Häslein soll des Todes sein.« Abrupt drehte Philip sich um, auf den ausgestreckten Händen balancierte er das Tablett. Es war beladen mit metallischen Gegenständen. »Wir können beginnen«, erklärte er feierlich.

Heiß glühend gewann die Panik in Julius die Oberhand. »Nein, nein, nein, nein!«, schrie er. »Nein, bitte! Nein!« Weder die schmerzenden Gelenke noch das unter den Stricken hervorquellende Blut hielten ihn davon ab, sich verzweifelt zu winden. »Nein, Philip! Hör auf! Hör auf!«

Philip setzte das Tablett auf einem Tisch neben dem Bett ab und strich Julius mit einer Hand fast liebevoll über das Haar. »Aber ich habe doch noch gar nicht begonnen, mein Guter. Wie soll ich da denn schon wieder aufhören können?« Er schmunzelte.

Julius' Atem ging stoßweise. »Bitte ... wir können doch ... reden ... Bitte!« Das Gefühl der Hilflosigkeit brachte ihn an den Rand des Wahnsinns. »Nein! ... Bitte!« Tränen schossen ihm aus den Augen.

»Na, na, na«, gurrte Philip in beschwichtigendem Ton. »Wer wird denn gleich?« Er nahm ein Skalpell in die Hand und drehte es langsam im Schein der hellen Deckenlampen. »Du musst deine Lektion lernen – du hast Mutter ja gehört. Du brauchst dir keine Sorgen zu machen, du wirst es überleben. Vorerst zumindest.« Wieder das schrille Lachen.

Das Blut gefror Julius in den Adern. Er konnte seinen Blick nicht von dem glänzenden Metallinstrument in Philips Hand lösen. »Nein ... bitte«, hauchte er. »Bitte!«

Nachdenklich legte Philip die Stirn in Falten. »Nun, vielleicht hast du recht. Vielleicht ist das Skalpell keine gute Wahl.«

Wild nickte Julius. »Kein ... Skalpell«, stöhnte er.

»Es kommt so schwer durch den Knochen«, überlegte Philip. »Das Fleisch teilt es wunderbar. Doch das wird nicht reichen. Nicht für deine Lektion.«

Starr vor Angst drückte Julius seinen Kopf in das Kissen. Jeder Millimeter Abstand zu Philip zählte. Jeder.

»Vielleicht sollte ich dir demonstrieren, was ich meine«, nickte Philip. »Wir haben auch genug geplaudert, denke ich. Mutter wird nicht ewig warten wollen.« Er legte das Skalpell zurück auf das Tablett und zog dann die Socke von Julius' linkem Fuß.

Julius' Versuch, den Fuß wegzuziehen, bewirkte lediglich,

dass noch mehr Blut unter dem fest angezogenen Strick hervorquoll.

Philip griff den Fuß und hielt ihn fest, wie in einem Schraubstock. Das Skalpell nahm er in die andere Hand. »Es schneidet hervorragend, sieh her.« Er setzte das Instrument an die Außenseite von Julius' kleinem Zeh und zog einen scharfen Schnitt. Sofort spritzte Blut aus der Wunde.

Als sei er der Zuschauer in einem schlechten Film, betrachtete Julius ungläubig den Weg des Skalpells. Im ersten Moment spürte er nichts. Dann explodierte der Schmerz. Julius schrie.

Triumphierend wedelte Philip mit dem blutigen Skalpell. »Siehst du, es ist nicht durch den Knochen gekommen. Das falsche Werkzeug für unseren Zweck, eindeutig. Selbst die Wunde wird nicht lange bluten.« Er winkte ab. »Kleiner Kratzer, mehr nicht.« Er trat zu einem Spülstein in der Zimmerecke und legte das Skalpell hinein. Dann wusch er sich die Hände. Dabei drehte er den Kopf zu Julius.

»Nun ist die Frage, wie es weitergeht, nicht wahr?« Philip grinste. Er drehte den Wasserhahn zu und trocknete die Hände. Dann schlenderte er zum Tablett und hielt ein weiteres Gerät in die Höhe. »Eine Knochensäge«, frohlockte er. »Damit kommen wir durch das Knöchelchen. Aber das verrät ja bereits der Name.«

Julius röchelte. Ein Teil seines Bewusstseins hatte sich abgeschaltet. Als schwebe er über sich selbst, betrachtete er die Szene aus sicherer Distanz. Es war absurd, was er sah. Er lag gefesselt auf einem Bett, und Philip verstümmelte ihn. Absurd! Es musste sich um einen Albtraum handeln, aus dem er jeden Augenblick aufwachen würde.

»Eine kleine Säge, diese«, setzte Philip seine Ausführungen fort. »Es braucht ja auch nicht viel für den kleinen Zeh.« Er betrachtete sie von allen Seiten. »Im Grunde aber unpraktisch.« Bedächtig legte er das Werkzeug an seinen Platz auf dem Tablett zurück. »Ich spare mir eine Vorführung. Wir haben nicht allzu viel Zeit. Mutter wird sonst ungeduldig.«

Wie durch dichten Nebel hindurch hörte Julius Philips Stimme. »K-keine Vorführung«, stöhnte er, als Philip verstummte. »Keine. Bitte!« Ungläubig schwebte er in dem Albtraum, der nicht enden wollte, obwohl er sich ermahnte aufzuwachen.

»Keine Zeit, wie gesagt«, sagte Philip geschäftig. Er hob einen weiteren Gegenstand hoch. Er war größer als die vorherigen. »Deshalb benutzen wir nun diese Zange. Damit knipsen wir den Zeh einfach ab. Dann hat es sich damit.«

»Nein, nein«, hauchte Julius panisch. »Bitte! Nein!« Er riss die Augen auf, sein Körper verkrampfte sich. »Nein! Bitte, bitte!« Tränen liefen über seine Wangen. Seine Welt bestand aus Schmerz und jener Zange, die Philip wie eine Trophäe emporhob. »Ich verspreche …«, stieß er hervor. »Ich … ich … bitte!«

»Was versprichst du, Julius?«, fragte Philip höhnisch. »Es ist zu spät für irgendwelche Schwüre, mein Freund. Mutter möchte dich bestraft sehen. Und wenn Mutter einen Wunsch hat, dann wird er erfüllt. Und nun hat sie Emilia. Der Kreis muss sich schließen, sagt sie.« Er nickte wissend. »Nur dann kann es Seelenfrieden geben, weißt du.« Konzentriert setzte er die Zange an dem blutigen Zeh an. »Deine Aufgabe ist bald erfüllt. Noch ein paar Tage. Einige wenige Tage. Oder auch nur Stunden.« Er zuckte mit den Schultern. »Da zählt so ein kleiner Zeh gar nicht.« Jäh hielt Philip inne, verzog sein Gesicht zu einem ironischen Lächeln. »Oh, beinahe hätte ich es vergessen. Es gibt noch etwas für dich zu tun.« Er zog die Zange vom Fuß weg und griff mit seiner freien Hand in die Hosentasche. Überraschung vortäuschend, hielt er ein Mobiltelefon vor Julius' Nase. »Was haben wir denn da? Ja, wo kommt das denn her?«

»Mein ... Telefon!« Julius hatte das Gefühl, keine Luft zu bekommen. »Mein ...«

»Ja, ja, dein Telefon, ich weiß«, unterbrach Philip ihn ungehalten. »Nenn mir den Code, um das Ding zu entsperren.«

Was wollte der Mann mit seinem Telefon?

»Ich bitte dich nicht noch einmal derart freundlich«, blaffte Philip und hob die Zange in die Luft. »Du möchtest also sofort Bekanntschaft mit meinem Freund hier machen?«

»Ich ... nein, bitte!«, sprudelte es aus Julius heraus. »Ich nenne dir den Code, natürlich. Aber du musst mir dafür versprechen, aufzuhören. Bitte! Bitte hör auf! Leg die Zange weg, bitte! Ich sag dir den Code, versprochen. Aber bitte schaff die Zange weg. Es ist alles ein Missverständnis, da bin ich mir sicher. Ein furchtbares Missverständnis! Wir können es regeln, wir ... wir ... finden einen Weg.«

Nachdenklich ruhte Philips Blick auf Julius. Dann nickte er langsam und ließ das Werkzeug sinken. »Nun gut, wenn du mir den Code jetzt sagst, dann höre ich auf. Dann reden wir.« Er legte die Zange auf den Tisch, tippte auf das Display des Smartphones, das sogleich aufleuchtete. »Nun?«, fragte er lauernd.

»Der ... der Code lautet Fünf-fünf-vier-vier-eins-eins«, stöhnte Julius atemlos. Das Grauen und die Hoffnung raubten ihm die Sinne.

Konzentriert tippte Philip die Zahlenfolge in das Display. Strahlend nickte er. »Wunderbar, stimmt. Ich danke dir. Das ging schneller als gedacht.« Er schob das Telefon zufrieden zurück in seine Hosentasche, dann schnappte er sich die Zange und positionierte sie schwungvoll wie zuvor am Zeh.

»Aber ...«, schrie Julius auf. »Aber ...«, kreischte er.

Philip lachte auf, machte dann ein angestrengtes Gesicht. Seine Zungenspitze lugte zwischen den Lippen hervor. »Und nun ...«, er spannte kurz die Muskeln an, dann lächelte er, »... ist die Lektion erteilt.«

Julius füllte seine Lunge abrupt mit Luft, bis sie schmerzte.

Triumphierend hielt Philip ein blutiges Etwas zwischen Daumen und Zeigefinger in die Luft. Er senkte die Hand zu Julius hinab. Wie ein Sommelier, der dem Gast die Rotweinflasche präsentiert.

Der dumpfe Nebel schützte Julius nicht. Der Wunsch, aus diesem Albtraum aufzuwachen, wurde nicht erfüllt. Der Schmerz fuhr Julius vom Fuß aus in die Glieder und raubte ihm den Atem. Ungläubig starrte er auf den Zeh, den Philip ihm vor die Nase hielt. Sein kleiner Zeh. Von seinem Körper entfernt. Julius wollte schreien, doch kein Laut drang über seine Lippen. Ein Strahlen lag auf Philips Gesicht. In diesem Augenblick wurde Julius klar, dass er verloren war. Übelkeit schwappte über ihn hinweg, drehte sein Inneres nach außen. Er war verloren. Der Zeh war verloren. Sein Leben war verloren. Emilia war verloren. Julius würgte, sein Mageninhalt drückte sich die Speiseröhre hinauf. Der Schwindel wurde überwältigend. Julius ließ sich der Dunkelheit entgegenfallen.

Siebenundzwanzigstes Kapitel

Bruchstückhafte Szenen drängten in Julius' umnebeltes Bewusstsein. Sequenzen, die er nicht immer verstand, die vor allem seltsam aus der Zeit gelöst schienen. Agatha. Es war stets Agatha, die darin auftauchte.

Einmal stand sie neben dem Bett und schaute auf Julius hinab. Wie in einem Stummfilm bewegten sich ihre Lippen, er konnte sie nicht hören. Er hatte den Eindruck, dass ihre Worte nicht an ihn gerichtet waren, sondern an eine weitere Person im Raum. Doch sosehr er sich bemühte, Julius konnte seinen Kopf nicht bewegen, um sie zu sehen. Überhaupt fühlte er sich gefangen in einem federhaften Schwebezustand, losgelöst von allem. Auch von seinem Körper, über den er keine Kontrolle mehr besaß. Selbst die kleinste Bewegung der Augäpfel kostete eine ungeahnte Kraft. Erschöpft ließ Julius nach wenigen Atemzügen die Lider wieder zufallen. Agatha verschwand jedoch nicht sogleich – ihr Gesicht hatte sich auf der Netzhaut eingebrannt.

Ein anderes Mal hörte Julius Agathas Stimme, fand aber nicht die Kraft, die Augen zu öffnen. So wanderten ihre Worte durch das diffuse Dunkel in seinen müden Verstand und hallten dort seltsam nach, als befänden Agatha und er sich in einer riesigen, leeren Fabrikhalle. Julius lauschte dem seltsamen Singsang von Agathas Stimme.

»… wohin auch immer. Das Kind muss sich jedenfalls beruhigen. … Es ist alles eine Frage des Vertrauens. … Nein, erst müssen wir den Kreis brechen. *Dann* kann er sich schließen.« Agatha lachte. »Fast schon ein bisschen philosophisch, oder?« Einen Moment blieb es still, dann fuhr sie fort: »Ich weiß. Die Waagschalen können noch ein wenig ausgeglichen werden. *Noch!* Und ich brauche Gewissheit. Alles andere ist unwichtig.« Wieder lachte sie leise. »Nein, jammern bringt nichts. Es macht nur schwach. Das Ende ist das Einzige, was zählt. Und wir sind jetzt fast da, nach all den Jahren. Am Ende. Ich weiß, dass du ...«

Agathas Stimme war immer leiser geworden. Ihre Worte drehten sich in Julius' Kopf. Er sog sie auf, auch wenn er nicht verstand, wovon sie sprach. Er wollte mehr erfahren, doch es zog ihn zurück in die Umarmung des Nichts.

Einige Zeit später – oder war es kurz darauf? – drang Agathas Stimme noch einmal an sein Ohr. Sehr leise, weit entfernt:

»... Mond schien helle, kam ein Häslein schnelle, suchte sich sein Abendbrot; hu! Ein Jäger schoss mit Schrot. Traf nicht flinkes Häslein. Weh! Er sucht im Täschlein, ladet Blei und Pulver ein, Häslein soll des Todes sein. Häslein läuft voll Schrecken, hinter grüne Hecken, spricht zum Mond: Lösch aus dein Licht, dass mich sieht der Jäger nicht!«

Der Jäger. Julius wusste, dass er dort draußen unterwegs war. Die Flinte geladen und im Anschlag. Er hatte Emilia im Visier, ganz sicher. Julius musste ihn aufhalten. Er musste ... er musste ...

Der Schmerz wurde heftiger, und Julius riss die Augen auf. Schmerz! Wie eine giftige Natter kroch er vom Fuß hinauf durch seinen Körper, pulsierte durch die Nervenbahnen. Julius verzog das Gesicht. Zumindest meinte er, dies zu tun. Der Nebel war dünner geworden, hielt aber noch immer eine Decke aus Trägheit über seinem Verstand und seinem Körper ausgebreitet.

Eine Bewegung am Rande seines Sichtfeldes erregte Julius' Aufmerksamkeit. Agatha hantierte an einem Plastikbeutel, der in der Luft schwebte. Julius blinzelte. Der Beutel war mit einer wässerigen Flüssigkeit gefüllt. Er schwebte nicht, sondern war an einem Ständer befestigt. Eine Schnur hing aus ihm heraus. Nein, keine Schnur. Ein Schlauch. Langsam folgte sein Blick dem Schlauch. Vom Beutel führte er geradewegs zu seinem Handrücken. Eine Kanüle steckte darin. Eine Infusion.

Agatha justierte etwas an der Verbindung zwischen Beutel und Schlauch, klopfte gegen das Plastik. Eine Luftblase stieg in der Flüssigkeit auf, und durch den Schlauch zog sich die Lösung herunter und in Julius' Blutbahn. Fast augenblicklich ließ der Schmerz nach, wurde das pulsierende Pochen schwächer. Julius atmete aus und schloss die Augen. Er verspürte Erleichterung. Auch wenn Agathas Anwesenheit nichts Gutes erahnen ließ. Doch es war gut, dass der Schmerz verschwand. Es war gut.

Etwas anderes ließ Julius jedoch keine Ruhe. Was war es noch gleich? Gerade hatte er noch daran gedacht. Was war es noch? Etwas sehr Wichtiges lag im Argen. … Emilia!

Panisch riss Julius die Augen auf, blickte direkt in Agathas Gesicht. Der Kopf der alten Frau war keine Armlänge von seinem entfernt.

»Em…«, hauchte er.

Doch die alte Frau verzog keine Miene, drehte sich zu der Infusion und stellte dort etwas ein. Nur wenige Sekunden später legte sich Blei auf Julius' Augen. Er versuchte, gegen die Müdigkeit anzukämpfen. Doch wie ein grauer Strudel zog ihn die Erschöpfung hinab ins Vergessen.

Später hatte er das Gefühl zu schweben. Langsam schaukelte er durch die Luft, schwang von links nach rechts. Oder befand er sich auf einem Schiff, das bei hohem Wellengang einen Ozean überquerte? Nein, er flog. Da war er sich sicher. Unter ihm befand sich Leere. Um ihn herum zirkulierte die Luft. Er flog, ohne dass er Flügel besaß. Ja, er bewegte nicht einmal die Arme. Er flog, wie ein Sandsack fliegen würde, wenn er es denn könnte. Eigenartig.

Julius spitzte die Ohren, während er die schwingende Bewegung in seinem Magen nachhallen spürte. Er hatte eine Stimme gehört. Nah und doch weit entfernt. Jetzt wurde sie deutlicher. Sie gehörte Philip.

»… sei dort vorsichtig. Wenn er zu schwer wird, machen wir eine Pause. Wir müssen ganz hinunter.«

»Es geht schon«, raunzte eine zweite Stimme. Sie klang angestrengt. Atemlos.

Hans!, erkannte Julius. Philip und Hans.

Eine ruckartige Bewegung, die Flugbahn änderte sich abrupt. Julius stöhnte auf.

»Vorsichtig, Mann!«, mahnte Philip. Seine Stimme erklang nun nahe bei Julius' Kopf. »Die Stufen! Lass ihn nicht fallen. Mutter benötigt ihn noch – vorerst zumindest.«

Der Flug ruckelte abwärts. Das Schwanken wurde stärker. Für einen Moment öffnete Julius die Augen, bevor sie sogleich wieder zufielen. Er hatte eine schlecht beleuchtete Decke gesehen. Ein Treppenhaus. Also flog er in Wargrave Castle die Stufen eines Treppenhauses hinab. Nein, nein, nein! Er wurde getragen. Nun spürte er auch ihre Hände an seinem Körper. Philip hatte ihn unter den Armen gepackt, und Hans umfasste die Beine. Er hörte ihr angestrengtes Keuchen, wenn er sich konzentrierte.

»Um die Ecke, sei vorsichtig«, ächzte Philip.

Julius merkte, wie sich die Position seines Körpers veränderte.

»Da runter noch«, sagte Philip gepresst. »Dann haben wir es geschafft.«

Geschafft? Julius versuchte, seine Augen noch einmal zu öffnen, doch sie widersetzten sich seinem Befehl.

Plötzlich fühlte Julius, wie seine Beine abgesetzt wurden.

»Roll das Ding ran«, stieß Philip hervor.

Ein kurzes Quietschen, dann merkte Julius, wie er abgesetzt wurde. Kurz darauf richtete einer der Männer seine Arme und schlang etwas um die Unterarme.

»Zieh sie so fest, wie es geht«, befahl Philip. »Gut. Das hätten wir. Du kannst jetzt gehen, Hans.«

Julius hörte, wie sich schlurfende Schritte entfernten. Erschrocken atmete er ein, als er sich plötzlich nach vorne bewegte. Ein surrendes Geräusch begleitete die Bewegung. Ein kurzes Holpern rüttelte ihn durch, dann endete das Rollen. Doch Julius' Kopf drehte sich weiter. Ihm war schwindelig.

»Da sind wir, Mutter. Wir haben alles so ausgeführt, wie du es gewünscht hast.« In Philips Stimme lag Unterwürfigkeit.

»Sehr gut. Sehr gut.« Agatha wirkte abwesend. Sie räusperte sich. »Ist er bei Bewusstsein?«

»Ich bin mir nicht sicher«, antwortete Philip. »Doch er sollte spätestens in ein paar Minuten zu sich kommen.«

»In ein paar Minuten, das ist gut.« Ein weiteres Räuspern. »Er muss wach sein. Aber er darf nicht sprechen. Auf keinen Fall darf er sprechen, hörst du! Wer weiß, was er für einen Unsinn von sich geben würde!«

»Ja, Mutter. Ich verstehe. Natürlich werde ich ein genaues Auge auf ihn haben.«

»Ich bin dankbar, dass ich mich auf dich verlassen kann, mein Sohn. Du bist mir stets eine unersetzliche Stütze.«

War das ein tiefes Schluchzen, das aus Philips Mund kam? Diesmal gelang es Julius, seine Augen zu öffnen. Gleißendes Licht trieb ihm sogleich Tränen in die Augen. Er blinzelte mehrmals. Der Weihnachtsbaum! Er erstrahlte in einem wogenden Lichtermeer, keine zehn Schritte von Julius entfernt.

Mühsam senkte er den Blick und benötigte einige Augenblicke, um zu verarbeiten, was er sah. Er saß in einem Rollstuhl. Einem altertümlichen Ding mit großen Rädern an der Seite. Sein linker Fuß war mit einem Verband umwickelt. Der Zeh! In dem Moment, als Julius sich an Philips Gräueltat erinnerte, kehrte auch der Schmerz zurück. Julius stöhnte auf. Dünne Seile fixierten seine Unterarme an den Rollstuhl.

»Schau, Mutter! Er ist wach«, vermeldete Philip aufgeregt und ging vor dem Rollstuhl in die Hocke. »Er hat die Augen geöffnet. Doch ansonsten ist nicht viel von ihm zu erwarten. Er steht völlig neben sich. Das Mittel wirkt.«

»Gut, gut! Das ist gut.« Agatha trat neben ihren Sohn und beäugte Julius. »Ja, so sollte es gehen. Gut. Dann bin ich gleich wieder da.« Sie warf Julius einen letzten prüfenden Blick zu, dann drehte sie sich um und verließ den Raum.

Entgeistert starrte Julius in Philips lächelndes Gesicht. Immer wieder verschwamm die Gestalt des Mannes vor seinen Augen, doch die Momente, in denen er Philip deutlich sah, lösten Panik in Julius aus. Hinter den Brillengläsern blinkten Philips Augen in einem unnatürlichen Glanz. In ihnen lag erwartungsvolle Freude. Und noch etwas. Etwas Grauenvolles. Es war Gier, wie bei einem Raubtier, das seine Beute im Visier hat.

Philips Zunge benetzte seine lächelnden Lippen. »Es dauert nicht mehr lange«, flüsterte er Julius zu. Er kroch in seiner hockenden Position noch ein Stück näher an den Rollstuhl heran. »Ich weiß, dass du mich hören kannst, mein Freund.« Philip lachte amüsiert auf. »Es dürfte dich wohl interessieren, was auf dich zukommt. Sobald Mutter dich nicht weiter benötigt, werde ich mich eingehend mit dir befassen. Nur du und ich. Und niemand sonst auf der ganzen Welt wird wissen, was mit dir geschieht. Weil niemand weiß, dass du hier auf Wargrave Castle bist. Weil es niemanden interessiert. Und wenn du dann verschwindest, sobald ich mit dir fertig bin, wird dich niemand in den Moors suchen. Zumindest nicht hier bei uns. Vielleicht verscharre ich deine Überreste oben am Meer? Würde dir das gefallen? Die Küste ist schön. Ich liebe die raue Gewalt, mit der sich das Wasser und das Land dort oben gegenübertreten. Vielleicht schaffe ich dich aber auch in eines dieser alten Moorgräber, die es überall gibt. Da kannst du dann langsam verrotten. Deine matschigen Überreste, besser gesagt. Denn erst einmal befasse ich mich ja ausgiebig mit dir.« Er strich Julius sanft über eine der Hände.

Instinktiv wollte Julius zurückzucken, doch alles, was er tun konnte, war blinzeln. Philips Berührung nahm er als einen leichten Druck auf der Haut wahr. Ungewöhnlich kühl. Er hatte dennoch das Gefühl, dass sie seine Haut verätze.

In ihm tobte ein Sturm der Verzweiflung. Philip war wahnsinnig. Irre! Julius wollte schreien, doch er war gelähmt.

»Dein Zeh war erst der Anfang«, fuhr Philip gut gelaunt fort. »Es gibt noch so viel, was ich abtrennen kann. Abschneiden. Abknipsen. Abhacken. Abreißen vielleicht.« Versonnen ließ er seinen Blick für einen Moment in die Ferne schweifen. »Ja«, hauchte er. »Ja, das könnte funktionieren.« Philips Augen leuchteten mit den Kerzen am Weihnachtsbaum um die Wette. »Ich bin sehr aufgeregt. Dir kann ich es verraten, denke ich. Endlich kann ich an einem Menschen meine Kunst vollziehen. Endlich! Ich habe so lange auf diese Gelegenheit gewartet. Mutter hat mich immer wieder vertröstet. Hat mich immer wieder davon abgehalten, jemanden zu finden. Dabei brennt ein Feuer in mir, weißt du. Ich muss meine Kunst an einem Menschen ausprobieren. Es ist höchste Zeit! Deshalb bin ich so glücklich, dich zu bekommen, Julius. Du wirst mein Meisterwerk. Ich werde dir zeigen, wie lange man am Leben bleiben kann, auch wenn gar nicht mehr so viel von einem übrig ist. Gliedmaßen sind nicht unbedingt lebensnotwendig. Das werde ich dir demonstrieren.« Philip wischte Feuchtigkeit aus seinen Mundwinkeln. »Am liebsten würde ich sofort beginnen. Doch Mutter bittet mich noch um ein wenig Geduld. Ein paar Stunden, sagt sie. Höchstens ein, zwei Tage. In meinen Träumen habe ich dich schon so oft zerlegt, Julius. Und bald ist es so weit! Endlich muss ich mich nicht mehr mit den Tieren begnügen. Am Anfang haben sie mir genügt. Doch jetzt langweilen sie mich. Ich möchte richtige Schreie hören, weißt du. Kein Gejaule und Quieken. Richtige Schreie! Ich möchte jemanden, der mich anfleht. Jemanden, der versteht, was ich tue. Wie soll eine Katze meine Kunst würdigen?« Er zuckte mit den Schultern. »Du hast ja das Vieh in deinem Kühlschrank gesehen. Keine große Sache. Der Schwanz war schnell ab. Dann die Haut. Da muss man aufpassen, die Schnitte richtig setzen. Sonst hat man hinterher einen unschönen Flickenteppich.« Laut lachte Philip auf. »Aber es ist ja nicht viel dran, an so einem Katzenvieh.«

Reglos kauerte Julius in dem Rollstuhl und hörte Philip zu. Ob er wollte oder nicht, er sog jedes Wort in sich auf. Er befand sich in den Fängen des Irren, der ihm bereits in London nachgestellt hatte. Der Christie ein Hakenkreuz in den Leib geritzt und ihn blutig in Julius' Kühlschrank gelegt hatte. Er war in seine Wohnung eingestiegen! Dieser Gedanke verstörte Julius fast mehr als die brutale Tierquälerei. Er hatte ihn verfolgt, bedroht und eingeschüchtert, um sich bei dem Treffen im Pub als Retter zu inszenieren und Julius nach Wargrave Castle zu locken.

Er war ihm in die Falle gegangen. Die Aufenthaltsgenehmigung war bloß ein Köder gewesen, um ihn auf das Schloss zu manövrieren. Und dann traf es ihn siedend heiß: Es war den Hardings gar nicht um ihn gegangen. Von Anfang an nicht. Er war eher so etwas wie ein Nebeneffekt, mit dem Philip bald spielen konnte. *Emilia!* Es ging von Anfang an um sie.

Die Verzweiflung legte sich um sein Herz wie ein eiserner Ring. Das Atmen fiel ihm schwer. Er musste seine Tochter irgendwie retten. Wenn es nicht schon zu spät war. Er musste!

Philip blickte zur Tür, dann richtete er sich eilig auf. »Mutter«, sagte er und trat einen großen Schritt zur Seite.

Agatha Harding nickte ihrem Sohn zu und blieb vor dem Rollstuhl stehen, genau dort, wo ihr Sohn soeben noch gehockt hatte. An ihrer Hand hielt sie Emilia.

Julius stockte das Herz. Sie lebte. Es schien ihr gut zu gehen. Erleichterung durchflutete ihn. Angestrengt versuchte Julius, seine Lippen zu bewegen. Ein Blinzeln war jedoch alles, was er zustande brachte.

»Du siehst, mein Engel, ich habe dir die Wahrheit gesagt.« Agatha strich Emilia über den Kopf. »Julius geht es nicht gut. Er ist krank, der Arme. Du weißt ja von seiner Krankheit, über die er nicht sprechen wollte. Sie hat ihn wieder eingeholt.« Mitleidig schüttelte sie den Kopf.

Mit großen Augen musterte Emilia ihren Vater. »Aber... warum sitzt er in einem Rollstuhl?«

»Die Krankheit greift seine Muskulatur an, mein Schatz. Ja, ja, das hat er natürlich auch verschwiegen. Er wollte sehr tapfer sein, denke ich. Doch diese Krankheit ist sehr tückisch. Er kann sich nicht bewegen. Und es wird immer schlimmer. Wir müssen mit dem Schlimmsten rechnen.« Agatha spitzte die Lippen.

Mit einem Stirnrunzeln deutete Emilia auf den bandagierten Fuß. »Was ist das?«

»Ein kleiner Verband. Er ist ... gestolpert, als die Muskulatur versagte. Dabei hat er sich den Fuß verletzt. Es ist nicht weiter ...«

Emilia riss sich von Agathas Hand los und ging zu ihrem Vater. Vorsichtig strich sie mit ihrer Hand über seine Wange. »Armer Papa. Ich hoffe, es geht dir bald besser. Es tut mir leid, dass ich so sauer war. Weil du gestern nicht bei der Bescherung dabei warst. Aber ich wusste doch nicht, dass du so krank bist.« Sie griff nach seiner Hand, aus der keine Kanüle herausragte. »Warum sind da Seile?«, wollte sie wissen.

»Damit Julius nicht aus dem Stuhl rutscht«, antwortete Philip eilig.

Agatha nickte und zog das Kind von dem Rollstuhl weg, zu sich heran. Mit beiden Armen umschlang sie Emilia, die nun grübelnd vor ihr stand.

Vor Anstrengung schloss Julius die Augen. Er wollte sich bewegen. Rufen. Schreien. Doch er war gefangen in einem Körper, der ihm nicht gehorchte. Wenn es stimmte, was Emilia sagte, dann war heute bereits der 26. Dezember. Die Hardings hatten ihn länger als einen ganzen Tag aus dem Verkehr gezogen und gleichzeitig seiner Tochter Lügenmärchen aufgetischt. Er musste Emilia warnen! Doch was dann? Was sollte das Kind tun? Allein hinaus, in den Schnee? Das Schloss war eine tödliche Falle.

»Wir sollten Julius wieder ruhen lassen«, sagte Agatha bestimmt. »Nun hast du gesehen, dass es ihm gut geht – den Umständen entsprechend. Leider kann man nicht viel machen. Im Leben ist es manchmal so – man muss lernen, loszulassen. Wir müssen abwarten. Doch du darfst dir keine Sorgen machen, Emilia. Philip kümmert sich bestens um Julius. Ist es nicht so, Philip?«

»Oh ja, das tue ich«, antwortete Philip mit heiserer Stimme und einem Strahlen im Gesicht. Er biss sich auf die Unterlippe.

»Ich möchte Papa meine Geschenke zeigen«, forderte Emilia.

»Vielleicht später, Engelchen. Jetzt muss Julius erst einmal Ruhe …«

»Nein, *jetzt* will ich das machen«, fiel Emilia ihr ins Wort. Sie stampfte mit dem Fuß auf. »Papa hat doch gestern schon den ganzen Tag geschlafen. Ich will ihm jetzt zeigen, was mir das Christkind gebracht hat. Bevor er zu müde ist.«

Agatha warf ihrem Sohn einen fragenden Blick zu. Philip schaute auf seine Armbanduhr und zuckte dann mit den Schultern. »Nun gut«, sagte Agatha zögernd. Ihre Lippen waren zwei schmale Linien. »Aber nur für einen Moment. Dann bringt Philip Julius wieder auf sein Zimmer.«

Emilia stürmte aus dem Zimmer, um ihre Weihnachtsgeschenke zu holen. Julius fiel auf, wie sehr Agatha es vermied, von ihm als Vater zu sprechen. Als versuche sie, seine Verwandtschaft mit Emilia auszuradieren. Agathas Ausruf, als er oben gefesselt in dem Bett gelegen hatte, hallte in seinen Ohren: »Emilia ist nicht Ihre Tochter.« Verdammt, er musste das Kind von hier wegschaffen!

Agatha warf einen kritischen Blick auf Julius, dann wandte sie sich an ihren Sohn. »Wie lange wird die Betäubung noch wirken? Er darf mit dem Kind auf keinen Fall sprechen. Sie darf sich nicht noch einmal aufregen. Wenn sie einfach sieht, dass er schwer krank ist, wird sie es schon verwinden, wenn er weg ist. Es wird sicher nicht einfach, natürlich wird sie für eine gewisse Zeit trauern. Doch sie darf nicht das Gefühl bekommen, dass etwas nicht stimmt. Dann wird es ihr noch schwerer fallen, sich damit abzufinden.«

Philip dachte nach. »Nun, eine halbe Stunde lang sind wir bestimmt noch auf der sicheren Seite. Und danach wird er auch nur langsam wieder die Kontrolle über seinen Körper zurückgewinnen. Ich schlage vor, dass Emilia ihm kurz die Geschenke zeigen darf. Danach bringst du sie am besten direkt in ihr Zimmer. Es ist schließlich auch Schlafenszeit. Ich bleibe mit Julius noch ein wenig hier unten. Hans kann mir dann später helfen, ihn nach oben zu schaffen. Ich möchte ihn nicht wieder an die Infusion anschließen, Mutter. Wenn ich mich später mit ihm beschäftige, dann soll er ganz bei Sinnen sein.« Philip wischte sich mit dem Ärmel seiner Jacke über den Mund. Er zitterte kaum wahrnehmbar. »Ich fahre ihn hier unten ein wenig herum und unterhalte mich mit ihm.«

»Ich verstehe«, sagte Agatha. Ein Zug von Missbilligung glitt über ihr Gesicht, doch sie übertünchte ihn mit einem halbherzigen Lächeln. »Du wartest aber, bis ich ganz sicher bin, dass ich Julius nicht mehr benötige. Ich will abwarten, wie das Kind auf dieses Zusammentreffen reagiert.« Diesmal zeugte das spitze Lächeln von hämischer Ironie.

»Ich warte«, nickte Philip. »Ich warte auf dein Zeichen, Mutter. Ich habe so lange gewartet, dass es auf ein paar Stunden mehr oder weniger nun auch nicht mehr ankommt.«

Agatha legte ihrem Sohn eine Hand auf den Arm. »Ich weiß, mein Lieber. Auch ich habe gewartet. Nahezu mein ganzes Leben. Nun müssen wir besonnen vorgehen, damit alles so gelingt, wie wir es uns wünschen. Da kommt es auf ein paar wenige Stunden wirklich nicht an. Ich bin glücklich, dass du es genauso siehst.« Sie drückte Philips Arm. »Und du weißt, dass es mit ihm nicht endet.« Sie nickte abfällig zu Julius hinüber. »Es gibt noch mehr für dich zu tun. Noch einiges mehr. Bald.«

»Ich weiß, Mutter.« Philip umarmte Agatha und presste sie an sich. »Ich weiß. Und dieses Wissen macht mich so unfassbar glücklich. Ich … ich kann es kaum erwarten. Ich …« Seine Stimme versagte, und er wischte sich über die Augen.

»Schau, Papa!«, rief Emilia aus, als sie in den Raum gerannt kam. »Das sind ein paar Geschenke. Ich habe noch viel mehr bekommen, aber ich kann nicht alles tragen!« Sie setzte sich vor dem Rollstuhl auf den Boden und hielt ein Buch in die Höhe. »Ein Märchenbuch. Von … von … Brüdern, glaube ich.« Hilfe suchend blickte sie zu Agatha.

»Von den Gebrüdern Grimm.« Agatha hatte sich aus der Umarmung ihres Sohnes gelöst und verschränkte die Arme vor der Brust. »Deutsche Märchenerzähler aus Kassel.«

»Genau, die sind ganz grimmig, die Geschichten von denen.« Emilia lachte. »Agatha hat mir gestern schon ein Märchen vorgelesen. Rotkäppchen. Ein böser Wolf kommt darin vor, der das kleine Mädchen auffrisst.« Sie schauderte. »Aber am Ende wird der Wolf bestraft. Und Rotkäppchen überlebt. Nicht wahr, Agatha? So geht doch die Geschichte.«

Die alte Frau nickte stumm.

»Und sie ist erfunden. Von den Brüdern.«

Diesmal zögerte Agatha, bevor sie sich räusperte und nickte.

Rotkäppchen. Der Wolf. Julius musste an das Buch in dem verschlossenen Zimmer denken. Die furchterregende Zeichnung des Monsters, das dem Kind auflauert. Das konnte doch kein Zufall sein, dass Agatha genau diese Geschichte für Emilia ausgewählt hatte! In diesem ganzen Wahnsinn schien es unsichtbare Verbindungen zu geben. Julius verstand sie nicht. Aber sie waren da! Hätte er doch nur sprechen oder sich bewegen können. Er atmete tief ein. Und was würde er tun, wenn er es könnte?

»Und das hier ist Isabel, schau.« Stolz präsentierte Emilia eine blonde Puppe.

Der Magen drehte sich Julius um. Es war dasselbe Modell wie jene skurril gekleideten oder grotesk beschädigten Puppen in dem abgeschlossenen Raum. Nur dass diese hier intakt war. So etwas Antiquiertes konnte man heute doch in keinem Geschäft mehr bekommen. Woher hatte Agatha diese Puppe?

»Isabel ist ganz alt, hat Agatha mir gesagt«, berichtete Emilia stolz. »Von ihr gibt es nur ganz wenige auf der ganzen Welt. Und mir hat das Christkind eine geschenkt! Ich muss sehr gut auf sie aufpassen, damit ihr nichts geschieht.«

Damit ihr nichts geschieht! Julius dachte mit Grauen an das Puppen-Etwas in der Vitrine, das aussah, als sei es von einem Bulldozer überrollt worden. Trotz der Betäubung lief ihm eine Gänsehaut den Körper hinunter. Mühsam lenkte Julius seinen Blick auf Agatha. Mrs Harding stand im Mittelpunkt dieses ganzen Wahnsinns. Wie eine Schwarze Witwe hockte die Alte in ihrem Netz und spann klebrige Fäden, mit denen sie ihre Beute einwickelte.

Sie beobachtete ihn aus zusammengekniffenen Augen.

»Dieses Kleid, Papa, habe ich auch bekommen. Ist es nicht wunderschön? So weiß. Wie ein Hochzeitskleid.« Emilia sprang vom Boden auf, hielt sich das Kleid vor die Brust und drehte sich im Kreis. Schnaufend und schwankend blieb sie nach einigen Umdrehungen vor Julius stehen. »Wir haben es gestern anprobiert. Und Agatha hat noch ein wenig an dem Kleid genäht – jetzt passt es wie angegossen.« Sie hüpfte auf der Stelle. »Und weißt du was? Isabel hat genau das gleiche Kleid! Genau das gleiche!« Emilia strahlte. »Jetzt können wir uns wie Schwestern anziehen, Isabel und ich.« Atemlos ließ sie sich wieder auf dem Boden nieder.

Julius hatte das Gefühl, vor Schmerz zu platzen. Ein

Hochzeitskleid. Für die Puppe und Emilia. Was sollte das? Was hatte Agatha vor?

Er musste sich einfach bewegen! Julius starrte gebannt auf seine rechte Hand. Da – er hatte den Zeigefinger bewegt! Nur ein wenig, doch er hatte ihn bewegt. Und nun spürte er auch, wie sich seine Lippen voneinander lösten. Ein schier unmöglicher Kraftakt, doch der Mund öffnete sich langsam. Ein gurgelnder Laut drang aus Julius' Kehle.

Alarmiert rieb sich Agatha die Hände. »Emilia, es ist Zeit fürs Bett. Dein ... also, Julius muss sich nun unbedingt erholen. Bitte räum die Sachen zusammen. Komm, ich helfe dir.« Fahrig griff sie nach dem Märchenbuch.

»Aber ich habe noch nicht alle ...«, protestierte Emilia.

»Du darfst in deinem Zimmer noch ein paar Minuten fernsehen«, unterbrach Agatha das Kind. »Komm bitte.«

Mit säuerlicher Miene bepackte Emilia sich mit den Weihnachtsgeschenken. Bevor Agatha sie aus dem Raum schieben konnte, sprang sie zum Rollstuhl. »Gute Nacht, Papa. Schlaf gut. Und werde schnell gesund. Bitte! Ich hab dich lieb.« Eilig drückte sie Julius einen Kuss auf die Wange, dann wurde sie von Agatha zur Tür gezogen.

Beim Hinausgehen warf Agatha Julius einen Blick zu, in dem eiskalte Mordlust lag.

Julius' Zeigefinger zuckte verzweifelt auf und nieder, auch noch, als Emilia den Raum bereits verlassen hatte. »E-E-mmi«, hauchte Julius, kaum hörbar.

Philip trat hinter den Rollstuhl und platzierte seine Hände auf den Griffen. Er beugte sich nach vorne, bis sein Mund beinahe Julius' Ohr berührte. »Endlich sind wir beide wieder allein«, gurrte er.

Achtundzwanzigstes Kapitel

München, 1945

Lautlos öffnet er die Kammertür. Der Geruch nach Schmierseife und etwas Terpentinartigem stiehlt sich an ihm vorbei aus dem kleinen Raum hinaus auf den Gang. Er mag den Geruch, irgendwie erinnert er ihn an zu Hause. Das bildet er sich natürlich nur ein, doch es stört ihn nicht weiter. Wenn er etwas riechen möchte, dann riecht er es eben. Die Vorstellungskraft ist seine Stärke. Das meiste, was er tut, hat er vorher bereits in seiner Vorstellung gesehen und ausprobiert.

Andere Menschen würden die Nase rümpfen, könnten den Gestank wahrscheinlich nicht ertragen. Er ist da anders. Was andere abstößt, zieht ihn an. Was andere sich nicht einmal vorzustellen wagen, führt er aus. Er tut, wonach es ihn gelüstet. Mit Bedacht natürlich. Unter dem Mantel der Rechtschaffenheit. Sie würden ihn lynchen, wenn sie ihn in die Finger bekämen. Vierteilen. In der Isar ersäufen wie einen Welpen. Doch sie sind dumm. Und deshalb werden sie ihn nicht in die Finger bekommen.

Selbst die Amerikaner sind bei Weitem nicht so schlau, wie sie gerne tun. Natürlich beobachten sie die Klinik. Doch es war ein Leichtes für ihn, unbemerkt in das Gebäude einzusteigen. Er kennt sich hier gut aus. Es gibt so viele Eingänge, dass er stets nur denjenigen auswählen muss, den die Amerikaner gerade nicht im Blick haben. Da können sie so viele Streifen laufen lassen, wie sie wollen.

Sein Blick schnellt kurz zurück in die Kammer, bevor er

die Tür wieder schließt. Ja, er hat das Fenster geschlossen, damit niemand, der draußen vorbeikommt, Verdacht schöpft. Auch im Gebäude selbst kennt er selbstredend alle Wege. Den Amerikanern sei Dank. Wie auf einem Lageplan aufgezeichnet, steht das Krankenhaus vor seinem inneren Auge.

Er besitzt nicht nur eine großartige Vorstellungskraft, sondern auch eine ausgezeichnete Beobachtungsgabe und ein grandioses Erinnerungsvermögen. Was seine Augen einmal gestreift haben, das bleibt für immer als Bild in seinem Kopf abrufbereit, wenn er es wünscht. Eine Fähigkeit, die ihm beim Geheimdienst sehr nützlich gewesen ist. Bis sie ihn nach kurzer Zeit wegen der anderen Sache gleich wieder rausgeworfen haben. Sie waren so dumm wie alle anderen. Er hätte noch so viel für sie tun können. Dumm, allesamt. Die Deutschen nicht weniger als die Amerikaner. Nun, auch das hat Vorteile. Er ist ihnen stets mindestens zwei Schritte voraus. Wenn sie mit großen Augen und aufgerissenen Mäulern vor einem der Mädchen stehen, hat er bereits ein anderes ausgewählt.

Insgeheim bewundern sie ihn, da ist er sich sicher. Schließlich ist er sein eigener Herr, nichts und niemandem gegenüber verantwortlich. Er lebt ohne Regeln. Dafür bewundern sie ihn über alle Maßen. Auf der Straße schreien sie und nennen ihn ein Monster. Er geht zwischen ihnen hindurch, und sie beschimpfen ihn, ohne zu ahnen, dass er sie hört. Doch in ihrem stillen Kämmerlein wollen sie so sein wie er. Er kann es in ihren Augen sehen, wenn sie sich ereifern. Auch sie wollen sich einfach nehmen, wonach es sie verlangt. Der Starke nimmt sich, wonach es ihn gelüstet. Die Schwachen schrecken davor zurück. Deshalb sind sie schwach. Sie sind selbst schuld! Mitleid verdienen sie wirklich nicht.

Er hat kein Mitleid mit den Mädchen. Sie sind selbst verantwortlich für das, was ihnen geschieht. Er ist nur stark. Er gibt ihnen nur, was sie tief im Herzen wünschen. Er befreit sie von ihrer Schwäche.

Ohne die geringste Spur von Aufregung schleicht er durch die dunklen, menschenleeren Gänge. Einmal schlüpft er lautlos in ein Krankenzimmer, da ihm jemand auf dem Gang entgegenkommt. Die Patienten in dem großen Raum schlafen tief und fest, das erkennt er an ihren Atemzügen. Sein Gehör ist ausgezeichnet. Diese Leute werden niemals erfahren, dass er in ihrer unmittelbaren Nähe war.

Als vor der Tür Schritte zu hören sind, schweift sein Blick lauernd durch das Dunkel. Auch das ist Macht. Mühelos könnte er hier und jetzt ein Leben beenden. Innerhalb von Sekunden. Ohne dass ein anderer Patient im Raum etwas davon mitbekäme. Sogar einen nach dem anderen könnte er aus dem Leben schicken. Nacheinander, den ganzen Raum. Sie wären schließlich selbst schuld. Sie sind schließlich schwach. Krank. Allesamt könnte er sie töten. Es ist eine Vorstellung, die ihn erregt. Die Amerikaner würden sich am Morgen gehörig wundern. Ein Spaß geradezu. Eine Demonstration seiner Macht! Doch er hat etwas anderes vor. Fast ist er ein wenig betrübt.

Er presst ein Ohr gegen die Tür. Als es auf dem Gang wieder still ist, verlässt er das Zimmer so lautlos, wie er es betreten hat. Manchmal stellt er sich vor, ein Geist zu sein. Ein mächtiger, todbringender Geist, der in die Mädchen fährt.

Der Weg ist lang heute Nacht. Durch das halbe Gebäude muss er gehen. Der sicherste Eingang liegt nun einmal ziemlich weit von ihrem Zimmer entfernt, das ist nicht zu ändern. Kurz hat er vorhin mit dem Gedanken gespielt, das Gebäude durch eine Pforte zu betreten, die näher dran ist. Doch mit dem Risiko sollte man nicht unbedarft spielen.

Bekämen sie ihn zu fassen, sie würden kurzen Prozess mit ihm machen. Sie bewundern ihn. Doch das wollen sie sich nicht eingestehen. Deshalb muss er besonders vorsichtig sein.

Er bewegt sich in den Tiefen der Schatten, wenn doch einmal Licht aus einem Raum fällt. Horcht nach vorne, nach hinten. Hinter jede Tür, an der er vorbeischleicht. Weicht den wenigen Schwestern aus, die in der Nacht müde ihren Dienst verrichten. Er ist sorgfältig. In allem ist er sorgfältig. Die Schwachen haben es nicht anders verdient.

Er bleibt stehen, schaut sich um. Eine Ecke noch, dann hat er das kleine Zimmer, in dem sie liegt, erreicht. Beinahe spürt er so etwas wie Traurigkeit aufsteigen. Er schüttelt sich, drängt das Gefühl eilig zurück, versteckt es in dem Teil von sich, der nicht wirklich zu ihm gehört, der gelegentlich aufbegehren will gegen das, was er tut.

Er hasst diesen Teil, der so fremd ist. Denn in seinem finsteren Versteck wohnt die Schwäche. In unpassenden Momenten, wie diesem, kämpft sie sich nach oben, um ihn zu verunsichern. Dann flüstert sie dummes Zeug. Monster, sagt sie. Mörder. Sie bittet ihn, aufzuhören. Sie fordert ihn auf, es zu beenden. Alles, sogar sein Leben. Von Schande spricht sie, von Sünde. Sie legt es darauf an, ihn zu zermürben. Sie will ihm ausreden, dass ausschließlich den Starken das Leben gehört. Damit bewirkt sie jedoch das Gegenteil. Denn er verachtet Schwäche. Er muss tun, was notwendig ist.

Um diese Ecke noch. Es ist höchste Zeit für sie. Er hat schon zu lange gewartet. Sie war eine interessante Abwechslung, doch nun ist sie zum Risiko für ihn geworden. Er wird tun, was notwendig ist. Auch wenn sie so ganz anders ist als die Mädchen.

Die Mädchen. Während er an der Wand kauert, ruft er

die Bilder in seinem Kopf auf, eine Erinnerung nach der anderen. Es sind so viele, mittlerweile. Doch es sind immer noch nicht genug. Manchmal fragt er sich, ob es überhaupt jemals genug sein werden. Wird er jemals sagen: Dieses Mädchen ist nun das letzte gewesen? Er glaubt es nicht. Die Euphorie ist jedes Mal so groß, wenn er sie besitzt. Wenn sie schreien. Wenn sie flehen. Diese Freude ist wie eine Sucht.

Warum nur versiegt das Glücksgefühl jedoch danach immer dermaßen schnell? Warum versiegt es von Mal zu Mal schneller? Nach den ersten Mädchen hielt es für ein paar Wochen an, daran erinnert er sich genau. Es ist eine Sucht, die befriedigt werden will. Wenn es wieder so weit ist, dann werden seine Augen immer ruheloser, bis sie entdecken, wonach seine Seele sucht. Dann weiß er, dass es an der Zeit ist.

Auch jetzt ist es bald wieder so weit. Er kann die Unruhe in seinem Inneren bereits anwachsen spüren. Ein paar Tage bleiben noch, dann wollen die Hände abermals über weiche Haut streicheln. Wollen die Ohren erneut qualvolle Schreie hören. Dann will der Mund wieder warmes Blut schmecken. Ein Schauer durchzieht ihn. Er entspringt einer Mischung aus Qual und Sehnsucht. Er unterdrückt ein Stöhnen. Bald ist es wieder so weit!

Nachdenklich schließt er die Augen. Vielleicht ist es an der Zeit, München den Rücken zu kehren. Dabei gefällt es ihm hier gut. Es kannte ihn niemand, als er herkam. Doch nun spricht die ganze Stadt von ihm. Von den Mädchen. Sie suchen ihn. Er sucht die Mädchen.

In den Wirren des Krieges war alles einfacher. Das Verschwinden von Menschen war an der Tagesordnung. Einige der Mädchen werden sie niemals finden. Er hat sie gut versteckt. Das, was von ihnen übrig geblieben ist. Hier in der großen Stadt muss er vorsichtiger sein, kann nicht tagelang mit einem Mädchen zubringen. Eigentlich war er lange genug hier. Vielleicht sollte er nun die Brücken abbrechen. Die Welt ist so weit, er kann überallhin. Gerade nach dieser Nacht sollte er noch einmal darüber nachdenken. Gerade nach dem, was er nun tun muss. Mit ihr. Sie war nicht eingeplant. Er hatte ihre Rolle nicht vorhergesehen, nicht durchdacht. Ein Zufall in seinem ansonsten wohldurchdachten Leben. Es hätte schiefgehen können. Es hätte.

Aber sie hat einen ganz besonderen Reiz auf ihn ausgeübt. Unerwartet, aber lohnenswert. Sie hat ihm seine Stärke aus einem anderen Blickwinkel vor Augen geführt. Sein virtuoses Können. Sie hat ihren Reiz, wahrlich. *Hatte.* Denn nun überwiegt das Risiko. Würden sie ihn fassen, sie würden kurzen Prozess mit ihm machen. Obwohl sie ihn in der Tiefe ihrer Herzen bewundern. Das wollen sie sich natürlich nicht eingestehen. Weil sie schwach sind. Und dumm. Deshalb muss er vorsichtig sein. Deshalb muss er heute Nacht handeln. Beinahe keimt Traurigkeit in ihm auf. Beinahe. Ein ungewöhnliches Gefühl.

Er atmet tief ein, öffnet die Augen, lugt vorsichtig um die Ecke des Ganges. Der junge, uniformierte Amerikaner sitzt auf seinem Stuhl, der Tür genau gegenüber. Der Mann hat die Arme vor der Brust gekreuzt, ist ein wenig in sich zusammengesackt und schnarcht. Er erlaubt sich ein Lächeln. Wahrlich, die Amerikaner sind auch nicht schlauer als die Deutschen.

Lautlos gleitet er an der Wand entlang. Zur Tür. Der Amerikaner schläft tief und fest, bekommt nichts davon mit, wie er die Tür öffnet, nur einen Spalt weit, sodass er hineinschlüpfen kann in das dunkle Zimmer. Der schwache Lichtstrahl vom Gang beleuchtet kurz die untere Hälfte eines Bettes. Als er die Tür schließt, verschwindet das Bett sogleich wieder in der Dunkelheit.

Dunkelheit hat ihm noch nie etwas ausgemacht. Auch als Kind nicht, als er allein in den Keller hinabsteigen musste, um die Kohlen zu holen. Im Gegenteil. Er hat die Dunkelheit geliebt. Er liebt sie noch heute. Sie fühlt sich an wie ein schwerer Mantel, der sich schützend um ihn schmiegt. Er ist auch nicht blind, wenn es kein Licht gibt. Mit seinen Händen sieht er, mit seinen Ohren, selbst mit dem Mund. Das Dunkel begrüßt ihn wie einen Freund.

Manchmal hat er sich als Kind in die Dunkelheit des Kellers zurückgezogen, verbrachte Stunden alleine, umgeben vom Geruch der Briketts. Niemand suchte ihn dort. Alles begann im Keller. Dort nahm sein wahres Leben seinen Anfang. Oh, wie er sich erinnert!

Ingrid hatte ihn überrascht, als er dort unten eingeschlafen war. Plötzlich stand sie mit einer Kerze in der Hand über ihm und trat ihm in die Rippen. Neben ihr auf dem Boden stand ein Korb. Abermals holte ihr Fuß aus und traf ihn in der Seite. Es war nicht der Schmerz, der ihn wütend machte. Es war ihr hämisches Grinsen. Es war das, was sie sagte:

»Schau an, da liegt ja der Schwächling von nebenan. Suhlt sich im Kohlendreck wie eine Sau. Spielst du hier im Dunkeln an deinem kleinen Schniedel herum? Weil du keine abbekommst? Komm, zeig mal her. Bestimmt ist er winzig. Deshalb versteckst du dich hier unten. Kleine, dreckige Sau!« Gehässig lachte sie auf und schob mit der freien Hand ihren Pullover unter das Kinn. »Schau hin!« Sie wackelte mit den Brüsten. »Schau hin! Da kommst du niemals dran, du kleiner Perverser. Ich weiß doch, wie du mich immer anschaust. Bekommst einen Steifen, wenn du mich siehst. Und gehst dann hier in den Keller, schau an! Träumst davon, den Winzling in mich reinzustecken, was? So einen Schwächling wie dich lasse ich niemals ran!« Ihr Lachen hallte durch den Keller. Fraß sich in die Briketts.

Er war aufgesprungen, feuerrot im Gesicht. Ingrid war einen Kopf größer und zwei Jahre älter als er. Voller Häme schaute sie auf ihn herab, drückte mit der freien Hand an einer ihrer schneeweißen Brüste herum. Er konnte im Kerzenlicht die roten Abdrücke auf der Haut wachsen sehen. »Niemals«, wiederholte sie und funkelte ihn herausfordernd an.

Feuerrot. Er spürte die Hitze in seinem Gesicht glühen. Spürte den wütenden Schmerz. Es waren nicht die Tritte, die ihn schmerzten. Es war der Umstand, dass Ingrid in ihrer Bosheit richtiglag: In der Dunkelheit hatte er immer an sie denken müssen. An ihre Brüste, wie sie sich bei jedem Atemzug unter der Kleidung hoben und senkten.

»Hast du schon einen Steifen, du kleiner Perverser? Oder bekommst du in Wahrheit keinen hoch? Verkrüppelter Schwächling!« Ingrids Augen musterten ihn voller Verachtung. »Komm schon, lass dein Schwänzchen sehen.«

Tief holte er Luft. Dann blies er die Kerze in Ingrids Hand aus.

Als sich die Finsternis von einer Sekunde auf die nächste in dem Keller breitmachte, stieß Ingrid einen spitzen Schrei aus.

Eilig bückte er sich und hob ein Brikett vom Boden auf. Er wusste genau, wo es lag. Das Bild des Kellers war in seinem Kopf eingebrannt. Er wusste genau, wo Ingrid stand. Er wusste ganz genau, was er tat.

Das Mädchen gab keinen Laut von sich, als die gepresste Kohle es am Kopf traf. Der Aufprall von Brikett auf Knochen erzeugte das einzige Geräusch in der Finsternis. Es klang dumpf, knirschend irgendwie. Dann gab es ein Plumpsen, als der Körper auf den Boden schlug. Nichts sonst. Kein Schrei. Kein himmlischer Zorn, der herniederfuhr.

Seine Hände fanden ihre Brüste auf Anhieb. Mit aller Kraft knetete er die warme Haut. Trotz der Dunkelheit konnte er vor seinem inneren Auge sehen, wie sich ihre weiße Haut rot verfärbte. Wie sie unter seinen klauenhaften Griffen aufriss. Er spürte, wie das Blut in die Zwischenräume seiner Finger quoll. »Was sagst du jetzt, Ingrid?«, stieß er zwischen zusammengepressten Zähnen hervor. »Was sagst du? Gefällt es dir? Wie? Was sagst du jetzt?« Fahrig riss er seine Hose hinunter, schob den Rock des Mädchens nach oben. Euphorie durchströmte ihn. Zum ersten Mal in seinem Leben spürte er dieses Gefühl. Seitdem versuchte er immer wieder, es einzufangen. Seit genau jenem Moment im Kohlenkeller, als er ein anderer Mensch wurde.

Sein Stöhnen war für einige Zeit das einzige Geräusch gewesen. Als es endete, herrschte Totenstille im Kohlenkeller. Erst da fiel ihm auf, dass Ingrid nicht mehr atmete. Er hatte es schon vorher gewusst, doch jetzt erst fiel es ihm auf. Es beunruhigte ihn nicht. Es fühlte sich richtig an. Alles, was er tat, fühlte sich richtig an.

Seine Hand griff zielsicher ein Stück Kohle. Es war von einem Brikett abgesplittert. Vielleicht von jenem, das er dem Mädchen an den Kopf geschleudert hatte. Der Kohlesplitter war scharfkantig und lang. Nachdenklich wog er ihn in der Hand. Mehrere Herzschläge lang überlegte er, obwohl er genau wusste, was zu tun war. Schließlich tastete er lächelnd mit der freien Hand das Gesicht des Mädchens ab. Genüsslich tat er es. Nachdem er jeden Millimeter erkundet hatte, stach er den Kohlesplitter fest in die geöffneten Augen der Toten. Erst in das linke, dann in das rechte Auge. »*Schau hin!*«, imitierte er Ingrids Stimme, während er in ihren Höhlen stocherte. »*Schau doch hin!*«

Langsam richtete er sich auf, warf die feuchte Kohle von sich. Stand breitbeinig über dem zerschundenen Körper und blickte in der Dunkelheit hinab auf ihr blindes Gesicht. Es war wunderschön. Schöner als jemals zuvor.

Bedächtig richtete er seine Kleidung, wischte die Hände an Ingrids Rock ab. Dann rannte er nach oben, die Treppe hinauf, bis in die kleine Wohnung. Dort war er allein. Mutter würde nicht vor Einbruch der Dunkelheit heimkommen. Nebenan würde jedoch Ingrids Mutter auf die Rückkehr ihrer Tochter aus dem Kohlenkeller warten. Es war nur eine Frage der Zeit, bis sie hinabstieg und nachschaute. Es sei denn, die Frau war wieder einmal sturzbetrunken. Dann hatte er mehr Zeit. Viel mehr Zeit.

Er wusste, wo seine Mutter das bisschen Geld versteckte. Ein paar Kleidungsstücke packte er außerdem ein, dann verließ er die Wohnung. Ruhig. Glücklich. Auf der Straße drehte er sich kein einziges Mal mehr um. Er kehrte der Stadt den Rücken, ohne auch nur das geringste Zaudern. Im Gegenteil. Gut gelaunt stimmte er ein Lied an. Er fühlte sich wahrlich glücklich, als er einsam am staubigen Straßenrand entlangging und an Ingrid dachte.

Seine Gedanken verweilen noch für einen Augenblick bei ihr, während er dem Schnarchen des Soldaten vor der Tür lauscht. Damals ist er glücklich gewesen. Mit Ingrid begann sein neues Leben. Im Dunkel des Kellers hat er seine Stärke entdeckt.

Jetzt blickt er im Dunkel auf die Frau. Sie hat an seiner Seite gestanden. Unfreiwillig, sicherlich. Doch es hat ihn erregt, zu wissen, dass sie es weiß. Nun, sie ist natürlich verrückt. Ist immer verrückter geworden, je länger sie sein Geheimnis kannte. Genie und Wahnsinn, heißt es, sind eng verbunden. Sie ist der Wahnsinn, er das Genie. Und eng verbunden sind sie. Doch nun geht es zu Ende. Und nur das Genie kann bleiben. Das Starke. Das ist das Gesetz dieser Welt. Seiner Welt.

Drei lautlose Schritte, und er steht neben dem Bett. Genau neben ihrem Kopf, in dem der Wahnsinn wohnt. Diese Frau hat ihn verehrt, anders kann man es nicht nennen. Sie hat seine Kunst so wenig verstanden wie alle anderen. Und dennoch ist sie ihm gefolgt wie ein Hündchen. Angezogen war sie von seiner Stärke. Anders kann man es nicht sehen. Der Wahnsinn war ihr Weg, um mit ihm Schritt zu halten. Doch dieser Wahnsinn ist nun zu einer Gefahr für ihn geworden. Sie darf nicht reden. Würden sie ihn fassen, sie würden kurzen Prozess mit ihm machen.

Behutsam beugt er sich zu ihr hinab. Er weiß genau, wie sie in der Dunkelheit aussieht. Seine Hand streicht über ihr strohiges Haar. Bei seiner Berührung atmet sie tief ein. Hat sie sich erschrocken? »Ich bin es«, beruhigt er sie leise. Ihr Atem geht schneller. Ein Laut entweicht ihrer Kehle. Er klingt wie ein ersticktes Aufstöhnen.

Vorsichtig legt er einen Finger auf ihre trockenen Lippen. »Hab keine Sorge. Es wird schnell gehen.« Der Finger fährt langsam von den Lippen am Nasenrücken entlang zu den Augen. »Du bist nicht wie Ingrid. Oder wie all die anderen Mädchen nach ihr.« Für einen Moment verharrt der Finger auf ihrem linken Lid. Er spürt der zuckenden Bewegung ihres Augapfels nach. »Schnell wird es gehen«, versichert er. Dann beugt er sich ganz nah zu ihr hinab. Sein Mund ist keine Handbreit von ihrer Ohrmuschel entfernt. Er beginnt zu singen, kaum hörbar. Seine Stimme schwebt wie ein feiner Lufthauch durch die Finsternis. »Als der Mond schien helle, kam ein Häslein schnelle, suchte sich sein Abendbrot; hu! Ein Jäger schoss mit Schrot.« Sanft berührt er ihre Schläfe. »Traf nicht flinkes Häslein. Weh! Er sucht im Täschlein, ladet Blei und Pulver ein, Häslein soll des Todes sein. Häslein läuft voll Schrecken, hinter grüne Hecken, spricht zum Mond: Lösch aus dein Licht, dass mich sieht der Jäger nicht! Und der Mond, der helle, zog die Wolken schnelle, groß und klein, vor sein Gesicht, ward zur Finsternis das Licht.«

Sein Finger fährt über ihre Wange. Folgt dem Weg einer Träne, die ihre feuchte Bahn auf der Haut hinterlassen hat. »Schnell wird es gehen«, versichert er lächelnd.

Neunundzwanzigstes Kapitel

North York Moors, 2016

Das Leuchten des Weihnachtsbaums war unerträglich. Seine Augen hatten sich mittlerweile an die Helligkeit gewöhnt, doch der Baum selbst war ein schmerzendes Mahnmal der Situation, in der Julius sich befand. Weihnachten, das Fest der Liebe, war auf Wargrave Castle zu einem Fest des Grauens geworden.

Immer wieder krümmte Julius seinen Zeigefinger. Verzweifelt klammerte er sich dabei an das Gefühl, selbstbestimmt etwas tun zu können. Auch wenn es nur eine kleine, hilflose Bewegung war. Sein Blick richtete sich auf den verbundenen Fuß. Philip hatte gesagt, der Zeh sei nur der Anfang gewesen, und Julius glaubte es ihm. Er krümmte den Finger. Krümmte und krümmte ihn.

»Langsam lässt die Betäubung nach, wie ich sehe«, ertönte Philips Stimme hinter ihm. »Das ist gut, mein Freund. Ich möchte schließlich, dass du ganz bei Sinnen bist, wenn es losgeht.« Philip trat vor den Rollstuhl. »Ich glaube nicht, dass Mutter dich noch lange brauchen wird. Die Kleine zeigt doch kaum noch Interesse an dir. Ist dir das auch aufgefallen? Ich denke, Mutter wird schon sehr bald ihre Pläne mit Emilia verwirklichen.« Sein Blick schweifte in die Ferne. »Mutter hat sich schon lange nicht mehr so gefreut.«

Julius stöhnte auf. »Emmi«, stieß er kraftlos aus.

Begeistert rieb Philip sich die Hände. »Wunderbar, deine Stimme kehrt zurück. Bald kannst du wieder schreien.

Und das wirst du auch, ich verspreche es. Es geht jetzt ganz schnell, du wirst sehen. Der Körper baut das Betäubungsmittel nun zügig ab. Ein klein wenig dauert es natürlich noch, doch bald stelle ich dir mein eigenes kleines Reich vor. Ich bin schon sehr aufgeregt, muss ich zugeben. Sehr aufgeregt! Wie wird es dir gefallen? Immerhin wirst du dort meine Kunst *erleben* – mit Haut und Haaren.« Er schürzte die Lippen. »Du wirst der erste Mensch sein, der mein kleines Atelier nicht mehr lebendig verlässt. Alles werde ich an dir ausprobieren, jede Technik, jedes Werkzeug. Alles! Lange genug habe ich darauf gewartet. Vielleicht ... sollte ich die verbleibende Zeit nutzen, um die eine oder andere Sache vorzubereiten?« Nachdenklich tippte Philip gegen seine Stirn. »Wie gesagt, ich glaube wirklich nicht, dass Mutter dich überhaupt noch braucht. Es kann jetzt alles sehr schnell gehen. Ich sollte vorbereitet sein, bis ins letzte Detail. Wer weiß, ob ich später überhaupt Zeit dafür finde.« Er warf Julius einen strahlenden Blick zu. »Wenn wir beide erst einmal beschäftigt sind, wollen wir doch den Kopf frei haben.« Philip wischte die Handflächen an seiner Tweedjacke ab.

Das Grauen trieb Julius Magensaft in die Speiseröhre. Er würgte.

»Ich lasse dich für den Moment hier unten allein. Bis ich meine Aufgaben erledigt habe. Meine Vorbereitungen. Auf diesem Schloss gibt es immer etwas zu tun.« Er verdrehte die Augen. »Du wirst es mir verzeihen. Wie sagt man doch noch gleich? Vorfreude ist die schönste Freude!« Philip grinste wie ein Honigkuchenpferd. »Nutze doch die restliche Zeit, die dir bleibt, für ein wenig Vorfreude. Dich erwartet schließlich eine nie da gewesene Erfahrung. Genieße doch die festliche Stimmung noch ein wenig.« Er kicherte. »Mach es dir bequem.« Philip trat hinter den

Rollstuhl und schob ihn an die Wand neben die Küchentür. »Es kann ein kleines Weilchen dauern, mein Guter. Doch ich verspreche dir, dass ich mich beeile.« Er machte eine spöttische Verbeugung. »Nur noch ein wenig Geduld, der Herr. Dann stehe ich zu Ihren Diensten.« Philip zwinkerte Julius zu, dann verschwand er mit einem Winken in der Küche. Das Geräusch der zugeworfenen Tür hallte durch den Raum, dann war es von einer Sekunde auf die andere totenstill.

Fieberhaft dachte Julius nach. Er musste sich befreien und Emilia aus Wargrave Castle hinausschaffen. Die Alternative bestand in einem sicheren und qualvollen Tod. Unzählige Male qualvoller als die Amputation seines Zehs, dessen Wunde einen pulsierenden Schmerz durch die Nervenbahnen seines Beines jagte.

Der Schmerz! Julius atmete tief ein. Der Schmerz war zurück. Ein Gefühl der Erleichterung durchzog ihn. Wenn er die Wunde spüren konnte, dann kehrte auch die Kontrolle über seinen Körper zurück. Und wirklich, es gelang ihm, seine gesamte Hand im Zeitlupentempo zusammenzuziehen, nicht mehr nur einen einzelnen Finger. Es war ein Schritt in die richtige Richtung. Ein kleiner Schritt, doch …
Ein Geräusch ließ Julius zusammenfahren. Es kam aus der Eingangshalle, hinter ihm.

Leise Schritte. Sie hatten einen ungewöhnlichen Rhythmus. Es klang, als springe jemand, um dann in ein Schlurfen zu verfallen. Springen. Schlurfen. Springen. Schlurfen. Plötzlich endeten die Schritte. Stille breitete sich aus.

Ein eiskalter Schweißtropfen perlte auf Julius' Stirn. Er spürte den bohrenden Blick in seinem Nacken. Er wusste, dass jemand in der Tür zur Eingangshalle stand und ihn ansah. Angestrengt bewegte er seinen Kopf, doch es gelang ihm lediglich, ihn so weit zur Seite zu drehen, dass er die andere Wand des Esszimmers sehen konnte. Vor Anstrengung ächzte er. Schweiß rann ihm in die Augen und brannte dort wie flüssiges Feuer. Es hatte keinen Sinn. Atemlos lenkte er seinen Blick zurück in die ursprüngliche Position. Das Licht des Weihnachtsbaumes stach in Julius' tränenden Augen wie ein gleißendes Meer. Er musste die Augen schließen, während die Tränen weiter liefen. »W-Wer?«, stammelte er aufgeregt. Feuchtigkeit tropfte von seinem Gesicht hinab in den Schoß.

Julius bekam keine Antwort. Die Stille hatte etwas Drohendes. Er schluckte. Jemand stand dort im Türrahmen. Er täuschte sich doch nicht? Die Präsenz war geradezu körperlich spürbar und verursachte eine Gänsehaut auf seinen Armen.

»Emmi?«, hauchte Julius und zwang die tränenden Augen, sich zu öffnen. Ihm war bewusst, dass nicht seine Tochter an der Tür stand. Doch er wusste schlicht nichts anderes zu sagen. Irgendetwas musste er in den Raum schicken, um die furchtbare Stille zu durchbrechen. »Emmi?«, wiederholte er.

Schritte. Langsam kamen sie näher, nur noch schlurfend diesmal. Direkt hinter dem Rollstuhl kamen sie zum Stehen.

»Wer ist ... da?«, presste Julius hervor. Die Gegenwart der Person war jetzt so deutlich spürbar, dass ein heftiges Beben seinen Oberkörper erschütterte. »Wer?« War Philip zurückgekehrt. »Wer, verdammt?«, keuchte er.

Ein Lufthauch im Nacken. Ein schnalzender Laut. Ein Schatten an der Wand, der sich über den Rollstuhl beugte. »Der Tod«, raunte die Äbtissin in einem gespenstischen Singsang, »ist schmerzhaft. Und ungerecht.«

Julius gab einen gurgelnden Laut von sich. Er wollte sich in seinem Rollstuhl nach vorne werfen. Weg von dieser

Stimme. Weg von der furchtbaren Frau. Das kleine Ruckeln, zu dem er in der Lage war, ließ den Rollstuhl lediglich leicht erzittern. Er schnappte nach Luft, sein Herz raste. Nun stieg ihm auch der abgestandene Geruch in die Nase, den die Äbtissin zuvor schon in seinem Zimmer verströmt hatte. Die Wahnsinnige stand hinter ihm! Und er konnte nichts tun.

Eine Hand legte sich auf Julius' Kopf. Er erstarrte in seinem Rollstuhl. Die Hand strich langsam über sein Haar, legte sich ihm auf die Schulter. Julius schielte aus weit aufgerissenen Augen dorthin, wo er die Berührung wie ein glühendes Stück Kohle auf der Haut spürte. Er konnte lediglich County Fingerkuppen erkennen. Jeden Moment erwartete er, ein Messer an den Hals gesetzt zu bekommen. Angstvoll stöhnte er auf.

»Das Mädchen«, flüsterte die Stimme nahe an Julius' Ohr. »Das Kind muss fliehen.« Die Hand verschwand ruckartig von der Schulter. Ein schmatzendes Geräusch erklang. »Das Mädchen muss fliehen«, wiederholte die Äbtissin eindringlich.

Die Worte brannten sich Julius in die Seele. »Emilia«, presste er hervor.

»Der Teufel wird sie sich nehmen.« Traurigkeit troff aus dem Mund der Äbtissin. »Uns alle wird er holen.«

»I-ich verstehe n-nicht«, stammelte Julius.

»Der Tod ist ungerecht. *Ihr* Gefängnis ist ungerecht.« Die Äbtissin war kaum noch zu hören. »Das Mädchen muss fliehen!« Die Stimme wurde immer leiser. »Das Schloss ...«

»A-aber ...«, hauchte Julius. Er stockte, lauschte. Stille. Die Äbtissin war verschwunden. Er befand sich wieder allein in dem großen Esszimmer. Sein Kopf drehte sich wie ein Karussell. Emilia befand sich in schrecklicher Gefahr. Sie musste fliehen! Das Schloss verlassen! Nur darauf kam es an!

Mit der Kraft der Verzweiflung bewegte Julius seine Gliedmaßen, soweit es ihm in seinem festgezurrten Zustand möglich war. Es gelang ihm besser als noch vor wenigen Minuten. Doch das eigentliche Problem lag in den angebundenen Unterarmen. Es war sehr geschickt von Philip und Hans gewesen, ihn dort zu fixieren. Selbst wenn er seinen gesunden Fuß abstützte, vermochte er sich lediglich ein winziges Stück von dem Sitz zu erheben.

Irgendetwas musste ihm einfallen! Wenn ... wenn er ein Feuer ...? Hastig ließ Julius auf der Suche nach einer Kerze den Blick durch das Zimmer schweifen. Vielleicht konnte er die Fesseln durchbrennen. Doch die Kerzen am Baum hatten elektrische Birnen, der Kamin war kalt. »Verdammt«, fluchte Julius mit zusammengepressten Zähnen. Philip konnte jeden Augenblick zurückkommen. Wie viel Zeit war eigentlich vergangen, seit er ihn hier zurückgelassen hatte?

Das Geräusch einer Tür ließ Julius zusammenfahren. Alarmiert richtete er sich im Rollstuhl auf und lauschte. Vorsichtige Schritte drangen an sein Ohr. Sie kamen aus der Küche. Eilig setzte Julius das rechte Bein auf den Boden und drückte es durch. Er verspürte den Drang, sich möglichst weit von der Küchentür zu entfernen. Doch der Rollstuhl schob sich nur seitlich gegen die Wand.

Abrupt verstummten die Schritte. Die Stille war durchdrungen von dem Bewusstsein, dass in sie hineingelauscht wurde. Von beiden Seiten der Tür. Julius hielt den Atem an und starrte zu der Öffnung in der Wand. Er hörte zwei weitere Schritte, dann folgte wieder die angespannte Stille. Ihm war, als stünde sein Kopf vor Anspannung kurz vor dem Bersten.

»Papa?«, flüsterte eine unsichere Stimme.

»Emmi?«, rief Julius erstaunt aus. Er wollte seinen Ohren

nicht trauen. Doch tatsächlich, nach drei Herzschlägen tauchte der Kopf seiner Tochter im Türrahmen auf. »Emmi!« Julius' Stimme brach, ging in ein unkontrolliertes Schluchzen über.

»Papa!« Emilia stürzte auf ihn zu und umarmte ihn. »Papa, ich soll dir helfen. Damit wir nicht sterben müssen.« Aufgeregt blinzelte sie ihren Vater an. »Wir sollen uns beeilen!« Sie zuckte verängstigt mit den Schultern.

»Woher ... wer ...?«, schluchzte Julius. Er schluckte einen schweren Kloß hinunter und räusperte sich. Er musste sich zusammenreißen. Ihr Leben hing davon ab. »Woher weißt du das?«, fragte er. »Wer hat das gesagt?«

»Ich habe eben in meinem Zimmer Fernsehen geschaut. Da hat auf einmal das Telefon geklingelt. Neben meinem Bett steht eins. Ein grünes, es sieht ganz komisch aus. Ich habe gar nicht gedacht, dass es funktioniert. Aber es hat geklingelt, und da habe ich den Hörer abgenommen.« Emilia rieb an ihren Ellbogen und schaute sich fahrig im Esszimmer um. »Es ... es war ganz unheimlich. Eine komische, alte Frau hat mir gesagt, dass ich dir helfen soll. Dass du noch hier unten bist. Aber es war nicht Agatha. Agatha und Philip darf ich nichts von dem Anruf sagen. Das hat die Stimme gleich zweimal gesagt. Und dass sie dich *töten!*« Mit weit aufgerissenen Augen stand Emilia vor ihm. »Ich ... also ich soll mit dir ganz schnell aus dem Schloss rennen. Und ...«, sie stockte und legte die Stirn nachdenklich in Falten, »und ... wir dürfen nicht durch die Eingangstür. Da sehen sie uns. Wir sollen den *verbotenen* Flügel nehmen! Ganz bis zum Ende. Was ist ein verbotener Flügel, Papa?«

»Das erkläre ich dir später, Emmi. Jetzt musst du mir erst einmal helfen, mich loszumachen. Wir ... wir müssen uns beeilen!« Julius atmete tief ein. »Kannst du bitte versuchen, diesen Strick von meinem Arm zu lösen? Auf der rechten Seite, dort. Da ist ein kleiner Knoten, siehst du. Bekommst du ihn auf? Ja, genau dort. Versuch es.« Er bemühte sich, die Ungeduld im Zaum zu halten, während Emilia mit großen Augen und zwischen den Lippen hervorlugender Zungenspitze an dem Knoten herumhantierte.

»Er ist sehr fest«, schnaufte sie und traktierte den Knoten mit ihren Fingernägeln. »Ich schaffe es nicht, glaube ich.«

»Versuch den anderen Knoten. Am anderen Arm. Vielleicht sitzt der lockerer.« Während er mit Argusaugen verfolgte, wie Emilia sich abmühte, lauschte Julius angespannt in das Schloss hinein. Auf keinen Fall durften sie den Hardings in die Hände fallen. Nicht jetzt! Nicht jetzt, wo Emilia bei ihm war.

»Ich schaffe es nicht«, jammerte Emilia. »Der ist genauso blöde festgezogen wie der andere.«

Julius' Gehirn arbeitete auf Hochtouren. Sie mussten schnellstens aus dem Schloss hinaus. Die Zeit war knapp. »Emilia!«, stieß er aufgeregt hervor. »Schau in der Küche nach, ob du ein Messer findest. Ein scharfes Messer. Pass aber auf deine Finger auf, Emmi!«

Emilia nickte eifrig. »Ich beeile mich.« Sie stürmte in die Küche.

Julius hörte, wie Schubladen auf- und zugeschoben wurden, Geschirr klirrte, ein Stuhl scharrend über den Boden gerückt wurde, und er stieß ein Stoßgebet aus. Hoffentlich wurde niemand auf Emilias Durchsuchung der Küche aufmerksam.

»Ich hab's! Ich hab's!« Mit strahlenden Augen erschien Emilia im Türrahmen, das Haar zerzaust. Wie Zeus den Blitz hielt sie ein Messer über dem Kopf. »Es lag neben dem Brotkasten«, erklärte sie atemlos und rannte zu Julius. »Ich musste einen Stuhl hinschieben, um dranzukommen.«

Julius beäugte das lange Brotmesser, das Emilia mitgebracht hatte, und nickte.

»Das hast du gut gemacht, Emmi. Jetzt leg das Messer auf das Seil und beweg es hin und her – wie eine Säge. Das Seil ist zu eng gezogen, um das Messer darunterzuschieben. Du musst dabei ein bisschen Druck ausüben. Am besten ... am besten, du fasst es mit beiden Händen an. Von oben. Eine Hand dort hinten, wo der Griff beginnt, eine Hand vorne, fast an der Spitze. Ja, genau so.«

Emilia setzte die Schneide auf die Fessel und begann, das Messer vorsichtig hin und her zu bewegen. »Ist es so richtig?«, fragte sie, ein wenig außer Atem.

»Ja, wunderbar. Drück noch etwas fester. Du tust mir nicht weh, keine Sorge. Etwas fester auf das Messer drücken, damit die Schneide durch das Seil durchkommt. So ist es gut. Mach einfach weiter, bis ich Stopp sage.«

Konzentriert säbelte Emilia an dem Seil herum. Das kleine Gesicht war mittlerweile puterrot geworden, und Schweißtropfen perlten auf der Stirn.

»Du machst das großartig. Noch ein bisschen mehr«, ermutigte Julius sie, während er wie hypnotisiert auf das Messer starrte. Das Ding musste jeden Moment durchkommen. Warum war die Fessel noch nicht gerissen, verdammt? Sie war doch nicht aus Stahl! Ewig hatten sie nicht Zeit, Philip konnte jeden ... »Stopp!«, stieß Julius aus. »Stopp, Emmi!«

Das Mädchen hielt inne und zog das Messer zur Seite. Darunter kam ein beinahe durchtrenntes Seil zum Vorschein.

»Tritt einen Schritt zurück!«, rief Julius aufgeregt. Dann spannte er seinen Arm an und machte eine ruckartige Bewegung. Mit einem schnappenden Laut riss die Fessel und fiel zu Boden. »Gott sei Dank, Gott sei Dank!«, frohlockte Julius. Vorsichtig bewegte er den befreiten Arm hin und her, drehte das Handgelenk. »Gib mir das Messer. Danke.« Hektisch begann er, die andere Fessel zu bearbeiten. »Gleich. Gleich, verdammt!«, presste er zwischen zusammengebissenen Zähnen hervor. Keine Minute später fiel auch die zweite Fessel von seinem Arm. Sogleich versuchte Julius aufzustehen. Doch der Schmerz, der durch seinen linken Fuß schoss, als er ihn auf den Boden setzte, ließ ihn in den Rollstuhl zurückfallen.

»Dein Fuß, Papa. Kannst du nicht laufen?«, wollte Emilia ängstlich wissen.

»Ich *muss* laufen«, ächzte Julius. »Komm etwas näher, Emmi, und hilf mir. Wenn ich einmal stehe, müsste es gehen.« Er wartete, bis sie neben ihm stand. Diesmal setzte er das verletzte Bein nicht auf, sondern stützte sich bei Emilia ab. Stöhnend erhob er sich aus dem Rollstuhl und hielt den verbundenen Fuß angewinkelt. »Lass uns einen Moment so stehen bleiben«, murmelte er mit schmerzverzerrtem Gesicht. »Einen Moment nur.« Ihm war schwindelig, der Raum drehte sich. Gleichzeitig hatte er das Gefühl, dass ihn der verbundene Fuß wie ein Stück Blei nach unten zog.

»Du tust mir weh, Papa«, schnaufte Emilia. »Du bist zu schwer.« Das Kind schwankte.

»Entschuldige. Warte!« Vorsichtig streckte Julius eine Hand aus und machte einen hüpfenden Schritt hin zur Wand. Der Schmerz explodierte gleichzeitig im Fuß und im Kopf. Doch es gelang Julius, sich an die Wand zu lehnen. Schwer atmend wischte er sich über die schweißnasse Stirn. »Ich brauche eine Krücke oder so was«, schnaufte er. »Sonst schaffen wir es nicht nach draußen.«

Emilia runzelte die Stirn. Dann flog ein Strahlen über ihr Gesicht. »Ich weiß was! Ich komme gleich wieder.« Damit drehte sie sich um und rannte aus dem Esszimmer in die Empfangshalle.

»Emmi, aber ...« Julius konzentrierte sich darauf, nicht umzufallen. Was sollte er auch sonst tun? Hinter dem Kind herlaufen? Er konnte die Zeit nutzen und etwas anderes tun. Mit einem Ruck riss er die Kanüle aus seiner Haut und warf sie in den Rollstuhl. Den Daumen der anderen Hand presste er auf die Wunde.

Emilia kam zurückgerannt. In der Hand hielt sie einen hölzernen Spazierstock. »Geht das auch, Papa?«, fragte sie und hielt den Stock am Griff empor.

»Wo hast du denn den her?« Er nahm den Stock entgegen und stützte sich vorsichtig darauf. Er humpelte drei Schritte nach vorne, setzte den verletzten Fuß dabei vorsichtig mit der Ferse auf. »Wunderbar, Emmi. Großartig!«

»Er war in der Garderobe bei den Toiletten. Weißt du noch, als ich mal musste?« Stolz stemmte Emilia die Hände in die Hüften und nickte.

Julius humpelte zu seiner Tochter und drückte ihr einen Kuss auf die Stirn. »Jetzt müssen wir schnell hier weg, Emmi. Diese ... Anruferin hat leider recht: Philip hat schlimme Dinge vor. Draußen ist es bestimmt kalt, du wirst frieren, Schatz. Aber wir müssen trotzdem los.«

»Das hätte ich beinahe vergessen!«, rief Emilia aus und rannte in die Küche und kam schneller, als Julius gucken konnte, mit einem Bündel unter dem Arm zurück. »Die Frau am Telefon hat gesagt, dass ich warme Anziehsachen mitnehmen soll. Und die kleine Taschenlampe aus dem Nachttisch. Dann hat sie noch was Komisches gesagt: *Der kalte Tod ist ungerecht.*« Emilia zog eine Grimasse. »Aber du brauchst auch etwas zum Anziehen, Papa!«, rief sie aus. Sie legte ihr Kleiderbündel auf den Boden. »Warte!« Wieder rannte sie in die Eingangshalle.

»Warte, wir...«, rief er ihr hinterher. Sie hatten jetzt wirklich keine Zeit mehr.

Diesmal blieb sie länger weg. Julius unterdrückte seine panische Ungeduld.

Endlich kam Emilia zurück und hielt ihm triumphierend zwei Gegenstände entgegen. »Ein Regenmantel, schau. Und ein Stiefel. Du brauchst ja nur einen. Die Sachen habe ich auch aus der Garderobe.«

Sprachlos nickte Julius. Seine Tochter war unglaublich. »Ich ... ich ziehe den Stiefel an. Hilfst du mir?« Er humpelte zum Esstisch und ließ sich auf einem Stuhl nieder. Er zwängte den rechten Fuß in den Stiefel und stand langsam auf. »Ein wenig zu groß vielleicht. Aber es geht. Danke, Emmi! Du bist eine Wucht! Zieh dich an!«

Emilia lief vor Freude rot an, während Julius in den Mantel schlüpfte.

Nervös lauschte er, während Emilia die Kleidungsstücke anzog. »Die oberen Türen zum Westflügel werden zugesperrt sein«, murmelte er. »Das waren sie zumindest, als ich das letzte Mal nachgeschaut habe.«

»Philip nimmt immer die Tür hier unten.« Sie wies in Richtung Küche. »Und ich hab gesehen, wo er den Schlüssel hernimmt.«

»In der Küche, sagst du?« Er humpelte los.

Emilia nickte. »Da gibt es hinter einem Vorhang eine Tür. Und der Schlüssel ist in einem Kästchen, das auf einem Schrank in der Küche steht.« Emilia hüpfte zur Küchentür und winkte ihren Vater heran. »Komm, Papa. Ich zeige es dir.« Sie wartete nicht auf Julius, sondern lief wieselflink voraus.

Angestrengt schleppte sich Julius die Stufen in die Küche hinab.

»Da, das Kästchen!«, rief Emilia. Sie stand vor einem Schrank am anderen Ende des Raums und deutete hinauf.

Schnaufend humpelte Julius zu Emilia und holte das

Kästchen herunter. Sie riss es ihm aus der Hand, öffnete es und zog einen Schlüssel hervor. Noch bevor Julius etwas sagen konnte, sprang sie zu dem Vorhang rechts von ihr, schob ihn zur Seite und benutzte den Schlüssel. Geräuschlos öffnete sich die Tür.

Julius trat einen Schritt in den düsteren Gang hinter der Tür, stockte. Hatte er nicht gerade ein Geräusch gehört? Er lauschte angestrengt. Doch es blieb still. »Gibst du mir die Taschenlampe, Emmi?«

Emilia wühlte in einer Jackentasche und zog eine kleine Lampe hervor.

Julius leuchtete in den Gang hinein. Der Schein der Lampe war schwach, weit konnte er nicht sehen. Doch es genügte, um sich voranzubewegen. Die Wände waren kahl. »Zieh den Vorhang zu, Emmi. Danach verschließen wir die Tür von innen.« Das würde Verfolger nicht aufhalten, aber vielleicht in die Irre führen. Jede Minute, die sie gewannen, konnte kostbar sein. Wer wusste schon, wie viel Zeit sie hatten, bis Philip ins Esszimmer zurückkehrte. Voller Vorfreude, Julius in seine Einzelteile zu zerlegen. Oder bis Hans den verwaisten Rollstuhl bemerkte und Alarm schlug.

»Warte einen Moment«, sagte Julius eindringlich. »Ich möchte, dass du mir etwas versprichst, Emmi.«

Mit großen Augen blickte Emilia ihren Vater an. »Was denn?«

»Es ist jetzt keine Zeit, dir alles zu erklären. Aber du musst wissen, dass Agatha und Philip sehr böse Menschen sind. Sehr böse! Auch wenn sie zu dir immer besonders freundlich waren. Ihre Freundlichkeit war aber nur gespielt. Verstehst du das, Emmi?«

Emilia dachte kurz nach, nickte dann. »Du meinst, dass sie wie der Wolf in dem grimmigen Märchen sind?«

»Genau so meine ich es! Deshalb musst du mir versprechen: Sollten wir beide aus irgendeinem Grund voneinander getrennt werden, dann musst du alleine aus dem Schloss rennen und Hilfe holen. Versprichst du mir das?« Eindringlich blickte Julius seine Tochter an.

»Aber ... «, setzte Emilia an.

»Du musst es mir versprechen! Im Notfall musst du alleine weiter! Du darfst nicht wieder in die Hände der Hardings fallen. Sie werden dir ... wehtun. Verstehst du das?«

Zögernd nickte Emilia.

»Dann versprich es mir.«

»Ich verspreche es, Papa. Wenn es nicht anders geht, dann renne ich alleine aus dem Schloss und suche jemanden, der dir helfen kann.«

»Gut.« Erleichtert atmete Julius aus. »Dann los! Bleib bitte bei mir, lauf nicht vor.«

Siedend heiß fiel Julius ein, was Emilia eben gesagt hatte: Philip hatte es immer wieder in diesen Flügel gezogen. Und Julius gegenüber hatte der Mann von seinem Reich gesprochen, in das er Julius führen wolle. Julius hatte das ungute Gefühl, genau dieses Reich gerade aus eigenem Antrieb zu betreten. Was, wenn Philip genau jetzt hier herumwerkelte und alles für seine perversen Spiele vorbereitete? Verdammt, sie mussten äußerst vorsichtig sein. Und leise. Die Tür war zwar verschlossen gewesen, aber es existierten weitere Zugänge. Nun, es gab keine Alternative. Sie mussten diesen Weg nehmen, um Wargrave Castle schnellstmöglich zu verlassen. »Denk dran, Emmi«, flüsterte Julius eindringlich. »Bleib bei mir. Und ganz leise sein, bis wir draußen sind.«

Emilia nickte und hob zusätzlich einen Daumen als Zeichen, dass sie verstanden hatte.

Trotz der Anspannung musste Julius lächeln. Emilia war

ein großartiges Kind. Wenn sie es erst geschafft hatten, hier rauszukommen, dann würde er ein neues Leben beginnen. Ein Leben mit Emilia. Selbst wenn es in München stattfinden musste.

Schritt für Schritt schlichen sie im Schein der Funzel den Gang entlang. Vorbei an einer Tür, die offen stand und den Blick auf einen leeren Raum freigab, vorbei an einer Treppe, die wie ein breites Maul nach oben ins Dunkel führte. Immer wieder hielt Julius an und spitzte die Ohren. Einmal meinte er, weit entfernt etwas zu hören. Ein Schleifen. Doch er konnte sich auch getäuscht haben. In seinen Ohren summte und pochte das Blut.

Julius leuchtete die kahlen Wände und die Decke ab. Keine erkennbaren Anzeichen von Baufälligkeit oder einer Einsturzgefahr. Es war wohl klar: Die Hardings hatten diesen Flügel nicht wegen der Statik gesperrt. Es ging ihnen darum, Philips Wirkungsstätte zu verbergen. Der Psychopath hatte hier irgendwo seinen Unterschlupf.

Sie gelangten an ein Fenster, das auf den Innenhof des Schlosses hinausging. Julius löschte die Lampe und spähte in die Nacht. Emilia postierte sich wartend neben ihn. Draußen herrschte tiefe Dunkelheit, die nur von zwei erleuchteten Fenstern im Ostflügel durchbrochen wurde. Erleichtert stellte Julius fest, dass es nicht schneite. Immerhin.

Das äußere beleuchtete Fenster musste zu Agathas Zimmer gehören. Genau in diesem Augenblick trat dort jemand vor die Scheibe. Überrascht hielt Julius den Atem an und kniff die Augen zusammen. Ja, es war Agatha. Die alte Frau stand mit dem Gesicht zum Fenster. Es hatte den Anschein, als schaue sie ebenfalls auf den Innenhof. Oder sogar direkt zu ihnen herüber. Julius tat einen hastigen Schritt nach hinten, weg vom Fenster, ohne die Schlossherrin aus den Augen zu lassen. Er musste vorsichtig sein, auch wenn es Agatha wohl nicht möglich war, ihn zu erkennen. Der Blick aus dem beleuchteten Zimmer heraus dürfte ihr nur das eigene Spiegelbild in der Scheibe gezeigt haben.

Plötzlich drehte Agatha sich zur Seite und verschwand im Zimmer. Einen Moment später erlosch das Licht im Raum. »Weiter!«, flüsterte Julius eilig. Er steckte die Taschenlampe in die Hosentasche und nahm seine Tochter an die eine Hand, während die andere sich auf den Stock stützte. »Wir können im Augenblick kein Licht anmachen«, raunte er. »Man könnte es vom anderen Schlossflügel aus sehen.« In der Finsternis, direkt neben Julius, bewegte sich ein Schatten. Emilia nickte.

Mithilfe des Stockes tastete Julius sich vorsichtig den Gang hinunter. Nach ein paar Schritten hielt er inne und ließ den Blick durch die Dunkelheit schweifen. Überrascht kniff er die Augen zusammen. Er meinte, ein schwaches Licht auszumachen, weiter den Gang hinunter. Konzentriert tastete er sich voran. Mit jedem ihrer Schritte wurde der Schein heller, bis er sich als ein Türspalt am Boden entpuppte, durch den Licht aus einem dahinter liegenden Zimmer in die Dunkelheit sickerte.

Erneut blieb Julius stehen. Beruhigend drückte er Emilias Hand, während sein Gehirn auf Hochtouren arbeitete. Vor ihnen lag eine Tür, hinter der sich ein beleuchteter Raum befand. So viel stand fest. Die Äbtissin hatte zu Emilia gesagt, dass sie bis zum Ende des Westflügels gehen mussten, um das Schloss zu verlassen. Führte noch ein anderer Weg zum Ausgang als der durch diese Tür? Kurz entschlossen zog Julius die Taschenlampe hervor. Es half nichts, er musste nachsehen. Vielleicht gab es eine Abzweigung. Er schaltete das Licht an und ließ den kleinen Kegel umherschweifen. Der Gang endete an der Tür. Andere Ausgänge oder Wege gab es nicht. Julius löschte das Licht. Die Dunkelheit war finsterer als zuvor.

»Warte hier«, flüsterte Julius Emilia zu. Dann humpelte er zu der Tür und legte sein Ohr auf das Holz. Angestrengt lauschte er, versuchte herauszufinden, ob sich jemand in dem Raum aufhielt. Wenn Philip dort drinnen war, dann musste Julius etwas von ihm hören – Schritte, Atmen, was auch immer. Doch drinnen blieb es totenstill.

Julius schlich zurück zu Emilia, die geduldig im Gang ausharrte, und suchte im Dunkeln nach ihrer Hand. Er beugte sich hinab. »Der Weg führt durch diese Tür. Im schlimmsten Fall laufen wir Philip in die Arme. Denk bitte an dein Versprechen. Auf gar keinen Fall dürfen Agatha und Philip dich finden! Hörst du? Lass dich nicht durch irgendwelche Versprechen anlocken, die sie dir vielleicht hinterherrufen. Selbst wenn sie damit drohen, mir etwas anzutun, darfst du nicht umkehren! Du musst gehen und Hilfe suchen!«

»Ja, Papa«, flüsterte Emilia kleinlaut. Ihre Hand presste sich in die ihres Vaters.

Julius starrte auf den Türspalt, der wie eine leuchtende Naht die Finsternis perforierte. Er hatte ein ungutes Gefühl, konnte förmlich spüren, wie etwas Böses durch die Tür waberte.

Eine Gänsehaut zog über seinen Körper, und er musste sich schütteln. Dort, hinter der Tür, schlug das kalte Herz des Schlosses. Hinter dieser Tür wohnte das Grauen. Plötzlich hielt Julius es für keine gute Idee mehr, diesen Seitenausgang zu suchen. Weshalb hatte er den Worten der Äbtissin überhaupt Vertrauen geschenkt? Auf welche Weise sollte der Haupteingang des Schlosses eigentlich bewacht sein? Julius war bei ihrer Ankunft nichts aufgefallen. Sie sollten besser einen anderen Weg suchen. Wenn sie nur nicht bereits so viel Zeit vertan hätten. Vielleicht konnten sie durch ein Fenster ...

Ein plötzliches Geräusch ließ Julius zusammenfahren. Emilia umklammerte ängstlich seine Hand. Da! Wieder! Ein Mann ... Mit schriller Stimme rief er etwas. Oder war es ein qualvoller Schrei? Die Nackenhaare stellten sich Julius auf. Er versuchte auszumachen, woher der Laut gekommen war. Entfernt hatte er geklungen. Aus dem Hauptgebäude, vielleicht dem Esszimmer? Hatte man den leeren Rollstuhl und die durchtrennten Fesseln entdeckt? Oder war der Ruf aus einer der oberen Etagen des Westflügels zu ihnen gedrungen?

Julius unterdrückte einen Fluch. Die Entscheidung war damit jedenfalls gefallen. »Los, wir gehen weiter«, wisperte er in die Finsternis. Er zog Emilia mit sich zu der Tür, ließ dort ihre Hand los. »Bleib immer hinter mir, Schatz.« Langsam drehte er den Knauf. Dann schob er die Tür vorsichtig auf, angestrengt darauf bedacht, möglichst kein Geräusch zu verursachen.

Sein erstes Gefühl, als er in den Raum blickte, war Erleichterung. Von Philip war nichts zu sehen. Doch dann sickerten die weiteren Informationen in sein Gehirn. Julius betrat mit offenem Mund den großen Raum, der durch eine gleißende Lampe erleuchtet wurde. Wie im Traum bekam er am Rande mit, dass Emilia die Tür hinter sich schloss und sich neben ihn stellte. Julius konnte seinen Blick nicht von der Lampe nehmen. Und nicht von dem, was sie beschien.

»Das sieht hier drinnen aus wie in einem Krankenhaus, Papa«, sagte Emilia erstaunt. »Als ich meine Mandeln rausbekommen habe, lag ich in so einem Raum.«

»Ein Operationssaal«, erklärte Julius tonlos. »Dies ist ein Operationssaal.« Und zwar einer von der modernen Sorte.

Kein antikes Krankenzimmer, wie oben im Hauptgebäude neben seinem Schlafraum. Nein, hier fand sich im Schein der grellen Operationsleuchte modernste Technik versammelt. Julius sah ein EKG-Gerät, einen fahrbaren Röntgenapparat, diverse Gasflaschen, die an ein Schlauchsystem angeschlossen waren. Auf einem Wagen stand ein Ultraschallgerät. Direkt unter der Lampe thronte ein ausladender Operationstisch. Und daneben befanden sich mehrere Schiebewagen und Instrumententische. Alle waren säuberlich mit Geräten und medizinischen Instrumenten bestückt. An einer Wand reihten sich Schränke und Regale aneinander, ergänzt durch einen Medikamentenkühlschrank. Ein Spülbecken schloss sich an der nächsten Wand an. Es war, wie die meisten Einrichtungsgegenstände, aus Edelstahl gefertigt und von riesigen Ausmaßen. Aus irgendeinem Grund erinnerte es Julius an die Spülvorrichtung in einer Großküche. In dem monströsen Ding könnte man baden, schoss es ihm in den Kopf.

In einer Ecke des Raums fiel Julius ein ausladendes Gebilde ins Auge. Er runzelte die Stirn und trat einen Schritt näher. Was um Himmels willen wollte Philip mit einem gynäkologischen Stuhl? Wie in Trance tat Julius zwei weitere Schritte voran, bewegte sich darauf zu. Da bemerkte er die Fesseln an den Fußstützen. Außerdem lief auf Brusthöhe ein breiter Gurt um das Liegepolster. Julius schüttelte sich. Irritiert schoss sein Blick durch den Raum. Ähnliche Vorrichtungen befanden sich auch am Operationstisch. Ihr Verwendungszweck war zu offensichtlich.

Die Erinnerung an sein schmerzhaftes Erlebnis mit Philip, an seine Hilflosigkeit, als er sich festgezurrt gefunden hatte, ließ Julius würgen. Die furchtbaren Drohungen, die perversen Ausblicke auf das, was Philip mit ihm anzustellen gedachte, kamen ihm allesamt wieder in den Sinn. Hier unten wollte der Mann es also durchführen. Das Abtrennen, Abhacken und Abreißen. Und ihn dabei möglichst lange am Leben lassen. Wie von selbst glitt Julius' Blick zu dem ausladenden Waschbecken. Er stöhnte auf. Baden konnte man darin. Das war wahrscheinlich gar nicht weit gefehlt – in dem Becken konnte ohne Zweifel ein Mensch gesäubert werden. Oder abgetrennte Teile von ihm abgespült werden. Die große Handbrause schien ihn bereits erwartungsvoll anzublicken. Alles war vorbereitet. Julius musste sich nur noch auf den Operationstisch legen und anschnallen lassen.

»Igitt, was ist das denn Komisches?«, rief Emilia aus.

Julius drehte sich zu seiner Tochter, die auf ein Regal deutete.

»Da, in dem Glasbehälter. Es sieht aus wie ein ...« Sie stockte.

»Zeh«, hauchte Julius. »Wie ein Zeh.«

Abermals wollte saure Übelkeit in Julius aufsteigen, doch plötzlich wurde sie von einem anderen Gefühl verdrängt. Von Wut. Heißer Wut. Sie durchflutete Julius' Magen, kurz darauf seinen Kopf. Er begrüßte sie wie einen willkommenen Freund, denn sie half ihm, sich zusammenzureißen und sich auf das einzig Wichtige zu konzentrieren. Er musste seine Tochter aus dem Schloss schaffen!

»Wir müssen weiter, Emmi. Schnell!« Wer wusste, was sie bei genauerer Suche noch alles finden würde. Sie hatten schon viel zu viel Zeit verloren.

Emilia nickte und riss ihren Blick von dem Regal. Eine angelehnte Tür genau gegenüber der Eingangstür führte aus dem eigentümlichen Operationssaal hinaus. Erst auf dem Weg dorthin bemerkte Julius das Fenster, das mit einem schweren, dunklen Vorhang verdeckt war. Er lugte hinter den Stoff. Draußen glänzte in dem Lichtstrahl, der durch den Sichtspalt drang, ein mit Frost überzogenes Eisengitter. Eindeutig, das Fenster war vergittert. Anscheinend sollte niemand in diesen Raum eindringen – oder niemand aus ihm verschwinden können. Schaudernd ließ Julius den Vorhang zurückfallen.

Plötzlich ein Aufschrei von Emilia. Julius gefror das Blut in den Adern.

»Mama!«, rief das Kind entsetzt aus.

Alarmiert sah Julius sich um. Die Tür zum Nebenraum stand offen, Emilia musste vorausgegangen sein. Hastig humpelte Julius hinter ihr her. Sein Atem ging stoßweise, als er durch die Tür in den nächsten Raum trat. Er war deutlich kleiner als der Operationssaal. Das Licht, das durch die Tür hereinfiel, wirkte gespenstisch.

Emilia stand in der Mitte des Zimmers und deutete wie versteinert auf eine Wand. »Mama!«, stieß sie verstört aus.

Alarmiert folgte Julius ihrem Blick. Dort hingen, mit kleinen Nägeln befestigt, unzählige Fotografien. Er hinkte näher heran, riss ungläubig die Augen auf. Die Bilder zeigten Sandra, Emilias Mutter. Beim Einkaufen. Vor dem Haus, in dem sie in München mit Emilia wohnte. In ihrem Auto. Beim Betreten einer Apotheke. Hand in Hand mit einem Mann, den Julius nicht kannte. Erstaunt registrierte er, dass ihm die Aufnahme einen kleinen Stich versetzte.

»Oma! Opa!« Emilia hatte sich zu einer anderen Wand gedreht. Jetzt erst realisierte Julius, dass alle Wände bis auf den letzten freien Platz mit Fotos tapeziert waren. Vom Boden bis unter die Decke hinauf. Staunend drehte Julius sich einmal um seine eigene Achse. Es mussten Hunderte Bilder sein. Tausende. In der Ecke, in die Emilia jetzt mit ausgestrecktem Zeigefinger wies, hingen Aufnahmen von Sandras

Eltern. Mal einzeln, mal gemeinsam abgelichtet. Immer wieder war auch Emilia auf den Fotos zu sehen. Julius wusste gar nicht, wo er zuerst hinschauen sollte.

Ein überraschter Aufschrei. »Da bist du, Papa!«

Wirklich, an einer Wand, die von einer geschlossenen Tür unterbrochen wurde, hingen mehrere Aufnahmen, die Julius zeigten. Er trat näher heran. »Da bin ich vor dem Büro«, stammelte er ungläubig. »Und da ... da gehe ich mit Claire einkaufen. Und hier sitze ich mit Marc im Pub. Dort streichele ich Christie im Vorgarten.« Er schüttelte den Kopf. Er musste an das Gefühl des Verfolgtwerdens denken, welches er in der letzten Zeit in London gehabt hatte. Philip war ihm anscheinend bereits deutlich länger gefolgt, als Julius angenommen hatte.

»Da bin ich!«, rief Emilia. »Schau!«

Die Aufnahmen von Emilia machten mit Abstand den größten Teil der verstörenden Sammlung aus. Mehr als eine gesamte Wand nahmen sie ein, hingen zum Teil übereinander. Immer wieder gab es Nahaufnahmen von Emilias Gesicht, doch die meisten Bilder zeigten sie in alltäglichen Situationen in München. Vor der Kita. Auf einem Spielplatz. An der Hand ihrer Mutter auf einem Supermarktparkplatz.

München! Jetzt erst, wie ein Blitzeinschlag, traf Julius die Erkenntnis! Philip war in *Deutschland* gewesen! Er hatte dort bereits Emilia und ihrer Familie nachgestellt. Hatte sie unermüdlich abgeknipst. Über Wochen, der Anzahl der Aufnahmen nach zu urteilen. Was für ein Aufwand! Was für ein beängstigender Wahnsinn!

Stirnrunzelnd trat Julius näher an die Wand heran, stockte. »Das kann doch nicht sein, verdammt!« Er riss ein Foto herunter und besah es sich genauer. »Was zum Teufel?«, fluchte er. Auf der Aufnahme hielt sich Emilia an Julius'

Hand fest und schaute neugierig zur Seite, während Julius sich mit ihren Großeltern unterhielt.

Neugierig trat Emilia neben ihren Vater. »Zeig mal«, bat sie.

»Da habe ich dich abgeholt, am Flughafen«, flüsterte Julius ungläubig. »Das ist erst ein paar Tage her. Und Philip hat uns beobachtet, das Schwein! In der Ankunftshalle. Während wir uns begrüßt haben, hat er irgendwo zwischen den Leuten gelauert und alles mitverfolgt. Kurz bevor ich ihn angerufen hab, weil Raj mich vor die Tür gesetzt hat.«

»Warum?«

»Weil jemand gelogen hat, dass ich Christie … also dass ich Mist gebaut habe.« Julius äugte zu seiner Tochter. »Wer das gewesen ist, das kann ich mir nun denken. Unfassbar! Solch ein Wahnsinn!«

Alles, was er erlebt hatte, führte nach Wargrave Castle. Warum, verdammt!?

»Papa, warum haben sie die Fotos an die Wände gehängt?«, fragte Emilia.

»Ich – ich weiß es auch nicht genau«, antwortete Julius hilflos. »Es ist auf jeden Fall nicht normal, dass sie das alles getan haben. Und deshalb müssen wir weg hier, Emmi.« Sie sind gefährliche Psychopathen mit mörderischen Absichten, ergänzte er für sich. »Komm, wir können jetzt nichts machen. Die Fotos hängen, wo sie hängen. Wir müssen weiter! Der Ausgang kann nicht mehr weit sein. Vielleicht ist er ja schon hinter der Tür dort.«

Doch dahinter stießen sie auf einen kurzen Gang, an dessen Ende abermals eine Tür zu sehen war. Sie wirkte dicker als die, durch die sie auf dem Weg hierher gekommen waren. Erwartungsvoll drehte Julius den Knauf. Verschlossen! Er stieß einen Fluch aus. Im Schloss steckte kein Schlüssel.

»Da oben«, sagte Emilia. »Sieh doch!«

Ein Riegel. Im Halbdunkel hatte Julius ihn nicht bemerkt. Hastig schob er ihn zurück und drehte erneut den Knauf. Mit einem Quietschen öffnete sich die Tür. Eisige Luft drängte mit gierigen Fingern in den Gang. Julius schnaubte und drückte sie ganz auf. Beinahe übermannte ihn die Erleichterung. Für einen Moment musste er sich abstützen. Endlich! Sie hatten den Ausgang erreicht. Aufgeregt spähte er in die Nacht. »Komm, mein Schatz. Beeilen wir uns!«

Dreißigstes Kapitel

Die Schneedecke war tiefer als gedacht, und Julius verfluchte sich für seine Dummheit. Er hätte den anderen Stiefel ebenfalls anziehen müssen. Auch wenn dies bedeutet hätte, den dicken Verband von seinem Fuß zu lösen und die Wunde anzusehen. Nach drei Schritten im Schnee war der Verband bereits durchnässt. Das einzig Gute daran war, dass die Kälte den Fuß betäubte.

Julius kämpfte sich auf seinen Stock gestützt durch den knirschenden Schnee, immer weg von der Hintertür, die er leise hinter ihnen geschlossen hatte. Wo genau sie in der winterlichen Einöde der Dales Hilfe finden sollten, darüber konnte er sich Gedanken machen, wenn sie erst einmal weit genug von Wargrave Castle entfernt waren.

Obwohl die Nacht wolkenverhangen und finster war, erzeugte die weiße Decke genügend Helligkeit, um wenigstens für ein paar Schritte in alle Richtungen sehen zu können. Je weiter er sich vom Schloss entfernte, desto tiefer wurde der Schnee.

Emilia folgte ihrem Vater auf den Fersen. Geschickt nutzte sie dabei Julius' Spuren, um einfacher voranzukommen. Dennoch wurde der Weg für sie immer beschwerlicher. An manchen Stellen reichte ihr der Schnee bis an die Hüfte.

Angestrengt starrte Julius nach vorne. So nahe am Schloss traute er sich noch nicht, die Taschenlampe zu benutzen. Erst einmal mussten sie vom Grundstück runter. Julius warf einen schnellen Blick über die Schulter. Die Rückseite des Schlosses ragte als unheilvoller Schatten in der Nacht auf. Kein Licht brannte. War dies ein gutes Zeichen? Lagen die

Bewohner in ihren Betten und schliefen? Wohl kaum! Philip hatte deutlich gemacht, dass er in dieser Nacht noch etwas vorhatte. Eher war die Finsternis hinter den Fensterscheiben ein Hinweis darauf, dass jemand nach den beiden Flüchtenden Ausschau hielt. Es war, als ob das Schloss selbst in die Nacht spähte, und sein steinerner Blick brannte Julius schmerzhaft im Nacken. Es war nur Herzschläge davon entfernt, Alarm zu läuten. Sie mussten weiter!

Die beißende Kälte grub sich durch die Kleidung in ihre Haut. Stehen bleiben durften sie hier draußen nicht, das wusste Julius. Sie würden schlicht erfrieren. Doch solange sie in Bewegung waren, hielt der schweißtreibende Kampf durch den Schnee sie warm und am Leben.

Keine dreißig Schritte weiter hielt er dennoch an. Emilia gab ein überraschtes Quieken von sich, als sie in ihren Vater hineinstolperte. Sie klammerte sich an seinen Beinen fest, um nicht hinzufallen. Damit brachte sie auch ihn ins Wanken. Der Stock bewahrte ihn nur knapp davor, vornüber in den Schnee zu stürzen.

»Da ist ein Gebäude«, flüsterte Julius seiner Tochter zu. Er wies nach vorne auf eine Steinmauer, die kaum erkennbar in der Dunkelheit aufragte. Sie gingen vorsichtig ein paar Schritte näher heran.

»Die Mauer ist kaputt, schau!« Emilia deutete nach rechts. »Da liegt ein großer Steinhaufen. Unter dem Schnee.«

»Das muss die Ruine sein, die zum Schloss gehört«, mutmaßte Julius. »Wir gehen einfach drum herum.«

»Wohnt ein Geist dort drinnen?«, fragte Emilia zögernd und trat einen Schritt näher an Julius heran. Er konnte hören, wie ihre Zähne vor Kälte aufeinanderschlugen.

»Keine Sorge, Emmi«, versuchte Julius sie zu beruhigen. »Selbst die Äbtissin wird das Warme vorziehen und sich deshalb irgendwo im Schloss aufhalten. Garantiert treffen wir sie nicht hier draußen zwischen ein paar umgekippten Steinen.« Er bemühte sich, Zuversicht in seine Stimme zu legen. »Lass uns einfach um das eingefallene Gebäude herumgehen. Wir dürfen in der Kälte nicht stehen bleiben.« Julius schlug einen Bogen nach links. Nach wenigen Metern kamen sie an einem breiten Riss in der zugeschneiten Mauer vorbei. Er gab den Blick auf das Innere der dachlosen Ruine frei. »Eine Schneewehe, siehst du?«, deutete Julius mit einem Kopfnicken zwischen die Mauern. »Weit und breit keine Gespenster zu sehen.« Sein Lachen klang aufgesetzt.

»Das ist aber eine kleine Ruine«, stellte Emilia mit einer Spur Enttäuschung in der Stimme fest. Sie lugte zwischen den Steinen hindurch, schloss dann eilig zu ihrem Vater auf, der bereits weiterhumpelte. Ihr Atem stieg als kleine Dampfwolke in der klirrenden Luft auf. »Da drin würde ich selbst als Gespenst nicht wohnen wollen.« Sie warf einen schnellen Blick zurück, während sie sich auf eine Gruppe weiß bedeckter Nadelbäume zubewegten. »Und dass die Äbtissin hier nicht lebt, ist sowieso klar«, sagte Emilia tadelnd und ein wenig außer Atem. »Schließlich weiß ich, wo sie im Schloss ihr Zimmer hat.«

»Was bitte?«, stieß Julius verdutzt aus. Er verlangsamte seine Schritte. »Du weißt, wo die Äbtissin ihr Zimmer hat?« Entweder hatte er Emilia falsch verstanden, oder sie fantasierte vor sich hin.

»Ja«, antwortete Emilia schlicht und nickte.

»Ja – *und* …?«, bohrte Julius nach. Sie hatten die Bäume erreicht und stiefelten nun um sie herum. Der Schnee war hier sogar noch tiefer. Julius fasste Emilia am Arm und half ihr, so gut es ging, voranzukommen. »Woher weißt du das, Emmi?«

»Ich habe gesehen, wie sie in ihr Zimmer geschickt wurde. Ganz kurz von hinten nur. Aber es war die Äbtissin! Die uralte Frau mit den langen Haaren. Die hängen an ihr runter wie Spaghetti.«

Julius stand der Mund offen. »Warum hast du denn nichts davon gesagt?«

»Du hast mich nicht gefragt, Papa! Ich habe nur ganz kurz gesehen, wie Agatha sie auf ihr Zimmer geschickt hat. Das war's.«

»*Was* hat Agatha gemacht?«, schrie Julius beinahe. »Wieso *Agatha*?«

Emilia rollte mit den Augen. »Ich habe einen Streit gehört, da bin ich leise nachgucken gegangen. Agatha hat rumgeschimpft und was von Undankbarkeit gesagt, und dass sie sofort auf ihr Zimmer gehen soll.«

»Agatha spricht mit der Alten?«, stöhnte Julius auf. Er schlug sich vor die Stirn. »Natürlich! Ich wusste doch, dass auf dem Schloss nichts geschieht, ohne dass die Hardings es wissen!«

»Sie spricht mit dem Gespenst«, korrigierte Emilia und rieb sich die Hände. »Die Äbtissin ist ein armes Gespenst, das sein Kloster sucht. Du kennst doch die Geschichte, Papa.«

»Es gibt keine Gespenster, Emmi. Die Äbtissin ist eine Frau, die ...«

Wütend stampfte Emilia einen Fuß in den Schnee und blieb stehen. »Die Äbtissin ist ein Gespenst! Als Agatha bemerkt hat, dass ich das Gespenst gesehen habe, hat sie es mir gesagt.«

»Ich – aber ... Was hat Agatha noch gesagt?« Es war nicht der richtige Zeitpunkt, um sich zu streiten.

»Dass die Äbtissin zum Schloss gehört. Sie muss für immer dort leben. Für immer und immer. Sie wollte mir das noch genauer erklären.«

Julius lief es eiskalt den Rücken hinunter. Oder war es bloß die Kälte, die sich wie ein wütender Hund durch seinen dünnen Mantel biss? »Hat sie noch irgendetwas dazu gesagt?«

Emilia zuckte mit den Schultern. »Es war so ein Durcheinander. Und ich kenne ja die Leute nicht, von denen sie erzählt hat. Sie meinte halt nur, dass sie es mir noch erklären will, damit der Geist des Schlosses sich rechtzeitig verabschieden kann.« Emilia presste den Mund fest zusammen. Es war klar, dass sie nichts weiter sagen konnte. Oder wollte.

Julius seufzte. »Der Geist des Schlosses. Ich befürchte, die Irren hier sind alle aus handfesterem Fleisch und Blut, als uns lieb ist.« Er schüttelte den Kopf. »Ich hoffe nur, wir erreichen jetzt schnell die Grenze des Grundstücks.« Er machte eine winkende Handbewegung. »Komm, Emmi.« Er drehte sich um und positionierte den Gehstock für den nächsten Schritt.

»Warte!«, rief Emilia. »Was ist das?« Aufgeregt deutete sie in den Schnee. »Ist das Blut?«

»Was …? Ich sehe nichts.«

»An deinem Fuß, Papa!« Emilia schrie nun beinahe.

»Leise! Nicht, dass sie uns hören!« Julius sah an sich hinab. »Verdammter Mist!«, stieß er aus. Emilia hatte recht. Um seinen verbundenen Fuß herum hatte sich der Schnee rot eingefärbt. Auch der nasse Verband war voller Blut.

»Du brauchst einen neuen Verband, Papa!«

»Das ist jetzt nicht wichtig. Wir müssen weiter«, drängte Julius. Er deutete auf den Schnee. Seine Hand zitterte leicht.

»Aber …«

Julius unterbrach seine Tochter mit fester Stimme. »Komm! Und denk an das Versprechen, das du mir gegeben hast!« Er stützte sich auf den Stock und humpelte weiter. Mit einem kurzen Seitenblick vergewisserte er sich, dass Emilia ihm folgte. Er biss die Zähne zusammen. Gerade waren sie um die Bäume herum, da unterdrückte Emilia einen Schrei. »Da drüben!«

Julius folgte Emilias ausgestrecktem Finger und sah ein schwaches Licht. Es schien zu flackern. Angespannt lauschte Julius in die Nacht. Bis auf den Wind war nichts zu hören. Er kniff die Augen zusammen. Zeichnete sich bei der Lichtquelle nicht ein Gebäude ab?

»Ich glaube, da steht ein kleines Haus«, raunte Emilia. »Das Licht kommt aus einem Fenster.«

Julius murmelte etwas Unverständliches. Nun sah er es auch. Ein kleines, gedrungenes Haus. Emilia hatte wirklich gute Augen. »Lass uns leise weitergehen.«

»Nein!«, protestierte das Mädchen. »Lass uns in dem Haus nach einem neuen Verband schauen.«

»Wir wissen nicht, wer dort wohnt«, entgegnete Julius betont ruhig. »Komm, Emmi. Wir machen einen Bogen um das Haus.«

Doch Emilia schüttelte den Kopf und verschränkte die Arme vor der Brust. »Dort wohnt niemand aus dem Schloss. Wir gehen da jetzt hin. Vielleicht kann uns wer helfen. Oder es gibt ein Telefon, und du kannst die Polizei anrufen.«

Für einen Moment schloss Julius die Augen. Was sollte er tun? Emilia hinter sich herschleifen? Ganz unrecht hatte sie nicht mit ihrer Einschätzung. In diesem Haus würde wohl niemand, den sie vom Schloss kannten, wohnen. Warum hatte er es zuvor, wie auch die Ruine, nicht bemerkt? Wahrscheinlich waren beide Gebäude nur vom Westflügel aus zu sehen. Wobei die Bäume, an denen sie vorbeigekommen waren, den Blick wohl zusätzlich versperrten. Und sollte es dort wirklich ein Telefon geben ...«Wir schleichen uns an und sehen nach. Wenn irgendetwas merkwürdig erscheint, dann marschieren wir aber weiter.«

»Okay.«

Es dauerte keine zwei Minuten, da sagte Emilia. »Eine ganz kleine Kirche. Gibt es in Kirchen ein Telefon?«

Julius schüttelte den Kopf. »Eher nicht, mein Schatz.«

»Das Licht kommt aus dem Fenster. Aber es ist zugefroren, schau.«

Auf seinen Stock gestützt, humpelte Julius zu dem Fenster. Das Glas war vereist, und hinter der undurchsichtigen Scheibe flackerte ein oranges Licht.

»Papa, du hörst gar nicht auf zu bluten«, sagte Emilia voller Sorge.

Julius' linker Fuß hatte bei jedem Auftreten eine rote Spur im Weiß des Schnees hinterlassen.

»Na wunderbar«, fluchte er leise. Noch leichter konnte er es Philip nicht machen, ihnen zu folgen. Er zog die Taschenlampe aus der Hosentasche. Da konnte er auch gleich ein Feuerwerk anzünden. In einem weiten Bogen leuchtete er über die Schneedecke rund um die Kapelle. »Ich weiß nicht, wann es das letzte Mal geschneit hat. Seitdem ist jedenfalls niemand hier gewesen. Unsere Spuren sind die einzigen weit und breit. Ich denke, es ist sicher für uns, die Kapelle zu betreten. Vielleicht finde ich drinnen etwas, womit ich meinen Fuß besser schützen kann.«

Emilia nickte zaghaft.

Die Tür öffnete sich mit einem rostigen Quietschen. Das Flackern des Lichts wurde fast augenblicklich stärker. Julius musste seinen Kopf einziehen, um durch die niedrige Tür zu passen. Nachdem auch Emilia die Kapelle betreten hatte, schloss er sie wieder. Sofort beruhigte sich das Flackern.

»Es ist von innen noch kleiner als von außen«, wunderte sich Emilia.

Julius nickte zustimmend. Der Raum war kaum fünf Schritte lang und vier Schritte breit. Drei Holzbänke waren auf einen steinernen Altar ausgerichtet, auf dem eine Handvoll Kerzen stand. Es waren Grablichter, wie Julius sie von Friedhöfen kannte. Drei von ihnen brannten. Zwischen dem ansonsten schmucklosen Altar und der steinernen Rückwand der Kapelle hing ein Tuch über etwas, dessen vier hölzerne Beine unter dem Stoff hervorlugten.

»Das Tuch!«, rief Emilia. »Das kannst du für deinen Fuß nehmen, Papa.«

Noch bevor Julius etwas erwidern konnte, war das Mädchen bereits hinter den Altar gerannt und griff nach einem Tuchzipfel. »Emilia!«, stieß Julius warnend aus. Doch es war bereits zu spät. Mit beiden Händen zog sie den Stoff zu sich heran. Darunter zum Vorschein kam ein glänzendes, hölzernes Gebilde, etwa von der Größe eines Futtertrogs, wie Förster ihn im Winter für Rotwild aufstellen. Doch es war kein Trog. Das verstand Julius den Bruchteil einer Sekunde später.

Hektisch humpelte er Emilia hinterher, die wie angewurzelt mit dem Tuch in der Hand dastand. Er beeilte sich, sie von dem offenen Sarg wegzuziehen. Eine Armlänge war er noch von ihr entfernt, da begann Emilia zu kreischen. Julius' Blick schoss in den Sarg, der ihm ungewöhnlich klein vorkam. Er presste Emilia fest an sich. »Heilige Scheiße!«, entschlüpfte es ihm.

In dem Sarg lag der mumifizierte Körper eines Kindes. Die eingefallene, bräunlich verfärbte Haut hatte sich über den Gesichtsknochen zurückgezogen und entblößte ein kleines Gebiss. Es sah aus, als würde die Leiche lachen. Oder furchtbare Schmerzen leiden. Leere Augenhöhlen starrten in die Unendlichkeit. Langes, filziges Haar reichte ihr bis zur Brust. Das Mädchen steckte in einem weißen, angegilbten Kleid. Unter dem rechten Arm klemmte eine Puppe. Sie trug das gleiche Kleid wie die Tote.

»Isabel!«, schluchzte Emilia auf. Dann ließ sie das Tuch fallen, riss sich vom Arm ihres Vaters los und stürmte aus der Kapelle.

Bevor Julius auch nur zwei Schritte hinter ihr hergehumpelt war, fiel die Tür der Kapelle bereits wieder ins Schloss. Er stieß einen wilden Fluch aus und folgte Emilia, so schnell es ihm möglich war, in die Nacht. »Emmi!«, rief er mit unterdrückter Stimme. Er blickte sich suchend um.

Emilia war nirgends zu sehen. Julius lauschte. Knirschender Schnee, aus der Richtung, in die sie zuvor unterwegs gewesen waren. »Emmi, warte!«, rief Julius noch einmal. Dann folgte er ihren Spuren. Sie führten an der Kapelle vorbei bis zu einer Mauer. Ein eingelassenes Törchen stand weit offen. Emilias Fußspuren führten hindurch. Hinkend folgte Julius ihnen.

Wir haben Wargrave Castle verlassen, schoss es ihm in den Kopf. Trotz der Aufregung und Sorge um Emilia war das ein geradezu befreiender Gedanke. Er wischte ihn jedoch zur Seite, als er verstand, in welche Richtung das Mädchen lief. »Warte, Emmi!«, schrie er nun aus Leibeskräften. »Warte! Das ist nicht die Straße. Wir müssen auf die Straße!« Emilia stand sicherlich unter Schock! Der Anblick der Toten, die auch noch diese Puppe in den Armen hielt, musste sie völlig aus der Bahn geworfen haben. Kein Wunder, nach all dem, was sie in den letzten Stunden erlebt hatte. Er musste sie einholen!

Unter der Schneedecke wurde der Untergrund zunehmend uneben. Julius musste sein Tempo verlangsamen, um nicht zu stolpern. Wie schaffte es Emilia, derart schnell zu sein? Oder war nur er es, der wegen seiner Verletzung unerträglich langsam war? Sie mussten zur Straße! Hier im freien Gelände konnte es gefährlich für sie werden.

Wie zur Bestätigung rutschte der Gehstock beim nächsten Aufsetzen ab und schnellte mit Wucht zur Seite. Es gab einen berstenden Laut, und Julius stürzte vornüber in den Schnee. Zu allem Überfluss prallte sein linker Fuß gegen etwas Hartes. Julius schrie auf, als der Schmerz durch seinen Körper schoss. Er versuchte sich aufzurichten, doch es gelang ihm erst beim dritten Anlauf. Ihm war schwindelig. Doch nach einer gefühlten Ewigkeit stand er endlich aufrecht im Schnee und biss die Zähne aufeinander. Er musste weiter! Er fand seinen Stock zwei Meter weiter im Schnee, genau in der Mitte zerbrochen.

Er kam jetzt nur noch sehr langsam voran, musste sich konzentrieren, um die Balance zu halten, und nach jedem zweiten Schritt innehalten. Die Blutspur, die er im Schnee hinterließ, war breiter geworden. Sein Blick war jedoch starr auf die Spuren seiner Tochter geheftet. Er betete, dass sie auf ihn wartete. Zum Rufen fehlte ihm der Atem.

Ein knirschendes, dann ein splitterndes Geräusch, gefolgt von einem Aufschrei, durchschnitt die Nacht.

Emmi! Emmi! Emmi!, schrie es in seinem Kopf. Doch er benötigte seinen Atem, um weiterzuhumpeln. Mit schmerzverzerrtem Gesicht trieb er sich selbst an, schneller zu gehen. Der Schmerz im Fuß war unwichtig. Der Schwindel im Kopf war unwichtig. Die berstende Lunge war unwichtig. »Emilia«, flüsterte er.

»Papa! Hilfe!«, ertönte Emilias Stimme aus der Finsternis. »Ich ... ich komme hier nicht raus!«

Im Gehen zog Julius die Taschenlampe hervor und leuchtete die Spuren entlang. Der Lichtkegel zuckte schwankend über den Schnee.

»Papa!«

Da war ein dunkles Knäuel über der Schneedecke. Schneller! Er stolperte und verlor die Taschenlampe. Weiter! Er hatte das Gefühl, sich ihm im Zeitlupentempo zu nähern. Das Knäuel bewegte sich. »Emilia«, hauchte er.

Ein plötzlicher Instinkt ließ Julius abrupt innehalten. Gerade noch rechtzeitig. Er spürte, wie unter ihm der Boden nachgab. Eilig trat er einen Schritt zurück. Und einen weiteren. Ja, hier ging es. Hier ging es. Er ließ sich auf alle viere in den Schnee nieder. Emilias Oberkörper und Kopf ragten etwa sieben Meter entfernt aus dem Boden.

»Papa!« Sie sah Julius aus angsterfüllten Augen an. Als wisse sie gar nicht, wie sie hierhergekommen war. »Ich komme nicht raus.«

»Nicht bewegen!«, warnte Julius. Er zog sich umständlich den Regenmantel aus und hielt ihn an einem Ärmel fest. »Versuch dich festzuhalten!«, rief er und warf ihr das andere Ende des Mantels entgegen. Es reichte bei Weitem nicht, um überhaupt in die Nähe des Kindes zu kommen. »Verdammt«, fluchte Julius. »Verdammt, verdammt!«

»Papa, ich rutsche!«, schrie Emilia auf. Es gab ein schlürfendes Geräusch, und ihr Oberkörper sackte mit einem kleinen Ruck tiefer ab. »Ich habe Angst«, weinte sie. »Bitte, bitte hilf mir!«

Verdammt, verdammt! Julius' Gehirn arbeitete auf Hochtouren. Kurz entschlossen legte er sich flach auf den Schnee und zog sich langsam nach vorne. Wenn er das Gewicht gut verteilte, konnte es gehen. Nach zwei Metern merkte Julius, wie er einzusacken begann. Es bedurfte seiner gesamten Willenskraft, nicht in Panik zu verfallen, sondern sich genauso langsam wieder zurückzuschieben.

Ein Aufschrei. »Ich sinke ein«, schluchzte Emilia. »I-ich ...« Ihr Körper verschwand eine weitere Handbreit.

Julius rappelte sich auf und drehte sich um die eigene Achse. In der Nähe sah er nichts, was helfen konnte. Keinen Ast, kein Garnichts. »Papa!«, weinte Emilia. »Mir – mir ist so kalt.«

Es gab nur eins. Julius drehte sich in die Richtung, in der das Schloss lag, und füllte seine Lungenflügel mit Luft. »Hilfe!«, schrie er in die Nacht. »Hilfe!«

Das Schloss schien mit einem erwartungsvollen Schweigen zu antworten.

Einunddreißigstes Kapitel

München, 1945

Sie hört den Geruch. Sie riecht die Schritte. Sie sieht den Lufthauch. Sie spürt die Finsternis. Sie weiß, dass er da ist. Es gibt nur ihn.

Dunkel erinnert sie sich an eine Zeit, in der es nicht so war. Eine Zeit, in der es ihn nicht gab. War es damals besser? Sie versucht, sich zu erinnern. Doch immer, wenn ein Fetzen Erinnerung zum Greifen nah scheint, meldet er sich wieder. Es gibt nur ihn. Darauf legt er Wert. Er duldet niemanden sonst neben sich.

Und sie ist an ihn gekettet. Warum nur? Warum? Sie versteht es selber nicht. Es ist aber so, wie ein Naturgesetz.

Er ist da. Sie weiß es. Wo sie sich befindet, das weiß sie nicht. Doch wo immer sie nun ist, er ist ebenfalls da. Ganz nah. Sie hat ihn gewähren lassen. Daher ist auch sie ein Monster. Die armen Mädchen! Wenn sie es doch nur wiedergutmachen könnte. Wenn die Mädchen ihr doch nur verzeihen könnten. Doch Isar meidet sie. Heidrun erscheint nicht. Rosa ist verschwunden. Dabei braucht sie so dringend ihre Vergebung. Er ist da. Sie spürt ihn in ihrer unmittelbaren Nähe. Er berührt ihr zerstörtes Haar.

Sie hat nie herausgefunden, wie das andere Mädchen hieß. Das erste. Das Mädchen, das er in der Häuserruine in das Kellerloch geschafft hatte. Sie war ihm an dem Morgen gefolgt, musste sehen, ob er die Wahrheit gesprochen hatte. Sie hat sich eingeredet, in der Stadt nach Essen Ausschau zu halten. Dabei ist sie ihm in Wahrheit heimlich gefolgt.

Sie hat ihn nicht abgehalten. Sie hat es nicht einmal versucht. Im letzten Moment ist sie zurückgeschreckt, am Rande des Lochs. Auch sie ist ein Monster. Rosa, Isar, Heidrun, bitte vergebt mir! Ich habe mich selbst belogen. Wie ihr es gesagt habt!

Wie hieß das Mädchen mit dem Haargummi, an dem der Marienkäfer fröhlich leuchtete? Es ist nie zu ihr gekommen, wie Rosa, Isar und Heidrun. Warum nicht? Gibt es noch eine andere Hölle als die, die sie so gut kennt? Vielleicht waren es doch nur Ratten? Vielleicht ... vielleicht sollte sie aufhören, sich selbst zu belügen! Es waren keine Ratten. Er war es. Das sagt er nun sogar selbst. Und sie hat nichts getan, um es zu beenden. Die Lügen haben sie ebenfalls zu einem Monster gemacht. Das Blut klebt nun auch an ihren Händen. Das haben die Mädchen ihr gesagt. Nun, am Ende, versteht sie es. Das Verstehen ist eine unermessliche Qual. Doch nun, am Ende, muss sie es verstehen. Ohne den Nebel des Wahnsinns. Es ist ihre letzte Chance.

Er berührt ihr Gesicht. Fährt mit einem Finger von den Lippen hinauf, bis zu einem Auge. Die Berührung ist furchtbar. Sie möchte schreien, doch sie kann nicht. Wenn er sie berührt, möchte sie fliehen. Und sich gleichzeitig in seine Arme werfen. Sie ... sie weiß nicht, warum es so ist. Es ist wie ein Naturgesetz.

Er spricht nun von den Mädchen. Von Ingrid. Wer ist Ingrid? War etwa sie das arme Geschöpf im Kellerloch? Noch jetzt hört sie die Schreie. Wie ein Geschwür haben sie sich in ihr festgesetzt. Sie speisen das Grauen. Es wird niemals wieder verschwinden. Solange sie lebt.

Ein unermessliches Durcheinander wohnt in ihrem Kopf. Immer schon, doch seitdem er aufgetaucht ist, kann sie es nicht mehr beherrschen. So klar wie just in diesem Augenblick hat sie sich schon seit Ewigkeiten nicht mehr gefühlt. Der Nebel hat sich gelichtet. Ist das die Strafe?

Sie spürt seinen Finger auf ihrem Auge. Sie erinnert sich, natürlich. Die Augen liegen dem Monster am Herzen. Ob er sich auch ihren Augen widmen wird? Nein, er sagt ihr, dass es schnell gehen wird. Wenn es schnell gehen wird, dann wird er sich mit ihren Augen wohl nicht befassen. Die Augen kosten Zeit, das weiß sie von Heidrun. Wenn es schnell gehen wird, dann behält sie ihre Augen.

Wer aber ist Ingrid? Warum hat Ingrid sie nie aufgesucht? Besitzt Ingrid ihre Augen noch? Sie vermutet, dass sie es nicht tut.

Seine Stimme schwebt wie ein feiner Lufthauch durch die Finsternis. Sie möchte es aber nicht hören, sein Lied. Sie mag es nicht. Es bedrückt sie unsäglich, dass der Mond helle schien, als das Häslein herankam. Es war unvorsichtig, als es sich sein Abendbrot suchte. So unvorsichtig! Das Licht schützt nicht vor dem Bösen. Nichts schützt vor dem Bösen. Doch die Finsternis ist noch schlimmer. Rennen muss man. Rennen! Hu! Renn, Häslein! Siehst du denn das Monster mit seiner Flinte nicht? Das Vieh schießt sogleich mit Schrot. Jagt sein eigenes Abendbrot.

Wie ein Schuss fühlt es sich an, als das Monster ihre Schläfe berührt. Gleichzeitig singt es weiter. Ohne Gnade. Lieblich. Denn das Häslein soll des Todes sein. So möchte es das Monster. Es sollte fliehen, das Häschen. Lösch aus dein Licht, dass mich sieht der Jäger nicht … Das ist ein Fehler! Bitte hört doch auf mich. Rosa. Heidrun. Bitte hört doch. Isar. Ingrid. Es ist ein Fehler. Es ist eine Falle! Es ist genau in dieser Finsternis, in der das Monster mit seinen Raubtieraugen lauert. Macht nicht zur Finsternis das Licht! Es ist eine Falle! Oh, bitte, bitte! Ich hätte es euch vorher sagen müssen. Es wohnt in der Finsternis und wartet dort auf euch. Es braucht die Finsternis, um mit euch allein zu sein und Zeit zu haben für all die schrecklichen Dinge, die es mit euch machen möchte.

Euch verschlingen. Mit Haut und Haaren. Mit Augen und Knochen. Bei ihr wird es hingegen schnell gehen. Mit ihr ist es etwas anderes. Sie ist die Hure des Teufels. Ihre Strafe ist, dass sie das Leiden der Mädchen nicht teilen darf. Dass sie nicht eine von ihnen ist. Sie ist seine Dirne. Sie hat selbst Blut an den Händen.

Ihr Wahnsinn kann sie nicht mehr schützen. Nun erkennt sie es. Es gibt keine Vergebung. Nur Schuld. Was hat sie mit ihrem Leben gemacht? Mit Helmut, ihrem kleinen Helmut? Mit Franz? Mit Helene? Der Wahnsinn hat sie nicht gerettet. Nicht vor der Schuld. Nicht vor sich selbst.

Sie reißt die Augen auf. Blickt in Dunkelheit. Sie will ins Licht! In der Finsternis lauert er. Sie versucht zu strampeln, doch sie bekommt keine Luft. Sie will nicht, dass es endet. Nein! Nein! Sie will zu Helmut! Luft! Bitte! … Sie ist nicht tot. Sie will auch nicht … sie … Helmut … Schuld … Luft! … Luft! … Sie … er … ist … der Jäger …

Zweiunddreißigstes Kapitel

North York Moors, 2016

Im Kamin prasselte ein großes Feuer. Hitzewellen brandeten Julius entgegen, nicht unangenehm. Das Knistern des brennenden Holzes hatte etwas Einschläferndes. Für einen Augenblick war er versucht, sich zurück in den Schlaf fallen zu lassen. Die Augen geschlossen zu halten. Doch dann kam die Erinnerung.

Philip, ausgestattet mit einem Seil und einem Gewehr. Emilias blau angelaufene Lippen und zitternde Hände, als Philip sie zum Schloss hinaufträgt. Das Schloss, das in der Nacht auf sie wartet. Es grinst ihnen aus hell erleuchteten Fenstern entgegen. Julius kriecht mehr, als dass er aufrecht geht, hinter Philip her. Der Mann würdigt ihn keines Blickes. Das Gewehr hat er über die Schulter gehängt. Er weiß, dass Julius keine Wahl hat, dass er geschwächt ist. Julius folgt wie ein Hund. Eine rote Spur kennzeichnet seinen Weg. Das Schloss murmelt ihnen durch die Nacht entgegen: »Ihr werdet mich niemals verlassen.« Die Worte tanzen auf kalten Windböen heran. Halb von Sinnen schleppt Julius sich in die Eingangshalle. Philip eilt mit Emilia auf dem Arm sogleich die Treppe hinauf. Julius fühlt sich noch hilfloser als zuvor in der Gefangenschaft. Der innere Schmerz übertrifft den körperlichen um ein Vielfaches. Er liegt auf dem Boden, die Treppe vor ihm dreht sich wie ein Kreisel. Immer schneller und schneller, bis sie zu einem schwarzen Strudel wird, der ihn einsaugt.

Julius öffnete die verklebten Augen. Ein Stöhnen kroch

über seine trockenen Lippen. Er wusste es sofort: Er saß wieder im Rollstuhl, die Unterarme waren festgezurrt. Als sei er niemals aus dem Schloss fort gewesen.

Immerhin war er nicht betäubt worden. Er konnte sich bewegen, sah man von den Fesseln ab. Und der linke Fuß hatte einen frischen Verband bekommen. Doch das Déjà-vu der Gefangenschaft stürzte Julius in tiefe Verzweiflung. Sollte er schreien? Doch wen sollten seine Hilferufe erreichen? Das Einzige, was passieren würde, wäre die Verabreichung einer weiteren Dosis Betäubungsmittel. Er musste wach und bei Verstand bleiben.

Wie sonst sollte er herausfinden, wo Emilia sich befand? Sie hatte einen Schock erlitten, war unterkühlt. Sie brauchte einen Arzt! Sicherlich drohte ihr eine Lungenentzündung. Julius ruckelte an seinen Fesseln. Sie waren genauso fest geknotet wie zuvor. Keine Chance, sie selbstständig zu lösen.

Langsam sah Julius sich um. Er saß seitlich vor dem Kamin, mit Blick auf die leere Tafel im Esszimmer. Durch ein Fenster konnte er die einsetzende Abenddämmerung erkennen. Die Lichter des Weihnachtsbaums waren ausgeschaltet worden. In seiner Ecke wirkte er wie ein Wächter, der stumm verfolgte, was in dem großen Raum vor sich ging. Um bei Nichtgefallen mit der Keule auszuholen und Schädel zu zertrümmern. Ein wehrhafter Gefolgsmann des Schlosses.

Julius blinzelte. Überhaupt war der Raum ungewohnt dunkel. Das Kaminfeuer stellte die einzige Lichtquelle dar. Auf dem langen Esstisch standen zwei Kandelaber, doch die Kerzen darin brannten nicht.

»Oh, Sie sind aufgewacht«, flötete Agatha mit einem ironischen Lächeln. Die alte Frau stand in der Tür zur Eingangshalle, eine große Tasche in der Hand, wie man sie zum

Einkaufen verwendete. »Wunderbar, genau zur rechten Zeit. Genau zur rechten Zeit.« Sie trat an den Tisch und setzte sich auf einen Stuhl, vielleicht fünf Meter von Julius entfernt. »Bald ist es Zeit«, bemerkte sie zu sich selbst. Konzentriert wühlte sie in der Tasche, dann zog sie einige Gegenstände hervor und stellte sie vor sich auf den Tisch. Einen Spiegel, mehrere Fläschchen, kleine Tiegel. Danach entzündete sie ein Streichholz und hielt es an die Dochte der Kerzen in einem der Kandelaber.

Julius bemerkte, dass Agathas Hände zitterten. Sie war aufgeregt. Irgendetwas war im Gange. »Wie geht es meiner Tochter?«, fragte er möglichst ruhig. Er wollte Agatha nicht die Genugtuung bereiten, dass er vor Verzweiflung heulend in seinem Rollstuhl zusammenbrach. Auch wenn er sich danach fühlte.

Agatha ignorierte die Frage. Sorgsam rückte sie den Spiegel zurecht, reihte die Schminkutensilien daneben auf wie Spielzeugsoldaten. »Bald ist es Zeit«, flüsterte sie abermals. »Hans!«, schob sie laut hinterher.

Fast augenblicklich erschien der Hausdiener in der Tür zur Küche. Er wirkte noch älter als zuvor, war förmlich in sich zusammengefallen. Schwer humpelnd machte er drei Schritte in den Raum. Über seinem gekrümmten Rücken baumelte der Kopf wie ein überreifer Apfel im Wind. Der Alte hielt den Blick fest auf den Boden gesenkt und gab keinen Ton von sich.

Agatha warf Hans einen abschätzigen Blick zu, dann widmete sie sich wieder den Utensilien auf dem Tisch. Ohne den Dienstboten anzuschauen, sprach sie in einem herrischen Tonfall zu ihm. »Ich erwarte, dass alles vorbereitet ist, Hans! So wie Philip dich instruiert hat. Alles hat reibungslos zu funktionieren. Bald ist es so weit.« Sie öffnete einen Lippenstift. »Es wird eine neue Zeit beginnen. Ich hatte schon große Sorge, es nicht mehr zu erleben. Doch nun ist es endlich so weit.« Mit einem aufmerksamen Blick in den Spiegel führte sie den Stift über ihre Lippen. Die zitternden Finger hinterließen unstete Linien blutigen Rots um ihren Mund. Doch Agatha schien es nicht zu bemerken oder sich nicht daran zu stören. Mit einem zufriedenen Nicken drehte sie den Lippenstift schließlich wieder zu. »Du bist alt, Hans. Und auch Elisabeth ist alt. Es wird nun höchste Zeit. Die Seele des Schlosses muss weiterbestehen.« Sie warf Hans, der nach wie vor unbeweglich auf den Boden starrte, einen Blick zu, in dem Hass und Trauer lagen. »Eine bessere Seele, als du es bist.«

Hans zuckte bei Agathas Worten spastisch zusammen, als habe er einen Peitschenhieb bekommen.

Mit einem zufriedenen Lächeln wendete Agatha sich wieder dem Spiegel zu. »Verschwinde!«, sagte sie herablassend.

Hans humpelte aus dem Raum, wie er ihn betreten hatte.

Agatha öffnete einen Tiegel und begann, eine helle Creme auf ihr Gesicht aufzutragen. Ein Summen kam ihr dabei über die Lippen.

Julius erkannte die Melodie. Sie gehörte zu dem alten Kinderlied, das Emilia in ihrem Bett gesungen hatte. Er schauderte. Doch ein anderer Gedanke drängte sich siedend heiß in den Vordergrund. Elisabeth? Wer war Elisabeth? Julius war nur einer weiteren alten Frau auf dem Schloss begegnet – der Äbtissin. Deren reale Existenz die Hardings vehement geleugnet hatten. Bei dieser Elisabeth musste es sich um die Äbtissin handeln. Warum hatte sie ihn zuerst mit einem Messer bedroht, ihm dann aber zur Flucht verholfen? Wenn sie in der Nähe war, konnte sie ihnen vielleicht erneut helfen? Sie hatte Kontakt zu Emilia aufgenommen, um sie aus dem Schloss zu entfernen. Der

Plan war schiefgegangen, doch es könnte einen anderen geben. Es musste einen anderen Plan geben!

Agatha schraubte den Tiegel wieder zu und stellte ihn akkurat in die Reihe zurück. Ihr Gesicht glänzte nun weiß. Der rot umrandete Mund wirkte noch grotesker als zuvor, wie eine blutige Wunde. Agatha bewunderte sich im Spiegel und stieß ein hohes Lachen aus.

Perplex verfolgte Julius ihr Tun. Warum schminkte sie sich wie ein Clown? Sie machte es sogar noch schlimmer, indem sie etwas Rosafarbenes auf die Wangen schmierte. Die Farbschichten wurden dicker und dicker. Beim Auftragen ging Agatha vom Summen zu einem leisen Singen über. »Häslein läuft voll Schrecken, hinter grüne Hecken, spricht zum Mond: Lösch aus dein Licht, dass mich sieht der Jäger nicht!« Sie begann damit, ihre Haare zu zwei seitlichen Zöpfen zu flechten. »Und der Mond, der helle, zog die Wolken schnelle, groß und klein, vor sein Gesicht, ward zur Finsternis das Licht.« Sie zwinkerte sich verschwörerisch im Spiegel zu.

Der Irrsinn schien sich geradezu greifbar im Raum auszubreiten, und er musste ihm etwas entgegensetzen. Bevor er der Nächste war, der den Verstand verlor. Er wusste: Dann gab es kein Zurück mehr.

»Wie geht es meiner Tochter?«, versuchte Julius es mit heiserer Stimme erneut. Er musste etwas tun, und wenn er nur eine Frage stellte.

»Du hast keine Tochter«, fiepte Agatha in den Spiegel und zog einen Schmollmund. Dann sah sie Julius herausfordernd an.

Unwillkürlich zuckte er zusammen. Frontal betrachtet wirkte das bemalte Gesicht der alten Frau sogar noch bizarrer. Was sollte diese Aufmachung, was bezweckte Agatha mit der hohen Stimme? Sein Blick blieb an den unsauber geflochtenen Zöpfen hängen. Sie wirkten mehr als unpassend für jemanden in diesem hohen Alter. Als versuche Agatha, in die Rolle eines Kindes zu schlüpfen ... Das war es, was Agatha hier tat! Sie machte sich als Mädchen zurecht. Deshalb hatte sie Julius gerade auch erstmals geduzt – wie ein Kind es tun würde, aber sicherlich nicht die gestandene Agatha.

Böse funkelte Agatha Julius an. »Sie sind nur noch das, was man einen Zaungast nennt, Julius«, stieß sie mit ihrer normalen Stimme aus. »Es dauert zum Glück nicht mehr lange, dann werden Sie aus meinem Blickfeld entfernt. Ich habe Sie nie leiden können, wissen Sie. Von Anfang an nicht.« Sie lächelte und entblößte dabei ihre mit Lippenstift beschmierten Zähne. »Mein Sohn wird sich um Sie kümmern. Er wartet auf den heutigen Tag genauso wie ich. Er wird Fürchterliches mit Ihnen anstellen. Unsagbar Furchtbares!« Sie lachte auf, abermals mit diesem schrillen Unterton. »Ich weiß genau, wovon ich spreche. Ich musste nämlich selbst ein Monster aufziehen, um ein anderes zu besiegen. Ist das nicht furchtbar komisch?« Ihr Lachen überschlug sich. Eine Träne rann über das weiße Gesicht. »Es ist mein Schicksal. Mir entspringen ausschließlich Monster.« Agathas Stimme brach. Eine weitere Träne folgte der ersten. Sie wandte sich wieder ihrem Spiegelbild zu, runzelte die Stirn. Dann holte sie tief Luft und zog noch etwas aus der Tasche hervor und legte es vor sich auf den Tisch.

Julius konnte von seiner Position aus nur erkennen, dass es sich um zwei kleine Gegenstände handelte, die leicht glitzerten. Haargummis, erkannte er einen Moment später, als Agatha eines davon aufnahm und andächtig über einen ihrer Zöpfe zog. Bis ganz nach oben, nahe der Kopfhaut. Sorgfältig wiederholte sie den Vorgang auf der anderen Seite. Wie eine Kriegerin, die sich zum Kampf rüstet. Julius kniff die Augen zusammen. Die Haargummis schmückte ein Schmetterling, vermutete er. Sie schimmerten bei jeder Bewegung bläulich auf.

»So muss es reichen. Bald ist es so weit«, flüsterte Agatha und nickte sich im Spiegel aufmunternd zu. »Bald ist es vorbei. Philip sollte jeden Augenblick zurück sein.« Sie schloss die Augen, atmete tief ein und aus.

»Lassen Sie Emilia gehen, bitte!«, sagte Julius. Er bemühte sich, den flehenden Tonfall aus seiner Stimme herauszuhalten. Irgendetwas sagte ihm, dass ihn Zeichen der Schwäche nicht weiterbringen würden.

»Das Mädchen gehört dem Schloss«, sagte Agatha, hielt die Augen dabei aber weiter geschlossen. »Emilia wird Elisabeth beerben. Endlich wird Ruhe herrschen. Nach all den furchtbaren Jahren.« Ein Lächeln huschte über ihr Gesicht. Sie hob die Augenbrauen und sprach mit hoher Stimme weiter. Unter den geschlossenen Lidern zuckten die Augen. »Vater war schwach, also musste ich stark sein. Ein Leben lang. Ein Leben, das keins mehr war. Doch ich hole es mir zurück.« Sie riss die Augen auf, sah Julius an. Es war die alte Agatha, die weitersprach. »Ich hole es mir zurück! Koste es, was es wolle!« Mit diesen Worten stand sie auf und verließ, ohne Julius noch einmal anzusehen, den Raum.

Wie vor den Kopf gestoßen harrte Julius in dem Rollstuhl aus. Neben ihm knisterte das Kaminfeuer. Nach einer Weile hatte er den Eindruck, als sprächen Stimmen aus den Flammen zu ihm. »Emilia gehört dem Schloss«, knackte es. »Bald ist es so weit«, prasselte es. Der Drang, sich die Ohren zuzuhalten, tat Julius geradezu körperlich weh. Er summte laut, um die Feuerzungen aus seinem Kopf auszuschließen. Doch er stoppte abrupt, als er merkte, dass es das alte Kinderlied war, das er vor sich hin brummte. Nicht dieses Lied! Er hasste es!

Wie viel Zeit vergangen war, bis er Schritte hörte, wusste Julius nicht zu sagen. Vor dem Fenster war es jetzt stockdunkel. Das Kaminfeuer glühte noch, war aber mittlerweile fast heruntergebrannt. Hoffnungsvoll blickte Julius in Richtung Eingangshalle, von wo die Geräusche kamen. Sein Herz schlug schneller. Wenn dies Elisabeth war, dann gab es noch Hoffnung. Die Frau konnte ihn befreien und zu Emilia führen. Sie war irre, wie alle anderen auf dem Schloss. Doch sie hatte ihnen schon einmal geholfen.

Philip schien immer noch nicht in der Nähe zu sein, Agatha hatte gesagt, dass sie auf seine Rückkehr wartete. Von wo, das war Julius im Augenblick egal. Hoffentlich versank er im Moor, der perverse Sadist! Hoffentlich erfror er qualvoll im Schnee! Ein Festmahl für die Krähen!

Vielleicht … konnten sie den Land Rover nehmen, um zu fliehen. Vielleicht wusste diese Elisabeth, wo genau sich der Wagen befand, wo die Zündschlüssel aufbewahrt wurden. Vielleicht … Doch die Hoffnung zerplatzte wie eine Seifenblase, als Hans ins Esszimmer schlurfte. Verzweifelt stöhnte Julius auf.

Der Alte ignorierte Julius und schleppte sich an ihm vorbei zum Kamin, wo er erst ungelenk im Feuer herumstocherte und dann einige Holzscheite nachlegte, die säuberlich an der Wand gestapelt waren. Er ächzte und stöhnte dabei. Die Arbeit schien ihm schwerzufallen.

Verzweifelt verfolgte Julius die Handgriffe des Hausdieners. »Sie bluten ja!«, stieß er hervor. Aus einem Hemdsärmel des Mannes tropfte es auf den Boden. Jetzt bemerkte Julius auch die dunklen Verfärbungen auf dem Stoff. »Blut«, wiederholte er. »Sie sind verletzt.«

Langsam sah Hans an seinem Arm hinab. Er schüttelte ihn, sodass rote Tropfen auf den Boden perlten. Dann setzte er ungerührt seine Arbeit fort.

»Sie brauchen Hilfe«, beharrte Julius. »Das sieht nicht gut aus.«

Der Alte stockte kurz. »Hilfe«, raunte er verächtlich und legte noch mehr Holz nach.

»Sie müssen eine ganz schöne Wunde haben, das ist ziemlich viel Blut.« Vielleicht konnte er etwas aus dem Mann herausbekommen, wenn er ihn in ein Gespräch verwickelte. Die Zeit drängte.

Hans reagierte nicht.

Ob Julius es offensiver angehen sollte? Er räusperte sich. »Warum bin ich hier festgebunden, Hans?«

Ein böser Blick streifte Julius. »Sie hätten gehen sollen!«, blaffte der Alte. »Jetzt hat das Monster sie geholt.«

»Wenn Sie mir helfen, Hans, dann können wir immer noch gehen«, sagte Julius mit Engelszungen. Enttäuscht bemerkte er, dass sich die grimmige Miene des Alten nicht veränderte. Doch immerhin protestierte er auch nicht. Julius entschloss sich, noch etwas mutiger zu sein. »Wenn Sie so gut sein könnten, Elisabeth mitzuteilen, dass ich hier ...« Er kam nicht weiter.

Mit einem wilden Aufschrei ließ Hans ein Holzscheit fallen. Er hob die Hände zum Kopf und riss sich büschelweise Haare aus. Dabei schrie er immer weiter – jämmerlich, wie ein tödlich verletztes Wildtier. Das Blut flog in alle Richtungen, verteilte sich auf dem Boden, auf Julius' Kleidung, in seinem Gesicht. Und der alte Mann schrie und schrie.

»I-ich ...«, stammelte Julius hilflos. Er musste würgen.

»Hans!«, brüllte Agatha. Sie stand in ihrer grotesken Aufmachung im Türrahmen. Dennoch hatte ihre Erscheinung etwas von einer kämpferischen Walküre. Ihre Augen verschossen Blitze, ihre Fäuste waren geballt. Sie stampfte drei Schritte in den Raum hinein. »Hans, es reicht!«

Der Alte brach von einer Sekunde auf die nächste zusammen. Als habe man eine Nadel in einen Ballon gestochen, verpuffte der Anfall. Hans fiel zu Boden, legte die Hände über den Kopf und begann bitterlich zu weinen.

Langsam schritt Agatha auf das Häuflein Elend zu. Aus zusammengekniffenen Augen schaute sie auf den Mann hinab, dann spitzte sie die Lippen. »Ich werde Philip berichten, wie du dich verhältst. Du bist eine Schande!«

Das Weinen nahm einen schrillen Ton an. Hans schlang plötzlich eine Hand um Agathas Knöchel. »Bitte!«, flehte er. »Bitte nicht!«

Herablassend musterte Agatha den weinenden Alten. »Du bist eine Schande«, wiederholte sie kühl. »Doch was soll man auch anderes von dir erwarten? Es muss wohl so sein.« Sie zuckte mit den Schultern.

Hans heulte auf.

»Und nun lass mich los! Nimm deine verfluchte Hand von mir, du Missgeburt!« Es sah für einen Moment so aus, als wolle sie seine Hand mit ihrem anderen Fuß wegtreten.

Zitternd ließ der Hausdiener Agathas Knöchel los und zog den Arm zu sich. Er hinterließ eine Blutspur auf dem Boden.

»Steh auf!«, herrschte Agatha ihn an.

Mühsam kämpfte Hans sich auf die Beine. Er zitterte am ganzen Körper, Tränen rannen über sein faltiges Gesicht, doch er war still. Kein Ton drang aus seinem zusammengepressten Mund.

Agatha warf ein zerknülltes Tuch in Julius' Schoß. »Knebel ihn, Hans!«, befahl sie. »Ich wäre zwar sehr dafür, ihn zu betäuben. Doch Philip möchte es anders.« Verständnislos schüttelte sie den Kopf.

»Aber es gibt doch keinen Grund ...«, schoss es aus Julius heraus. Da schob Hans ihm bereits den Stoff über den Mund und band die Enden fest am Hinterkopf zusammen.

»Zieh es richtig fest«, forderte Agatha und beäugte skeptisch, wie Hans an dem Knoten werkelte. »Ich möchte keinen Ton mehr von ihm hören. Er würde die Sache nur verkomplizieren. Vielleicht Alarm schlagen.«

Hans zog den Knoten noch ein wenig fester.

Julius stöhnte auf, als der Stoff in seine Mundwinkel schnitt. Außerdem stank er nach Mottenkugeln. Er war wie betäubt von dem widerlichen Geruch.

»Gut«, stellte Agatha zufrieden fest und nickte. Ihre Stimme wechselte in die schrille Tonlage. »Ich bin sehr aufgeregt. Bald ist es so weit! Ich habe mich so sehr auf diesen Tag gefreut.« Sie machte einen Knicks. Dann drehte sie sich einmal um sich selbst und ging schnellen Schrittes in die Küche. »Komm Hans, ich wähle das Messer aus. Du darfst mir Gesellschaft leisten, ausnahmsweise.«

Schwerfällig setzte Hans sich in Bewegung und humpelte hinter Agatha her. Sein herabhängender Arm hinterließ eine Spur roter Tropfen auf dem Fußboden.

Julius befühlte mit der Zunge das Tuch, drückte dagegen, bewegte spastisch den Mund. Das einzige Resultat bestand in dem Geschmack von Blut, der sich auf seinen Gaumen legte.

Wenn jetzt nicht noch ein Wunder geschah, dann waren sie verloren. Emilia und er. Er hatte keinen Zweifel, dass die Hardings ihren wie auch immer gearteten Plan durchziehen würden. An dessen Ende sein Tod stand. Doch was hatten diese Wahnsinnigen mit Emilia vor? Julius wurde aus Agathas Andeutungen nicht schlau. Wenn doch nur diese Elisabeth aufgetaucht wäre. Wenn doch nur ...

Das Geräusch einer Tür ließ Julius innehalten. Stimmen ertönten aus der Eingangshalle. Mehrere Stimmen! Julius setzte sich, soweit es ihm möglich war, gerade im Rollstuhl auf und starrte gebannt zum anderen Ende des Esszimmers. Eindeutig mehrere Stimmen!

»Herzlich willkommen auf Wargrave Castle«, sagte Philip fröhlich. »Es war eine anstrengende Fahrt, doch wir haben es geschafft! Dem Land Rover sei Dank.« Mit einem schrillen Unterton lachte er auf.

»Ein beeindruckendes Modell, dieser Defender«, bestätigte eine andere Stimme. Julius riss überrascht die Augen auf. Er kannte den Sprecher! Heinrich! »Der Schnee war fast kein Problem für ihn. Wir sind viel besser durchgekommen, als ich erwartet hätte.«

Julius stieß einen gedämpften Ruf aus. Emilias Großvater! Warum, zum Teufel, hatte Philip Heinrich auf das Schloss gebracht?

»Sie hätten uns sagen können, dass Sie in einem Schloss wohnen«, ertönte Susannes Stimme aus dem Nebenraum. »Diese Geheimnistuerei empfinde ich als etwas irritierend, wenn ich das so sagen darf. Sie sammeln uns in einer Nacht-und-Nebel-Aktion in London ein, erklären aber während der langen Fahrt mit keinem Wort, was denn nun genau vorgefallen ist oder wo es hingeht.« Sie klang ernsthaft verstimmt.

Nie zuvor hätte sich Julius träumen lassen, einmal glücklich zu sein, Susannes Stimme zu hören.

»Schatz«, schaltete sich Heinrich ein, »Julius hat in seiner Textnachricht geschrieben, wir sollten keine Fragen stellen, er würde uns alles erklären. Und Emilia geht es schon wieder besser.«

»Wo ist das Kind?«, fragte Susanne wie aus der Pistole geschossen. »Ich habe von vornherein gesagt, dass man Emmi nicht zu ihrem Vater schicken kann. Eine Schnapsidee.«

»Susanne, wir sind doch jetzt ...«

»Nein, Heinrich. Der Mann bekommt sein eigenes Leben nicht in den Griff, wie soll er sich dann anständig um ein

Kind kümmern können? Und kaum ist Emilia bei ihm, wird sie auch schon krank!«

»Aber es geht ihr doch …«

»Und es war abgesprochen, dass er mit dem Kind in London ist. Deshalb sind wir ja auch dageblieben. Damit wir im Notfall ein Auge auf die Kleine haben können.«

»Das weiß ich doch, aber …«

»Aber Julius schleppt das Kind auf ein Schloss!? Wie kommt er dazu? Ich weiß gar nicht, wo wir hier überhaupt sind.«

»Ihre Mäntel und Ihre Tasche, bitte«, sagte Philip zuvorkommend. »Gehen Sie doch schon voraus – dort hinein. Im Esszimmer werden Sie bereits erwartet. Dort wird sich alles aufklären.«

Geraschel und leises Gemurmel, dann betraten Susanne und Heinrich nacheinander den Raum. Julius konnte ihren Mienen entnehmen, dass Wargrave Castle sie beeindruckte. So musste er selbst ausgesehen haben, als er einen Tag vor Heiligabend das Schloss erreicht hatte. Das war erst wenige Tage her, kam ihm aber vor wie eine Ewigkeit. Wie ein anderes Leben. Zögerlich machten Emilias Großeltern ein paar Schritte in den Raum hinein, sahen sich um. Julius bewegte den Kopf hin und her, rief etwas in den Knebel, wollte das Ehepaar warnen. Der Stoff machte daraus jedoch lediglich unverständliche Laute.

Susanne bemerkte Julius zuerst. Sie riss die Augen auf, stieß einen Schrei aus und presste dann eine Hand auf den Mund. Sie trat zwei unsichere Schritte auf den Rollstuhl zu, der seitlich vom flackernden Kamin stand. Dann blieb sie stehen, die Hand noch immer auf den Mund gepresst, und drehte sich zu ihrem Mann um. Mit der freien Hand deutete sie in die Richtung des Rollstuhls.

»Julius!«, rief Heinrich aus. »Was ist mit dir geschehen?«

Eilig trat er näher, bis zum Ende des Tisches. Als benötige er den Halt, krallte er sich mit der Hand an der Tischkante fest. Erschrocken musterte Heinrich Julius, den Rollstuhl, den Verband. »Du bist verletzt«, sagte er mit erstickter Stimme. »Warum bist du gefesselt und geknebelt?« Ratlos starrte er Julius an, als erwarte er von ihm eine Antwort. Da er keine erhielt, drehte er sich zu Susanne um, die weiterhin nur dastand und eine Hand auf den Mund gepresst hielt. »Er ... er ist gefesselt ... und geknebelt«, stöhnte Heinrich. Sein Kopf verstand offenbar nicht, was seine Augen sahen. Susanne schien es nicht besser zu ergehen.

Julius verstärkte seine warnenden Laute, deutete mit dem Kopf hektisch auf die Fesseln und spreizte hilflos die Hände.

Endlich schien Heinrich zu verstehen. Er trat an den Rollstuhl heran und betastete mit ungelenken Fingern den Knoten.

»Das würde ich an Ihrer Stelle sein lassen!«, erklang es von der Tür.

Susanne stieß einen spitzen Schrei aus. »H-Heinrich«, stammelte sie. »Er hat eine Waffe!«

Gelassen stand Philip gegen den Türrahmen gelehnt, ein Gewehr im Anschlag. Er hielt es mit einem schiefen Grinsen auf Susanne gerichtet. »Kommen Sie hier herüber, Heinrich«, sagte er bestimmt. »Eine falsche Bewegung von einem von Ihnen, und ich drücke ab. Ich werde Sie übrigens so treffen, dass Sie nicht gleich tot sind. Sie sollen von den unerträglichen Schmerzen noch etwas haben.« Er fuhr sich mit der Zunge über die Lippen.

Taumelnd schleppte Heinrich sich zu Susanne. Die Unwirklichkeit der Situation stand ihm ins Gesicht geschrieben.

Mit einem Aufheulen warf Susanne sich ihrem Mann um den Hals. Zitternd klammerte sie sich an ihn.

»Sie sind eingetroffen, wie wunderbar!« Agatha betrat den Raum durch den Zugang zur Küche. In der rechten Hand hielt sie ein langes Fleischermesser. »Sie können sich nicht vorstellen, wie sehr ich mich freue!« Sie umrundete das Ehepaar neugierig, besah sich die beiden von oben bis unten, stellte sich dann neben den Tisch. »Ich bin ein wenig enttäuscht, das muss ich gestehen.« Aus zusammengekniffenen Augen beobachtete sie das sich umklammernde Paar. Ihre linke Hand strich dabei unablässig über die Seitenflächen des Messers. Dann zuckte sie mit den Schultern, lächelte breit. »Ich freue mich so sehr. Endlich lernen wir uns kennen.« Agatha hatte in die schrille Tonlage gewechselt.

»W-wer sind Sie?«, stammelte Heinrich. »Was ist mit Ihrem Gesicht?«

»Sie werden es gleich verstehen. Doch nun setzen Sie sich hierhin«, sagte Agatha und deutete auf den Stuhl am Kopfende des Tisches, »und Sie dort.« Beiläufig wies sie Susanne mit einer wedelnden Handbewegung einen Platz in der Mitte des Tisches zu.

»Aber ich …«, setzte Heinrich an zu protestieren.

»Philip«, lächelte Agatha und drehte an einem ihrer Zöpfe, »erschieß die Frau.«

Fast gleichzeitig erklangen drei Geräusche: Philip entsicherte das Gewehr, Susanne schrie gellend auf, und Heinrich keuchte: »Nein!« Fahrig sprang er zu dem ihm zugewiesenen Stuhl und setzte sich.

Zufrieden nickte Agatha. »Und nun Sie«, sagte sie, an Susanne gewandt. Nachdem Susanne sich ebenfalls hingesetzt hatte, rief Agatha in die Küche: »Hans, bring die Seile!«

Es dauerte einen Moment, doch dann schleppte der Hausdiener sich in das Esszimmer. Er war ausgesprochen blass und schien sich kaum auf den Beinen halten zu können.

»Zuerst ihn«, befahl Agatha.

Hans legte Heinrich ein Seil um das Handgelenk und knüpfte es an die Armlehne des Stuhls.

»Fester!«, gebot Agatha.

Ächzend zog Hans den Knoten fester. Dann wiederholte er den Vorgang an Heinrichs anderer Hand.

»Gut, jetzt die Frau.« Zufrieden nickte Agatha und legte das Messer auf den Tisch.

Nachdem auch Susanne festgezurrt war, blieb Hans mit gesenktem Kopf hinter ihr stehen.

Wie in einem schlechten Traum verfolgte Julius das Geschehen. Er bemerkte, dass Hans im Stehen leicht schwankte. Wahrscheinlich hatte der Alte so viel Blut verloren, dass er kurz vor dem Kollabieren stand. Der Mann wirkte uralt, als sei er hundert.

»Nun, auch von mir ein herzliches Willkommen auf Wargrave Castle«, strahlte Agatha. »Mein Name ist Agatha Harding. Ich hoffe sehr, dass Ihnen das Schloss gefällt. Es ist schon lange im Familienbesitz. Also sollten auch Sie sich hier wohlfühlen! Irgendwie.« Ihr gackerndes Lachen hallte durch den Raum. »Ich werde Ihnen nun mitteilen, warum wir hier zusammengekommen sind. Ich möchte Sie nicht auf die Folter spannen.« Während einer theatralischen Pause blickte sie eindringlich in die Runde. »Sie werden heute sterben.« Agatha faltete die Hände ineinander, schaute gespannt zwischen Heinrich und Susanne hin und her.

Susanne schluchzte auf. »Sie müssen aufhören mit diesem furchtbaren Scherz! Bitte machen Sie uns los! Sie ... Sie müssen uns verwechseln. Wir ... wir ...« Kraftlos brach ihre Stimme.

»Oh, ich verwechsele Sie nicht, meine Liebe. Ich weiß sehr genau, wer Sie sind.«

Julius musste an die Fotografien denken, die einen ganzen Raum im Westflügel füllten. Ja, es war anzunehmen, dass Agatha über ihre Gäste bestens Bescheid wusste.

»Sie nach Wargrave Castle zu bringen«, fuhr Agatha fort, »stellt den Höhepunkt meines Lebens dar. Meines furchtbaren Lebens. Meines sinnlosen Lebens. Es ist bald vorbei. Jederzeit kann es enden, das weiß ich. Daher bin ich auch so dermaßen glücklich, Sie hierzuhaben. Noch gerade rechtzeitig, kann man sagen.« Nachdenklich nickte sie. »Wenn ich mir vorstelle, auf dem Sterbebett liegen zu müssen, ohne die Gewissheit zu besitzen ...« Sie schüttelte sich schaudernd. Dann lächelte sie sanft. »Doch dazu wird es nun ja nicht mehr kommen. Sie sind hier.« Sie deutete auf Heinrich. »*Sie* sind hier.«

»Ich verstehe nicht«, krächzte Heinrich. »Was wollen Sie von uns? Und wo ist überhaupt Emilia?«

»Um das Kind brauchen Sie sich keine Gedanken mehr zu machen«, winkte Agatha ab. »Ich werde Ihnen aber gerne erklären, warum Sie hier sind.« Sie machte einen Schritt auf Heinrich zu. »Ich habe lange überlegt, ob ich Sie nicht einfach sofort töten sollte. Doch ich bin zu dem Entschluss gekommen, dass ich erzähle, warum es geschehen wird. Es wird mir guttun, die Wahrheit auszusprechen.«

»Wir kennen Sie aber doch gar nicht«, schluchzte Susanne auf.

»Wenn sie noch einmal ungefragt etwas sagt, dann erschieß sie, Philip«, befahl Agatha mit einem wütenden Blick auf die zitternde Frau.

Philip nickte begeistert.

Panisch schnappte Susanne nach Luft. Sie war leichenblass.

Agatha wandte sich wieder Heinrich zu. »Ich werde also eine Geschichte erzählen. Es ist keine schöne Geschichte.« Traurig schüttelte sie den Kopf. »Und sie findet kein glückliches Ende. Für niemanden, der darin vorkommt. Doch so ist es nun einmal. Das Leben ist kein Märchen, in dem am Ende Gerechtigkeit herrscht.« Für einen Moment schaute sie in die Ferne. Dann zog sie einen Stuhl zu sich heran und setzte sich. »Die Geschichte beginnt mit meinem Vater, Henry. Er arbeitete seinerzeit für die britische Regierung. Direkt nach Kriegsende ging er nach München. Er war ein Verbindungsmann zu den amerikanischen Alliierten dort. Ein inoffizieller Botschafter, könnte man wohl sagen. Ein überaus fleißiger Mann, mein Vater. Unermüdlich. Er tat alles für sein Vaterland. Verschloss auch die Augen vor dem Leid seiner Familie, wenn es der Krone diente. Seine Familie bestand aus mir, müssen Sie wissen. Mutter verstarb bei meiner Geburt. Vielleicht hat Henry deshalb ein Leben lang so verbissen gearbeitet. Wie ein Ertrinkender. Er nahm mich mit nach München. Damals, direkt nach dem Krieg. Ich war gerade zwölf Jahre alt. Deutsch sprach ich bereits sehr gut, da mein Kindermädchen aus Österreich stammte. Oh, München war ein Abenteuer, auf das ich mich wahrlich freute!« Agatha lachte auf, voller Sarkasmus. »Vater arbeitete rund um die Uhr, traf sich mit Amerikanern, Briten, Deutschen. Doch während ich mich gut auf Deutsch verständigen konnte, sprach Vater keine Silbe. Er bediente sich daher immer wieder eines Dolmetschers, den er zu den Terminen mitnahm. Ein sympathischer junger Mann. Ich gestehe, ich hatte mich ein wenig in ihn verliebt. Er hatte einen versehrten Arm, von Geburt an, doch das trug noch zu seinem Charme bei.«

Heinrich runzelte die Stirn, schüttelte leicht den Kopf.

»Eines Tages schlug der Mann mir vor, mich frühmorgens zu treffen. Er wolle mir etwas zeigen, ich dürfe meinem Vater aber nichts davon berichten. Es sei eine famose Überraschung. Naiv, wie ich war, ging ich darauf ein. Schließlich war München ein Abenteuer für mich. Daher stahl ich mich wie verabredet aus dem Haus und traf mich eines strahlenden Morgens zwischen Trümmern mit dem Mann. Er hieß Joseph.«

Heinrich schnappte nach Luft.

»Joseph war jedoch alles andere als nett zu mir, als wir uns trafen.« Agatha hatte beide Hände auf dem Tisch abgestützt und schaute Heinrich unverwandt an, während sie weitersprach. »Seine Überraschung bestand darin, dass er sich als ganz und gar nicht freundlich erwies. Es war mehr so, als sei er zu einer anderen Person geworden. Einem Monster. Zur Begrüßung presste er mir eine Hand auf den Mund und zog mich zu einem Loch im Boden. Natürlich versuchte ich mich zu wehren. Ich biss ihm in die Hand, doch Joseph war stark. Erstaunlich stark für jemanden, der einen versehrten Arm hatte. Er warf mich kurzerhand in das Kellerloch hinab. Ich schlug auf dem Boden auf, verlor wohl kurz das Bewusstsein. Als ich wieder zu mir kam, war ich an einem anderen Ort. Immer noch in dem finsteren Keller, und gleichzeitig mitten in der glühenden Hölle.

Joseph hatte mir die Kleider vom Leib gerissen und schlug mit etwas Scharfkantigem auf mich ein. Tief schnitten die Schläge in mein Fleisch. Ich konnte nicht einmal richtig schreien, so überwältigend waren die Schmerzen. Dann, als ich kaum noch bei Sinnen war, biss er mich. Wie ein Hund. Wie eine Bestie. Kein Mensch.« Agatha verstummte. Ihre Mundwinkel zitterten. »Ein Monster«, flüsterte sie leise. Dann räusperte sie sich, sprach gefasst weiter. »Ich muss erneut die Besinnung verloren haben. Als ich wieder zu mir kam, hörte ich ein heftiges Stöhnen an meinem Ohr. Es dauerte ein paar Augenblicke, erst dann spürte ich die Schmerzen in meinem Unterleib. Wieder und wieder, als fahre ein Messer in mich hinein.« Sie stockte und schloss die Augen. Als sie sie wieder öffnete, funkelten sie voller Zorn. »Nachdem er sich an mir vergangen hatte, flüsterte er mir ins Ohr, er werde mich nun töten. Die Augen wolle er mir ausstechen. Ich dürfe ihn auch im Tod nicht mehr ansehen. Das sagte er. Und dann begann er, dieses Lied zu singen. Das Kinderlied von dem Hasen und dem Jäger.« Agatha summte einige Takte vor sich hin, Tränen sammelten sich in ihren Augenwinkeln. »Bis heute weiß ich nicht, was genau weiter geschah. Ich glaube, er hielt inne und lauschte. Hatte wohl irgendetwas gehört. Draußen, vor dem Kellerloch. Vielleicht kam zufällig jemand vorbei? Jedenfalls sprang er plötzlich auf, schlug mir mit irgendetwas gegen den Kopf. Er wollte mich töten, da bin ich mir absolut sicher.« Sie lachte auf. »Hätte er es doch nur getan. Doch ich erwachte irgendwann in der Dunkelheit, das Gesicht voller Blut. Der Körper zerfetzt. Mein Kleid anzuziehen dauerte sicherlich eine Stunde. Ich kroch aus dem Loch hervor, schleppte mich nach Hause. Niemand sprach mich unterwegs an. Niemand interessierte sich für ein schwer verletztes zwölfjähriges Mädchen. Niemand. Und ich war erleichtert, dass es so war.

Vater war nicht zu Hause. Ich säuberte mich, so gut es ging. Später erzählte ich ihm etwas von einem Unfall. Ich sei beim Klettern einen Trümmerberg hinuntergestürzt. So etwas passierte. Eine Krankenschwester kam zu uns ins Haus. Sie versorgte die Wunden. Stellte keine Fragen. Niemand stellte Fragen. Also sagte ich auch nichts.

Ich begegnete Joseph noch ein einziges Mal. Es gibt ein Foto, das ihn mit mir und Vater zeigt. Er brauchte mich nur anzusehen, und ich wusste Bescheid: Sollte ich etwas sagen, würde er mich töten. Er deutete auf meine Augen, und ich wusste Bescheid. Ich sagte nichts, verriet nichts. Joseph hörte auf, für Vater zu arbeiten. Doch er blieb immer bei mir, in meinem Kopf. In meinem Körper. Und er quälte andere Mädchen, tötete sie. Die Stadt war wie paralysiert von seinen furchtbaren Taten. Jedes neue Opfer war eine unausgesprochene Warnung an mich, den Mund zu halten und dankbar zu sein, dass ich davongekommen war.« Agatha zog eine Grimasse und schüttelte den Kopf. »Dankbar«, sagte sie ironisch.

»Das kann nicht sein«, hauchte Heinrich. »Das stimmt nicht!«

»Das stimmt nicht?«, schrie Agatha auf. »Sie wagen es, an meinem Leben zu zweifeln? Sie glauben, etwas Derartiges könne man erfinden? Dann frage ich Sie: Was ist hiermit? Das stimmt auch nicht?« Sie stand auf und riss ihre Bluse hoch. Darunter kam zerschundene Haut zum Vorschein. Lange Narben überzogen ihren Oberkörper wie ein makabres Muster.

Susanne gab ein gurgelndes Geräusch von sich.

Agatha zog die Bluse wieder herunter. Sie sprach mit schriller Stimme weiter. »Ihr Vater ist ein Monster, Heinrich! Doch ich werde ihn bezahlen lassen. Er hat alles zerstört. Alles!«

»Das kann nicht sein.« Heinrich schüttelte den Kopf. »Es ist nicht möglich. Vater ... er ist achtundneunzig. Er ... er ist schwer krank.«

»Das ist mir bekannt«, frohlockte Agatha. »Deshalb sitzen Sie hier. Übrigens sehen Sie ihm enttäuschend wenig ähnlich, mein Lieber. So unähnlich geradezu, dass ich kurz an der Verwandtschaft gezweifelt habe. Bis ich das kleine Feuermal an Ihrer Schläfe sah. Das haben Sie von ihm.«

Heinrich starrte Agatha mit offenem Mund an.

»Ich habe mich immer wieder gefragt, warum die Morde plötzlich aufgehört haben. Von einem Tag auf den anderen gab es keine toten Mädchen mehr. Nun, die Erklärung ist natürlich ganz einfach. Joseph hat München verlassen. Vielleicht waren die Amerikaner ihm auf den Fersen. Es hieß damals, dass sie Himmel und Hölle in Bewegung gesetzt haben, um ihn zu fangen. Himmel und Hölle. Und was tat ich? Ich versuchte zu vergessen. Mein Leben war vorbei, doch ich versuchte zu vergessen. In dem finsteren Kellerloch war ich gestorben. Doch ich versuchte, es zu vergessen.« Ein Zittern durchlief Agathas Körper. »Ich heiratete sogar. Um zu vergessen. Doch lange hielt mein Mann es nicht mit mir aus, er verschwand in die Vereinigten Staaten, starb dort vor vielen Jahren. Ich konnte einfach nicht vergessen. Die Kunst hat mir ein wenig geholfen. Das Geld meines Vaters, das Geld meines Mannes – es floss zu einem großen Teil in Kunstwerke. Wenn ich sie mir anschaue, dann kann ich fast vergessen. Für einen kurzen Augenblick. Es sind die wertvollsten Momente in dem, was man ein Leben nennt.

Und ich stehe jetzt am Ende dieses Lebens. Wissen Sie, Heinrich, was das bedeutet? Es bedeutet, dass ich meinen Fehler erkenne. Vergessen konnte niemals die Lösung sein. Daher, Heinrich, sitzen Sie heute hier. Ich berichtige meinen Fehler. Auf die letzte Minute. Doch ich berichtige ihn.«

»Aber ich kann doch nichts …«, setzte Heinrich an. Agathas Lachen unterbrach ihn.

»Niemand kann etwas dafür, Heinrich. Sie nicht. Ich nicht. Nur Joseph trägt die Schuld! Doch wir alle«, sie breitete die Arme aus, »müssen dafür bezahlen. Ich tue es seit über sieben Jahrzehnten. Nun sind Sie an der Reihe.«

»Vater lebt in Argentinien, schon immer. Ich – ich bin dort geboren. Es – es …«, stammelte Heinrich.

Agatha nickte. »Er setzte sich ab, nach Südamerika. Bekam wohl kalte Füße. Nahm einen anderen Nachnamen an, gründete eine Familie. Mit einer deutschen Emigrantin. Ich weiß, ich weiß. Vor einem Jahr habe ich es herausgefunden. Als mir klar wurde, dass ich niemals vergessen würde. Als mir klar wurde, dass ich mich dem Monster stellen muss. Seit über sieben Jahrzehnten lebt es in mir. Es singt mir immer wieder sein Lied vor. Immer wieder.

Ich habe jemanden beauftragt, Josephs Geschichte herauszufinden. Ich kannte seinen ursprünglichen Namen, wusste, dass er außer für Vater vor allem auch für die Amerikaner gedolmetscht hat. Im Schwabinger Krankenhaus war er oft, um Gespräche mit Patienten zu übersetzen. Ich wollte erfahren, was aus ihm geworden war. Wo er gestorben war. Wo begraben.« Agatha schüttelte den Kopf. »Ich rechnete natürlich damit, dass Joseph längst tot war. Und ich dachte, wenn ich die Umstände seines Lebens, seines Todes kannte, vielleicht konnte ich dann auch das Monster aus meinem Kopf verbannen.« Nachdenklich drehte sie eine Runde durch das Zimmer, um schließlich wieder am gleichen Platz zum Stehen zu kommen. »Es war ein Schock, als ich erfuhr, dass der Mann noch lebt. In einem Pflegeheim in Argentinien. Dass er eine Familie besitzt. Eine *Familie!* Sie, Heinrich. Sandra. Und Emilia. Ich war überwältigt von dieser zum Himmel schreienden Ungerechtigkeit.« Agathas Hände zitterten vor Wut. »Das Monster, das mein Leben und meine Familie zerstört hat, besaß einen Sohn, eine Enkelin, eine Urenkelin. Derweil saß ich auf diesem Schloss, und jeden Tag, jeden verdammten Tag wurde ich an die Schmerzen erinnert. An meinen Tod in dem finsteren Loch. Jeden einzelnen Tag lang!« Zitternd vor Wut beugte Agatha sich nach vorne, Heinrich entgegen. »Dafür hat Ihr Vater gesorgt, Heinrich. Auf eine Art, wie sie nur ein wahres Monster zustande bringt.« Ruckartig richtete Agatha sich auf. »Darf ich Sie mit Ihrem Bruder bekannt machen, Heinrich? Hans, der Sohn Ihres Vaters.«

Julius' Blick schoss zu dem Hausdiener, der weiterhin regungslos hinter Susanne stand. Was sagte Agatha da? Hans war ihr Sohn, aus der Vergewaltigung hervorgegangen? Auf dem Bild in dem Fotoalbum war das Mädchen also schwanger gewesen – daher die plötzliche Leibesfülle. Verdammt, Hans war Philips Halbbruder. Und sie *hassten* ihn! Er war die leibhaftige, fleischgewordene Erinnerung an das schreckliche Verbrechen, dem Agatha zum Opfer gefallen war!

»Sie ... Sie lügen ...«, hauchte Heinrich.

Ungerührt fuhr Agatha fort: »Ich bekam das Kind in einem einsamen Dorf in Deutschland. Vater stellte keine Fragen. Er nahm wohl an, ich hätte mich mit einem Soldaten eingelassen. Ich! Zwölfjährig! Oder er wollte sich der Schande nicht stellen. Jedenfalls wurde Hans nach unserer Rückkehr hierher aufs Schloss von einer Amme aufgezogen. Niemand durfte erfahren, dass er mein Sohn war. Vaters Verbindungen kamen da sehr gelegen.« Agatha nickte. »Das tun sie bisweilen heute noch. Wie dem auch sei: Sobald er alt genug war, bekam er Arbeit auf dem Schloss.« Sie blickte zu Hans hinüber, der reglos zuhörte. »Er ist der Hausdiener, nichts weiter!«, spie sie aus.

Hans senkte den Kopf noch ein Stück weiter.

»Nichts weiter«, betonte auch Philip, der immer noch am Türrahmen lehnte und das Gewehr neben sich hielt. Er wirkte, als ginge ihn das ganze Schauspiel persönlich nichts an.

»Doch Hans genügte wohl nicht als Strafe.« Agatha verschränkte die Arme vor der Brust. Erstmals erkannte Julius in ihrem Gesicht Trauer und Pein. »1962 bekam ich ein Baby. Zwei Jahre vor Philips Geburt. Ein kleines Mädchen.« Agatha schluckte. »Elisabeth.«

Elisabeth! Die Äbtissin! Julius schüttelte den Kopf. Er

verstand nicht. Es lebte eine Tochter von Agatha auf dem Schloss? Und diese Tochter hatte ihnen bei dem Fluchtversuch geholfen?

»Ich hatte zum ersten Mal Hoffnung, über das Grauen hinwegzukommen. Elisabeth war mein Ein und Alles. Sie heilte etwas in mir. Einfach, weil sie da war. Weil sie mich liebte. Weil ich sie liebte.« Agatha wischte sich über die Augen, verschmierte dabei die Schminke zu einem weiß-rosa Brei. »Als sie mit gerade einmal sechs Jahren starb, starb auch das letzte bisschen Leben, das in mir überdauert hatte. Das Schloss ist kalt seit dem Morgen, an dem ich sie in ihrem Bettchen fand. Manchmal kann ich ihr Lachen immer noch durch die Gänge schallen hören. Das Schloss war ihr Zuhause. Sie hat es mit einer Lebendigkeit gefüllt, die herzerfrischend war. Bis zu jenem Morgen.« Agatha schwankte und musste sich mit beiden Händen an der Tischkante festhalten. »Ihre Organe waren unterentwickelt. Eine Fehlbildung, die man ihr nicht ansah.« Sie deutete mit einer zitternden Hand auf Heinrich. »Joseph hat auch meine kleine Elisabeth auf dem Gewissen. Sie wuchs nicht in mir, wie es hätte sein sollen. Weil er etwas in mir kaputt gemacht hat, damals, in dem finsteren Loch. Das ist der Grund, da bin ich mir sicher.«

Elisabeth war in der kleinen Kirche aufgebahrt worden, begriff Julius. Agatha Harding hatte sich nicht von ihrer Tochter trennen können. Auch nicht im Tod. Erst recht nicht im Tod. Doch wer war die Äbtissin? Wer hatte ihnen den Weg aus dem Schloss gewiesen?

»Philip ist alles, was mir geblieben ist«, flüsterte Agatha. »Er ist meine einzige Stütze. Und er wird meine Rache ausführen.« Sie lächelte Philip unter Tränen zu. »Die Zeit drängt. Doch ich werde dieses armselige Leben nicht ohne das Wissen verlassen, dass ich meinem Peiniger einen großen Schmerz zugefügt habe!« Sie richtete sich auf, strich ihre Bluse glatt. »Es war eine Fügung des Schicksals, dass Josephs Urenkelin nach London kam. Philip erfuhr davon, als er Ihnen in München folgte. Wir mussten nur noch dafür sorgen, dass Julius sie zu uns nach Wargrave Castle brachte.« Dankbar nickte Agatha Philip zu. »Und hier wird Emilia bleiben. Für immer.«

»Was reden Sie da?«, rief Heinrich aus. »Das Kind kann hier nicht bleiben!«

»Oh, natürlich kann sie. Und sie wird es auch. Sie wird eine Lebendigkeit und Freude in dieses Schloss tragen, die es seit Elisabeth nicht mehr gegeben hat. Niemand weiß, dass sie hier ist. Niemand außer Ihnen, verehrte Anwesende.« Das Grinsen auf Agathas Gesicht stand dem aufgerissenen Maul eines Haifisches in nichts nach. »Emilia gibt mir ein wenig von der Freude zurück, die ich damals mit meiner Tochter erfahren habe. Und wenn ich nicht mehr bin, dann bleibt sie in Philips Obhut.«

Julius stöhnte auf. Der Magen drehte sich ihm um.

»Emilia erinnert mich sehr an Elisabeth, müssen Sie wissen.« Ein versonnenes Lächeln legte sich auf Agathas Gesicht. »Es wird ihr an nichts fehlen. Und ich erlöse sie von der Familie, die dem Monster entspringt. Emilia wird Sie alle schnell vergessen haben«, sagte Agatha mit einem Abwinken. »Es wird ihr auch nicht schwerfallen, sich an den neuen Namen zu gewöhnen: Elisabeth.«

»Sie sind verrückt!« Heinrich ruckelte an seinen Fesseln. »Das können Sie nicht machen!«

Agatha lachte auf. »Als wenn das schon alles wäre. Sie werden heute sterben, das sagte ich wohl bereits. Und eine Aufnahme Ihres toten Körpers, Heinrich, wird den Weg bis nach Argentinien finden. Bis zu Joseph wird sie gelangen. Und er wird wissen, dass sie von mir kommt. Ein Abschiedsgeschenk an das Monster.« Agatha fiel in die schrille Tonlage zurück. »Die kleine Agatha weiß sich nämlich zu wehren!« Sie hustete, sprach normal weiter. »Ich hätte ihn natürlich auch töten lassen können – für Geld bekommen Sie heutzutage alles. Doch welchen Sinn hätte das ergeben? Er stirbt sowieso jeden Augenblick. Während seiner letzten Atemzüge soll er aber wissen, dass sein Sohn tot ist. Dass *er* ihn bereits vor Jahren umgebracht hat, als er sich grausam an den Mädchen verging.« Zufrieden nickte Agatha. »Ich werde mit der Gewissheit aus diesem Leben treten, dass die Waage der Gerechtigkeit wenigstens ein wenig ausgeglichener ist. Was mehr könnte ich mir wünschen? Alles andere, was ich vom Leben erwartet habe, ist vor einundsiebzig Jahren in München gestorben. In einem finsteren Kellerloch.« Sie hob das Kinn in die Höhe und funkelte auf Heinrich hinab.

»Was wird aus mir, Mutter?«, flüsterte eine Stimme. Eine Stille breitete sich im Raum aus, in der zugleich Schreck und Überraschung klangen. Alle Augen richteten sich auf Hans. Er hielt den Kopf weiterhin gesenkt.

»*Nenn mich nicht so!*«, schrie Agatha gellend auf. »Ich habe es dir verboten! Ich habe ...« Sie presste die Hände vor ihr Gesicht.

Philip rannte zu Hans und packte ihn am Schlafittchen. »Untersteh dich!«, brüllte er. »Du Dreckschwein! Du bist Abschaum! Nichts weiter. Du gehörst nicht zur Familie. Nenn Mutter nie wieder so!«

Wimmernd hob Hans zum Schutz einen Arm, wollte sich zur Seite wegdrehen. Dabei traf sein Ellbogen die Nase seines Halbbruders. Sofort sprühte Blut aus Philips Gesicht.

»Das hast du mit Absicht getan!«, kreischte Philip und hielt sich mit der freien Hand die Nase. Zwischen den Fingern quoll Blut hervor. Mit der anderen Hand umfasste er das Gewehr am Lauf. Er holte aus und rammte Hans den Kolben in den Magen. »Ich mach dich fertig!«

Hans ächzte auf und krümmte sich zusammen.

Philip drehte den Kolben nach unten, hielt den Lauf des Gewehres mit beiden Händen fest. Rote Flüssigkeit lief an dem Metalllauf hinab. Der Lauf der Waffe rutschte in den blutverschmierten Händen Zentimeter für Zentimeter nach unten. »Hat die Begegnung mit meinem OP-Besteck dir für heute nicht gereicht? Dich bringe ich als Nächstes in den Westflügel, Hans!«, schnaubte Philip voller Wut. »Und dann nehme ich dich auseinander. Stück für Stück! Ich weiß ja, wie dir das gefällt.« Er lachte höhnisch auf. »Davon kannst du gerne mehr haben.«

Julius rechnete damit, dass Hans auf der Stelle zusammenbrechen würde. Er war geschwächt, hatte bereits einiges an Blut verloren.

Wirklich krümmte der alte Mann sich weiter zusammen. Doch plötzlich hielt er in seiner gebeugten Haltung inne. Griff nach dem Gewehrkolben und drückte ihn nach oben. Ein ohrenbetäubender Knall explodierte, als der Abzug gezogen wurde. Flüssigkeit und Knochensplitter schossen durch den Raum. Zwei Herzschläge später schlug Philip der Länge nach auf den Boden. Seine untere Gesichtshälfte war verschwunden.

Der Knall hallte noch in Julius' Ohren, da wurde er von einem markerschütternden Schrei abgelöst. Mit grotesk verzerrtem Gesicht, in dem nicht zu erkennen war, was rote Schminke und was Philips Blut war, schrie Agatha sich die Seele aus dem Leib. Für einen Augenblick sah es so aus, als wolle sie zu ihrem toten Sohn niederstürzen. Doch die alte Frau hielt inne, ohne mit dem Schreien aufzuhören. Sie blickte von der Leiche zu Heinrich und zurück. Dann ergriff sie mit zitternden Fingern das auf dem Tisch liegende

Fleischermesser. Julius erkannte, was Agatha vorhatte, und schrie in seinen Knebel. Er sah, dass auch Heinrich es verstand, und ein schneller Seitenblick zeigte ihm, dass Susanne besinnungslos in ihrem Stuhl hing. Beinahe beneidete Julius sie.

»Nein!«, schrie Heinrich auf. »Nein!« Er warf sich in seinem Stuhl zurück, der ein paar Zentimeter über den Boden nach hinten rutschte. »Nein!«

Mit beiden Händen rammte Agatha Heinrich das Messer in den Bauch. Dabei hörte sie nicht auf zu schreien.

Heinrich starrte ungläubig an sich hinab.

Agatha zog das Messer aus Heinrichs Körper und ließ es auf den Boden fallen. Dann wich sie langsam nach hinten zurück. »Ich ... das ...«, hauchte sie. Weiter und weiter stolperte sie von Heinrich, aus dessen Wunde Blut rann, weg. »Ich ...«

Direkt neben Julius blieb Agatha stehen. Mit weit aufgerissenen Augen starrte sie auf das Blutbad. »Ich ... ich muss sie alle töten«, flüsterte sie zu sich selbst. Schwankend rieb sie ihre Stirn. »Niemals dürfen sie das Schloss verlassen.«

Julius überlegte nicht. Er hatte keinen Plan. Er wusste nicht, was genau er tat. Er setzte einfach nur einen Fuß auf den Boden und drückte sich ab. Der Rollstuhl vollführte eine halbkreisförmige Bewegung. Mit beiden Beinen, ohne an den verletzten Fuß zu denken, schob sich Julius mit Schwung nach hinten und in Agatha hinein, die schreiend zur Seite stürzte und mit den Armen in der Luft ruderte.

Sie fiel in den Kamin, und ihre Schreie wurden lauter, als das Feuer ihre Haut versengte. Verzweifelt versuchte sie, aus den Flammen hochzukommen.

Julius spürte die Hitze in seinem Rücken. Er hörte die gellenden Schreie hinter sich und schloss die Augen. Der

Geruch von verbranntem Fleisch ließ ihn würgen. Die Schreie endeten abrupt.

Julius öffnete die Augen, als der Rollstuhl sich bewegte. Hans zog ihn mit schmerzverzerrtem Gesicht aus der Hitze des brutzelnden Kamins. Dann stolperte der alte Mann zu dem blutverschmierten Messer, das auf dem Boden lag. Er schleppte sich zurück zum Rollstuhl und begann ungelenk, Julius' Fesseln aufzuschneiden. »Ich habe Sie vor dem Monster gewarnt«, stöhnte er atemlos.

Dreiunddreißigstes Kapitel

München, 2017

Hand in Hand stiegen Julius und Emilia aus der Tram. Schneeflocken umschwebten sie still. Emilia jauchzte auf und versuchte, mit ihrer Zunge eine Flocke einzufangen. Julius navigierte sie schmunzelnd zwischen den Passanten hindurch. Er verfiel dabei in ein leichtes Humpeln. Der Fuß schmerzte immer noch, vor allem in der Kälte. Der Arzt hatte ihm erklärt, dass die Wunde gut verheilt sei und es sich um einen Phantomschmerz handele. Das Wort gefiel ihm nicht.

Emilia rieb sich die Nase. Ihre Fröhlichkeit war plötzlich verflogen. »Bei Schnee muss ich immer an das Schloss denken«, sagte sie leise.

»Das verstehe ich, Emmi«, antwortete Julius. »Das geht mir genauso.« Wobei er eigentlich immer an das Schloss dachte, Schnee hin oder her. Ob er jemals *nicht* an Wargrave Castle und seine wahnsinnigen Bewohner denken würde? Vielleicht, irgendwann einmal. Im Augenblick waren die Ereignisse wohl noch zu frisch.

»Darf ich dich etwas fragen, Papa?«

»Aber natürlich.« Er hatte mit Sandra vereinbart, Emilia möglichst alles zu erklären, was sie wissen wollte. Die Psychologin hatte ihnen dringend dazu geraten.

»Was wird jetzt mit dem Schloss passieren?«

»Es wird Hans gehören, denke ich«, überlegte Julius. »Das weiß ich natürlich nicht genau, doch er ist immerhin Agathas Sohn.«

»Aber Hans ist in einer Klinik.«

»Das stimmt. Doch er wird sicher nicht für immer da bleiben. Der Arme ist allerdings ziemlich mitgenommen. Die Hardings haben ihn nicht gut behandelt, all die Jahre.« Gelinde gesagt. Hans war regelmäßig gequält und misshandelt worden. Psychisch von Agatha und physisch von seinem Halbbruder. Doch Details brauchte Emilia nicht zu wissen über die Leiden jenes Mannes, der als Heinrichs Halbbruder im Grunde ihr Großonkel war.

»Und sie haben ihn gezwungen, sich als Äbtissin zu verkleiden«, erinnerte sich Emilia empört.

Man muss wohl sagen, als Elisabeth, dachte Julius. Elisabeth, deren Andenken Agatha mit allen Mitteln aufrechterhalten wollte. Weshalb sie ihren Sohn immer wieder zwang, eine Verkleidung zu tragen. So wurde er zu Elisabeth, in deren Fußstapfen nun Emilia hatte treten sollen. In seiner Verkleidung war der arme Mann durch das Schloss gestrichen, hatte die Neuankömmlinge beobachtet, hin- und hergerissen, sie als Bedrohung zu sehen oder sie warnen zu wollen. Doch das konnte Julius dem Kind ebenfalls nicht sagen. Daher nickte er nur.

»Wenigstens geht es Opa gut. Ein Glück, dass dir das Verbandszeug in dem Operationssaal eingefallen ist, Papa.«

»Und ein Glück, dass Hans wusste, wo die Hardings mein Telefon versteckt hatten. Sonst hätte ich den Notarzt nicht rechtzeitig anrufen können.«

Emilia nickte heftig. »Oh, den Hubschrauber habe ich gesehen! Von meinem Zimmer aus. Er hat den ganzen Schnee aufgewirbelt, als er gelandet ist.«

»Es war gut, dass du oben gewartet hast, bis alles geklärt war, Schatz. Ich bin sehr stolz auf dich. Du hast das toll gemacht.«

»Na ja, ich war ja auch eingesperrt«, gab Emilia zu. »Sonst wäre ich dich natürlich suchen gekommen, Papa! Ich habe mir die ganze Zeit Sorgen gemacht, ob es dir gut geht. Da war so viel Blut im Schnee.«

Julius wuschelte durch Emilias Haar.

»Ich habe Agatha immer wieder nach dir gefragt, aber sie wollte mir nichts sagen.«

»Wir sind gleich da, Schatz.« Julius deutete auf ein großes Gebäude am Ende der Straße.

»Meinst du, Opa Heinrich ist sehr traurig, weil er nicht zu der Beerdigung von seinem Papa fliegen kann? In das Land, das so weit weg ist.«

Ausweichend zuckte Julius mit den Schultern. Eine schwierige Frage, auf die wohl nur Heinrich selbst eine Antwort geben konnte.

»Bist du traurig, dass du aus England fort bist?«, wollte Emilia wissen.

»Traurig?« Julius überlegte für einen Moment. »Nein, ich bin nicht traurig. Ich bin glücklich, dass ich in deiner Nähe bin. Wir können uns jetzt immer sehen, wenn wir möchten.«

»Ich bin auch glücklich, Papa!« Emilia drückte Julius' Hand. »Und ich freue mich, Opa wiederzusehen. Also, meinen anderen Opa, nicht Heinrich. Deinen Papa.«

»Das letzte Mal hast du ihn gesehen, da warst du drei Jahre alt. Daran kannst du dich sicher nicht erinnern.«

Emilia schüttelte den Kopf.

»Mein Vater kann sich auch an viele Dinge nicht erinnern. Deshalb lebt er in dem Pflegeheim. Es kann sogar sein, dass er mich nicht erkennt, wenn wir zu ihm gehen. Erschreck dich also nicht.«

Sie betraten das Gebäude und fragten an der Information nach der Zimmernummer. Dann nahmen sie den Aufzug in den dritten Stock.

»Ist er alt?«, fragte Emilia, als sie auf der Etage angekommen waren. »Vergisst er deshalb so viel?«

»Es ist wegen der Krankheit, dass er vergesslich ist. Aber ja, er ist schon alt, siebenundsiebzig. Er war schon alt, als ich geboren wurde.« Julius rechnete nach, während sie den Gang hinuntergingen. »Neunundvierzig.«

»Oh!«, sagte Emilia.

Sie hielten vor einer Tür.

Julius merkte, wie sein Herz schneller schlug. Er hatte zu seinem Vater nie ein enges Verhältnis gehabt. Das letzte Mal hatte er ihn nur kurz gesehen, als er sich wegen Emmi mit Sandra in München getroffen hatte. Julius war nach dem Tod seiner Mutter und der fast zeitgleichen Trennung von Sandra in eine Depression geraten und hatte sich mit Angstzuständen in psychotherapeutische Behandlung begeben. Und sein Vater war ihm dabei keine Unterstützung gewesen. Irgendwie trug er ihm das bis heute nach, gestand sich Julius ein. Er hätte ihn gebraucht, doch vielleicht war sein Vater zu der Zeit selbst schon zu krank gewesen. Bis heute hatten sie jedenfalls nie wirklich darüber gesprochen, dass Julius nach seiner Genesung dringend einen Tapetenwechsel benötigt hatte und deshalb alleine nach London gezogen war. »Bereit?«, fragte er Emilia, doch eigentlich richtete er die Frage an sich selbst.

Das Kind nickte.

Julius klopfte an die Tür und betrat mit Emilia an der Hand das Zimmer. Sein Vater saß auf der Bettkante und blickte ihnen entgegen.

»Junge!«, sagte der Mann und stand auf.

Erleichtert atmete Julius aus und umarmte seinen Vater. »Papa, wie geht es dir?«

»Gut, gut. Sag, wer ist die junge Dame, die du mitgebracht hast? Ist das meine Enkelin?« Der alte Mann lächelte Emilia freundlich an.

»Ich bin die Emmi«, sagte Emilia. »Hallo, Opa Helmut.« Sie reichte ihm ihre kleine Hand.

Helmut schüttelte sie mit gespieltem Ernst. »Ich freue mich, dich zu sehen, Emmi.« Er musterte das Kind, dann tippte er an seine Nasenspitze. »Ich glaube, ich habe etwas für dich.« Er trat an einen Schrank und zog eine Schublade auf. »Ich glaube, es wird dir gefallen.« Er kramte in der Schublade, während er weitersprach. »Es gehörte meiner Mutter Gisela, Julius' Oma. Er hat sie nie kennengelernt, weißt du. Sie starb direkt nach dem Krieg. An einer Lungenentzündung. Ich muss damals etwa so alt wie du gewesen sein, Emmi.« Seine Hand stockte. »Ich bin dann bei meiner Tante Helene aufgewachsen. Wir waren ziemlich gebeutelt durch den Krieg. Meine Mutter hatte alles verloren. Ich habe nur diese eine Sache nach ihrem Tod von ihr erhalten.« Er drehte sich um und lächelte. »Und heute ist die richtige Gelegenheit, sie dir zu schenken. Da ist das gute Stück.« Er hielt Emilia etwas auf seiner ausgestreckten Hand entgegen. »Nimm es ruhig, ich schenke es dir.«

»Ein Haargummi!«, rief Emilia begeistert aus. »Ein wunderschönes Haargummi, mit einem großen Marienkäfer drauf.« Sie drehte es in ihrer Hand. »Schau, Papa! Die Punkte glitzern im Licht. Sie sind aus winzigen Steinen.« Sie griff sich eine dicke Haarsträhne und zog das Haargummi darüber. »Es ist wunderschön«, wiederholte sie und umarmte Helmut. »Vielen Dank, Opa.« Sie dachte kurz nach. »Und vielen Dank, Uroma Gisela.«

Helmut wischte sich über die Augen. »Sie würde sich sicherlich freuen, wenn sie wüsste, dass du es jetzt trägst.«

Emilia hüpfte durch den Raum, drehte eine Pirouette nach der anderen. Dabei summte sie ein Lied. Der Marienkäfer funkelte bei jeder ihrer Bewegungen fröhlich auf.

Senioren Sport

Tennisarm
Golfarm
Wanderneere
Sehelohun